新日本古典文学大系
81

田舎荘子
当世下手談義
当世穴さがし

中野三敏 校注

岩波書店刊行

目次

付録

凡例

一　底本

『当世下手談義』は東京国立博物館蔵本を、『成仙玉一口玄談』は国立国会図書館蔵本を、『田舎荘子』『労四狂』『当世穴さがし』は家蔵本を、それぞれ底本に用いた。但し、『成仙玉一口玄談』の中扉に掲げた表紙写真は東京国立博物館蔵本によった。

二　本文は底本の形を復元できるよう努めたが、通読の便を考慮して、翻刻は次のような方針で行った。

1　改行・句読点、等

（イ）場面の転換に応じて適宜改行し、段落を設けた。

（ロ）底本は白丸「。」点を句読点に用いているが、これを通常の句読点に改めた。校訂者において補った箇所もある。

（ハ）会話や心中思惟に相当する部分を「　」で、書名を『　』でくくった。

2　振り仮名・宛て漢字、等

（イ）底本の振り仮名が本行の送り仮名や捨て仮名などと重複して書かれている場合は、その該当する振り仮名文字を削った。

（例）　押《おせ》せば→押《お》せば　明《あきら》らか→明《あき》らか

（ロ）　校訂者が施した振り仮名は（　）でくくった。

（ハ）　底本にある漢文の送り仮名や振り仮名が前後入り乱れて通読しにくい場合には、それらを訓み下し文の形に改め、振り仮名の位置に示した。

（ニ）　底本の仮名に漢字を当て、或は反復記号に仮名を当てた場合には、底本の仮名や記号を〔　〕でくくって振り仮名の位置に示した。

3　字体

（イ）　漢字は原則として現在通行の字体に改め、常用漢字表にある文字は新字体を用いた。古字・本字・同字・俗字・略字その他で通行の字体と一致しないいわゆる異体字は、原則として正字に改めたが、当時の慣用的な字体はそのまま残したものもある。

（例）　皃（貌）　泪（涙）

（ロ）　漢字に濁点を振った作り字は通常の漢字に改め、読み方を（　）でくくった振り仮名の形で示した。

（例）　共゛→共《（ども）》

（ハ）　特殊な合字・連字体などは通行の文字に改めた。

（例）　ヿ→こと　ゟ→より　𪜈→トモ

（ニ）　反復記号（々・ヽ・ゝ・ゞ・〱）は、原則として底本のままとした。

4　漢字の字遣い

当時の慣用的な漢字の字遣いや当て字は、現在と異なる場合にもそのまま残し、適宜注を付した。

（例）　百性(百姓)　成仁(成人)　内陳(内陣)

釜戸(竈)　玉ふ(給ふ)　欠来り(駆来り)

5　仮名遣い・清濁

（イ）仮名遣いは底本の通りとした。但し、校訂者による振り仮名は歴史的仮名遣いに従った。

（ロ）仮名の清濁は校訂者において補正した。なお、「紡績《はうせき》」「しやうくわん(賞玩)」「称ず」等のように当時の清濁が現代語と逆であるものはそのまま残し、特にその旨注記することはしなかった。

6　明かな誤刻・脱字等は適宜訂正し、必要な場合はその旨を注記した。

三　付録として、自堕落先生著『風俗文集』(底本、家蔵本)を収めた。

田《いな》舎《か》荘《そう》子《じ》

談義本というジャンルに広義と狭義のそれを考える事が許されるならば、その広義の談義本の初発として、享保十二年刊の本書をあてる事には異論は出ないのではなかろうか。

そして本書は、いわば享保の改革理念の申し子的存在でもあった。諸学の振興、経済の発展、それを支える諸法令の整備と、幕初以来ちょうど一世紀を迎えた所で、まさに江戸らしい時代を作りあげようと試みた吉宗が、最も心を砕いたのが、治者、被治者それぞれの精神の拠り所、即ち当時の言葉でいえば、〝心法〟の確立という点にあった。治者の心法を論じるのはそれなりの任に叶う者があろう。我が任とする所は被治者のあるべき姿、よるべき心法の如何を説き示すにある、と信じてその所懐を述べたのが本書である。

説くに当って著者樗山は「荘子」にいわゆる寓言の方法を借り用いた。雀と蝶、鷹と木菟等々、対話による思想の伝達は、洋の東西を問わず極めて便利な方法でもあり、本書も甚だ原初的ではあるものの、その方法を明確に意図的に駆使した思想小説として存在し、以後展開する談義本の性格づけを果たした。一方又「荘子」の援用は方法のみにとどまらず、その内容にも大きく関わった。即ち樗山流心法の中心を命禄と分度意識という点に置き、それを儒と老荘の一致という点に求めようと図った。即ち樗山心法の特徴は「荘子は聖門の別派也」という一語に求め得る。老荘の儒教的解釈ということである。その場合にも、背景として、当時の思想界に於ける老荘思想の流行と、熊沢蕃山に発する陽明学的唯心論の流行とを指摘することが出来るが、詳細は別稿解説を御参照願い度い。

ともあれ本書は、江戸の俗文芸界に極めて主知的な作品の系列を産み出す記念碑的な作品であり、すぐに上方にも波及して、都賀庭鐘や上田秋成といった読本作家を用意する下地にもなった、まことに注目すべき作品といえる。

田舎荘子序

[一]大塊意気その名を風といふ。[二]大塊は是《これ》天地なり。天地の間に生ずる万物は、全てこの[三]風来ものなりといへば、人耳を側《そばだて》て、[四]剺《ひざ》の席に前《すすむ》を知らず。奇〻怪〻に[五]会するは俗の情也。[六]空言《くうげん》を[七]たしむは、俗の口なり。情によりて其《その》奇〻を談じて道によらしめ、口によりて其味《あちはひ》をすゝめて、生《せい》を楽しましめば如何《いかん》といふに日あり。田舎荘子は其書なり。書林某《なにがし》来りて、[八]梓《あづさ》にせん、首《はじめ》に序せよといふ。紙を取て墨にけがするは、我生《わがせい》の楽《たのしむ》ところ也。何ぞ辞せむや。其書は何ぞ、かの味《あちはひ》をすゝむるの空言、剺を前にするの奇談、其意《そのい》は道によらしめ、生を楽しましめむとする哉。げにもいなか荘子《さうじ》なり耶。将《まさに》これ[九]漆園《しつゑん》の筆之平仮名の文と爾云《しかいふ》。

享保丁[一〇]未年九月日

劉[二]山郭

田[三]百川書

一 荘子・斉物論「大塊の噫気は其の名を風と為す」。大塊は天地、噫気はおくび。古代中国の人々は風を天地のおくびと考え、その響きを「天籟」「地籟」と言った。

二 林希逸(五〇頁注一)の註に「大塊は天地也」。

三 風来坊。風に吹かれるように、どこからともなくやって来たもの。

四 史記・商君伝「衛鞅また孝公に見(まみ)ゆ。公ともに語つて自ら厀の席よりすすむを知らず」。「剺」は「厀」の誤刻か。「厀」は「膝」の本字。興味をひかれて思わず身を乗り出すこと。

五 あつまる。奇談怪談に興味を持つのは俗人のつねである。

六 そらごと。つくりごと。

七 たしなむ。強く好むこと。漢文訓読語として用いられることが多い。

八 出版すること。

九 荘子の別名。史記・老荘申韓伝「荘子は蒙の人也。名は周。周嘗(むかし)蒙の漆園吏と為る」。

一〇 享保十二年(一七二七)。

二 未詳。

三 飯田百川。通称源四郎。松下烏石門の唐様書家。明和四年(一七六七)十二月二十日没、七十四歳(「諸家人物誌」明和板)。

田舎荘子巻上

目録

一 みみずく。
二 「蚿」はやすで。本文には「むかで」とふり仮名があるが、「やすで」は「むかで」より更に足の数の多い節足動物。

田舎荘子巻上

東住士　佚斎樗山安選[三]

雀《すゞめ》蝶《てうの》変《へん》化《くわ》

雀蝶《すゞめてう》に謂《いつ》て云《いわく》、「汝《なんじ》の[四]俗姓《ぞくしやう》をみれば菜虫《なむし》也。汝むかしは畠《はたけ》にまろび、自由《じゆう》にかけまはる事もならず、やう〳〵菜《な》の葉《は》にとり付て、[五]蠢《うご》ゝとしてありつらん。今化《け》して蝶《てう》となり、花をたづね、香《か》を追《お》ひ、飛行《ひぎやう》自在の身となりぬ。むかしに比《ひ》すれば《くらぶれば》、其楽《たのしみ》いくばくぞや。今我小鳥なりといへども、翅《つばさ》あり、足《あし》ありて、心のまゝにとびありく。然《しか》るに我レ[六]九月は、海水《かいすい》に入て蛤《はまぐり》になるといふ、風聞《ふうぶん》あり。彼《かの》蛤を見るに、目《め》鼻《はな》もなく、手足《てあし》もなし。甲《から》をかぶりて、おり〳〵舌《した》を出せども、何を喰《くう》と云こともしらず、極寒《ごくかん》にも、水中に転《まろ》びまはり、沙《すな》に埋《むも》れ居《い》るばかり也。我かゝる身になりたらば、いかゞはせん。[七]なまじゐに生《むま》れながらの蛤ならば、此はづの事とおもひ居るべけれども、一たび雀《すゞめ》に生《しやう》を受《うけ》、[八]山林《さんりん》《やまはやし》の楽《たのし》みを極《きわ》めたる身の、亦変化《またへんくわ》して水中の艱苦《かんく》《くるしくるしみ》をしのぎ、潮《うしほ》の大小に随て、瘠《やせ》

三 でたらめな著述であるという意味の謙辞。

四 僧侶が出家する以前の在俗の時の名字をいう。ここは蝶が蝶になる以前の素性をさす。

五 虫などのうごめく様態をいう。

六 礼記・月令「季秋之月…鴻雁来賓し、爵(すずめ)大水に入りて蛤と為る」。八、九月頃、雀が海辺に群れ騒ぐところから生じた中国古代の俗信。和漢三才図会四十二には「南海に黄雀魚あり。常に六月を以て化して黄雀と為り、十月海に入りて魚と為る。則ちいはゆる雀蛤に化する者、けだし此の類なり」という。

七 いっそのこと。

八 山野を自在に歩き廻る楽しみ。隠逸の人を「山林の士」という所から、そのような高尚清雅な人格を持つものという自尊の意を含む。

つ、肥《こへ》つ、するならば、いかばかり昔《むかし》こひしく迷惑《めいわく》ならむと、今より此《(この)》事おもはれて、歎《なげ》きかなしむのみ。汝はいかなる善果《ぜんくわ》ありてか、菜虫《なむし》より立身《りつしん》して、かゝる自由《じゆ》の身とはなる。我はいかなる悪因《あくいん》《あくのちなみ》有てか、飛鳥《ひてう》《とぶとり》より下落《げらく》《さがりおつる》して、[一]いな物になる事よ」と、なみだをながせば、蝶《てう》聞て云《いわく》、

「歎《なげ》く事なかれ。汝が下落《げらく》にもあらず、我が立身《りつしん》にもあらず。夫気《それき》[二]あつまりて物となり、変化《へんくわ》して形《かたち》を易《かへ》、我ゝ何の心かあらんや。菜虫《なむし》より化《け》して、蝶となるといへども、其《(その)》時いかやうにして変化《へんくわ》したる事をおぼへず。まして菜虫の時の事は、絶《たへ》て忘《わす》れたり。今おもへば、定而《さだめて》其時は菜むし相応《さうおう》に、くらしたるなるべし。[三]むかし荘子《さうじ》夢《ゆめ》に蝶《てう》となりて飛《とび》ありく。荘子夢中《むちう》《ゆめのうち》に蝶の心になりて、我はもと人なりと云事をしらず、夢さめて後はもとの荘子也。却而《かへつて》云《(いふ)》、「荘子《さうじ》夢《ゆめ》に蝶《てう》と成《(なり)》たるか、今又蝶が夢に荘子《さうじ》と成たる歟《か》」と。変化《へんくは》の理、亦かくのごとし。汝九月変化《へんくわ》して、蛤ニなる時は、[四]天気自然《しぜん》に動《うごい》て、おぼへず海に入なるべし。此時に至て、何の心かあらんや。おもふに酔《ゑい》て眠《ねぶ》るがごとく成べし。既《すで》に蛤《はまぐり》になりて後は、今の雀《すゞめ》の心は絶《たへ》てなくなり、をのづから蛤の心になりて、極寒《ごくかん》にも水中《すいちう》を家として、寒《さむ》き事もなく、転《まろ》びまはりて、相応《さうおう》に世をわたるならむ。[五]形《かたち》変《へん》ずれば、心気《しんき》ともに変《へん》ずるは、理《り》の常《つね》也。[六]理は形象《けいしやう》《かたち》なく、気中《きちう》に存《そん》す。既《すで》に雀の形《かたち》あり、雀《すゞめ》の気《き》あれば、雀の理《り》存《そん》す。又蛤《はまぐり》の形あり、蛤の気《き》ある時は、蛤の理存す。形の

一 異な物。変な物。

二 朱子語類一・陳淳録「天地初間只是陰陽之気、這一箇気運行、磨来磨去、磨得急了」。「気」は物質原理とも言うべきもので朱子学の宇宙論の根本であり、荘子でも「天地の一気に遊ぶ」(大宗師)とあって、万物がそれによって生滅変化する原質と把える。

三 荘子・斉物論「昔、荘周、夢に胡蝶と為る。栩々(く)然として胡蝶也。自らたのしみて志(ろこ)に適ふか、周たるを知らざる也。俄然として覚むれば則ち蘧々然として周也。周の夢に胡蝶と為るか、胡蝶の夢に周と為るかを知らず。周と胡蝶とは則ち必ず分あり。此れをこれ物化といふ」。荘子の篇中、最も著名な説話である。

四 天の気。気の陰陽のうちの陽の気で、万物の生動を促す気。

五 荘子・至楽「其の始めを察すれば、すなはちもと生なし。ただに生なきのみに非ざる也。もと形なし。ただに形なきのみに非ざる也。もと気なし。芒芴の間に雑り、変じて気あり。気変じて形あり。形変じて生あり。今又変じて死にゆく。是れ相ともに春秋冬夏四時の行を為す也」。荘子が妻の死に際して、その死生観を述べた部分であり、林註は「形変じて生ありと言ふは、まづ形ありて而して後に此の動転する者ある也」と述べる。

六 「理」と「気」の二元論は朱子学の根本的立場であり、理は形而上の、気

心は其形に従《したが》ふもの也。形滅《めつ》する時は、此形の心なし。

むかし老夫《らうふ》あり。臨終《りんじう》に及て、[七]旦那《だんな》坊主《ばうず》来りて、念仏《ねんぶつ》をすゝめければ、老夫《らうふ》眼《まなこ》をひらき、「[八]万物《ばんぶつ》無《なき》《む》より生《しやう》じて無に帰《き》す。何ぞ[九]輪廻《りんゑ》流《る》転《てん》することあらんや」と云《(いふ)》。坊主の云、「万一有りたる時は、いかゞし給はん。[一〇]唯理《たゞり》をまげて、念仏《ねんぶつ》を申《(まうし)》給へ」と。老夫《らうふ》頭《かしら》を掉《ふり》て、「たとひ生《むま》れかはるといふことありとも、さして苦《く》にもならず。[一一]御坊《ごばう》は、母《はゝ》の胎《たい》中《ちう》に在《あり》し時の事を覚《おぼ》へ給ふか。生《むま》るゝ時はいかやうの心持にて有しぞ、語り給へ」と云。坊主《ばうず》腹《はら》を立、「誰《たれ》か一人《(ひとり)》是を覚へたる者《もの》あらん。其方は覚へ給ふか」といふ。老夫云、「我も覚へず、ちかく生るゝ時の事をさへ、覚へたるものなく、まして遠《とを》き前生《ぜんしやう》の事、誰《たれ》か覚へたる者あらむや。しからば此後又何に生れたり共、今の心は絶《たへ》てなくなり、蟻《あり》になりとも、鼠《ねずみ》になりとも、其生《むま》れたる物の心になりて、相応《さうおう》に暮《くら》すべし。一生《いちしやう》は夢《ゆめ》のごとしとの給ふ。来世《らいせ》も又一生なり。是も亦、夢のごとくにてぞ、あらん。然らば、生《しやう》を隔《へだて》て、しれぬ事を、今より苦労《くろう》にするも、愚痴《ぐち》也。[一二]只死《たゞしな》ぬとおもひて、死《し》ぬるが、[一三]当下一念《とうかのいちねん》《さしあたる》ならん。是即成仏《すなはちじやうぶつ》也」といへば、坊主ことばなくして退《しりぞき》ぬ。今[一四]薯蕷《やまのいも》変化《へんくわ》して、うなぎとなり、[一五]腐草《ふさう》《くされくさ》化《け》して蛍《ほたる》となる。試《こゝろみ》に鰻《うなぎ》と蛍《ほたる》とに、向《むかつ》て問《と》へ。何ぞ薯蕷《やまのいも》と腐草《ふさう》の心をしらん、や。薯蕷腐草、又何の[一六]業報《げうほう》《わざのむくひ》かあらんや。陰陽《いんやう》のあつまつて、形《かたち》をなし、其気此形の内を運《めぐつ》て、動止語黙《どうしごもく》《うごくとゞまるかたるだまる》の用をなす。[一七]生気《しやうき》《いきたるき》尽《つき》て形を離《はな》る、是を死《し》といふ。此形に

は形而下の存在で、両者の存在に時間的な差は無い。熊沢蕃山・集義和書三「太虚は理・気のみなり。いへばたゞ一気なり、理は気の徳なり。一気屈伸して陰陽となり、…天地万物の理つくせり。理を主としていへば、気は理の形なり」。この辺り荘子説話の朱子学的解釈という趣きである。

七 旦那寺の坊主。菩提寺の坊主。

八 ↓注五。

九 仏語。人間が六道(地獄・餓鬼・畜生・修羅・人間・天上)の世界をめぐりめぐって生死を重ね、永久に苦しむこと。儒家の仏教批判の論点の一つが、この輪廻思想の批判にある。蕃山・集義外書六に「儒仏の別はいづれの所ぞ。答曰、輪廻をいふと、いはざるとなり」。

一〇 理屈をいわずに。

一一 僧侶に対する敬称。

一二 死のう。死ぬぞ。

一三 さしあたって、一番大事な考え。

一四 諺。世話焼草に「山の芋の鰻に成る」。和漢三才図会一〇二に「薯蕷の渓辺に端を出し、時々風水に感じて則ち鰻に変ず。半変の者を見る人往々にあり」といい、後藤梨春の「竜宮船」(宝暦四年刊)巻四にも、その考証及び実見談を記す。

一五 礼記・月令「季夏の月…温風始めて至る…腐草蛍と為る」。

一六 仏語。業果ともいう。前世の行為に対し、この世で受ける報い。

一七 荘子・知北遊「生は死の徒なり。

生気ある故に、喜怒好悪《きどこうを》《よろこびいかりこのみにくむ》の心あり。此形死して後は、生気尽ぬ。何によつてか、此心残らんや。火《ひ》の熾《さかん》なるも、薪《たきゞ》につきて燃《もゆ》る也。薪尽る時は、火、をのづから滅《めつ》す。余煙《よゑん》有《あまるけぶり》といへども、久しき事能《あた》はず。此火滅《ひめつ》すといへども、一 又金石《きんせき》の中より出て、火《ひ》猶伝《なをつた》はる。既《すで》に滅《きへ》たる火、又金石の中へかくるゝにはあらず、二 汝黙識《なんじもくしき》《だまりてしる》すべし。言説《げんせつ》《ことばにとく》の尽す所にあらず」。

木兎《みゝづくの》自《じ》得《とく》

三 鷹《たか》、鵂《みゝづく》に謂《いつ》て云《いはく》、「汝を見るに、其形《かたち》おかしげにして、丸きつらにちいさき觜《くちばし》あり。頭巾《ときん》、鈴懸《すゞかけ》を着《き》せたらんには、小人島《こびとじま》の天狗《てんぐ》など共云つべし。大きなる眼《まなこ》有ながら、昼《ひる》はあきめくらにして、日輪《にちりん》をさへ見付ヶ得《ゑ》ず。うろ〳〵として、諸鳥《しよてう》《もろ〳〵のとり》のために笑《わら》はれ、夜《よ》はやぶのうちにかゞみ居《い》、寝《ね》とぼけたる小鳥《ことり》をとりて喰《く》ふのみ。四 づくまはしの手にわたり、撞木《しゆもく》につながれ、糸《いと》を付ており〳〵ひかるゝ時は、ばた〳〵と、うろつく体《てい》、諸《しよ》鳥《てう》のわらひもことはり也。なまじゐに汝も、五 四十八鷹《たか》の内なれば、嘸《さぞ》口おしく思ふらん。我汝がために、汗《あせ》を流《なが》す」といふ。

鵂《みゝづく》頭《かしら》をふり、觜《くちばし》をならして云、「鷹殿《たかどの》大《おほき》なる御了簡《ごれうけん》ちがひ也。天地の間には、空《そら》をと

死は生の始めなり。たれか其の紀(はじめ)を知らん。人の生は気の聚まるなり。聚まるときは生と為し、散ずるときは死と為す」。

一 火打石の原理をいう。
二 集義和書三「古今鬼神有無の説、きはまりがたく候…言論の及所にあらず。よく知る者は黙識心通すべく候」。
三 「頭巾」は黒い布製の頭巾、「鈴懸」は衣の上に着る麻織の法衣で、ともに山伏の装束。
四 木菟をおとりにして、そばに寄って来る小鳥をもち竿や網で捕える猟師。「木菟引き」「木菟落し」とも。和漢三才図会四十四に「これを畜(か)って囮と為し、目を縫閉ぢ、架頭に繋ぎ、側に羅榼(あみはこ)を設く。則ち諸鳥来集し、噪々として、なほ木菟が盲形を笑ふがごとし。しかして、羅榼にかかる者数を知らず」という。
五 鷹の種類に四十八種ありという。木菟も鷹の類の一に数えられる。

ぶものあり、木に棲《すむ》ものあり、地《ち》を走《はし》るものあり、水におよぐものあり、美《うるは》しきものあり、醜《みにく》きものあり、皆それ〴〵に、造物者《ざうぶつしゃ》[六]の命《めい》を受《うけ》て、生《むま》れ来るものなり。自分《じぶん》〳〵の物ずきにて如レ斯《かくのごとく》なるにはあらず。若《もし》自分《じぶん》の好《この》みにて、自由《じゆう》になる事ならば、誰《たれ》か一人、不《ふ》自由《じゆう》なる形《かたち》を受《うく》るものあらんや。我がおかしげなる姿《すがた》にて、昼眼《ひるまなこ》のみへぬは天性《むまれつき》也。造化《ざうくわ》[七]のなす所、豈私《あにわたくし》を以《もつて》まぬかるゝ事を得むや。其上うながうじ[八]は、糞中《ふんちう》を

六 天地間の万物を創造した神。造物主。造化者。荘子に特徴的な語彙の一つである。

七 「造物者」に同じ。

八 おながうじ(尾長蛆)。尾の長い蛆虫で、よく下肥の中に生息する。

家とし、[一]蠐《きりうじ》は、はきだめの中に住居《すまい》す。彼等《かれら》は此《こゝ》を以、宮殿楼閣《くうでんろうかく》とおもふらん。蛇《へび》には足《あし》なく、蚓《みゝづ》には目《め》鼻《はな》もなし。されども皆相応《さうおう》に[二]用《(よう)》たるとみへたり。造化《ざうくわ》の物を生《しやう》ずる、皆それ〲に、食《しよく》と、居所《いどころ》とを、授《さづけ》て、迷惑《めいわく》せぬ程に、うみ付らるゝ也。[三]分《ぶん》を越《こへ》て、他《た》をうらやむは、天にそむく也。我レ昼《ひる》は、眼《まなこ》見へずといへども、夜《よ》に入ては、用の足《たる》程は見ゆる也。故に藪《やぶ》の内をさがして、相応の餌《ゑ》を求む。亦餓死《がし》に及ぶ程の事もなし。小鳥どもの、我を笑《わら》ふは、我形《かたち》の、おかしき物ならんとおもへば、さのみ腹《はら》たつほどの事もなし。彼等何ほど笑《わら》ひたればとて、我がじやまにもならず。わらはれて居《い》るまで也。我鳶烏《とびからす》のごとく、人家《じんか》《ひとのいゑ》に害《がい》をなす事もなく、雁鴨《がんかも》のごとく、人に賞味《しやうみ》せらるゝものにもあらねば、さがし求めて、我をとらゆる者もなし。たま〳〵づくまはしの人、我をとらへて、撞木《しゆもく》につなぎ、小鳥共に見せて、わらはするも、我に[四]意《い》趣《しゆ》有《(あり)》、われをにくみて、するにもあらず。又意地《いぢ》わろく、いたづらに如レ此《(かくのごとく)》するにもあらず、小鳥をあつめてとらんため也。是亦、[五]世につらなる不肖《ふせう》なれば、是非《ぜひ》なし。其かはりには、鼠《ねずみ》にても殺《ころ》して、我に喰《くら》はすれば、我骨《ほね》おらずして、食《しよく》につく也。さて、いらぬ時には、暇《いとま》をくれ、追《おい》はなしてやらるゝ迄也。御身は、[六]生《むま》れ付、気高《きたか》く身持《みもち》も奇麗《きれい》に、威儀《いぎ》そなはりたる鳥なり。大名高家《かうけ》の[七]拳《こぶし》に上り、諸人の馳走《ちそう》も他に異《こと》なり。然れども野に出て、鳥を捉《とる》の苦《く》労《らう》は、我よりも甚《はなはだ》し。捉《とり》得ても、全《まつた》く我が物にもならず、大鳥に出合ては、やゝもすれ

一 切蛆。根切り虫の類の総称で、土中やごみの中に生息する。和漢三才図会五十三「蠐螬　きりうじ。…一種、圃園糞土の中に生じ、草木の根を食ひきり、多く害を為す者。俗に呼んで木里宇之と名づく」。
二 用が足りる。
三 身分。分際。身の程。
四 遺恨。うらみ。
五 世の中に生きていく以上は我慢しなければならないこと。
六 鷹は古来、狩猟鳥として貴人の間に翫ばれたため、宮廷には鷹司を置き、私に鷹を飼育することは禁じられ、武家の世には武事鍛錬を兼ねて儀式化し種々の故実、式目が生じた。
七 鷹狩の折、自身の拳の上に鷹をとまらせておく。拳の扱い一つが鷹の動作に大きく作用するので、鷹狩そのものを「拳」の語で表わすほど重要な意味を持つ。

ばたゝきおとされ、[八]不《ふ》功者《こうしや》なる鷹匠《たかじやう》の拳《こぶし》にては、おもひよらず、胸《むね》をつき、非業《ひがう》の死《し》をせらるゝ事もあり。[九]足革《あしかわ》を付られて、[一〇]とやにつながるゝ事は、我もおなじ事也。此《こゝ》に一本の木あらんに、伐《きり》て、半分《はんぶん》は香盆《かうぼん》に作られ、[一一]蒔絵《まきゑ》金貝結構《かながいけつかう》に飾《かざ》りて、床《とこ》の上に置《おき》、貴人高位の翫器《ぐわんき》《もてあそぶうつはもの》となり、其半分は木履《ぼくり》《きのはきもの》に作られ、泥《どろ》の中へふみこまるゝ。其形《かたち》《なり》をみれば、尊卑《そんぴ》《たつとしいやし》 各別《かくべつ》なれども、木の生《しやう》を伐らるゝことはおなじ」。

[一二]ちやうげん坊といふ鳥あり。鵂《づく》を憐《あわ》れみて云、「汝をみるに、其形うるはしとはいふべからず。然《しか》れども、頭《かしら》あり、尾《を》有《（あり）》、翅《つばさ》あり、足《あし》有、耳鼻《みゝはな》 觜《くちばし》有、鳥の全体備《ぜんたいそなは》つて、かたわ物とはいふべからず。[一三]昼《ひる》は眼《め》みへずといへども、夜は蚤《のみ》をとる程の明《めい》《あきらか》あり。おほく鳥類をみるに、鳶《とび》の[一四]ばさけて虱《しらみ》多キ、へら鷺《さぎ》の觜《くちばし》諸鳥に類《るい》せずして、しかも其形汝よりも[一五]無調法《ぶてうほう》也。鶉《うづら》には尾《を》なく、諸鳥是等《ら》を不レ笑《わらはず》して、汝のみをわらふ。汝其形醜《かたちみにく》く、其心拙《つたな》くして、四十八鷹《たか》の部《ぶ》に入たる故に、諸鳥嫉《ねたん》で汝をわらふか、且前生《かつぜんしやう》の宿因《しゆくいん》か、

抑《そも〳〵》 当時《とうじ》の不幸《ふかう》《さいわいならず》といふもの歟《か》、[一六]いか様《（さま）》不便《ふびん》なる事也」。鵂《みゝづく》が云ク、「我レ其故《ゆへ》を知らず。然レども、[一七]「其実《じつ》有て、人是に名を与《あた》ふ」と、老子《らうし》もいはれたり。然らば我におかしき事有て、小鳥共の笑《わら》ふとみへたり。我是をいとふべき事にもあらず。小鳥にても捕《とり》て喰《くら》ふ故に、人《（ひと）》鷹の名を付たるといふも、我好《この》みて成りたるにもあらず。しゐて我レ辞《じ》すべきほどの事にてもなし。我レわらはれて人のためになるは、

八 不馴れな。下手な。
九 足を鎖でつなぐための道具。
一〇 鳥屋。飼い鷹などを入れる小屋。
一一 青貝に金、銀等の切金細工を入れた蒔絵。
一二 長元坊。鷹科の一類で別名馬糞鷹あるいは「くそとび」。
一三 荘子・秋水「鴟鵂は夜蚤をとり毫末を察すれども昼出づれば目を瞋(かい)らすも丘山を見ず」。
一四 翼に光沢が少なく、ばさばさすること。和漢三才図会四十四「鳶」に「羽毛婆娑(やばし)として尾扇を披くが如し」。
一五 みっともない。
一六 何にもせよ。
一七 荘子・天道「いやしくも其の実あるに、人これに名を与ふ」。この語は士成綺と老子の問答における、老子の言として述べられ、「私は自分が牛とよばれれば牛、馬とよばれれば馬と思うだけ。そうよばれるだけの実質があって、他人がその名を呼ぶのだから、私はただ無心にそうするだけだ」という文脈であらわれる。

鵃《みゝづく》の職分《しよくぶん》[一]也。我をとらゆる者は、我を養《やしな》ふ也。人に養《やしな》はるゝものは、をのづから其つとめあり。我亦少《すこ》しく、恩《をん》を報《ほう》ずる事なからんや」。

蚿《むかで》蛇《へびニ》疑《ギ》問《モン》

[二]蚿《むかで》蛇《へび》に問《とふ》て云《いはく》、「我百足《われひやくあし》を用ひてゆけども、猶早《なをはや》き事能《あた》はず。人に追《おは》るゝ時は、翅《つばさ》もがなと、おもふ時あり。汝をみれば、足《あし》もなくしてのたりゆく。嘸《さぞ》事たらずして、不自《ふじ》由《ゆう》ならん。何の術《じゆつ》《てだて》を以テか、足もなくして如レ此《かくのごとく》のたりありくや」。蛇が云、「我何の術《じゆつ》をかしらんや。只こゝろのむかふ所へ、頭《かしら》をさし向《むかふ》れば、身は随《したがつ》てゆく迄なり。汝をみるに、おほくの足《あし》を動《うご》かしてゆく。嘸《さぞ》事おほくして、心せはしからむ。何の術を以《もつて》か、かくのごとくおほくの足を、まぎれぬやうにはこびゆくや」。蚿《むかで》が云、「我ひとつ〳〵に心有て、おほくの足をつかふにはあらず。[三]一機《いつき》動《うご》く所、即百足動《すなはちひやくあしうごひ》て、身をのせてゆく。更《さら》に心せはしき事なし。別に何の術をか用《もちい》む」といふ。

蚓《みゝず》傍《かたはら》に在《あり》て、歎《たん》《なげく》じて云、「夫《それ》人ゝ我が得たる所には明《あき》らかなれども、これを推《をし》て彼《かれ》を知ること能《あた》はず。四《し》書六経《しよりくけい》を講《かう》ずる者《もの》、其広大高明《そのくわうだいかうめい》の理《り》、[四]皆《みな》我が心の註解《ちうかい》なることをしらず。故《かるがゆへ》に書《しよ》をはなれて、心を解《とく》事能《あた》はず。只聞覚《きゝ》へたる、文字《もんじ》の[五]訓詁《きんこ》《よみ》をいふの

一 天から授けられた職能や使命。

二 荘子・秋水「夔(き)は蚿を憐れみ、蚿は蛇を憐れみ、蛇は風を憐れみ、風は目を憐れみ、目は心を憐れむ。夔、蚿に謂ひて曰く、吾一足を以て跉踔(ちんたく)して行くも、予(われ)に如(し)くものなし。今、子(し)の万足を使ふは、独りいかん、と。蚿が曰く、然らず。子はかの唾する者を見ざるか。噴くときは則ち大なる者は珠の如し。小なる者は霧の如し。まじりて下る者たへて数ふべからざるなり。今、予わが天機を動かして、其の然るゆゑんを知らずと。蚿、蛇に謂ひて曰く、吾衆足を以て行く。而も子の足なきに及ばざること何ぞや、と。蛇曰く、それ天機の動かす所、何ぞ易(か)ふべけんや。吾なんぞ足を用ゐんや、と」。「夔」は、一本足の空想的な動物。山海経に見える。それぞれに他人の事がよく思われるがそれは天理の自然を悟らぬおろかな事だという説話による発想。

三 前掲の引用文中の「天機」即ち天与の機能の意。

み。況《いはんや》此《(この)》心、此形、造化《ざうくわ》と出入することをしらむや。蚿の足おほきも、蛇の足なきも、共に造化《ざうくわ》のなす所にして、我もしらざる所也。故に蚿足おほきとても、苦労《くらう》にもせず。蛇も足なきとても不自由《ふじゆう》なり共おもはず。今彼等《かれら》作為《さくい》《つくりなす》して、羽虫《はむし》の翅《はね》をとりて、身に着《つけ》たらんには、飛《とぶ》事の叶《かな》はざるのみならず、じやまに成て、歩行《ほかう》《あるく》もなるまじ。[六]鶴《つる》の脛《はぎ》の長《なが》きと、鳧《かも》の足《あし》の短《みじか》きとは、共《とも》に性《せい》也。長過《ながすぎ》たりとて、鶴《つる》の脛《はぎ》をよきほどに切リたらば、痛《いたみ》て死《し》なむ、短《みじか》しとて鳧《かも》の足を、能《よき》ほどに継《つぎ》たらば、苦《くる》しむでしばらく立ことなるまじ。是《(これ)》、足の恰好《かつかう》はよくしても、其自然《しぜん》に任《まか》せざれば、其用をなすこと能《あた》はず。大凡《おほよそ》人、其[七]器《き》の用あることを知て、其用の自然にもとづく事をしらず。みづからなす事を知て、もと造化より、是をなさしむる事をしらず。故に種〻《しゆぐ〳〵》の私智才覚《わたくしのちさいかく》を用《もちひ》て、日〻《ひゞ》ニ造化《ざうくわ》の神理に違《たが》ふのみ。夫《それ》木に棲《すむ》ものあり、水に游《およ》ぐ者あり、野に臥《ふ》すものあり、穴《あな》に住むものあり。犬《いぬ》と猿《さる》と同じく四足《しそく》あり、[八]猿はよく木に上り、犬は上ルこと能《あた》はず。馬は重《おも》きを負《おふ》て遠《とを》キにゆけ共、猫《ねこ》のごとく鼠《ねずみ》をとる事能はず。皆[九]をのれ〳〵が才覚にて、如レ斯なるにはあらず。天より受《うく》る所の性《せい》也。蚿《むかで》と蛇《へび》と、性《せい》異《こと》にして、形《かたち》も亦異《こと》なり。蚿は既《すで》に足《あし》あり。蛇の足なくしてのたりあるくの術《じゆつ》を、しらずとも事[一〇]かけず。蛇には足《あし》なく、蚿の百足をつかふ術を聞ても可《べき》レ用《もちゆ》所なし。我も亦手《て》足《あし》もなく、目《め》鼻《はな》もなし。何《いつ》れ頭《かしら》やらん、何れか尻《しり》やらん、我身ながら、我もしらず。今迄しらねども、事足《た》りぬ。

四 陸象山語録三十四の「学モシ道ヲ知レバ、六経ハ皆我ガ註脚」という有名な文句に発する、陽明心学流の特徴的な言辞で、蕃山には「聖語といへども我心の註なり」(集義和書・補二十九)の語もある。

五 文字の意味の解釈に終始すること。

六 荘子・駢拇「鳧(かも)の脛は短しといへども、これを続(つ)がば則ち憂ふ。鶴の脛は長しといへども、これを断たば則ち悲しむ。故に性の長きは断(き)る所に非ず。性の短きは続ぐ所に非ず」による。

七 才器。才能。

八 樗山著「遊会録」四にも「質も又得たる所あり、不レ得所あつて千差万別也。譬へば猿と猪とは木へ上り、犬馬は上る事能はず。牛馬は重きを運びて遠く往けども鼠を捕事不レ能類」とある。

九 後天的な学習や努力によって。

一〇 困ることはない。

此はづの事にてこそあらめとおもへば、しゐて知らん事を求めず。おり〳〵歌《うた》[一]を唄《うた》へども、何ぶしといふて、習《なら》ひたる事もなし。上槁《かみかう》《かれ》[二]壌《じやう》《つちくれ》を喰《くら》ひ、下《(しも)》黄泉《くわうせん》《にごりみづ》を飲《のみ》て、世に求めなし。自然《しぜん》鶏《にわとり》に見付らるれば、それ迄の天命也。生《しやう》あれば死《し》あり。我何ぞ恐《おそ》れんや。彭祖《はうそ》[三]が八百歳も、七夜《しちや》[四]の内死《し》したる赤《せき》《あか》[五]子《し》《ご》も、其死したる日よりみれば、おなじ事也。惣じて死《し》生《せい》のみにかぎらず、をのれ福《さいわい》のみ有て、禍《わざわい》なからん事をおもふは、愚《ぐ》《おろか》也。陰陽《いんやう》

一 和漢三才図会五十四に本草綱目を引いて「雨ふるときは先づ出で、晴るるときは夜鳴く。其の鳴くこと長吟す。故に歌女といふ」といい、みみずは鳴くものとされた。

二 孟子・滕文公下に「それ蚓は上は槁壌を食ひ、下は黄泉を飲む」。「槁壌」は乾いた土くれ、「黄泉」は地下のたまり水。右の説話は陳仲子の清廉な生き方を蚯蚓にたとえたもの。

三 尭帝の臣といわれ、殷の末まで七百余年の寿命を保ったといわれる仙人。荘子・逍遥遊に出、その林註に「彭祖は僅に年八百。今に至るもすなはち高寿を以て特(ひとり)世に聞こゆ」。

四 生れてから七日目の夜を七夜といい、祝儀を行う。

五 赤ん坊。

六 荘子・天道「天道は運(めぐ)りて積む所なし、故に万物成る」。「天道」は天地自然の理法であり、それが常に運動して滞ることなく、一切の万物を生成化育する。

生殺《せいさつ》《いけるころす》の気《き》は、[六]皆天道の流行《りうこう》也。吾も亦天地の内の一物《いちぶつ》《ひとつのもの》のみ。造化の中に生《しやう》じて、造化の内栄枯《ゑいこ》《さかへかれ》消《しやう》《きゆる》す。吉凶禍福《きつけうくわふく》《よしあしわざわいさいわい》は造化の命《めい》也。造化のなす所、豈《あに》私を以まぬかるゝ事を得むや。[七]只造物者に身を任《まか》せて、此間に私意《しい》《わたくしのこゝろ》を容《い》るゝ事なき者、是を、道の大意《たいい》を知るといふ」。

鷗《かもめ》蝣《かげろう》論《ろんず》レ道《みちを》

亀鶴《きくわく》《かめつる》相祝《しゆく》して[八]汀《みぎわ》に遊《あそ》ぶ。[九]蜉蝣《ふゆう》傍《かたはら》にありて歎《たん》《なげき》じて曰《いはく》、「大《おほい》なるかな、[一〇]一元《いちげん》の気、運転《うんてん》《まはりまはる》して造化の窮《きわま》りなきことや。万物《ばんぶつ》其間に生ゝ《せい〳〵》《むまれ〳〵》して、成《な》ること有、敗《やぶ》るゝ事あり、栄《さかゆ》る事有、おとろふる事あり、異《ことな》《ちがう》る物あり、同じきもの有、飛《と》ぶもの、游《およぐ》もの、動《うご》くもの、静《しづか》なるもの、色ゝさま〴〵、をのがいとなみをなす、皆自然《しぜん》の妙《めう》也。其始《はじめ》はいづかたより来るといふこともみへず、此《この》はてはどこへゆきて、何になるといふこともしれず。我も亦、万物の数《かず》につらなりて、[一一]造化の中に遊《あそ》ぶもの也。物ゝ《もつ〳〵》《もの〳〵》よりして是を見れば、蚤《のみ》、虱《しらみ》、我等ごときの微物《びぶつ》《かすかなるもの》といへ共、天下をのれより貴《たつと》きものなし。誰か一人身を以《もつて》天下にかへんや。又天地よりして是をみれば、[一二]大鵬《おほとり》の扶揺《ふよう》に羽《は》うつて、九万里に上るも、大虚中《たいきよちう》《おほぞら》の一物《いちもつ》《ひとつのもの》のみ。況や、亀鶴《きくわく》の千年万年の寿《ことぶき》《いのちながし》といへども、[一三]命数《めいすう》《いのちのかず》尽《つき》て、死《し》する日は、我等も同じ事也。我等朝《あした》に生《むま》れて、夕《ゆふべ》に死すといへども、我にしては一生を尽《つく》すなり。御両所は

七 荘子・大宗師「彼は方(まさ)に且(まさ)に造物者と人(とも)と為りて、天地の一気に遊ばんとす」。天地創造の絶対者である造物者と仲良く一体となって、天地の間に遊びまわる者を以て道を体得したものとする。

八 謡曲「鶴亀」に「池の汀の鶴亀は」。

九 和漢三才図会五十三「蜉蝣。俗に云ふ雪隠蜂。…本綱、蜉蝣は蜣蜋に似て小さし。大きさ指頭の如し…夏月雨の後糞土中に叢生す。朝に生じ暮に死す。…或は云ふ、蜉蝣は水虫也。状蚕蛾に似る。朝に生じ暮に死す」。但し後文の按に、必ずしも朝生暮死するに非ずとし、水虫の蜉蝣と同名異種ならんという。

一〇 万物の根元である精気。

一一 樗山著「遊会余話」に「天地既に開けて造化の行るゝをみれば、皆物を生じ物を長じ物を成し物を蔵む。循還して究り尽きることなし…人は造化の中に生じて造化の中に遊び、造化の中に終る也」。

一二 荘子・逍遥遊「北冥に魚あり、其の名を鯤(こん)と為す。…化して鳥と為る、其の名を鵬と為す。鵬の背其の幾千里といふことを知らざる也。…水に撃つこと三千里、扶揺に搏つて上ること九万里」。「扶揺」はつむじ風。

一三 天から与えられた寿命。

いかゞおぼしめす」といふ。
亀鶴《きくわく》答《こたふ》ることなし。

海中の浮鷗《ふあう》《うくかもめ》、此言《こと》を聞て云《いはく》、「[一]有相《うさう》《あるすがた》の上より論《ろん》ずれば、世間色〻の事あり。本より[二]四大仮合《しだいけがう》《からだかりにあふ》して此身となる。忽《たちまち》に来り忽に去《さ》る。何ぞ定《さだ》まる所あらむ。況やうるさき娑婆《しやば》世界《せかい》、動《うご》けば百《はく》《もゝの》苦《く》身に随《したが》ひ、千愁《せんしう》《ちゞのうれひ》心にあつまる、只[三]風塵《ふうぢん》《かぜのちり》を避《さけ》《さる》て、[四]江湖《がうこ》に帰隠《きいん》し、世の善悪を余所《よそ》に見て、閑《しづか》に生涯《しやうがい》を送らんこそ、願《ねが》はしき事なれ」と云。

蜉蝣《ふゆう》が云、「[五]万物無《む》より

一 仏語。形のあるもの、即ち現実の世相で、「無相」に対する語。仏教では現実を虚仮とみるから「有相」は即ち仮の姿である。以下、鷗は仏教的立場にたつ老荘解釈、蜉蝣は儒教的老荘解釈を以てする。

二 仏語。地水火風の四を四大と称し、人身をはじめ一切の有形有質の物はこの四大が和合して成り立っており、その有形有質は仮の姿なので、仮合という。荘子・達生「天地は万物の父母也。合するときは体を成す。散ずるときは始めを成す」の林註に「合するときは体を成すと言ふは、四大仮合して後に身と成るなり」。

三 世間の俗事。

四 自然の中に隠れ栖む。荘子・大宗師「江湖に相忘る」。

五 →六頁注五。

生《しやう》じて、無《む》に帰《き》する事は、誰も知たる事也。然ども、此形《かたち》を受《うけ》て生《むま》れ出しより、死《し》するまでの間には、六物《もの》あれば則《のり》ありとて、此形に付ての七職分《しよくぶん》あり。其職《(その)しよく》に随て、其中に遊《あそ》ぶものを、君子《くんし》といふ。其職をつとめずして、其形《かたち》に八私《わたくし》する者を、小人《せうじん》といふ。其上嬉《うれ》しき事、かなしき事、おもしろき事、おかしき事、吉凶《きつけう》《よしあし》、禍《くわ》福《ふく》《わざわいさいわい》、栄枯《ゑいこ》《さかへかれ》、盛衰《せいすい》《さかりおとろへ》に至るまで、皆我を生《しやう》じたる、九造物者といふ、親父《をやぢ》のなさしむる所也。海水にうかびて、閑《しづか》に暮すも、汝の才覚にあらず。我が命の短《みじか》きも、我が無養生《ぶやうじやう》にもあらず、皆かの親父《おやぢ》の差《さし》図《づ》也。然れ共かのおやぢ、豈《あに》汝を愛《あひ》し、我をにくみて如レ斯ならんや。皆をのれ〳〵が、受《うく》る所の一〇気《き》数《すう》の自然《しぜん》にして、おやぢにも心なく、我もしらざる所也。天無心《むしん》《こゝろなく》にして施《ほどこ》し、我無心にして受《うけ》たる身なれば、又無心にして、造化の中に遊《あそ》び、無心にして終《おは》るべき事也。然るを私智《しち》才覚《かく》を用《もち》ひ、我が勝手《かつて》によき事ばかりを工夫《くふう》して、日《ひ》ゝ《ゞに》おやぢといさかふ。然れどもおやぢのゆるし給はぬ事は、いたづらに心を労《らう》するのみならず、おもひの外に手ちがひ出来、一一したゝかなるめにあふ者也。此理にくらき者、たま〳〵巧《たくみ》にてしあてたる事あれば、是を常《つね》と心得て、私智《しち》才覚《さいかく》に自満《じまん》し、一二役ゝ《ゑき》として、生涯《しやうがい》《いきたるかぎり》をくるしむものなり」。

六 詩経・大雅「天烝民を生ず。物あれば則あり」。すべての事物には一定のきまりがある。
七 天から授けられた職能や使命。
八 我儘勝手にふるまう。
九「荘子は造化を以て、大宗師とし、大父母とす」（後出「荘子大意」、五一頁一行）。
一〇 気質と命数。
一一 ひどい目にあう。
一二 荘子・斉物論「終身役々として其の成功を見ず」。心身をはたらかして苦労するありさま。

鵯《ひよどり》鷦鷯《みそさゞい》の得《とく》失《しつ》

鵯《ひよどり》、小鳥共をあつめて謂《いつ》て云《(いはく)》、「汝等畑《はた》の作物《さくもつ》につき、又は庭《にわ》の菓《このみ》を喰《くら》ふに、いらざる高ごゑをして、友《とも》を呼《よび》さわぐによりて、人其《(その)》来り集《あつま》るを知て、網《あみ》をはり、[一]黏《もち》を置《おく》也。我レ冬になり、山に食物《しよくもつ》なき時は、人家《じんか》に来りて、縁先《ゑんさき》にある南天《なんてん》の実《み》を喰《くら》へ共、亭主《ていしゆ》知る事なし。あまりおかしさに、[二]立ざま大き成《(なる)》声をして、礼をいふてかへる也。万一黏《もち》にかゝりても、少しもさわがず、身をすくめて、そつとあをのけになりて、ぶらさがり居れば、[三]はごは上に残り、身ばかり下に落《おつ》る時、こそ〳〵と飛でゆく也。汝等は、黏《もち》にかゝりたる時、あわてさはぎ、ばためく故に、惣身に黏をぬり付て、動《うご》くこともならずして、とらへらるゝ、不調法《ぶてうほう》の至り也」と、才智がましく語《かた》る。

末座《ばつざ》より鷦鷯《みそさゞい》といふ小鳥、笑《わらつ》て云、「人は鳥よりもかしこくて、一たび此《(この)》[四]手にあひたる者は、下にも細《ほそ》きはごを置キ、例《れい》のごとくぶらさがりて、下へ落《おつ》れば、下なるはごを、せなかに付、おもひよらぬ事なれば、さすがの鵯殿《ひよどりどの》も、あはて躁《さは》ぎ給ふ故に、惣身《そうみ》に黏《もち》をぬりてとらへらるゝ事は同じ事也。世間小智《せけんせうち》の人、皆鵯のごとし。をのれ才覚を用ひて、一旦《いつたん》しあふせたる事あれば、自満《じまん》して、いつも如レ此《(かくのごとく)》とおもへり。天下の人豈《あに》皆愚《をろか》

一 とりもち。モチノキの樹皮をくだいて作り、木の枝などにぬりつけておいて鳥をからめ捕る。
二 飛立つ瞬間に。
三 木片や竹・縄などにとりもちを塗りつけ、囮の傍において鳥を捕る道具(和漢三才図会二十三)。
四 そのような手段、方法。
五 念の為の二重のはかりごと。
六 荘子・徐無鬼「呉王江に浮び、狙の山に登る。衆狙これを見て恂然として棄てて走り、深蓁に逃る。一狙あり、委蛇攫抓(あたくわくさう)して巧を王に見(しめ)す。王これを射る。敏給にして捷矢を搏つ。王は相者に命じてこれを趨射す。狙執死す」。「委蛇攫抓」

ならんや。人は其巧《たくみ》を知て、五重手《ぢうて》をうつにより、今迄の才覚の巧、皆いたづらになり、却《かへつ》て仇《あだ》と成て、禍《わざはい》をまねく事をしらず。六むかし唐土《もろこし》にて、呉王《ごわう》、江《え》を渡《わたつ》て狙《さる》山に上る。狙《さる》ども人を見《み》て散乱《さんらん》《ちりみだる》して、四方へ逃《にげ》ぬ。其中に一つの狙《さる》有《（あり）》て、逃さらず、木の枝《えだ》に飛《とび》つたふこと、鞠《まり》をうつすがごとし。をのれが巧《たくみ》をあらはして、人を侮《あなど》る。呉王矢《や》をつがへて射《い》れば、中《ちう》にて矢《や》をとること、物を拾《ひろ》ふがごとし。呉王近臣《きんしん》に命《めい》じて、四方より一度に矢を放《はな》さしむ。狙千手《さるせんじゆ》にあらざれば、悉《ことごとく》とること能《あた》はず、終《つい》に射殺《いころ》されたり。七をのれ才智に伐《ほこつ》て、禍《わざわい》をまねく者、皆かくのごとし」。

五 は木の枝にぶらさがってぬらりくらりとふざける様。「巧を王に見す」は王に向って自分の芸当をこれ見よがしにすること。「趨射」は矢つぎばやに射ること。
七 前引の呉王と猿の説話は続けて「王顧みて其の友顔不疑に謂ひて曰く、この狙や、其の巧をほこり、其の便を恃みて、以て予（われ）をあなどり、以てこの殛に至りし也。これを戒めよ。ああ。汝の色を以て人に驕ることなかれや」とあるによる。「殛」は死ぬこと。「汝の…」以下は、思いあがって他人を馬鹿にしてはいけないの意。

鷺《さぎ》烏《からすの》巧《こう》《たくみ》拙《せつ》《つたなし》

鷺《さぎ》と烏《からす》と遊《あそ》ぶ。烏が云《（いはく）》、「汝をみるに長き頸《くび》あり。何ぞ重宝《てうほう》になるかとおもへば、左《さ》にはあらず。ふだん頸《くび》をちゞめて、さむさうにすくみ居《い》る。とぶ時のつりあいになるばかりと、みへたり。脛《はぎ》の長きは、鰌《どぢやう》をふむためか、さても無調法《ぶてうほう》なる足《あし》もと也。世間《せけん》に八如鷺《によろ》《ぢよろ》〳〵といふ諺《ことわざ》九は、汝より始れり。汝世におゐて何の能《のう》かある。我は人家に、凶事《けうじ》《あしきこと》あれば、往《ゆい》て未然《みぜん》《いまだしかあらず》に告《つげ》しらしむ。然るに、人〻奇特《きどく》也とはいはずして、却而《かへつて》一〇からすなきがあしきなどいふて、我を不祥《ふしやう》《よききざしならず》の物として、忌嫌《いみきら》ふ。是ほど心得ぬ事はなし」と云《（いふ）》。鷺が

八 前文の「鰌」にかけた表現。
九 俗語表現の意。
一〇 烏の鳴くのを凶事とする俗信は全国的に分布する。

云、「汝人に凶《けう》を告《つぐ》るとて、恩《をん》にきするも、人の烏《からす》なきがあしきとて、いやがるも、共《とも》に非《ひ》也。然れ共、其徳なく其実《じつ》なくして、人を正《たゞ》し人の非を告《つぐ》る時は、きく者信《しん》ぜず。却て我をそしれりとして、忌嫌ふは、人の情《じやう》也。汝の常《つね》をみるに、鼠《ねずみ》をとらんとて、人家の屋根をむしり、畑《はた》に蒔付《まきつけ》、植付《うへつけ》たる物をつゝきあらし、人の秘蔵《ひざう》する樹木《じゆもく》の、菓《くだもの》をぬすみ、何なり共人の乾《ほ》しておく物を、遠慮《あんりよ》もなくとり喰《くらつ》て、人ににくまるゝ事のみ也。其なく声さへ、余鳥《よてう》よりもやかましく、人のいやがるは尤《(もつとも)》也。汝の人に凶《けう》を告《つぐ》るといふも、其徳《とく》あり其実《じつ》有て告《つぐ》るにはあらず、雨気《あまけ》に感《かん》じて、青蛙《あまがいる》の鳴《なく》がごとし。汝の啼故《なくゆへ》に、凶事《けうじ》《あしきこと》の来るにもあらず、只汝不祥《ふしやう》の気ある故に、人家《じんか》に不祥《ふしやう》の事あれば、汝必《(かならず)》其気《き》に感《かん》じて、其所へ集《あつま》り啼《なく》のみ也。是[一]同声相応《どうせいあいおう》じ、同気相求《どうきあいもとむ》るものなり。何ぞ是を以テ人に恩《をん》ありとせんや。人も亦、汝を奇特《きどく》とおもはんや。凡《すべ》て、汝のみにかぎらず、人も亦然《しか》り。我に不祥《しやう》の心ある者は、かならず好《この》みて、人の不祥をいふもの也。故に其いふ所は、是《ぜ》なりといへども、人是を忌《い》み、にくむ。我が無調法《ぶてうほう》なるは、天性《てんせい》なり。分《ぶん》を越《こし》て、才覚を用《もちゆ》る者は、必禍《わざわい》を招《まね》く。諺《ことわざ》に、鵜《う》[二]のまねする烏《からす》は、水を飲《の》むといへり。我は只、我が分を守《まも》りて、一生愚《いつしやうぐ》ならむこそ、其天性に従《したが》ふとはいふべけれ」と、ぎや〴〵いふて飛《とび》さりぬ。

一 易経・乾「子曰く、同声相応じ、同気相求む。水は湿に流れ、火は燥に就き、雲は竜に従ひ、風は虎に従ふ」。同じ調子の声はよく合い、同じ気質のものは自然に集るものだ。

二 日葡辞書に「ウノマネスルカラスワミヅクラウ」。

田舎荘子巻上終

田舎荘子巻中

目録

田舎荘子巻中

東住士　佚斎樗山妄選

菜《な》瓜《ふりの》夢《ゆめ》魂《ごゝろ》

東国《とうごく》の鄙《ひな》《いなか》に[一]負山《ふざん》といふ者あり。友《とも》を訪《とぶらう》て隣郷《りんがう》《となりのさと》に至り、帰るさに溝川《みぞかは》のほとりを過《す》ぐ。取て比《（ころ）》しも[二]七月十六日、[三]月に乗《ぜう》じてそこら吟行《ぎんかう》《さまよひあるく》するに、何やらん怪《あや》しき物流《なが》れ来る。取て見れば[四]菜瓜《あさふり》にて馬《むま》を作り、索麪《さうめん》を韁《たづな》として、是や盆中精霊棚《ぼんぢうせうれうだな》に祭《まつ》り捨《すて》たる物なり。形《かたち》やぶれ、足おれて、見るに心[五]戚々《せき〳〵》たる事あり。負山おもへらく、世間《せけん》《よのなか》皆かくのごとし。きのふは挙《あげ》て用られしも、今日は棄《すて》られて、かへりみる人なし。然るに人はおろかにして、用らるゝ時は威勢《いせい》をふるひ、傍《かたはら》に人なきがごとくおもひ、棄らるゝ時は怨《うら》みいかり、独《ひとり》胸《むね》をこがす。此《（この）》馬戯物《たはふれもの》なりといへども、我何《なん》ぞ感《かん》なからんやといふて、即《すなはち》収《おさ》めて家に帰り、其腹《はら》に書して曰《いわく》、

索麪《サクメン》[六]靶韁《ハキヤウ》[七]麻骨《マコツ》ノ蹢《ヒヅメ》　菜瓜《サイクハウル》美兮《ハシウシテ》用《モチヒテ》成レ[八]驄《ムマトナル》

一　荘子・応帝王「而使ニ蚊負ヒ山也」による命名。身の程しらずといった意を込める。
二　盂蘭盆会の翌日。
三　月にうかれて。
四　和漢三才図会一〇〇に「越瓜　あさうり　しろうり」と「菜瓜　なうり」の項があり、越瓜は青と白の二種あって生食に適し、菜瓜は越瓜に似るが果皮は青に白の縦すじがあって漬物にして食する方がよいという。後掲の詩中に「驄」とあり、驄は青と白まじりの毛の馬ゆえ、ここは菜瓜を当てるべきか。盂蘭盆会の供物として、この瓜や茄子に麻がらで四足をつけて馬の形を作ったものを供え、十六日には藁舟に右の供物や灯籠などを乗せて川へ流して精霊を送る。
五　憂え悲しむさま。
六　「靶」も「韁」もたづな。
七　麻がら。麻の茎の皮をはいで、中味だけを乾かしたもの。
八　青と白のまじり毛の馬。

昨登㆓蓮葉精霊架㆒《キノウハレンヤウシヤウレウノカニノボリ》　今漂㆓[一]淤泥溝洫中㆒《ケフハヲデイコウイキノナカニタヾヨフ》

又作㆓[二]祭文㆒弔㆑之《サイモンヲツクツテ コレヲトフラフ》　[三]八韻《ハツイン》

為㆓爾形[四]丕㆒《ナンヂカタチヲヽイナルガタメニ》　一用成㆑驥《ヒトタビハモチヒテムマトナル》

以㆓爾質卑㆒《ソノカタチイヤシキヲモツテ》　不㆑久見棄《ヒサシカラズシテミステラル》

生㆓葉深山㆒《ハヲシンザンニシヤウジテ》　結㆓実僻地㆒《ミヲヘキチニムスバヾ》

誰得有㆑知《タレカエテシルコトアラン》　辱亦不㆑至《ハヅカシメモマタイタラズ》

般㆓蔓[五]圃園㆒《カヘツテエンポニハビコリ》　[六]見㆑才招㆑事《サイヲアラハシテコトヲマネク》

[七]非ズ㆑天ニ非㆑人ニ　自受㆓之轡㆒《ミヅカラコノクツハヲウケ》

前喜後憂《サキハヨロコビノチハウレウ》　始肥終[八]悴《ハジメコヘヲハリハカジケタリ》

暫感盛衰《シバラクカンズセイスイナルコトヲ》　独灑㆓涕涙㆒《ヒトリテイルイヲソヽグ》

書終《おは》つて、菜瓜を枕《まくら》にして寝《いね》たり。夜更《よふけ》[九]菜瓜まくらがみに立て云《いはく》、「其方《そのはう》がいふ所は[一〇]世間名利《みやうり》の俗事《ぞくじ》也。我は造化《ざうくわ》の中《うち》に生じて、造化の中に遊《あそ》ぶ。汝等《なんじら》ごとき[一一]腐儒《ふじゆ》《くされものしり》の知《し》る所にあらず。夫《それ》[一二]天の物を生ずるは、それ〴〵の形《かたち》によりて、それ〴〵の用所あり。木にては家を作り、器《うつわもの》を製《せい》《つくり》し、竹にてはすのこをかき、[一三]籠《かご》をつくり、土《つち》には物を蒔植《まきうへ》、こねては壁《かべ》を塗《ぬ》り、其外品〻精粗《せいそ》《くわしあらし》によつて、其用をなすもの也。我もとより風流珍奇《ふうりうちんき》、人に賞味《しやうみ》せらるゝ物にてもなし。又おさめ蓄《たくは》へて、世の重宝《てうほう》になるべき物にしもあらず。世

一「溝洫」。訓みは「こうきょく」。田畑の間にあるみぞをいう。
二「祭文」。死者を弔い祭る文章。散文も韻文もあるが、四言体を正体とする。
三 句末の押韻に八種の韻を用いる形。
四「丕」。音はヒ。大きいこと。底本は返り点の誤りによる付訓の誤りがあり、「田舎荘子伝写正誤」に訂正されているので、本文はその訂正文に拠った。七句目と九句目も同じ。
五「圃園」。畠や庭。
六 なまじっかな才能を示したために、身の上に大事をひきおこしてしまう。
七 天のせいでもなければ、他人のせいでもない。荘子・養生主「天也、人にあらざる也」をふまえるか。
八「悴」。やつれる。疲れ衰える。
九 枕もと。
一〇 世俗的な名聞利益。
一一 自らの儒者としての学問や思想にとらわれて、自由な発想の出来ない学者。
一二 荘子・養生主「天のこれを生ずるや、独ならしむ」によるか。「独」は片足を切られたもの。天が私を一本足になるように運命づけた。
一三「かく」は物をかみあわせて組みあげることをいう。

間に沢山《たくさん》なる物なれば、やう〳〵初生《はつなり》の時分に、もみ瓜、ぬたあへ、膾《なます》の子《こ》。[一四]さてはなら漬《づけ》、干瓜《ほしふり》などになるより外の事なし。まして我らごときのへぼ瓜は、精霊《せうれう》の馬に作《つく》らるゝ事、我レ相応《さうおう》の事也。是を以いかめしく、我レ用られたりとて、人に伐《ほこ》らんやうもなし。盆《ぼん》まつり仕《し》まひては、外に用ゆべき事なし。[一五]いらぬ物なれば溝川《みぞかわ》へ捨《すて》らるゝ事、勿論《もちろん》の義なり。是を以(もつて)我レ辱《はぢ》として何ぞ人を恨《うら》みん。我質《しつ》のいやしきは天なり。人それ〴〵の質《しつ》によつて用《もちゆ》るは、分《ぶん》のよろしきなり。[一六]天をも不《ず》レ怨《うらみ》、人をもとがめず。下学《かがく》して上達《じやうたつ》するは、君子《くんし》の道なり。我レ天性畠《てんせいはたけ》に生《しやう》ずべき物なり。それを無理《り》に深山幽谷《しんざんゆうこく》《ふかきやまかすか》に蔓《つる》《のたに》を生《しやう》じ、実を結《むす》ばむとせば、是天にそむくの私《わたくし》[一七]也。私《わたくし》を以身を全《まつたく》せんとするは、君子《くんし》の道にあらず。汝《なんじ》みづから才《さい》有として、世にたかぶり、おのれを以是《ぜ》とし、人を以て非《ひ》とす。終《つい》に造物者《ざうぶつしや》[一八]と遊《あそ》ぶことをしらず。鳴呼《あゝ》、汝小人《なんぢせうじん》なるかな。汝がごとき者にあやまつて国政《こくせい》《くにのまつりごと》を執《とら》しめば、私知《しち》《わたくしのち》才角《さいかく》[一九]を用て、人情《にんじやう》《ひとのこゝろばへ》を不《ず》レ考《かんがへ》、さま〴〵の法《ほう》を出し、人倦《うみ》、民《たみ》つかれて、はては乱《らん》に及ぶべし。今窮《きう》[二〇]して下に居《い》るは、汝の幸《さいわい》也。汝爰《こゝ》を去《さつ》て学《がく》をつとめよや。[二一]死《し》生禍福《せいくわふく》《しすいきるわざわいさいわい》は命《めい》なり。造化《ざうくわ》のなす所豈才覚《あにさいかく》を以てまぬかるゝ事を得《ゑ》むや。只[二二]物を以てをのれを害《がい》せず、をのれを以物にほこらず、やむことを得《ゑ》ざるに応《おう》じて、足《た》ることを知《し》るのみ」。

一四　膾にまぜあわせる種。

一五　溝川へ捨てるのではなくて、精霊を送るために流すのだが、それをも含めて、捨てると表現したものか。

一六　論語・憲問「子曰く、天を怨みず、人をとがめず、下学して上達す」。低い所から学問をはじめて、より高度な所へ到達すること、それだけが私の気持だ。

一七　わがまま。

一八　荘子・大宗師「彼は方(まさ)に且(まさ)に造物者と人(とも)と為りて、天地の一気に遊ばんとす」。→一五頁注七。

一九　才覚。

二〇　用いられずに、卑しい身分でいる。

二一　荘子・大宗師「死生は命也」。

二二　蘇轍「黄州快哉亭記」に「其の中をして坦然として物を以て性を傷(やぶ)らざらしめば、将に何くに適(ゆ)くとして快きに非ざる」。

蟇《ひき》之《の》神《しん》道《だう》

朴斎《ぼくさい》[一]といふ者あり。此国に霊社《れいしや》有と聞て、詣《まふで》けるに、薄黒《うすぐろ》き衣裳《いしやう》したる男《おとこ》、拝殿《はいでん》にひれふして、何やらんきち〳〵[二]といふて、肝胆《かんたん》を砕《くだ》きて祈《いのり》ける。かゝる所に堂《だう》の後《うしろ》の方より、しやれがき[三]の木綿《もめん》ぬのこ、あらひはがして所ゝつぎのあたりたるを着《ちやく》したる、ふとりふくれて見ぐるしきおやぢ来り、彼《かの》男に問《とふ》て云《いわく》、「汝何ものなれば、其つらがまへきよろ〳〵として、目づかひよの常《つね》ならず、其相《さう》をみるに、欲《よく》ふかき者に似《に》たり。さきより何事を祈《いの》るぞ」といふ。彼《かの》男答《こたへ》て曰《いわく》、「はづかしや、早くも見とがめ給ふ[四]物かな。我は鼠《ねずみ》の年経《へ》たるもの也。我天性身軽《てんせいみかろ》くして桁梁《けたはり》をわたる事、人の陸地《ろくぢ》《くが》をゆくよりもやすし。且強《かつつよ》き歯《は》有リ。故《かるがゆへ》に向《むか》ふ所喰《くらい》やぶらずといふことなく、我がおもふ所へゆかずといふことなし。食物《しよくもつ》にきらひなければ、物として不《ず》ㇾ喰《くらは》といふことなし。かゝる自由《じゆう》の身《み》なれども、猫《ねこ》といふ曲《くせ》もの、家ごとに飼置故《かいおくゆへ》に、おもひよらず害《がい》にあふ。願《ねが》わくは神《しん》明仏陀《めいぶつだ》の威力《いりき》にて、世界《せかい》の猫《ねこ》を一度に蹴殺《けころ》して給《たま》はれとの祈《いのり》也。それ猫《ねこ》といふ物、世にありて何の重宝《てうほう》もなし。先《まづ》其心かだましく[五]、膳《ぜん》のむかふのさかなを盗《ぬす》み、人の秘蔵《ひぞう》する飼鳥《かいとり》を喰殺《くいころ》し、囲炉裏《いろり》の辺《へん》へ糞《ふん》をたれ、はては猫《ねこ》また[六]といふ物になりて人を害《がい》す。禍《わざはい》お

一 前章の負山と同じく、荘子・応帝王の「彫琢復ㇾ朴」の語に拠る命名か。
二 擬声語。鼠の「チューチュ」という如きものか。「鼠の草子」には「ちつ」「くうくう」などとある。
三 晒柿。柿渋を用いて染める薄い渋色。
四 この辺り謡曲調の文章。「俊寛」に「早くも御覧じとがめたり」云々。
五 邪慳なこと。
六 猫が歳を経て大きくなったという怪獣で、奥山に住み、人をとり喰うという。徒然草八十九段「奥山に猫股といふものありて、人をくらふなる」。

ほくして益《えき》なき物也。我が祈《いの》る所《ところ》、さして欲深《よくふか》き願《ねがひ》にもあらず。身の害《がい》を去《さり》て給はれとの所願《しよぐわん》まで也。老人《らうじん》はいかなる人にて、何の立《りう》願《ぐわん》まし〳〵て参詣《さんけい》し給ふぞ」と云。

おやぢ答《こたへ》ていわく、「我は縁《えん》の下の蟇《ひきがへる》也。我レ世において何の望《のぞ》みもなし。人家《じんか》に害《がい》をなさねば、人ににくまるゝ事もなく、姿《すがた》醜《みにく》ければ、人に寵愛《てうあひ》せらるゝ事もなし。美食《びしよく》を好《この》まざれば、盗喰《ぬすみぐらひ》すべき心もおこらず。雪隠《せつゐん》または縁《えん》の下に居《い》て、我が手に叶《かなひ》たる小虫《こむし》を捕《とり》て喰《くい》、是にて一生事《いつしやう》足《たり》ぬ。何の望み有てか神《かみ》にいのらん。汝を害《がい》するものなれば、猫をにくむはことはり也。しかれどもよくをのれにかへりみよ。汝がいふごとく、猫といふもの世におゐて無益《むゑき》の物也。然れども汝を捕《と》るの芸《げい》ある故《ゆへ》に、少ゝ盗喰をばゆるして、人ゝ是を飼置《かいおく》なり。人ゝ猫[一]を愛《あひ》するにはあらず、汝をにくむことの甚《はなはだ》しきゆへなり。汝猫の世に益《ゑき》なき事を知て、汝が世に害《がい》あることをしらず、小人《せうじん》の心皆《みな》かくのごとし。汝天性軽《てんせいかろ》き身にして、強《つよ》き歯《は》を持《もち》たらば、高キ木に上り、堅《かた》き木の実《み》を取くらひ、食物に嫌《きらひ》なくば野《の》山に沢《たく》山なる虫《むし》けら、其外《そのほか》人の喰《くい》あまして、はきだめに捨《すて》たる物のみ拾《ひろ》ひて喰《く》はゞ、誰《たれ》か汝をにくむで、めんどうなる猫を飼者《かうもの》あらんや。汝人なみの歯《は》を持たらば、人のふせぐ所へはゆくこと能《あた》はずして、人に害をなす事もすくなく、人ににくまるゝ事も今ほどには有まじ。汝が自慢《じまん》の歯故にこそ、人も汝をふせぎかねて、猫を飼置て汝が居所《いどころ》をさがし求《もとめ》て、是をとる也。小人《せうじん》の才は却《かへつ》て身の禍《わざはい》となる事は、汝の歯《は》にてしられたり。汝猫をにくむで、ならぬ事を神にいのらんよりは、今より心を改《あらた》めて、人家《じんか》《ひとのいゑ》に害《がい》をなす事なくば、世界《せかい》に無益《むゑき》の猫を飼《か》ふ者なく、汝の身を全《まつた》くする事を得む。しかしながら汝のみにかぎらず、人ゝ我身をば慎《つゝし》まずして、人をとがめ、力《ちから》にかなはざる事は、神にいのり仏に頼《たの》む。小人の常《つね》なり。神[二]は非礼《ひれい》を不ㇾ受《ずうけ》とこそきけ。何事も神にさへいのれば、善悪邪正《ぜんあくじやしやう》《よしあしよこしまたゞし》ともに叶《かな》ふとおもふ。人の心は

一 飼猫を寵愛することは源氏物語・若菜下などにも見えているが、やはり鼠害を避けるための飼猫が一般的であろう。

二 神道伝授に「神ト人ト能ク心ノ叶フヲ礼ト云、其分際ニ過タルヲ非礼ト云也。宝物ヲ備ヘ種々ノ捧物アリト云トモ、是ヲ祭人ニ相応セザレバ、神明是ヲ請不ㇾ玉」。又「神ハ非礼ヲ不ㇾ請故也」。

おろかなる物なり。

夫神明《それしんめい》につかふるに道あり。先《まづ》我が心の私欲妄念《しよくまうねん》をよく去《さつ》て内を潔斎《けつさい》《いさぎよくとゝのふ》にする、是を[三]内《ない》《うち》清浄《しやう〴〵》《きよくいさぎよし》といふ。扨《（さて）》参詣《さんけい》の日は沐浴《もくよく》《かみあらひゆあみ》し、衣服《いふく》を改《あらた》め、穢《けがらは》しき物を不《ず》レ喰《くは》、身の潔斎《けつさい》を極《きわむ》る、是を[四]外《げ》《ほか》清浄《しやう〴〵》と云。内外《ないげ》清浄《しやう〴〵》にして、我が心の誠《まこと》を以《（もつて）》、神明《しんめい》を拝《はい》し奉る時、直《ちき》に我が頭《かしら》《かうべ》の上に立給ふごとく、至誠《しせい》《いたつてまこと》の感《かん》を仰《あふ》ぐべし。かりにも不敬《ふけい》《ふつゝしみ》の心を以すべからず。如レ此なれば神明至誠《しんめいしせい》の徳《とく》に感化《かんくは》し奉り、心の私欲妄念消滅《しよくまうねんせうめつ》《きへほろび》し、誠の心興起《こうき》《おこりをこる》して、[五]惺々《せい〴〵》悽々《せい〴〵》たる中に、何となく難レ有心生《しやう》ず。此心即《すなはち》神明の[六]来格《らいかく》《きたりいたる》し給ひて、万善《ばんぜん》の感《かん》ずる所、万福《ぶく》の応《おう》ずる所なり。神道は清浄を貴《たつと》ぶ。然らば神明につかふまつる者は、神化《くわ》の助《たすけ》によりて、我が心いよ〳〵清浄ならん事をいのるのみ。[七]神は不測《ふしき》《はからず》の妙用《めうよう》、天理の正体《しやうたい》也。我が心清浄なれば、[八]同声相応《どうせいあひおう》《こたへ》じ、同気《どうき》相求《もとむ》るの道理《どうり》にて、神明来格《らいかく》し給ふ也。邪欲妄念《じやよくまうねん》はけがらはしとて、神明の忌嫌《いみきらひ》給ふ所なり。故《かるがゆへ》に我が心邪《よこしま》にして私欲《しよく》のまじはりおほくば、百日百夜祈《いの》る共神明来格《しんめいらいかく》し給ふべき所なし。路《みち》を[九]掘切《ほりきり》て、人の来らむ事を求るがごとし。猶神道の奥義《おうぎを》尋ぬべし。今の神につかふる者を見るに、心のけがれを去《さ》ることをばつとめずして、僧《そう》、山伏《やまぶし》、禰宜《ねぎ》などいふ者を頼み、金銀財宝《ざいほう》を以神に賄《まいな》ひ、身の歓楽《くわんらく》《よろこびたのしみ》をいのり、子孫《しそん》の繁昌《はんじやう》、無病長命《むびやうてうめい》ならんことを祈《いの》る。甚《はなはだ》しき者は此願《ねがひ》を叶《かな》へ給はゞ、「何ゝを寄進《きしん》し奉るべし、宮社《みややしろ》を建立《こんりう》仕《（つかまつる）》べき」など、はじめより、直段《ねだん》を極《きわ》めて、願《ぐわん》をかく

三 神道伝授に「内清浄トハ、精進シ、其上ニテ蒜葱ノ類ヲ不レ喰ヲ云也。是謂レ斎ト」。
四 神道伝授に軽き神事として「外清浄トハ、行水ヲシテ常ノ寝所ヲカエルヲ云」。又、重き神事として「重神事ハ身ヲ清テ精進スルヲ外清浄ト云、心ニ妄念悪念ヲ払ヲ内清浄ト云也。是内ノ祓也」。
五 「惺々」は心がさえざえとするさま。「悽々」は徳に報いようと思うさま。
六 神霊鬼神等の降臨すること。
七 易経・繫辞上伝に、「陰陽不測これを神と謂ふ」。蕃山・集義和書三に「聖人、神明不測との給ひ候」。
八 →二〇頁注一。
九 「道を切る」と同意。途中で道を断ち切る。

る。神明豈彼《しんめいあにかれ》がいやしき心にならひ、欲《よく》にめでゝ、願《ねがひ》をかなへ給はんや。是をのれがいやしき欲心《よくしん》を以て、神明をはかるなり。神をけがすの甚《はなはだ》しきもの也。即時《そくじ》に罰《ばち》をあて給はぬは、神明和光《しんめいわくわう》《やはらぐるひかり》一の御用捨《ようしや》なり。主人《しゆじん》などへかくのごとくのたはけを申なば、大にいかり給ひ、忽 科《たちまちとが》に行《おこな》はるべし。むかし某氏《なにがし》といへる国守《こくしゆ》へ町人願《ねが》ひ申けるは、「御領分《ごりやうぶん》の塩問屋《しほとい》を、私一人に被二仰付一《（おほせつけられ）》候はゞ、二銀五百枚の運上《うんじやう》三を出し可レ申候」と、望《のぞみ》ければ、その国守大きにいかり、「其町人め、我が領分の者に外の塩をかはせず、をのれ一人高《かう》四直《ぢき》に売ならば、我に五百枚の運上を出しても、五千枚も利《り》の有事なるべし。領分の者に難義《なんぎ》させて、其町人と我と利をわけてとらん事何事ぞや。さやうの者重《かさ》ねて、出入致さすべからず」とのたまへば、取次《つぎ》したる家老用人、皆恥《はぢ》入て退《しりぞき》ぬと云伝へし。かくれもなき事也。五人にさへ、正《たゞ》しき主人には邪欲《じやよく》《よこしま》を以てはつかへがたし。況《いわん》や神は不測《ふしき》《はからざる》の天徳《てんとく》有。至誠《しせい》《いたりてまこと》に感《かん》じ給ふのみ。豈《あに》私心《ししん》《わたくしのこゝろ》を以て、邪《じや》《よこしま》をたすけ給はむや」。

古《ふる》寺《でらの》幽《ゆう》霊《れい》

六負山《ふざん》といふ者あり。友《とも》を誘《さそ》ひて、山寺に遊《あそ》ぶ。寺僧《じそう》一つの古墳《こふん》《ふるつか》を指《ゆびさ》して云《（いはく）》、「是いにしへ何某《なにがし》の墓《はか》なり。此《（この）》人は当時威《そのかみい》を東関《とうくわん》に振《ふる》ひ、武を列国《れつこく》《つらなるくに》に輝《かゝや》かしたる人なり。今は

一 老子四「其の鋭を挫きて、其の紛を解き、其の光を和して、其の塵に同ず」。和光同塵の四字は老子哲学を代表する言葉であると共に、近世に入っては神道の性質を表わす言葉としても頻用される。
二 大判や小判、或いは丁銀などの貨幣を数える単位を枚という。
三 上納金。手数料や税金の意。
四 高い値段。

五 俗な人間の場合でさえ。

六 巻中冒頭の「菜瓜夢魂」にも出る。その章と本章のみ、文中に漢詩を挿入するのは、一つのつながりを示すものらしく、負山を主人公とする一連の説話があったかと思われる。

旧墓《きうぼ》《ふるきはか》と成て弔《とぶら》ふ人もなし」。負山が云、「我も聞伝《つたへ》たり。哀《あはれ》かな生前《しやうぜん》の栄華《ゑいぐわ》忽《たちまち》に一場《いちでう》《には》の夢と成り、泉下《せんか》の枯骨《ここつ》《かれたるほね》誰《たれ》か千載《せんざい》《とし》の祀《まつり》を享《うけ》むや。人世《じんせい》《ひとのよの》の期《ご》し難《がた》き事すべてかくのごとし。即《すなはち》筆《ふで》[七]を呵《か》《せむる》し、一絶《いちぜつ》を賦《ふ》して霊前《れいぜん》に薦《すゝ》む、

春華《シユンクハ》開《ヒラク》処《トコロ》山《ヤマ》如レ錦《ニシキノゴトシ》　秋葉《シウヤウ》落《ヲツル》時《トキ》野《ノ》起レ塵《チリヲヲコス》
人世《ジンセイノ》栄耀《エイエウ》渾《スベテ》是《コレ》夢《ユメ》　古碑《コヒ》猶《ナヲ》残《ノコリテ》客《カク》[八]沾レ巾《キンヲウルホス》

拝《はい》していまだおはらざるに、墳《つか》の後《うしろ》より怪《あや》しきものあらはれ出ッ。樵夫《しやうふ》《きこり》にもあらず、農夫《のうふ》にも見へず、髪《かみ》を被《かぶ》り袂《たもと》をあげて、二人を招《まねき》て云、「汝等何ぞ詩《し》を作《つくり》て我が神[九]をおどろかすや。汝等生人《せいじん》《いきたるひと》の情《じやう》《こゝろ》を以て妄《みだ》りに冥莫《めいまく》[一〇]の事を議《はか》る、大きにちがふたる事也。合《が》点《てん》はゆくまじけれ共、汝等に語りて聞すべし。我レ存生の内、大国あまた領知(りやうち)して、人にもてはやされ、近国に肩《かた》をならぶる者なく、出て外を征《せい》する時は、金鉄《てつ》の勇士《ゆうし》前後を守護《しゆご》し、向《むか》ふ所打やぶらずといふ事なし。入て国に休《きう》《やすむ》する時は、才俊弁士《さいしゆんべんし》、近習《きんじゆ》[一一]に伺《し》公《こう》し、古今《ここん》《むかしいま》の事を論《ろん》じていさぎよく、弦歌《げんか》《たんじ物うたひもの》の声《こゑ》は、耳《みゝ》を悦《よろこ》ばしめ、采色《さいしよく》[一二]の美《び》《うるはし》は目を悦ばしめ、男女の使令《しれい》《つかひもの》、風流《ふうりう》の遊戯《ゆうげ》《あそびたはふれ》、八珍《はつちん》[一三]の滋味《じみ》《うるほひあぢはい》、一つとして足《た》らずといふ事なく、天下のたのしみこと〴〵くをのれにありとおもへり。今生数《こんじやうかず》つき命終《めいおはつ》て、形《かたち》[一四]は土《つち》となり、心《しん》は飄散《へうさん》《たゞよいちる》す。天[一五]を不《ず》レ載《いたゞか》地《ち》を不《ず》レ履《ふま》。上《かみ》[一六]に君なく下に臣なし。出て敵国《てきこく》を制《せい》するの苦労《くろう》もなく、入て民を治《おさ》むべき心づかひもなし。世の治乱にもあづからず、風俗《ふうぞく》の美悪《びあく》《うるはしわろし》にもう

七 呵筆。本来は凍っている硯や筆に息を吹きかけて詩文を書く準備をすることをいい、転じて下手な文章ではあるが、強いて書きとどめようとする意の謙辞として用いる。呵凍、呵硯ともいう。

八 「沾巾」。涙をながす。沾衿、沾襟。

九 たましい。霊魂。

一〇 「冥」はくらい。「莫」はむなしい。冥上、冥界というに同じ。

一一 主人のそば近くに奉仕する者。

一二 美しい色どり。底本「菜」に作るが誤刻であろう。

一三 最高の美味といわれる八種の食物。

一四 遊会録に「形敗るゝ時は、気寓する所なく、飄散して空に帰す、是を死といふ」。

一五 荘子・徳充符に「それ天は覆はざるなく、地は載せざるなし」。現世に於ける万物は天に覆われ、地に載っている存在であるが、死ねばそうではなくなる。

一六 荘子・至楽「髑髏曰く、死すれば上に君なく、下に臣なし。また四時の事なし。従然として天地を以て春秋と為す。南面王の楽しみといへども、過ること能はざる也」。楚国へ行く途中、道ばたの髑髏と交わす有名な問答の一節で、本章は多くの説話をモチーフとするか。

つされず、物と是非《ぜひ》《よしあし》をあらそふ心もなし。天下の至楽《しらく》《いたつて》を得《たのしみ》て、悠ゝ《ゆう〱》として太虚《たいきよ》《おほぞら》の無《む》に帰《き》す。王公《わうこう》の富貴といへども、共《とも》に語《かた》るにたらず。何ぞ千載《ざい》《とし》の祀《し》《まつり》をかへりみむや。何ぞ弔《とふ》人なき事をうれへんや」。負山が云、「天下の治《ち》乱《らん》《おさまりみだるゝ》、国の存亡《そんばう》《ながらへほろぶ》、子孫《しそん》の栄辱《あいぢよく》《さかへはづかしめ》、万民の困苦《こんく》《くるしみくるしむ》にも心なくば、不仁《ふじん》是より甚しきはなし。是を以て至楽《しらく》とするや」。云《いわく》、「汝 甚惑《はなはだまよ》へり。天下は天下の主《しゆ》《つかさどり》あつて任《にん》じ、一国は一国の主《しゆ》有て任《にん》ず。我が子孫《しそん》といへども、

生《しやう》を隔《へだつ》るの後は、我が有《う》にあらず。我レ是をいかむともする事能《あた》はず。いかんともする事能《あた》はざる所を以て、心とする者は愚《ぐ》《おろか》の至り也。況や[一]天化《てんくわ》の運命《うんめい》は、造物者《ざうぶつしや》是をつかさどる。国天下の主《あるじ》といへども、造物者《ざうぶつしや》の命《めい》を受《うけ》て、是を任《にん》ずるなれば、是又造化中《ざうくわちう》の一《ひと》役人《やくにん》也。永く此国を子孫に伝《つた》へて、我が物と思ふは愚《ぐ》《おろか》也。造物者命《ざうぶつしやめい》を改《あらたむ》る時は、力《ちから》わざにも、腕《うで》づくにもならぬ物なり。我一人の身命《しんみやう》さへ、造化《ざうくわ》是を奪《うば》フ時は、辞退《じたい》もならぬ事也。況や広《ひろ》き国天下をや。我が[二]子孫といへども、我が私の子孫にあらず。造物者《ざうぶつしや》の子《こ》也。故に生《いけ》る[三]時は其職《しよく》を尽《つく》して、私心《ししん》《わたくしごゝろ》なく是を愛《あひ》し、是をおしへ、是を治《おさ》め、死《し》する時は、其帰《き》を安《やす》むじて、国も子孫も造物者にかへし、我は隠居、して、[四]一毫《いちがう》《ひとつのけさき》も此《こゝ》に執滞《しゆたい》《とりとゞこほる》すべからざるもの也。造物者、我が子孫に、国を与《あた》ふべくんばあたへ、奪《うばう》べくんば奪《うば》はむ。其賞罰《しやうばつ》は造物者に任せ置クもの也。今汝と我と生《しやう》を隔《へだ》ッ。汝等ごときの腐儒《ふじゆ》我がいふ所を信《しん》ぜじ。只[五]生死存亡《そんばう》《ながらへほろぶ》の一体《いつたい》なることを知て、此に徹《てつ》《とをる》する者黙識《もくしき》《だまりてしる》すべし」。即《（すなはち）》一絶《ぜつ》を賦《ふ》して去《さ》る。

生前元寂寞《シヤウゼンモトセキバク》　死後自無為《シゴヲノヅカラブイ》
閑看人間世《シヅカニミルニンゲンセイ》　栄枯一局碁《エイコイツキヨクノゴ》

一 「田舎荘子伝写正誤」に「天地の運命 化ハ非ナリ」とある。
二 集義和書三「太虚、天地、先祖、父母、己（おのれ）、子孫、生脈絡一貫にて候へば、子孫とても先祖の遺体なれば、己が私の子にあらず候」。
三 底本「時は」の二字無し。「田舎荘子伝写正誤」に「時ノ字落」という。
四 集義和書十四「死にあたりては、日くれていぬると同じくおもふことかたし。こゝにいたりて毫髪もいさぎよからざる所あるは、全体にをいていまだ融釈せざる所ある故也。されば、いまだ至楽にいたることあたはず」。
五 荘子・大宗師「たれか死生存亡の一体なるを知る者ぞ」。

蟬《せみ》蛻《がらの》至《し》楽《らく》

蟬樹上《せみじゆじやう》《きのうへ》より下《さが》《くだる》りて、其蛻《ぬけがら》に謂《いゝ》て曰《(いはく)》、「吾《われ》と汝ともと一体《いつたい》にして土中《どちう》にあり。今われ汝を辞《じ》《さり》して樹上《じゆじやう》《きのうへ》に吟《ぎん》じ、一美陰《びいん》《よきかげ》を得て楽《たの》しめり。我レ汝をにくみて捨《すつ》るにあらず。然《(しかれ)》ども我力《(わが)ちから》汝を如何《いかん》ともする事能《あた》はず。汝さぞな我をうらみん。我レ汝の情《じやう》《こゝろ》を察《さつ》して、毎《つね》に忸怩《ちくぢ》《はぢはづる》たるのみ」。蛻《ぜい》《もぬけ》が曰、「汝甚惑《はなはだまよ》へり。天地の間、物みな命あり、知力《ちりよく》《しるちから》の及ぶ所にあらず。其上汝羽翼《うよく》《はねつばさ》を生《しやう》《はへ》じ、美陰《びいん》に吟じて、楽《(たのしむ)》といへども、おもひよらず烏《からす》の来て喰《くら》はむことを恐《おそ》る。此《(この)》楽あればかならず此憂《うれひ》《きのどく》ある事、世の中の常なり。今吾精神気《せいしんき》血《けつ》《ち》ともに汝にゆづり、大隙《おゝひま》をあけて無事《ことなふ》に楽《たのし》むのみ。又何をか求《もと》めん。二生を好《この》まず、死《し》をにくまず、吉凶栄辱《きつけうゑいぢよく》《よしあしさかへはづかしめ》みづから知ることなし。風に吹《ふか》るれば風に随てとびありき、風やめば我も又やむ。物と三さかふことなし。形《かたち》やぶれ足《あし》折れても痛《いた》まず、みづからいとなむ事なければ、天下憂《うれふ》る事なく、恐るゝことなし。王公《わうかう》の富貴《ふうき》もかへりみるにたらず。四其実《み》は我レなきが故に、此苦楽得失《くらくとくしつ》《うるうしなふ》のさかいをまぬかれたり。仏の五寂滅為楽《じやくめついらく》といふものも、黙《もく》《だまり》して識《しる》べし」。蟬《せみ》が云、「汝は誠に解脱《げだつ》の人なり。我レ露を飲《のみ》て世に求《もと》めなしといへども、いまだ生物《いきもの》たる事をまぬかれず。願《ねがはく》は人世《じんせい》に処《しよ》《おる》するの道を聞む」。蛻が云、「我が知る所

一 荘子・山木「一蟬を覩るに、まさに美陰を得て、其の身を忘る。蟷螂翳を執りて之を搏たんとす」。恰好な木陰を見つけて、うっとりと休む蟬の後ろからかまきりが鎌をうちかけようとする。

二 荘子・大宗師「古の真人は生をよろこぶことを知らず、死をにくむことを知らず。其の出をよろこばず、其の入をこばまず。翛然として往き翛然として来るのみ」。

三 さからう。

四 ぬけがらとなって。我をはるような中味がないからの意。

五 「寂滅」は迷いの世界を離れた境地をいう。その境地が楽しいものだという意。雑阿含経。

にあらず。然《(しかり)》といへども窃《ひそ》かに聞し事あり。造化《ざうくわ》我を生じて我レ其中にあそぶ。死生《しせい》《しぬいきる》禍福《ふく》《わざはいさいわい》は命也。是を愛《あひ》しては其心を[六]繫累《けいるい》《つなぎくゝらるゝ》し、是を恐れては其心を苦《くる》しむ。其力《ちから》の不《ざる》レ及所をおもひ、其知の不《ざる》レ能《あたは》所を憂《うれふ》る者《もの》は、愚《ぐ》《おろか》の至り也。只[七]物とあらそはず、あふ所に安《やす》むじて、私意《しい》《わたくしごゝろ》容《いる》る事なき時は、天下の至楽《しらく》[八]を得て、物のためにやぶらるゝ事なし。生《いけ》る時は其道を尽《つく》し、死《し》する時は其帰《き》を安むずるのみ。何のむつかしき事かあらむ」。

貧《ひん》神《じんの》夢《ゆめの》会《くわい》

無休斎《むきうさい》といふ者あり。身《み》極《きわ》めて貧《ひん》也《まづしし》。常《つね》に大黒天《だいこくでん》[九]を信《しん》じて、福《ふく》を祈《いの》れどもしるしなし。或夜《あるよ》の夢に、所はいづくともしらず、[一〇]七福神あつまり給ひ、青羅紗《あをらしや》、黄《き》らしや、[一一]猩ゝ皮《せう〳〵ひ》色の物敷《しき》ならべ、金銀の銚子《てうし》かわらけ、種ゝの酒肴取調《とゝの》へ、[一二]箏三味線唄《しやうさみせんうた》ひ舞《まひ》、男女の芸《げい》者《しや》をあつめ、其遊興《ゆうけう》品ゝなり。又傍《かたはら》を見れば、あさましくやせおとろへ、身にはつゞれを着し、乞食《こつじき》のやうなる者ども、豆腐《とうふ》のかすなどつかみくらひ、羨《うらやま》しさうに聞居たり。其《(その)》中より、五六人列《れつ》をはなれてとびしさり、岩のはなに腰をかけ、清水《しみづ》の流《なが》れに足をあらひ、[一三]股《もゝ》を打て唄《うた》ひ、又[一四]一節切《ひとよぎり》のやうなる物を取出し、心しづかに吹ならす。其音色《おといろ》《おんしき》ゆふ〳〵として、何を羨《うらや》むけしきもなく、却而《かへつて》七福神の遊興《ゆうけう》より、ゆたかに見へたり。

六 自分の心をそこにとらわれてしまう。
七 老子八「上善は水のごとし。水は善く万物を利して争はず。…それただ争はず、故に尤(とが)(め)なし」。
八 人生最上の幸福。
九 七福神の一。その像は左肩に大きな袋を背負い、右手に打出の小槌を握り、米俵の上に座る。鼠を使者とする。元来インドの神で、日本では音の相通から大国主神と習合され、福神として夷(えびす)神に配されて七福神の一となる。
一〇 通常は大黒・夷・毘沙門・弁天・福禄寿・寿老人・布袋和尚の七神をいう。室町期から江戸初期に概ね定まった信仰といわれる。本来は仏教にいう「七難七福」の語に拠り、当時上方の流行神七神をとり合わせて形作られたものか。
一一 猩々緋。猩々の血で染めたといわれるあざやかな深紅色の毛織物。舶来品として尊ばれた。
一二 十三絃の琴。
一三 後漢書・張奐伝「髀(もも)を拊ち天を仰いで笑ふ」。
一四 尺八よりやや短く、長さ一尺八分。竹の一節のみを用いる(和漢三才図会十八)。

無休斎ふしぎにおもひ、そば近く立よりて、「[一]御身いか成ル人なれば、そのさま見ぐるしくして、歴〻《れき〳〵》七福神の美《び》を尽したる前にて、誰に憚《はゞか》ル心もなく、ゆふ〳〵として興《けう》を催《もよほ》し給ふは、おくゆかしさよ」といふ。彼《（かの）》男ども答《こたへ》て云、「よくぞ心付給ふ物かな。其心即悟《すなはちさとり》のもと也。何を見ても聞ても、心のつかぬ者は、尭舜孔子《げうしゆんこうし》と相宿《じゆく》しても、道に進《すゝ》むことはなきもの也。我〻は貧乏神《びんぼうがみ》也。吾レ何ぞ彼《かの》福神にはづる事あらんや。彼《かれ》と我と皆命《みなめい》也。しかのみならず、彼等《かれら》は天子公卿大名高家、扨《（さて）》は富有《ふゆう》《とみをたもつ》の町人などに親《したし》み、種〻の栄耀《ゑいよう》をなすといへども、成徳《せいとく》の人に親むことなし。我〻は形《かたち》は如レ此《（かくのごとく）》なりといへども、唐土《もろこし》にては巣父《さうふ》[二]、許由《きよゆう》、孔門《こうもん》にては顔淵《がんゑん》[三]、閔子《びんし》騫《けん》、原憲《げんけん》などに親みて、[四]箪瓢《たんぺう》《たかむしろふくべ》陋巷《ろうこう》《いやしきちまた》を以《（もつて）》王公の富貴にも不レ易《かへざる》の楽《たのしみ》を知れり。故《かるがゆへ》に彼等《かれら》何ほど奢《おご》りて、錦繡《きんしう》《にしきぬいもの》を幕《まく》にし、美食《びしよく》《よきくいもの》を喰《くら》ひ、世楽《せらく》《よのたのしみ》を尽《つく》すといへども、[五]藁一束《わらいつそく》《ひとつかね》ともおもはぬなり。汝の貧《ひん》なるは命分《めいぶん》也。いかほど大黒《だいこく》を信《しん》じ、七福神にいのるとも、彼等汝に親《した》しむこと不レ能《あたはざる》者は、天のゆるさぬ所あればなり。天のゆるさぬ所は、彼等も自由《じゆう》にならぬ事也。汝の[六]小豆飯《あづきめし》はくわれ損《ぞん》也。汝に朝夕親しむ者は、あれに群居《むれい》たる、餓鬼《がき》のやうなる貧乏神《びんぼうがみ》共也。是等も外《ほか》より来て、汝にとり付たるにはあらず。汝の生《むま》れ出る時に、腹《はら》のうちより同道して来る者どもなれば、こそげおとしても退《の》《しりぞく》く者にあらず、打殺《ころ》しても死なぬもの也。是を気[七]数《きすう》の命《めい》といふ。然れども汝此《（この）》理を知て、心に徹《てつ》し、貧窮《ひんきう》《まづしくきはまる》の中に居《い》て、よく其楽をうしな

一 謡曲におけるワキの問いかけの言葉の調子を用いる。

二 巣父は尭代の隠者で、世俗を離れて山中の樹上に寝とまりしたので、巣父とよばれた。許由も同じく尭代の人で尭に天下を譲られそうになって箕山下に隠れ、また九州の長に召出されそうになると、汚らわしい事を聞いたとして潁水のほとりでその耳を洗った(皇甫謐・高士伝)。荘子・天地、譲王などの篇に出る。

三 何れも孔門の賢人の中で清貧、徳行を以てしられる。論語・先進「徳行には顔淵、閔子騫」。また史記・仲尼弟子伝に原憲が清貧の士であったことを述べる。

四 論語・雍也「子曰く、賢なるかな回や。一箪の食、一瓢の飲、陋巷に在り。人は其の憂に堪へず。回や其の楽を改めず」。「箪瓢陋巷」の語は顔回の清貧を楽しむ精神を表わす慣用句である。

五 屁とも思わぬ。

六 大黒の祭日は甲子の日で、小豆飯を供える。

七 気運。めぐりあわせの運命。

はずんば、彼貧乏神《びんぼうがみ》共も、汝と共に楽むで、七福神に恥《はづ》る事なかるべし。われ〳〵は巣《さう》父《ふ》、許由《きよゆう》、顔子《がんし》、閔子《びんし》、原憲《げんけん》などゝ親《したしみ》し故に、化《け》《くわ》して今も其楽を不レ失《うしなは》」とて、又股《もゝ》を拍《うつ》て唄《うた》ひあそぶ。無休斎驚《おどろき》て、曰、「誠に難レ有御おしへ也。然《(しかれども)》共我レ其楽む所をしらず。願《ねが》はくは其道をしめし給へ」。貧神《ひんじん》の云《いわく》、「昔《むかし》欧陽公《あうやうこう》[八]が曰《いわく》、「[九]天下の至《し》美《び》与《と》至《し》楽《らく》不ル二得《て》而兼《かね》一者多」といへり。何をか至美といふ、身《み》富貴《ふうき》に居《い》て金銀財宝おほく、衣食美《いしよくび》を尽し、上《かみ》の恩寵《おんてう》あつく、其権勢盛《けんせいさかん》《いきほひ》にして、其欲《ほつす》る所不《ず》レ達《たつせ》といふことなし。是レ人情《にんじやう》《ひとのこゝろ》の栄《さかへ》とする所にして、世間の羨《うらや》む所なり。何をか至楽《しらく》[一〇]といふ。無欲《むよく》にして足《た》ることをしり、至公無我《しこうむが》《いたつておほやけがなし》にして物と是非《ぜひ》を争《あら》そはず、我心の本然《ほんぜん》を知りて、生死禍福《しやうじくわふく》《いきしにわざはひさいわひ》のために惑《まど》《まよ》はず、生は生に任《まか》せて其道を尽《つく》し、死は死にまかせて其帰《き》を安《やす》むず。富貴《ふうき》をうらやまず、貧賤《ひんせん》をいとはず、喜怒好悪《きどこうを》《よろこびいかりこのむにくむ》念をとむることなく、吉凶栄辱《きつけうゑいぢよく》《よしあしさかへはづかしめ》其あふ所に随て、悠《ゆふ》ゝとして、造化《ざうくわ》の中に遊ぶ者は、天下の至楽なり。吾が心を以て天下を包括《ほうくわつ》《つゝみくゝる》す。天下を以我が心に碍《さわ》[一一]るものなし。富貴《ふうき》福禄《ふくろく》は外《ほか》にあるものなり。是を求《もと》めて[一二]得《う》る事有《(あり)》得《ゑ》ざる事あり、かならずとすべからず。至楽《しらく》は我にあるもの也。心を専《もつぱら》にして是を求れば、不レ得といふ事なし。只人迷《まよ》ひて求めざるのみ。孔子《こうし》曰《の給はく》、「[一三]仁遠《じんとを》からんや、我レ仁を欲《ほつ》すれば、仁《じん》斯《こゝ》に至る」と。[一四]仁は即《すなはち》至楽なり。求めても不レ可レ得物を、しゐて求る時は、却《かへつ》てをのれをくるしめ、生涯《しやうがい》《いけるかぎり》物のためにつかはれて、安《やす》んずることをしらず。名を求むれば、名

八 底本「鷗」。「田舎荘子伝写正誤」に「欧陽公。鷗ハ非也」。欧陽修。北宋の人。古文の復興に志し、文は韓・柳以後の第一人者といわれた。

九 欧陽修「有美堂記」に「それ天下の至美と其の楽とを挙ぐるに、得て兼ねざる者多し」。底本に「天下の至美与至楽不レ得而兼者多」とあり、「伝写正誤」に「天下之至美与二至楽一不二得而兼一者多」とする。

一〇 人生最上の幸福。荘子・至楽篇は哀楽の相対的な楽を否定的に超越する「無楽」と「無為」を人生の至楽とすると説く。

一一 障碍となる。さえぎる。

一二 底本「得る事得ざる事あり」。「伝写正誤」に「有ノ字落」。

一三 論語・述而「子曰く、仁遠からんや。我仁を欲すれば、ここに仁至る」。「仁」は人の道。

一四 「仁」を「至楽」とする、このような論法が即ち「荘子は聖門の別派である」とする樗山の樗山らしい解釈であろう。

のためにつかはれ、金銀を求れば、金銀のためにつかはれ、器物《きぶつ》《うつわもの》を求る物は、器物のためにつかはれ、色を好む者は、色のためにつかはれ、吾が大切《たいせつ》の心を以他の奴僕《ぬぼく》《つかはれもの》とする事をしらず、終日《しうじつ》《ひめもす》此《こゝ》に心を用《もち》ひて労《ろう》《つかるゝ》す。今の人は此《こゝ》に巧《たくみ》なる者を智ありといふ。古《いにしへ》[一]の人は是を愚者《ぐしや》《おろかなるもの》、小《せう》人と云。此《こゝ》に心を用ゆる時は、至楽と日《ひゞ》ゝに遠《とを》ざかる。わづかに至楽の地を、窺《うかゞ》ひ知る者は、富貴福禄を求るに心なし。古へより賢人君子《けんじんくんし》、富貴《ふうき》なるは稀《まれ》也。たま〳〵高位《かうゐ》高禄《かうろく》《たかきくらゐ》を得《う》る者は、みづから求るにあらず、其人の才徳《さいとく》かくれなくして、上《かみ》より挙用《あげもち》ひらるゝ故に、やむことを不レ得して、受《うく》るのみ。然ども小人の心と常《つね》に不《ざる》レ合《あは》故に、おほくは讒《ざん》にあふて退《しりぞ》けらるゝ者、和漢《わかん》ともに珍らしからず。退《しりぞ》けらるゝといへども、我が至楽《しらく》におゐては、[二]一毫《いちがう》《ひとつのけさき》も妨《さまたげ》なし。故に此時に当《あた》つて、富貴福禄《ふうきふくろく》を棄《すつ》ること、やぶれたるわらぐつのごとし。富貴福禄よりも、重宝《てうほう》《おもきたから》なる物、我にあるが故なり。賢者《けんしや》は富貴福禄、却《かへつ》て身の桎梏《しこく》《あしかせてかせ》となる事を知て、与《あたふ》れども辞《じ》して不《ざる》レ受《うけ》者《もの》《ひと》多し。許由《きよゆう》、[三]厳子《げんし》陵《れう》、孔門《こうもん》の顔淵《がんゑん》、閔子《びんし》騫《けん》、[四]漆張開《しつてうかい》の類《たぐひ》是なり」。

田舎荘子巻之中　終

一 「古の人」は「老子」等をいうのであろう。「大道廃れて仁義あり。智慧出でて大偽あり」(十八章)、「聖を絶ち智を棄つれば、民の利百倍す」(十九章)など、また荘子・至楽に「それ天下の尊ぶ所の者は富貴寿善也。楽しむ所の者は身安く、厚味、美服、好色、音声なり。下(いや)む所の者は貧賤夭悪也。苦しむ所の者は、身に安逸を得ず、口に厚味を得ず、形に美服を得ず、目に好色を得ず、耳に音声を得ざるなり。もし得ずんば、則ち大いに憂ひ以て懼る。其の形のためにするや、また愚なるかな」。

二 ほんの少しも。一本の毛ほども。

三 厳光、字は子陵、会稽余姚の人。光武帝と学友であったが帝の即位と同時に名を変えて隠れた(後漢書・逸民・厳光伝)。

四 漆雕開。孔門の一人。論語・公冶長に「子、漆雕開をして仕へしむ。対(こた)へて曰く、われこれをこれ未(いま)だ信ずること能はず。子よろこぶ」。孔子に出仕を進められても、自信がないとして仕えようとしなかった。孔子はその人となりをよろこんだ。

田舎荘子巻下

目録

田舎荘子巻下

東住士　佚斎樗山妄選

荘右衛門《そうゑもん》が伝《でん》

[一]猖狂《しやうきやう》《ものくるはし》にしてかゝはらず、魯鈍《ろどん》《おろかにぶし》にして可ㇾ用の才なし。情《じやう》のまゝに言《いふ》て、[二]掩《おほう》事なく、[三]好んで書を読《よ》めども、はか〴〵敷ク文字をだにも、記得《きとく》《おぼへ》せず。懶惰《らんだ》《ものぐさし》にして昼《ひる》も睡《ねむり》がち也。[四]俗《ぞく》人《じん》と居《い》る時は、俗人の戯《たはふ》れをなして、楽《たのし》み、其事過ぬれば去てかへりみず。常に[五]樗山《ちよざん》の下《もと》、泥水《でいすい》《どろみづ》の上《ほとり》に遊ぶ。其姓名《せいめい》を問《と》へば、唐土《もろこし》荘子がおとし種《だね》、数代《すだい》にして日本にわたり、[六]田《た》野の間に生れたりとて、みづから田村荘《さう》右衛門と名乗《なの》る。儒士《じゆし》あり、常に来り訪《とふ》。一日その友《とも》、荘《さう》右衛門に謂《いつ》て曰《いはく》、「汝をみるに何者とも名付べきやうなし。口には聖人《せいじん》の道を、信《しん》ずるがごとくなれども、行《おこな》ひは[七]子桑《しさう》が簡《かん》に慣《なら》ふ。罪《つみ》をおかすほどの悪事もなく、もとよりあげていふべき程の、善事も見へず。[八]昏〻《こん〴〵》《くらし》朦〻《まう〴〵》《くらし》として、食《しよく》を費《ついや》す。儒《じゆ》にもあらず、仏《ぶつ》にもあらず、気まゝにして、情《じやう》のこはき者也。世にくたびれものと云類《たぐひ》なるべし。

一　荘子・在宥「鴻蒙曰く、浮遊して求むる所を知らず。猖狂して往く所を知らず」。おのれの心のままにふるまって、あてどもなく彷徨するの意。鴻蒙は渾沌と同じく、至道の体得者を寓する。
二　孟子・尽心下「何の以(ゆゑ)にこれを狂といふ。曰く、その志は嘐々然たり。古(いにしへ)の人、古の人といふも、其の行を夷考(かんが)ふれば、掩(おほ)はざる者也」。狂者の心地を説明する部分で、志も言も大きいが、言行の一致に欠けている人間を規定する部分。　三　陶淵明「五柳先生伝」に「栄利を慕はず。好んで書を読めども、甚解を求めず」。
四　荘子・山木「吾これを夫子に聞く。曰く、其の俗に入りては其の俗に従ふ」。
五　荘子・逍遥遊に説く「樗木」即ち無用であるが故に、天然の齢を全うする大木の生える山の意。作者樗山の名もここに由来する。
六　底本「田の間」。「伝写正誤」に「野の字落」。
七　論語・雍也「仲弓、子桑伯子を問ふ。子曰く、可なり、簡なり」。仲弓は孔子の弟子。子桑伯子はその伝不明。仲弓が子桑伯子についての批評を孔子に求めた所、孔子は「その生き方は『簡』、大まかでほがらかで、大変よろしい」と答える。子桑は荘子・大宗師にも「子桑戸」として登場し、超越者として位置づけられている。

[九]たま〳〵筆をとれば、あらぬたはごとを書ちらし、一つとして実《じつ》らしき事なし。世を誣《しひる》《いつは》人を惑《まど》はすの言《こと》にあらずといへども、無用の贅言《ぜいげん》《こぶ》也。汝幸《さいわい》に書をよむ。今より心を改て、[一〇]聖人《せいじん》の教《をしへ》に随ひ、[一一]程朱《ていしゆ》の伝を得て、威儀《いぎ》容皃《ようぼう》《すがたかほ》を正し、つとめ行《（おこなひ）》て、人に名をもしらるべし」。荘右衛門が云、「我レ聖人のおしへの貴《たつと》きことを知らざるにはあらず。豈人《あにじん》道《どう》を外にして、自棄《じき》《みづからすて》、自暴《じぼう》《みづからそこなふ》に安んずる者ならむや。且《かつ》荘子が荒唐《くわうとう》の言《こと》、子桑《しさう》が大簡《たいかん》を以《（もつて）》、聖人に勝《すぐ》れりとおもふにはあらず。只力に強弱《きやうじやく》《つよきよわき》あり。[一二]才に多少《たせう》あり。我[一三]斗筲《とさう》《ますにはかる》の一夫、性痴《せいおろか》にして、且多病《たびやう》なり。威儀《いぎ》[一四]才徳兼備《さいとくかねそなへ》たる、[一五]精微《せいび》《くわしかすか》中庸《ちうよう》の君子《くんし》には及ぶべからざる事を知れり。只人欲《じんよく》の為に性命《せいめい》の固有《こゆう》《もとより》を取失《うしな》はず、[一六]死生一貫《しせいいつくわん》《ひとつらぬき》、禍福一致《くわふくいつち》の、心地《しんち》に至らば、我が幸也。何の暇有てか、言《こと》を修《おさ》め、行《おこなひ》を飾《かざり》て、人にしられん事を求《もと》めんや。夫《それ》天地の間には、物各《ものおの〳〵》感《かん》ずる事あり。故に鳥は春を以て囀《さへづ》り、虫は秋を待て吟《ぎん》ず。吾豈《あに》瓦礫《ぐわれき》《かわらつぶて》ならんや。何ぞよく黙《もく》して言《いふ》ことなからん。世間の是非得失《ぜひとくしつ》は、我が[一七]与《あづか》る所にあらず。暫《しばら》く物《もの》に託《たく》《つけて》して、我心の感《かん》ずる所を述《のぶ》るのみ。其戯言《けげん》《たはふれこと》は、人のわらひをおかすといへども、戯言の中に、心をつけば、わが心ざしはしらるべし」。

八 ぼんやりとなすことなく。
九 荘子・天下「荘周その風を聞いてこれを悦(よろこ)び、謬悠の説、荒唐の言、端崖なきの辞を以て、時に恣縦にして儻せず」。中国古来の道の説の流れを解説する部分の一節で、荘子の哲学の特徴を説明するもの。破天荒の教説、荒唐無稽な議論、野放図な言辞をいいちらして、勝手放題なことを述べる。
一〇 孔孟の教え、即ち儒学。
一一 「程朱」は二程子(程顥・程頤)と朱子。「伝」は経書の註解。即ち二程子や朱子による経書の註解を会得して。
一二 荘子・庚桑楚「能と不能とあるものは、其の才もとより巨小ある也」。
一三 論語・子路「子曰く、ああ、斗筲の人、何ぞ算ふるに足らんや」。斗、筲、何れもわずかな米を入れる器で、器量のせまい人物の意。謙辞として用いる。
一四 資治通鑑・周紀「才徳全尽、これを聖人と謂ふ。才徳兼亡、これを愚人と謂ふ」。
一五 論語・雍也「子曰く、中庸の徳たる、其れ至れるかな」。中庸の徳は偏頗でなく奇僻でない、最上の道理の意。
一六 荘子・徳充符「老聃曰く、なんぞひとり彼の死生を以て一条と為し、可不可を以て一貫と為す者をして、其の桎梏を解かしめざる。其れよからんか」。
　荘子・庚桑楚「かくのごとき者は禍

猫《ねこ》[一]之《の》妙《めう》術《じゆつ》

勝軒《せうけん》といふ剣術者《けんじゆつしや》あり。其家に大なる鼠《ねずみ》出て、白昼《はくちう》にかけまはりける。亭主《ていしゆ》[二]其間《(ま)》をたてきり、手飼《てがい》の猫に執《と》らしめんとす。彼《(かの)》鼠進《すゝみ》て、猫のつらへ飛《と》びかゝり、喰付《くい(つき)》ければ、猫声を立《(たて)》て逃去《にげさ》りぬ。此分にては叶《かなふ》まじとて、それより近辺にて、逸物《いちもつ》[三]の名を得たる猫ども、あまたかりよせ、彼一間《ひとま》へ追入ければ、鼠は床《とこ》のすみにすまゐ居《い》て、猫来れば飛《と》びかゝり喰付、其けしきすさまじく見へければ、猫どもみなしりごみして進《すゝ》まず。亭主腹《はら》をたて、みづから木刀《ぼくとう》を提《ひつさげ》打殺《ころ》さんと追まはしけれ共、手もとよりぬけ出て、木刀にあたらず、そこら戸障子《とせうじ》からかみなどたゝきやぶれ共、鼠は中《ちう》を飛びて、其はやき事電光《でんくわう》《いなびかり》のうつるがごとし。やゝもすれば亭主のつらへ飛かゝり喰付べき勢《いきほ》ひあり。勝軒大あせをながし、僕《ぼく》を呼《よび》て云、「是より六七町わきに、無類逸物《いちもつ》の猫有《(あり)》と聞く。かりて来れ」とて、則《(すなはち)》人をつかはし、彼《(かの)》猫をつれよせてみるに、其形《かたち》利《り》口《こう》げにもなく、さのみはき〱とも見へず。「それ共に先ッ追入て見よ」とて、少《(すこし)》戸をあけ、彼猫を入ければ、鼠すくみて、動《うご》かず。猫何の事もなく、のろ〱とゆき、引くわへて来りけり。

其夜《よ》件《くだん》の猫ども、彼《(かの)》家にあつまり、彼古《ふる》猫を、座上《ざじやう》に請《しやう》じ、何《いづ》れも前に跪《ひざま》づき、「我

また至らず。福また来らず。禍福有ること無し。なんぞ人災あらんや」。

一七 底本「与《(あ)》《(た)》ふる」。「伝写正誤」に「あたふるハ非也。与《(アッ)》《(カ)》る」。

一 この説話は荘子・達生にある闘鶏の飼育に関する説話をモチーフにしたものであろう。
　紀渻子という闘鶏師が周の宣王のために鶏を飼育し、十日ほどして王が「まだか」と尋ねると渻子は「まだ気勢を張っていてだめです」と答え、以来十日毎の王の問いに、「まだ身構えます」「まだ睨みつけます」と答えた渻子が、やがて「まるで木で作った鶏のように何の反応もなく無為自然になりました、もう完璧です」と答えた。林註は「此れは気を守るの学を言ふ。鶏を借りて以て喩と為すのみ」という。

二 其の一室を閉めきって。

三 優れた動物。本来は馬を評する語。

ゝ逸物の名を呼《よ》ばれ、其道に修錬《しゆれん》し、鼠《ねずみ》とだにいはゞ、鼬獺《いたちかはをそ》[四]なり、とも、とりひしがむと、爪《つめ》を研《とぎ》罷在候処ニ、いまだ、かゝる強鼠《がうそ》《つよきねずみ》ある事をしらず。御身何の術を以か、容易《たやす》く是をしたがへ給ふ。願わくは、惜《おし》むことなく、公《かう》の妙術《めうじゆつ》を伝《つた》へ給へ」と謹而《つつしんで》申ける。古猫《ふる》笑《わらつ》て云、「何れも若き猫達、随分達者《たつしや》[五]に働《はたら》き給へども、いまだ正道[六]の手筋《てすじ》をきゝ給はざる故に、思ひの外の事にあふて、不覚《ふかく》をとり給ふ。しかしながら、先ヅ各《おのおの》の修行《しゆぎやう》の程をうけ給はらん」と云。其中にすゝどき[七]黒猫《くろ》一疋すゝみ出《いで》、「我レ鼠をとるの家に生れ、其道に心がけ、七尺[八]の屛風《べうぶ》を飛び越、ちいさき穴《あな》をくゞり、猫子《ご》の時より、早《はや》わざ軽《かる》わざ至らずと云所なし。或《あるい》は、睡《ねむり》て表裏《へうり》[九]をくれ、或は不意《ふい》におこつて、桁梁《けたはり》を走《はし》る鼠といへども、捕損《とりそん》じたる事なし。然るに今日思ひの外成《なる》強鼠《がうそ》に出合、一生のおくれをとり、心外の至りに侍る」。古猫の云、「吁《ヲン》[一〇]汝の修《しゆ》する所は、所作《しよさ》[一一]のみ。故にいまだ、ねらう心あることをまぬかれず。古人《こじん》の所作《しよさ》を教《をしゆ》るは、其道筋《みちすじ》をしらしめんため也。故《かるがゆへ》に其所作、易簡《いかん》《やすくことすくな》[一二]にして、其中《うち》に至理《しいり》《いたつてすじ》を含《ふく》めり。後世《こうせい》所作を専《もつぱら》として、兎《と》すれば角《かく》すると、色ゝの事《わざ》をこしらへ、巧《たくみ》を極め、古人を不足《ふそく》《たらず》とし、才覚を用ひ、はては所作くらべといふものになり、巧尽《つき》て、いかむともすることなし。小人の巧を極め、才覚を専とする者、みなかくのごとし。才は心の用なりといへども、道にもとづかず、只巧[一三]を専《もつぱら》とする時は、偽《いつわり》の端《はし》となり、向《さき》の才覚却《かへつ》而《て》害《がい》に成ル事おほし。是を以かへりみ、

四 和漢三才図会に「鼬」は「鼠類」に、「獺」は「獣類」に入れる。

五 上手に。熟練して。

六 正しい方法。

七 敏捷な。書言字考十二に「驍 スヽドシ〈武猛也〉」。

八 始皇帝が荆軻におそわれ、飛び越えて逃げたという咸陽宮の屛風の故事。

九 わざと寝たふりをすること。

一〇 「吁」は嘆く音声。「ああ」の意。

一一 演技。形の上の身のこなし。

一二 底本「易簡(あきかん)」。「伝写正誤」に「ゑきハ非也」。簡単なこと。

一三 老子五十七「人に伎巧多くして、奇物ますます起り、法令ますます彰(あきらか)にして、盗賊多くあり」。

よく〳〵工夫《くふう》すべし」。又虎毛《とらげ》の大猫一疋まかり出、「我おもふに、武術《ぶじゆつ》は気然《き ぜん》[一]を貴《たつと》ぶ。故に気を錬《ね》[二]る事久し。今其気豁達《くわつたつ》《ほがらか》至剛《しがう》《いたつてつよく》にして、天地に充《みつ》るがごとし。敵《てき》を脚下《きやくか》《あしのした》に蹈《ふ》み、先ヅ勝《かつ》て然《しかう》して後進《すゝ》む。声《こゑ》に随ひ、響《ひゞき》に応《おう》じて、鼠を左右《さゆう》につけ、変《へん》に応ぜずといふことなし。所作《しよさ》を用るに心なくして、所作《しよさ》をのづから湧出《わきい》づ。桁梁《けたはり》を走《はし》る鼠は、にらみおとして、是をとる。然るに彼強鼠《ごうそ》、来るに形《かたち》なく、往《ゆく》に迹《あと》なし。是《(これ)》いかなるも

一 孟子の所謂「浩然の気」をいうか。身体の根源となる活動力。
二 鍛錬する。

のぞや」。古猫の云、「汝の修錬《しゆれん》する所は、是レ気《き》の勢《いきほひ》に乗《じやう》じて働《はたら》くもの也。我に恃《たの》むこと有て然り。[三]善《ぜん》の善《ぜん》なるものにあらず。我やぶつて往《ゆか》むとすれば、敵も亦やぶつて来る。又やぶるに、やぶれざるものある時はいかん。我レ覆《おほ》つて、挫《とりひし》がんとすれば、敵もまた覆《おほ》つて来る。覆《おほ》ふに、覆《おほ》はれざるものある時はいかむ。豈《あに》我レのみ剛《がう》《つよし》にして、敵みな弱《じやく》《よはし》ならんや。豁達《くわつたつ》至《し》剛《がう》《いたつてつよし》にして、天地にみつるがごとく覚ゆるものは、皆気の象《しやう》《かたち》なり。孟《まう》子《じ》の[四]浩然《かうぜん》の気に似《に》て、実《じつ》は異《こと》也。彼《かれ》は明《めい》[五]を載《の》せて、剛健《がうけん》《つよくすくやか》也。此《これ》は勢《せい》《いきほひ》に乗《じやう》じて、剛健《がうけん》なり。故に其用も亦同じからず。江河《がうが》の常流《ぢやうりう》《つねにながるゝ》と、一夜《や》洪水《かうずい》《みづ》の勢《せい》とのごとし。且気勢《かつきせい》に屈《くつ》せざるもの、ある時はいかん。[六]窮鼠《きうそ》《きわまるねずみ》却《かへつ》て猫を嚙《かむ》といふことあり。彼《かれ》は、必死《ひつし》に迫《せまつ》て恃《たの》む所なし。生《しやう》を忘《わす》れ、欲《よく》を忘《わす》れ、勝負《せうぶ》を必とせず、身を全《まつたく》するの心なし。故に其　志《こゝろざし》金鉄《てつ》のごとし。如レ此者は豈気勢《あにきせい》を以服《ふく》すべけんや」。又はい毛の少年闌《(やや)としたけ》たる猫、しづかに進《すゝみ》て云、「如レ仰気は旺《さかん》なりといへども、象《かたち》あり。象《かたち》あるものは微《び》《かすか》也といへども見つべし。我レ心を錬《ね》ること久し。勢《いきほひ》をなさず、物と不《ず》レ争《あらそは》。相和《くわ》して不《ず》レ戻《もとら》。彼つよむ時は、和《(くわ)》して彼に添《そふ》。我が術《じゆつ》は帷幕《いばく》《たれぬのまく》を以、礫《つぶて》を受《うく》るがごとし。強鼠《がうそ》有といへども、我に敵せんとしてよるべき所なし。然るに今日の鼠、勢《いきほひ》にも屈《くつ》せず、和《くわ》にも応《おう》ぜず、来往《らいわう》《きたるゆく》、神《しん》のごとし。[七]我レいまだ如レ斯《(かくのごとき)》ものを見ず」。古猫の云、「汝の和といふものは、自然《しぜん》の和にあらず。思て和をなすもの也。敵の鋭気《えいき》《するど》を、はづれむとすれども、わづかに念[八]にわたれば、敵其

三 老子八「上善は水のごとし。水は善く万物を利して争はず」。
四 孟子・公孫丑上「敢て問ふ、何をか浩然の気と謂ふや。曰く、言ひ難し。其の気たるや、至大至剛にして以て直く、養ひてそこなふこと無ければ、則ち天地の間に塞(み)つ」。
五 内心が曇りなく公明正大である事。
六 諺として古来用いられる。出典は塩鉄論・刑法に「死して再生せず、窮鼠狸を齧(か)む」。
七 論語・里仁「我未二之見一也」、公冶長「吾未レ見二剛者一」など、論語によく見える語調を模した表現。
八 自然に発するのではなく、意図的な想念を以てすること。

機《き》を知る。心を容《いれ》て和すれば、気濁《にごつ》て惰《だ》《おこたり》にちかし。思ひてなす時は、自然《しぜん》の感《かん》をふさぐ。自然の感をふさぐ時は、妙用《めうよう》何れの所より生《しやう》ぜんや。只思ふこと[一]もなく、することもなく、感に随て動《うご》く時は、我レに象《かたち》なし。象なき時は、天下我に敵すべきものなし。然りといへ共、各の修《しゆ》する所、悉《ことごと》く無用の事なりといふにはあらず。[二]道器《どうき》一貫《いつくわん》《みちうつわひとつらぬき》の義なれば、所作の中に、至理《しいり》を含《ふく》めり。気は一身の用をなすものなり。其気豁《くわつ》達なる時は、物に応ずること、窮《きわま》りなく、和する時は、力《ちから》を闘《たゝか》はしめず、金石《きんせき》にあたりても、よく折《くぢく》ることなし。然といへども、わづかに[三]念慮《ねんりよ》にいたれば、皆作意《さくい》とす。道体《どうたい》の自然《しぜん》にあらず。故にむかふもの、心服《しんぷく》せずして、我に敵するの心あり。我レ何の術をか用《もちひ》んや。無心《しん》にして、自然に応《おう》ずるのみ。然リといへども、道極《きわま》りなし。我がいふ所を以至極《しごく》とおもふべからず。むかし、我隣郷《りんがう》《となり》に猫あり。終日《しうじつ》眠り居《い》て、気勢《きせい》なし。[四]木にて作《つく》りたる猫のごとし。人其鼠をとりたるを見ず。然共《しかれども》彼《かの》猫の至る所、近辺《きんぺん》に鼠なし。所をかへても然《しか》り。我往《ゆき》て其故を問《とふ》。彼猫不《ず》レ答《こたへ》。[五]四度《たびと》問へども、四度不レ答。不《ざる》レ答《こたへ》にはあらず、答《こたふ》る所を不《ざる》レ知《しら》也。是を以知《しり》ぬ、[六]知《し》るものは不《ず》レ言《いは》、いふものはしらざることを。彼猫は、をのれを忘《わす》れ物を忘《わす》れて、[七]無物《むぶつ》に帰《き》す。[八]神武《しんぶ》にして、不殺《ふせつ》《ずころさ》といふものなり。我また彼に、及ばざる事遠《とを》し」。勝軒夢のごとく、此言《こと》を聞て、出て古猫を揖《いつ》[九]して曰、「我剣術を修《しゆ》する事久し。いまだ其道を極《きわ》めず。今宵各の論《ろん》を聞て、吾が道の極所《ごくしよ》《きはまるところ》を得たり。願《ねが》はくは

一 易経・繫辞上「易は思ふことなく、為すことなし。寂然として動かず、感じて遂に天下の故(こと)に通ず。天下の至神に非ずんば、其れたれかよく此れに与(みく)せん」。

二 易経・繫辞上に「形而上はこれを道と謂ひ、形而下はこれを器と謂ふ」。形をとってあらわれるものが器であり、その精神となるものが道であるとすれば、道は器の中に当然含まれている。

三 無心にして自然に応じるのではなく、意識的に対応しようとする事。

四 荘子・達生「これを望むに木鶏に似たり」。

五 荘子・応帝王「齧缺(げっけつ)王倪に問ふ。四たび問うて四たび知らずといふ」。

六 老子五十六「知る者は言はず。言ふ者は知らず」。

七 老子十四「縄々として名づくべからず。また無物に帰す」。物の次元を超えてはてしなく無限定な状態をいい、即ち本当の道の在り方を説明したもの。

八 易経・繫辞上「古(いにしへ)の聡明睿知は、神武にして殺さざる者か」。

九 手を胸の前でくみあわせて頭をさげる挨拶。

猶其奥儀《おうぎ》をしめし給へ」。猫云、「否《いな》。吾は獣《けだもの》なり。鼠は吾が食《しよく》也。吾何ぞ人のする所をしらんや。然れ共われ窃《ひそか》に聞し事あり。夫剣術《それけんじゆつ》は専《もつぱら》人に勝事《かつ》を務《つとむ》るにあらず。大変《たいへん》に臨《のぞみ》て、生死《しやうじ》を明《あき》らかにする術也。士《し》《さふらひ》たる者、常に此心を養《やしな》ひ、其術を修《しゆ》せずむばあるべからず。故に先ヅ、生死の理《り》に徹《てつ》《とをる》し、此心偏曲《へんきよく》《かたよりまがる》なく、不疑不惑《ふぎふわく》《うたがはずまよはず》、才覚思慮《しりよ》を用《もち》ゆる事なく、心気和平《しんきわへい》《やはらぎたいらか》にして、物なく、一〇潭然《たんぜん》として、常ならば、変に応《おうず》ること自在《じざい》なるべし。此心わづかに物ある時は状《かたち》あり。状《かたち》ある時は、敵あり、我あり。相対《あひたい》して角《あらそ》ふ。如レ此《かくのごとき》は変化《へんくわ》の妙用《めうようじ》自在《ざい》ならず。我が心先ヅ死地《しち》におち入て、霊明《れいめい》を失《うしな》ふ。何ぞ快《こゝろよ》ク立て明らかに勝負《せうぶ》を決《けつ》せむ。たとひ勝たりとも、めくら勝といふものなり。剣術の本旨《ほんし》にはあらず。無物《むぶつ》とて、頑空《ぐわんくう》《かたくなむなし》をいふにはあらず。心もと形なし。一一物を蓄《たくわゆ》べからず。僅《わづか》に蓄《たくわゆ》る時は、気も亦其所に倚《よ》る。此気僅《わづか》に倚《よ》る時は、融通《ゆづう》《とをりとをる》豁達《くわつたつ》なること能《あた》はず。向ふ所は過《くわ》《すぐる》にして不レ向《むかはざる》所は不及《ふぎう》《およばず》なり。過なる時は勢溢《いきほひあふ》れてとゞむべからず。不及なる時は一二餧《うへ》《あざれ》て用をなさず。共に変に応ずべからず。我が所謂無物《いわゆるむぶつ》といふは、不蓄不倚《ふちくふい》《たくはへずかたよらず》、敵もなく我もなく、物来るに随て応じて迹《あと》なきのみ。

一三易曰《エキニイハク》、「無レ思《ヲモフコトナク》無レ為《ナスコトナク》、寂然不動《セキゼンフドウ》、感而遂通二於天下之故一《カンジテツイニテンカノコトニツウズ》」。此理を知て剣術を学ぶ者は道にちかし」。勝軒云、「何をか敵なく我なしといふ」。猫云、「我あるが故に敵あり。我なければ敵なし。敵といふは、もと一四対待《たいたい》《むかいまつ》の名也。陰陽《いんよう》水火の類《たぐひ》のごとく、凡ソ形象《けいしやう》《かたち》あ

一〇 深い淵にたたえる水のように深くしずまった様子。
一一 何物かにとらわれること。
一二 くされ、ただれること。
一三 →注一。
一四 対立すること。向かいあって立つ。

るものは、かならず対《たい》するものあり。我心に象《かたち》なければ、対するものなし。対するものなき時は、角《あらそふ》ものなし。是を敵もなく、我もなしと云《(いふ)》。物と我と共に忘《わす》れて、潭然《たんぜん》として無事なる時は、和《くわ》して一《(いつ)》也。敵の形をやぶるといへども、我もしらず。不《ざる》レ知《しら》にはあらず、此《こゝ》に念なく、感のまゝに動《うご》くのみ。此心潭然として、無事なる時は、世界《せかい》は我が世界なり。是非《ぜひ》好悪《こうあく》《このむにくむ》、執滞《しゆつたい》なきの謂《い》也。皆我が心より、苦楽得失《くらくとくしつ》の境界《きようがい》をなす。天

一　何ものかにとらわれること。

地広《ひろ》しといへども、我が心より外に求むべきものなし。[二]古人《こじん》曰、眼裏《ガンリ》有《アッテ》レ塵三界《ガイ》窄《スボク》心頭《シントウ》無事《ブジニシテ》一生《イッシャウ》寛《ユタカナリ》。眼中《めのなか》わづかに塵沙《ちんしゃ》《ちりすな》の入時は、眼ひらく事能はず。元来《ぐわんらい》ものなくして、明らかなる所へ、物を入《(いる)》るが故にかくのごとし。此心のたとへなり。又曰、千万人の敵の中に在て、此形は微塵《みぢん》になる共、此心は我が物なり。大敵といへども、是をいかむともすること能はず。[三]孔子《かうし》曰《のたまはく》、匹夫《ひつぷも》不《ず》レ可《べから》レ奪《うばふ》レ志《こゝろざしを》と。若迷《もしまよ》ふ時は、此心却《かへつ》て敵の助《たすけ》となる。我がいふ所此《こゝ》に止《とゞま》る。只[四]自反《じはん》《みづからかへつさう》して、我に求むべし。師は其事《わざ》を伝《つた》へ、其理を暁《さと》すのみ。其真《まこと》《しん》を得ることは我にあり。是を自得《じとく》《みづからうる》と云。[五]以心伝心《いしんでんしん》《こゝろをもってこゝろをつたふ》ともいふべし。[六]教外別伝《けうげべつでん》《をしへのほか》ともいふべし。教《をしへ》をそむくといふにはあらず。師も伝《つたゆる》こと能はざるをいふなり。只禅学《ぜんがく》のみにあらず、聖人《せいじん》の心法《しんぼう》より、[七]芸術《げいじゅつ》の末《すへ》に至るまで、自得《じとく》の所はみな以心伝心《いしんでんしん》なり。教外別伝《けうげべつでん》也。教《をしへ》といふは、そのをのれに有て、みづから見ること能はざる所を、指《さ》して知らしむるのみ。師より是を授《さづく》るにはあらず。教ることもやすく、教を聞こともやすし。只をのれにある物を、慥《(たしか)》に見付て、我がものにすること難《かた》し。これを[八]見性《けんしやう》といふ。悟《さとり》とは、妄想《まうざう》の夢《ゆめ》の悟《さめ》たるなり。覚《さむる》といふもおなじ。かわりたる事にはあらず」。

田舎荘子巻下 終

二 夢窓国師語録・下「山居韻十首」の其八「青山幾度か黄山と変ず。浮世の紛紜総て干(あづか)らず。眼裏塵あれば三界窄(せば)く、心頭無事なれば一床寛(ひろ)し」。

三 論語・子罕「三軍も帥を奪ふべき也。匹夫も志を奪ふべからざる也」。たとえ三か師団の軍隊の総大将でも、これをとりこにする事は出来ようが、たった一人の人間でも、その志をかすめとる事は出来ぬ。

四 孟子・公孫丑上「自ら反して縮(なほ)ければ、千万人といへども吾ゆかん」。自らに省みる事。

五 禅語。心を以て心に伝う。言説文字を離れて直接心から心へ伝えること。「血脈論」に「三界の興起、同じく一心に帰す。前仏後仏、心を以て心に伝へ、文字を立てず」。

六 禅語。教の外に別に伝えるの意。「教」は言説による教え。

七 武術などを中心とする技芸の術。

八 禅語。自らの心中に存在する仏性を自ら見出すこと。達磨の「悟性論」に「直指二人心一、見性成レ仏、教外別伝、不レ立二文字一」。

荘《さう》子《じの》大《たい》意《い》

林希逸《りんきいつ》[一]が云、「荘子《さうじ》[二]を見るものは、別に一双眼《いつさうがん》をそなへてみるべし。語孟《ごまう》の文字を以《もつて》、此書をみることなかれ」といへり。其論[三]、常《つね》に一層《いつそう》一層《さう》よりも高く、理の至極をいひつめて、無為自然《しぜん》に至てやむ。其意におもへらく、道は言語《どんご》を以尽すべからず。故にをのれがいふ所も、亦道の尽《つく》る所にあらずとおもへり。是レ荘子が狂見《きやうけん》[四]の広大《くわうだい》《ひろくおほい》なる所也。世を矯《ため》俗の眠《ねふ》りを惺《さま》さむがために、常に過当《くわとう》[五]の論《ろん》おほし。或は五帝《ごてい》[六]三王《わう》、周公《しうこう》、孔子《こうし》を毀《そし》りて、当世の儒者《じゆしや》、聖人の真《まこと》を不レ知、徒《たゞ》《いたづら》に其礼楽仁義《がくじんぎ》[七]の迹《あと》になづみ、聖人[八]の糟粕《さうはく》《かすかす》を貴《たつと》むで、道とすることを憤《いきどを》り、礼楽仁義聖人ともに打やぶりて、道の極《きはま》りなき事を論ず。荘子、実《じつ》に聖人を不レ知にはあらず。尭舜《げうしゆん》孔子を毀《そし》るは、実《じつ》に尭舜孔子を貴《たつと》ぶ也。今の儒者の貴ぶ所は、尭舜孔子の迹《あと》なり。其形迹《ぎやうせき》の尭舜孔子を打やぶりて、真《まこと》《しん》の尭舜孔子をあらはさむため也。末の天下[九]の篇《へん》におゐて、荘子が実の見所《けんじよ》を観《み》べし。只、東坡《とうば》[一〇]のみ、荘子が実《じつ》に孔子を貴ぶことをしれり。故に又、荘子孔子を仮《か》りて、をのれが言《こと》の、証《せう》とする所多し。且《かつ》いふ所の、至当《したう》の論《ろん》は、他の賢者《けんしや》の及ぶ所にあらず。或は怪異《くわいい》《あやしくことなり》の戯《け》《たは》[一一]論《ろん》《ふれ》をいふことは、這裏《しやり》《こゝに》[一二]に、至理《しいり》を寓《ぐう》す。物を仮《か》りて人の耳《みゝ》に入やすく、人の眠《ねふり》を、惺《さま》さ

一 宋の人。号鬳斎（けんさい）。「荘子鬳斎口義」十巻を著す。荘子の禅学的解釈に特徴があり、江戸初期和刻本があって、徂徠学流行以前の我国学芸界には極めて大きな影響を及ぼしている。樗山の荘子解釈も多分にこの林註に拠る所が大きい。

二 荘子鬳斎口義三「荘子大抵かくの如く其の文を鼓舞す。もし別に一隻眼を具（なそ）ふる者にあらずんば、また続け難し」。巻四「此れ皆字義不同の処なり。読者まさに自ら分別すべし。語孟中の字義と相紊乱るべからず」。

三「荘子」の議論。

四「狂者」の見解。荘子を「論語」に言う「狂者」（それは「孟子」において志も言も共に大きいが、言行不一致なるものと規定されている）と同じと見るのが樗山の持説であり、それは本章の末に説かれている。

五 荘子鬳斎口義三「言語多二過当一」。

六 中国古代の伝説上の帝王たち。史記に「五帝本紀」あり、唐の司馬貞が「三皇本紀」を補うが、具体的な名前は伏羲、神農、黄帝、尭、舜などな ど諸説がある。周公は名を旦、周室の基礎を固め、制度礼楽を定めたとして孔子の最も尊敬する人物。

七 以下の論は、老子十八の「大道廃れて仁義あり」の語や、荘子・馬蹄の「道徳廃れずんば、なんぞ仁義を取らん」の語による。

八 荘子・天道「敢へて問ふ、公の読む所は何の言と為すや。公の曰く、聖人の言也。

むことを欲《ほっ》してなり。仏の方便《はうべん》とは、意味《いみ》少《すこ》しく異《こと》也。荘子は造化《ざうくわ》を以て、一三大宗師《たいそうし》とし、大父母《ふぼ》とす。死生《しせい》、禍福、動静《どうせい》、語黙《ごもく》《かたるだまる》、只大父母に任《まか》せて、其命に安むじ、一毫《いちがう》も其間に意を容《い》るゝ事なし。是荘子が主意也。一四僅《わづか》に意《こゝろ》を容るゝ時は、迹有リ。迹ある者は、かならず対《たい》あり。此《こゝ》に善なれば彼《かれ》に悪なり。譬《たと》へば、陰陽水火のごとく、用をなす時は善也。物を害《がい》する時は悪なり。万物形迹《せき》ある物みなかくのごとし。風雷雲雨《ふうらいうんう》《かぜいかづちくもあめ》の類も又然り。天地の大なるも、形あれば器《うつわもの》也。人猶憾《うらむ》る所あり。只道は迹なし。故に対なし。善悪を以語るべからず。古今を以損益《そんゑき》すべからず。始もなく終《おわ》りもなし。前後もなく、左右《さゆう》もなし。人の由《より》よつて、須臾《しゆゆ》《しばらく》も、不《ず》レ可《べから》レ離《はなる》。所に就《つい》て、強《しい》て名《な》付て道といふのみ。荘子がいふ所は、一五伏羲《ふつき》先天《せんてん》の理也。聖人此理を不レ知にはあらず。故《(ゆゑに)》一六経に云、易《エキニ》「無レ思《ヲモフコトナク》、無レ為《ナスコトナク》、寂然不動《シクゼンフドウ》、感而遂通二於天下之故一《カンジテツイニテンカノコトニツウズ》」と云へり。唯《たゞ》聖人のおしへは、一七・道を以器を制《せい》し、器を以道を載《の》せ、道器《どうき》、兼備《かねそな》へて、遺《のこ》すことなし。広大《くわうだい》を致して、精微《せいび》《くわしかすか》を尽《つく》し、高明を極《きわ》めて、中庸《ちうよう》による。一八百姓《はくせい》日ゝに用て、其然《しか》る所以《ゆへん》をしらず。荘子は狂見《きやうけん》にして、道の広大高明を見る。聖人精微中庸の道を超脱《てうだつ》《こへもぬけ》して、無為《ぶい》の化に遊ぶ。当世の儒者仁義礼楽《がく》に酔《ゑい》て、道の真を失《うしな》へりとおもへり。故に仁義礼楽の名をやぶつて、俗の眠《ねふり》をさます。仁義をやぶるにはあらず。夫《それ》仁義は人心自然《しぜん》の天徳なり。渾然《こんぜん》として、名付べきものにあらず。聖人自性《じせい》の天徳を、人にしらしめんがために、其発見《はつけん》《ひらきあらはる》の所に付て、暫《しばら》く名

曰く、聖人ありや。公曰く、すでに死せり。曰く、然らば則ち君の読む所のものは、古人の糟魄のみ」。

九 荘子の内・外・雑全三十三篇の最後に置かれ、道家の立場から儒家・法家など他学派の思想を本末関係に序列づけようとするものと言われる(福永光司『中国古典選・荘子』)。

一〇 荘子鬳斎口義十「未だかつて聖門の正を為(たす)くることを知らざれば也。其の総序を読みて、すなはち他の学問本来はなはだ正しきことを見る。東坡が云く、荘子未だかつて夫子をそしらず」。また蘇東坡「荘子祠堂記」に「余以て為(おもへら)く、荘子はけだし孔子を助くる者」。

一一 底本「戯輪」。誤刻とみて「戯論」に直す。 一二 俗語。「這」はこの、これ等の意。このうちに。

一三 荘子鬳斎口義三「大宗師とは道也」。

一四 この辺り前章に具体的に説く所。

一五 上古の帝王で三皇の一。初めて八卦を画したといわれる。その八卦によって天地人のあらゆる理法を究明する易経が出来た。

一六 孔子の作といわれる「易経十翼」の一の「繋辞」。即ち易経の義理を解釈したもの。 一七 →四六頁注一二。

一八 全ての人民。易経・繋辞上に「仁者これを見てこれを仁と謂ひ、知者これを見てこれを知と謂ひ、百姓は日に用ゐて知らず。故に君子の道は鮮(すくな)し」。

を掲《かゝ》げ出してしめし給ふのみ。礼楽は其天徳の自然に随て、制《せい》し給ふの器也。[一]中庸曰《チウヨウニイハク》、「文武《ブンブ》之《ノ》政《マツリゴト》布《シイテ》在二方策一《ハウサクニアリ》其人《ソノヒト》存《ソンスルトキハ》　則《スナハチ》其《ソノ》政《マツリゴト》挙《アグ》、其人《ソノヒト》亡《ホロブルトキハ》　則《スナハチ》其《ソノ》政《マツリゴト》息《ヤム》」、[二]又曰《マタイハク》、「礼儀《レイギ》三百《サンハク》威儀《イギ》三千《サンゼン》、待二其人一《ソノヒトヲマチテ》而後《ノチ》行《ヲコナフ》。苟《イヤシクモ》不二至徳《シトクナラザレバ》一至道《シダウ》不レ凝《アツマラズ》」。是によつてみれば、其真《まこと》を得ざる時は、礼楽刑政《けいせい》も糟粕《そうはく／かすかす》のみ。荘子が論ずる所の仁義は、[三]仁義の迹《あと》也。荘子を読《よ》む者《もの》、徒《たゞ／いたづら》に其高遠《かうゑん／たかくとをし》を悦び、其荒唐《くわうとう／おほいにかぎりなき》の説《せつ》になづみ、其過論《くわろん》を真《まこと》とせば、荘子の本旨《ほんし》を失《うしな》ふのみならず、大道を誤《あやま》り、後世に荘子出て、又荘子を破《は／やぶる》せん。只聖学《せいがく》の大意を知て、後、荘子を読まば、大に執滞《しったい／とりとゞこほる》の情《じやう》を解《とき》、心術《しんじゅつ》に益あらん。

禅家《ぜんけ》に、仏《(ぶつ)》を呵《か／しかる》し、祖《そ》を罵《のる／のゝしる》といふも、荘子の気《(き)》象《しやう》に似《に》たり。近く人の知る所にていはゞ、[四]一休《いっきう》の歌に、

釈迦《しやか》といふいたづら者が世に出て
　おほくの人を迷《まよ》はするかな

世間《せけん》の、高僧知識《かうそうちしき》といふ者、皆経論《みなきやうろん》の糟粕《さうはく／かすかす》に酔《ゑい》て、妄想《まうざう》の釈迦《しやか》を信《しん》じ、真《まこと》の釈迦《しやか》をしらず。彼《(かの)》高僧知識の信《しん》ずる、釈迦は、衆生《しゆじやう》を迷《まよ》はし、地獄《ちごく》へおとすいたづらもの也。是をうちやぶりて、誠の釈迦を、あらはさむため也。おなじく一人の釈迦なり。経論《きやうろん》になづみ、迷《まよい》て、信《しん》ずる時は、釈迦も、妄想仏《まうざうぶつ》なり。世界《せかい》の邪魔《じやま》なり。[五]雲門《うんもん》の一棒《いちぼう》に打殺《ころ》して、狗子《くし／いぬのこ》に喰《くら》はしめんといふも、是なり。[六]自性《じしやう》を信《しん》じて、仏心《ぶつしん》を悟《さと》る時は、暫《しばら》くの師《し》な

一　中庸二十の一節。政治のもとは人間にあり、その人間の修身にあることをいう。

二　中庸二十七の一節。いかなる礼儀も、然るべき人があってはじめて行われる。道は至徳の人によってのみ、道として成立するの意。

三　仁義の形骸化したものの意。

四　一休諸国物語四ノ一「一休未来物がたり」の章にある。また「一休水鏡」「かさぬ草子」などにも出て、人口に膾炙する。

五　韶州雲門山の文偃禅師。禅宗五家の一、雲門宗の宗祖。「無門関」二十一則の「僧雲門を問ふ。如何かこれ仏門。云く、乾屎撅」が有名だが、雲門録・中に釈尊の天上天下唯我独尊の語をひき、「我当時若見、一棒打殺与二狗子一喫却」という。

六　仏語。「自性清浄心」の略。一切の妄染を離れた本有の心。

り。此釈迦は、我が心に求《もとむ》るのみ。外《ほか》に向《むか》つて、仏を求る者は愚《ぐ》の至り、迷《まよひ》の甚《はなはだ》しき也。むかし、[七]維摩詰《ゆいまきつ》、阿難《あなん》を呵《か》して云《しかり》、「汝が師は六種《ろくしゆ》の外道《げどう》なり。汝師に随て地獄《ぢごく》におつべし」と。阿難《あなん》、経説《きやうぜつ》に酔《ゑい》て、仏心《ぶつしん》をしらず。故に釈迦ともに打やぶりて、阿難が夢《ゆめ》をさまさんと、欲《ほつす》るのみ。

或曰《あるひとのいわく》、「荘子は禅《ぜん》にちかし」と。しからず。其気象《きしやう》は、似《に》たる所あり、其大本《たいほん》《おほもと》は、異《こと》《たがふ》なり。仏氏《ぶつし》は[八]三世《ぜ》を説《とい》てやまず、[九]造化《ざうくわ》を以て、幻妄《げんまう》《まぼろしあだ》とす。荘子は三世を語《かた》らず、造化《ざうくわ》を以て、大宗師《たいそうし》とす。千里《せんり》の差《たがい》なり。[一〇]荘子は聖門《せいもん》の別派《べつぱ》也。孔子曰《かうしのの給はく》、[一一]「不下得《エテ》二中行《チウコウヲ》一而《コレニ》与《クミセズンバ》レ之必《カナラズヤ》也狂狷《キヤウケン》乎《カ》。狂者《キヤウシヤハ》進取《スヽンデトリ》、狷者《ケンシヤハ》有《アリ》レ所《トコロ》レ不《ザル》レ為《セ》也」。しらぬ人の申せばとて、用ひたまふべからず。

禅は、高遠《かうゑん》《たかくとをし》を談《だん》ずといへども、直《ちき》に語つて其言暁《ことさと》しやすし。荘子は希世《きせい》《まれなるよに》の文筆《ぶんぴつ》。その妙《めう》、竜《りう》の、変化《へんくわ》して見難《みがた》きがごとし。其[一二]無端崖《むたんがい》《はしかぎり》の言《こと》に酔《ゑう》時は、又荘子がために、弄《らう》《あざけり》せられむのみ。

荘子大意 終

七 維摩経・弟子品「もし須菩提、仏に見(まみ)えず、法を聞かざれば、彼の外道六師、富蘭那迦葉、末伽梨拘賒梨子…尼犍陀若提子等、これ汝の師なり。其によって出家し、彼の師の堕するところに汝もまた随ひ堕すれば、すなはち食を取るべし」。「維摩詰」は釈迦と同時代の人で釈迦の教化をたすけた。「阿難」は釈迦十大弟子の一人。

八 過去・現世・未来の三世にわたり因果の糸で結ばれていると説く。

九 現世の凡て。

一〇 樗山の荘子解釈の根本を述べた所。儒と荘子の一致を言い、要するに荘子は孔子のいう「狂狷」に当るものとする。

一一 論語・子路の一節。中庸を得た人物がいれば理想的だが、そうした人がみつからなければ、狂者や狷者と共にいたいものだ。狂者は進取の精神に富む人であり、狷者は自らにも他人にもきびしい人物であるの意。即ちこの狂者・狷者こそが荘子その人であるとする。

一二 放埒、野放図な言葉。荘子・天下「荘周その風を聞いてこれを悦(よろこ)び、謬悠の説、荒唐の言、端崖無きの辞を以て、時に恣縦にして儻せず、觭を以てこれを見ざる也」。

田舎荘子巻附録

目録

聖《セイ》廟《ベウ》参《サン》詣《ケイ》
鳩《ハト》之《ノ》発《ハツ》明《メイ》

田舎荘子巻之附録

聖《せい》[一]廟《べうの》参《さん》詣《けい》

或人《あるひと》、北野《きたのゝ》[二]聖廟へ参籠し、立願《りうぐわん》して曰、「われ君に仕《つかふ》る事、忠直《ちうちよく》にして私なく、心を尽《つく》して役義《やくぎ》等も、相勤候へども、讒者《ざんしや》のために、立身をおさへられ、鬱〻《うつ〳〵》として、常に愁《うれい》をいだき候。伝へ承る、此御神は、御在世《ざいせ》の時に、時平公《しへいこう》[三]の讒《ざん》によつて、筑紫《つくし》へ左遷《させん》せられ、御憤《いきどを》りふかく、神にならせ給ひても、無実《むじつ》の、罪《つみ》をば救《すく》ひ給はんとの、御誓《ちか》ひのよし。願《ねが》はくは我が讒者を退《しりぞ》け、我が胸懐《けうくわい》《むねのおもひ》を快《こゝろよく》して給はれ」と、肝胆《かんたん》を砕《くだい》て、祈《いの》りける。夜更、御灯《ごとう》《みあかし》の影より、白張《はくてう》[四]に、渋紙烏帽子《しぶかみゑぼし》着たる男、出来て、彼《かの》者に告て曰、「吾は天神に事《つか》へ申、末社《まつしや》[五]の神なり。汝愚痴《ぐち》なる願ひを申て、遥〻《はる〴〵》此《こゝ》に来らんより、先ッ手前[六]の神に、立願し、其上にて、此御神へ参詣せば、其時神感《しんかん》あるべし。其分《そのぶん》[七]にては、ならぬ」とて、社壇《しやだん》のかたへ帰らんとす。彼男袂《たもと》を引とゞめ、「我が屋敷には、御社《みやしろ》もなし。只今より勧請《くわんじやう》[八]仕べしや」といふ。末社の曰、「神は霊明《れいめう》の体《たい》なり。霊明の体《たい》有

一 本章は熊沢蕃山の集義和書九「義論之二」に載せる天神説話の義論に想を得たかと思われる。但し和書の論は、配所の詩に怨無しということ、柘榴天神の伝説を妄誕の説として退けること、天神の御手跡というは付会のものなることの三点を論ずるにとどまる。

二 京都市上京区北野天満宮。菅原道真を祭る。「北野天神縁起」絵巻に、道真の伝、怨霊伝説、北野社創建の由来等が多くの史料によって纏められている。

三 藤原氏。醍醐帝の昌泰二年(八九九)二月、時平は左大臣、道真は右大臣に任ぜられ、その二年後道真は大宰権帥として太宰府に左遷される。

四 下級官人が貴人の供をする時に着る、糊を強くつけた白布の狩衣。

五 大社・本社の神に付属する小さい神社の神。

六 自分の生れた土地の守護神。産土神。

七 今のような状態では。

八 神仏の霊を移し祭ること。

て、然《しかう》して後に、不測《ふしき》《はからざる》の妙あり。神[一]は人心の誠に感《かん》じ給ふ。私を以欺《あざむ》くべからず。邪《じや》《よこしま》を以汚《けが》すべからず。故に神前に鏡《かゞみ》をかけて、其霊明をしめし、来る者の、邪正《じやしやう》此鏡にうつらずといふ事なし。汝の心体《しんたい》にも、小分ながら鏡《かゞみ》有り。此鏡あるを以、是を人といふ。神明に通《つう》ずる者は、此鏡《かゞみ》有る故也。汝常に、意欲《いよく》《こゝろ》の袋《ふくろを》かぶせて、ひらくことなし。此袋を去《さ》り、妄想《まうざう》の塵《ちり》を払《はら》はゞ、彼鏡明《かゞみあき》らかなるべし。鏡明らかなる時は、よく命《めい》を知るべし。汝が立身せぬは命也。命を知る時は、天下怨《うらむ》る所なく、胸懐《けうくわい》をのづから快然《くわいぜん》《こゝろよし》として、神の御心をも知るべし。天神は命に安《やす》むじ給ふ。汝等がいふところのごとく、愚《ぐ》痴《ち》なる御神にはあらず。当社《とうしや》の御謂《いは》れあら〱汝に語てきかすべし。

世人聖廟《せいべう》の御事をいひ伝へて、配所[二]に御座の時、讒謫《ざん》[三]の御憾散《うらみさん》ぜず、みづから告文《かうぶん》《つげぶみ》[四]を書キ、竿《さを》の頭《かしら》に括《くゝ》り付、屋上《おくじやう》《やのうへ》に登《のぼ》りて、天に訴《うつた》へ給ひ、死《し》して梵天《ぼんでん》の許《ゆるし》をかうふり、雷《らい》と成て、禁中《きんちう》に崇《たゝ》りをなし給ふと、書《しよ》ニもあらはせり。故に、天神の尊像《そんざう》を作る者は、すさましく歯《は》がみをして、忿《いか》り給ふ勢《いきほひ》をあらはし、絵《ゑ》にかくも亦然《しか》り。是《(これ)》至誠《しせい》《いたつてまこと》の神徳をしらずして、をのれ[五]が愚痴《ぐち》の私心《ししん》《わたくしごゝろ》を以、神の御心をはかり、人を惑《まよ》はし、神ヲけがす、其本《もと》は仏者[六]の奇異談《きいをだん》ずるより出たり。夫私《それわたくし》の讎《あた》を報《むくわ》んと欲《ほつ》して、胸《むね》を焦《こが》し、天に訴《うつたふ》る者は、一向に命を知らざる、凡俗《ぼんぞく》、さては婦人《ふじん》、愚痴《ぐち》の僧法《そうほう》師などのする所也。今の時といへ共、少し道といふ名《な》を知りたる者は、常人《ちやうじん》《つねのひと》も如レ斯事はみづから恥《はぢ》て不《ざる》レ為《せ》所也。

一 神道伝授に「神ハ人ノ敬ヲ請、人ノ信ヲウク。…ナノハ・ウキクサヲタムクトモ、誠心アレバ神ハ請也」。

二 罪人が流された土地を言うが、ここは菅公が左遷された太宰府の地。

三 他人の讒言によって罪せられ流されること。

四 神に対して祈りの意を表わす文章。太平記十二「大内裏造営事付聖廟御事」に「七日間御身ヲ清メ、一巻ノ告文ヲ遊シテ高山ニ登リ、竿ノ前ニ着テ差挙、七日御足ヲ翹(つまだて)サセ給タルニ…其後延喜三年二月二十五日、遂ニ沈ミ左遷恨ニ薨逝シ給ヌ」。

五 「太宰府天満宮故実」の人見竹洞序に「然して後、人己が心を以てこれを測り、すなはちかの宮殿の災を神の怒りと為す」というごときが儒者の見解の一般である。

六 「北野天神縁起」なども、内容からみて天台宗の僧侶の作かといわれる。

七況《いはん》や菅公《かんこう》の忠誠《ちうせい》、天地を感動《かんどう》するほどの、神徳、天下不《ざる》レ知《しら》者なし。何ぞ配所《はいしよ》にて俄《にわか》に、愚痴になり給はんや。古《ふる》き書をみるに、八配所《はいしよ》に在る事三年、一室《いつしつ》を出給はず。都府楼《とふろう》前にあれども、終《つい》に登《のぼ》りて観覧《くわんらん》《みる》し給はず、観音寺近けれ共、往《ゆい》て遊び給ふことなし。只君の御悶《いきどをり》を重《おも》むじ、みづから敬《つゝしみ》給ふとあり。配所に御座の時、

九仲秋《チウシウ》の詩《シ》に

去年《キヨネン》今夜《コンヤ》侍《ハンベル》二清涼《セイレウニ》一　秋思《シウシノ》詩篇《シヘン》独《ヒトリ》断《タツ》レ腸《ハラワタヲ》

恩賜《ヲンシノ》御衣《ギヨイ》今《イマ》在《アリ》レ此《コヽニ》　捧持《ホウヂシテ》毎日《マイジツ》拝《ハイス》二余香《ヨカヲ》一

一〇此《し》詩を見れば、配所に在ても、君を忘れ給はざる忠誠言外《ちうせいごんぐわい》にあらはる。其外の詩歌にも、一言も君を怨《うら》み、讒者《ざんしや》を悶《いきどを》り給ふ詞《ことば》を不レ聞。又菅公生時《かんこうしやうじ》の忠誠は、天下の人心を感動《かんどう》し給ふ所也。若《も》し世に云伝ふる所のごとくなる御心ならば、豈天下の人情《にんじやう》、是を尊慕《そんぼ》《たつとみしたう》し奉ることあらんや。又菅公築紫《つくし》に謫《てき》せられ給ふは、延喜《ゑんぎ》元年辛酉の歳也。配所にて薨《かう》じ給ふは、同三年癸亥の歳也。時平《しへい》が病死《びやうし》は、同九年己ノ巳の歳也。清涼殿《せいれうでん》に雷《らい》の降《おち》たるは、延長八年庚寅の歳也。菅公薨《かう》じ給ふ歳より、二十八年め也。一念の悪鬼《あつき》、何の隙入《(ひまいり)》有て、二十八年の久しきを待《また》んや。其讒者《ざんしや》の張本《てうぼん》、時平《しへい》は、二十二年以前に病死せり。一一又八年以前に、天皇既《てんわうすで》に御過《あやまち》を悔《くい》給ひて、菅公左遷《させん》の宣旨《せんじ》を、焼捨《やきすて》、本官《ほんくわん》に復《ふく》《かへ》し、正二位を贈《おく》り給ふ。何の怨《うらみ》を残《のこ》してか、禁中へ崇《たゝ》りをなし給はむや。又一二清貫《きよつら》、希世《まれよ》を、殺《ころ》

七 前掲書・人見竹洞序に「神明至誠の徳のごとき、何ぞこの理あらん。いはんやまた菅神の忠誠、豈(あ)この事あらんや」。

八 前掲書・巻上に「謫所に久しく住せ給ひしが、常に一室のうちにのみ、鬱々として日を送り給ふ。都府楼をば御らんじやられたるまでにて、登臨し給ふ事なく、観音寺まぢかけれど、遊観もおはしまさず」。

九 菅家後集十三、大鏡など。詩意は「去年の今夜は清涼殿で「秋思」の詩題を戴いて断腸の思いを込めた詩を奉ったが、今年の今夜は独り配所にあって、その時の恩賜の御衣を捧持し、何時もその余香に帝を御慕い申上げる」。

一〇 集義和書九「此詩を吟じ給へ。誠に忠心ふかく感慨多きこと、其人を見奉るがごとし。怨怒の心は少もなし」。

一一 本朝神社考二に「延長元年三月、太子保明親王薨ず。人みな云ふ、菅霊災を為すと。京都大いに懼(お)れ、よつて菅丞相左遷の宣旨を焚き捨て、本官に復し、正二位を贈る」。その他「北野天神縁起」等。

一二 前掲書に「八年六月清涼殿に霹靂、藤の清貫、平の希世震死す」。

さむためばかりならば、彼《かれ》等《ら》が宿所《しゆくしよ》へ降《おち》て、つかみ殺《ころ》し給ふべし。何ぞ禁中を駭《おどろ》かし給はんや。夫《それ》暴風雷雨《ぼうふうらいう》《あらきかぜ》は陰陽《いんやう》の変《へん》なり。其気《き》散《さん》ずればやむもの也。此雷雨は、天下の人情《にんじやう》を以《(もつて)》、天地を動《うご》かしたる雷なれば、怪《け》したる事も有べし。陰陽の変化は、僧法師の知る所にあらず。止《や》む時《じ》節《せつ》に祈《いの》リあはせたる坊主、我が法力《ほうりき》をいはむとて、種〻の奇怪《きくわい》を、取《(とり)》付《(つけ)》たる物なるべし。仏者の奇《き》談《だん》《あやしきかたり》は、珍らしからぬ事也。菅公生時《せいじ》の忠誠仁徳《ちうせいじん》は、天

下の人の仰《あふ》ぎ望《のぞ》む所也。然るに罪《つみ》なくして、配所《はいしよ》に薨《かう》じ給ふ事、天下の人情《にんじやう》《ひとこゝろばへ》驚歎《きやうたん》《おどろきなげ》して、安むぜず、天下の人情を以《(もつて)》、天地の気を、感動《かんどう》す。天地の変災《へんさい》《かはるわざはい》ある所以《ゆゑん》なり。故に一延喜十年大旱《たいかん》《おほひでり》、同十三年大風、同十四年正月洛中火災《らくちうくわさい》、同年夏洪水《なつかうずい》《おほみづ》、翌《よく》年七月日輪光《にちりんひかり》をうしなふ、同十六年洪水、鴨《かも》川の水溢《あふ》れ出ッ。同十七年夏大旱、洛中井池《せいち》《いいけ》涸《かわく》。同二十年、夏大旱。翌年太子《たいし》保明《やすあきら》時平ノ甥也薨《かう》じ給ふ。天皇惧《おそ》れ給ひて、年号《ねんがう》を延長と改《あらた》め、菅公左遷《かんこうさせん》の宣旨《せんじ》を焼捨《やきすて》、正二位を贈《おくり》給ふ。然れ共人情猶惧《おそ》れて安むぜず、故に天災《てんさい》不《ず》レ止《やま》、延長三年又旱魃《かんばつ》《ひでり》し、同七年大水、同八年庚寅の年、雷《らい》、清涼殿《せいれうでん》に降《おつ》。二是天下の人情の安むぜざる所より、天地を感動《かんどう》する所にして、菅公の霊《れい》、与《あづか》り知《し》り給ふ所にあらず。天下の人情おそれて、かくのごとく、安むぜず、況や時平《しへい》が悪に与《くみ》したる族《やから》は、みづから其悪《あく》気《き》を以、天の悪気をむかへ、心を撃《うち》、恐《(おそれ)しゝ》死たる事宜《むべ》也。是に依て、人情奇怪《きくわい》を談《だん》じて、益ゝ恐異《ますくきやうい》す。『左伝《さでん》』に載《のせた》る所の、三伯有《はくゆう》が厲《れい》の類《たぐい》にはあらず。伯有は凡人《ぼんにん》なり、菅公《かんこう》と日《ひ》を同《おなじう》して語《かた》るべからず。

又四叡山《ゑいざん》の五尊意《そんい》法師の坊へ、菅公の霊《れい》来ﾘ給ひ、「我レ六梵天帝釈《ぼんてんたいしやく》のゆるしをかうふり、禁中《きんちう》に入て仇《あた》を報《ほう》ぜんと欲《ほつ》す。かならず法力《ほうりき》を以、防《ふせ》ぎ給ふな」といへり。尊意不《ず》レ肯《ウケゴハ》。菅公忿《いかつ》て柘榴《ざくろ》を執《とり》て口に含《ふく》み、妻戸《つまど》に吐《はき》かけ給へば、妻戸燃《もへ》あがりしを、尊意七瀉水《しやすい》の印《いん》を以消たり。其妻戸の焼痕《やけあと》、今に残《のこ》りて有りと云伝へたり。是尊意が法力《ほうりき》の奇妙《きめう》をかた

一 以下の年次を追っての記述はおおむね大日本王代記(明暦四年刊)など当時の「年代記」類に出る所。

二 集義和書九「菅公の怨も忠臣の怨あるべし。忠臣ならではしられぬ心あり。雷となり祟をなし給ひたると云ことは、菅公の霊にあらず、天道、其忠臣の誠を感じ給ひて、とがめ給ひしものなり」。

三 春秋、鄭の人。良霄。字は伯有。春秋左氏伝・昭公七年に出る。飲酒に耽り、そのため公孫黒に殺されたが、厲鬼となって駟帯、公孫段を殺したので、子産が、伯有の子の良止をたてて後嗣とし、其のたたりは止んだという。「厲」は悪鬼。

四 以下の説話は「北野天神縁起」「太宰府天満宮故実」などに見え、所謂「柘榴天神」の話として有名。

五 延長四年(九二六)延暦寺第十三世となる。法性坊。

六 梵天王と帝釈。何れも仏教の守護神で、梵天は欲界の婬欲を離れた清浄の天界をいい、その王は梵天王。また帝釈は忉利天(とうりてん)の主で他の三十二天を統領する。

七 仏語。灑水。密教の修法の一。

らんため、後人《こうじん》《のちのひと》の偽作《ぎさく》《いつわりつくる》也。惣じて僧法師は、如レ斯偽作、珍らしからず。若シ実《じつ》に左様の者来りたりといはゞ、是レ狐狸天狗《きつねたぬきてんぐ》などの妖怪《ようくわい》《ばけもの》か、又尊意が心魔《しんま》[一]なるべし。心魔の事は禅家の書におほく載《の》す。凡《すべ》て慢心《まんしん》の僧をば、狐狸天狗の類《たぐひ》、常《つね》に窺《うかゞ》ひ、誑《たぶら》かすと云《いへ》り。尊意[二]は後に、天狗に成たりと云伝へたり。上州《しう》に跡《あと》あり。尊意もし大徳の僧ならば、如レ斯ものは来るべからず。たとひ来りて如レ此事あり共、みづから恥《はぢ》て、其跡《あと》を繕《つくろ》ひ、かくすべし。人に語る事は有べからず。我が法力の名聞《めうもん》[三]に、其焼《や》ヶ残りの妻戸を、秘蔵《ひざう》して証《せう》《しるし》とするほどの、凡心《ぼんしん》ならば、法力にて飛《と》ぶ鳥をいのりおとして、喰《くわ》れたり共、貴《たつと》からず。僧の天狗《てんぐ》になりたる事、古《こ》書《しよ》におほく記《しる》す。又禅録《ぜんろく》には、坐《ざ》禅《ぜん》の前に、希異《きい》なる事を現《げん》《あらはる》ずるは、皆我が心の魔《ま》也。外より来るにあらず。たとひ仏菩薩来現《ぶつぼさつらいげん》《きたりあらはる》すといふ共、皆妄想《まうざう》なりといへり。道に志《こゝろざし》ある僧は、如レ此奇異《きい》《あやしくことなり》なる事あれば、我が不徳《ふとく》なる事を恥《はぢ》て、実《じつ》を以てつたへて、人に妖怪《ようくわい》なる事をしめさず、偽《いつわり》て人を欺《あざむ》く事なし。凡僧《ぼんそう》は、少にても奇異《きい》なることあれば、それに種〻《しゆぐ》増補《ぞうほ》《ましおぎなふ》して、偽を取リ付ヶ、我が法力の妙なりと云て、人に誉《ほま》れを求《もと》む。我が心の妖怪《ようくわい》なる事を知らず、人を欺《あざむ》くのみ。

[四]禅《ぜん》の書に記《しる》す。昔禅師あり、山中に坐《ざ》す。いづく共なく、孝子《こうし》一つの屍《しかばね》を挈《たづさへ》来り、禅師に向て、哭《こく》《こへなくしてなく》して曰《いわく》、「禅師何故に、我が母を殺《ころ》し給へるや」と。禅師見て、即《すなはち》是魔《ま》なる事を知て、斧《をの》を取て、彼《かの》孝子を斬《き》る。孝子走《はし》り去《さ》る。其後我が股《もゝ》の上湿《しめり》たる事を

一　煩悩の悪魔。
二　本朝神社考六「我邦古(いにしへ)より天狗と称するもの多し。皆霊鬼のうち其の較著なる者を相称して天狗と曰ふ。…其類のうち鞍馬僧正巨魁たり。世の称する所、鞍馬僧正・愛宕山太郎…比叡山法性坊(尊意)」、「尊意は群鳥とともに横川の杉に翔る」。
三　名声。名誉。
四　未詳。

覚《おぼ》フ。すなはち見れば、血流《ちなが》る。みづから我が股《もゝ》を斬《き》ることをしらず。此レ禅師坐禅《ざぜん》する時、心中《しんちう》に見《けん》[五]を起《おこ》す故に、外魔遂《ぐわいまつい》に感《かん》じて禅師の心に入リ来る。是レ自心《じしん》よりすることをしらずといへり。此禅師みづから其股《もゝ》を斬《き》るといへども、みづから其魔なることを知る。愚昧《ぐまい》《おろかにくらし》の僧は迷《まよひ》て、我が心に誑《たぶら》かされ、或は奇異《きい》の事に着《じやく》して、直《ちき》に魔界《まかい》に入ル。魔は迷心《まよふこゝろ》より生《しやうず》ることをしらず、行法《ぎやうぼう》の奇特《きどく》也と思ひて、慢心生《まんしんしやう》じ、天狗になる事も有べし。[六]正法《しやうぼう》に無《なし》二奇特《きどく》一とは、空海《くうかい》が詞《ことば》也。然らば空海其大意は知るといへども、我は、[七]奇特《きどく》をなして、人を欺《あざむ》くか。又後人附会《こうじんふくわい》して、空海を泉下《せんか》に泣《なか》[八]しむる歟。

[九]朱雀院《しゆじやくいん》天慶五年、東寺の僧、日蔵《にちざう》といふ者、死して十三日にして蘇生《そせい》《よみがへり》し、朝廷《てうてい》に奏《そう》して云、「吾レ此間頓死《とんし》して、地獄《ぢごく》に入リ、鉄窟《てつくつ》《くろがねのいわあな》の中にして、延喜帝《えんぎてい》に逢《あ》ひ奉りたり、帝《みかど》我レを招《まね》きて宣《のたまは》く、『彼大政天神《かのだいじやうてんじん》、怨心《おんしん》《うらみごゝろ》を以、日本に崇《たゝ》りをなし、おほく仏寺を焼キ、[一〇]有情《うじやう》を害《がい》す。然れ共彼《かれ》は、宿世《しゆくせ》の善行《ぜんぎやう》によつて、大威徳《だいいとく》天神と成ル。故に、彼《かれ》が造《つく》る所の罪報《ざいほう》《つみむくい》、皆われ是を受《う》く。是によつて、我レ苦《く》を受《うく》る事無量《むりやう》《はかりなし》なり。汝本国にかへり、帝《みかど》に奏《そう》して、一万の卒都婆《そとば》を立、我が苦患《くげん》を助《たすけ》よ』と、勅諚《ちよくでう》いまだおはらざるに、牛頭《ごづ》馬頭《めづ》の鬼ども、延喜帝を左右《さゆう》より引ぱり、地獄《ぢごく》へつれてゆき候」と、誠しやかに申上る。天子彼《か》の妖僧《ようそう》が妄言《まうげん》《みだりのこと》を信《しん》じ給ひ、即《すなはち》一万の卒都婆《そとば》を造立《ざうりう》し、[一一]諸寺に仰せて、法華経《ほけきやう》を転読《てんどく》せらる。日蔵《にちぞう》が妖言《ようげん》、世に伝《つた》へ、書にもあらはし、勿体《もつたい》なくも、延喜帝の御姿《すがた》を写《うつ》

五 仏語。細かくあれこれと思慮し推求すること。正見と邪見とあり。

六 集義和書九「されば空海も正法に奇特なしといへり」。

七 真言宗の開祖弘法大師空海の行力による奇特の伝説は、「弘法水」の類が日本各地に沢山にある。

八 底本「泣」。「伝写正誤」に「泣ハ非ナリ」。

九 以下の説話は扶桑略記二十五に引く「道賢上人冥途記」(但し天慶四年のこととする)に始まり、「北野天神縁起」等にとり入れられて流布する。日蔵は真言僧、初名道賢。三善清行の弟。

一〇 生き物の意。

一一 底本は「詩寺」。「伝写正誤」に「詩ハ非ナリ」として「諸寺」と訂す。

し、獄卒《ごくそつ》の呵責《かしやく》する所を、双紙《さうし》の絵《ゑ》にも書《かき》あらはし、人形《にんぎやう》にも作《つくり》て、憚《はゞかり》なくあやつり等にも仕組《しくむ》事、千載《せんざい》の後といへども、見るに忍《しのび》がたく、あさましき事なり。僧法師の妖言は、めづらしからぬならいといへども、日蔵がごとき者は、をのれ一人の渡世《とせい》のために、朝廷《てうてい》を欺《あざむ》くのみならず、悪《あく》を末世《まつせ》に伝《つた》へて、後の愚人《ぐにん》をして、かくのごとく禽獣《きんじう》《とりけだもの》の業《わざ》をなさしむる事、天罰《てんばつ》ゆるす所なき者なり。嗚呼《あゝ》、天下文明《ぶんめい》の時に出、かゝる妖言《ようげん》を云出したらむには、車[一]ざきにも行《おこな》はるべき事なるに、残念《ざんねん》なる事也。忝《かたじけなく》も我国の天子の御姿《すがた》を、天竺《てんぢく》の仏法流布《るふ》のためにとて、かくのごとくあさましく、絵《ゑ》に写《うつ》し、木に刻《きざ》み、後世の人の耳目《じもく》にさらし、あらぬ妄言《まうげん》を誠しやかに書に記《き》《しるす》する事、人の心あるもの、是を見るに忍《しのば》んや。其本《もと》は朱雀院《しゆじやくいん》の御迷心《まよひごゝろ》にて、彼《かの》僧を、斬罪《ざんざい》し給はざるより起《おこ》つて、父祖《ふそ》の御恥《はぢ》を後世《こうせい》に伝へ給ふ、歎《なげ》かしき事也」と、懇《ねんごろ》に語りければ、彼男涙《なみだ》をながし、「聖天子《せいてんし》といはれさせ給ふ、延喜帝も、数《かず》にもたらぬ坊主《ばうず》の、妖言《ようげん》にて、死後《しご》に如レ此の悪名《あくみやう》を得給ふ。当社《とうしや》の御神も彼妖僧《ようそう》の妄言《まうげん》より、神にならせ給ひても、猶忠誠《ちうせい》の神徳を、いひ消《け》され給ふ事、実《じつ》に命《めい》也。我等わづかに立身《りつしん》をおさへられたるを、鬱懐《うつくわい》《うつしおもふ》すべき事にあらず。今よりおもひ出しもすべからず」とて、開悟《かいご》《さとりをひらき》して帰けるが、立かへり末社《まつしや》に問て云、「僧の天狗になるといふ事、実《じつ》にて候や」。末社曰、「天狗といふ者は、日本にのみ有て、異国《いこく》の書にみへず、惟《おもふ》に山神魍魎《さんじんまうれう》[二]の類《たぐい》ならん。定而《さだめて》形《かたち》有り共見へず、人

一 中世から近世初期に至るまで行われた重い刑罰。車二両に両足をわけて縛り、そのまま車を走らせて身体を引きさく。

二 和漢三才図会四十「山精」に「玄中記に云く、山精は人の如く一足長さ三四尺、山蟹を食ふ」、「魍魎。淮南子に云く、罔両は状三歳の小児の如く、赤黒色、赤き目長き耳、美しき髪あり。本綱に云く、罔両好んで亡者の肝を食ふ」。何れも中国にいう山中の怪物の類。

三 仙薬。仙術を会得した道士の作る霊薬で、仙人になるために服すという。

四 道家の術の一。丹薬を呑み、凡骨を仙骨に換える術という。

五 「気」は活力、「体」は肉体。

六 底本「書たる者を」。「伝写正誤」には「をの字衍ナリ」。

の天狗になるといふも、此理あるまじきともいはれず。異国の人、丹薬《たんやく》[三]を服《ぶく》し山に入リ、気を錬《ね》り、其術《じゆつ》を修《しゆ》して、仙《せん》と成ル者あり。既《すで》に仙となる時は、換骨《くわんこつ》[四]の術《じゆつ》有て、気体《きたい》[五]ともに、変化《へんくわ》するとみへたり。体《たい》は気《き》に依《よつ》て動《うご》き、気《き》は心《しん》の向《むか》ふ所にしたがふ。故に心《しん》変《へん》ずれば、気変《きへん》じ、気変《きへん》ずれば、体変《たいへん》ずるの理も有べし。然らば、高慢偏気《かうまんへんき》の精霊《せいれい》、其勢《いきほ》ひ甚《はなはだ》しく、天狗になる事有まじき共いひがたし。其姿《すがた》、絵《ゑ》に書たる者[六]、皆山伏に觜《くちばし》の生《しやう》じたるもの也。其姿を見とめたる者有か、知るべからず。今社頭《しやとう》にある所の、王の鼻《はな》[七]といふものは別《べつ》也。神代《じんだい》の、猿田彦《さるたひこ》[八]の命《みこと》の仮面《めん》也。此命《みこと》、諸神のさき払《ばら》ひをし給ふといへり。色赤く鼻《はな》高き命《みこと》とみへたり。又例《れい》の仏者《ぶつしや》、附会《ふくわい》して、仏神守護《ぶつじんしゆご》の悪魔《あくま》ばらひなど云て、猿田彦《さるたひこ》の命《みこと》の面《めん》と、天狗の面と、混《こん》じたるなるべし。命《みこと》大きにめいわく也」。

七 神楽の仮面の一。書言字考三「猨田彦の鼻甚だ長し。其の顔皃を模し仮面と為す。今の世諸社の祭礼に、これを王の鼻と謂ふ」。

王の鼻
(神道名目類聚抄・巻三)

八 記紀神話中の諸神の一。ににぎの命の天孫降臨の時、天の八衢にいて、命を日向へ導いたという。日本書紀に「鼻の長さ七咫、背の長さ七尺余り」とある。

鳩《はと》之《の》発《はつ》明《めい》

雉《きじ》と、鳩《はと》と、遊ぶ。雉《きじ》が云、「我《(われ)》心を用ること怠《おこた》らず、常に耳《みゝ》を傾《かたふけ》て、物音《おと》を聞き、人影《ひとかげ》を見ては、叢《くさむら》にかくれ、人に我が有リかをしらるゝことなし。人気《ひとけ》なき所を窺《うかゞひ》て、未明《みめい》に出て餌《ゑ》を求《もと》む。是程に用心《ようじん》してさへ、やゝもすれば、かい付ケ[九]にだまされて、打

九 飼付。餌付けをすること。またその餌。

あみにてとらるゝものおほし。汝は少したらぬ生《むま》れ付にて、何の用心もなく、人居《ひとい》[一]、屋敷《やしき》まで遠慮《ゑんりよ》なく行て、少ゝ広《ひろ》き所にては、庭《にわ》木の枝にもとまり居て、油断《ゆだん》さうに、「てゝつほゝう」といふて、誰をよぶ共しれず。せめて、小声《こごゑ》になり共呼《よ》べかし。身をしらぬ、たわけもの。山に木はなきか。里《さと》へ出ねばならぬか」といふ。

鳩云、「我が性拙《しやうつたな》しといへども、身をしらぬほどの事もなし。人の肩《かた》へとまりて手捕《てどら》まへにあふたる事もなし。人が来れば飛去《とびさる》ほどの事は、我も知たり。然れ共山に入たればとて、人のゆるすべきか。大海《だいかい》の底《そこ》にある物さへ、あま[二]を入れてとるは、人の知恵《ちゑ》也。何方に居たればとて、命数《めいすう》来れば、遁《のが》るゝ所なきは、死《し》の道也。若《わか》くて死ぬも有り、腰《こし》膝《ひざ》もたゝず、居立《いたち》もならぬまで、生《いき》はだかりて、人のやつかいになる者もあり。分別《ふんべつ》も、才覚も、いはせぬものは、造化《ざうくわ》の命《めい》也。生死《しやうじ》は、形《かたち》ある物の常《つね》なり。人なみなれば恨《うらみ》もなし。我も亦、造化《ざうくわ》の中の一物《いちぶつ》なり。天何ぞ我一人を愛《あひ》して、私の福《さいわい》をなさんや。天神[三]の御歌とて、世に称《せう》する、

心だに誠の道にかなひなば
いのらずとても神やまもらん

是ほど結構《けつこう》なる御歌はなし。汝は命《(めい)》をしらず。人なみにはづれて、生《しやう》をおしみ死《し》をいた[四]ふ。巧《たくみ》を尽《つく》して、用心する故に、片時《へんし》[五]もやすき心なし。少《すこし》の地震《ちしん》にもおどろき騒《さわ》ぎ、う

一 人の居る場所。
二 海女。
三 謡曲「班女」「黒塚」等に引かれ、また長明四季物語には北野神詠として出るので、中世から天神の詠歌として伝唱されたらしい。
四 厭う。いやがる。
五 一寸の間も。

ろたへて大きなこゑを立る故に、常にはかくしても人にありかをしらるゝ也。汝それほど愚痴《ぐち》にては、常に物を恐《おそ》れて生《いき》たる心地《こゝち》は有まじ。其苦《くる》しみをせむよりは、生死を命《めい》に任《まか》せて、世間広《ひろ》く飛《と》びありき、悠〻として生涯《しやうがい》を終《おわ》らむこそましならめ。汝は我を拙《つたな》六とし、我は汝を愚痴《ぐち》なりとおもふなり。むかし愚痴にして物七いまひする人あり。ある禅僧責《せめ》て云けるは、「貴方は八武《ぶ》士にて、刃《は》物を腰《こし》にはさみ、生死を常にする職分に

六 底本「拙し」。「伝写正誤」に「とし の字落」。

七 物忌み。縁起かつぎ、御幣かつぎ ともいう。

八 底本「武にて」。「伝写正誤」に「士 の字落」。

てはなきか。然るに貴方、一人それ程人にすぐれて、身を大事に思ひ給ふか。物いまひと云も、畢竟死《ひつきやうし》ぬをいやがる心より出たる物也。我が職分をかへりみ給へ」といはれ、此一句《いつく》に恥《はぢ》て、夫《それ》より此男、物いまひやみたりと云り。惣じて物いまひする家には、怪事《けじ》《あやしきこと》多《おほ》し。実《じつ》は怪事《けじ》にはあらず、常《つね》の者《もの》なれば、気《き》もつかず、見付ヶもせぬ事也。不断《ふだん》心に迎《むかへ》る故に、さしてもなき事を見出し聞出し、是は怪事《あやしきこと》也とて、山伏《やまぶし》よ、一八卦《はつけ》置《おき》よとて、さわぐ程に、是は釜《かま》の神崇《たゝ》り、是は臼《うす》の神のとがめなどいへば、夫《それ》祈念《きねん》よ、払《はらひ》よとて、坊主《ぼう(ず)》山伏《やまぶし》を呼《よ》び集《あつ》め、祈《いの》り二はたく。是に三效《ならひ》て下ゝ迄も種ゝ《しゆぐ》の事を云《いふ》故に、常住屋《ぢやうぢうや》内《ない》、騒《さわ》がしき物也。又此虚《きよ》に乗《ぜう》じて、狐狸《きつねたぬき》もなぶる物也。一切《いつさい》の事、皆我が心より迎《むかへ》て、独苦《ひとりくる》しむ事を知らず。禅家《ぜんけ》にいへる事有、「元来地獄《ぐわんらいぢごく》なし。衆生《しゆじやう》みづから地獄《ちごく》を作《つくり》て、我と、此《こゝ》に、堕在《だざい》す」と。汝が地震《ぢしん》にさわぎ、うろたゆるも此類《たぐひ》なり」。

田舎荘子巻之附録 畢

一 売卜者。易者の類。

二 大騒ぎをすること。「はためく」の転か。

三 底本「效(まじはり)て」。「伝写正誤」に「ましはりは非ナリ」。

跋

余妙年時曾《テ》見《テ》此書《ヲ》而称《ス》其《ノ》窺《ハ》南華之一班《ニシテ》而与《トハ》尋常俳優悦人之書大《ニ》有《リト》逕庭。久《シテ》之併《アハセテ》其名《ヲ》而遺忘《ス》。一日書賈某齎《シ》来《リテ》示《ス》余《ニ》。余再《〔ヒ〕ビ》誦《ミ》之《ヲ》、以為、非《ノミナラズ》特《タダニ》尋常俳優悦人之書《ノ》不《ル》可《ラ》及《ブ》、与彼《ノ》智術小技之冊、囂々《トシテ》追《フ》時好《ヲ》者亦有《リ》別。書賈因《テ》語《ルニ》以《テシ》上梓之事《ヲ》、求《テ》余《ニ》一語《ヲ》不止《マ》。余豈有《ラン》他説耶。直《ニ》記《シテ》其事《ヲ》与《ト》之《ニ》云。

（余妙年[四]の時、かつて此の書を見て、其の窺[五]は南華[六]の一班にして尋常俳優[七]、人をたのしましむるの書とは大いに逕庭[八]ありと称す。これを久しうして、其の名[九]をあはせて遺忘す。一日、書賈某もたらし来りて余に示す。余再びこれを誦《よ》みておもへらく、ただに尋常俳優、人をたのしまするの書の及ぶべからざるのみならず、かの智術小技[一〇]の冊、囂々《がうがう》[一一]として時好を追ふ者とまた別あり。書賈よつて語るに上梓[一二]の事を以てし、余に一語を求めて止まず。余あに他説あらんや。直ちに其の事を記してこれに与ふと云ふ）

丁未夏

水国老漁[一三]書

田舎荘子

四 若年。
五 規模。しくみ。内容。
六 「荘子」の別名である「南華真経」の略。その内容は「荘子」とひとしくの意。
七 「俳優」は、おどけ、たわむれ、滑稽の意。通常世間に多い滑稽な事を書いて人を悦ばせる様な娯楽書。
八 違い。相違。
九 其の名前も内容も共に。
一〇 世間的な低次元の知恵や瑣末な世渡りの技術を書いたような書物。
一一 時流を追うのに汲々としているようなもの。
一二 出板。
一三 印は「八廸之印」「蒙斎」と読めるが未詳。他にも樗山著書の内「再来田舎一休」跋（享保十三年）、「雑篇田舎荘子」跋（元文五年）や古稀翁著「従好談」の跋（享保十四年）等を撰し、市南逸民、市南老人等の署名がある。

田舎荘子

享保十二年丁未季夏[一]穀日[二]

江戸京橋南四町目
和泉屋儀兵衛蔵板

一 陰暦六月、夏の末。
二 吉日、よい日、めでたい日の意。

労《ろう》四《し》狂《きよう》

談義本が江戸戯作の出発点であった事は疑いないとして、さて、戯作の面白さの一つがその乾いた知的内容である事は勿論だが、一方、表現の奇抜さ・新鮮さという面にもある事は言うまでもない。通常そのような戯作表現の先達として挙げられるのは風来山人の文章であるが、その風来に先立つその方面の魁と、当の戯作者連中の間で明瞭に意識され、取沙汰されていたのが、本書の著者自堕落先生の〝狂俳文〟ともいうべき文章であるのだが、不思議なことに何故かこの事はつい近年まで、全く忘れられていた。ただ、それを証するに最適の作品である「風俗文集」は、ともかくも俳文の一体として記されたことが明瞭で、談義本集の本文として採用するには若干躊躇せざるを得ないため、付録として掲載するのにとどめ、いま一つの作品「労四狂」を以て、自堕落先生を偲ぶよすがとした。

本書は近世中期の「徒然草」と称すべき内容を持ち、作者の死生哲学とでも言うべきものを述べている。人間が一生をおくるについて必ずつきまとう苦労、その結果必ずとりつかれる心の病としての狂。智者は智に狂い、愚者は愚に狂い、その狂うと知って狂う者、知らずして狂う者、その症はこもごも四つ、そこで題して「労四狂」という。人間は果たしてこの狂をまぬかれ得るものかどうか。先生の見出した答えは「死」にあるように見える。但しその死を願うゆえんは、自分にあっては生を愛するが故だと、先生は力説する。無論「死」ぬ前に、すべての苦をまぬかれる手段として、例えば仙人になるなどはどうかとも先生は考える。しかし成程仙人になった暁にはすべての苦労をまぬかれもしようが、その成るまでの生活はどうするのか。その生活を支えるために、一年に一万八千文(一日五十文ずつ)はどうしてもなくてはすまぬと計算する先生、やはり兼好とは違って、どうしようもないリアリストである。そのような自堕落を把えた「死」の想念の行きつく先は……。

本書が江戸期に於ける希有の文章であることの大略はお察し戴けよう。

「労四狂」は無論「老子経」のもじりでもある。「田舎荘子」に続く本書を見る時、当時の老荘思想の流行がいかに大きかったかがわかる。

労《らう》[一]四《し》狂《けう》之序

夫《そ》れ労《らう》とは何《なん》ぞ。つかるゝ也。狂《けう》とは何ぞ。くるふ也。心の病《やまひ》にして、其症《そのしやう》[二]、得《とく》[三]と失《しつ》との地を審《つまびらか》にする事あたはざるなり。相対《あいたい》する物ならして独《ひと》り眼《まなこ》を怒《いか》らし、或《あるひ》は笑《わら》ひあるひは罵《のゝし》り、或は悦《よろこ》びあるひは泣《な》き、手をたゝき足《あし》を挙《あ》げ、踊《をど》り走《はし》る、是《これ》を乱《らん》といふ。所謂《いはゆる》狂の長《ちやう》ぜる物にして論《ろん》に及ぶにあらず。得《とく》と失《しつ》との地を審《つまびらか》にせざるの症《しやう》は、病《やま》ひ乱《らん》より軽《かろ》しといへ共、衆人《しゆじん》[四]皆病《やめ》り。智者《ちしや》[五]は智《ち》に狂《くる》ひ、愚者《ぐしや》は愚に狂ふ。智者の智に狂ふは愚者よりも病《やまひ》をもし。且得《かつとく》と失《しつ》との地を審にせむと欲《ほつ》して、労《らう》し狂ふ者《もの》、又あり。其《その》狂ふと自《みづか》ら知《しつ》て狂ふ者有り。知らずして狂ふ者あり。庵主《あんじゆ》[六]の爰《ここ》に記《き》することも〴〵也。医《い》薬《やく》の及《をよ》ぶべからざるのみ也。可レ憐《あはれむべし》〳〵。各《をの〳〵》死《し》して後瘉《のちいゆ》べし。狂なる哉〳〵と、口をあき手をたゝきて、十[七]無居士北華序。

延享[八]弐年
乙丑の夏

一 「老子道徳経」の略称「老子経」のもじり。
二 病症。症状。
三 理非得失を明瞭に認知する事が出来ない。
四 屈原「漁父辞」の「衆人皆酔、我独醒」のもじり。
五 老子七十一「知って知らずとするは上なり、知らずして知れりとするは病なり」をふまえるか。知っていても知らないと思うのが最上、知らないのに知っていると思うのは病気だ。
六 自堕落先生、庵を無思庵、斎を捨楽斎、房を確蓮坊と称す。
七 自堕落先生の別名。「北華」は俳号。
八 一七四五年。

労《らう》四《し》狂《けやう》初《しよ》編《へん》 上

自《じ》堕《だ》落《らく》先《せん》生《せい》述《じゆつ》

一 それ人、生れてまづ何をかなすや。目いまだ見る事あたはず、耳《みゝ》きく事知らず、鼻《はな》の用《よう》なく手足《てあし》の役《やく》なし。口ものいふ事知らず、只乳《たゞち》を吸《す》ふのみ也。生《うま》るゝより老《をい》るまで、食《しよく》せざれば則《すなはち》死《し》す。世《よ》の諺《ことわざ》にも「命《めい》[一]は食にあり」と。食といふ物《もの》、貴賤《きせん》の別《べつ》なく人間第一の要《よう》也。次《つぎ》に、生《うま》れ落《をつ》るより父母《ふぼ》やはらかなる衣《きぬ》を以《もつて》身をつゝみ、七夜[二]の産衣《うぶぎ》より時〻にしたがひ、ひとゝなるによりその衣服《いふく》あり。命《いのち》をつなぐは食《しよく》、身を覆《をほ》ひ寒温《かんうん》に順《したが》ふは衣服《いふく》、雨露霜雪《うろさうせつ》をしのぐは家《いゑ》、是を以て衣食住《いしよくぢう》の三ッといふ。

漸《やゝ》成人《せいじん》して、己《をの》[三]が業習得《げうならひゑ》て父《ちゝ》の家《いゑ》つぐ者有り、二男三男は外へ出て身立る有り、士《し》[四]農《のう》工商《こうしやう》ともに同《をな》じき也。其時に至《いた》りて衣食住己《いしよくぢうをの》が心に有り。各《をの〳〵》其身の程に順《したが》ひ、食には珍味佳肴《ちんみかかう》をもうけ、茶酒《ちやしゆ》をたくはえ、客《きやく》を請《しやう》じ、是を饗《けやう》ず。常にも美味《びみ》を喰《く》らはん事を欲《ほつ》し、衣服には垢《あか》づき破《やぶ》れたるをば用ひず、綺羅《きら》を尽《つく》さん事を願《ねが》ひ、家居《いゑゐ》は結構《けつかう》をなし、風流《ふうりう》物ずきを尽《つく》し、庭《には》、築山《つきやま》、泉水《せんすい》に至《いた》りても奇石怪木《きせきくわいぼく》を集《あつめ》て目を悦《よろこば》しむ。此たぐひは

一 管子・枢言「命属㆓于食㆒、治属㆓于事㆒」。生命を保つためには食物が第一であること。
二 子供の誕生から七日目の夜の祝い事。親族から産衣その他の贈物があり、これを着せる。江戸期、民間では古着を用いるのをよしとし、男は左、女は右から着せた。
三 自らの家の職業、職能。
四 当時一般の通念として「士庶」という場合と「士農工商」という場合とで「士」の概念に若干の違いがある。前者は治者と被治者の意に近く、その場合の「士」は諸大名から旗本迄をさす。後者は右の被治者である「民」を更に四通りにわけていうもので、後者の「士」は「庶民」の中での最上位に位置する「士」の意味になる。従って後者の「士」は大名・高家・代官・諸旗本の類を除いた、あく迄庶民の中に位置する陪臣の家の下級武士の意とるのがよい(「町人嚢」一)。

[五]其禄《ろく》、其富《とみ》に順《したが》ひ有べき事なり。さはあれど必《かならず》其禄《ろく》、其富《とみ》よりは奢《をごり》はまさるもの也。奢といふに至らず、其禄、其富程に衣食住をする者はまれ也。奢といふにはあらずといへ共、食は口に叶《かなは》ん事を欲《ほつ》し、衣服はよごれたる物、破《やぶ》れたる物はこゝろよからず、住《すみ》家《か》も壁落《かべをち》て軒朽《のきくち》、畳《たゝみ》破れざらむ前に修補《ほ》せん事を思ふは常《つね》也。大禄《ろく》、大富《ふ》の人も、其家[六]たばねする人まかり出て、普請《ふしん》、修覆《しゆふく》なんどの事いへば、毬《まり》[七]、楊弓《やうきう》、連歌《れんが》、俳諧《はいかい》の咄《はなし》聞くやうにはなくて、[八]外《ほか》の金銀費《つゐゆ》るやうに人〻思ふなるはいかにぞや。只人《(ただひと)》の苦《くる》しむ処のものは衣食住也。此三ッは何《なに》の為《ため》なりとなれば、身の為也。身は生の為也。衣食住心に叶《かな》ふ時はたのし。叶はざる時はくるしむなり。その衣食住の心に叶て楽《たの》しとするものは[九]生《せい》也。しかある時は、生をたのしむといふは、則《(すなはち)》衣食住三ッの物を楽むといはんなれ共、またいさゝか替る事有べし。[一〇]心をたのしむといふもの、[一一]身をたのしむといふもの、生《せい》をたのしむといふもの、三ッ有べし。心と身も生《せい》なければともになし。しかある時は皆生《せい》に帰《き》すなれば、ひたすらに生《せい》をたのしむといふべけれ共《(ども)》、又いさゝか違ひ有りぬべし。まづ生あるがゆへなれば、生を楽しむがゆへに衣食住の楽み有り。しかりといへ共、その生をたのしむといふ中に苦《くるし》むものある也。此苦みを去《さ》り、此たのしみをのがるゝを、まことの楽みといふべし。仏家《ぶつけ》に極楽《ごくらく》といふ有り。

一　生をむさぼる者は死《し》をにくみ懼《をそ》る。[一二]生を知りて愛《あい》する者は死ををそれず。生を知り

五　それぞれの給与や財産。

六　家内を統率する人。武家ならば家老、町人ならば番頭に当る。

七　何れも当時の富裕な人の至り芸。→当世下手談義二(一三〇頁)。

八　全く別種の。

九　生命。また生きることそのもの。

一〇　心に感じる楽しみ。

一一　身体に感じる楽しみ。

一二　荘子・大宗師「夫れ大塊、我を載するに形を以てし、我を労(ろう)しむるに生を以てし、我を佚(いつ)んずるに老を以てし、我を息(いこ)はしむるに死を以てす。故に吾が生を善しとする者は、乃ち吾が死を善しとする所以なり」。自らの生を善しとして肯定する者のみが、自己の死をもまた善しとし得る。

て愛する者は必《かならず》忠信《ちうしん》有り。忠信有ル者は死ををそれず。死を懼《をそ》れざるは天命《てんめい》[一]の然《しか》る所以《ゆゑん》を得意《とくい》すれば也。

一　或人の曰《（いはく）》、「生を愛する者は忠信有べからず。只一向《ひたすら》に死を憎《にく》み、まぬかれん事をはかるべし」と。しからず。士《し》として禄《ろく》を代ゝにし、官《くわん》を代《よ》ゝにし、其《（その）》父祖の家つぎ来る者、なんぞ生を愛するが為に死をまぬかるべき。吾子《ごし》[二]がいふは身を愛する者なるべし。身と生と同《をな》じといへ共いさゝか違有り。生を知り生を愛する者は、天命を得意《とくゐ》するゆへに、死を懼《をそ》れ悪《に》くむ事なく、必《かならず》忠信《ちうしん》有り。是れ義《ぎ》[三]を重《をも》んずれば也。義を思ふ時は恥辱《ちじよく》を知る。恥《はぢ》をかへり見る時は死はやすし。

かの人の曰く、「然らば生を知り愛する者、忠信義ありとせば、一旦《いつたん》君に仕《つか》へて二君に不レ仕《つかへず》、其君の為に死すべき歟《（か）》」。然《しか》り。又しからず。一旦君に仕へて用《もちひ》[四]られたらん、其君の為に死すべき事いふにや及ぶ。又いまだ其時至《いた》らで用ひられずといふ共、其君の禄を喰ふ内は死せずんば有べからず。又一旦君に仕ふる共、其[五]身用ひられずば、去る事常也。二君に仕へずといふは譜代相伝《ふだいさうでん》[六]の士《し》の事也。生を知りて生を愛し、忠信有る者、一旦君に仕へても、其仕をやめ、生を愛し身を愛せんは、己《をの》が心ゝ成べし。あに義あらずといはんや。然りといへ共、其人隠居《いんきよ》して、身を愛し永寿《ゑいじゆ》を願《ねが》ふたぐひならば取るにたらず。生をむさぼる徒《と》也。

一　天から人に与えられた運命と使命。論語・季氏に「君子に三畏あり。天命を畏れ、大人を畏れ、聖人の言を畏る。小人は天命を知らずして畏れざるなり」。君子は右の三つの他に畏れるものはない、死も三つ以外のものの一つである。

二　二人称代名詞。君、あなた。

三　正義。論語・季氏に「君子に九思あり…得るを見ては義を思ふ」。利益に直面した時に、それが正義にもとるか否かを考えるのが君子である。君子であることの九つの条件の殿《（しんがり）》をしめるのが義を思う事である。

四　登用された場合は。

五　孟子・公孫丑下「有二官守一者、不レ得二其職一則去」。金谷治『孟子』（朝日新聞社「中国古典選」）では「官の守りある者はその職をおさめ得ざれば去る」と訓むが、孟子古義では「職を得ざれば」と訓んでいる。孟子には他にも「告子下」に、君子の仕官の去就について三つの場合を教えた章もある。

六　親代々から同じ主君に仕えている侍。

一　禄《ろく》の為にほだされて其君に仕ふる者あり。此人のたぐひは、其君の事をかならずあしざまにいふ也。其禄喰ひながらこれらの[七]盗《ぬす》人多《をほ》し。己れ用ひられざる事を知らば、何ぞ早く去て他《た》へ行《ゆ》かざる。他へ行くとも、今日《けふ》までの禄は得《え》取る事ならざると、自《みづか》ら身の程を知らば、今日《こんにち》の恩《をん》を慎《つゝしみ》て忝《かたじけな》く思ひてつとめよかし。しかし此たぐひは君の為に死する事はせず、[八]際《きは》にのぞんで必《（かならず）》にぐる也。

一　生をたのしむは何の為ぞや。口にうまきを味《あぢは》ひ、耳《みゝ》に音声《いんせい》の[九]あやを分《わか》ち聞き、鼻《はな》に[一〇]蘭麝《らんじや》をかぎ、咽《のど》に声を出《いだ》してうた唄《うた》ひ、音曲をなし、目は天の日月星辰《せいしん》、地《ち》の山海木石、鳥獣虫魚《てうじうちうぎよ》、色《いろ》は[一一]五色間色《かんしき》わかち見ずといふ事なし。その見るに目をよろこばしむる事いくばくぞや。[一二]浣紗《くわんさ》の蹙蛾《しゆくが》、[一三]蹙《しわま》ざるよりかほよきを知るは目の徳《とく》なり。[一四]蹙娥細腰《しゆくがさいよう》の目を悦《よろこ》ばせ、心に悦ぶもの、衣食住[一五]三つの外にして人間苦労の一ッ也。かく眼耳鼻口《げんにびこう》をよろこばしめて悦ぶものは何ぞや。心也。生也。其眼耳鼻口をよろこばせんと欲《ほつす》るものは何ぞ。又心なり。生也。その心と生の為に、眼耳鼻口をよろこばしめんと欲して、かへつて眼耳鼻口を働《はた》らかせ費《つゐや》し、心と生を苦《くる》しましめ労するものは何ぞ。心也。生也。

一　水車《すいしや》といふ人有り。我《わ》れ常《つね》に[一六]うらなく語《かた》りぬるが、後に他の国へ行き住《すみ》しが、子も成人《せいじん》して業《げやう》つぐべき程なりければ、事のつゐでに、「予《よ》も身楽《みらく》に成りて心志《しんし》を労《らう》する事なきまゝ、此うへは死の早からん事を願ふのみ也。[一七]そこにも今は子共も成人し、業《げふ》もゆ

七　禄盗人。給料泥坊。
八　いよいよという時になると。
九　文(あや)。表現上の技巧。
一〇　香りのよい香料の代表例としてあげられる。蘭の花と麝香とを合わせたものという。
一一　青・黄・赤・白・黒の五色とその中間色。
一二　呉王夫差を滅亡に至らしめた美女西施の眉をひそめた姿。「浣紗」は西施が郷里若耶渓で紗を洗っている所を勾践に拾われて呉王を迷わすために献じられた故事を踏まえて、西施その人を指す。「蹙」はひそめるの意、「蛾」は蛾眉ともいい、細く美しい眉毛の形容。
一三　荘子・天運のいわゆる「矉にならう」の典拠として引かれる文章に、西施が胸を病んで咳をする度に眉をしかめたところ、村の醜女達が皆その真似をして眉をしかめてみせた、という説話がある。
一四　ひそめた眉、ほっそりした腰つき。何れも美人の形容。
一五　礼記・礼運に「飲食男女は、人の大欲存せり」。食欲と性欲は人間の最大の欲望であり、それが苦労の種となる。また孟子・万章上「好色は人の欲する所なり」。
一六　裏表なく。卒直に。
一七　二人称。あなた。

づる程なれば、早く業ゆづりて心志《しんし》の労《らう》をやめ、只死を早くせん事を待《まち》給へ」といひやりたれば、其答《こたへ》の一書ありき。其書《しょ》によつて又予答ふる書。

車叟《しやそう》、予が早く二休《きう》せむ事を願ふを、予を（以《もつて》）死を好む者となじりいふ。三我れ全く死を好むにあらず。生を愛するがゆへ也。可レ愛《あいすべく》、可レ重《をもんずべく》、可レ懼《をそるべく》、可レ慎《つゝしむべく》、可レ貴《たつとむべき》もの、生より大いなるはなし。是を以我が死を願ふ所以《ゆゑん》は、四世の変《へん》を懼《をそ》るればなり。今日まで無事にして全《まつた》しといへ共、明日いかなる難《なん》や来らむ。水火《すいくわ》の難《なん》はげしといへども、水火よりも甚《はなはだ》しきもの、親族朋友《しんぞくほうゆう》の為《ため》、又は他《た》の知らぬ人の為、己れ露《つゆ》しらぬ事にても、時と事とによつて難を受《うく》る事有り。兼好《けんこう》も「五命長《いのちなが》ければ恥《はぢ》多し。長くとも四十《よそぢ》にたらぬ程にて死なんこそ、めやすかるべけれ」とは書たり。死を懼《をそ》れにくむ者は生を愛せざるものなり。長生を願ふは愚《ぐ》の甚《はなはだ》しき也。叟《さう》の書に曰く、「六朋友《ほうゆう》は善《ぜん》を責《せむ》るを以貴《たつとし》とす。師にしたがひ友によらずんば其惑《そのまどひ》とけじ

一 手紙。

二 「休」は死と同意。「死」の畏るるに足らぬこと、願わしいことを現わした表現。「帰去来辞」に「感二吾生之行休一」。

三 →七三頁注一二。

四 自らの測りしれぬ運命の転変。

五 徒然草七段。この語はまた荘子・天地「寿なれば則ち辱づかしめ多し」に基づく。

六 孟子・離婁下「善を責むるは朋友の道なり」。

と。[七]子《し》我れより後《のち》に生《うま》れたりといへ共、[八]道を聞く事我より先ならば、従《したがつ》て師とせん」と。予叟に後《をく》れ生るゝ事拾有余年、まことに遅《をそ》し。事を聞く事も又遅かるべし。しかりといへども[九]理のあたる処は、年の先後《せんこう》、事を聞くの遅速《ちそく》にはよるべからず。予叟の忿《いか》りをかへり見ず、又答へて其事をいふ。取捨《しゆしや》は叟の心に有べし。又叟の言《こと》に曰く、「[一〇]行年今五十余歳にて、まことに[一一]天命を知るの時也」と。[一二]孔子の聖《せい》すら漸《やうや》く五十にして天命を知り給ふと。凡常《ぼんじやう》の小人《せうじん》、弐百歳三百歳の長寿たり共、只犬《いぬ》の年を経《ふ》るが如くにして、いかんぞ天命を知るの処にいたらんや。是《(これ)》叟の[一三]過言《くわごん》成べし。又曰く、「[一四]生を不《しら》レ知《ず》、何《なん》ぞ死を知らん」の語《ご》を引く。是又違《たが》えり。此死は[一五]幽冥《ゆうめい》の論《ろん》也。[一六]大休《たいきう》の論にあらず。又曰く、「[一七]正命一定《しやうめいいつちやう》、有生備初《ゆうせいびしよ》」の語有り。さればこそ正命一定、有生備初たらば大酒過食《たいしゆくわしよく》するといふ共何ぞくるしからんや。しかるに飲食起居《いんしよくききよ》をつゝしみ、養生《ようじやう》を専にし、喰《くひ》たきを喰らはず、飲《のみ》たきを飲まず。是れを大戯気《たはけ》といふべし。又曰く、「道を聞く事の先ならば」と有り。道を聞とは[一八]過当《くわとう》にして、叟や予がいふべきにあらず。尤《(もつとも)》食するにも其[一九]序有り。寐《いぬ》るにも又序有り。これらをも食する道、寐《いぬ》る道といふ時はいふべけれど、聖人君子の[二〇]道の道たる道にはあらず。道に[二一]大道《どう》有り、仁義の道有り、礼の道有り、芸能《げいのう》の道有り、工商《こうしやう》の道有り。たとへ人の人たる道を聞く共、叟や予が其道をこなはるゝにもあらず。これらは叟の書面の予が心得《こゝろゑ》がたきをあぐるのみ。死を好《このみ》、生をにくむの論に

七 二人称代名詞。敬称として用いる。
八 真理の探求にこころざすこと。
九 物事の正しい筋道。
一〇 生きてきた年数。
一一 人間の使命と運命。
一二 論語・為政「五十にして天命を知る」。
一三 言い過ぎ。言いあやまり。失言。
一四 論語・先進「敢へて死を問ふ。曰く。未だ生を知らず、焉んぞ死を知らん」。子路が鬼神、即ち霊魂について問い、重ねて死後のことについて問うた時の孔子の答えである。孔子は「生前の事さえわからないのに、どうして死後のことが知れようか」という。
一五 死後の霊魂に関すること。
一六 絶対的な安静の世界としての死。
一七 未詳、仏語か。「人の寿命には定りがあり、それは生れた時に既に備わっている」の意か。
一八 分に過ぎたこと。不つりあい。
一九 秩序。
二〇 老子一「道の道とすべきは常の道にあらず」を踏まえる。
二一 老子十八「大道廃れて仁義あり」。老子は大道、即ち偉大なる無為自然の真理が行われなくなると儒のいうような「仁義」という道徳規範が必要になってくるという。

はあらず。只予が死を早うせん事を願ふは、生を愛するが為なる事を能《（よく）》察せよといふ事しかり。

一　生を愛するは名[一]をおしむ也。名を惜むは父祖を恥かしめざらんが為也。

一　世に勤《つとめ》ほどくるしきはなし。寐《いね》たき時いぬる事あたはず。寒《さむ》くつめたき日、火燵《こたつ》にあたゝまらんとすれ共、出ざれば叶《かな》はざる事あり。三伏《さんぷく》[二]のあつき日も、涼《りやう》を樹下水辺《じゆかすいへん》にもとめんと欲《（ほつす）》れ共、妨げありて、ひねもす汗に成りてくるしむ。或はつれ〴〵の鬱《うつ》を晴さんと一盃[三]の美味を思へども、或は用有りて出る事有り、又は貴《き》人の前《まへ》、面《をもて》の赤からんをにくみ、夫さへ飲《のむ》事あたはず。食事は人間《げん》第一、命《いのち》の綱《つな》たりといへども、主用[四]かさなり、或は時[五]のあしく違《たがひ》て腹《はら》むなしく、涙のこぼるゝ程なる事も有けり。又あるきたうもなき折も歩《ある》き、聞《き》きたうもなき事聞き、いひたうもなき事いひ、したうもなき事する、皆《みな》つとめ也。勤《つと》めざれば衣食住なし。農夫の耕作《かうさく》に骨《ほね》を折《を》る、工の其《その》職に精《せい》出し、商《しやう》の旅《たび》を宿としつかるゝ、山伏《やまぶし》の祈禱《きとう》する、僧の読経《どくけやう》、修法《しゆほう》[六]、座禅《ざぜん》、医師《し》の夜る起さるゝ、儒者の読書《しよ》、講釈《かうしやく》、唄比丘尼《うたびくに》[七]のうた、浄瑠璃《じやうるり》語《かた》りの浄るり、舞師《まひ》の舞、俳諧師《はいかいし》の歳旦《さいたん》[八]、歳暮、米《こめ》つきの臼《うす》をめぐる、武士の文武の芸学《げいまな》ぶ、皆《みな》いづれも己《をの》れ〴〵が業《げやう》の勤《つとめ》にして、今日を送《をく》る身の為《ため》、生《せい》の為に、勤《つとめ》、くるしみ、つかる。

一　其禄《ろく》、其富《とみ》の程にしたがひ居所食服《きよしよしよくふく》なすは論《ろん》なし。其禄、其富より内めにするを倹《けん》

一 名誉。論語・衛霊公「君子は世を没るまで名の称せられざるを疾(にく)む」。

二 夏の暑さの盛りの期間。

三 酒。

四 主人から言いつけられた用事。

五 食事時がひどくちぐはぐになって。

六 修行と同じ。仏法の修行。ここは「読経」に天台や浄土、日蓮宗、「修法」に真言宗、「座禅」に禅宗のおもむきをもたせた。

七 歌念仏を唱え、熊野の牛王とよぶ御札を配って市中を勧進した比丘尼。当時はその姿にまぎれて色を売る私娼の一つでもある。

八 俳諧の宗匠達が、一門の門人からその年の暮の所感吟や、翌年の正月の祝句を集めて賀状代りに配るもの。それによって宗匠としての勢力があらわになる。

約《やく》といふ也。しかるにその倹約にはあらで、其禄、其富より見れば甚《はなはだ》家居もきたなくて、衣服見ぐるしく、食事麁《しよくじそ》にして、召仕《めしつか》ふ[九]下部《(しもべ)》へもあしき物喰はするなど、是《これ》を[一〇]有財《うざい》餓鬼《がき》といふとぞ。又禄富有る人の居所に物ずきをなし、工夫をめぐらし、庭《には》には奇石《きせき》怪木《くわいぼく》を集《あつめ》て[一一]からのやまとの景《けい》を移《うつ》し、[一二]数寄《すき》屋、茶屋に美尽し、珍味《ちんみ》佳肴を求《もと》む。これらに費《つゐゆ》る金銀惜《をしゝ》とも思はず。かゝる工夫に心志《しんし》を費《つゐや》す事は、金銀を遣ふが為《ため》の苦《くる》しみとせんか。

一　金銀多く持たる人、へらん事を懼《をそ》れ、まさん事を願《ねが》ふにつけ、或は借《か》して利を取り、商売《しやうばい》の人は物買て其利を見るに、借したらんは返《か》へさゞらんかと懼《をそ》れ、買《か》ふものは、買《か》ふて後、其価《あたひ》[一三]のいやしからんかとをそれうかがふ。しかれ共、箱《はこ》に納置《をさめをき》、[一四]まもり居る斗《(ばかり)》にては、次第にへり行くまゝ、とやせんかくやせんと、常に心をいたましめ、くるしみ労する事、是金銀の多きが為也。盗人《ぬすびと》の用心《ようじん》もいか斗案《あん》じられ侍《はべ》らん。百姓は貧《まづ》しといへ共《(ども)》、食物常に粟《あわ》、稗《ひへ》、麦《むぎ》の糧《かて》、国《くに》により芋《いも》、木の葉、草の葉なんどまで切入れ喰ふなれば、飢《うゑ》に及ぶ程のくるしみはなし。只市中のいやしき業《わざ》して世を渡る、或は雇《やとは》れ事の賃取《ちんとり》、又菜《な》、大根やうの時ゝの物商《あきな》ふ、或は器材《きざい》、糸、紙、筆等の商人、其身独りなるはともかくも[一五]するなり。妻《つま》に子共四五人も有てくらすなど、滞り居る[一六]宿代《しゆくだい》、月ゝの定《さだま》りあり、此たぐひはいたりて貧《ひん》なる有り。其わざ、朝は買出しとて鶏《とり》と共に起《をき》出て、

九　下僕。下働きの男女。
一〇　仏語。餓鬼に無財、小財、多財の三種があり、後の二種を有財餓鬼というが、ここは単に、財産がありながら万事にけちな生活をする人をさす。
一一　唐の大和の。国の内外を問わず、美景といわれるものを写した庭造りをし。
一二　茶の湯をするために茶室、勝手、水屋などを設けて、物ずきを凝らした建物。
一三　値段が安くなること。
一四　見つめている。
一五　何とか食べていける。
一六　借家の家賃。当時、町人に地主、地借、店借の区別があり、地主は居付地主(自分の土地に家を建てて住む者)と他町地主(地主は他の町に居る場合)があり、地借は地主から土地を借りて家を建てる者をいう。店借は表店と裏店があって、何れも地主が長屋を建てて大屋と呼ばれる家主を置き、家主が店借人の差配をする。表店は大体商売を営む。

夕べには星《ほし》をいたゞきて帰るといへども、事のたらざるのみにして、霜月比《しもつきころ》に至れ共、家内綿《ないわた》の入りたる物着《き》る事も得《え》せず。夏《なつ》は蚊帳《かや》なく、朝飯喰《あさいゐ》て夕べの[一]もふけなく、夫《おっと》の銭持《ぜにもち》て帰るを待て、糠《ぬか》よりふるひ出したる[二]小米なんどいふをとゝのへ、それに豆《とう》腐の糟《かす》など交て、粥《かゆ》なんどにして、家内飢《うゑ》をしのぐ斗なり。味噌《そ》なんどは[三]三銅、五銅程づゝも買ふ也。これらのたぐひ、煩《わづら》ふといへ共[四]薬礼《やくれい》すべきちからなければ、医師《いし》の療治《りやうぢ》受る事も得《え》せず、悪寒《さむけ》など有れ共蒲団《ふとん》の一ッもなくて、常着《つねぎ》のまゝに臥し居る。日の数《（かず）》十日も煩《わづら》ふ時は隣家《りんか》のたすけもうとく、食すべき物なくて、妻子飢《うへ》に及ぶ程に、[五]袖乞《そでごひ》と成り、子共をふところに入れ、或は手を引て出る也。かくの如きの貧人《ひんじん》、年月《としつき》を送《をく》るにたのしみといふ事有りや。又一向にたのしみはなくて、今日の足らざるをくるしむのみかといへば、かたへなる人の、「死ぬには死なれざる物を」といひし、をかし。老たる父母なんど有て育《やしな》ふ人は、是非《ぜひ》なかるべし。さもなき人、かくまでくるしまず共、世の送りやう有らんにと思へども、又其人々の[六]生れにして、[七]いやしくて事の弁《わきま》へもなきにこそ有らめ。己れ〳〵が心からくるしみ労す。

一　賤《いやし》き者の子共あまた持《もち》たるは、夜の衣《ころも》、昼《ひる》の装束《しやうぞく》と別《わけ》てはなし。只同じ衣服《いふく》を夜昼《よるひる》着《き》て、臥《ふ》す時には、弐人三人の上へ蒲団《ふとん》やうの物一ッ打覆《をほ》ふ斗也。手足洗《あら》ふ事もなければ衣服のよごるゝ事早し。垢《あか》づく事久《ひさ》しければ虱《しらみ》多《をほ》くたかりてくるしむ也。我《われ》[八]田舎《いなか》渡《わた》ら

一 用意。
二 米を搗いた時に砕けてしまった米。
三 三文、五文。この文章によって宝暦(一七五一―六四)以前、既に江戸市中に百文以下の小売り商売があった事がわかる。自堕落先生著「風俗文集」二の「市中の弁」に「味噌塩にも小売有り、酢醤油は壱銭づゝも買れ」。
四 医者へ払う薬代。
五 往来の人の袖にすがって物乞いをすること。
六 生れつき。
七 無教育、無教養で。
八 田舎で生活すること。

ひせし時、信濃《しなの》の何とかやいふ所に宿借《やどか》り侍《はべ》りしに、比は九月始《はじめ》なれど、所がらにや、其年は寒《さむ》さ早きやうなりきが、暁《あかつき》に成りて、宿《やど》の妻《つま》の起《をき》て、いろりに火焼《たき》付る音《をと》するまゝ、我も起、いろりのはたに行き、焼火《たきび》のあかりにて髪結《かみゆひ》しが、かたはらに宿のあるじ臥《ふし》居たり。その脇《わき》に春《はる》の比《ころ》生れたるらんと思ふ小児を寐《ね》せ置《をき》たり。其子の臥所、母のふしたる所と見ゆ。母の起出たるゆへ、九ふし心やあしかりけめ、身うごかし一〇せわるまゝ、我が手の届く程なれば、手をさしのべたゝきつくれ共、きかで泣《なき》出しぬ。それより夫《をつと》のふところへ入れてすかせ共やまざれば、母来りてふところへいだき入れたり。

その小児をふさしめたるを見るに、一一簀《す》の子《こ》の上に一二ねこだ一枚敷たる所に、せまき一三ござ壱枚のべて、其上に小児の裸身《はだかみ》ながらふさしめ、其上へ木綿《もめん》の一四つゞれにさしたる、大いなるふろしきやうの物壱ッかけたる斗也。其父母も臥には裸《はだか》にてかくこそあるらめ。小児も生れ落るよりかく馴《なる》るもの

九 寝心地。
一〇 むずかる。
一一 透き間のある板縁や床。
一二 藁でつくった幅の広いむしろ。
一三 莫蓙。藺草の茎で織りあげたむしろ。寝床に敷き用いる。
一四 布きれを荒く縫い合わせたもの。

成べし。至りて貧人のありさま、又いやしき者の子そだつるやうなど、貴人は勿論《もちろん》、中人《ちうにん》[一]以上の者、かばかりにはあらじと思ふゆへ、書しるして置きぬ。

一　四十を越したる人の、さして仕出《しだし》[二]たる事もなきに、「此まゝにては終《をわ》らじ物を」などいひて、旦暮《たんぼ》精力《せいりよく》を労する者有。さもあらめど、まことの僥倖《げやうこう》にして、五十六十越え、世に知らるゝ者有れど、七十封侯《ほうこう》[三]はなきにはしかじとぞいふ。

一　世に主君のかだましき[四]に仕ふる程、心のくるしきはなし。表《をもて》の事いひ出さんとすれば裏《うら》の事を仰《をほ》せあるのたぐひ、直道《すぐみち》[五]を行《ゆか》んとして、必《かならず》脇道《わきみち》よりせざれば、主君直《すぐ》道の令《れい》なし。主君も其事を知り給はぬにもあるまじけれど、かだましきがゆへに、まづ家従《かじう》のいふ事をもどく[六]也。家従もこれをはかつて[七]、其道より事をなす。中人よりしもつかたは[八]従者多《じうしやをほ》からねばなれ共、中人より上つかたの人のかくの如きは、家の長《をさ》[九]する人、いか斗《ばかり》のくるしみ成らん。

一　人と出交《いでまじは》る事ほどこゝろの遣《つか》[一〇]はるゝ物はなし。賢《かしこ》き人、直《すなほ》なる人斗はなく、愚《をろか》なる人、曲《まが》れる人、かたくなゝる人有り。我がもののいひ損《そん》じ有りても、賢《かしこ》き人、直《すなほ》なる人は、いひ損じにてこそととがめもやらず、まして取[一一]りもとめまじけれど、さすが[一二]は恥《はづ》かしく、いひ損じなからんようにと心つかひぬ。又愚《をろか》なる人は、我がいふ事いかに[一三]理非《りひ》の分《わか》ちも聞くや。言《こと》を心得違《こゝろえたがえ》て、又他の人に我がいひし事よと語《かた》らんも知らず。又我いひ損じ

一　貴族と庶民の間に位する人。
二　目立つような仕事、働き。
三　未詳。「封侯」は領土を与えられて諸侯に任ぜられる事をいうので、七十歳で諸侯に封じられるのはかえって大変だという意か。
四　邪慳。
五　物事のまともな筋道を行うと思えば。
六　誹謗し、非難する。
七　推し量って。
八　家来といってもそれほど多くいるわけではなかろうから、何とかなろうが。
九　その家のたばねをする人。家老など。
一〇　気骨の折れる。
一一　あとあとまで根に持つ事もなかろうが。
一二　かえってこちらの方が恥かしく思って。
一三　きちんと理非の区別を間違えずに聞いてくれるだろうか。

有りても、いひ損じなりと言《いひ》わけむも、そのかいやなからん。又曲《まが》れる人は我がいふ言《こと》のうら道《みち》へ心をまはし聞て、我が心には露《つゆ》斗もあらぬ事を、己《をの》が心のひがめるより、あしく推量《すいりやう》のみする也。又かたくなゝる人は、戯《たはむ》れごとをもまことゝなすゆへに、ましていひ損じなどは有べき事とも覚えず。愚なる人、頑《かたくな》なる人は必《かならず》腹《はら》あしくて、少の事にも打腹《うちはら》たつればをそろしきもの也。

一　鞠《まり》[一四]、楊弓《やうきう》[一五]、碁《ご》、将棋《しやうぎ》、或は謡《うたひ》、鞁《つゞみ》、笛《ふゑ》、尺八、其外己《をの》が好めるに随《したが》ふ遊芸《ゆふげい》まなび、たのしみとする人は心に忘《わす》るゝ隙《ひま》なく、昼夜《ちうや》に工夫《くふう》をめぐらし上手《じやうず》にいたらんとし、精《せい》出《いだ》して、拾人[一六]に秀《ひいづ》れば人も誉《ほ》め、己《をの》れもつたなしとは思はず、自《みづか》ら慢《まん》ずる程にいたりても、是れにてよしと思ふ限《かぎ》りはなく、よきが上によからん事を思《おもひ》、猶《なを》心にたらずとし、此場《ば》は此あぢはひにてはよからず、此所はかくやあらんなどゝ工夫をめぐらすは、己が芸《げい》の熟《じゆく》せるに随《したが》ひ、高上《かうじやう》[一七]になり行《ゆく》まゝ、功《こう》と熟《じゆく》との為にくるしみ労す。

一　諸侯太夫[一八]の、譜代《ふだい》[一九]の家臣《かしん》多きなどは、御心遣《みこゝろつかわ》せ給《たま》ふ程の事なからん。さはあれ共、姦佞《かんねい》の人は出来《でき》やすく、賢者《けんしや》はすくなきものなれば、もし姦佞の臣出《しんいづ》る事有れば、かならず君の為あやうき事いでくるなれば、一定御心安《いつぢやうみこゝろやすん》[二〇]じ給《たま》ふのみにてもあらじ。只《たゞ》かなしく浅《あさ》ましきは、大福長者《だいふくちやうじや》[二一]たりといへども、百姓町人のたぐひは、人多く仕へ共、皆中人以下《げ》の下司《げす》なれば、義うすく欲《よく》あつくして、多く金銀を引負《ひきをひ》[二二]て主人へ損かくる事有るな

一四　蹴鞠の遊戯。鞠垣と称する垣で囲った七間半四方の場を作り、四隅に桜・柳・松・楓を植え、四人、六人等で行う遊戯で、鹿革製の鞠を蹴り上げて地面に落さぬように受け渡す。古く奈良朝から行われ、平安期には貴族の間に盛行し、江戸期にも貴族的な遊戯として上流町人に好まれ、宝暦・明和期(一七五一—七二)には一般の町人の間でも好まれたことは蹴鞠評判記の存在などで知り得る。

一五　→一八五頁注四。

一六　十人に一人といわれるようになれば。

一七　おごりたかぶること。

一八　大名を初めとする高位の武家の総称。大夫は五位の通称ではあるが、ここはそれほど厳密に言うわけではない。

一九　親代々からその家に仕える家臣。

二〇　きまって。必ずしも。

二一　大金持。

二二　主人の金を使い込んだり、自分の判断でした商売の欠損を主人に負わせたりすること。

れば、常に心のゆるみなく、目を配《くば》り心を遣《つか》ひて、しづかなるいとまなし。

一　世を遁《のが》れて方丈《ほうじやう》[一]の草《くさ》の庵《いほ》一ッに閑《かん》をたのしむ人といへ共、冬来りて衣服薄《うす》ければ寒《さむ》し。食《しよく》せざれば飢《うゑ》、夏《なつ》の衣服、冬の装《しやう》束《ぞく》、時〻に随《したが》ひ、用《もち》ひざれば叶《かな》はず。其衣服も穢《よご》れ破《やぶ》るゝ時は、洗《あ》らひつぎは人の手労し、頼《たの》み補《をぎの》ふ。又平常無《な》くてならざる物、筆《ふで》、墨《すみ》、硯《すゞり》、紙類、箒《はゝ》木《き》、炭取《すみとり》、下駄《げた》、傘《からかさ》、鍋《なべ》弐ッ、茶釜《ちやがま》壱ッ、擂鉢《すりばち》、水桶、ほうろく[二]のたぐひ、一ッとして欠《かけ》ては一日も経《へ》られず。畳《たゝみ》も破《や》ぶれば障子《しやうじ》も破れ、数《かず》なけれ共器財《きざい》は久しく全《まつた》からず。是みな労さしむる[三]の内なり。まして耕《たがや》し喰《くら》ふべき地《ち》ももたざるものは、世の交《まじは》りを断《たち》、一飲《いちいん》一飯《ばん》を他人《たじん》[四]の費《つゐや》すなく、己《をの》れ酒肴《さけさかな》の味《あぢ》をもやめて、只命つなぐ斗《（ばかり）》に月日を経《へ》る共、一とせの程送《をく》るには、をよそ料足《りやうそく》[五]壱万八千字（一日五十字ヅヽノツモリ）費《つゐゆ》る成べし。此料足いづれの所より出んや。たとへ山ごもりして仙[六]に近づき、年経て後《のち》は霞《かすみ》[七]を喰《くら》ひ、気を吸ふたぐひに成らんまでも、

一　一丈四方。小さな庵室のたとえ。
二　炮烙。素焼きの平鍋。最も安手の台所道具の一つ。
三　苦労させられる。
四　他人に食べさせることなく。扶養家族もなく。
五　費用として一万八千文はかかる。「字」は銭貨一文の「文」に当る。
六　仙人。
七　道家、神仙の修法の一。餐霞。→三三五頁注一三。

まづ其術《そのじゆつ》得るまでは、此料足の三分が一はなくんばあられまじ。只一身を一《ひと》とせ命つなぐに、かく料足の入用有れば、みな此料なくては叶はざる歟《(か)》。爰《(ここ)》にをゐて苦しみ労す。

一　親よりゆづり請《(うけ)》たる己が福禄をたもちて、増《ま》さず減《げん》ぜず、其家をたて行くは能《(よ)》き人也。又親よりのゆづりはなしといへども、己が取付たる福禄にて世を経る、其人の器量《きりやう》成べし。又親の譲《ゆづ》りの福禄よりは増《(まさ)》ん〳〵と勤《つとめ》はげむ人、其家を起《をこ》すなればさも有べき事也。其身大禄となり大富となれば、父祖の名を輝《かゞやか》し、子孫に幸《さいわい》を伝《つた》ふ。何かは是より上《うへ》有べきなれ共、身も心もともに労しくるしむ事は夥《をびたゞ》し。苦《くるし》み労せざれば其美名《びめい》なし。此労をのがれて、ゆるやかに、親よりゆづり斗の福禄を守《まも》り居る人は、八全《まつた》き人といふべけれども、其心に思ふ所、「是れにて足《た》りぬ。何ぞ此上に増ん事を願《ねがは》んや」と九安定《あんちやう》して居《ゐ》たらんは、父祖へ対《たい》しては孝《こう》の道には欠《かけ》たらんか。これらの輩《ともがら》を、一〇諺《ことわざ》に横着《わうちやく》ものといふならんか。又士として立身せんと欲《ほつ》し、工夫をめぐらし心志《しんし》を労して、立身すべき道つき、昼夜《ちうや》精勤《せいきん》するのあまりに、一一事多くなりて、事〳〵に一二立交《たちまじは》る程になりぬれば、はからずして事のつまづき、又は人のそねみなんど受《うけ》、かへつて為あしく、禄にもはなるゝ事も有るなれ。又富人《ふ》は其富《とみ》を増んと、物の一三買置《(かひおき)》に損をなし、或は世をたぶらかす一四工夫師《(やまし)》共のはかりことにかゝりて損をなし、代ゝの家をつぶす輩《ともがら》又多し。「過《すぎ》たるは及《をよ》ばざるが如し」といへども、及ばざるには害《がい》なし。只事は過たるに害ある歟。此処に心

八 正直で愚直な人。
九 安心して。
一〇 卑俗な言葉。

一一 仕事。
一二 かかわる。

一三 商人が後の値上りをみこして、商品を買いだめすること。
一四 ペテン師。

志を労し苦しむ事甚《はなはだ》し。

一　男も女も同じやうに、勤《つとめ》する傍輩《ほうばい》といふもの、高《たか》きもいやしきも心をかるゝ[一]ものなし。[二]趙国《ちやうこく》の廉頗《れんば》すら相如《しやうじよ》をにくみき。其外《(そのほか)》名ある人〻に其事多し。いはんや凡常《ぼんじやう》の小人《せうじん》、只人《たゞひと》の非《ひ》を見《み》出聞《いできゝ》出ん事のみ思ふ。[三]打つけには味方《みかた》のやうにして、かくす事もなく、いとねむごろにいへ共、その席《せき》をはなるゝとあだ敵《かたき》のやうに譏《(そしり)》のゝしる。武士《もの〻ふ》なんどには有まじき事と思ふに、当世《とうせい》の風俗《ふうぞく》大かたかくのごとし。心あらん人はいかゞ見るらん、恥《はづ》かしき事ならずや。かゝる事に心を遣ひくるしむは、衣食住三ッの外のやうにて内也。中人《ちうにん》よりしもつかたの人の貧《まづ》しきを見るに、おほく妻子《さいし》の為《ため》なり。子孫《しそん》の絶《たゆ》るは不孝の第一といひて、妻迎《つまむか》へ子孫つぐべきなれ共、それは中人以上の事成べし。多《をほ》く妻迎《つまむか》ふる人、その孝心より迎ふるはなし。さあるゆへに、[四]三年子なきの妻《つま》たりといへども離別《りべつ》する輩《ともがら》なし。衣服《いふく》の為、又「家つゞ[五]まやかならず」なんどいふて妻迎《つまむか》ふれ共、妻のなき前《まへ》の費《つゐえ》と、妻ありて後《のち》の費《つゐえ》と、くらぶる時は[六]がいぶんの違《たがひ》ありぬべし。只妻迎ふる人は多く色欲《しきよく》に寄《よる》。又「病《やまひ》などの折《をり》から介抱《かいほう》せらるべき人なし」などいふて妻迎ふれ共、妻迎ふるより、やがて懐胎《くわいたい》などするといなや、悪疸《つわり》など打つゞき煩《わづ》らはしく、臨産《りんざん》に及ぶまで、みな己《をの》が介抱《かいほう》にして、其子の生れてよりも、母子ともに病《やめ》る事有れば、労《らう》はみな己《をの》が身に懸《かゝ》れり。さて子の次第にふゆるに順《したが》ひて衣食《いしよく》ともにふえゆき、はじめ妻[七]迎へざる

一　隔意をもつこと。強く意識すること。
二　中国戦国時代の趙国の名将。藺相如と極めて仲良く「刎頸(ふんけい)の交」の語の出処ともなった(史記・廉頗藺相如伝)ほどだが、相如が出世してその右に出た時、頗は相如を辱めようと図った(蒙求・廉頗負荊)。
三　見た目には。表だっては。
四　大戴礼にいう妻を離縁する七つの条件を「七去」といい、その内の一に「無レ子去」。
五　倹約すること。
六　涯分。きわめて大きいへだたり。
七　結婚前にあれこれと思いはかったこと。

前のはかりことにはこと〴〵く違て、貧《ひん》に身心《しんじん》をくるしむ。乳《ち》なんどの余《あま》りあるは心遣もなけれど、乳《ち》すくなく、子瘦《やす》るやうの事にてはくるしさも増るとなん。すべて妻子にほだされては義《ぎ》をかき、又は恥《はぢ》かしめを得《う》る事もあり。又妻子《さいし》不幸《ふこう》にして死すれば、うきめをも見る也。妻を迎ふるは労をもとめ、貧《ひん》を買《か》ひ、なげきを好《この》むに似《に》たり。兼好《けんこう》が、[八]「妻《め》といふものはをのこの持《も》つまじき物なり」と書《かき》しも、げにと覚ゆ。

一　或人六[九]旬過《しゆんすぐ》るまで妻もたで有りしが、いかゞ思けん、みそぢ斗《（ばかり）》の妻はじめて迎たりしを、人ゝのいふには、「今まででさへ独《ひと》り有りしに、もはや末幾程《すゑいくほど》もなくて、かく妻迎ふるは、死も近《ちか》ければ、死なん煩《わづ》らひの時《とき》、介抱《かいほう》せられんためなるらめど、妻迎《（むかへ）》んより、子やしなひて、子に娵《（よめ）》迎へよかし。又年は老《をい》たれども[一〇]閨《ねや》の淋《さび》しきにもあらば、妾《そばめ》置《をき》てよかし。やがて程《ほど》もなく己《をの》れ死して、[一一]いまだ若きをふなを、一とせふたとせの内に後《ご》家《（け）》といはせむ事の哀《あわ》れなり」なんどいひしに、さはなくて、迎えて一とせ斗の内に、妻病《（やみ）》つきて失《う》せぬ。其後《のち》は其身も煩《わづ》らはしく、三とせ斗過て死しぬ。己《をの》が老の身介抱《かいほう》せられんとて迎えし妻を、己れかいほうして[一二]殺《ころ》し、己れはもとの独《（ひとり）》身《み》になりて死したるもをかしかりき。

労四狂初編の上 終

八　徒然草一九〇段。
九　六十歳。
一〇　独り寝の淋しさをまぎらすためならば。
一一　女の若いみそらを。
一二　死なせ。

労《らう》四《し》狂《けやう》初《しよ》篇《へん》下

自《じ》堕《だ》落《らく》先《せん》生《せい》述《じゆつ》

一　よるべなき人の[一]住所《すみどころ》もとむとて、主君《しゆくん》とりて宮仕《みやづかへ》するにも、「今年は[二]かくしても有れ、末《すゑ》の程落着《ほどをちつき》なん事のあらば」などいふて、人頼《たの》み望《のぞ》む事常《つね》也。武士《もののふ》の家はいふにや及《をよ》ぶ。農工商《のうこうしやう》ともに、いかなるをか末《すゑ》〻の落着とやはいふ。家もなく財《ざい》もなく、独《ひと》山なんどへひきこもり、葛《くづ》かづら身にまどひ、木の実《み》草の葉《は》喰ふて命終《いのちをは》らんまでとて在《あ》らんは、是こそ身の落着ともいふべき歟。それさへ山崩《くづ》れ岩倒《いわたを》るゝ事有て、不慮《ふりよ》の事有りぬべし。[三]官禄《くわんろく》有る人は猶《なを》さら、田畑家屋《でんばたいゑや》敷持《しきも》ち、或は金銀多くつみ持たり共、いかなる世の変《へん》やあらん。世の変を思はず、常《つね》なりと思ふにこそいと浅《あさ》まし。身の為になす事のかへつて身の害《がい》となるためしすくなからず。[四]死せざれば人一生の善悪《ぜんあく》は論《ろん》じがたし。

一　或人代〻打つゞき家富《とみ》て目出たく栄《さか》え、妻も若《わか》き比迎《(ころ)》へ、男をふな子五人まで有りて、ことにみな〳〵器量《きりやう》よく、男の子壱人は家つぐべきに極め、残《のこ》り弐人は財宝《ざいほう》をわけて夫《そ》れ〴〵に暮《く》らさせ、女の子弐人は富《とめ》る家へ嫁《よめ》らせ、其身夫婦《ふうふ》六旬《ろくしゆん》斗《(ばかり)》まで、何のか

一　身の落着き所。

二　こんな状態でも我慢しよう。

三　官位や俸禄。

四　晋書・劉毅伝「丈夫は棺を蓋ひて事方に定まる」。

けたる事もなく暮《くら》しぬるに、或年の[五]秋疫時行《あきゑやみはやり》て、男の子ふたり一時に失せぬ。一人はそのあくるとし盗賊《とうぞく》の為《ため》に[六]切害《せつがい》せられぬ。女の子壱人、其年子うみ損《そん》じて失《う》せぬ。其[七]妹《いもと》労症《らうしやう》煩《わづ》らひて死す。三とせの内に五人の子残《のこ》りなく失せぬ。ふたりの[八]親世にあるべくもあらぬを、一家のいさめ、[九]したしき人もよりてなぐさめて、しかるべき者養《やしな》ひ子となしたるに、其冬、ちかきあたりより火出て、家蔵《いゑくら》ともに残りなく焼亡《ぜうぼう》し、たくはえ置し[一〇]数《かず》の宝《たから》、一時《いちじ》の煙《けふり》となり、其養《やしな》へる子、[一一]火の為にあやまちして終《つゐ》に失せぬ。さればすべきやうもなくて、夫婦ともに[一二]髪剃落《かみそりをと》し、[一三]鉢《はち》の子持《もち》あるきて、かいなき命《いのち》ながらへ世を送《をく》りけるが、後《のち》には一家も散《ち》り〴〵になり行き、其身も足腰弱《あしこしよは》り、[一四]ひと日ふた日をすごすやうもなくて、むかし召仕《めしつかひ》し者などの[一五]はごくみを受《うけ》て果《はて》しと也。

一　遠《とを》き国の人、若きころより[一六]武江へ出てはげみ働《はたらき》て、[一七]五旬斗《(ばかり)》の年の比は、[一八]物に事かゝぬ程《ほど》なりしが、妻ももたで、衣服《いふく》は常に布木綿《ぬのもめん》を着《ちやく》しけるを、予問ふて、「いかにかくするにや。[一九]そこより下《しも》ざまなる者さへかくはなきを」といへば、かの人のいふ、「世の中は[二〇]がいぶん恥《はづ》かしきもの也。我れ今貧《いままづ》しからねども、いまだ[二一]東都《とうと》の内に家屋敷なし。家屋敷も求得《もとめゑ》たらば其時は絹《きぬ》も着《き》め。今の世の中いと[二二]かまびすし。いかなる事にて損して財失《ざいうしなは》んも知れず。其時常に着たる絹《きぬ》をぬぎ、布木綿《ぬのもめん》になさば、人の[二三]笑《わらひ》を取るべし。妻を迎へぬも、[二四]もしやさもあらん時は、我身斗のくるしみにあらずして、何事も知らぬ

五　疫病。流行病。
六　切り殺されること。
七　肺病。労咳ともいう。
八　生きる甲斐がないと嘆く。
九　寄り集って。
一〇　多くの財宝。
一一　火あやまち。やけど。
一二　剃髪して出家すること。
一三　托鉢してようやく命をつなぐ。
一四　独りでは一日、二日も生きながらえられなくなり。
一五　世話になること。
一六　江戸の異称。東藻会彙(明和四年刊)に「武都・武城・東武・武江・江都・東都・江陵・燕都」など。
一七　五十歳。
一八　何といって不自由しないこと。
一九　二人称。あなた。
二〇　「外聞」か。
二一　江戸の異称。
二二　口うるさい。人の欠点をうるさくいうこと。
二三　笑いものになる。
二四　そんな時。失敗して財産をなくしたとき。

妻子に苦をかくる事のうたてきまゝに、かく独り住むなり」といひしが、後程《のちほど》なく家屋敷求《もとめ》て、己《をの》が心に叶《かな》ふ普請《ふしん》して、甥《をゐ》を養《やしな》ひて子とし、かれに娵《よめ》迎へ、己は今は心安《やす》しなんどいふめる、其年の内煩《わづ》らひて死しぬ。「心の如くなりて、今より弐《ふた》とせ三とせも命ながらへばよからんものを、わづかのうちにて、[一]残《のこ》り多《をほ》くあらん」など人〻はいひけるが、さにはあらじ。たとへ一日たり共望《のぞみ》たりたらば本意《ほんゐ》とぐる也。此人なんど、よき[二]世の仕舞《しまひ》なりといふべき歟。しかあれ共、はじめの、家屋敷もとめ得《ゑ》て後は心安《やす》しと思へる心はいとあはれなりけり。変《へん》を知らざればなり。

一　有徳《(うとく)》の人、多く金を出し[三]家屋敷もとめて、地を借《か》し、あるは家建《たて》てかし、其[四]賃代《ちんしろ》取るに、其地借《(ちが)》り家借りする者、公《おほやけ》の法令《ほうれい》そむきて、罪《つみ》に落て、其家屋敷まで[五]召放《めしはな》さるゝ事多し。地の主《ぬし》はかつて知らぬ事なれども、法令かくのごとくなれば是非《ぜひ》なし。ちかき比《(ころ)》も商《あきなひ》する人の、商も[六]むづかしとて、商に入れたる金を残《のこ》りなく家屋敷にして、其[七]地しろ取て世を暮しぬるが、はからずも家かりたる者のわるき事有て、其地の主《ぬし》の知らぬ事ながら、地めし放《はな》され、今日をすごすべき手段《てだて》なかりし者ありけるとぞ。

一　前事《ぜんじ》かくのごとしとて、後《こう》事定《さだめ》がたからんか。[八]宝永《ほうゑい》の始《はじめ》に洪水《こうずい》有て、下総《しもふさ》の[九]国猿《くにさる》が股《また》といふ堤《つゝみ》くづれ溢《あぶ》れ、家流《なが》れ人馬多く死したる事有り。それより前には、か斗《(ばかり)》の洪水聞《(きき)》も伝《つた》えざるにや、そのそなえなくて、かく人馬も損《そん》じけり。それよりして其時の水

一　残念だったろう。
二　命の終わりかた。
三　→七九頁注一六。
四　家賃や土地代。
五　没収され、その身は追放の処分を受けること。江戸時代の刑罰は初期は威嚇的な連座制が厳しく、次第に改悛作用を重んじるようになるが、連座制そのものは後期まで継続される。地借人や借家人の犯罪に、その家主・地主までが連座する。「吟味も不レ仕店借置、不埒之出入致二出来一候は、家主は勿論、品により名主、五人組まで可レ為二越度一候」(御触書寛保集成三五四・享保十五戌年五月)。
六　大変だ。
七　借地代。
八　武江年表・宝永元年(一七〇四)の項に「六月十五日より七月朔日二日、江戸近辺大雨、大川筋其外大水、八月四日より山水出で下総猿が股土手押し崩し、田畑在家過半破壊して、死亡人数を知らず」。
九　現東京都葛飾区の北端、水元猿町。中川沿いの低地で、水害多発地帯として知られ、水害発生の異名ともなる。

の高さをつもり、地を築《つき》上げ、家居作《つく》りたる所多きに、又寛保《くわんぽう》[一〇]の二年洪水有て、諸方堤崩《くづ》れたれども、[一一]「やはか昔《むかし》の水程にはあらじ」などいふ内に、宝永の水より、所によりて高き事八九尺、さしも用意したる家ども流れ崩れ、人も馬も多く死にけり 追加[一二]。

一 或人の、物事にふかく念《ねん》を入れ、得失《とくしつ》の吟味《ぎんみ》つよかりしが、市中《しちう》の住居《すまゐ》なれば、蔵《くら》造《つく》るに、蔵[一三]の口《くち》は多く家の内の方に明《あく》るに、此人、地《ち》の費《ついえ》をいとはず、家と蔵との間、道をあけて造りしに、家をはなれたる蔵いかめしく、火の届《とゞ》くべきとも見えざりしが、間ぢかき家より火出て焼《やく》るに、蔵の戸[一四]したゝめんとするに、家と蔵との間へ炎風《ゑんぷう》きびしく吹かけければ、戸の口ぬる事叶はで逃出《いで》たれば、家蔵のこらず焼け失《う》せぬ。「蔵の口を並《なみ》ゝの町屋の如く家の内にせしならば、戸さす程の間は有りぬべきを」と、後に人のいひけり。されども火の出やう、風のをもむきによりて、家の内に蔵の口あらんよりははなれたるはよからめ。此[一五]火にては念《ねん》の入りたるが害《がい》に成たり。是非いかん共定《さだめ》がたし。ほろぶる時にこそありけめ。これらは人の心[一六]をつくべき事也。

一 世に心得ぬ事おほき中に、妻子も不幸にして死失せ、独住む人、或は若き時より妻子なき人にも、貧《まづ》しからで暮《く》らす人の、常に麁食《そしよく》のみを喰《く》ひ、下部《しもべ》などへは猶《なを》さら也。たまく〵にも酒肴《しゆかう》[一七]もふくる事などはなくて、金銀を神仏《しんぶつ》のやうに尊《たうとみ》たくはえ守《まも》り、何にかはする。命終《いのちをは》り死して後に、つみ置《をき》たる財宝《ざいほう》みな他人の物となりぬ。子なんど有りて、

一〇 武江年表・寛保二年(一七四二)の項に「七月二十八日より雨降続、八月朔日昼八半時より大風雨…近郊大水漲り出…関東筋都て洪水」。

一一 よもや。万が一にも。

一二 この章は延享四年(一七四七)に本書を刊行するに当って、寛保二年の関東水害の件を追加したものの意であろう。即ち、本書の成稿は寛保二年以前ということになる。

一三 民家の蔵に母屋から直に入口を設ける内蔵と、母屋と離して造る外蔵とがある。

一四 ぬかりなく取り締まること。火災に当っては土蔵造りの戸を壁土で塗り固める。

一五 此の場合。

一六 十分注意すべきこと。

一七 ふるまう。

子孫の為にとてたくはゆるさへ、人によりをかしと思ふ人も有りぬべし。

一　或ものゝぶの、家つぐべき子なくて、人の子養ひて家督《かとく》ゆづり、其身国《くに》[一]に杖《つゑ》つく年の比、其子身のをこなひ宜《よろ》しからで、[二]知行召放《ちげやうめしはな》されて[三]境《さかい》を追払《をひはら》はれ、家絶《いゑた》えぬ。家名栄《かめいさか》え伝《つた》へん為にとて養《やしな》ひ子して、かへつて其子の為に家を亡《ほろぼ》しける。老人の心いか斗にや。

一　或遊女《あるゆふじょ》の、[四]人の覚《をぼえ》も他《た》に異《こと》にして、田舎《いなか》の方迄も知らぬ人なき程名高かりしが、ある大福長者《だいふくちやうじや》に馴《なれ》そめて、[五]こがねの山をつき、長者の許《もと》へ引取られ、いか斗の仕合《(しあはせ)》、父母の許《もと》はくるしき暮《くら》し成けれども、その光《ひか》りにて是もにはかに苦《く》をのがれ、父母も大によろこびぬ。傍輩《ほうばい》の遊女のうらやみ、[六]世に有るべきに越《こ》えしが、程もなくかの長者煩《わつ》らひて死《し》にけり。其愁《そのうれひ》にしづみて、女も病《(やみ)》つきて、是もほどなく失せぬ。哀《あは》れなる事なりき。さてかの遊女抱《かゝ》え持《もち》たる主人は、女の年《ねん》[七]の限《かぎ》りも末《すゑ》久しからざるを、多《をゝ》くの金《こがね》にてうり

一　七十歳。礼記・王制「六十杖ニ於郷一、七十杖ニ於国ニ」。七十歳になると国中どこにいても杖をつくことを許されるしきたり。
二　知行として与えられていた封禄を没収されること。
三　追放刑。所払い。領地の外に追放すること。「軽キ町人ハ何方へ行テモ同様成物ナレバ、追放ハ何ノ詮モナキ事也」(荻生徂徠・政談四)。
四　全盛をきわめること。
五　大金を出して身請すること。山のように金を積んで。遊女の年季奉公は早くは十年と定められ、後には二十五明《(あけ)》、二十七明等と称して年齢が二十五歳、又は二十七歳になるのを限度とした。その間に勤めをやめる場合は、抱え主に対し身請金を支払う。
六　常識では考えられないほど。
七　年季も残り少なくなっていたのに。

て[八]徳つきたる。今しばらくもかの方へゆかであらば、天命《てんめい》は限り有れば、主人の許《もと》にて死《し》すべし。しかする時は徳なきのみか、[九]死《し》後《ご》の取まかなひまでの損有るべし。かく見る時は、かの長者が[一〇]いぶんのこがね出してかの遊女を迎《むか》え、間もなく己《をの》れも死《(しに)》、女も死《しな》む事を知りたらばかくはあらじ。死ぬる事を知らざれば、こがね出したるを損とやはいふべけれど、是も徳つきて損はなかるべし。己れが、志《こゝろざし》を遂《とぐ》る事、一日たりとも足りぬべし。「[一一]あかずをしと思はゞ、千とせを過《すご》すとも一夜の夢《ゆめ》のこゝちこそせめ」とはいふなれ。命ある内に[一二]金の用《よう》たして徳《とく》なり。もしや又年久しくながらへてあらんに、かの女、元もとよりいやしき遊女の事なれば、[一三]いかゞのこゝろざしの出来《いでき》なんも知らず。さもあらば、うとみの心いできて、つみ出しぬるこがね惜《(をし)》とや思《(おもひ)》なん。をのれ早く死して、金のかいも有りて、大なる徳つきたる成るべし。

一　常陸国《ひたちのくに》鹿島《かしま》といふは[一四]猟浜《れふはま》也。此浦に[一五]納《な》屋といふを立《(たて)》て網引する青野平三といふ者ありしが、打つゞきて猟《れう》なく、損《そん》かさなり行くに、[一六]扶持《ふち》する猟者《れうしや》三十人斗《(ばかり)》、みな〳〵[一七]くつけやうの若者共なれば、日ゝの飯米《はんまい》をびたゝし。たくはえのつゞく程は限《かぎ》り有りて、知る知らぬ人の物借り尽《つく》し、後《のち》には借るべき方もなく、有りとある物もうり尽し、「けふは猟やある、あすは猟のあらんか」と神《かみ》に祈《いの》り仏に[一八]かけて、納《な》屋守りしが、それも限りの有りて、今はすべき手だてもなく、猟者扶持ならざれば、人に納屋ゆづりて退《のき》たり。

八　大もうけする。
九　遊女に身よりの者がない時は、その葬式仏事の世話までをする。また遊女奉公の場合、一生不通養子縁組と称して、実親との縁を切って表向き養子として雇う場合もあり、これも葬式仏事は雇主が行う。
一〇　涯分。→八六頁注六。
一一　いつまでも未練がましく思っていたら、たとえ千年一緒に過ごしても、たった一夜の夢のように思えることだろう。徒然草七段。
一二　金を有効に使う事が出来て。
一三　どんな出来心がおきるかわからぬ。
一四　漁猟に適した浜辺。
一五　魚屋。網元が下働きの連中を寝泊りさせたり、用具を収納したりするために設ける小屋。
一六　召抱えておく。
一七　屈強の。
一八　願をかけ。

其夜寐《いね》てため息《いき》つき、「さてもたゞ今まではくるしかりつる事よ。今日納屋をすてゝ、はじめて心やすんじたり。うか〳〵と長くくるしみて、早く捨《すて》ざる事を」とくやしがりつる。「欲《よく》にひかれてくるしみをもふけし、いと浅《あさ》ましかりつる」と、後に平三語りぬ。

一　物知れる人の、[一]世のたづきに弟子数多《あまた》取りて教《をし》ゆる事、いか斗の心遣にや有らん。[二]人の愁《うれひ》は好で人の師たるに有りとこそ聞け。儒者《じゆしや》なんど呼《よば》るゝ人へは、いづくいかなる人か、得も知らぬむづかし事問来《とひきた》らんも知らず。よし知らずといひて有なましけれど、さすが口惜《をし》く覚ゆれば、かの書《しよ》此書取り出して、夜もいねずにくり返す成べし。又詩文《ぶん》章《しやう》に至りてはむづかしき事を頼《たのみ》くるも有れば、心をくるしめ神《しん》をいたましめてつゞりなすらん。並《なみ》〳〵の事書《（かき）》なしいひ出たらんは、人の笑《わらひ》と成らん事を恥《はぢ》て、才の有らん限《かぎ》りは残りなく打出す成べし。その苦労いか斗にや。

一　[三]時めける医師《いし》の駕籠《かご》に乗《の》りて行く。供《とも》の者共みな汗《あせ》に成りて走《はしり》行く有りさま、いつも同じやうなり。常《つね》に俄《にはか》なる病人もあるまじ。[四]走しり行かでもあらんに走らするは、名《みやう》聞《もん》なるべし。かゝる医師はかならず貧家《ひんか》へはまねけ共行かざるが多《をほ》し。医は仁《じん》を以《（もつて）》元とするとやらんいふに、かくの如きは利を以て元とすると見えたり。又貧なる医師の、たま〳〵病人有りと呼《よび》に来れば、嬉《うれ》しげに其使《つかい》より早く出行く。是も又不仁とやはいふべし。

一 世渡りの手段として。
二 孟子・離婁上「人の患（うれひ）は、好んで人の師となるにあり」。人間のおちいりがちな悪癖は、何かというと先生顔をしたがることだ。
三 流行（はやり）医者。町医には乗物医者と徒歩（かち）医者とあり、乗物に乗ることを許された医者は大勢の供を連れ、町中を駆けぬけて通る事も許される。そこで、何時も急病人によばれて駆けつけるように、駕籠を急がせて町中を走り廻るのを見栄とする者も多かった。
四 それほど急がせる必要もないのに。

一　ある人、人に金かして、其返《かへ》す時の滞《とゞこほり》けるを、催促度《さいそくたび》〳〵しけれ共返《かへ》さゞりければ、後には腹《はら》たてゝ、五ひたせがみにせがみける時、借りたる人せん方なくて、此人も腹たてゝ、かしたる人を只一刀《かたな》にさし殺《ころ》し、己れはら切て失《う》せぬ。金かして損するのみか、己れが命まで損じたり。

一　大福長者《だいふくちやうじや》とよばるゝ人に吝《しは》きあり。貧《ひん》なるものに吝からぬあり。さいへば、吝からねば福者にはならずといふ人有れ共、それは其人の一代に六始末《しまつ》して福者と成たる也。代ゝ福者にして吝きは、其生質《せいしつ》をしはかられてうとまし。すべて義理知らぬ人はかならず吝し。義を知る者は、貧《まづ》しけれ共吝からず。世に始末と勘略《かんりやく》と倹約《けんやく》と詰《つ》むるとの替りあり。吝(しはき)ときたなきとの違《たがひ》あり。有《う》徳《とく》なる人の中にも、貧《ひん》家へ行て酒飯《しゆはん》を七労《らう》せしめて、帰りては「そこ〳〵へ行きて、彼れにこれ〳〵をふるまはせたり」とかたりて、をのが徳《とく》のやうにいひ

五　無理矢理に催促すること。

六　つつましく倹約すること。

七　提供させること。

なし、悦ぶ輩《ともがら》有《(あり)》。をのれ福有《ふくゆう》ならば貧者には施《ほどこ》すべきものを、さはなく貧者を労す。かならずこれらの人は己が器《き》物は惜《を》しみかくし用ひず、用《よう》ある時は人の器《うつは》を借り用ひ、己が器物は価《あたひ》なども[一]高直《かうちよく》にいひなし、人より物買ふ時は、甚《(はなはだ)》価を減《げん》じて求め、我が物になして後はみづから慢《まん》ずる也。外の人是を知れば、その人の心をくみはかりてなす事有れ共、己れが富《とみ》に覆《をゝ》はれて知らざるぞをかしく哀《あは》れなれ。

一　信濃国《しなのゝくに》の者[二]武江へ出てかせぎするが、人の家の二階《にかい》をかりて住《すみ》けるが、その日の業《わざ》を仕舞《しまひ》、宿《やど》に帰《かへ》り草臥《くたびれ》しまゝ酒のみて休《やす》まんとする時、用の事有りて外《ほか》へ出しに、道《みち》にて袋《ふくろ》に金の入《いり》たるを拾《ひろ》ひたり。やがて走帰《はしりかへ》り、二階に灯《ひ》とぼし、金取出て見れば、数多《あまた》なりければ、[三]ひた数《かぞ》えに数え、心よろこぶ事甚《はなはだ》しく、金共かぞえ分《わ》けて、是程《これほど》〳〵は此かた、これ程は此用、これはかの用などわけならべ詠居《ながめゐ》しが、昼《ひる》の草臥《くたびれ》もつよし、酒の酔《あい》も出、ことにうれしさのあまりに心ゆるみけん、其金ならべ置《をき》ながら寐入りぬ。いつもはやく臥《ふ》す者の、[四]三更過《さんかうすぐ》るまで灯《ひ》とぼし居《ゐ》るをこゝろもとなく、其家《いゑ》の女房、二階へ上りて見れば、金取ちらかして前後《ぜんご》も知らず臥ぬ。其女の思ふに、「をかしき男にこそあれ。しかしいかにしてかく多《をほ》く金持《もち》けん。まづ金かくしてきもつぶさせん物を」と、みな〳〵取あつめ、下《した》へをり、さあらぬ体《てい》にてふしけるに、五更の比《ころ》かの男目さめ、そこらさがせ共金なし。火も消《きえ》てあり。起《をき》かへりつく〴〵案《あん》ずれ共、たゞ夢《ゆめ》のごとし。此

一 高価。

二 江戸。

三 ひたすら。懸命に。

四 日没から日出までの時間を五等分して、初更、二更…五更と呼ぶ。「三更」は今の十一時から一時頃。

時大《おほ》いに手を打《うち》て笑《わら》ふ。下よりあるじ、「何事に夜ふけて独笑《ひとりわら》ふぞ。気《き》[五]ばし違《ちがひ》たるか」と問《と》へば、かの男こたえて、「さればかう〳〵の夢にて、余りうれしく詠居《ながめゐ》しが、其後は知らず、今夢さめて尋《たづぬ》れ共金なし。このゆへに笑ふ也」といふ。此言葉《ことば》を聞《きゝ》て、かの女房あしき心いでき、隠《かく》したる金つげ知らせず、猶をしかくし置《をき》ぬれ共、置べき所なく、[六]ぢんだ瓶《がめ》の底《そこ》に押《をし》入れて置きぬ。さてかの金拾《ひろひ》し男は其後国《くに》へ帰りぬ。其あとにてその家のあるじ煩《わづ》らはしく、[七]物の怪《け》のやうなりければ、僧山伏頼《そうやまぶしたの》み、祈禱加持《きとうかぢ》しけるに、「此人の一生のさんげ有べし」とてさんげさせ、女房にもさんげすべしといふ。いなみけれどせがみてげれば是非《ぜひ》なくて、此事をもあかしぬ。さればこそと此金《（このかね）》取出し、神仏へさゝげ祈禱残《きとうのこ》るところなくせしか共、終《つゐ》に病《やまひ》よからで失《う》せにけり。其女房も今はあしき心なくて念仏《ねんぶつ》のみ申ありけるが、程なく是も身まかりぬとぞ。此金落《をと》せし人の損《そん》のみにして、ひろひたる者も徳《とく》なく、隠せし者も徳なく、僧山伏《そうやまぶし》の徳となりたるぞをかし。又いやしき者の持《もち》も馴《な》れぬ金ひろひたらば、かくもあらんとをかし。

一　世の中の祈禱といふ事、[八]命《めい》を知《し》る人はせざらん。孔子《こうし》も「[九]丘《きう》が祈《いの》る事久《ひさ》し」との給へり。人力《じんりよく》のをよばざる処は、神仏のちから又及《をよ》ぶべからず。同じ神仏といふに、貧《ひん》なるあり、福《ふく》なる有りて、人のもてはやし詣《ま》ふづるあれば、又日を経《へ》ても参詣《さんけい》の人なくて、堂社《どうしや》は鳩の住家《すみか》となりはつる神仏も有り。

五　気でもちがったか。
六　糂粏瓶。糠味噌を入れた瓶。
七　死霊や生霊などにとりつかれること。
八　天命。
九　論語・述而「丘之禱久矣」。この文は孔子が神の存在をどう思っていたかという点で従来諸注区々の所だが、ここは、人間が自主性をもって正しく生きれば、神は自然に人間を助けてくれるの意ととる。

一　ある若き者、父母死して後に、人は親《をや》といふ物なくては万《よろづ》につけ力《ちから》なし。[一]親に頼《たの》むべき人やあると尋求《たづねもとめ》しに、年比六旬《としごろろくしゆん》に近《ちか》き男《おのこ》の、妻子にをくれて独居《ひとりゐ》しが、仲人《なかうど》の有りて取持《とりもち》ければ、得心《とくしん》して親《をや》に成《な》りに行《ゆく》に極《きはま》りて、家財《かざい》うり払《はらひ》、[二]をのが家仕舞《いゑしまひ》て、かの若者の方に行《ゆ》き、親《をや》に成たりけるが、はじめの程はいとねむごろに親とかしづきうやまひ、弐《ふた》とせ斗過けるが、其老人の仕方《しかた》やあしかりけん、又は若者の志《こゝろざし》や変《へん》じけん、やがて追出《いだ》しぬ。追出されて、行《ゆく》べき方なくてなんぎしたりけりとぞ。これらは世にすくなきふしぎなる者共なりけり。

一　身のたのしみをはかる者は心を遣ふ。心を遣ふ時は労《らう》す。心のたのしみをはかる者は身を遣ふ。身を遣ふ者は病《やまひ》なし。心を遣ふ者は病を生《しやう》ず。たのしみを求《もとむ》る者はいやし。求ずしてをのづからたのしきはまことのたのしみ也。獣《けだもの》を狩《か》りて山に遊《あそ》び、鳥《とり》を射《ゐ》て野《の》にあそび、釣《つり》て川に遊び、漁《ぎよ》して海《うみ》に遊び、花に雪に興《けやう》を催《もよほ》して目を悦《よろこ》ばせ、美女美童《びじよびどう》をあつめ心を[三]とらかし、糸竹音曲《しちくをんぎよく》に耳を悦《よろこ》ばせ、珍味佳肴《ちんみかかう》に口をあまんずるの類《たぐひ》はもとめてたのしむといふべし。求て楽しむ者は必《かならず》労する処あり。狂する事尤なり。

一　我が膝頭《ひざがしら》の毛《け》長《なが》き事三寸。或人問ふ、「ひざがしら、毛《け》の長き事如レ此《かくのごとき》なるはいかに」。予が曰、「我れも知らず。今我れ[四]腰折膝行《ようせつしつこう》せざれば成べし。馬瘦《やせ》て毛《け》長《なが》く、膝頭《しつとう》毛のびて我れ肥《こ》えたり」といへば、その肥《こえ》たるゆへんを問ふ。予が曰く、「爰《(ここ)》に人有り。

一　親として敬いかしずくべき人。普通の養子縁組とは逆の縁組。
二　自分の住家をきちんと始末して。
三　蕩らかす。正体を失う。
四　主人の前で丁重慇懃にふるまうこと。宮仕え、主人持ちの身の上をいう。

富《ふう》貴にして遊楽《ゆうらく》を常《つね》とし、美女美童《びじよびどう》を集《あつめ》て歌舞音曲糸竹《かぶをんぎよくしちく》かまびすしく昼夜《ちうや》を分《わか》たず共、他《た》の譏《そしり》、世《よ》の聞《きこ》えをもはゞかる事もや有らん。遊楽は必《かなら》ず[五]長《ちやう》ず。奢《をごり》より生《しやう》ずるがゆへ也。長《ちやう》ぜざれば面白《をもしろ》からず。長《ちやう》ずるに到《いたり》ては猶《なを》あきたらず、[六]衆《しゆう》と楽《がく》するとして女童の数《かず》をならべ、軽薄者多《けいはくしやをほ》く席《せき》に満《み》つ。此時に至り黄金《ごん》の[七]心程にたらざる人も有。又黄金足《た》ればいさむる臣《しん》有り、あらそふ親族《しんぞく》有ればをのづから心ふさぐ事有。又妓女《ぎじよ》妓童のたのしみ、糸竹音曲も甚《はなはだ》興《けやう》に入る事は漸〱《やうやう》[八]壱刻弐《いつこくに》刻《こく》の中《(うち)》也。やがて興《けやう》つきぬ。さてそのたのしみをなして後《のち》に、[九]官事世事《くわんじせじ》にあづからざればならず。官事世事《くわんじせじ》にかゝりぬれば、さきの遊楽《ゆうらく》は夢《ゆめ》也。官事世事につきて昼夜《ちうや》を分たず、二夜《ふたよ》三夜《みよ》も眠《ねむ》らざる人あらんに、其用はてたる時、美女美童をあつめ糸竹音曲してたのしましめん時に、常にこのむ人といふ共、常〱と同《をな》じく楽《たの》しからんか。又閑《しづか》なる室《しつ》に入《い》りて枕《まくら》取り、一睡《いつすい》したらんが好む処ならんか。又人あり、敵国《てきこく》に使《つかひ》せん時、寒風面《かんぷうをもて》を打《うち》、砂礫眼《されきまなこ》に入り、馬上《ばじやう》手かゞまり足屈《あしくつ》して[一〇]鐙《あぶみ》を失《うしな》ふに、其労《らう》さへあるに、君命《くんめい》を恥《はつ》かしめざらむ事を心中《しんちう》にくるしむ事、いか斗ぞや。此人と又手づから耕《たがや》し、或は簑織《みのをり》て今日を暮《くら》す人とくらぶる時、いづれかよしとせん」といへば、かの人のいふ、「その敵国《てきこく》に使《つかひ》するものゝふと、農人簑売《のうにんみのうり》などゝ一ッには論《ろん》じがたし。農人簑売《のうにんみのうり》の如《ごと》きもの、願《ねがひ》のぞむ共其《(その)》武士《ものゝふ》には成《な》りがたく、そのものゝふも又、父祖《ふそ》の家をつぎ来《きた》れば、苦《く》と労《らう》をのがれむとて農人簑売にも成りがたし」

五 より一層程度を高めようとする。
六 大勢の者と遊楽を共にする。
七 自分の思った程ではないとして不満に思うこと。
八 一刻は今の二時間ほど。
九 公の仕事や、私の職業。
一〇 踏みはずす。

といふ。予が曰、「其身《み》の其者《もの》に成《な》る成《な》らざるの事にてはなし。只其人の家業《かげう》によりて苦《く》と労《らう》との事をいふのみ。又人あり、常に賓客《ひんかく》を設《もふけ》、酒肴《しゆかう》を調《とゝの》え、衣服《いふく》美《び》を尽《つく》し、家居《いゑゐ》結構《けつかう》をなすが、黄金《わうごん》を人に借《か》りて返《かへ》す期《き》にをくれ、借《か》したる人よりさいそくきびしく、或は打腹《はら》たて、恥《はつ》かしめをあたゆる事なども有り。又物と[一]ゝのえて其価《あたひ》をやらずに、[二]面《をもて》をしぬぐひて居《ゐ》る人有り。此人と又、常に麁食《そしよく》をくらひ、衣服美《いふくび》なく、家居並《なみ》〳〵にして、人の金銀借《きんぎんか》らぬ人と、いづれをよしとせんや。前《まへ》の人は客《かく》に交《まじは》り、佳酒佳肴《かしゆかかう》の楽《たのし》みありといへど、[三]負《を》ふせ方《かた》の難《なん》あり。後《のち》の人は楽《たのし》みなしといへども心に愁《うれひ》なし。古語《こご》にも、「[四]其前《まへ》に誉《ほま》れあらんよりは、後《しりへ》にそしりなからんにはいづれ。其身《み》に楽みあらんよりは、其心に愁なからんにはいづれ」といへども、その前に誉《ほまれ》ありて其後《しりへ》にも譏《そし》りなく、其身に楽み有りて其心にも愁なくんば猶《なを》よからめ。なれども如レ此《(かくのごとき)》の人はなきものなり。[五]我今仕《いまつかえ》をやめて已《すで》に

一 買いもとめて。
二 知らぬ顔をする。
三 債権者から責め催促される難儀。
四 韓愈「送李愿帰盤谷序」に「与二其有レ誉二於前一、孰二若無レ毀二於其後一、与二其有レ楽二於身一、孰二若無レ憂二於其心一」。面前で誉められるより、陰でそしられぬことの方がより大事である。また肉体的な楽しみよりは、精神的な安らぎの方がより良い。
五 元文二年(一七三七)三十八歳の春、秋元家を辞して以後、江戸市中に隠棲する(「風俗文集」所収自伝)。

年《とし》あり。臥《ふし》たき時に臥《ふ》し、起《をき》たき時起き、遊《あそ》びたき所《ところ》に遊《あそ》び、行《ゆき》たき時行き、帰《かへ》りたき時帰る。春《はる》は花《はな》に暮《くら》し、夏《なつ》は涼風《りやうふう》の来《きた》る所に行《ゆ》き、秋《あき》の暮《くれ》の淋《さび》しきは酒に忘《わす》れ、冬《ふゆ》の夜の寒《かん》をば火燵《こたつ》にしのぎ、雨《あめ》ふればいでず、風《かぜ》ふけばいでず。[六]常《つね》に寐《ね》る事を業《げやう》とすれば心《しん》中苦《ちうく》と労《らう》なし。心苦なければ安《やす》くして気《き》ふさがらず。気ひらく時は血《ち》めぐる。気《き》血順《けつじゆん》なる時は肥《こ》えずして何ぞ」。

一　山の奥《をく》なんどに生立《うまれたち》たる人は、食《しよく》には木の葉《は》、草《くさ》の葉切《き》り入れ、麦粟稗《むぎあはひゑ》なんど斗《ばかり》喰ひ、米《こめ》といふはたまさか物祝《ものいは》ふ日斗、壱年《ひととせ》の内に四五度も喰ふは、いかにうまくや有らん。煩《わづ》らひなどするには、米《こめ》の飯《めし》食すれば愈《いゆ》るとぞ。豆腐《とうふ》なんどさへなき所有り。ましてや外《ほか》の珍味《ちんみ》、耳《みゝ》にきかず目《め》に見ず、これらの人、佳魚《かぎよ》のめでたく[七]調《て》ふじたる味《あぢ》はいかなるもの共しらず。又常に美味《びみ》食する人は、麁食《そしよく》の[八]脾胃《ひゐ》に薬《くすり》なるを知らず。[九]知れ共喰《く》らはざるは知らざる也。かの山里の人など、朝早《あさはや》く起《を》き山へ行《ゆ》き、田野《でんや》に出て耕《たがや》し、木を伐《き》り草刈《くさかり》、重《をも》きを負《を》ひ遠《とを》きに運《はこ》び、星《ほし》をいたゞきて家に帰《かへ》れ共、居所麁《きよしよをろそか》なれば、冬《ふゆ》は衣《ころも》うすければ寒《さぶ》く、手足洗《あら》ふ湯《ゆ》さへなく、夏《なつ》は蚤蚊《のみか》多《をほ》きに、蚊帳《かや》だにつらで夜を明《あか》し、宵《よひ》も縄《なは》なひなんど業《わざ》おほく隙《ひま》なきが、正月といふ触《ふれ》有れば、其日は休《やす》める事とぞ。此日一日をいか斗のたのしみにやなすらん。宮仕《みやづかへ》する女《をふな》などの、春秋《はるあき》の[一〇]やぶ入りとて、春より秋までの間待侘《あいだまちわぶ》るなど、さも有りぬべし。又武家《ぶけ》の[一一]出入《いでい》りむづかしき屋形《かた》に住《す》める者、

六　右の自伝に「後隠れてより、其（その）平生只寝る事を業とす」。
七　立派に調理した味わい。
八　内臓。
九　譬喩尽七に「知って行はざれば知らぬも同前」。
一〇　正月と七月の十六日に、奉公人は雇主から暇を貰い、実家に帰って気晴しをする。
一一　武家屋敷は門限があり、五つ（今の夜八時頃）には大方門を締める。昼間の出入りも極めて厳重である。

挿絵　髭の人物は、自堕落先生の肖像をそのまま模したもの。

男《をのこ》にても同じ心成べし。窓《まど》[一]なんどより目の及《をよ》ぶ辻《つじ》〳〵まで也。たとへ出入のむづかしからぬ屋形に住む者も、門外《もんぐわい》へ出て、常に見る窓《まど》の前《まへ》なる道通《とを》りて見るとき、窓より詠《ながめ》たるとは気《き》の晴《は》るゝ事、同じ所見ながらがいぶんの違《たがひ》なるべし。かくのごとく気の晴るゝといふこと、山野《さんや》に住む卑賤《ひせん》の者は知らず。気の晴るゝを知らざれば気のむすぼふるといふ事も知らず。これその住む所と身の業《わざ》とによれり。気のむすぼふる事は、生《せい》を養《やしな》ふに、毒是《どくこ》れより大《をほ》いなるはなし。己《をの》[二]れ天より受《うけ》たる処《ところ》の性《せい》を察《さつ》し、性《せい》のまゝに世を経《ふ》るときは、天命《てんめい》をつくす也。性のまゝに世をふるは、すなはち沢雉《たくち》[三]の十歩《じつぽ》に一啄し、百歩《ぽ》に一飲《ゐん》すれ共、樊中《はんちう》に養《やしなは》れむ事を求《もと》めざる也。或人問ふ、「しからばその沢雉《たくち》は、十歩に一啄《たく》し百歩に一飲《ゐん》して、啄《つゐば》み飲《の》む事はすくなしといへども、をのれ足《た》れりとしても、樊中《はんちう》にやしなはれむ事をもとめざるは、心労《こゝろらう》する事なきか」。答ていふ、「労なしといふにはあらず。沢雉も生《せい》を養《やしな》ひたもたんがために、飲食《ゐんしよく》を求《もとめ》て草《くさ》むらに眼《まなこ》をはたらかせ、漸《やうや》く十歩に一啄《たく》をなす。其外《ほか》にも又犬鷹《けんよう》の害やあらんと音《をと》を聞《き》き遠《とを》く見る。いかでか労なからん。しかりといへども、籠《かご》の中《うち》に羽《はね》を屈して、心のごとくに山沢《さんたく》に遊《あそ》ばざるは、餌《ゑ》飼《がひ》の、あまりありて腹《はら》ふくるゝよりは、一飲《ゐん》一啄《たく》の労をよしとする也。生《せい》ある者上王《かみわう》公《こう》より下《しも》卑《ひ》賤《せん》にいたるまで、世を経《ふ》るにをゐてはその勤《きん》労なきはなし。只労して狂《くる》ふに至ては大狂《たいけやう》小狂《せうけやう》有べし。すべて狂《くる》はざる者はなからん。もしや万《まん》と算《かぞへ》て内《うち》に一人も有

一 武家屋敷の長屋住まいをする足軽などの生活。長屋は正門の左右に建てられ、窓が往来に向って設けられる。

二 孟子・尽心上「其の性を知らば、則ち天を知らん。其の心を存し、其の性を養ふは、天に事(つか)ふる所以なり。殀と寿とに弐(まど)はず、身を修めて以て之を俟(ま)つは、命を立(おもん)ずる所以なり」。即ち天から与えられた本性をよく知って養なってゆくことがよく天につかえることとなる。

三 荘子・養生主「沢雉の十歩に一啄し、百歩に一飲するも、樊中に畜はるることを蘄(もと)めず」。野生の雉は飲食を十分にする事は無いが、それでも籠の中に飼われることは望まない。

らん、是《これ》を真《しん》人四といふべきのみ」。

書は山浚明《さんしゆんめい》五、字《あざな》桓臍人北華《くわんさいじんほつくわ》、自堕落先生《じだらくせんせい》、無思庵中《ぶしあんちう》の遺稿《かう》也。今不理窟洞《くつどう》六中の大愚《だいぐ》簾《れん》を捲《かゝげ》て、不忍窓《ぶにんさう》下に校合し、我喜堂《がきだう》におゐて篇輯《へんしう》する者は十無居士《じうぶこじ》七富道人北華也。

労四狂初編の下 終

四 荘子・大宗師に述べられる理想的な人格、即ち真に自由な生活を生きる人間をいう。

五 「山」は山崎の略姓。以下その戯号については、風俗文集一「自堕落先生之墓碑之文幷銘」に「名ヲ山浚明、字ハ桓ト改、其軒ヲ不量軒ト号シ、庵ヲ無思庵ト名ヅケ、斎ヲ捨楽斎ト額シ、坊ヲ確蓮坊ト云、自ラ堕落先生トヨブ。又臍人トモ北華トモ云」。

六 以下の洞、窓、堂、居士、道人の諸号は何れも戯称。

人に一生《いつしやう》の病《やまひ》あり。労一狂一《らうひとつきやう》、労して狂し狂して労す。こも〴〵蒸《む》してその症四《しやうよつ》《ビヤウテイ》となる。補瀉温涼《ほしやおんりやう》《ヲギナヒクダシアタヽメヒヤス》[一]の能及《よくおよ》ぶ所《ところ》にあらず。十無居士《じうむこじ》これを憂《うれひ》、其疾《そのやまひ》の出る所《ところ》を世《よ》にしらしめんとして此書《このしよ》を草《さう》《シタガキ》す。彫刻《てうこく》《ホリ》いまだ不レ成《ならず》して、ことし卯月下《うづきしも》の五日、天使《てんし》[二]降《くだつ》て詔《みことのり》を以《もつ》て精神《せいしん》《タマシイ》を召《め》す。駕《のりもの》を俟《また》ずして清風《せいふう》[三]に御《ぎよ》《ノリ》し、虚空《こくう》に轟《とゞろい》て去《さる》。床上《ゆかのうへ》には形骸《けいがい》《カラダ》のみ寂《せき》《ヒツソリ》として大《おゝい》に休《きう》《ミマカル》す。四肢《しいし》《カラダ》全《まつたふ》して彼病《かのやまひ》愈《いゑ》《ナヲル》たり。こゝに於《おい》て愚《ぐ》[四]其志《そのこゝろざし》を続《つぎ》て、草《さう》[五]のまゝを以て急《きう》に梓《あづさ》[六]に上《のぼ》す。人ゝ此書を閲《けみ》せば其疾《やまひ》の根《ね》ざす処《ところ》を知り、神奇《しんき》《キミヤウ》なる治方《ぢほう》《リヤウヂ》[七]の効験《こうげん》《シルシ》を見ルべし。これ生《せい》を養《やしな》ふの要術《やうじゆつ》《シカタ》也。故《ゆへ》に居士《こじ》のこゝろみたる事を以て、其終《おはり》に贅《ぜい》[八]する爾《のみ》。

延享《ゑんきやう》三年丙寅《ひのへとら》八月、自堕落先生北華兄子《ぢだらくせんせいほつくはこのかみのこ》《ヲイ》、山崎氏《やまざきうぢ》舞蝶峰咥花《ぶてふほうてつくは》[九]書

延享四年丁卯孟春

京都書林　堀川錦上ル町　西村市郎右衛門
武江書肆　本町三丁目　西村源六蔵板

一 漢方医学における主な治療手段の四つ。
二 天命にまかせて天上するの意。死歿。菩提寺三念寺過去帳に、「延享三丙寅歳四月廿五日　昭林院転明全徳居士　山浚明」。
三 荘子・逍遥遊「列子は、風に御して行き」。即ち風に乗って進む列子になぞらえる。
四 一人称のへりくだった表現。
五 草稿。
六 出板すること。
七 療治の効き目。
八 最後に無駄な文章を付すの意。
九 未詳。

当世《いまよう》下手《へた》談義《だんぎ》

狭義の談義本の口火を切ったのが本書である。そして本書の刊行は、いわば江戸出版界の雪解けに比すべく、敢えていえばベルリンの壁の崩壊にも似ていた。

享保の改革政治の中でも特徴的な施策の一つに、出版に関する機構と法令の整備があった。その結果主要な出版物はすべて内容の検閲を受け、その開板を許可される仕組みが機能し始め、その結果出版元の版権が確立されて、いわば出版が近代化への第一歩を踏み出したのである。無論内容面に若干の規制を受ける事になったのは、封建制度下、仕方の無い所でもあった。開明的ではあるが極めて道徳律に厳しい吉宗の存生中は、出版物中でも特に俗文芸にかかわる書物が、風俗壊乱の取締り対象としてかなり厳しい自己規制を余儀なくされただろう事は、容易に想像し得る。時代はなお広義の談義本の時代で、これらは俗文芸とはいえ教訓・教化が主目的であってみれば、その線に沿った内容の作品は格別自己規制を働かす必要も無かっただろうが、本書の如きは、主意は紛れもなく風俗教化にありとはいえ、その題材は春狂言の曾我物の噂に始まって葬儀屋の引札、出開帳の評判、博奕うちの身持などと並び、最後はまさしく淫風ゆえに禁制をうけた豊後節のことに終る当世風俗満載の作品なのだから、出す方も恐る恐るではあったろう。果たして、当時の開板許可書留めである割印帳を見ると、本書は一旦は差戻され、二度目に許可され、それを更に又改題して三度も願い出るという始末である。問題視された事は疑い様もない。そしてその差戻しから一転して許可された、まさにその間に改革政治の当事者吉宗と大岡忠相が没している。ここに何等かの相関を見てとる事は無理ではあるまい。そして本書の刊行許可は、以後の談義本界に質量ともに並ぶ当世風俗描写の洪水を現出させることになった。それは又単に談義本界のみならず、江戸の出版界そのものの急激な伸張をもたらし、なかんずく江戸戯作の完全な定着を果たすことになったのである。まことにこの一作の効果は絶大であった。

当世《いまやう》下手《へた》談義《だんぎ》序《じよ》

時是《(ときこれ)》きさらぎのする〻、空《そら》の気色《けしき》いと和日《うららか》に、[一]見渡せば、老漢《ぢゞ》と阿婆《おばゞ》をこきまぜて、都ぞ春の彼岸《ひがん》の中日、[二]寺町通りは門並《かどなみ》に、[三]説法談義《せつぽうだんぎ》の花盛。いづれ一人《ひとり》も媼《ばゞ》に[四]娵《よめ》いぢれといふ勧《すゝめ》もなく、爺《ぢゞ》に[五]欲《よく》かわけといふ、教《おしへ》もなけれど、弁舌《べんぜつ》に利鈍《りどん》ありて、耳《みゝ》に入ルと、いらぬとのさかひ、損徳《そんとく》はるかにへだゝれども、併《しかしながら》勧善《くわんぜん》の志は一《いつ》なり。是を教化《きやうけ》の書物に比《ひ》せば、[六]貝原《かいばら》先生の『大和俗訓』、『家道訓《かどうくん》』は、[七]むく〳〵和《やわ》〳〵として、極上〻の[八]能化《のふけ》談義《だんぎ》。[九]自笑《じせう》、其蹟《きせき》が『娘形気《むすめかたぎ》』、『息子形気《むすこかたぎ》』は、表《おもて》に風流の花をかざり、裏《うら》に異《い》見《けん》の実《じつ》を含《ふくみ》、見るに倦《うま》ず、聞《きく》に飽《あか》ず、是を当世上手《じやうず》の[一〇]所化談義《しよけだんぎ》に比《ひ》すべし。予が此草紙《さうし》は、新米所化《しんまいしよけ》が、田舎《いなか》あるきの稽古談義《けいこだんぎ》、舌《した》もまわらぬ則《すなわち》だらけ、智者《ちしや》の笑は覚悟《かくご》のまへなり。されど教化《けうけ》の志は、能化《のうけ》にもおとらじ物をと、[一一]少小《すこしと》臂《ひぢ》を春雨《はるさめ》の、徒然《つれ〴〵》なぐさむ伽《とぎ》にもやと、下手談義《へただんぎ》とは名付《(なづけ)》けらし。但し自分《ぢぶん》、[一二]本堂建立《どうこんりう》の為にもあらず、[一三]仏餉《ぶつしやう》袋《ぶくろ》の押売《おしうり》して、[一四]隠女《だいこく》の飯米《はんまい》にも致さず、[一五]教化一片《きやうけいつぺん》の徹魂《てつこん》、[一六]這裏《しやり》にあり。然ども信心《しんじん》の巾《きん》着《ちやく》より、なげうつ処の、散銭《さんせん》それ捨《すて》めや。皆[一七]かば焼《やき》にする所存《しよぞん》と、開闢《かいびやく》の[一八]磬《きん》をチンチン。

一 古今集・春上・素性法師「見渡せば柳桜をこきまぜて都ぞ春の錦なりける」。
二 京都市中の東寄りに上・中・下京を南北に貫通する通りの一つで、秀吉による都市改造の一環として洛中に散在する寺院を京極通の東側に集中させたのでこの名がある。
三 寺院で行う庶民教化の為の仏法講話。専門の談義僧によるが、当時はきわめて芝居掛りの巧妙な談義や、俗悪な談義も行われた(井上金峨・病間長語)。
四 嫁いびり。いじめること。
五 何かを「する」の意を卑しめていう時に用いる。「欲かわく」「盗みかわく」。欲ばる、盗む。
六 筑前黒田藩儒貝原益軒。正徳四年(一七一四)没、八十五歳。儒学の立場からの庶民教訓を和文で書いた著書が多く、代表的な十点を「益軒十訓」と称する。「大和俗訓」「家道訓」何れもその一で、前者は八巻、宝永五年(一七〇八)刊、人道を説いて博愛と時勢に即した礼儀を重んじ、後者は六巻、正徳二年刊で、一家の主人としての心得を記す。
七 益軒の教訓本がやわらかい仮名文で上品に記されている事を形容する。
八 仏語で、人をよく教え導く者を「能化」という。上手な談義。
九 八文字屋自笑と、江島其磧。「八文字屋本」を創始して西鶴以後の浮世草子界を独占大成した板元とその

[一]洛陽沙弥
静観房好阿書

専属作者。前者は延享二年(一七四五)没、八十余歳。後者は享保二十年(一七三五)没、七十歳。八文字屋本は元禄・宝永期(一六八八―一七一一)の傾城物についで正徳・享保初期には独立した其磧が「世間子息気質」正徳五年冬刊、五冊、「世間娘気質」享保二年八月刊　六冊、等を始めとする「気質物」に新境地を開いて、人間の特徴的な性癖・気質を誇張して描いて、おかしみと同時に一種の教訓性・批判性をもたせる。
一〇「所化」は「能化」に対してその一段下に位する。僧侶の弟子に当る。
一一 一寸自慢する意の「臂を張る」に「春雨」をかけ、「春の日長の徒然」と続ける。
一二 当時、何々寺の本堂建立のためと称して喜捨を募る僧侶が真偽とりまぜて、江戸市中に多かった。
一三 檀家から寺へさしあげる米を入れる袋。　一四 僧侶の隠し妻。
一五 一途に布教活動に専心する心持。
一六「このうち」の意。中国の俗語的表現で、禅僧の語録などによく用いられる。
一七 生臭坊主めかして、集まったお供えの銭は皆かば焼の酒盛りに費ってしまうつもりというふざけた表現。
一八 談義の始まりに用いる打楽器。曲った石や玉をつるして打ち鳴らす。

一 京都の美称。この時静観房が本当に京都にいたのかどうかは不明。

当世《いまやう》下手《へた》談義《だんぎ》惣目録《そうもくろく》

二 曾我兄弟の敵役として、曾我物の狂言に有名な人物。鎌倉前期、源頼朝の寵臣で所領争いに河津祐泰を殺害し、その遺児の兄弟に討たれる(曾我物語)。曾我物狂言は江戸時代を通じて六百番にも及ぶ。

三 広告のための摺物、チラシの類。本書の用例などが古い例で、以後幕末にかけて多種多様に出回る。

四 小栗判官。鎌倉大草紙等に見えるが、民間の語り物の主人公として照手姫との哀話が有名。関東の豪族横山氏の一人娘照手と契った小栗は馬の名人として有名な勇士であるが、横山の怒りにふれ毒酒を呑まされて餓鬼となり、人買いの手に渡った照手の介抱により湯の峰の湯によって回復する。

当世《いまやう》下手《へた》談義《だんぎ》巻一

洛陽沙弥
静観房好阿述

○工藤祐経《くどうすけつね》が霊《れい》、芝居へ言伝《ことづて》せし事

万葉《まんよう》の仙注《せんちう》[一]に、上古《じやうこ》は、足柄《あしがら》清見が横《よこ》ばしりとて、足柄《あしがら》山より出て富士《ふじ》の裾野《すその》を通りて、清見が関《せき》へ出る道ありけり。横ばしりの関《せき》は、富士《ふじ》と足高《あしたか》山の間にありけり。此道を横《よこ》ばしりといふ。今の清見が崎を通りて、田子《たご》の浦に出るは、中古《こ》の事也とあれば、いにしへは富士《ふじ》の裾野《すその》も、京都より東《あづま》へ往《ゆき》かよふ路《みち》なりしにや。扨《さて》も去ル[二]秋の嵐に、東海道の駅路《あきろ》、原《はら》吉原の辺、道橋大に破損《はそん》して、往来の旅客《りよかく》、皆此富士《ふじ》の裾野《すその》の、うそ淋《さび》しひ路《みち》を通り、何喰《くふ》[三]まいと儘《まゝ》にて、不自由三昧《ふじゆうざんまい》なりし比《ころ》、京師《みやこ》北野西方寺[四]の辺、地獄《ぢごく》[五]の辻子《づし》に、竹生堂馬牛《ちくしやうどうばぎう》[六]とて、前句冠附《まへくかむりつけ》[七]の点者《てんじや》ながら、歴《れき》[八]〱の宗匠《そうしやう》をも、目八分《ぶん》[九]に見《み》下し、大路《おふぢ》を八文字踏《じふん》[一〇]であるき、自尊大《みづからそんだい》にして、横平《わうへい》なる男住《すみ》けり。若年《じやくねん》の昔《むかし》は、大坂嵐三[一一]右衛門が座《ざ》にて、藤田亀の尾《お》と云し、いけぬ[一二]若衆形[一三]なりしが、目かぶら[一四]《ま》高くほう骨あれ、

一 僧仙覚著「万葉集註釈」十巻。文永六年(一二六九)成。「望不尽山歌」注に「此富士、葦高両山の間、昔は東海道の駅路也けり。さてその中に、よこばしりの関なんど云所も有ける也。あしがら清見がよこばしりなんど云ことの侍るは是也。横ばしりの関は富士あしたかのあはひ也」(巻三)。即ち、箱根を越えずに足柄峠から御殿場の方へ出て、富士と愛鷹山の間をぬけ、吉原辺りへ出る道。その後、より海沿いの道が出来て箱根越えをするようになった。

二 武江年表に拠れば、寛保二年(一七四二)秋、関東筋すべて洪水。労四狂にも「寛保の二年洪水有て…宝永の水より、所によりて高き事八九尺」(→九一頁)。

三 「何喰おうと儘」の自由な贅沢三昧の逆。

四 京都市上京区真盛町にあり、天台宗。「利休の井」で有名。

五 上京区今出川通七本松東、千本釈迦堂の南に当り、「釈迦突抜町」を地名とするが「京雀」(寛文五年刊)などに「地ごくの辻子」の俗名を見る。

六 「地獄」から「畜生」、「馬牛」の連想による戯名。

七 「前句付」「冠付」等の雑俳の宗匠。「前句付」は七七の短句を前句題として、それに五七五の句を付けるもので、雑俳の総称にも用いられる。「冠付」は上の五文字を題として、中七、下五を付けて一句とするもの。笠付ともいう。何れも俳諧より一段

段〻芸《げい》を仕下《しさげ》て、終《つい》に[一五]馬役《むまやく》になり下り、折《おり》〳〵は[一六]追出《おいだ》しの大鞁《(たいこ)》も打て暮せしが、一とせ[一七]大谷広次と言《いふ》、肥満《ひまん》の立役《たちやく》、江戸より上りて、無双《ぶそう》の大兵《だいへう》に遠慮《りよ》なく乗られ、[一八]高倉の宮ならで、楽《がく》屋から橋がゝりの間《あい》で、六度迄落馬《までらくば》させ、中風の病因《べういん》となせし故、大夫元大《(おほい)》に怒《いか》り、「大切《たいせつ》な[一九]立物《(たてもの)》に、損傷《けが》させし条、奇怪《きくわい》のふるまひ、言語道断《ごんごどうだん》」と、舞台《ぶたい》のせりふ其儘《まゝ》に、[二〇]実事《じつ》仕《し》の身ぶりで、きめ付られ、しほ〳〵と芝居を出て、夫《それ》より前句点者《まへくてんじゃ》とは成りしが、是も世間に上手《ず》が出来て、今は[二一]鍛冶《かぢ》屋の二蔵が、[二二]五文字附《ごもじつけ》さへもて来らず。せんかたもなくあきれ果《(はて)》、[二三]此儘ならば徒《いたづら》に、飢《うへ》につかれて死なん命。なんぼう無念の仕合《(しあはせ)》。所詮《しよせん》[二四]しつた小糠商《こぬかあきない》なれば、江戸へ下り、[二五]境町木挽《こびき》町に、名染《なじみ》の役者衆もあまたあれば、何とぞ頼みて、又馬役を勤むべしと、独身《ひとりみ》の心やすさは、名残《なごり》をしがる女房もなく、跡追て泣悴《なくがき》もなし。気がゝりなは、店賃払《たなちんはら》わぬ故、[二六]大家殿ばかり。これもまだ寐《ね》て居《い》やれば、心安《こゝろやす》しと、[二七]首尾能《しゆびよく》ぬけて、嬉しさに跡《あと》ふり返《かへ》り、思《おも》へば[二八]馬の籠《かご》ぬけとは、我身の上じやと一人《り》おかしく、はる〴〵此富士の裾野《すその》へ来り、あたりを見れば音に聞へし、[二九]人穴《あな》と見へて、うそ暗《くら》き洞《ほら》あり。そのかみ建仁《けんにん》三年、[三〇]仁田の四郎、鎌倉殿の上意により、此洞《ほら》の内へ入し由、「さりとは、[三一]やくたいなせんさく。たとへ此内に入、地獄《ちごく》の味噌部屋《べ》、極楽の雪隠《せっちん》迄、見さがしたればとて、武士の身に、させる高名ともなるべからず。洞中《どうちう》の湿気《しつき》に犯《おか》され、毒蛇悪虫《どくじやあくちう》なんどに触《ふれ》て、毒気《どくき》に染《そみ》て煩《わづら》ひなば、あたら武

下った大衆的な遊びとして、京都では元禄(一六八八—一七〇四)頃から大流行し、享保期(一七一六—三六)には雲鼓、雲峰等を中心に最盛期を迎える。

八 正統的な俳諧の宗匠連。

九 相手を見下した様子の形容。

一〇 横柄なあるきぶり。

一一 大坂の歌舞伎芝居の座元。立役としても著名で、初代は元禄三年(一六九〇)没、二代目は元禄十四年、三代目は宝暦四年(一七五四)に没している。

一二 パッとせぬ。

一三 歌舞伎芝居の役柄の一。前髪姿の美少年役をいう。

一四 弁慶物語に「まかぶら高く頬骨あれ」。目の周りの骨が高く、頬骨も突き出した、弁慶のような武骨な顔立ち。

一五 「馬の脚」の役。一番の端役。

一六 芝居の終りを知らせる太鼓。卑語「馬が太鼓打つ」に寄せた表現。

一七 初代大谷広次。実事・荒事に長じた。延享四年(一七四七)没、五十二歳。享保八年(一七二三)顔見世から一年間、大坂嵐座出演、以後四年京都出勤。

一八 平家物語四「去る程に宮は…宇治と寺との間にて、六度まで御落馬あり」。

一九 立役の有名役者。

二〇 歌舞伎の役柄の一。思慮分別のある人物を写実的に演じるもの。

二一 鍛冶屋の徒弟などの通称。

二二 笠付を更に簡略化して機智の働きを見るもので、五文字題に五文字

士を、ちや〳〵[一]むちやにして仕廻《しま》ふべし。いやはや埒《らち》[二]もない昔《むかし》じや」と、独《ひとり》つぶやく詞の下より、四十《よそじ》ばかりの、人体能惣《じんたいよきそう》[三]髪《がみ》の侍。茶宇《(ちやう)》[四]の上下《(かみしも)》黒小袖に、庵《いほり》[五]に木瓜《もくかう》の五所紋[六]付たるが、行さきに立ふさがり、「ちと頼み度《(たき)》事あり、待《まつ》てくれられ[七]」と、言《いふ》にびつくり。

追はぎにしては、いんぎんな出立《でたち》。肩衣《かたぎぬ》[八]の幅《はゞ》のせまいが、古《こ》風《ふう》なばかり。いかにもりつぱな、身《み》の廻《まわ》り。歴〻《れき〳〵》[九]かと見れば、草履《ぞうり》取さへ連《つれ》ず。亦浪人かと見れば、肌《はだ》に白無垢《しろむく》[一〇]を着たり。大《(おほ》[一一]山《やま)》の御師《おし》の挟箱《はさみばこ》[一二]にはぐれたるに

の付句をする。享保頃から流行。
三 謡曲「鉢木」に「此儘ならば徒らに、飢に疲れて死なん命、何ぼう無念の事さうぞ」。
二四 諺「知らぬ呉服商いより知った小糠商い」。商売はやり馴れたものの方が良い。
二五 江戸の芝居町。境町は日本橋東部で中村座があり、木挽町は銀座東南部で森田座がある。
二六 →一六〇頁注一〇。
二七 まんまと夜逃げして。
二八 無理を承知でやることのたとえ。馬役の自分がまんまと夜逃げをしおおせたこと。
二九 富士山西北の麓にある火山性の洞穴。吾妻鏡・建仁三年六月四日「新田四郎忠常出二人穴一帰参」。北条九代記には一日一夜を経て出るも従者皆死すという。
三〇 頼朝の家臣、仁田四郎忠常。曾我物語の猪退治(巻八)で有名。「富士の人穴」草子では仁田四郎忠綱。穴中地獄にかたどられた中を見て回る。 三一 馬鹿げた。

一 茶々無茶。台なしにするの意。
二 馬鹿らしい。しようもない。
三 「そうがう」とも。月代《(さかやき)》を剃らずに伸して髷を結う。
四 茶宇縞の略。縦筋の絹織物で、元来はインド、チャウル産の舶来布地だが、天和(一六八一―八四)頃から京都西

や。何にもせよ、めんどうな客人《きやくじん》と、不審《ふしん》も空《そら》も晴《はれ》やらぬ五月《さつき》なかば、雨具《あまぐ》も持たぬ俄《にわか》旅《たび》。一足《ひとあし》もはやふと心せけば、「私は急用で、江戸へ罷下《(まかりくだ)》る者。存《(ぞんじ)》がけなく、駅路《えきろ》の破《は》損《そん》に行逢《ゆきあひ》、かゝる難所《なんじよ》に廻《まわ》り道致し、日《ひ》数積《かずつも》れば、足《あし》も[一三]内証《ないしよう》も、殊の外草臥《くたびれ》、[一四]片時《へんし》もはやふ参《まい》りたし。まだ跡《あと》から、隙《ひま》らしひ旅人《りよじん》が参ります程に、御用あらば、仰付《(おほせつけ)》られませ」と、足《あし》ばやに行過るを、袖をひかへ、「はて気みじかな男かな。尤《(もつとも)》いそぐは道理なれど、外の者に頼みて、埒《らち》のあかぬ筋《すじ》。侍が頼みかゝつては、是非《ぜひ》聞てもらわねばならぬ。爰《(ここ)》はあまり端《はし》ぢかなり。いざ此方《こなた》へ」と手をとられ、追はぎではなさそふなが、若《もし》[一五]新刃《あらみ》でもためすとて、引込《(ひきこみ)》はせぬかと、気の付《つく》程怖《こわ》さいやまして、足もひよろつき、歯《は》の根《ね》もあわず、わな〱ふるひて、尻込《しりごみ》すれば、侍打笑《さむらいうちわらい》、「いかふ気づかゐにおもやるそうなが、ちつとも[一六]隔心《きやくしん》し給ふな」と、洞穴《ほらあな》の口へつれ行、滑《なめらか》なるいわほに腰《こし》かけ、[一七]摺《すり》火打《ひうち》取出し、[一八]羅宇《(らう)》のみじかい、きせるで、一服《ぷく》いたそうと、[一九]つぎかけた体《てい》。少人品《すこしひとがら》よりいやしけれど、至極《しごく》の煙草好《たばこずき》と見へて、くゆらせたる匂《にほい》、慥《(たしか)》に[二〇]舞留《まいどめ》とおぼへぬ。「是は結構《けつこふ》なおたばこかな。よいかほりで御座ります」と、怖《こわ》さに軽薄《けいはく》を申せば、自慢《じまん》心か、早速《さつそく》吸付てさし出し、「余りよふはないが、ちと呑《(のう)》で見給へ。座敷で寐《ね》ころびながら呑より、こふした所では、又一入《ひとしほ》の楽《たのしみ》。なんと、[二一]火口《ほくち》で呑もよい物じやぞや」と、余念なき体《てい》。「いや拙者《せつしや》めはかわつた物ずき。[二二]火縄《ひなわ》で呑《のむ》がきつい好物」。「いかにも火縄もよい

陣で織り出す。
五 工藤の家の紋所。
六 着物の胸の左右と両袖と背中の五か所に紋所をつけたもので正装。
七 「くれられよ」の略。武士言葉の丁寧な表現。
八 武士の礼服。上下の上の部分のみを肩衣という。
九 立派な家柄の武士。
一〇 表裏共に白絹の小袖で、身分ある武士か僧侶・婦女のみに許される。
一一 相模の国大山の阿夫利神社に仕える下級神官で、主に祈禱を受持つ。
一二 「挟箱持」の略。御師の従者。
一三 懐具合。
一四 少しでも早く。
一五 試し切り。「新刃」は新しく出来たての刀。
一六 うちとけないこと。
一七 火打石の道具。火打金で石を擦って火をつける。
一八 煙管の中央の竹で出来た部分。
一九 刻み煙草を煙管につめること。
二〇 煙草の銘柄。摂津・山城・丹波の国境に産し、上を留葉、中を舞葉、下を薄舞と称し、五年、七年の古葉を賞する(狂歌煙草百首)。
二一 火打石の火を移しとるもので、古い木綿の布きれや、イチビの殻幹などを使う。
二二 同じく竹の肉や檜皮などで作り、火口より長持ちするので芝居小屋や船中などで用いるのに良い。

物じやが、芝居の切落《きりおとし》[一]がおもひ出されて悲しひ」と、泪《(なみだ)》をはら〳〵とこぼせば、「是は[二]けうがる御ありさま。芝居の事を思召て、御落涙の体《てい》心得難し」と、呑込《のみこま》ぬ顔色《がんしよく》に、「[三]上塗《うわぬり》したる不審《ふしん》。尤《もつとも》〳〵。まづそなた、此度の下向は、境《さかい》町木挽《こびき》町の役者中間《(なかま)》を、心がけての事よ」。「いかにも左様で御座りますが、おまへはまづどうして、私が心の内を御ぞんじで御座りますぞ」と、いよ〳〵気味わるがれば、侍内笑《うちゑみ》、

「不審《ふしん》におもやる筈《はづ》。必《かならず》驚《おどろく》ことなかれ。我は是《これ》工藤《くどう》左衛門祐経《すけつね》が霊魂《れいこん》。久しく此裾《すそ》野《の》に止《とどま》り、我《(わが)》所存の程を語り伝《つた》へんと、相待《あいまつ》といへども、此地《ち》今は往来の駅路《むまつぎ》[四]ならねば、道行《みちゆく》人もあらず。おもひをのべんよすがもなし。幸《(さいはひ)》今度の嵐より、おもひがけなく旅人の往来《わうらい》。されども素人《しろと》でゆかぬ事。此書状一通、江戸の芝居の作者方迄、慥に届てもらいたし。書中の趣《おもむき》、全《まつたく》金の無心ならず。惣じて貴様も知らるゝ通り、江戸の芝居は昔より春狂言[五]には此方等《こちとら》が噂《うはさ》。三才の小児も、曾我と呑込で居る、土地の風俗。適《たま〳〵》新たに趣向《しゆかう》して、手を尽《つく》したる狂言でも、外の事は、一向はやらず。あたら作意《い》をむだにして、正月一ぱいもたもたず。さる程に町中の、老若、師走《しはす》のいそがしひ最中《さい》、赤鰯《あかいわし》[六]さす片手に、番頭《ばんとう》と役割《やくわり》[七]のあらそゐ。「勘三[八]の十郎は七三さ」。「ハテつがもない[九]。[一〇]歌川で御座る」と、柊《ひらぎ》で目を突《つく》もいとわぬ元気。伴頭はせき上り[一一]て、取[一二]もせぬ掛帳《(かけちやう)》に、むしやうに墨引て仕廻ふ程、見物の気が、曾我に凝《こり》かたまつて居る処。惣役者、茶屋[一三]、絵《ゑ》[一四]草紙

一　芝居の見物席で平土間の前列の安い大衆席。　二　希有がる。ふしぎな。
三　不審に不審が重なること。幾重もの不審。
四　宿駅で馬を乗りつぐことから、宿駅、またその通路。
五　江戸三座揃って春狂言に曾我を出すのは宝永六年(一七〇九)からの吉例だが、それ以前元禄(一六八八―一七〇四)の中頃から正月狂言に曾我を仕組む座は多い。
六　年末の節分の夜、柊の枝に塩漬の鰯の頭をさして門口へ立てる。赤鰯は塩漬にして干した鰯で、その悪臭が悪鬼を寄せつけない御守り。
七　春狂言の役者の役割の如何を言い争う。
八　中村勘三郎座の曾我狂言での十郎の役は、中村七三郎にきまっている。
九　とんでもない。
一〇　立役、歌川四郎五郎。延享二年(一七四五)から寛延二年(一七四九)まで、毎年中村座の十郎役は七三郎がつとめる。歌川が十郎を勤めたのは寛保三年(一七四三)のみ。　一一　のぼせ上って。
一二　売掛を記入した帳面を掛帳という、支払いが済むと、その帳面の該当箇所に棒線を引いて消していく。
一三　芝居茶屋。芝居の小屋と見物客の中間に在って、贔屓客の見物の一切を取り計らうのを商売とする。
一四　物の本屋と称する大出版業の下位にあって、専ら慰み物の絵本や芝居関係の摺り物、絵尽し等を出版、

屋に至る迄、凡《(およそ)》何千何百人か、曾我の影《かげ》で[一五]渡世する故、毎年五月廿八日曾我祭《まつり》[一六]とて、兄弟の霊《れい》に、供《く》物神酒《みき》を備へ、其日は見物にも、法楽[一七]に見する由、聞およべど、終《つい》に祐経には、渋《しぶ》い茶の一ぷくだに手向ず。そなたのまへじやが、畢竟己《ひつきやうおれ》が痛《いたひ》めして死んだればこそあれ。若《もし》用心堅固にして、一生をおはらば、兄弟が本意をとげん事は、念[一八]もないこと。仮令《けりやう》[一九]己が心入レでうたれてやつた故、兄弟が名は、富士の高嶺《ね》と等《ひと》しく、今に浄留理歌舞妓《かぶき》の、元手ともなれ。然るに我誉《ほまれ》は、富士の事は於《(おい)》て宝《ほう》[二〇]永山程もなく、悪《にくむ》者はおほく、可愛《かあい》がる人はなし。守屋[二一]の大臣も神道者はひいきし、ゑびら[二二]の能では、梶原もほめらるゝに、扨も悲しきは某《(それがし)》が身の上、余り片手討《(かたてうち)》[二三]なとおもわるゝ。其上やゝもすれば此祐経を、随《ずい》分下作《(げさく)》[二四]につかふて、一家《(いつけ)》[二五]の曾我殿原《(とのばら)》を、「時むねヤイ」、「祐なりヤイ」と、大名にあるまじきせりふ。あまりといへばむごい仕方。見物の武家に、つもらるゝ[二六]もはづかしく、妄執《まうしう》の晴《はる》る間もなし。只我《(わが)》本意にかないしわ、此前市村座[二七]で、水木竹十郎が、己《おれ》になりて、「時宗殿、療治《りやうじ》はどう〱なさるゝな」と、いゝしせりふ。わが耳《みゝ》の底《そこ》に徹《てつ》して嬉しかりし。其以後立物[二八]の歴《れき》ゝ、幾度か勤しが、終《つい》に水木が心得をまなぶ者なし。寔《まこと》に水木が仕内《しうち》、一体大名らしく、我も満足し、見物も尤と請《(うけ)》たり。是は作者のせりふ付《(づけ)》次第。いかやうにもいわるゝこと。又一座の大立物が聞ずてにせず、指南せば、文盲《もんもう》至極の敵役も、少は嗜《たしなむ》べし。是等《ら》の事は、取あぐるに及ぬこととおもわれふが、

販売する草子屋。地本屋ともいう。
一五 曾我狂言の御かげで。
一六 建久四年(一一九三)五月二十八日は兄弟の仇討の日。そのため江戸三座では毎年この日を曾我祭と定め、春狂言をこの日まで行う事が多い。
一七 無料で見物させること。
一八 思いもよらぬ。
一九 さいわいにも。かりにも。
二〇 宝永四年(一七〇七)の大噴火で出来たという、富士山中腹のこぶのような山。
二一 物部守屋。聖徳太子の仏法擁護に反対して滅された。そのため排仏を旨とする神道者に評価される。特に享保(一七一六―三六)以来の俗神道鼓吹の流行にのった神道講釈の諸書や、排仏を意図する儒学系統の教訓本類に取上げられることが多い。その根源は蕃山の集義外書あたりであろう。
二二 謡曲「箙」。歌舞伎では嫌われ役の梶原源太景季が、生田の森で梅花一枝を箙にさして戦った風流心を主題とする。
二三 「片手落ち」と同意。
二四 下品に。
二五 家系を同じくする一族。工藤と兄弟の父河津祐泰とは親族。
二六 大した事はないと推し量られる。
二七 享保六年(一七二一)正月、市村座「鶴亀稚曾我」、水木竹十郎の工藤。評判記「役者噂風呂」に「竹十郎の工藤、情ぶかく、五郎にもインギンな挨拶」。
二八 立役の有名役者達。

そふでない。末代の武士に、祐経はあの様な、不骨者《ぶこつ》の、田舎侍であつたかと、おもわるゝが迷惑《めいわく》。とにも斯《かく》にも祐経が独《ひと》りころび[一]。是皆作者の仕業《しわざ》なれば、我此恨《このうらみ》に、一念の悪鬼となるにわ、虎の皮[二]の造作《ぞうさ》あり。鳴雷《なるいかづち》には太鞁《たいこ》調《とゝのふ》るが大義。物のいらぬ工夫《くふう》をこらし、素紙子《すかみこ》[三]一くわんで、貧乏神《びんぼう》となつて、我に憂《う》かりし作者中へ舞込《まひこむ》合点《がてん》で、渋団《しぶうちわ》迄買て置申た。

是のみならず近年は、とつても附ぬ八百屋お七[四]を我〻が噂と、七種《なゝくさ》[五]のたゝきまぜ。春狂言に汚《けが》らわしひ御仕置《おし(おき)》者の真似《まね》。見物の娘子に、徒《いたづら》[六]をすゝむる条、不埒千万。抑《(そもそも)》お七は、幼《よう》年といへ共、大それ者の随一。それ故刑罰《けいばつ》に逢ふたと、あからさまに語らば、ぐわんぜなしの小娘共も、恐れ慎《つゝし》むべきに、よいやうに取直し、其外心中[七]して死んだ、馬鹿《ばか》者共を、かぞへ上げて、年〻に仕組《(しくむ)》故、近年又此病再発《さいはつ》して、所〻に心中の沙汰あり。惣じて芝居でする事は、下の見物や若ィ女子は其儘《まゝ》我身に移《うつ》してまなぶ物ゆへ、めつたな事が、仕て見せらるゝ物にあらず。節季[八]に払《(はらひ)》の心あて違《ちが》へば、女房《ぼ》が髪《かみ》おしみだし、竹[九]ひさくで、手水鉢《てうずばち》たゝきわつたも、いか斗《(ばかり)》歟ありしとおもふぞ。此処を分別《ふんべつ》して、見物の薬となる仕組《しくみ》をして見や。昔の役者に、百倍《ばい》もすぐれた、名人の寄合。何《(いか)》やうの事でも、仕かねぬは今の立役。諸人の教《おしへ》とならば、其身の冥加《めうが》もありぬべし。又男立《(をとこだて)》[一〇]の仕組を見るに、京大坂の仕組とかわり、第一武士をきめ付、なげたりふんだり

一 自分で自分の評判を落すこと。

二 鬼になるためには虎の皮の褌を作らねばならぬ。 三 渋を塗らない紙で作った着物。貧民の防寒具であり、また貧乏神の衣装でもある。

四 恋人に逢いたい一心で放火して刑に処せられた、江戸本郷の八百屋の娘お七。実説は確たるものがないが、西鶴の好色五人女に描かれて以後、歌祭文や歌舞伎に仕組まれて有名になる。曾我物とのないまぜは寛延二年(一七四九)中村座「男文字曾我物語」での俊寛・巴・景清・助六・お七等々。宝暦元年(一七五一)二月中村座「伊豆小袖商売鑑」、二番目「八百屋お七」など。

五 正月七日の七種粥は、春の七草を包丁や擂子木様のものでトントン叩きながら料理するので、「たゝきまぜ」という。 六 みだらなこと。

七 → 一六七頁注二五。 八 盆、暮や各節句前の収支決算期の支払。

九 これをつくと来世では無間地獄におちるが、現世では富を得るという無間の鐘伝説を芝居にとりなしたものは元禄期(一六八八―一七〇四)以降しばしば見られるが、特に遊女梅ヶ枝が夫を助ける金を得るために手水鉢を鐘に見立てて柄杓で打つ「ひらがな盛衰記」(初演元文四年)の大当りによって有名。

一〇 侠客物の芝居。上方の黒舟忠右衛門や雁金文七、江戸の助六物など。

一一 慮外緩怠。ぶしつけなこと。無礼。 一二 偏屈で強情な。

して見する故、町中のうわき者、此まねして、武家の女中の往来にも、はゞからぬわる口、雑言《ぞうごん》。武士方へ[一一]のりよぐわいくわんたい。天気のよいに、木履《ぼくり》はいて肩をいからせ、臂《ひぢ》をはつて、酒屋うどん屋に、難儀させる輩、皆是《(これ)》芝居の見習《ならい》、家を破り身をほろぼすに至る。去る程に堅い親父《ぢ》等は、芝居を鰒汁《ふぐじる》よりこわがるぞかし。若《(もし)》心つきて、人の薬となる事を仕組《しくみ》て見せば、[一二]屈情《くつじやう》な親兄弟《おやはらから》も、娘子に弁当の世話やいて、隠居のへそくり金で、[一三]桟《さん》敷借りて、見せるやうになるべし。然《(しから)》ば芝居繁昌の基《もとい》、長久の計《はかりこと》ならん。

然るになんぞや、[一四]事の欠《かけ》た様に[一五]彼豊後《かのぶんご》の鉦《どら》ぶし迄取込、娘子、下女、はしたをそゝらせ、名を流し身をほろぼすに至らしむるは、さりとは不仁《ふじん》千万。彼《(かの)》[一六]大経師《じ》お三を、善人の様に作りしは、近松一代の誤《あやまり》なり。不義の罪人は、まつすぐに悪人と作りてこそ、懲《てう》悪の教といふべし。且又かれらが罪障懺悔《ざいしやうさんげ》ともなりなん。凡《(およそ)》浄留理狂言の作者に、文盲《もんもう》なるはない筈なれば、世をおもひ、人をおもふ仁心から、真実に天理をおもわば、いかで人の害《がい》をなさんや。風俗の害になるとも、[一七]入《(い)》りさへあらばと、心をつけぬは、[一八]豆《まめ》蔵芝居で、[一九]差合《(さしあひ)》かまわず、[二〇]大口いふとおなじ。才智《さいち》発明《はつめい》の作者に、近ごろあるまじき事なり。又男立も、大坂の[二一]黒舟の格で、男のいきじを磨《みが》くとやらいふが、本の男立らしく、尤狂言にしても、見ゆるす方もありなん。今のは、[二二]きほひ組のたねをまくなり。昔はそふでなかつた証拠《しやうこ》、[二三]勘三が「[二四]日蓮記」の切狂言。「[二五]金竜山曙染《あけぼのぞめ》」といふ名題《なだい》で、[二六]古《こ》中

一三 前出の「切落し」に対し高級な席で、土間の左右に上下二段に設ける。
一四 なくて困るわけでもあるまいに。
一五 豊後節。浄瑠璃の一派で、享保(一七一六―三六)の末に都一中の門人宮古路国太夫が江戸下りして大流行する。淫靡な節回しで若者の間に流行した所から「鉦ぶし」の異称がある。
一六 京都烏丸の大経師意俊の妻おさん。手代の茂兵衛と通じ、天和三年(一六八三)処刑される。西鶴の「五人女」に採り入れられ、近松の「大経師昔暦」(正徳五年初演)で有名になる。
一七 芝居用語。客の入り。
一八 声色・物真似などを主体とした大道芸に近い小芝居。
一九 遠慮もなく。
二〇 卑猥な冗談。
二一 男伊達黒舟忠右衛門。大坂堂島の仲仕の親分根津四郎右衛門をモデルとする。宝永(一七〇四―一一)末年頃から歌舞伎にとりあげられ、大坂の俠客物の代表的存在。
二二 任俠を表看板として乱暴を働く無頼者。主として官・民の鳶の者といわれる人夫の集団をいう。
二三 中村勘三郎座。
二四 日蓮上人の事跡の脚色物で、「報恩日蓮記」(享保十一年中村座)、「日蓮上人明星名木」(享保十四年中村座)等が『歌舞伎年表』に見える。
二五 未詳。『歌舞伎年表』類に見えず。
二六 初代中島勘左衛門。初め敵役であったが団十郎没後、その芸を取って立役となり、当る。

島勘左衛門が、一車屋小八郎兵衛と言《いふ》、男立の仕内《しうち》。かの二悪対《あくたい》とやらは、少もいわで寔《まこと》の男達《だて》なりし。おもへば宝永年中の事にて、今は昔となりぬ。此以後能《よく》〻《よく》分別して、心中の馬鹿者や密《みつ》夫《ぶ》の罪人、放《ほう》火の大罪人等《ざいにんら》を、おもしろおかしく取つくろわぬ様に、能〻心得てたもれ。これらの事は、取あげるにたらぬと、いふ人もあるべし。それは、世をも人をも、おもわぬ人の口ぐせなり。三千丈の堤《つゝみ》が蟻《あり》の穴《あな》から崩《くづれ》たつて、家を流《なが》す大水となるとは誰も知るたとへ。さればこそ、小事をも慎《つゝしむ》べし。忠臣、孝

一 未詳。
二 きおい組などの連中が用いる悪口やたんか。団十郎の荒事芸につきもののつらねのせりふを真似たものといわれる。
三 諺。韓非子に「千丈之堤以二螻蟻之穴一潰」（喩老）。

子、義婦、烈《れつ》女の仕形《(しかた)》を、して見せてくれよかし。かゝる事を取あげていふも、黙《だまつ》ていれば、四妄執《まふしう》の雲、はれやらぬ五月雨より、弥増《いやまし》の泪《なみだ》のたね。かならず〳〵江戸へおじやつたら、もはや心中の沙汰や、八百屋お七はおゐてたもれと、此旨委細に伝へてたも」と、きせるはたけば吸がらより、たちのぼる煙とともに、消《きへ》て跡なき工藤が幽霊《ゆうれい》。

扨も不思議《ふしぎ》な五詰開《つめひらき》。工藤殿は、芝居でするより、格別《かくべつ》よい人品ながら、さりとは吝人《しわい》じや。大な用を頼《(たのみ)》ながら、せめて酒代《(さかて)》でもはづみそふな物じやに、六唯《たゞ》たのむは観音のわるぢへ七かわれしなるべし。何にもせよ、八かさ高な状哉《じやうかな》と、よく〳〵見れば、虫のつゞりし木《こ》の葉《は》なり。南無三宝九跡《あと》の茶屋で喰ふた餅《もち》も、扨は馬糞《ばふん》でありしよな。其返報《へんぽう》に、言伝《ことづけ》も届《とゞ》けまじ。よし〳〵馬役の身なれば、馬糞と一〇ものかぬ中と、あきらめて江戸へ下りぬ。

当世下手談義巻一　終

四 謡曲「源氏供養」「されども後に供養をせざりし科により、妄執の雲も晴れ難し」。
五 応対。談判。
六 沙石集「清水の御詠にも、唯たのめしめぢが原のさせも草我世の中にあらんかぎりは」の歌のもじり。新古今集・釈教には「なほ頼め…」として出る。
七 我が身にとり入れる。
八 ぶ厚い手紙。
九 先ほどの。以前の。
一〇 切っても切れぬ間柄。

挿絵　歳末の商家の様子。主人は掛帳の記入に忙しい。目の前の土間には節季候(せきぞろ)と称ぶ物貰いが舞込み、さわがしく銭を乞う。節季候は、毎年師走中頃から二、三人連れで笠に飾り物をしてかぶり、前垂れかけで太鼓を打ったり、ささらを摺り鳴らしたりし、祝い文句をやかましく唱えて銭を乞う物貰いである。一一四頁末の描写に対応する。

当世《いまやう》下手《へた》談義《だんぎ》巻二

洛陽沙弥
静観房好阿述

○八王子《わうじ》の臍翁《さいおう》、座敷談義《ざしきだんぎ》の事

「手《て》[一]に結《むす》ぶ、岩垣清水《いわがきしみづ》住《すみ》なれて、猶《なほ》山陰《かげ》は、あかずもあるかな」と、武蔵《むさし》の八王子《じ》の山里に、炭焼《すみやき》の翁《おきな》を友《とも》とし、世を安く暮せる翁《おやぢ》ありけり。一生《しやう》何の役《やく》にもたゝず、また厄害《やくかい》にもならず、あつてもなくてもと、人にも思はれて過《すぎ》し故、みづから臍《へそ》に似《に》たりとて、[二]臍翁《さいおう》とは名乗《なのり》けらし。江都《(えど)》に住し昔を聞《きく》に、商売《しやうばい》の工夫《くふう》より外は、万《(よろづ)》の芸能に心をよせず。将棋《しやうぎ》は駒の名をだに知らねど、金銀の働《はたらき》妙を得たり。碁《ご》は[三]かいもくなれど、商売の目算《もくさん》にさとく、鞁《つゝみ》は手に取て見たこともなけれど、売買《うりかい》の拍子《へうし》よく、仮《かり》にもと[四]たんの、[五]てんぽの皮《かは》にかゝらず、随分地《ずいぶんち》[六]を打て通り、茶の湯は夢にも見ねど、人ごとに手[七]前よしとほめられ、[八]人の欲《ほし》がる黄色《きいろ》な奴《やつ》を、沢山《たくさん》に持て、男の子八人迄、[九]持丸《もちまる》長者《じや》とは此《(この)》親父《おやぢ》と、諸人に浦山《(うらやま)》しがられ、歓楽《くわんらく》を極《きわめ》ながら、繁花《はんくわ》の市中《しちう》をいとひ、此山里に隠《いん》

一 草庵集・雑・御子左大納言「山家水」の歌。
二 自堕落先生「風俗文集」(延享二年刊)に「自ら臍人と呼ぶの説」あり(付録参照)、無用無為の臍の境涯をうらやむ。
三 碁の用語の「せいもく」と「皆目」をかける。また「目算」も縁語。
四 突然の。一時的な。調子にのった。
五 出たとこ勝負の商売をせず。
六 地道で慎重な行動。諺「地を打つ槌ははずれぬ」。「拍子」「とたん」「皮」「地」何れも鼓の縁語。
七 茶道用語の「手前」と、暮し向きが良い意味の「手前よし」。
八 小判。山吹色とも。
九 大金持。「八人迄もち」と「持丸」の掛け詞。

居《きよ》して、幼稚名染《おさななじみ》の媼《ばゞ》と[一〇]手世事《てせいじ》を楽《たの》しみ、諸白髪《もろしらが》の老《おゐ》の寐覚《ねざめ》に、里よりはやき郭公《ほとゝぎす》をよろこび、[一一]尾上《おのへ》の鹿《しか》の妻恋声《つまこふこゑ》に、若盛《わかざかり》を思《おも》ひ出して、遠慮《ゑんりよ》なしの高咄《たかばなし》も、猿《さる》より外に聞《きく》ものもない[一二]気散《きさん》じ。冬は榾《ほた》の火に足踏伸《あしふみのば》して、[一三]降《ふ》り積《つむ》雪を、花と詠《なが》むる、四時《しいじ》の楽《たのしみ》。[一四]高嶺《たかね》の桜吹おろす、[一五]風《かぜ》さへ匂《にほ》ふ春の夕暮、おもひがけなく、柴《しば》の戸おし明《あけ》尋来る人音。誰《たれ》なるらんと、おばゞ茶釜の下さしくべながら、のぞきて見れば、江戸の息子《むすこ》、他人《たにん》まぜず、八人連《づれ》の兄弟。どろ〴〵と這入《はい》て、釜の前迄居《い》ならべば、「これは〳〵何とおもふて、そち達《たち》は一同《どう》におじやったぞ」と、夫婦ともに不審顔《ふしんがほ》。「御不審は御尤。いつも〳〵[一六]面〻にばかり参りて、何とやらんむつましからぬやうにも、おぼしめされんかと、兄貴《あにき》の心づかゐ。実《げ》に尤と皆〻申合《まうしあはせ》、今からは何時も此通りに、さそひ連《つれ》て参る筈」と、次男の藤蔵が[一七]発明な眼《まな》ざし、さつぱりとした口上に、親仁《ぢ》ほゝゑみ、「渡世のいそがしひ中に気が付て、兄弟[一八]水魚のありさまを、年寄共に見せやる孝心。満足《まんぞく》〳〵。いかさま今では、八人が八所《やところ》の住居。つね〴〵打寄て語るもまれであろ。皆〻息災そふな顔色《がんしよく》。中にも乙吉は、お姥《ばゞ》の乳《ち》の[一九]余りの秘蔵子《ひぞうご》。ちつとの間見ぬうちに、はて[二〇]いかふ[二一]老《おい》くれた。いやたま〳〵の客人《まれびと》。何ぞもてなしたいが、有《ある》物は皆そちたちの送りもの。殊に江戸の肥《こへ》た腹《はら》に、何か珍しとおもふべき。今夜は夜すがら、おてまへ達《たち》に、説法《せつぽう》して聞《きか》すべし。爰は[二二]滝《たき》山大善寺の近所で、開山[二三]牛秀《ぎうしう》上人の、[二四]『説法式要《せつぽうしきよう》』をそらんじ、

一〇「手前じ」とも。他人の手をかりずに自分で炊事などをすること。
一一 能因法師「秋は猶わが身ならねど高砂の尾上の鹿も妻ぞこふらし」(後拾遺集・秋上)。「郭公」「尾上の鹿」は歌語。
一二 気安い暮し。
一三 貫之「埋木の咲かで過ぎにし枝にしも降り積む雪を花とこそみれ」(貫之集九)。
一四 後鳥羽上皇「みよし野の高嶺の桜ちりにけりあらしも白き春のあけぼの」(新古今集・春下)。
一五 前大納言為氏「吹く風のうはの空なる梅が香にかすみも匂ふ春の夕暮」(新千載集・春上)。
一六 一人一人。別々に。それぞれに。
一七 利口そうな。
一八 水魚の交り。互いに親しみあう様子。「孤之有二孔明一、猶二魚之有一レ水」(蜀志・諸葛亮伝)。
一九 末っ子。
二〇 大そう。とても。
二一 大人びた。
二二 武蔵の国八王子に在る浄土宗寺院。関東十八檀林の一で、牛秀上人開山。
二三 浄土宗鎮西派白旗流の学僧、応蓮社賛誉。慶長十年(一六〇五)没、八十二歳。武蔵の国立川の領主立川清房の子。
二四 牛秀著、全十二巻。慶長頃の著述で、延宝四年(一六七六)刊。巻一に唱導説法の形式・方法について述べる。

談義《だんぎ》の説《とき》やう合点《がてん》でおじやる」と、火燵《こたつ》を直《すぐ》に高座とし、たばこ盆《ぼん》の経函《きやうばこ》一、きせるの柄《ゑ》香炉《がうろ》。

「これを今宵《こよひ》のちそうとおもひ、耳《みゝ》をかたぶけ聴聞《てうもん》めされ。それ釈尊金口《しやくそんきんく》二の説法《せつぼう》も、三五時《ごじ》八教《けう》の別《わかち》あり。たとへばそちたち兄弟八人は、たね腹《はら》かわらぬ一腹《ぷく》一生《しやう》。皆此《みなこの》毘首《びしゆ》四羯磨《かつま》が御作。そこなお婆《ば》ゝの胎《たい》内から出《で》たれど、面〻家職《かしよく》も住所《ぢうしよ》も格別《かくべつ》。宗旨《しうし》迄がかわつて、八人八宗《しう》にわかれたり。

惣領《そうれう》の徳助は、わが志を継《つい》で、随分《ずいぶん》と吝《しわゐ》げな。ヲヽでかしやる。商売《しやうばい》がつき米屋で、五六祖《(りく)そ》とも縁《ゑん》あれば、禅宗《ぜんしう》とは、いやといわれぬ。

次男の藤蔵は他家《たけ》を相続《そうぞく》して、養父母への孝心聞《きゝ》申た。養子たる者の鑑《(かがみ)》と、他人もほめるげな。己《おれ》が所へは年に一度か、よふ来て二度。家業《かげう》第一に脇《わき》ひら見ぬ、一向一心の六おまむき様。かたじけなや。七おたうとや。兄《あに》の世話にも八奈良酒《さか》屋。九呉服《ごふく》町で一〇一番切《ばんきり》の進《しん》一一退《だい》なれど、今に綿服《めんぷく》。是もでかしやる。

三男《なん》の三郎兵衛。われは今に酒がやまぬげな。兄弟どもが意見《いけん》すれど、聞《きゝ》入ぬ片意地《かたいぢ》者《もの》。情強《じやうこわ》な故、宗旨《しうし》迄日蓮宗《までにちれんしう》。

四番目の四郎次郎は生《(うまれ)》ついて器用者《きようもの》。一二大師流《しりう》の筆道《ひつどう》を学《まな》び、今《いま》では一三阿字《あじ》をやるげな。阿字《あじ》故宗旨《しうし》も真言《しんごん》。一四秘密口才《ひみつこうざい》、理窟者《りくつもの》じやと、世間の取沙汰《とりざた》。

一「侍者経函ヲ擎《ささ》ゲテ先ニ立テ進ム。導師柄香炉ヲ執リ持チテ其ノ後ロニ続ク…経函ノ中ニハ経書ト諷誦ト扇子トヲ入ル…導師ハ柄香炉ヲ捧テ仏祖ノ尊像ニ向テ三拝シ…柄香炉ヲ経函ノ左ノ脇ニ置ク」(説法式要・入堂着座之式)。 二 釈迦の口の美称。釈尊自らなされた説法。

三 五時教と八教。釈迦成道後、五十年の説法の次第を、華厳時、鹿苑時、方等時、般若時、法華涅槃時の五時と定め、それぞれの経を説いた時期とするのが五時教。またその説法の儀式と教法の浅深とを区別して、三蔵、通、別、円、頓、漸、秘密、不定の八教とする。即ち釈迦一代の説法を時期と内容とで区別したもの。

四 帝釈天の臣で工芸・建築を司る神。

五 慧能大師。禅宗の初祖達磨から六代目の祖。その発心修行に当り、五祖弘忍に謁する時、弘忍は慧能を米つき小屋に入れて働かせた。

六 仏の画像。御真向様。仏の画像は常に真正面向きであることからいう。

七 「お尊や」と「弟や」を掛ける。

八 奈良地方は古く名酒の産地。和漢三才図会一〇五「酒」の項に「和州奈良、摂州伊丹池田…皆得二醑醇之名一」とある。「世話にもならず」とかける。 九 江戸城呉服橋の近辺の町。現在の日本橋、八重洲近辺で、当時は酒問屋が多かった(続江戸砂子)。

一〇 第一番。 一一 身代。

一二 いわゆる本朝三筆の一人弘法大

　五番目の五郎七は、物やわらか。又きつとした所もあり、かたくよらず、かたよらず、中《ちう》[一五]道実相《どうじつそう》の天台宗《だいしう》。見世には舎那《しやな》[一六]の小判《こばん》をならべ、みづから四[一七]貫《くわん》の銭《ぜに》をからげ、一年《ねん》[一八]三千貫の儲《もふけ》と、聞及し（ききおよび）、両替《がへ》見せ。兄弟一番の内福[一九]。

　六番目の六次郎は、天性耳《てんせいみゝ》[二〇]たぶうすき、紙子[二一]四十八枚を、弥陀の本願とたつとび、冬も給《あわせ》一[二二]枚起請《まいきしやう》。手足も黒谷[二三]の教《おしへ》をまもり、殊勝《しゆせう》一片《べん》の浄土宗。葛西《かさい》[二四]の奥《おく》の水呑《のみ》百姓に、くれてやつたは、四[二五]十二の二ッ子。やくたい[二六]もない事を信《しん》じて、産屋《うぶ》の内か

師を流祖とするという書道の一派。和様の一派で特に公卿の家に伝来し、入木道の第一にあげられる。
一三「𑖀」。悉曇十二母韻の最初の韻。一切の梵語・梵字の元。真言宗の観法に「阿字観」があり、真言行者の最要とされる。「味なことをする」の意をかける。
一四 真言宗の総名を秘密教と称する。
一五 仏語。「中」とは絶対の称。宗派によって、何を中とするかが定まっており、天台宗は実相を中とする。
一六「毘盧遮那」の略。仏の真身の尊称で、黄金を意味する。
一七「止観」とかける。天台三大部の一「摩訶止観」。天台大師が観心を説いた書物、十巻。
一八「一念三千」をかける。天台宗の観法。一心に念じることにより三千の諸法を具するという。
一九 大金持。　二〇 生れつきの貧乏性。
二一「弥陀の四十八願」をかける。
二二 法然上人が浄土宗の極意を一紙に記した遺言「一枚起請文」をかける。
二三 法然が十八歳で隠居した叡山西塔の黒谷と、手足を真黒にして働く意とをかける。
二四 隅田川の向う側で、江戸市中に野菜類を供給する百姓が多かった。
二五 俗信。親が四十二歳の時に二歳になる男の子供は親を喰い殺すというので、一旦捨て子にして他人に拾わせたり、養子に出したりする。
二六 つまらぬ事。愚にもつかぬこと。

ら、貧窮《ひんきゆう》の辛苦《しんく》させしは、おれが誤り。後悔《こうくわい》の泪を、こぼさぬ日もなかりしに、兄弟のちからで、段〻身上を仕《し》上《（あげ）》、今は葛西《かさい》でならぶ者なき大百性。是といふもそちが正直《じき》な故、天道の御恵み。

七番目の七五郎は家業もせわしひ飛脚屋。年中旅《たび》がけで暮《くら》せば、宗旨《しうし》も遊行派《ゆぎやうは》[一]の時宗《ちしう》。出入屋敷と、町の得意《とくい》と、凡六十万[二]軒《げん》。決定《けつでう》[三]大晦日は楽《らく》〳〵。乙吉《おときち》はまだ年弱《としよは》。惣領《そうれう》の世話になつて、身上を堅めねば、宗旨も家業も、わかるまいとおもふたに、此比《（このごろ）》聞《きけ》ば、浪人《らうにん》の日《ひ》梨樫《なしかし》[四]右ヱ門とやらに近付、居合《いあい》、やはらの剣術《けんじゆつ》のと、昼夜《ちうや》朝暮《てうぼ》の武芸《ぶげい》の稽古《けいこ》。町人の身に似《に》げなき大脇指。商人をいやしみ、つねに友とするは、男立《（をとこだて）》のぶう〴〵[五]者。野楽《のら》者の大将とあほがれ、部類券属億《ぶるいけんぞくおく》百万人。どれも〴〵[六]づう〴〵念仏。宗旨《しうし》も是で都合した、大念仏宗《しう》であろ。説法《せつぽう》の肝心《かんじん》は乙吉が身の上。兄弟八人、面〻格〻《かく〳〵》の身過《みすぎ》。心ごゝろの宗門なれど、源は釈迦一仏の教。そち達も此親仁を、慮外《りよぐわい》ながら、釈尊《しやくそん》とおもひ、教《おしへ》の通りに身をまもれば、心やすく一生をおわる。又我儘《まゝ》をして、教にそぶけば、忽《（たちまち）》天道にそぶき、地神《ちじん》ににくまれ、罰《ばち》を請《（うけ）》て身を亡《ほろぼ》す事、目前《もくぜん》いか程もためしある事。

まづ宗領《そうれう》の徳助。身持こうとう[七]にして、世渡りにかしこく、町人の身には、少もいゝぶんのない、上〻吉のかゝり[八]息子《むすこ》。

一 時宗十二派の一。四方に遊行して勧化するのを旨とする。
二 開祖一遍上人の携えた念仏札に「決定往生六十万人」と記されていたのによる。
三 たしかに。きまって。
四 「日済貸（ひなしかし）」とかける。零細な貧民相手の金貸の一で、毎日一定額ずつ返済する。ここはそのような日済貸の世話になる貧乏浪人の意を含める。
五 あばれ者。ならず者。「ぶうぶう株」「ぶうぶう仲間」など。「野楽者」は、のらくら者。
六 「ずうずうしい」の意と「融通念仏」とをかける。良忍が弘めた浄土教の一派で、大坂の大念仏寺を本山とする。
七 上品で地味な様子。本来は上方語として用いられる。
八 老後の親が頼りがいのある息子。

次男藤蔵もおなじく、養父母《ようふぼ》を大事にする心からは、天理にかなふて、末頼母《すへたのも》しいが、[九]「始《はじめ》ある事あり、終ある事すくなし」とは、聖人《せいじん》の言葉《ことば》、みぢんもちがひなく、大かたの人、始《はじめ》は万事慎《つゝしみ》ぶかく、別《べつ》して聟《むこ》の養子《ようし》のといふ身の上は、他人の家に来りて[一〇]隔心《きやくしん》がちな故、おのづから物ごとに麁略《そりやく》せず、いやしき譬諭《たとへ》に、[一一]「今参り廿日」といふがごとく、互《たがい》に[一二]うつくしけれど、馴染《なじみ》が出来ると万《よろづ》怠りがちになり、[一三]藁《わら》の出《で》るが世間に沢山《たくさん》。物じて他家《たけ》の養子《ようし》となる者は、まづよく養父母《ようふぼ》の心を察《さつ》し、実子といふものがなさに、他人《たにん》をもらふて、実《じつ》の子のごとく、老衰《らうすい》の行末《ゆくすへ》を頼み、力《ちから》にしやうとおもやるは、いとしひ事じやと、骨髄《こつずい》から大切《せつ》に思ひ、たとへ意《こゝろ》にそむき、杖《つへ》や棒《ぼう》でたゝき出《だ》さるゝとも、[一四]跡《あと》から廻《まは》りて、機嫌《きげん》取て、実父《じつぷ》の方へは、死《し》ぬともふたゝびかへるまじと、所存を堅《かた》めて、孝《かう》をつくさば、[一五]山枡《さんしやう》大夫を養父にし、[一六]捻金婆《ねじがねば》ゞをしうとにするとも、気にいらゐでどうせうぞ。人は終《おわり》が大事でござる。必《かならずし》始終《じう》まつとうして養父の家を、うしなはぬやうに、朝暮《てうぼ》気を付めされ。万一養父母に不孝めさると、二目《ふため》と見る親仁《おやぢ》でござらぬ。商売の米屋でいふではないが、[一七]七生迄《しやうまで》の勘当《かんどう》とはあまくち[一八]。[一九]斗升《とます》で八盃迄《はいまで》の勘当《かんどう》。おゝ升《ます》の序《ついで》におもひだした。こちの家は、先祖代ゝのつき米屋で、祖父《ぢい》の掟《おきて》を守り、百文弐百文の[二〇]小買《こがい》する、やせ世帯《せたい》の者が、年中の[二一]商《あきなひ》旦那《だんな》じや。常《つね》に慈悲《じひ》の心をうしなわず、随分升に気を付て、少づゝ余計《よけい》を入れてやれば、[二二]斗《はかり》が能《よい》と嬉しがつて、五町七町の間、

九 詩経・大雅「天生㆓烝民㆒、其命匪㆑諶、靡㆑不㆑有㆑初、鮮㆓克有㆒終」。
一〇 遠慮したり、慎んだりする気持。
一一 諺。新参者の奉公人はよく働くがまもなく怠る様になるの意(毛吹草)。
一二 行儀よくすること。
一三 欠点をさらけ出す。
一四 へりくだって。
一五 民話の主人公。丹後の国由良に住んだ強欲な長者をモデルにしたという。説経節「さんせう太夫」を始め浄瑠璃・歌舞伎・戯作等に多い。
一六 ひねくれて邪慳な婆。
一七 七度生れ変るまでの意と「七升」とをかける。
一八 まだ甘い。
一九 一斗入りの枡。
二〇 一俵いくらの買物ではなく、量り売りの小口の買物。
二一 おとくいさま。
二二 普通より余分に計ること。

[一]裏店《うらだな》の衆の評判、次第に売《うり》つのりて、今の繁昌《はんじやう》。皆是《(これ)》小利《しやうり》をむさぼらずして、大利《り》を得《う》るの基《もとひ》ならずや。爰《こゝ》が大事の分別所。[二]わるふこけると、眼前《がんぜん》の小利をむさぼり、升目、はかり目をこすく立廻り、買人《かいて》の目をぬく悪逆。天罰にて謀計《ぼうけい》あらわれ、刑《けい》に逢《あい》身をほろぼせし輩、昔よりいか程か見し事。とかく売物に手ぬきするは、貧乏《びんぼう》の基《もとひ》。利をむさぼり、慈愛《じあい》の心なければ、家をうしなふ事遠からず。

三男のさぶ。酒の異見《いけん》ふつと用《(もちゐ)》やらぬは、親をおやと、おもはぬからの事。酒の毒《どく》じやといふ事を、しかと得心《とくしん》せぬから、若死《わかじに》して、親に腸《はらはた》を断《たつ》なげきが、させて見たいじや迄《まで》。一ぱい呑《のん》で、心持《もち》のよいには、親の事もおもはれぬか。はて扨親の恩《おん》は下直《げぢき》な物。茶碗《わん》で一盃の酒銭《さかて》、十弐文にもあたらぬよな。よい〳〵、親にかへて、呑死《のみじに》せばせよ。それも儘《まゝ》よ。但シ自今此父が菩提《ぼだい》とおもひ、そちが宗旨《しうし》ではないが、酒一盃のむ度《たび》に、念仏一篇《べん》づゝ申てくれ。是程の無心は、きいてくりや」と、胸にこたへる親仁が一言《ごん》。三郎兵衛さしうつむき、暫黙《しばらくもく》して居たりしが、やゝありて、「最早《もはや》ふつ〳〵酒を止て、一生胡麻餅《ごまもち》を給《(た)》べませふ。親の事はとも角もじやが、酒のむごとに、念仏もふせとは、[三]命をむしらるゝ様な物。そして死んでは、[四]無間《(むげん)》の熱燗《あつかん》、紅蓮《ぐれん》の冷酒《ひや》を呑げな。どちらもきつゐ嫌物《きらいもの》。念仏さへ御免あらば、急度《きつと》禁酒《きんしゆ》仕る」と、忽《たちまち》親父《おやぢ》が謀《はかりこと》に落て、一生下戸となり済《すま》し、[五]『酒説養生論《しゆせつようじやうろん》』を、朝夕熟読《じゆくどく》して、倍〳〵《ます〳〵》後悔《こうくわい》の眼《まなこ》に酒屋《さかや》を白眼《にらみ》ぬ。

一 当時の江戸市街は表通りに奥行五間の表長屋があり、その裏に細民のための裏長屋があるのが普通である（玉井哲雄『江戸 失なわれた都市空間を読む』）。
二 悪い方へころぶと。悪い方へ目がむくと。
三 三郎兵衛は日蓮宗信者ゆえ。日蓮門徒と浄土の念仏信者との対立は当時甚だ激しく、談義・説法の場での双方の悪口のつきあいは談義本類にもしばしば見られる（井上金峨・病間長語、など）。
四 無間地獄と紅蓮地獄。無間は八熱地獄、紅蓮は八寒地獄の一。「念仏無間」と称して、念仏を唱えると無間地獄におちるという悪口がある。
五 守部正稽著、七巻七冊。享保十四年（一七二九）刊。酒についての養生を説く。
六 諺。人は得意とする面で却って失敗することが多い。淮南子・原道訓「夫善游者溺、善騎者堕」。
七 身をほろぼす。
八 諺「すいが身をくう」。
九 自慢すること。
一〇 武士言葉。同姓、同族の意。
一一 新川辺の酒問屋で「道明」姓のものがあるか。但し嘉永（一八四八―五四）以降の「諸問屋名前帳」類には見えぬ。
一二 孟子・万章上「大孝終身慕父母」。

「四番めの息子殿。そなたは万事にきようで、人品《ひとがら》も兄弟一番。手跡達者《しゆせきたつしや》に算盤《そろばん》もよふおきやる。何もかも上手じやと、他人の称美《しやうび》が親父の気づかゐ。人に誉揚《ほめあげ》られて、自《じ》負《ふ》の心の、出《で》ぬ者はまれなり。[六]よく乗《の》る者は落《おち》、能《よく》およぐ者は溺《おぼ》るとて、あたまから不《ぶ》調法《てうほう》な者は[七]身をうつ事なく、賢《かしこ》い者が我《わが》ちゑで[八]身をくふ程に、必《かならず》諸芸に器用《きよう》なとて、[九]味噌とやらをあげめさるな。人中《ひとなか》で理窟《りくつ》いふと、必《かならず》にくまるゝ。第一御手前は、平日の口上がりつぱ過て、町人でおじやらぬ。おれが事をも、他人に対《たい》しては、[一〇]同名《どうめう》とおいやるが、あれも親仁《おやぢ》がどうして、こうしてと、いふてもらひたし。[一一]どうめうとは、酒問屋《さかどい》にまぎれる。人のきかぬ所では、とつさま、かゝさまが、真実《しんじつ》で聞よふござる。[一二]五十にして父母を慕《した》ふが、聖人《せいじん》じやと、書物にもあるではないか。すべて[一三]町人は、町人臭いがようおじやる。武士《ぶし》臭《くさい》は大疵《きつ》。お主《ぬし》は本好《ほんずき》じやが、商人の学問《がくもん》には、[一四]『史記《しき》』も『左伝《さでん》』も入もうさぬ。[一五]求林斎《きうりんさい》の『町人袋《ぶくろ》』、関氏の『冥加訓《めうがくん》』、藤井蘭斎《らんさい》の、『和漢為善録《わかんいぜんろく》』、『商人夜話草』、『家内用心記』抔《など》を、昼夜家業のひまに、読がよし。此たぐゐの[一六]仮名本《かな》、近年沢山あるげな。仮名《かな》じやとて、見こなさずに、よまれい。[一七]町人分上《ぶんじやう》に、けだかい事は入申さぬ。殊にそなたの様な、口才《こうざい》なわろは、わるふすりや、人の[一八]公事沙汰《くじざた》の腰押《こしおし》をしたり、[一九]目安作りの部類《ぶるい》に陥入《おち》リ、身をほろぼすぞや。是我《わが》才智《さいち》をほこるからなり。[二〇]世中《よのなか》の、人にはくずの松原と、いわるゝ身こそ心やすけれ。用らるゝが、禍《わざはひ》の端《はし》。お

五十而慕者、予於大舜見之矣」。
一三 艶道通鑑二「味噌はみそながら味噌くさきはわろく、侍は侍ながらさぶらひくさきはわろきごとく」のもじり。
一四 何れも中国の代表的歴史書で学者の必読書。史記は漢の司馬遷著、一三〇巻。左伝は春秋の注釈書で魯の左丘明著といわれる。三十巻。
一五 以下何れも正徳・享保期(一七一一―三六)の庶民教訓本類。「町人嚢」は長崎通事西川如見(享保九年没、七十七歳)著、七巻、享保四年京板。以下、豊後国岡藩医関一楽(享保十五年没、八十五歳)著、五巻、享保九年大坂板。久留米藩医で京に隠居した藤井懶斎(宝永六年、九十二歳没)著「大和為善録」、三巻四冊、元禄二年京板。京の町人かと思しき上河宗義著、三巻、享保十二年京板。仙台の寂照軒頓宮笑月著、三巻、享保十五年京板。享保の改革政治に呼応して、この類の教訓本が続出した。
一六 平がな交りの書物。婦女童蒙の為の教訓・娯楽の本。
一七 町人の分際。
一八 訴訟事件の手伝い。
一九 訴訟のための上申書作り、代書人の類。その訴訟に敗訴した時は、同罪とみなされる危険性がある。
二〇 撰集抄九ノ十四「南都覚英僧都の事」に引かれる歌。下の句は「よばるゝ名こそ嬉しかりけれ」とある。俳文の類に引かれることが多い。

そるべし慎《つゝし》むべし。能ある鷹《たか》は爪《つめ》を隠《かく》すじや。一生身を全《まつたう》してたもるが、おれへのいかゐ孝行。身をほろぼし家をうしなへば、たとへ今、雪中に[一]筍《たけのこ》掘出してたもつても、不孝の罪《つみ》はのがれぬ。[二]無《む》点《てん》の唐《とう》本が読《よ》めても、親に苦《く》をかけては[三]へちまの皮。扨《さて》両替《がへ》屋殿聞召され。そなたは別《べつ》して[四]耳《みゝ》たぶ厚《あつ》く、かくれもない分《ぶ》限者《げんしや》の恋聟《こいむこ》。家屋敷数十ヶ所。[五]長者二代なしといふに、三代目の家督《かとく》。前ゝより倍《ばい》しての繁昌《はんぜう》。町人の身持残る所なく、末頼母しいが、定《さだめ》て所ゝの屋敷の、[六]家守《やも》り衆《しゆ》あまたあるべし。爰《こゝ》に心得のある事。家守りを撰むに、[七]大《おほ》やう地代店賃《たなちん》、取立の事のみに気《き》を附《つけ》、口才利《こうざいり》発《はつ》の人を用ゆ。そりやわるひぞや。只律義《たゞりちぎ》一ぺんで、口上はあしくとも、[八]御法度《はつと》の旨《むね》を堅《かた》く守り、火の元以下、万事怠《おこたり》なく、店ゝを見廻り、其身のなりふりにかまわぬ人を用ゆべし。いかに地代店賃、取立がよいとても、[九]店衆《たなしゆ》に不埒な者を置ては、地主の難義。少ゝ不調《ぶてう》法《ほう》でも、律義にして、仁心のある者を家守りにめされ。第一心得べきは、家守りの住居も相応《おう》に、普《ふ》請等《しんとう》も気を付、見ぐるしからぬ様にして、給金も世間並より、宜敷《よろしく》あたへ召れ。さすれば地主を大切におもふ事、自然の道理。是も眼前の利に迷《まよ》ひ、小利をむさぼる心から、万《よろづ》不足なあてがひをすれば、おほくは地借り店がりに、[一〇]無尽《むじん》の、合力《かうりよく》の、と、むさぼらいでは[一一]過《すぎ》られず。地借り店がりも、是より家主《いへぬし》を軽《かろ》しめあなどる故、万事自堕落《じだらく》の基《もとい》となる。[一二]倉廩満《そうりんみち》て礼義《れいぎ》足《た》るで、とかく不足なから起《おこ》る無分別。くれる物は

一 「二十四孝」孟宗の故事。
二 送り仮名や返り点の無い白文の漢籍類。享保以来大流行の徂徠学派の主張の一つに、漢文を中国音で直読することの主張がある。
三 何の役にもたたぬこと。
四 金持になる相。
五 諺。金持の二代目が家をつぶす。
六 地主・家主にやとわれて、その借屋に住み、借地借屋人から地代・店賃を集め、また諸々の世話をする人。
七 大概。おおかた。
八 時々の法令。享保の改革で、法令の類も大いに整備された。
九 借地・借家人。
一〇 共済的な金融組織で、頼母子講と同じ。この場合、家守りが講元になって組織し、担保や利子をとる。下文の「合力」も同じ。文明本節用集に「憑母子 タノモシ〈…少銭を出して鬮を取り、多銭を取る。之を憑母子と謂ひ、又合力と云ふ〉」。
一一 生活が出来ない。
一二 管子・牧民「倉廩実則知二礼節一、衣食足則知二栄辱一」。

急度《(きつと)》くれて、人品《ひとがら》をばゑらぶべし。口聞《くちきゝ》じやの、埓《らち》[一三]あけじやのと、発明斗《はつめいばかり》に気を付ずと、慎《つゝしみ》ふかく、律気な者を家守りにすべし。家守りの内証[一四]不足なは、地主の欲心からじや。心得めされ。

扨御百姓殿、御聞なされ。そなたはおれが子ながら、親《おや》の恩は少《(すこし)》もないぞや。在所の孫作夫婦の恩を忘ず、年忌《ねんき》[一五]追善疎略《ついぜんそりやく》にしやるな。おれは阿房《あほう》な俗説《ぞくせつ》に迷《まよ》ひ、そなたに悲しひ暮しをさせた。四十二の二ッ子がいやなら、四十一で、子をもたぬがよい筈《はづ》。もとふもつまいは此方次第。かわいそふに、子の科《とが》のやうに、いやはや是はわれらが誤り。それはそうと、今では隠《(かくれ)》なき大百姓ときけば、是にも又用心《ようじん》のある事。昔《むかし》[一六]八幡殿、東夷《とうい》征伐《せいばつ》の折から、常陸《ひたち》の国にならびなき大百姓の家を、御旅館《りよくわん》となされしに、此百性の住居、棟《むね》門高く作りならべ、座敷の結構《けつこう》、都人の肝《きも》[一七]を店《たな》がへさせ、膳部《ぜんぶ》の様子は、こちと[一八]が大〻《だいぐ》[一九]に登《のぼつ》たより、まだよかつたげな。其外夜具《やぐ》抔《など》は、祭《まつり》の衣装《いしやう》のやうなを取出して、下部《げぶ》[二〇]の馬取迄に着《き》せ、それ斗ではない、武具馬具《ぶぐばぐ》以下、御入用次第、御用にたちましたと、道具《どうぐ》自《じ》慢《まん》。花麗《くわれい》を尽《つく》して御馳走申《(まうし)》、首尾よく御立なされたと、御[二一]跡ふきの酒盛《もり》最中《さいちう》、八幡殿の御下知にて、諸軍勢とつて返し、家内不レ残、鼠《ねづみ》迄打亡《うちほろぼ》し、末代迄、分《ぶん》限不《げんふ》相応《そうおう》の、奢《おごり》者の禁《いましめ》とし給ふ。なんと合点《がてん》めされたか。百性は百性でよふござる。いらぬ美麗《びれい》な、座敷《ざしき》の書院《しよいん》のと、御歴〻《れきぐ》の真似《まね》、冥加《めうが》がつきる。惣じて百姓は、農業《のふぎやう》の外、

一三 気がきいて、てきぱきしている事。
一四 手元不如意。暮らし向きの不自由。
一五 先祖代々の供養。
一六 八幡殿は源義家のこと。その東夷征伐は後三年の役。以下の話は志賀理斎の三省録(天保十四年刊)巻三にも、本書にある旨を明記して引かれ、理斎の考証に「常陸国諸巻」の下にあるというが、右の書は未詳。
一七 肝をつぶさせる。びっくりさせる。
一八 「こちとら」の略。一人称。
一九 太々講。伊勢講。伊勢神宮参拝を目的に掛け金を積み立てる講で、神宮へ出かけると太神楽を奉納するのでいう。極めて大人数の参拝となり、伊勢における饗応も、その膳部の豪華さでしられる。
二〇 下人の馬の口取り役。
二一 後ぶるまい。

江戸衆の花麗《くわれい》な真似《まね》をせず、中国西国の、百姓の身持《み》をまなび、民家《みんか》相応《さうおふ》に暮《くら》すが天理にかなふ。今時そちたちが身なりは、江戸の富有《ふゆう》な町人より、はるかに過たり。町人は三代と続《つゞ》くはまれなに、百姓の代ゝ続《つゞ》くは畢竟奢《ひつきやうおごり》をせぬからじや。そちが近所は江戸近くで、見やう見真似《みまね》に、手前《てまへ》よろしき百姓は、江戸の遊人《ゆうじん》のまねして、連誹茶香楊弓《れんばいちやかうようきう》[一]などの至《いた》り[二]芸《げい》。なま長い絹布《けんぷ》を着《き》て、田畑《でんばた》を引摺歩行《ひきずりあるき》、亦小《こ》百姓の息子《むすこ》は、江戸の鳶《とび》[三]の者、きほひ組《ぐみ》のいきかたを見習ひ、喧嘩《けんくわ》ずきしてはね廻り、律義如法《りちぎによほう》な者も、次第にあしくなるぞや。そちは名主役《なぬしやく》をもするげな。幸の事、余所《よそ》はともあれ、手前の支配《しはい》下は、古《こ》風《ふう》に万事律義《りちぎ》を基《もと》とし、公事《くじ》喧嘩《けんくわ》の出来ぬ様に、風俗をためなほしや。常《つね》に『百姓袋《ぶくろ》』[四]、『農業全書《のふぎやうぜんしよ》』[五]、『民家分量記《みんかぶんりやうき》』[六]などの、好書《よきしよ》を読《よみ》きかせて、淳厚《じゆんかう》の風《ふう》俗にみちびきめされ。縮緬《ちりめん》の頭巾《づきん》の、しころが、七[七]の図《づ》迄下《さが》る百姓は、身帯《しんだい》のさがるもまたあれほど。鬢《びん》[八]の毛《け》の上へあがる程、馬鹿《ばか》もあがるもの。慎《つゝしみ》めされ[九]。

飛脚《ひきやく》屋殿、そなた身持《みもち》にいゝぶんおりない[一〇]。したが大切な家業《かぎやう》、随分麁草《ずいぶんそさう》しめさるな。得意《とくい》が大方御屋敷[一一]の歴ゝ衆《れきくしゆ》。慮外《りよぐわい》せぬやうに、手代共にいゝ付や。武士方《ぶしかた》と町人の位、天地はるかに隔《へだゝ》る。御使《つかい》に来《く》る足軽《あしがる》中間《(ちうげん)》にも、急度手《きつとて》をついて、ゐんぎんに挨拶《あいさつ》めされ。万両持ても、町人は町人。奴《やつこ》でも武士《ぶし》の食喰《めしく》へば、馬鹿《ばか》にならぬ。うやまふが町人の道。

一　連歌、俳諧、茶道、香道、楊弓。当時の富有町人の遊芸。楊弓については一八五頁注四参照。
二　高級な遊芸。
三　火消人足。大名抱えと町抱えとがあり、威勢の良さを売り物にして半ば侠客じみた連中が多い。
四　西川如見著、五巻、享保十六年(一七三一)京板。
五　筑前藩士宮崎安貞著、十巻付録一巻、元禄十年(一六九七)京板。日本農業史に一時期を画した名著。
六　江戸の俳人常盤潭北著、五巻、享保十一年(一七二六)江戸刊。
七　灸点の一。脊椎骨の上部から七番目の部分。頭巾のしころを長くするのは当時の流行。
八　男の結髪様式で、鬢の毛を上へ巻きあげる巻鬢の風は、文金風と称して、宮古路豊後掾の考案といわれ、豊後節の流行と共に大流行した。
九　底本「れ」字を欠く。補入。
一〇　「ない」の意を強めて堅苦しく表現する言い方。
一一　身分のある武家。

只苦労《くろう》なは乙吉《おときち》が身の上。そちが髪《かみ》は何者がゆふたぞ。尤時代《ときよ》〳〵で、伽羅の油も付ねばならぬが、それも品《(しな)》がある。其巻鬢《まきびん》[一二]おいてくれ。[一三]小袖《こそで》の尺《たけ》がながひ。お婆ゝ《ばゞ》、あれ縫《ぬい》上《(あげ)》して着せめされ。江戸へ帰たら、木綿《もめん》物を着おれ。いらぬ町人の絹布《けんぷ》、冥加《めうが》が尽《つき》る。其大[一四]脇指《わきざし》は、[一五]居合抜《いあいぬき》の薬売《くすりうり》に払《はらふ》てやれ。町人の刃物《はもの》は、抜《ぬく》と手前の命がないぞ。合点せよ。『[一六]町人袋《ぶくろ》』に此事を能《よふ》書ておかれた。読《よん》でみよ。わが様《やう》な者が、わるふすりや銭湯《せんとう》で、立《たち》ながら湯をあびたり、風呂の入口に腰懸《こしかけ》て、[一七]垢《あか》かくものじや。たしなめよ。[一八]一ッまへに着る物着るな。[一九]前帯《まへおび》もするな。一ゝ言《いゝ》も尽《つく》されず。其ほかは兄共、打寄てどうぞ人にしてくれ。それがおれへの大孝行《かうく》。今宵《こよひ》の説法先是限《せつぼうまづこれぎり》。又秋の彼岸《ひがん》か、[二〇]十夜《(じふや)》におじや。説《とい》て聞せん。夜《よ》もふけつらん。皆休《やす》め。おばゞ茶一ッたもれ」と、火燵《こたつ》出れば、[二一]夜半《やはん》の鐘声《しやうせい》、客人《きやくじん》の耳《みゝ》にひゞきて、皆一同に夢をむすびぬ。

○惣七、安売の引札[二二]せし事

「憚《はゞかり》ながら以二口上書一申上候。時分柄冷気《じぶんがられいき》に趣《おもむき》候得共、益《ますく》御勇健《ごゆふけん》」と、裏店《うらだな》の駕《か》籠舁《ごかき》の家をも、撰嫌《ゑりき》らひなく、普《あまね》く配《くば》る呉服《ごふく》の安うり。大商人の智恵《ちゑ》は格別《かくべつ》にて、人の高下をえらばず、此引札《(ひきふだ)》年中絶間《たへま》なく、江戸中隅《すみ》からすみ迄、まきちらす紙ばかりも、

一二 やめてくれ。
一三 男女の絹物の晴れ着の称。小袖の裾をひきずるように長くするのは宝暦(一七五一―六四)頃からの流行。
一四 二尺前後をおおむね大脇差、一尺前後を小脇差。
一五 居合術を見世物にして薬を売る大道芸人。特に長刀を抜いて見せる。
一六 前出「町人嚢」巻二末尾に「せめて町人は短き脇指にて、大脇指をばやめたきものなり」。
一七 垢をこする。
一八 二枚以上の着物を重ね着する時に、前を一つに揃える着方。下にも上等の着物を着て、それをちらつかせるための伊達な着かたである。
一九 前に結んだ帯。遊女などの伊達風俗であるが、当時男伊達の風俗としても流行したものか。↓一五二―一五三頁本文。
二〇 浄土宗で陰暦十月六日から十五日までの十日間に行われる十夜念仏の法要。その間毎夜説法談義を行い十夜談義という。
二一 張継「楓橋夜泊」の詩句を引く。「夜半鐘声到二客船一」。
二二 談義本類における引札の趣向は、これ以前の「田舎荘子」や増穂残口の「死出の田分言」、「風俗遊仙窟」等の閻魔の壁書、立札といったものに端を発するが、本書以後しばしば用いられて流行する。

[一]須弥山《しゆみせん》をはり[二]貫《ぬき》にするとも易《やす》かるべし。夫《それ》のみならず、俄《にわか》ぶりの雨《あめ》の足《あし》より、いや増《まし》の[三]貸傘《かしからかさ》、弐千七百六拾ばんなどゝ、筆ぶとに見しらせし、[四]越後屋、[五]伊豆蔵《いづくら》の家名、大路《おほぢ》一ぱゐにはびこり、夕立の雲の上に、雷《かみなり》も肝《きも》を潰《つぶ》され、稲光《いなびかり》の目をおどろかし、手前の臍《へそ》を隠《かく》さるゝとぞ。去程《さるほど》に端ゝ《はしぐ》の小商人《こあきんど》も、繁昌《はんじやう》をうらやみ、面ゝに、[六]掛直《かけね》なし安うりの引札。[七]月水《ぐわつすい》流しの女医者《いしや》さへ、[八]油断《ゆだん》なき世中《よのなか》に、年中[九]髪置《かみおき》、襠着《はかまぎ》、宮参りと、足手《あして》をはこび、[一〇]御初尾《はつほ》を捧《さゝ》げ、頼み奉る甲斐《かい》もなく、[一一]生土神殿《うぶすなどの》の御油断《ゆだん》。さりとは御商売を疎略《そりやく》になされ、過《すぎ》し歳《とし》は、[一二]疱瘡《ほうさう》の世《よ》次甚悪《なみはなはだあ》敷《しく》、秘蔵子《ひぞうご》に別れて歎《なげ》く、親／＼の泪《なみだ》の雨に、隅田《すみだ》川の水かさ増り、[一三]浅草の舟渡しも、去年《きよねん》より弐文と直《ね》を仕上《しあげ》て、子を持ぬ[一四]棒手《ぼて》振《ふり》も、共《とも》に歎《なげ》きとなりける。かゝりしかば[一五]寺町通りは、葬礼《さうれい》の[一六]布引《ぬのひき》。適《あつぱれ》此節と、独《ひと》り点頭《うなづ》く、[一七]白輿《しらこし》屋の惣七とて、猿智《さるち》恵《ゑ》な男。商売物の[一八]色品《いろしな》、[一九]損料借《そんれうがし》の直《ね》段《だん》付して、引札のおもひ付《つき》。配《くばりて》人の才覚《さいかく》して見れど、[二〇]人木石《ぼくせき》にあらねば、[二一]傜《やと》わるゝ者もなし。是非《ぜひ》におよばず、売物の葬礼編笠《さうれいあみがさ》、引ちぎつて猪首《ゐくび》に着《き》、心祝《こゝろいわひ》の立酒《たちざけ》、茶碗であをり、我商売《わがしやうばい》の首途《かどいで》よしと、[二二]尻《しり》つまげして、江戸中端《はし》ゝ裏《うら》ゝ迄、引札投込《なげこみ》て通るを、いかなる安売ぞと、諸人是を見れば、其文《ぶん》に曰《いわ》く、

[二三]乍㆓慮外《りよぐわいながら》㆒口上書を以申上候。先以《まづもつて》私店《わたくしたな》、[二四]念仏講《こう》、題目《だいもく》講御世話役《せわやき》様方、御贔負《ひいき》に寄《より》、段ゝ御用被㆓仰付㆒、追㆑日繁昌仕、有がたき仕合奉㆑存候。随而《したがつて》[二五]当年は子共《こども》

一 仏語。仏教世界の中心にそびえる第一の高山。その高さ八万四千由旬、頂上に帝釈天の居城がある。
二 はりこ。
三 いわゆる「番傘」。大きな呉服店などで客に貸し出すために用意された傘で、番号を書いてあるもの。
四 江戸駿河町の呉服屋三井八郎右衛門店。延宝元年(一六七三)開店。現在の三越の前身で、その発展ぶりは西鶴の日本永代蔵にも記されて有名。
五 越後屋と並称される呉服屋で本町四丁目。　六 現金掛値なしの販売法は越後屋呉服店に始まり、以後呉服屋の商売の合言葉ともなった。
七 堕胎専門の婦人科の医者。
八 堕胎による母体の生死に油断なく注意すること。
九 子供の生育に関する年中行事。髪置は三歳の十一月十五日から髪を伸ばす儀式。袴着は三歳から七歳までの間の吉日に初めて袴を着け、宮参りは初めて産土の神社に参る儀式。
一〇 御賽銭。　一一 その土地の守護神として、住民の安全を守る神。
一二 「近世痘科年表」によれば、延享三年(一七四六)および寛延元年(一七四八)に痘瘡流行。
一三 宝暦(一七五一―六四)当時の隅田川の渡し場は、両国橋と千住大橋の間には御厩河岸と、やや上手の竹町の渡しと更に上流の橋場の三か所しかなかった。渡し賃は延享四年(一七四七)に二文とする高札がある(『台東叢書 道

向《むき》之棺桶《くわんおけ》、世上一統《とう》売切《きれ》申候故、此頃直段《（ねだん）》殊之外高直《（かうぢき）》に罷成《（まかりなり）》、御難義に及候由承り候。其上、二六下地払底《ふってい》に付、俄《にわか》に仕立《したて》候間、急なる間《ま》に合不レ申、第一細工《さいく》麁末《そまつ》に致し候故、御寺迄の二七路次《ろし》の間も、心許《こゝろもと》なく存候。私《わたくし》義《ぎ》者《は》、去冬より二八運気《うんき》を考《かんが》へ、沢山《たくさん》に仕入《しいれ》、随分丈夫《ずいぶんじやうぶ》に致置候間、何程成共、御用次第被二仰付一可レ被レ下候。直段《ねだん》付《つけ》仕可レ懸二御目一候得共、色品《いろしな》多《（おほく）》御座候故不レ及二其儀一候。御気に入不レ申候はゞ、幾度《いくたび》も取替差上可レ申候。

一　御弔《とふらい》之節、御着用《ちやくよう》之二九水色麻上下《みづいろあさがみしも》幷御編笠之義、是は御屋敷様方におゐて、一切《せつ》御用無レ之候故、世上にてもさのみ高直《じき》には無二御座一候得共、畢竟《ひつきやう》御調被レ為レ置《とゝのへおかせられ》、御嗜《たしなみ》之道具にも不二罷成一候間、私方には損料貸《そんれうがし》に仕候。御入用之節被二仰付一可レ被レ下候。

一　三〇自然《しぜん》御親《しん》類方無レ之、三一女中御乗《のり》物無二御座一候て、三二気の毒に被二思召一候はゞ、早速《さつそく》可レ被二仰聞一《（おほせきけらるべく）》候。忽《（たちまち）》何程なり共、御望次第乗物相ならべ、三三随分達者《ずいぶんたつしや》に泣《なき》候女斗《（ばかり）》差出し可レ申候。尤《（もつとも）》乗物に付候下女も、御望次第白小袖又は無地物、御好次第相添《そへ》差上申候。且又御寺にて御引導前《いんどうまへ》、三四鐃鉢鳴《にようはちなり》次第、拍子能同音《ひやうしよくどうおん》に泣出《なきいだし》申候様に、兼て稽古《けいこ》為レ致置《（いたさせおき）》候得共、万一其節泣《なき》不レ申、拍子《ひやうし》ぬけ致候はゞ賃銀《ちんぎん》請取申間敷候。

一　御手前御親類様方に不レ依《よらず》、女中方御供之白小袖、幷《（ならびに）》帯、三五綿帽子《わたぼうし》、且又夏物等《なつものとう》、

路橋梁考』）。　一四 行商人。
一五 江戸市中の寺町と俗称する所は、浅草寺町、牛込寺町、深川寺町など、何れも実際に寺院の並んでいる町通りというほどの意味で用いられる。
一六 絶え間のないこと。
一七 棺桶屋。　一八 色々品々。
一九 賃貸。
二〇「岩木ならねば」とも。感情のある動物なのでの意。
二一「徭」は本来は公用の夫役をいうが、ここは単に雇われ者の意。
二二 尻ばしょり。　二三 失礼ながら。
二四「念仏講」は浄土宗、「題目講」は日蓮宗の信者のあつまり。
二五 前文にある通り疱瘡による小児の死亡が多かったため。
二六 棺桶を作るための材木。
二七 道中。途中。　二八 運勢。
二九 当時、町方の葬列に専ら用いる。
三〇 万が一。ひょっとして。
三一「乗物」は上等な駕籠の通称で、武士、僧侶、医者の他、町人では婦人の他は特別に許された老人など以外には禁止されていた。
三二 自分の心痛の種となるもの。当惑。
三三 葬列の泣き女が、当時習俗として残っていたか否かは不明。ここは皮肉の意で書いたものか。
三四 寺で用いる打楽器の一。大きな銅製のもの。鐃鈸。
三五 真綿を広げて髪の上に置き、帽子の代りにする。主に老女が用いる。

近ゝ損料貸《そんれうがし》に仕候。但し御家がらにて御供の女中迄殊外《(ことのほか)》落涙《らくるい》に被レ及候故、万一白小袖にしみ、きわ[一]附出来致候はゞ、御返しの節、しみの大小に依り御心附《づけ》可レ被レ下候。是は御人遣宜《ひとづかいよろ》しき御家に、間ゝ《まゝ》在レ之事に御座候故、為レ念申上候。

一　町方《(まちかた)》御弔《とふらい》近年仰山《ぎやうさん》に罷成、只今にては御先供《さきども》[二]無レ之候ては、格別淋《かくべつさみ》しく相見え候。万一御馴染《なじみ》のかた無レ之、御先供も御心当《あて》無二御座一候はゞ、何時《(なんどき)》も拙者方《せつしやかた》え可レ被二仰付一候。何十人も御望次第指出し可レ申候。尤御寺の遠近《ゑんきん》に従《したが》ひ、直段有増《あらまし》別紙に積《つも》[三]り置候。万一雨天に御座候はゞ、賃銀定《ちんぎんさだめ》之外、少ゝ相増《まし》申請候。勿論先供《さきども》之[四]鼻えは寺ゝ道筋案内功者《すじあんないこうしや》に、随分馬鹿《ば》らしき、鉄面皮《あつかわ》なる男をすぐり、耳《みゝ》に珠数《じゆず》を掛させ、自慢臭《じまんくさ》き顔《かほ》にて、歩行《あるき》候やうに可二申付一候。但し饅頭赤飯《まんぢうせきはん》被レ下候節は、何程も其者[五]働《はたらき》次第に被レ遊、御見のがし可レ被レ下候。

一　町中新道[六]裏店《うらだな》之御衆中、念仏題目《だいもく》の御講《こう》も無二御座一候て、御送葬淋《さうそうさび》しく、気ノ毒に思召候はゞ、是亦被二仰付一べく候。早速究竟《くつきやう》の若手《わかて》に、各《(おのおの)》肩《かた》に掛《かけ》候羽織《はおり》、腰にはさみ候足袋《たび》、[七]きせる、半紙《はんし》の四折迄《よつおりまで》念入《(ねんいれ)》、御施《せ》主方《しゆがた》（俗ニ葬主《そう》ヲ施主ト云）にかまわず、飛《とぶ》がごとく[八]欠《かけ》させ、道すがらも、[九]往還《わうくわん》の女中にわる口《くち》いはせ、御寺へ参り付候はゞ、よい／＼と、手を拍《うち》、則《すなはち》煙草《たばこ》に致させ可レ申候。亦は品により、[一〇]道心者《じや》差添《そへ》、念仏題《だい》目同音に唱《とな》へさせ可レ申候。是又御人がら御相応《おう》に、随分申付可二差上一候。

一　着物などにはっきりとついた汚れ。
二　行列の先に立って歩く供人。
三　見積り。
四　先頭。
五　それぞれ各人の所得とすること。
六　町家の間の細い小路。江戸の下町にはこうした小路が多く、それぞれに俚俗の名がつけられる。
七　底本「てせる」。誤刻と見て「き」に改める。
八　「駆け」と同意。
九　通りすがりの婦人。
一〇　仏道の心得のある人。

一　近比《(ちかごろ)》町方の習《ならひ》にて、御病人いまだ御息《いき》有レ之うちより、御近所《きんじよ》の方〻、御心付られ、門《かど》の戸をさし、簾《すだれ》を御懸被レ成候得共、御取込の節、御心遣《づかい》に御座候儘《まゝ》、拙者《せつしや》方へ御人被レ下次第、早速青き簾《すだれ》に忌中と申二字《じ》、寺沢流《てらざわりう》[一一]の能書《のうじよ》にて、認《したゝ》め、板行《はんかう》[一二]に致置、何時も早速《さつそく》の御間に合《(あひ)》申様に仕、損料《そんりやう》之義は、御忌《き》中の日限次第、少〻之賃銀にて借し出し候。甚御手廻《まは》し宜《よろしく》候間可レ被二仰付一候。

一　御寺にて帳附役人、是も葬礼《そうれい》の故実《こじつ》、能《(よく)》存知の浪人抱《かゝへ》置候。微塵《みぢん》も筆法に活《いき》た[一三]る字《じ》なく、随分死字《ずいぶんしにじ》に書申者を差上候間、可レ被二仰付一候。右之外葬送《そう〳〵》一件《いちまき》、卒都婆《そとば》[一四]、経帷子《きやうかたびら》[一五]地、流灌頂《ながれくわんでう》[一六]、樒《しきみ》[一七]、茶碗《ちやわん》、七本仏[一八]等《とう》、世上より格別下《かくべつげ》直《じき》に差上申候。別而《(べつして)》卒都婆《そとば》之《の》義は、始終《しじう》[一九]御寺の垣《かき》に罷成申物故、大風之節、折レ不レ申候様に節《ふし》なしの上〻の木にて、手厚《てあつ》く致置候得ば、心なき御寺方には御悦喜の御事に候間、被二仰付一可レ被レ下候。且又六道銭《せん》[二〇]、紙にて拵へ置候。御用之節御調可レ被レ下候。卯四月より売出し申候。已上。

[二一]四軒寺町角ヨリ四軒目。暖簾《のふれん》御目印 ㊉死

[二二]早布《はやぬの》にて白地に如レ此《(かくのごとく)》仕候間、御見知置《(おみしりおき)》可レ被レ下候。世上に類見世《(るいみせ)》多く有レ之候間、[二三]自然《(しぜん)》御使にて御取寄被レ遊候節は、何時《(なんどき)》も、死字《しのじ》末期《まつご》屋、惣七と御尋可レ被レ下候。

と読《よみ》もおはらず、愚痴《ぐち》な人は、「あらいま〱しや、けがらはしや」と、晩《ばん》に死《し》ぬも知

一一 江戸における御家流の書道の一派。寺沢政辰(元文六年没、七十一歳)を流祖とする。公文書は御家流で記すものと定められ、寺子屋で教えられる書法は概ねこれである。
一二 木版印刷。
一三 生きいきした所のない字を「死字」と称して、書道では堅くいましめる。
一四 細長い板の上部を塔の形に刻み、表に梵字や経文や戒名などを記して墓の周りに立てる。
一五 仏式の葬礼に、死人に着せる衣。白地で念仏や題目・経文などを書く。
一六 一般に水死人や難産の女性の供養を言い、卒都婆を流れの中に立てたりする。
一七 木蓮科の植物で、仏事に霊前に捧げるのに常用される。
一八 阿弥陀仏を中心に六如来の名を記した塔婆。
一九 結局は。やがては。
二〇 棺の中に入れる六文の銭。三途川の渡し賃といわれる。
二一 江戸駒込団子坂上。但し、この部分はすべて「死」の語路合せ。
二二 葬礼に用いる布。
二三 もしも。

れぬ身の、物忌《ものいまひ》こそおかしけれ。亦「[一]いかゐたはけ」と、引札できせるふいて仕廻《しま》ふもあり。又[二]一格《かく》其上を行く人は、「是は近比重法《(ちようはふ)》な物。年久しき田虫の薬などの、さして人ゝ入用になき引札とは違ひ、貴《たつと》きもいやしきも、今にも入べきは此品ゝ」と、しわを伸《のば》して壁《かべ》に張附《はりつけ》、入用の時節を待も有り。[三]無常変易《むじやうへんゑき》の娑婆世界《しやばせかい》なれば、是も亦至極尤《(もつとも)》。又ゝ其上をいき過たる人ありて、「是は中〱[四]通途《つうづ》の人の所為《しよい》にはあらず。近年町人の葬送《そうさう》、甚《はなはだ》分限不相応《ぶんげんふそうおう》の儀式《ぎしき》。高位貴人の御葬送《そうく》にも増りたる行粧《ぎやうさう》を、余所《よそ》ながら、諷《ふう》諫《かん》の心より、かくははかりしならん。実《げに》も此廿年来、以《(もつて)》の外の奢《おご》り。家作等《かさくとう》はいふもさら也、衣類已下万《(よろづ)》花美《くわび》を尽《つく》す。中にも別して目に立て、分《(ぶん)》を越《こゑ》たるは、葬送《そうく》の行列《ぎやうれつ》。先供《さきども》数十人、是まづ第一の[五]僭上《せんしやう》。常は[六]草履《ぞうり》取はさみ箱が、町人の[七]天といふ格《かく》。其以下は、皆一僕《ぼく》つるゝか、大かたは無僕《むぼく》の身。武家方では、千石以上より、御先供《さきども》は連《つれ》させらるゝ由《よし》。いやしき町人風情《ふぜい》が死《しん》だとて、先供《さきども》の麻上下《あさ(がみしも)》、やゝもすれば弐町も続《つゞ》く程、二行に列《つらなり》たる、見る目も恥《はづ》かしからぬかは。歴《れき》ゝの御通《とほ》りにも、いさゝか憚《はゞか》る色《いろ》もなく、いかめしき顔《つら》して通《とほ》れ共、さすがは町人《てうにん》の浅間《あさま》しさ。夏《なつ》は[八]戻子《もじ》肩衣《かたぎぬ》を礼服《れいふく》と心得、麻上下に立交《たちまじは》り、冬亦裏附《うらつけ》の肩衣袴《かたぎぬはかま》を、我こそ時節《じせつ》の衣服《いふく》もちしと、鼻《はな》の辺《ほと》りに顕《あら》はしたる男も、沢山《たくさん》に見ゆ。されば此五六年以前にや、江都《ゑど》に隠《かく》れなき博徒《ばくちうち》の死したる、葬送《そうく》の行列《ぎやうれつ》。[九]万戸侯《ばんとこう》の葬《そう》とても、是にはいかでと驚《おどろ》かぬ人もなかりき。其翌日《よくじつ》は、[一〇]両替《がへ》町の

一　とんでもない阿呆もの。
二　一段。
三　仏語。常にうつろい易いこと。
四　普通の。なみの。
五　奢り。たかぶり。
六　草履取りの下僕と、はさみ箱持ちの御供。
七　極上。第一番。
八　麻糸を捩って粗く織った布で作った肩衣。
九　一万軒の住民を抱えるような大大名。
一〇　江戸日本橋北、現在の本石町二丁目付近。金座を初め、江戸の代表的な町人の住居が多い。

何某《なにがし》。日本に隠《かくれ》もない分限者《ぶげんしや》。一一浅草誓願寺《せいぐわんじ》へ葬送《そうさう》と、聞《きく》程の者、昨日《きのふ》の通者《とほりもの》、一二江戸にて博奕《ばくゑき》するもの〻別号也の葬《さう》送だにあの通り。今日は嘸《さぞ》かしと、朝から待《まち》し見物。あんに相《さう》違《ゐ》して、亡者《もうじや》の乗物《のりもの》一挺《てう》。輿添《こしぞへ》の手代巳下、上下漸《やう〳〵》卅人の内そと。女中の供は壱人もなく、勿論水色《もちろんみづいろ》上下、編《あみ》笠などは、怪《け》我《が》にもなかりき。是を見る人、始《はじめ》て本心の誠《まこと》を顕《あら》はし、さては花麗《くわれい》は、一三好《よき》人のせぬ事と悟《さと》りぬ。金銀の有《ある》にまかせ分外《ぶんぐわい》の奢《おごり》をなして、刑罰《けいばつ》に逢《あい》たるもの、かぞへも尽《つく》し難《がた》し。一四博多《はかた》小左衛門、一五石川六兵衛等《ら》が類《たぐい》。中にも石川

一一 浄土宗江戸四か寺の一。現台東区西浅草二丁目。

一二 博徒の親分のような名の通った人の意。後の「通人」の語源ともなる。

一三 身分や人柄の良い人。

一四 博多の豪商伊藤小左衛門。寛文七年(一六六七)、密貿易により長崎で刑死。四人の男子をはじめ手代一族も処刑され、長崎ではその愛妓が跡追い自殺を図り、それを種に近松の「博多小女郎波枕」(享保三年初演)がうまれた。

一五 江戸小舟町住の御用商人。延宝八年(一六八〇)五月その妻女が京の那波屋の妻と衣裳競べするなどの驕奢をとがめられて、財産没収、追放の刑にあう。

挿絵 引札配りの風体。正面の家は畳屋らしく「たゝみ表いろ〳〵」の文字が見える。一三二頁一二行目辺の描写に対応。

六兵衛が、御咎《とがめ》の御条目に、[一]浅草山《(やま)》の宿《(しゆく)》に、家屋敷有レ之を、下屋敷と唱《とな》へし事、随一の御咎也とぞ、古き人の申《(まうし)》侍りし。いかさま御歴〻様がたも、至極の重き御役人とならせられてぞ、格別に御下屋敷とて、御拝領《はいれう》ある事とぞ。今時、なり上りの[二]出来分限《ぶげん》が、訳《わけ》を知らで、下屋しきよばゝり、僭上《せんしやう》とやいわん、愚昧《ぐまい》とやいふべき。家作《かさく》にも町人のせまじき品〳〵有レ之由、知れる人に尋ぬべし。御咎《とがめ》にも逢《あわ》ずして、一生を過したるは、幸にしてまぬかれたる也。さらに本意《ほい》にはあらじかし。葬送の日に至りて、水色の上下を仕立させんより、出入の貧者《ひんじや》に其銀を施《ほどこ》し、己は出入屋敷の、[三]拝領上下にてさへなくば、何にても[四]有合《(ありあひ)》を着し、姿形《かたち》は此節見ぐるしく共、哀情《あいじやう》一片《べん》にてあらまほし。親に別《わか》れたる折《おり》など、たとへ[五]袴腰《はかまごし》がゆがもふとも、人の嘲《あざけ》りをかへり見るも、時により品にこそよるべき。かゝる節《せつ》に、威儀《いぎ》めきたるは、心中に別離《べつり》の哀情薄《あいじやううす》しとこそ見ゆれ、誰《たれ》ほむる者も有べからず。葬礼《そうれい》の節、寺にて焼香《せうかう》するに、僧《そう》に向て礼をして後、[六]拈香《ねんかう》する人あり。是は[七]諸礼方《れいかた》に曾《(かつ)》てなき事とぞ、[八]『諸礼筆記』といふ書に、先哲《せんてつ》の教置《おしへおか》れし。いかさまにも、此節は進退《しんたい》の礼《れい》、とゝのひたるより、目は泣《なき》はらし、涕《みづばな》打たらしたる有さま、見る目も哀に、実《げに》さもこそと、殊勝《しゆしやう》に見ゆる物から、[九]様子めかしく親の棺《くわん》の跡《あと》に立ながら、腰《こし》なでさすり、身ぶりつくらふは、見てにくまざるはなし。すべて実義《じつぎ》はすくなく、人見せ一ぺんにする事、此ころのはやり物にや。[一〇]茶筌髪《ちやせんがみ》、水色の上下は、芝居《しばい》

一 現台東区花川戸一・二丁目、雷門と隅田川の間の一帯。
二 俄か成金。
三 出入を許された武家から頂戴した家紋入りの上下。葬礼にそれを用いるのは不敬である。
四 ありあわせ。
五 袴の背の腰に当る所にある板状の部分。着崩れるとゆがんでくる。
六 焼香。香をつまんで焼くこと。
七 諸々の礼儀作法。
八 林立斎著、四巻、宝永三年(一七〇六)序刊。
九 様子をつくって。
一〇 髪を頭の中央にまとめて元結でしばり、毛先を茶筅のようにたらした髪型。本来は京坂の富人の後家の髪風という。

で腹切《はらきる》時のまね。脇差の柄《つか》を紙で巻《まく》は、[一一]勘略《かんりやく》かも知らず、凡《(およそ)》武家方になき礼義を、町人の知る筈もなし。然《しか》るに色ゝ様ゝの法をたて、我人《(われひと)》取込て心せわしき折から、出入の[一二]日傜取《(ひ)よう(とり)》や裏店《うらだな》の嚊衆《かゝしゆ》が、我も〳〵と面ゝの働を見せたがり、いまだ[一三]片息《かたいき》で居る病人の[一四]足を折《(をり)》、膝《ひざ》を屈《かゞ》め、いそがぬ事を、口かしましくさわぎ、葬送《そうさう》にはいた、わら草履《り》の鼻《はな》緒《を》をきつて、ごみ溜《ため》へ捨《すつ》るたぐいの事、兎角礼《とかくれい》ならば、武家方にも、有べきに、左《(さ)》もなきにて得心《とくしん》すべし。かゝる非礼《ひれい》をせんよりも、哀情《あいじやう》こそ薄《うす》くとも、せめて草履《ざうり》の緒《お》は剪《き》らずに、門《(かど)》にならべ置て、[一五]鉢開《はちひらき》の婆《ばゞ》に拾《ひろ》はせよかし。凡此類《(このたぐひ)》の[一六]僻事《ひがこと》、諷諫《ふうかん》せんとて、板木《はんぎ》の[一七]つゐへをいとはず、安売の引札にていけん、どうもいへず」と、感心《かんしん》する人もあり。其頃は此《(この)》引札の評判、[一八]いづくもおなじ秋のゆふ暮。たばこ盆のわきにひろげて、取ゝ《とりぐ》のうはさなりける。

当世下手談義巻二終

一一 倹約。
一二 あちこちの商家などに一日ぎめに雇われて働く者。
一三 虫の息。
一四 棺桶に入れる用意。
一五 物乞いして歩く乞食婆。
一六 間違い。
一七 費用。経費。
一八 「寂しさに宿を立ち出でてながむればいづくも同じ秋の夕暮」(後拾遺集・秋上・良暹法師)。「夕」に「言う」をかける。

当世《いまやう》下手《へた》談義《だんぎ》巻三

洛陽沙弥
静観房好阿述

○[一]娯《ご》足斎園茗《さいゑんめい》、小《を》栗《ぐり》の亡魂《ばうこん》に出逢《であ》ふ事

日本橋の東雲《しのゝめ》に、踏《ふみ》出した一歩《ぽ》を、千里の始として、[二]西国順礼《さいこくじゆんれい》、[三]四国遍路《しこくへんろ》、それから先《さき》は往着《ゆきつき》次第。[四]吐人《しかりて》さへなくば、天竺《ぢく》迄も行気《ゆくき》な[五]風来人《ふうらいじん》、娯足斎園茗《ごそくさいゑんめい》とて、[六]人にそげたるゑせ者。[七]手の奴《やつこ》は兎《と》もかくもあれ、無筆なればやたて[八]壱本だに、もたず。まして[九]旅硯《たびすゞり》の厄害《やつかい》もなければ、心やすし。足の乗《のり》物は、随分堅固《けんご》に生れたる[一〇]膝栗毛《ひざくりげ》。少疲《ちとつか》れたりと思へば、幾度も[一一]拾弐文宛《（づつ）》、茶碗《ちやわん》で仕《し》懸ると、一鞭《ひとむち》に[一二]檀渓《だんけい》をも越《こゆ》べきいきほひ。天性脚《てんせいすね》の達者《たつしや》な一徳。[一三]藤沢の駅《ゑき》に至れど、いまだ日も高し。迚《とて》も今宵《こよひ》は、此宿に泊《とま》る合点《がてん》なれば、此辺の寺院、かなた此方《こなた》と経廻《へめぐ》り、名主殿の灰小屋《はいごや》迄のぞき、漸《（やうやう）》日も傾《かたぶ》くころ、[一四]清浄《しやう〱》光寺《くはうじ》の門に入て、まづ本尊をぬかづき、抑《そも〱》当寺は、開山[一五]一遍《べん》上人より、代ゝ諸国を遊行し給ふときけば、まづ我等ごときの旅《たび》ずきは、別してあやかり物と有難く、外より一

一 無事を祝う意の「御息災延命」をもじる。
二 西国三十三か所の観音霊場の巡礼。
三 四国八十八か所の弘法大師霊場の巡礼。何れも当時代表的な巡礼遍路である。
四 当時鎖国。
五 風来坊。どこからともなくやって来て、またどこかへ去る人。
六 一風変った人。そげもの。
七 「手の奴、足の乗物」。自分の手を奴として使い、自分の足を乗物として用いる。何でも自分のことは自分でせねばならぬ、気楽だがくたびれる境涯をいう。
八 携帯用の筆と墨を入れる道具。
九 旅行携帯用の小さな硯。
一〇 自分の足を馬にたとえた表現。
一一 当時、酒一杯の値段。→一二六頁。
一二 中国湖北省襄陽の西南にある川の名。後漢末、劉備が的盧馬という名馬に乗って渡ったという三国志の

際《きわ》念入てじゆずを、すりきる程におがみ、あたりを見れば、眼《(まな)》ざしたゞならぬ小《こ》僧壱人、[一六]あか棚《だな》の掃除《そうじ》して居たるを、近付寄《(ちかづきより)》て子細《しさい》らしく、「[一七]是は一所不住《しよふぢう》の沙門《しやもん》にて候。御覧のごとく日も暮に及《(およひ)》候程に、今宵は此御堂の内に、一夜を明させ給はりさふらへ」と、僧ワキの能掛《のうがゝ》りでやつて見るに、此小僧目利《めきゝ》の通り、[一八]甘《あま》い酢《す》でいかぬ奴《やつ》。ふりむいて見もせずに、「そなた衆には、宿《しゆく》の内でも、よい宿《やど》には泊《とめ》ぬ程に、[一九]宿迦《しゆくはずれ》の[二〇]雲《くも》助宿《やど》へ、日の暮ぬさきに、一足もはやく御出候へ」と、諷《うたい》で反答《へんとう》。是ではゆかじと手を合せて、「是じや〳〵、どうぞ頼奉る」と、べつたりとやつて見れば、「はて扨愚痴《ぐち》な人哉。此寺にとめる事は、ならぬ〳〵」と[二一]天鼓《こ》がつゞみ。打《うつ》てもはたいても、此《(こ)》やついかぬに極《きわ》まつたりと、思ひ切て、[二二]首尾《しゆび》わるふ、本堂《ほんどう》を下り、さのみ真実《しんじつ》ではなけれど、小栗殿《おぐりどの》の墓所《むしよ》へ立寄、[二三]十人の殿原《とのばら》が、搔餅《かきもち》の黴《かび》たやうな、石塔《せきとう》へも銘ゝ《めい〳〵》に回向して、いか様《(さま)》酒はようない物に、極まつたは。[二四]池《いけ》の荘司《しやうじ》とやらを始、どれ〳〵も、一盃《ぱい》づゝなる[二五]口故《ゆへ》に、毒酒《どくしゆ》やら、[二六]直《なほ》し酒やら、江戸の辻売《つじうり》の[二七]小《こ》半《はん》八文でも、只《たゞ》は通さぬ心から、此ざまになられぬ。是を見るに付てもと、おもふ内から、最前宿《さいぜんしゆく》の入口で呑《のん》だは、此辺に珍らしき上物なりしが、今《いま》は早醒切《はやさめきり》て、どこやらうそ淋《さび》しくなりしも、能ゝ《(よくよく)》の因果病《いんぐわやまひ》。いざさらば門前で、又一盃と表を見れば、南無三宝、惣門はやひしと閉《とぢ》て、出入なき体《(てい)》。

実ゝ《げに〳〵》[二八]六郷《がう》の渡しにて、聞しにたがわず、此辺小《こ》盗人の徘徊《はいくわい》を怖《おぢ》て、片明《かたあか》るいに稠《きび》しい

名場面がある。
一三 東海道の宿駅。時宗総本山遊行寺のある所。
一四 遊行寺。正中元年(一三二四)一遍の孫弟子遊行四代呑海の創建。
一五 鎌倉中期の僧。伊予の人、河野氏、法名智真。俗に遊行上人という。六十万人の勧化を志して諸国を遊行し、正応二年(一二八九)、五十一歳で没する。没後その法派を嗣ぐ代々を他阿弥陀仏と称する。
一六 仏に供える水桶などを置く棚。
一七 謡曲「鉢木」、ワキ北条時頼の名のり。
一八 一筋縄ではいかぬ。
一九 宿場のはずれ。「迦」に町はずれの意はない。「辺」か「迴」等の誤刻か。
二〇 安宿。木賃宿などの意か。
二一 謡曲「天鼓」。後漢の頃の人天鼓は天から与えられた鼓の名人として聞こえたので、時の帝がその鼓を召し上げたが、少しも鳴らなかった。
二二 すごすごと。
二三 説経節「小栗判官」に、小栗主従十一人は横山の悪計にかかり毒酒をのまされて殺される。
二四 小栗の重臣。
二五 いける口。
二六 加工し直した酒。酢になりかけた酒を加工して呑めるようにした酒。
二七 こなから。二合半。二合半八文は町中をふれ売りに廻る甘酒のこと。
二八 多摩川下流。東海道筋の渡し。

用心。立込《たてこめ》られしは天の賜《たまもの》。いよ〳〵爰《(ここ)》に一宿《しゆく》して、旅籠《はたご》賃《ちん》をかばふ算用《さんよう》。究竟《くつきやう》の旅宿《りよしゆく》と、独《ひと》り笑《わらい》して、そろりと堂の片隅《かたすみ》へ忍寄り、臂《ひぢ》を枕にとろ〳〵する処に、跫《あしおと》もせず忍び寄るは、くせ者ござんなれと、起上《おきあが》らんとするを、「やはり〳〵、ひらに其儘御座れ。ちと緩《ゆる》ゝと[一]御意《(ぎよい)》得ねば、ならぬ訳《わけ》ありて来れば、隔心《きやくしん》がましく仕《し》給ふな」との、挨拶《あいさつ》を幸に、「旅疲《たびづかれ》の野僧《やそう》、御免《ごめん》〳〵」と摺燧《すりひうち》取出し、一服《ぷく》ゆらしながら、「扨《(さて)》愚僧に御用の品は如何《(いかに)》」と問へば、「いや別《べつ》の義にてもなし。先某《それがし》が名をなのらねば訳が知れず。必驚《おどろ》き給ふな。微塵《みぢん》もこわい事のない客人《きやくじん》。心静《しづか》に、とつくと聞てたも。我こそ只今御回《ゑ》向《かう》に預りし、小栗の判官が幽霊《ゆうれい》と、いへば云様《いふやう》なもの。さりとはこはがり給ふな。我もいにしへは、[二]揚《あげ》屋の酒をも呑《のん》だ果《はて》じや。世間の化者並《ばけものなみ》に思ふてもらふは、ちと本意《ほい》なし」といはれて、[三]身柱元《ちりけもと》が少《(ちと)》ぞつとしたる迄で、さのみ怖《おそろ》しとも思はざりしは、上戸の御光《おかげ》。芸《げい》は身を助《たす》くるとは、此時思ひ知りぬ。小栗《おぐり》弥《(いよいよ)》うちとけ、其身も幽霊《ゆうれい》の情《じやう》を離《はな》れ、[四]額《ひたい》の三角《かく》な紙を取て、鼻《はな》かむで、経帷子《きやうかたびら》の袂《たもと》へをし入、腰《こし》より下はない筈《はづ》じやに、一段と足さし伸《のば》し、頬杖《ほうづへ》つきて、

「貴様へ咄すは、[五]おもふ事いはで只にや止《やみ》ぬべき、我に等《ひと》しき人しなければにて、いかゞして、誰《たれ》ぞに咄し、我が妄執《もうしう》を晴らさんと心懸《がけ》ても、扨ゝ《(さてさて)》其人を得ざれば、徒《いたづら》に年月を過しつるに、今日といふ今日《けふ》、貴僧の御出。千歳《せんざい》の一遇《ぐう》とわ此事。[六]せいもん[七]猪牙《ちよき》じ

一 侍言葉。御目にかかる。

二 「揚屋」は高級な遊女を招いて遊ぶ場所をいう。ここはそのような粋人のなれの果ての意。鎌倉大草紙にも小栗の遊女遊びの描写がある。

三 灸点の名称の一。うなじの下、両肩の中央の部分。

四 幽霊の姿を表現するのに額に三角の紙をあて、腰から下を無いように記す例は、これ以前には余り見当らない。挿絵参照。

五 伊勢物語一二四段「思ふことといはでぞ只にやみぬべき我と等しき人しなければ」。「いはでたゞにや」の句形は近世に入って浄瑠璃「東山殿追善能」や益軒の大和俗訓八等に見える。

六 誓文。ちかっての意。

七 口先だけの御世辞をいう意の「ちょちょら」を洒落て「ちょき」といったもの。「猪牙」は「猪牙舟」の略で、当時吉原通いの舟として用いられた細身の舟のこと。ここの表現は、当時の遊蕩児の流行語の口調である。

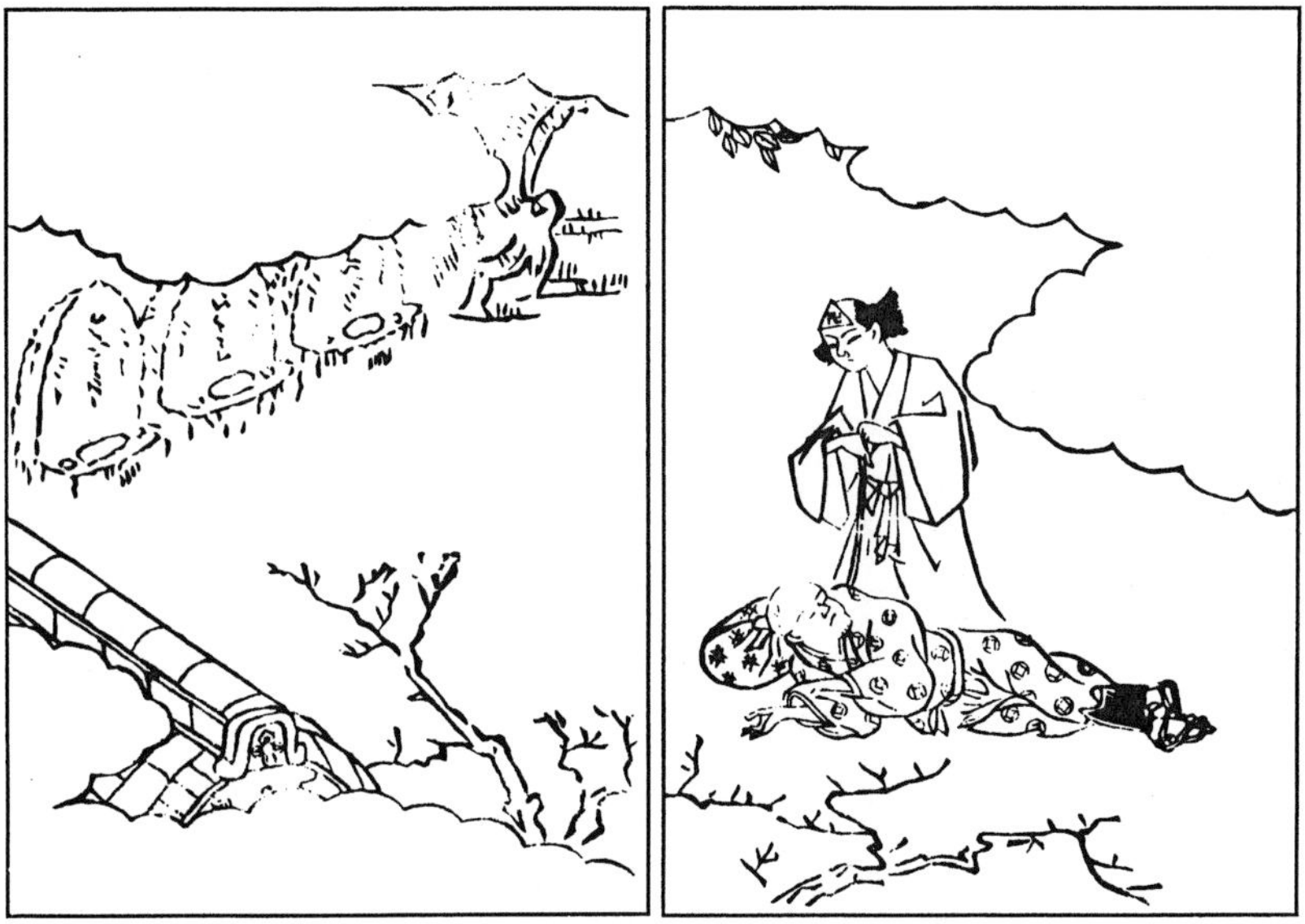

やと思召《おぼしめす》な。今宵の嬉しさ、存《ぞん》生《ぜう》の昔《むかし》、照天《てるて》が尻目《しりめ》で見て、ほやりとした靨《ゑくぼ》を顕《あら》はした時に替らず。されば此十年ばかり已前《いぜん》に、江都《(えど)》の八回向院《ゑかういん》にて、あられもない木像《もくぞう》を、我等夫婦が像《ぞう》じやとて、開帳せしが、元来けふ頃日《このごろ》は、九済度《さいど》方便《はうべん》は表向、内所《ないしよ》は住寺《ぢうじ》の商《(あきなひ)》にして、一〇在家《ざいけ》同前の挊《かせぎ》なれば、我等風情《ふぜい》が姿《すがた》を見せて、銭にさへなるならば、少も障《さわ》る所存はなけれど、其節《(そのせつ)》門前に建《たて》たる開帳札に、小栗の判官兼氏《かねうじ》の像《ぞう》一ッ体《たい》。幷《(ならび)》に照手《てる》の姫の御影《ゑい》。おぐりの判官《はんぐわん》一一一刀《とう》三礼《らい》の作と、筆太《ふでぶと》に書て建《たて》たるを、

八 明暦三年(一六五七)の大火による死亡者の無縁仏回向のために建てられたもので、本所(現墨田区両国)にあり、無縁寺回向院という。諸国諸寺の江戸における開帳場としても有名。
九 開帳は、衆生を仏法に救済するための手段として行うというのが本来。
一〇 俗人。俗世間。
一一 仏像を彫刻する時、彫師が彫刻刀で一きざみする度に三度礼拝すること。それほど敬虔な作。

草葉《くさば》の陰《かげ》から、一目見しより、我顔《わがつら》から、人魂《ひとだま》程の火が出て、扨も〳〵恥しや。いかに死《しん》だ者が、物いはぬとて、あんまりむごたらしい仕形《しかた》。先以《(まづもつて)》我等兼氏とは申さぬ事、[一]『鎌倉《かまくら》大双紙《ざうし》』、御覧なされば知れる事。凡其比《(およそそのころ)》関東におゐて、弓矢打物《(うちもの)》取て、某《それがし》に肩《かた》をならぶる者、たんどはなかりしに、思ひがけなう、急にあの世へ[二]店替《たながへ》。それは是非《ぜひ》におよばねど、さしも勇士《ゆうし》の数に、かぞへられし某《(それがし)》が、そもや〳〵、いかに秘蔵《ひぞう》の照天《てるて》が姿なればとて、一刀《とう》に三度づゝ、礼拝《らいはひ》して、きざみそうな物歟《ものか》。貴様の御つもりにもあらふ事。なにが人立《(ひとだち)》多き[三]両国橋のほとり、口のさがなき江戸者の集り。見る人毎《ごと》に、「扨も小栗は、是程の[四]鼻毛《はなげ》とはおもはなんだ。天晴《あつぱれ》の勇士とこそ聞伝へたるに、女房の形《かたち》を、三拝《ばい》してきざんだとは、日本に二人ともなき大淫気《おゝたわけ》」と、見る程の人、弾指《つまはじき》して通る度に、うそ腹立《はらたち》て、にゑかへる事、[五]焦熱《しやうねつ》の炎《ほのを》、無間《むげん》の釜《かま》の湯にも増り、額《ひたい》に流るゝ冷汗《ひやあせ》は、紅蓮《ぐれん》大紅蓮《ぐれん》の氷《こほり》が、[六]干鱈《ひだら》さげて礼《れい》に来《く》るぞかし。[七]あはれ此言訳《いゝわけ》してくれる人もがなと、年月心懸《がけ》しに、今宵《こよひ》貴僧《きそう》の御入来《じゆらい》を、此墓《はか》の陰《かげ》から見るやいなや、門番《もんばん》が皮肉《ひにく》に分入《わけいり》、どうやらこうやら、門は〆《しめ》ても、入相《あい》の鐘《かね》つく事は、知らぬが仏の悲《かな》しさ。[八]方丈から[九]納所《なつしよ》ぼんが、目に角立《かど(たて)》て[一〇]欠《かけ》来り、「年中《ねんぢう》の所作を忘れ、鐘もつかずに門を〆《しめ》て、きよろ〳〵して居るは、又[一一]くらひえふたな、入相をつきおらぬか」と、[一二]むなづくし取て、門柱《ばしら》へ押付られし迷惑《めいわく》さ。反答《へんとう》すべき品も知らねば、その儘かれが骸《からだ》をぬけ出、貴様に

一　軍記。三巻。文明(一四六九―八七)末、室町期の作、作者未詳。鎌倉公方を中心に関東戦乱の動静を記す。近世期板本は無い。小栗の名は小次郎助重かという。
二　引越。
三　当時、隅田川の橋は千住大橋、両国橋、新大橋、永代橋の四橋のみであり、両国橋はその橋詰の広場に見世物等が密集し、最も賑った。
四　鼻毛を延ばす。女に甘い男のこと。
五　焦熱地獄、無間地獄は八熱地獄の一。紅蓮・大紅蓮地獄は八寒地獄。
六　手土産を持って挨拶に来るの意。此方の方が一枚上手だという事。
七　鳴呼。
八　寺の住職の居間。
九　雑用係の坊主。
一〇　駆け来りと同意。「欠」は当時の通用。
一一　喰い酔う。酔っぱらう。
一二　胸ぐら。
一三　可愛相に。
一四　狐つきの狐が。
一五　亡者の心にわだかまる執着心。
一六　妄執、妄念を払いのけた真実心を、雲から出た月にたとえた表現。
一七　私の意。自分の目利きははずれ

はやう御目に懸り、御頼《（たのみ）》申べしと、急で来れば、[一三]可愛《かあい》や門番《もんばん》めは、今《いま》にきよろりと、狐《きつね》つきの[一四]退《のい》たやうに、忙然《ばうぜん》として居ます。所詮《しよせん》は、わしが女房の姿を、きざみは致さぬと、鼻毛《はなげ》の汚名《おめい》を清めん為の、御世話を懸《（かけ）》に参りし心底《しんてい》。段〻かくの通り」と、云捨《いゝすて》に其儘《まゝ》、ばつと消《きへ》そうにするをしばしとゞめ、

「我等呑込《のみこみ》し上は、少も御心に留《とめ》られず、[一五]妄執《もうしう》の雲を払《はら》ひ、[一六]真如《しんによ》の月夜《よ》ざしに、挑灯《てうちん》なしに、極楽《ごくらく》へいなせられ。我等も其開帳は、いかにも見ましたが、[一七]此鼻は更《さら》に誠《まこと》に存ぜず。小栗《おぐり》殿といはれし兵《つはもの》、何ぞ女房を拝《おが》み作りにする物ぞ。すべて開帳札には、かゝる類《たぐい》沢山な事と、さのみ心にもとゞめざりしが、其比《（そのころ）》は爰《（ここ）》かしこに、此噂《うはさ》取〻の批判《ひはん》、かまびすしかりき。去ながら畢竟《ひつけう》開帳札など、取上て論《ろん》ずるに足らぬ事。其子細《しさい》は、[一八]嵯《さ》峨《が》、[一九]善光寺、[二〇]天王寺《てんわうじ》などの、歴〻《れき〱》の大寺は格別《かくべつ》。関東筋《くわんとうすじ》の名[二一]もなき小寺《こでら》の開帳《かいてう》は、みな是山師《やまし》の[二二]ふづくり物。片山里に[二三]おはずかさず、心安く暮して、[二四]如法《によほう》に勤《つとめ》て居る出家を、[二五]木に餅の生《な》る咄《（はなし）》して釣《つり》出し、「是に御座るは[二六]百合若《ゆりわか》大臣の御作。三日三夜[二七]寐釈迦《ねじやか》の尊像《そんぞう》。此方に御座るは[二八]景清《かげきよ》が守本尊《まもりほんぞん》。日向国宮崎《ひうがのくにみやざき》とかやの、藁屋《わらや》の裏《うち》で、乞食同然《こつじきどうぜん》に朽果《くちはて》しは、此御尊像《そんぞう》の御光《おかげ》。霊験《れいげん》[二九]あらけなき尊像。近う寄て拝し奉れ」とは、何の因果《いんぐわ》に、賽銭《さいせん》なげて、其様な不《ぶ》頼母《たのも》敷《しい》本尊を拝む物ぞ。いかにやすい銭でも、なげうつ筈はなし。かやうな筋の開帳多ければ、貴公などの御事を、何《（いか）》やうに申す共、今時の人は大体推量《たいていすいりやう》も致

ないという事を自慢げにいう表現。
一八　京都嵯峨の清涼寺。栴檀の釈迦で有名。真言宗。
一九　信濃の善光寺。天台宗。
二〇　大坂四天王寺。聖徳太子の創建、天台宗。
二一　当時の開帳については「江戸開帳年表」(比留間尚『江戸町人の研究』二巻所収)に詳しい。
二二　偽物。こしらえもの。
二三　負わず貸さず。借金もなく、人に金を貸すこともなくの意で、ひっそりと心安らかなさま。
二四　律義に。
二五　「棚からぼた餅」と同意。非常にうまい話。
二六　幸若舞曲「百合若大臣」などに著名な百合若伝説の主人公。蒙古征討の帰途、家臣にそむかれて孤島に置き去られ、苦難の末帰国して仇をうつというのが主筋で、一度眠り込んだらなかなかおきない超人的な人物として伝えられる。
二七　釈迦の寝そべった姿の像。
二八　悪七兵衛景清。平家の侍大将で悲劇的英雄として伝承される。謡曲「景清」では日向の国の流人となった盲目の景清が主人公であり、幸若「景清」では頼朝に許された景清が自分で両眼をえぐりとり日向の国宮崎荘に下る。
二九　あらあらしい。恐ろしい。「あらたか」をもじって逆の意味を加えた表現。

すべし。必《(かならず)》ゝ御耳《みゝ》にとゞめ給ふべからず。されば元禄、宝永の比迄《(ころ)》は、世の人律義《りちぎ》にして、開帳とさへいへば摺子木《すりこぎ》を天《あま》の逆鉾《さかほこ》と拝《おが》ませても、渇仰《かつごう》の頭《かうべ》を傾《かたむ》け、忽《たちまち》銭の山をなせし。其比の開帳、万事手がろく仕掛て、入用《(いりよう)》すくなく、少ゝ参詣がなうても、算用際《さんようぎわ》[一]に、不足の沙汰もなかりし。近年の開帳は、山売[二]の丸薬に、金薄《ばく》の衣を掛るごとく、根がつくろひ物で甲斐《かい》ない故に、荘厳《しやうごん》の金襴《きんらん》、紫幕《むらさきまく》の紋《もん》で、虎《とら》の威《ゐ》をかる狐《きつね》開帳。閉帳前《へいてうまへ》に尾の出る[三]も知らず。張番《はりばん》[四]に対《つい》[五]の看板《かんばん》、染貫《そめぬき》[六]のはおりも、昔《むかし》は夢にだも見ず。わが道の衰《おとろへ》とも知らぬ仏様。頼もしからずは思召《おぼしめさ》ずや。いかつゐ男を揃《そろへ》立て、棒突《ぼうつき》[七]ならべたる、勇気《ゆうき》ばつていかめしけれど、此賃銀莫太《ちんぎんばくたい》の物入《(ものいり)》。取持[八]も昔は、面ゝ、宿より手前《てまへ》弁当《べんとう》にて、開帳場《ば》の物とては、茶ばかりなりしを、今は喰倒《くいだお》し呑潰《のみつぶ》し、其上《そのうへ》毎日開帳過ると、門前の茶屋へ壺入《つぼ(いり)》[九]して、昼の内働《はたらき》し賽銭《さいせん》を、仏餉袋《ぶつせうぶくろ》からふるひ出して帰れば、元〆《(もと)じめ》の算用合《(あふ)》筈《はづ》はなし。いにしへの取持は、隠居[一〇]の禅門《ぜんもん》。何れも渡世《とせい》の苦労《くらう》なしに、律義《りちぎ》一片《ぺん》の真実《しんじつ》から、前歯《まへば》の抜《ぬけ》て息《いき》のもる故、「近《ちか》ふ寄て、契約《けいやく》[一一]なされ」を、さるゐ、中《なか》休《やすみ》して、やう〱云仕廻《いゝしまひ》し、殊勝さを引かへ、今《いま》は巻鬢《まきびん》[一二]の豊後《ぶんご》語《かた》りと見ゆる、いやみ男を揃《そろ》へ、肩衣《かたぎぬ》の背中《せなか》を、当世風にふくだめ[一三]、参詣の女中を見かけて、衣紋《ゑもん》を繕《つくろ》ひ、「近う寄て拝《はい》あられましよ」とは、近年の出来物《(できもの)》。去程《(さるほど)》に縁起《ゑんぎ》言所化《いふしよけ》も、女中の艶顔《ゑんがん》に見とれ、五条袈裟《でうのけさ》[一四]で涎《よだれ》を拭《ぬぐ》ふありさま、見るもいたまし。晩鐘《いりあひ》の響《ひゞき》と共に、門前で板行名《はんかうめう》[一五]

一 決算の時。
二 にせものの薬などを売る行商人。
三 化けの皮がはがれる。
四 開帳場の番人。
五 揃いのはっぴのような衣服。
六 紋所などを染め出した揃いの羽織。
七 警棒を突きながら警護する番人。
八 開帳の世話役。　九 遊興すること。
一〇 在俗のまま頭を剃って仏門に入った有福な商店の御隠居。
一一 仏と契りを結ぶこと。結縁。開帳場でのきまり文句。
一二 →一三〇頁注八。
一三 皺を寄せたりして目立つようにすること。
一四 五幅の布で作った袈裟。
一五 木板で印刷した「南無阿弥陀仏」などの仏名。　一六 物と物との交換。開帳でいわば仏を売ってもうけた金を、門前の茶屋でかば焼や酒と物々交換するようなものの意。
一七・一八 この表現は古浄瑠璃、説経等の常套文句。
一九 当時、江戸への出開帳は一般に六十日、日延べは十日から三十日が通例である。　二〇 梅毒。
二一 唐や天竺へ渡ること。平安・中世の僧侶が仏道修行のため渡海したとの表現を用いて、どことも知れず行方をくらますことをいう。
二二 東海道大磯の宿にあり、曾我の十郎の愛人虎御前をまつったという。東北から九州まで全国に散在する。
二三 菊岡沾涼。江戸座の俳人で延享

号《がう》、安産《ざん》の守りと、[一六]代物替《しろものがへ》のかば焼。[一七]殊勝《しゆせう》とも中〳〵、申ばかりはなかりけり。

[一八]爰に哀《あわれ》をとゞめしは、[一九]御定《さだめ》の日限《げん》過て、惣算用《ざんよう》の日に至れば、本尊と和尚《おしやう》ばかり、借《しやく》金を国土産《くにみやげ》に、泣ゝ《なく〳〵》帰れば、在所から附《つい》て来た草履《ざうり》取《とり》は、江戸へ出た儲《まうけ》に、[二〇]楊梅瘡《やうばいさう》を、終身《しうしん》の憂《うれい》として、「開帳《かいちやう》と聞《きけ》ば、身《み》の毛《け》が立《たつ》」と、親兄迄《おやあにまで》が歎《なげ》くは尤也。亦は開帳場を仕廻ふと否《いな》や、本尊を質《しち》に入て、[二一]入唐渡天《につとうとてん》の行方《(ゆきがた)》知れず。さしも東海道《とうかいどう》に、名物《めいぶつ》といはれし、[二二]虎が石《いし》も、開帳故に江戸詰《づめ》して、下谷《したや》辺《へん》の寺に有《ある》よし、[二三]沾涼《せんりやう》が『[二四]江戸砂子《すなご》』にあれば、御身の上ばかり、開帳で歎《なげ》きあるにもあらず。近くは[二五]湯殿山の大日如来も、さん〴〵[二六]狂言はづれ、借銭の[二七]書出《(かきだ)》しを、[二八]印相《いんぞう》の御指《ゆび》と共に、握《にぎ》り詰《つめ》て居給ふ御面相《めんさう》。笑止《しやうし》にて拝《おが》むも気《き》のどく。

浮世《うきよ》に住《すめ》ば色こそ替れ、難《なん》義は山ゝ。我《わが》ごときも、近年わるい虫《むし》が付て、[二九]六十六部とて、[三〇]木綿売《もめんうり》の高荷《たかに》程な、事《こと》〳〵《ぐ》敷笈《しいおい》を負《お》ひ、[三一]笈仏《おいぶつ》とて、[三二]のぞきからくりの様《やう》な仕かけ。婆《ばゞ》ゝ嫁《かゝ》ゝの足を止《とゞ》め、道端《ばた》に立ならんで、往来《ゆきゝ》の人の銭を貪《むさぼ》り、一生に六十六部の内を、二三部《ぶ》渋ゝ《しぶ〳〵》納め、年中江戸に住居しながら、日本廻国と[三三]まが〳〵しき顔《つら》つき。是を仲間《なかま》六部《ぶ》と言、たま〳〵誠の廻国《くわいこく》修行者有ても、仲間六部にせめられ、身を細めて往来する由。此六部共、片田舎《かたいなか》の志《こゝろざし》深《ふかき》、[三四]法施宿《ほうしややど》といふ物に泊《とま》りて、夜すがら出《で》る儘《まゝ》の虚妄咄《うそばなし》。「加賀の国で[三五]熊坂が幽霊《ゆうれい》に逢ひしが、今は地獄《ぢごく》で駕籠《かご》かきして居ます」と、[三六]かいて出る

四年(一七四七)没、六十二歳。諸国の地誌・名所記類の著述も多い。
二四 江戸地誌。六巻。享保十七年(一七三二)刊。その巻三、谷中、大乗山長運寺の項に「大磯の虎が石、ゆへあつて当寺に有、長三尺よこ一尺二三寸ばかり」。
二五 出羽三山の一。山伏七十六坊があり、大日如来は密教の本尊である。延享四年七月一日から八月晦日まで、回向院で開帳。
二六 失敗。　二七 請求書。
二八 仏・菩薩が手の指を種々に結んで、それぞれの悟りや誓願を表現するもの。大日如来は智拳印という。
二九 巡礼の一。書写した六十六部の法華経を六十六か国の霊場におさめる願を発して諸国を巡礼する。
三〇 木綿売りの行商人が背中に反物を高々と背負った様子。一丈程もあり、竹竿で上げ下ろしする。「盲文画話」に絵あり。
三一 厨子に入った仏像をそのまま背中へ背負い、扉をあけて後ろから拝ませ、さい銭をとる。
三二 見世物の一。箱の中に入れた絵を眼鏡でのぞいて見せるようにしたもの。　三三 まじめそうな。
三四 無料で廻国の巡礼者などを泊める施しの宿。
三五 義経伝説の中の盗賊、熊坂長範。美濃の国青墓辺りで牛若丸を襲い、討ちとられる。生国を信越の熊坂とも、加賀の熊坂ともいう。加賀の白

様なうそに、煮《に》[一]ばなの茶釜《がま》をかすらせ、夜ふけ人しづまつて後、手に当り次第、そこらに有《(ある)》物かき集めて〆込《しめこみ》、夜明烏《よあけがらす》と共に、[二]もぎどうなふりして立出る。跡《あと》は家内の調市《でつち》[三]、小女郎《こめろう》こそ迷惑《めいわく》。「あれも見えぬ、是も見えぬ」と、紛失《ふんじつ》の僉議《せんぎ》。思《おも》ひ懸《がけ》なき疑《うたがひ》をうけても、とらぬ物はとらぬに立て、是より失物《うせもの》の占《うらない》。拾二文の御[四]ひねりを、陰陽師《おんようじ》[五]に取《(とら)》れても、弥《(いよいよ)》知れぬに極て、占《うらない》だけの損《そん》[六]の上塗《うはぬり》。盗人[七]に笈《おい》とは、六部《ろくぶ》から出た諺《ことわざ》ぞかし。夫《それ》故、我等も此通りに、堂塔《どうたう》の椽《ゑん》に、一夜を明《あか》すばかり。日暮ては、茶一盃呑こともならず。是を思へば、最明寺殿《さいみやうじどの》[八]は、能時分《(よいじぶん)》の御修行。けふ此ごろならば、佐野[九]の渡《(わたり)》で火にあたる事は扨置《(さておき)》、水も為呑《のませて》人は有まじ。兎角《とかく》世上にわるい者があれば、いつも正路《しやうろ》[一〇]な者の難義、昔今かはる事なし。堪忍土《かんにんど》[一一]とは娑婆《しやば》の替名《かへな》なれば、心に合ぬ事も、それなりけりに流し捨て御心にかけられな」といへば、小栗もほく〱点頭《うなづき》て、「いかにもそうじや。女房の姿を割《きざみ》て鼻毛《はなげ》を伸《のば》したと、思ひがけなく濡衣《ぬれぎぬ》着たるも、在世のむかし、ぬれ[一二]から発《(おこ)》りて、毒酒をのみし故、死《(しし)》ての後もはなれぬは、濡《(ぬれ)》の一字か恥《はづ》かしや。とかう云《いふ》間《ま》に東がしらむ。幽霊《ゆうれい》と夜鷹《よたか》[一三]は、夜が明てつまらぬ商売。御暇《いとま》申《(まうす)》」とかき消《けし》て失《(うせ)》ぬ。

園茗《あんめい》は長《なが》の夜を、まんぢりともせで、今に成てのねふさ、こらえられねど、爰にはねられず。しやうことなしに、惣門があくと其儘、はしり出て、其後行方をしらずと云〻。

山は霊場の一で、熊野などと共に死者に出会う場所と信じられていた。
三六 大うそ。「駕籠かき」の縁語。

一 煎じたての御茶。すっかり興に乗って話し込み聞きふけること。
二 没義道。ひどい。
三 使用人の少年少女。
四 御賽銭。　五 占い師。
六 損の上の損。
七 諺「盗人に追銭」のもじり。
八 謡曲「鉢木」に廻国の僧として登場する北条時頼。本章の発端を「鉢木」の文句で始めた所にかける。
九 「鉢木」の主人公佐野源左衛門常世の住家のある所。現群馬県高崎市近郷。　一〇 正直正路。
一一 仏語。「堪忍世界」「忍土」。法華文句・二下「悲華経云、云何名二娑婆一、是諸衆生、忍二受三毒及諸煩悩一、故名二忍土一」。　一二 色事。色情。
一三 最下層の売春婦。江戸市中、本所吉田町辺りの材木置場の陰などで夜陰にまぎれて商売する。
一四 蘆屋道満のもじり。道満は平安中期の法師で、陰陽師としての術にたけ、安倍晴明と術くらべをするので有名。古浄瑠璃「しのだづま」は晴明・道満伝説を脚色しており、近世中期以降は竹田出雲作「蘆屋道満大内鑑」によってきわめて有名。
一五 徒然草四十六段「柳原の辺に強盗法印と号する僧ありけり」。
一六 江戸の地名。神田筋違橋から浅

○[一四]足屋《あし》の道千《どうせん》、売卜《つじうら》に妙を得し事

[一五]彼強盗法印《かのがうどうほうゐん》が、住居《すまゐ》せし所《ところ》にはあらねど、此所も名はおなじ、[一六]柳原《やなぎはら》の長坡《ながつゝみ》に、[一七]泥亀《すつぽん》の煮売《にうり》と軒《のき》をならべ、亀《かめ》の甲《かう》と、指《ゆび》の股《また》ひろげし所を、簡板《かんばん》に書て、往来《わうらい》の人を呼《よび》かけ、[一八]当卦《とうけ》本卦の占《うらない》の安売する、足屋の道千といふ者あり。元は神田辺《へん》の足袋《たび》屋なりしが、辻《つじ》芝居の浄留理《じやうるり》に、性根《しやうね》をうばわれ、売溜《だめ》の銭を財布《さいふ》ともに盗《ぬす》まれ、主人への云訳《いゝわけ》たゝず、おもひがけなく[一九]てんぢくゝ浪人。やう〳〵念比《(ねんごろ)》なる[二〇]比丘尼《びくに》の親方、能楽院《のふらくいん》が世話にて、売《ばい》卜《ぼく》の思ひつき。足袋屋が[二一]袋《ふくろ》をぬかれたとて足屋とは名乗けらし。されども卜筮《(ぼくぜい)》の道は、夢に見た事もなけれど[二二]性得《しやうとく》[二三]気情《きじやう》者にて、口へ出る儘《まゝ》、[二四]ぼんのくぼで鼻かむやうな事のみいへど、たまさかにあたるも不思議。あたらぬは、勿論《もちろん》其筈《はづ》の事なるに、絶間《たへま》なく腰《こし》かけて、見てもらふものゝあるは、是にても[二五]東武《とうぶ》の繁昌推量《はんじやうおしはかる》べし。

比《ころ》は弥生《やよひ》の初《はじめ》、堤《どて》封の柳のいとおもたげに、雁《かり》金屋の中居が[二六]出替《でかわ》り[二七]葛籠《つゞら》と、行違《ちが》ふ小《こ》袖櫃《そでびつ》に、菓子袋提《くわしぶくろさげ》たるは、[二八]燕《つばめ》屋の下女が、今日《けふ》引越《こし》と見えて、足ばやに通りしが、立戻《もど》りてこしかけ、「私が行さきのよしあし、占《うら》なふて下さりませ。年は正直な所が、廿五で辰のとし」と、いわせもやらず、「おつと呑込ました。一代の守り本尊が[二九]普賢菩薩《ふげんぼさつ》。

草橋に至る神田川沿いの土堤の南岸で十町程の柳並木。

一七 最も庶民的な食べ物の一。煮売屋は道傍の茶店などで食物の煮売をする店で、柳原の土堤には古道具、古着の店が軒を並べ、その客を目当てに煮売屋などが多い。

一八 「当卦」は当座の運勢。「本卦」はその人一生の運勢。

一九 宿無し。唐、天竺までも流れ歩くような浪人者の意。

二〇 尼の姿をした下級の私娼。本来は仏像堂塔の勧進に廻る比丘尼であるが、近世初期から私娼を業とするようになる(東海道名所記一)。その年功を経た者が親方となり、御寮(おりよう)と呼ばれて、大かたは山伏を夫に持ち、多くの小比丘尼を抱える(色道大鏡十四、都風俗鑑四)。当時は柳原の手前の神田多町近辺がその巣窟となっていた。

二一 財布。

二二 生れつき。 二三 気の強い人。

二四 諺。突拍子も無いこと。「耳とって鼻かむ」も同意。「盆の窪」はうなじの中央のくぼんだ部分。

二五 江戸の別称。

二六 一季か半季契約の奉公人が期限を終えて交替する事を出代りと称し、元禄(一六八八―一七〇四)以後は三月五日と九月十日をその期日とする。

二七 葛や竹で編んだ籠が「櫃」で、蓋のある木箱が「櫃」で、何れも衣類を入れて運ぶ道具。

二八 前文の「雁金」に対応させ、冬と

一生象《ぞう》を喰《く》ふ事ならず。まづこな様[1]の御親父《しんぷ》は、男であらふがや。なんと奇妙《きめう》か。おとこも男、呉服《ごふく》屋の賄男《まかない》、味噌《みそ》を摺《すつ》たり料理《れうり》したり、打《うつ》たり[2]舞《まふ》たり、含雑《がんぞう》[3]なますの乾《けん》[4]の卦《け》にあたり、おふくろは女でござる。御しんぶより三ッ四ッ年増《ま》の老女《おゐ》房。亭主《ていしゆ》の為には巽《そん》[5]の卦。巽は辰巳[6]の風にあたつて、物をそこなひ家を破《やぶ》る。夫婦喧咤《げんくわ》に、鍋《なべ》も茶釜《がま》も、落花狼藉《らつくわらうぜき》。大屋甚《はなは》だ逆鱗《げきりん》あり、「歌[7]枕《まくら》見て参れ」と、店《(たな)》をおはれて、お袋は隅田《すみだ》[8]河《がわ》の在《ざい》所《しよ》へ、御親父は、京北白川《みやこきた》へ、爰《(ここ)》やかしこに親と子の、四鳥《してう》[9]のわかれ、なんぼうあはれなる物語。なんと見通しか」といへば、此女顔《かを》をあかめ、「わしやそんな事、聞に這入《はいり》はしませぬ。あり[10]着《つい》て行さきの主人が、人遣ひよいか、わるひか。傍輩《ほうばい》中がよからふか。物をたんとくれやうか。但し去年《きよねん》居た屋しきのやうに、ひもじゐ目にあわふかと、そこを聞たいばつかり。菓子《くわし》をかふた残りのおあしで占《うらなふ》てもらふがてん。そしてまあこな様は、わしが親とは知る人[11]そふで、ようしつてじやの。なんぼ奇妙《きめう》ならうらなひでも、かゝさまの在所《ざいしよ》迄、あんまり、ありまさ[12]で合点《がてん》がゆかぬ」と、はら[13]たつれば、道千我身《わがみ》[14]ながら我《が》を折《おり》、思へばてん[15]ぽもあたる物と臍《へそ》がおどれど、笑《わらは》れもせず。「それ〳〵そこが道《どう》[16]満流《まんりう》の見通し。八卦の面《(おもて)》に虚《うそ》はいわれず。又行さきの善悪は、人ゝ《(にんにん)》[17]手前の心にある事。「わ[18]がよきに、他《ひと》のあしきがあらばこそ、人のわるきは、わがわるきなり」で、何程ひどい主人でも、こちからの仕懸《(しかけ)》次第。若《もし》手ひどふ責《せめ》さいなむ人に出逢たらば、是我が宿《しゆく》[19]

夏の渡鳥で互いに入れ替る意を持たせた。
元 慈悲心をつかさどる菩薩。白象に乗った釈迦の脇侍として画かれる。

一 「こなた様」の略。
二 諺。鼓をうったり舞を舞ったり、あれこれ忙しい様子。
三 「和雑膾」のなまり。種々の魚介類を細かくきって和えたもの。
四 膾につけ合せるつまの「けん」と卦体の一の「乾」をかける。易経・説卦に「乾、天也。故称二平父一」。
五 卦体の一。「損」とかける。
六 東南の方角。易経・説卦「巽、東南也」。また巽には「散る」「散らす」の意がある。
七 一条帝の臣藤原実方の故事。歌の事により行成と争い乱暴の振舞あり、「歌枕見て参れ」と陸奥守に左遷される(古事談、十訓抄等)。
八 謡曲「隅田川」の文句取り。「これは都北白川に年経て住める女なるが…こゝやかしこに親と子の、四鳥の別れ…なんぼう哀なる物語にて候ぞ」。
九 孔子家語・顔回「桓山之鳥、生二四子一焉。羽翼既成、将レ分二于四海一。其母悲鳴而送レ之」による。
一〇 勤め口にありつくこと。
一一 しりあい。縁者。
一二 ありありとまさしくの意。

世の罪業《ざいごう》を滅《めつ》する、修行《しゆぎやう》ぞと、ふかく思ひとりて、主人をば仏菩薩と観念して、真実《まめやか》に働勤《はたらきつとめ》ば、虎狼《とらおほかめ》のやうな主人も、心がやわらがいでどふせうぞ。日〻に情をかけ、月〻にかあいがり、[二〇]藪入《やぶいり》にも、人よりさきに出るやうになるは、必定《ひつでう》。手まへの心もなほさずに、主撰《しゆゑら》びして、あそこはわるひ、こゝはいやと、年に弐三度づゝ出替りするは、[二一]彼鳩《かのはと》に笑われし、梟《ふくろう》が身の上同前。おなじ浮世におなじ身なれば、天竺《てんちく》へいても同じ事。たとへ竜宮《りうぐう》、蓬莱宮《ほうらいきう》へ奉公に出ても、我おもふ様に、朝寐《あさね》させて、宵から寐せて、甘味《うまい》物喰《くわ》せて、能物《よいもの》着せる主人はなし。夫《それ》こそ[二二]上碧落《かみへきらく》下黄泉《くわうせん》迄、[二三]鉄《かね》のわらじはゐて尋てもない筈《はづ》。又傍輩《ほうばい》の附合も、ほめらるゝ事は、ほうばゐに譲《ゆづ》り、叱《しか》らるゝ事は、我身に引うける心底にて、他《ひと》の[二四]中言《なかごと》かたくいわず、病は口より這入《はいり》、禍《わざわい》は口より出ると、いふことを、能〻《よくよく》心得、唇《くちびる》を縫《ぬひ》、舌《した》を結び置程におもひて、[二五]口利事《くちきく》なく、しかも応対《へんじ》はさるゑとを、能〻《よくよく》心得、
〴〵しく、何時も「あい〳〵」とこたへ、朝起《あさおき》して、宵《よい》は人跡《あと》に寐《ね》るやうに心懸、ほうばゐ中に病気あらば、いそがしひ片手間《かたてま》にも、「どう[二六]さしつたぞ。[二七]虫がかぶるか。おなかゞへつたか」と、しほらしくとうて見給へ。鬼《おに》でも心のやわらぐ道理。また朝夕の心がけに、叱《しか》られてもたゝかれても、是が親への孝行《かう〳〵》ぞとおもひ、主人を仏とも、神ともあふぎて、我気にいらぬ事をも、仏頂面《ぶつてうづら》さへさしやらねば、[二八]おしたてこそわるけれ、きりやうは、百人なみなり、何所《どこ》でも気にいらゐでは。心づよふおもわしやれ。いらぬ[二九]さ

一三 母親とあやしい関係でもあるかと推量して。
一四 自分の事ながらおどろいて。
一五 出たとこ勝負。
一六 蘆屋道満流の占い。
一七 それぞれの。
一八 鈴木正三著「盲安杖」(元和五年成)第五条に引く歌。
一九 前世に犯した罪の報い。
二〇 ↓一〇一頁注一〇。
二一 田舎荘子・上「木兎自得」の説話。↓八頁。
二二 世界中どこにもの意。「長恨歌」に「上窮二碧落一下黄泉、両処茫々皆不レ見」。
二三 諺。絶対に探し求めることが出来ぬことの例。すりへらぬ様に金属製のわらじをはいて尋ねてもの意。
二四 中傷。
二五 利巧ぶってしゃべること。
二六 「さしゃる」の転。
二七 腹痛。
二八 からだつき。人前での様子。
二九 先走っての推量。

きぐりして、主《しゆ》ゑらびさしやるは、長浪人《ながらうにん》の基《もとい》。さあ〱はやふいかしやれ」と、親よりあつゐ真実《しんじつ》の意見《いけん》、一鳩尾《きうび》にこたへ、「あゝいかさまそふでござります。今《いま》まで方ゝ一年に二三度づゝ、浪人して、貧《まづ》しい親に苦《く》をかけましたは、みんなわたしがあやまり。向後《きやうこう》は万事仰《(おほせ)》の通りに、慎《つゝしみ》ましよ。おかたじけなふ御座ります」と、かけ出すを、「これ〱、おさだまりの八卦《け》の外に、一代の守り本尊さへ、いはれぬ意見《いけん》を、口のすくなる程いふて、二御初尾《(おはつほ)》もとらずに、そのまゝいなしては、此道千《どうせん》が三鼻《はな》の下が干《ひ》上る。銭なしに守るは、仏様さへ嫌ひそふで、四唯《たゞ》の薬師といふは、江戸中にたつた一体《たい》。五めうがの為じや。ちとよろしうおかしやれ」と、袂《たもと》をひかゆれば、此女きのどくそふに顔を赤め、「是はそさういたしました。御いけんが身に染《しみ》て、嬉《うれ》しさに、つゐおあしの事もわすれました」と、菓子《くわし》かふた残《のこ》りを、紙に捻《ひね》り、机《つくへ》の上に置て、足ばやに出て行し、六花《はな》の跡《あと》に柊《ひらぎ》とやらで、六尺斗《(ばかり)》の大男が、七市松染のほうかぶり、八青梅《あふめ》の布子《ぬのこ》に、九うこん染の木《も》綿繻伴《めんじゆばん》、上着《ぎ》より一寸五分程ながふして、帯《おび》は一〇水風《すいふ》呂《ろ》桶《おけ》のたがのやうに、後《うしろ》下りに、尻《しり》へぬけそふに、しかも一一前帯《まへおび》にむすび、ほこりの立日和《たつひより》に、高木履《たかげた》から〱とならし、葭《よし》簀張《ずば》りの中へぬつと這入《はゐり》、松丸太のごとき腕《うで》を、道千が鼻《はな》のさきへつきつけ、「おれも一ばん見てもらふべい」と、いわれてびつくり。さしもの道千気を呑れて、しばし挨拶《あいさつ》も出ざりしが、漸《やう〱》胸《むね》のおどりをしづめ、熟《つら〱》手《て》の筋《すじ》を詠《なが》め、先軽薄《まづけいはく》の虚笑《そらわらひ》して、

一 みぞおち。
二 神仏への御供えや御賽銭。
三 口。
四 「多田薬師」の洒落。本所番場町大川端(現墨田区東駒形一丁目)にある天台宗東江寺。本尊薬師如来。昭和に入って寺は移転したが、江戸期には江戸の有名寺院の一。
五 神仏から戴く利益。
六 美しいものの後に恐ろしいものが来るの意。
七 石畳模様の染めもの。元文(一七三六-四一)頃の役者佐野川市松が流行させたといわれる。
八 武蔵の国青梅辺りで織出す粗末な縞模様の布を用いた着物。「布子」は麻や木綿の綿入れをいう。
九 あざやかな濃黄色の染物。
一〇 焚き口のついた風呂桶。湯を汲み入れるだけの風呂桶ではなく、水を入れて焚いてわかす風呂。
一一 →一三二頁注一九。

「扨も〳〵珍らしい御手の筋。是此《(この)》横《よこ》にあるが、酒屋の[一二]升《ます》かけ筋《すじ》。何時も銭なしに、腹《はら》一盃《ばゐ》上りましても、亭主《ていしゆ》が銭はらへとは申まいがな。なんと奇妙《きめう》か」と、いわれて、「是はあたつた。つゐに又己等《またおら》はまた、うどんやでも、酒屋でも、餅屋でも芝居でも、銭を出した例《ためし》がない」。「其筈《はづ》〳〵。此二《ふた》すじ上の方へ、ぴんとはねたが、厄害筋《やつかいすじ》とて、所の名主大屋衆も、もてあつかはるゝ、町内《てうない》の[一三]草臥者《くたびれもの》。なんと人が、いやがりましやうが」。「いやほんによふあたるは。いかにも五町七町が内で、己《おれ》をおぢぬ奴《やつ》は、一疋もない。その筈だは。[一四]りよぐわいなこつたが、おらは、[一五]傷寒《しやうかん》太郎兵衛が子分《こぶん》、[一六]時疫《(じ)ゑき》源七といつては、[一七]ちときなくさい男だから、大屋でも名主でも、鬼ではあるまいし、鬼神ではあるまいし、[一八]つがもない事。こわい物は、日本の内に、天狗様《てんぐさま》ばかり」と、片肌《かたはだ》ぬぎて、なでさする腕《うで》を見れば、肩《かた》さきより手首《てくび》迄、「[一九]此所小便《しやうべん》無用」と、[二〇]籠字《かごじ》に入黒子《いればくろ》。「扨も〳〵見事な御細工《さいく》。嘸《さぞ》是を彫《ほら》しやる時は、痛《いたみ》ましたで御座りましよ」。「ハテつがもない。そんな事でほらるゝ物か。これが[二一]きほひの表道具《おもてどうぐ》。尤《(もつとも)》いたさは、いたかつたが、畏《かしこま》りて居るより、はるかに堪《こら》へよい。なんだかしらぬが、おらは半時、[二二]小笠原《おがさはら》をやると、むかふずねが砕《くだ》けるやうで、いま〳〵しゐ」。「嘸《さぞ》ゝそふでござろとも。又此ちよぼ〳〵とした筋《すじ》が、[二三]鉄火筋《てつくわすじ》とて、博奕《ばくゑき》をすく筋《すじ》でござる」。「いやそれも見通《とほ》しだ。博奕《ばくゑき》は食《(めし)》より好《こう》物。これはほんに不思議《ふしぎ》だぞ」。「ちとそうもござるまい。[二四]人形芝居《にんぎやうしばゐ》で、見さ

一二 掌の中央を横切る筋。酒屋の枡とかける。
一三 厄介者。
一四 慮外。ぶしつけな事だがの意。
一五 「傷寒」は寒さや冷えによって起る熱病の総称で、漢方では代表的な病気ゆえ、嫌われ者の意をこめたあだ名に用いる。
一六 流行病。
一七 こげくさい、うるさいの意か。
一八 たわいもない事。元来は上方語であるが、享保(一七一六―三六)頃から男伊達やきおい者の言葉として江戸語化する。
一九 路地などの立札の文句。
二〇 文字を肉太にして、その輪郭線のみを彫った入墨。
二一 →一一七頁注二一。
二二 小笠原流の行儀作法。
二三 博奕打ちの異名「鉄火打ち」。
二四 竹田出雲作「蘆屋道満大内鑑」。享保十九年(一七三四)初演、元文二年(一七三七)には江戸で歌舞伎にも仕組まれる。道満と阿倍の保名をからませた宮廷内の勢力争いを軸に、保名と信太の森の白狐葛の葉が契って晴明を生む葛の葉伝説、道満と晴明の妙術くらべ等の見せ場で有名な作。

しやつたであろ。阿部《あべ》の清明とあらそふて、[一]蜜柑《みかん》を鼠《ねづみ》に品玉《(しな)だま》つかふた、あしやの道万《どうまん》が末孫《ばつそん》。りよぐわいながら、足屋道千《あしやどうせん》。少も虚《うそ》はもふさぬ。そこもとの生《うまれ》が、[二]皇帝《くわうてひ》の握《にぎり》拳《こぶし》にあたり、めつたにはりたがる癖《くせ》あり。前生《ぜんしやう》が、[三]越後の国の牛《うし》であつた。夫《それ》ゆへ首《くび》の骨《ほね》がつよ過て、[四]一代手前《てまへ》の臍《へそ》を、なめて見る事ならず」と、欺《あざむ》けば、[五]鬼神に横道《おうどう》なしの、世話《わ》のごとく、「はて不思義《ふしぎ》な事をいふ人だ。終《つい》になめて見た事はなゐが、手前《て》の舌《した》で、我臍《わがへそ》をなめるに、なんのならぬといふ事があるべい」と、大肌《はだ》ぬいで、小首傾《こくびかたむ》け、汗《あせ》を流《なが》して、もがくおかしさ。「[六]はて口惜《くちおしい》。とゞかぬ舌《した》のうらめしき。世《よ》の盛衰《せいすい》や」と、浄《じやう》留理《り》迄語りて、色〻の身振《みぶり》してもかなわず。扨〻おすにおされぬ事と、急に肌《はだ》おし入て、[七]本然《ほんぜん》の光《ひかり》、雲間《くもま》に月のあらはれたるごとし。

道千仕済《どうせんしすまし》たりとおもひ、「占《うらない》の道は、聖人《せいじん》のこしらへおかれて、微塵《みぢん》もうそのないもの。必《かならず》うたがふと、罰《ばち》がきびしゐ。今の通り、現《げん》の証拠《こ》は、御臍《おへそ》でござる。扨当年は、[八]震《しん》の卦《け》にあたり、震《しん》は雷《かみなり》の卦《け》で、百里を驚《おどろか》すとて、怖《おそろし》い卦体《けたい》。[九]石尊《せきそん》の祟《たゝり》ある故、先博奕《まづばくゑき》の運《うん》がか[一〇]いない」。「ハテあらそわれぬ。よんべも弐歩まけました」。「そふで御座ろ。当年から[一一]無卦《むけ》に入て、段〻と負《まけ》の込《こ》む廻りどし。喧嘩口論《けんくわこうろん》きほひにまかせ、騒《さわ》ぎ給ふと、肝心《かんじん》の天窓《あたま》が、[一二]遊魂《ゆこん》の番《ばん》で、紛失《ふんじつ》する年《とし》。つむりがなふなつては、埒《らち》の明《あか》ぬ詮義《せんぎ》」と、おどしかくれば、面色《しよく》青ざめ、俄《にわか》に畏《かしこま》りて、手《て》をもぢ〱する、[一三]所体《しよてい》おかしく、「そふ

一 蘆屋道満大内鑑三「箱に入れて隠せし物も、算木を以て占へば、柑子なれば柑子と知り、鼠なれば鼠と知る」。 二 占いの一。皇帝になぞらえた人体図を描き、その体の各部位に、それぞれの生まれ年を四季によって割りあてて吉凶を判断するもの。「皇帝図」という。

三 越後の国古志郡は古くから闘牛でしられる。 四 一生かかっても。

五 諺。「鬼神はよこしま無し」とも。鬼神は恐ろしいものだが、邪悪なことはしないの意だが、ここは、人の言う事を疑うことをしらない単純正直の意に用いる。

六 「義経千本桜」(三段目)に「鼻が邪魔して目の縁へ、とゞかぬ舌ぞ恨しき」。また、「はて口惜」「世の盛衰や」いずれも浄瑠璃に多用される文句。

七 人間が生れつき持っている善良な性質。本然の性。

八 易の六十四卦の一体。万物の発動する現象をあらわす。

九 相模の国大山の阿夫利神社。石尊大権現と称し、大山詣は江戸の夏の年中行事の一として、特に博奕打ちやきおい組の連中の熱中する行事。

一〇 甲斐がない。運がつかない。

一一 その人の生まれ年の干支によって有卦と無卦とがあり、無卦は五年続いてめぐり合わせが悪く、有卦は七年間良い。

一二 魂が身体から離れて浮遊する。

いわしやれば、わしもちと、[一四]わるい尻《しり》もござるから、どうぞ其除《よけ》をして下され。[一五]弐朱《しゅ》と壱分《ぶ》と、入る事は、ちよつと茶屋をゆすつても、つゐ出来ますから、灯明銭《とうめうせん》にしんぜましよ」と、[一六]声《こへ》を乙《おつ》に入て頼めば、道《どう》千 弥（いよいよ）弱《よわみ》に乗《の》り、そろ〳〵横平《わうへい》に出《で》かけ、「それ[一七]禍《わざわひ》は慎《つゝしみ》の門に入る事なし。何程卦体《けたい》がわるふても、其身のもちやうで、其年一盃《ばい》慎《つゝし》めば、其年無事《ぶじ》なり。年ゝ慎めば年ゝに仕合（しあはせ）よく、一生《しやう》を全《まつたく》終《おは》る。祈念《きねん》祈禱《きとう》や、[一八]千垢離《せんごり》などにて、朝夕仏神を[一九]せゝりても、己《おの》が身の行《おこなひ》を慎《つゝし》まざれば、禍《わざはひ》忽《たちまち》来るは、[二〇]人の上でも、しつて居る筈《はづ》。また何程わるひ身持《もち》でも、[二一]誤《あやま》りて改《あらた》むるに、憚《はゞか》る事なかれとは、爰《こゝ》の事。今日《けふ》から其風《ふう》をあらため、前帯《まへおび》も、[二二]一つまゑも止《や》めて、高木履《たかげた》もはかず、衣類《いるい》も目だゝぬ物を着《き》て、何なりとも家業《かぎやう》に情出《せいだ》し、友達附合《ともだちつきあい》も、[二三]こりや、又《また》の、手合《てあい》と出合ぬやうに、慎《つゝしみ》給へ。今の風俗昔《ふうぞくむかし》に替りて、弐朱か、壱歩かと、か文字《もじ》入れていふべきを、と文字《もじ》入れば、格別人品《かくべつひとがら》わるく聞《きゝ》にくし。[二四]あるべかゝりに、弐朱《しゅ》か壱分かと、云《いゝ》たし。其外近年[二五]ゑこぜぬ言葉《ことば》づかひ。皆人品《がら》のわるひ衆のいふ事。已来急度《いらいきつと》たしなみ給へ。人生《うま》れながらの悪人はない筈。皆是親《みなこれおや》の育《そだて》あしく、[二六]悪対《あくたい》、流言葉《はやりことば》などいふをも、聞退《きゝのが》しに打捨《うちすて》、教《おし》へいましむる事なく、[二七]犬鶏《いぬにわとり》を養《かい》て、喧吽《けんくわ》の種《たね》をまけども、一向禁制《つやくきんせい》せず。又町方の、師匠達《ししやうたち》も、端ゝ《はしぐ》に居る浪人衆は、手習と謡《うたい》ばかりを教《おしへ》て、行跡《かうせき》心ばへの嗜《たしなみ》は、[二八]なげやり三宝《ぼう》にして、[二九]五節句《せつく》、[三〇]晦日銭《みそかせん》、[三一]天神講抔《かうなど》、とり込（こむ）事のみ、算用して、

一三 様子。ありさま。
一四 悪事を働いたおぼえ。
一五 金貨の単位の一で、四朱で一分、四分で一両となる。「弐朱と壱分と」は「二朱か一分か」の意味で「か」を「と」とするのは当時のきおい組連中のなまり。 一六 声を低くすること。「甲」に対する「乙」。
一七 諺。「禍不レ入二慎家門一」（句双紙）。
一八 川垢離。川水に浸って神仏に祈願すること。
一九 自分のいいようにいじりまわす。
二〇 他人の身の上。
二一 諺。論語・学而「過則勿レ憚レ改」。
二二 →一三一頁注一八。
二三 「こりゃ又」。きおい組などの異称。「こりゃ又何のこった」などの文句を口ぐせとする故。
二四 すんなりと素直に。
二五 変な。おかしな。
二六 →一一八頁注二一。
二七 犬や鶏を飼って闘わせ、勝負をかけ事にする。 二八 ほったらかし。「三宝」はある言葉に添えて、なるがままの意をあらわす。
二九 季節の五つの節目。人日（正月七日）、上巳（三月三日）、端午（五月五日）、七夕（七月七日）、重陽（九月九日）。遊芸の師匠や寺子屋などでは、このような日に礼金を包む。
三〇 毎月の終りに包む授業料。
三一 菅原道真の命日に当る二月二十五日に行われる祭。寺子屋などではこの日に師匠へ礼物を贈る。

門弟《もんてい》の子《こ》共《ども》が穴一《あないち》一して居るも見ぬふりして通《とほ》る衆《しゆ》、沢山《たくさん》なれば、根本《こんぽん》の教《おしへ》があしいに、見やう見まねのわるものゝまね。親兄弟の手二にのらぬも、尤ぞかし。諷《うたゐ》はとても、手習師匠《てならひししやう》の、手際《てぎわ》でいかぬ物。鞁《つゞみ》にも太鼓《たいこ》にも、あはぬからは、人中《(ひとなか)》で間にあわねば、息筋張《いきすじは》三りて、教《おしゆ》るもいらぬ事。其隙《ひま》に『大学《がく》』四の一巻もおしへ、『六諭衍義《(りく)ゆゑんぎ》』五の大意《たいゐ》など、毎日《まいにち》〳〵読《よま》せよかし。今の豊後《ぶんご》ぶしかたりて、仕舞《しまい》に心中して、死ぬを見ては、朝夕の業が、魂《たましゐ》に染込《しみこん》だら、よい人も出来る筈《はづ》。わしも元来《ぐわんらい》大どら者で、

一 賭博性の強い子供の遊びの一。地面に投げた一文銭に、別の一文銭を打ちつけてするもの。

二 教えに従わぬこと。手に余る。

三 勢いこんで。

四 儒学の根本原理を教える四書の一。元来は礼記の中の一篇を独立させたもので、正心・修身・斉家という個人的心身の教えが治国・平天下に至る国家の治の基となる事を教える。

五 六諭衍義大意、三巻一冊。享保七年(一七二二)刊、室鳩巣撰。明の太祖が民間教化のために作った「六諭」を清の范鋐が更に分り易く例話を交えて撰したのが「六諭衍義」であり、享保四年我国に伝わったのを将軍吉宗がとりあげ、鳩巣に命じてその和解を作らせたもの。享保の改革における民間教育の柱となる。

此様にはなつたれど、貴様のやうに、ぶう〴〵いふて、人に怖《おぢ》られはせざりし故、人のにくみをうけず。天道《とう》いまだ見限《かぎ》り給わで、今日此土堤《どて》の[六]塵《ちり》に交《まじは》る、神道者《しんとうじや》の真似《まね》して、柳の糸《いと》より細ひ、[七]釜戸《かまど》の烟《けむり》たやさず、露命《ろめい》をつなげば、先《（まづ）》陰陽師《おんやうじ》とは見ゆれ、むかしは足袋《たび》のせり売して、[八]水茶屋に日をくらし、[九]野《の》楽《ら》者の一人なりき。貴様方は、人がいやがつて、除《よけ》て通れば、夫《（それ）》を自慢《みそ》に、臂《ひぢ》をはらるゝ。いやはやきつゐ心得ちがひ。人のいやがり除《よけ》て通るは、病犬《やまいいぬ》か、疫病神《やくびやうがみ》。千万人に疎《うとま》るゝ、[一〇]因果病《いんぐわやまい》の癩病同然《かつたいどうぜん》。[一一]衆人愛敬《しゆにんあいきやう》とは、女子《おなご》童子《わらべ》も、祈《いの》るにあらずや。きほひ組は、人にこわがらるゝが、手がらそふながら、さりとは其果《はて》は、全《まつた》く日比《（ひごろ）》の望《のぞみ》の通り、見る人眼《まなこ》を覆《おほひ》て、[一二]「小野《おの》とはいわじ、あなめ〳〵、あなふびんや」と、いふものもなき、死《し》をとぐる者、目前《もくぜん》山程《ほど》あれば、定《（さだめ）》て[一三]おつき合にも、旦那寺《だんなでら》の引導《いんどう》に、あづからぬ精霊《しやうれう》が、沢山《たくさん》あるべし。人は畳《たゝみ》の上で死《しん》で、旦那寺へかつがれて行が本意。なんとそふではござらぬか。大切《たいせつ》な[一四]親の遺体《いたい》の、其かゐなへ、入黒子《いれぼくろ》は何事ぞや。[一五]『酉陽雑俎《ゆうようざつそ》』か、[一六]『代酔《たいすい》』かに、唐《から》でも[一七]腕《うで》に彫《ほり》物せし、馬鹿《ばか》者の噂があつたと、去るものしりがはなされた。和漢《わかん》ともにこふした事は、ろくな者のする事ならず。しかれども今さら、貴様のは、もふぬけまい。ほり物はぜひもなし。身持《みもち》はふつ〳〵きほひをやめて、誠《まこと》の人となり給へ」と、せりかけ〳〵、机《つくへ》をたゝきてせめければ、

六 神道の思想的基盤の一として用いられた「和光同塵」（老子）の語を下敷にする。
七 竈。
八 芝居茶屋や色茶屋ではなく、通行人相手に湯・茶を出して商売とする茶屋。
九 のらくら者。
一〇 前世の悪業によるとしか言えないような恐ろしい病気。
一一 法華経・普門品「便生㆘端正有相之女、宿殖㆓徳本㆒衆人愛敬㆖」。多くの人に愛され敬われること。
一二 小野小町伝説の一。業平が旅中に「秋風の吹くにつけてもあなめ〳〵」の歌声を聞き、その声を求めると目から野薦が生えた小町の髑髏を見つけ、「小野とはいはじ薄生ひけり」の下句をつけて葬った（江家次第十四）。
一三 お知りあい。仲間。
一四 孝経・開宗明義に「身体髪膚受㆓之父母㆒」。
一五 唐、段成式撰の随筆。前・続三十巻十冊。元禄十年（一六九七）の和刻本がある。
一六 瑯琊代酔編。明、張鼎思撰の随筆。四十巻二十三冊。延宝三年（一六七五）の和刻本がある。
一七 酉陽雑俎・前集八に「黥」の章あり。全二十五項を収める。

「あゝもふいふて下《くだ》はるな。おみ様[一]のいふ所《ところ》が死《し》んだお袋《ふくろ》の、朝夕いふたに、毛《け》すじほどもちがいがない。今といふ今、発得《ほっとく》[二]した。おもへばお袋にあくたゐいふて、意見《いけん》をもちひず。親父《おやぢ》に勘当《かんどう》されて、びやくらい[三]おやぢと立引《たてひき》[四]だと、人の娘《むすめ》をひつぱらゐ[五]、大[六]屋の聟《むこ》入に、若い者どもをすゝめて、酒樽《さかだる》に水を入て、するめ一枚《まい》そへ、三拾人程、同《どう》類《るい》の名を書て、態《わざ》と御祝義と仕《し》かけ、振廻《ふるまい》の上《うへ》で、あばれる算用。やう〳〵[七]あつかわれ[八]て、大屋に手をすらせ[九]、目黒参り[一〇]に、態《わざ》と夜中に詣《もふ》で、道すがら家毎《いへごと》の戸を扣《たゝ》き、大口のたら〳〵。今ほどかへり見れば、我ながら人でなしといふ身持《みもち》。年に二度づゝ深川両国の茶屋で、仲間《なかま》の伊勢講《いせかう》[一一]。朝から喧嘩《けんくわ》の心がけで、毎年嘉例《かれい》のつかみ合を、両国の茶屋の亭主《ていしゅ》も、最早《もはや》呑込《のみこみ》、「御膳《おぜん》は、喧嘩過《けんくわすぎ》に出しましよか」と、伺程《うかゞふほど》な、名題《なだい》の寄合《よりあい》。うどん屋の二階《かゐ》へあがれば、汁《しる》がわるひと畳《たゝみ》へこぼし、折角表替《せっかくおもてがへ》した、備後表《びんごおもて》[一二]を小刀《こがたな》で切さばき、あるとあらゆる不人品《ぶひとがら》[一三]。今日《こんにち》からふつ〳〵いたすまい」と、一念発起《ねんほっき》は、本《ほん》[一四]地《ち》の風光《ふうくわう》。明徳自然《めいとくしぜん》に顕《あらは》れて、打《うつ》て替りし神妙《しんめう》な体《てい》。一生《しやう》に初《はじめ》て畏《かしこまつ》て、足をさすり〳〵、漸《やうやく》出《で》て行後 姿《ゆくうしろすがた》見送《おく》り、「あれをおもへば、大体《たいてい》人なみの人が、寄合《よりあい》茶屋で、喧《けん》嘩《くわ》したり、腰張《こしばり》[一五]に楽書《らくがき》したり、行違《ゆきちがひ》に女中に、わるくちいふは、人外《にんぐわい》[一六]のふるまい。小便《しやうべん》する度に、片足上《かたあしあ》ゲて、たれ給へ。ぶち助[一七]、黒八殿《くろはちどの》、能《よく》〳〵心得給へ」と、いゝしを、隣《となり》の煮売《にうり》屋の親父《おやぢ》が聞覚へて、語《かた》り伝へけらし。

一　あなた様。
二　得心する。納得する。
三　白癩。自誓の詞。どうしてもの意。
四　意地をたてての喧嘩。
五　ひっかけること。
六　大屋の家の婚礼。
七　ふしょうぶしょう。何とか。
八　仲裁人に仲裁されて。
九　頭を下げさせること。
一〇　目黒不動参詣。現目黒区下目黒三丁目の泰叡山滝泉寺。特に正・五・九月の二十八日と、十二月十三日の煤掃きの開帳には、参詣人で大いに賑う。
一一　伊勢神宮参詣を目的に掛け銭をする講で、当番の家で宴会を行う。
一二　備後国産の高級な畳表。
一三　不品行。
一四　禅語。「本来の面目」と同じ。自己の心性の本分。
一五　壁や襖などの下部に貼った紙。
一六　人でなし。人非人。
一七　人でなしを犬にたとえたもの。

当世下手談義巻三終

当世《いまやう》下手《へた》談義《だんぎ》巻四

洛陽沙弥

静観房好阿述

○鵜《う》[一]殿退卜《どのたいぼく》、徒然草《つれ〴〵ぐさ》講談《かうだん》之事

[二]湖上《こしやう》行《ゆく〳〵》吟《ぎん》ず落日《らくじつ》の辺《ほとり》。[三]高秋蕭索《かうしうしやうさく》として倍《ます〳〵》凄然《せいぜん》。独《ひとり》つつくりとして居れば、昼《ひる》さへ[四]徒然《とぜん》なるに、ましてなまながき秋の夜を、いかに用なき隠居の身とて、[五]宵《よひ》から寐《ね》て斗《ばかり》も暮《くら》されず。[六]あかざの杖《つへ》引ずりて、[七]新道通りをうそ〳〵歩行《あるけ》ば、「つれ〴〵草講釈《かうしやく》。[八]座料《ざりやう》八銅《とう》。講師《かうじ》鵜殿退卜《うどのたいぼく》」と、書付たる行灯《あんどん》。「[九]出入四ッ限《ぎり》」としるせし、[一〇]大屋殿の灯《ともしび》と光をあらそひ、路次口《ろじぐち》にかゝやけり。究竟《くつきやう》の慰《なぐさみ》と、内へ入て見れば、講談《こうだん》もはや半過《なかば》ぬと見へて、宿《やど》の主《あるじ》が、そろ〳〵茶釜《ちやがま》の下の[一一]火をしめし、茶碗洗《わんあらい》て片《かた》づくる体《てい》。今少《（すこし）》はやふ来らばと、残念ながら、入口の柱《はしら》にもたれて聞《きけ》ば、講師《かうじ》一調子《いつてうし》張《はり》上て、

「「[一二]応長《おうちやう》の比《（ころ）》、伊勢の国より、女の鬼《おに》になりたるを、[一三]ゐてのぼりたりといふ事ありて、其比《（そのころ）》廿日ばかり、日毎《ごと》に京白河の人、鬼見にとて出まどふ。昨日《きのふ》は[一四]西園寺《さいおんじ》に参りたり

一「独活の大木」のもじり。
二 出典未詳。
三 秋たけなわの頃のものさびしい様。
四 心ぼそい状態。
五 日が暮れて暗くなった夜の初め頃の時間帯をいう。
六 藜(あかざ)の茎を乾して作った杖。一般に老人用の杖をいう。
七 大都会での町割りに従った大通りの間に、生活の便に応じて出来た家々の間の細い小路や露地。
八 席料八文。
九「四つ」は午前・午後の九時から十一時頃をいう。当時、江戸の町々は大通りから新道小路に至るまで連接する町の境目毎に木戸が設けられて、主として大通りの木戸は番屋の木戸番が、横町小路の木戸は大屋がその開閉を行いその時刻は四つと定められた。
一〇 土地・家屋を所有してそこに住み、店子を差配する者を居付家主(いつきいえぬし)といい、自分はそこに住まずに別の者を家主とする場合に、その命じられた家主を大屋(おおや)とか家主(やぬし)とか称した。

し、今日は院《いん》[一五]へまいるべし、唯今はそこ〳〵になんどいひあへり。まさしく見たりといふ人もなく、そらごとゝ云人もなし。上下唯《たゞ》鬼の事のみいひやまず。其比東山より、安《あ》[一六]居《ぐゐ》院の辺へ罷侍《(まかりはべ)》りしに、四条よりか[一七]みざまの人、皆北をさしてはしる。一条室町に鬼ありと罵[一八]《のゝし》りあへり。今出《いまで》川《がわ》の辺より見やれば、院[一九]の御《み》桟敷《さんじき》のあたり、さらに[二〇]とほりうべうもあらず、たちこみたり。は[二一]やく跡[二二]なき事にあらざんめりとて、人をやりて見するに、おほかたあへるものなし。暮るまでかく立さはぎて、果《はて》は闘諍《とうじやう》[二三]おこりて、浅ましき事ども有けり。その比おしなべて二三日、人のわづらふ事侍《(はべり)》しをぞ、彼《(かの)》鬼のそらごとは、此《(この)》[二四]しるしをしめすなりけりと、云《いふ》人も侍し」。

是迄がつれ〴〵草、第[二五]五十一段めの本文。扨此段は、別して世俗の、あらぬそらごとを信じて、語り伝へ、われも人も、心惑《まどひ》して、恐れあへる愚《おろか》さを、あはれびさとし給ふ、例《れい》の兼好の仁心。末代の人、此段を等閑《なほざり》に見るべからずと、古人《こじん》[二六]も申置ました。

物じて昔も今も、何者の、何の所得《しよとく》ありてか、そら言を造《つく》り出し、言触《いゝふ》らす事か。扨ゝ悪《にくき》仕《し》業《わざ》かな。年ゝ色をかへ品をかへたる、流言《はやりごと》の妄説《うそばなし》。懲《こり》もなく毎年化《ばか》されて恥《はち》もおもはず一盃《ばい》づゝ、うま〳〵と喰《くわ》るゝ衆中も、おもへば余《よ》程《ほど》鼻《はな》[二七]の下の、ゆたかなる人ゝならずや。されば寛永十四五年のころかとよ。髪切虫《かみきりむし》といへる、剃刀《かみそり》の牙《きば》、はさみの手《て》しある、妖孽《ようげつ》[二八]有《(あり)》といゝふらして、誰《たれ》こそ、一[二九]定《じやう》、きられたりといふ人もなきに、そ

一一 火の用心のため、水をかけて消すこと。
一二 徒然草五十段。
一三 連れて京へ上る。
一四 西園寺公経の造営になる北山沿いの寺院。今の金閣寺辺り。
一五 院の御所。当時は伏見院で御所は持明院殿。
一六 京の北郊にある比叡山の里坊の名。
一七 北方の人々。
一八 大騒ぎする有様。
一九 院が賀茂祭などの行事の見物のために設けられた桟敷。
二〇 通る事も出来ないほど。
二一 さては。やっぱり。
二二 根も葉もない事ではなさそうだ。
二三 喧嘩沙汰。
二四 前兆。予兆。
二五 徒然草は冒頭の有名な「つれ〴〵なるまゝに」の章を序段とし、「いでやこの世に」からを第一段と数えるのが通例で、本話は第五十段となるが、古く「整板十一行本」や寛文七年、元禄四年、磐斎抄など五十一段とする板本もあり、ここはその何れかに拠ったものであろう。
二六 たとえば徒然草吟和抄には「此段は世間の虚説に心をうつす事なかれとの教へ也」とある。
二七 鼻の下の長い人。
二八 災害のきざし。国家の亡びる前兆。
二九 まちがいなく。確かに。

ん所そこの[一]御深窓《しんぞう》、太郎作が嬶《かゝ》、次郎蔵が娘、[二]神田の比丘尼のお寮《りやう》さへ、おしや長《たけ》なる黒髪《くろかみ》を、元結際《もといぎわ》より、ふつと剪《き》られしと、[三]毛《け》もなひ虚《うそ》をいゝちらせど、誰一人《ひとり》あらそふものなく、家より家に言伝へて、夜もすがら頭巾《づきん》をかぶり、鉢《はち》巻して、夢もむすばず、おそれおのゝきける程に、亦其虚誕《うそ》の上塗《うわぬり》して、髪切虫《かみきりむし》の[四]除《よけ》の歌、かたじけなくも、京都より下されたを、去ル所から写《うつ》して来たと、「異国《いこく》より、悪魔《あくま》の風の吹来《ふきく》るに、とく吹もどせ、伊勢の神風」と、まがく／＼しくこしらへ、家〻の門戸《もんと》に張《はり》ちら

一 身分ある人の妻女の敬称。御新造。
二 神田多町(現外神田三・四丁目、須田町一丁目辺り)周辺は比丘尼と称する私娼の巣窟として有名であった(→一四九頁注二〇)。
三 全くの嘘の意と、比丘尼ゆえ毛が無いとにかける。
四 某々卿の作と称する虫除けのまじないの歌は種々あるが、例えば便所のうじ虫除けには「ちはやふる卯月四日は吉日よかみさけ虫を成敗ぞする」と書いた紙を逆さに貼るなどがある。

し、身にも佩《おび》て、走《はし》り廻《めぐ》る。後は、其髪切虫こそ、家〻にある、煎瓦《いりがはら》[五]（江戸にては是をほうろくと言）の下に隠れ住《すむ》よしを言《いゝ》伝へ、我さきにと、ほうろくをなげ出して、打破《うちわ》り捨《すて》たる程に、大路《おふぢ》にあしの立所《たてど》もなかりしとぞ、[六]山岡元隣子《りんし》の[七]『宝蔵《たからぐら》』（今題号《だいがう》を改て『幸ぐら』と言）といへる草紙《し》に書《かき》のせ置れました。是も兼好《けんこう》法師とおなじく、仁心《じんしん》のあつきより、末の世の人、かゝる流言《はやりごと》に、心惑《まどひ》せざれと、心得のため、念比《ねんごろ》に書おかれし、古人《こじん》の恩《おん》を仇《あだ》[八]に見過し聞すごさんは、あまりに無下《むげ》[九]なる事ではござらぬか。近き比も、何やらのまじなひとて、頭上《あたま》へ土器《かわらけ》をのせ、其中へ灸《きう》をすゆるが、よひと言《いゝ》ふらし、[一〇]髭喰《ひげくひ》そらして、人に異見《いけん》も云《いゝ》そふなわろ[一一]が、白昼《はくちう》に、丑《うし》[一二]の時参りのやうに、つむりからたちのぼる煙の、跡かたなきそら事を信じて、こゝろ空虚《うつけ》となり、自己《みづからおの》が神《たましゐ》を、くらましけがして、人には阿房《あはう》よ、長[一三]太郎よと、顔《かほ》を詠《なが》められたるもの、すくなからず。又延享のはじめつかたにや、来ル廿五日には、鍋《なべ》も茶釜も破る程なる大雷《かみなり》が鳴筈《なるはづ》。昨日天竺《ぢく》[一四]の新町から、三度飛脚《びきやく》[一五]で知らせたと、聞伝へ、いゝつたへ、大路《おゝぢ》をあるく棒手振《ぼてふり》[一六]も、前用心に、両耳《りやうみゝ》へ、古綿《ふるわた》を捻込《ねぢこみ》、「生鰯《なまいわし》〳〵」と、呼《よ》ぶばかりで、買人《かいて》があれども、俄聾《にわかつんぼ》。終日《しうじつ》一文が商《あきない》もせず、みす〳〵虚説《きよせつ》の為に、渡世《とせい》をうしなひながら、まだたわけの夢さめず、禁中様[一七]から、雷除《らいよけ》の御歌が下りましたと、じゅんれい[一八]歌のやうなものを書付て、大屋どのゝ内義へ、しん上《じやう》と上書までして持てゆけば、「是は〳〵忝《かたじけない》心ざし。此礼に、何をがな。おふそれ

五 素焼の土鍋。ごまや豆等を煎るのに用いる。
六 伊勢の人。季吟門の国学者として著名で、一方、仮名草子や俳諧の作者としても有名。寛文十二年(一六七二)没、四十二歳。
七 元隣著、大本五冊、寛文十一年刊。俳諧文集の嚆矢といわれる。後、元文四年(一七三九)にも「幸蔵」と改題して刊行される。
八 徒に。いいかげんに。
九 ひどいこと。論外のこと。
一〇 口でくわえられそうなほどに立派な髭を生やしていること。
一一 奴。男子をののしっていう言い方。
一二 相手を呪い殺すために、深夜に神社に参詣するまじない。鉄輪に蠟燭をともして頭上に立て、わら人形を神木に釘で打ちつける。
一三 馬鹿の異名。
一四 インド。当時の庶民にとって、唐天竺は最も遠い処という認識である。
一五 毎月三度、江戸と大坂間を往復した定期便の飛脚。
一六 天秤棒で荷負い売りをする魚や青物等の行商人。
一七 天子様の意。
一八 御詠歌。西国三十三番の札所と称する寺院を巡る巡礼者が謡う歌で、三十三番それぞれの歌がある。

よ。今迄はきびしう言付ましたが、[一]けうこう火の用心は、勝手にさしやれ」と、嬉しさが余《あま》りての、内義のそさう。其後公《おゝやけ》より、「虚説《きよせつ》申触《(まうしふら)》し、書付て持あるくものあらば、[二]急度《(きつと)》可レ被二仰付一」と、御触ありてぞ、此雑説《ぞうせつ》ひしと止《やみ》て、雷も御威光《くわう》に恐れ、いかなごろ〳〵ともいわで過ぬ。

かゝる事は、元来《より》少《(すこし)》心ある輩《ともがら》は、誠とおもはざる物から、[三]流言《りうげん》は智者にとゞまると、古人も申置れました。たとへば丸き物を、地上《ちじやう》にまろばすに、くぼき所にてとゞまるごとく、そら言流言《ごとはやりごと》は、智者《ちしや》の耳に入《(いら)》ば、とゞまるもので御座る。智ある人は物の理にさとく、まことしからぬ事は耳から入ても、口へ出さず。曾《かつ》て他人に語る事なければ、一人語り伝へざるも、千万人の為となる。愚者《ぐしや》は又此裏《うら》にて、万のことはりに暗《くら》く、何でもかでも、聞や否《いな》、堪情《こらへじやう》なく其儘打《うち》まけ、己《おの》が聞た時より、一割《わり》もかけてはなせば、是は[四]珍説《ちんせつ》〳〵と、其儘でも咄す事か、又二割がたも潤色《じゆんしよく》して語るを、裏店《うらだな》の針売婆《はりうりばゞ》ゞが、聾《つんぼ》の僻《くせ》に聞たがりて、小首かたげ、やう〳〵と、片端《かたはし》を聞うけ、己《おの》が商売の針を棒程に言なせば、是を聞たる下女、はしたが、御新造《しんぞう》へ[五]追従《ついしやう》に、「針売《はりうり》が怖《こわい》咄しをいたしました」と、尾《お》に尾を附ての虚《きよ》が実《じつ》となり、それ御家老の臍内《へそない》殿へも知らせよ、番町の奥様へも、御存《(ごぞんじ)》かしらねど、申上まいらせ候と、文をかくやら、面ゝの宿《(やど)》へ書付て送るやら、[六]岷江《みんかう》の水上《(みなかみ)》は、盃を浮《うか》めて、あそぶ程の、細流《ほそきながれ》なれど、末は大船《たいせん》を乗《(のす)》るごとく、いか

一 向後。今後。
二 御触れ書の文句で、厳しく禁止するの意。
三 諺。流言蜚語の類は無智な者が言い触らして流行する。荀子・大略「流丸止二於甌臾一、流言止二於智者一」。
四 宝暦頃から流言蜚語の盛行ぶりが目立って来て、宝暦二年(一七五二)の落首にも「近年は無き事咄し替道具御役御免と俄評定」。
五 御機嫌とり。
六 岷山の北にはじまり、やがて揚子江に合流する川。孔子家語・三恕「夫江始出二岷山一、其源可三以濫二レ觴」。
七 みだりに。むやみに。
八 武蔵の国川口村(現埼玉県川口市金山)平等山阿弥陀院。建久五年(一一九四)、僧定尊が善光寺如来の霊告を得て勧進建立するという。武江年表・元文二年(一七三七)の項に「八月、川口善光寺…此節より再建の為奉加を始む。男女老稚日毎に募縁の歌をうたひ、鉦をならし市中を群行して施財を募る。九月に至りて停止せらる。春台先生この奉加の事を譏れるの文あり」。

にも何者か、徒《いたづら》ものが言出して、一人二人リの耳に入ると、いつでも世間一面の噂《うはさ》。此虚説《うそ》の源《みなもと》となる者、おほくの愚人をあざむき、婦人小児を怖畏《おどし》てくるしむるその罪《つみ》甚し。但し何程はやらせたふたくむとも、人品《ひとがら》よろしき所では、[七]むさと受とらぬものかして、各《(おのおの)》も御ぞんじの通り、去る比《(ころ)》、[八]武州河口善光寺の建立《こんりう》とて、精霊棚《しやうれうだな》の提灯《てうちん》程な、[九]白張《はり》に、其所の号《な》を、恥《はづか》し気《げ》もなく書ちらして、嫁《よめ》も舅《しうと》も爺《ぢゞ》も媼《ばゞ》も、念仏やら、小唄《こうた》やら、我も〳〵と出る程に、[一〇]けるほどに、隣《となり》町でも昨日から出るに、此町でも、出ずんばあるべからずと、新道《みち》の鱣《うなぎ》屋の親仁《おやじ》が、淫《たわ》気《け》の籏頭《はたがしら》となりて、[一一]帰命頂礼《きめうてうらい》阿弥陀仏と、顔《かほ》をしかめて、音頭《おんど》のしほから声に、婆《ば》ゞ達《たち》の[一二]地謡《ぢうたひ》。其声《こへ》かまびすしく、[一三]あすかの山も動《うご》きつべし。[一四]一夫《いつぷ》耕《たがや》さざれば、飢《き》渇《かつ》の基《もとい》。一婦《いつぷ》織《おら》ざれば、諸人の寒気《かんき》を、防《ふせぐ》に便なからんに、百性は家をあけて、一村悉《いつそんことゞ》く物もらひのまねして、田畑《でんばた》は荒《あれし》次第《だい》。町人も商売道具を、なげすてゝのたくはつ。生仏《いきぼとけ》になる合点《がてん》で、われさきにと出あるきしに、聖代《せいだい》の御政《まつりごと》あまねく、早速御《さつそくご》停止《てうじ》の御触《ふれ》にて、静《しづま》りぬ。又往《いん》じ[一五]享保年中、常陸《ひたち》の阿波《あんば》大杉の神、あそこへも飛給ふ、こゝへも飛給ふと、いやはや[一六]とんだ事を言ふらし、[一七]山王の御祭礼、[一八]祇園《ぎおん》の山鉾《ぼこ》もあざむくべき大祭。毎日昼夜《ちうや》七日程は、うかれ立たるを、きびしく御停止《てうじ》仰付られ、夢の覚《さめ》たる心地して、其後とんだか、はねたかの、音もなくやみぬ。

爰《(ここ)》に東都の町中でも、目貫《めぬき》といわるゝ[一九]本町、両がへ町などは、さすが大商人の集り。

九 白地の提灯。
一〇 念を押すような調子の時に用いる語。近松「松風村雨束帯鑑」に「上る程にけるほどに」。
一一 仏を拝む時に唱える文句。身命をささげて仏を敬うの意。
一二 合唱。
一三 飛鳥山。現東京都北区王子一丁目。享保以来桜の名所として江戸の行楽地の一。
一四 諺。後漢書・王符伝「一夫不レ耕、天下受二其飢一。一婦不レ織、天下受二其寒一」。
一五 武江年表・享保十二年(一七二七)「六月上旬より、本所香取太神宮境内へ、常陸国阿波大杉大明神飛移り給ふとて貴賤群集し、万度家台練物を出し、美麗なる揃の衣類を着して参詣す。程なく此事を停らる」。
一六 当時の流行言葉の一。俳諧時津風(延享二年刊)に「炉開きの二階にとんだ茶釜かな」。
一七 赤坂御門の内、日吉山王大権現社の祭礼。六月十五日。九月十五日の神田明神の祭礼と共に、江戸の二大祭といわれた。
一八 京都祇園社の祭礼に出る山車。
一九 本町は、常盤橋東詰のやや北寄りに西から東に向う大通りの両側で、一丁目から四丁目まであり、金座、枡座を始め老舗、豪商が立並ぶ江戸一番の目抜通り。両替町も本町の南の通りに当り、一石橋の北詰で北鞘町と金座の間。

市中《しちう》ながら人品《じんぴん》、格別世界《かくべつせかい》にして、阿波《あんば》にもうかれず、河口にも[一]そゝらず。余所《よそ》に詠《ながめ》て心で笑《（わらひ）》しおとなしさ。是をおもへば、人がら次第で御座らぬか。其筈《そのはづ》の事。今も町中を[二]笈摺《おひずり》かけて、[三]口《く》養《やう》仏と、[四]鼻の下の建立《こんりう》、[五]題目《だいもく》の七返《へん》がへしは、[六]六字《ろくじ》づめの上《うへ》を行《ゆく》、[七]我慢《がまん》の太鼓《たいこ》、扣《たゝ》きたてゝ、わめき廻《まは》る嫗嚊《ばばかゝ》は、随分《ずいぶん》[八]片遠所《かたゑんじょ》の、裏店《うらだな》同前の者にて、畢竟《ひつきやう》[九]家職《かしよく》半分ながら、さりとてはあしきならはし。其所の長《おさ》たる人、など見ゆるしてはおわしますぞ。雑説虚説《ざうせつきよせつ》の流布《るふ》するも、はやり事のさきがけするも、かならず其地の人品《がら》だけ。つまる所は、其町処《てうところ》の恥《はぢ》なれば、其町の大屋様、[一〇]町饗応《てうふるまひ》に、店衆《（たなしゆ）》より、[一一]大きな焼物《やきもの》をまいるかわりに、其地の風義を正《たゞ》し給へかし。拙者が娘に、当春も[一二]あたり隣の嚊衆《かゝしゆ》が、「やれあの子にも、[一三]紅《もみ》の切《きれ》で、猿《さる》をぬふてやらしやませ。さなくばいとしや、[一四]神隠《かみがくし》の行《ゆく》衛《ゑ》しれずに、鉦太鼓《かねたいこ》で、難義の上の、[一五]造作《ぞうさ》も気の毒。もしあかいきれがなくば、幸わしが所に、此春つかふた、[一六]屠蘇袋《とそぶくろ》の古ひがある。少《ちと》色はさめたれど、上戸の娘御《ご》じや。酒の気《け》がうせぬも、あまりわるふはあるまい」と、[一七]念ごろぶりに、[一八]ちやわ〳〵といへども、「いや〳〵こちの娘は御覧の通り、あの鼻《はな》のひくさでは、天狗《てんぐ》の娵《よめ》にもまいるまじ。美《み》目《め》のわるひが此節《（このせつ）》の一徳。尤《（もつとも）》そこらを探《さが》したら、[一九]目ぬぐひの赤ィきれなりと、一寸や弐寸は、ありもこそせめ。さすがいにしへ、[二〇]鉢坊主《はちぼうず》の[二一]手の内程、米をも取て、[二二]鼠突《ねづみつき》の一本ももたせた拙者が、はやり事の虚説《きよせつ》を信《しん》じて、乞食《こじき》の[二三]面桶《めんつう》さげた様に、猿《さる》をさげさせ

一 「そそる」は、うかれ騒ぐこと。
二 巡礼が着る単衣の袖なし羽織。
三 供養仏にかけて、自分の口を養うためのもの貰ひを皮肉った表現。
四 同じく自分の口を養うための意。
五 日蓮宗の「南無妙法蓮華経」の七字を題目と称し、それを七回くり返す唱え方。
六 浄土宗・一向宗の「南無阿弥陀仏」を六字の名号と称する。
七 意地っぱり、強情の意。
八 場末の裏町。
九 信心ではなく職業としての意。
一〇 家屋敷を買った者が、その町内の人に披露のために馳走すること。
一一 祝儀のための鯛の焼物。
一二 御近所。
一三 迷子にならぬためのまじない。
一四 子供などが行方不明になること。町内の者が鉦太鼓を叩いて探しまわる。
一五 手間ひまをかけること。
一六 正月、屠蘇を三角の赤い袋に入れ、除夜に井戸の底につるし、元旦に取り出して煮る。
一七 親切ごかしに。
一八 べちゃくちゃ。
一九 紅のきれは眼病によいとされる。
二〇 托鉢して歩く乞食坊主。
二一 乞食などに与える米銭。
二二 未熟な槍を使う者、またその槍。ここは下級武士の身の上の謙辞。
二三 杉板などで作った曲物の飯びつ。

もせられず」と、其儘《まゝ》にして暮しましたが、見事まめ息災《そくさい》で、さきほどもこれへ、夜食《やしよく》を持てうせましたが、則私《わたくし》の娘《むすめ》。御覧《らん》なされたか。なんとよいきりやうでは御座らぬか。あのつら故、まづ[二四]人売《ひとかゐ》の惣太を、道連《みちづれ》にしても、気づかいなく、[二五]豊後ぶしをならわせねば、心中欠落《かけおち》の念もなく、誠の[二六]かゝり娘とは、あの子が事。唯《たゞ》一ッの迷惑《めいわく》は、此相場のよい米を、[二七]信濃者《もの》程給《(た)》べおります。

是はしたり。我身の事ばかりを申た。然れば[二八]何れも様にも、自今《じこん》は毎歳《まいとし》の、流行《はやり》事の根《ね》なし

二四 梅若丸伝説に見える、陸奥の人買い、古くは信夫の藤太。近松の「双生(ふたご)隅田川」(享保五年初演)では猿島惣太。

二五 →一一七頁注一五。豊後節流行に乗じて、心中駆落ちが流行した様は「享保世説」に拠れば享保四年(一七一九)から十六年までに心中二十六件、元文年間(一七三六―四一)の駆落ち三十数件とある。

二六 親が老後のたよりにする娘。

二七 信州人。当時、江戸市中に出稼ぎの奉公人は信州人が多く、川柳・前句付の類では必ず大飯喰いとして描写される。

二八 どなた様。

草《ぐさ》、かならず取あげ給はずして、万一馬鹿《ばか》者が来て、咄しませふとも、耳《みゝ》から這入《はいる》は、あけばなしの穴《あな》なれば、是非に及ず。口から外《そと》へは、[一]虚無僧《こもそう》の風呂屋《ふろや》か、[二]鎌倉の比丘尼《びくに》所へ欠込《かけこん》だやうに、門外へ出さぬが、面ゝの慎《つゝしみ》と申もの。人ゝ《(にんにん)》かやうに心得ば、徒者《いたづらもの》が、何とはやらせたふても、一向流布《るふ》せず。女子童子《(をなごわらべ)》も心ゆたかに、夜をやすくいねて、安楽世界《かい》なるべし。彼《(かの)》巫女《みこ》殿の[三]湯《ゆ》立《だて》の釜《かま》の、ゆげの立《(たつ)》うそから、乳母《うば》どのゝ肝《きも》を冷《ひや》させ、物あんじに[四]乳《ち》があがりて、[五]半途《はんと》に浪人《らうにん》するも、正直故とはいゝながら、あまりにおろかなるべし。過し元禄十六年、未《ひつじ》の霜月、忘《わす》れもやらぬ、[六]廿二日の夜半過、天地も今夜《こんや》限《ぎ》りで、惣仕《じ》舞《まゐ》かと思ふ斗《ばかり》の大地震《ぢしん》。此節一日まへにも、巫女《みこ》殿に乗り移《うつ》りて、おしらせなされたら、[七]せいもん赤裸《あかはだか》で、大道へ飛出《とびいで》はせまじ。我等《われら》も[八]下帯《したおび》手にさげて、[九]白竜《はくりやう》が羽衣とりて、天人とからかひしごとく、隣《となり》の親父《おやぢ》と引張《ひつぱり》やいて、うろたへしは、せめて夜中で仕合《(しあはせ)》。其比《(そのころ)》の人じや迚《とて》、仏神にさのみにくまれふ筈《はづ》もなし。今時の人じやとて、俄《にはか》に可愛《かあい》がらるゝ訳《わけ》もないに、其節は夢にもしらせず、近い比は、めつたに口まめに、御たくせんなさるるは、こわそもいかなる仏意《ぶつち》にや。どうした事の神慮《しんりよ》ぞやと、[一〇]一円合点《がてん》まいらぬ。其時の地震《ぢしん》にも、禁裡《きんり》様から、[一一]御製《ぎよせい》の歌が下りましたと、「[一二]棟《むね》は八ッ、門《かど》は九《こゝの》ッ、戸《と》は一ッ」、とやらいふ事を、[一三]喧嘩《けんくわ》過て棒《ぼう》ちぎり木。「まだ大きなが震筈《ゆるはづ》じや」と見て来たやうに言《いゝ》ふらして、「この歌を書《かい》て、身に付よ」と、我等も小児《がき》の時分にて、

一 普化宗では武士道上よんどころ無い罪を犯した者の帰依を許して虚無僧として修行させた。普化宗の本寺は関東では小金の一月寺と青梅の鈴法寺で、その末寺を風呂屋、風呂寺と称し、罪を犯して普化宗末寺に駆込んだ侍は外へ出さずに庇護される。

二 鎌倉松が岡の尼寺、東慶寺。ここへ駆込んだ女性は庇護されて離婚を果す事が出来るので駆込寺として有名。

三 巫女が神前の釜に湯をわかし、その湯を身にふりかけて神懸りの状態になること。

四 乳が出なくなること。

五 年季の半ばで乳母の職を失う。

六 武江年表・元禄十六年(一七〇三)「十一月二十二日、宵より電強く、夜八時、地鳴る事雷の如し…八時過津浪ありて房総人馬多く死す。…小田原より品川迄一万五千人、房州十万人、江戸三万七千余人也し由」。

七 誓って。断じて。

八 ふんどし。

九 羽衣伝説にいう駿河の国三保の松原の漁夫白竜。

一〇 さっぱり。

一一 当時、東山帝の御製は不明。武江年表には中院通茂「国つ神千代の岩をもゆりすえて動かぬ御代のためしにぞ引」の詠を載せる。

一二 御製の地震除けの歌を貼りつける場所と枚数を歌で示したものか。

一三 諺。後の祭りということ。

腰《こし》にさげた[一四]人数なりし。其後成仁《せいじん》するに従《したが》つて、古今《ここん》[一五]此格《かく》な事、かうした図《づ》のうそ、かれ是と、前後《ぜんご》を考《かんが》へ、其後はいかな事、[一六]四も五もくわぬ、[一七]わるずいとはなりき。此段《だん》の大意《い》は、此已後《いご》、かうした格《かく》な事を、誠として、化《ばか》されぬやうにと、兼好《けんかう》も筆をつゐやし、元隣《げんりん》も紙《かみ》をおしまず、念比《(ねんごろ)》に書残されたり。今晩《こんばん》はまづ是限《ぎり》」と、いふやいな、ばら〴〵と起《たつ》て、「また明晩《ばん》〳〵」と、亭主《ていしゆ》にいとまごひして、己《おの》がさま〴〵取〻の評判。「[一八]実《げ》にとはあのいわるゝ通りじや。今宵《こよひ》の講談《かうだん》は、孫子《まごこ》によい土産《みやげ》でござるの」。「されば〳〵、此比での[一九]聞《きゝ》ごと。同じひまで、敵打《かたきうち》や、喧嘩《けんくわ》の噂《うはさ》の、しかも虚偽《うそ》半分《はんぶん》なを聞《きく》とは、大《おほき》なちがゐ。いかにも聞て損《そん》のなゐこと。今宵《こよひ》のやうなは、面〻[二〇]いかひ、徳兵衛殿おさらば〳〵」と、皆ちり〴〵に、わかれ行《(ゆく)》。我も感心《かんしん》の余り、一生になひ大気を出して、八銅《とう》の座料《ざりやう》へ、九文置て、「御亭主《ていしゆ》。一銭《せん》は[二一]花で御座る」と、大尽《じん》が小判《ばん》なげ出した顔《かほ》で、帰りぬ。

当世下手談義巻四 終

一四 頭数。仲間の中の一人。
一五 このような程度の事、こうした様子の嘘などと。
一六 どんな手段にも乗せられない。
一七 悪がしこい人。
一八 全くもって。
一九 聞いて良かったこと。
二〇 とても得したの意と人名をかける。
二一 祝儀。心づけ。

当《(いま)》世《やう》下手《へた》談義《だんぎ》巻五

洛陽沙弥
静観房好阿述

○都路無字大夫《みやこじむじだゆふ》[一]、江《ゑ》の島《しま》参詣の事

半生長《はんせいとこしなへ》[二]に客《かく》をもつて家《いへ》とす。始《はじめ》て信《しん》ず、人間行《にんげんゆい》て尽《つく》さゞる事を。天涯更《てんがいさら》に亦天涯《がい》あり。抑《(そもそも)》前髪《まへがみ》[三]の昔《むかし》より、あまねく諸国《しよこく》の、旅芝居《たびしばゐ》[四]を挊《かせぎ》、あるひは筑紫《つくし》の月を詠《ながめ》て、九州《きうしう》訛《なまり》の女郎《よね》に打込《うちこみ》、又は吾妻《あづま》の雪を凌《しのぎ》て、銚子《てうし》の座元《ざもと》に給銀《きうぎん》を寐《ね》[五]られ、六拾余州《よしう》、至《いた》らぬ隈《くま》なく、一度《ど》もはねた[六]事なき、宮古路無字大夫《みやこじむじだゆふ》とて、隠《かくれ》なき不器用者《ぶきようもの》あり。されば近年[七]、豊後《ぶんご》が一流大《りう(おほき)》に流行《はやり》、武士《ぶし》も町人も、あまねく弄《もてあそび》、雪の日に酒屋の御用[八]めが、買人《かいて》の喉《のど》を鳴《なら》して待《まつ》をも構《かまは》ず、「秋[九]の末よりぶら〳〵と」を、いかにもぶら〳〵あるきながらのひとふし。「夕霧《ぎり》[一〇]が病気以《(もつて)》の外、只今御見廻《みまい》下され」との、使《つかい》のものも、又ぶら〳〵。やう〳〵医者《いしや》の玄関《げんくわ》に着《つき》て、「只今御出」と云入《いゝ(いる)》れば、随庵元来《ずいあんぐわんらい》[一一]、『素問《そもん》[一二]・霊枢《れいすう》』より、豊後が骨髄《こつずい》に徹《てつ》し、「何じや又痞《つかへ》か。喜左ヱ門殿[一三]に、いつもの持病《じびやう》じや。見るにおよば

一 豊後節の太夫「宮古路文字太夫」をもじり、無教養な者の意味を利かせて無字太夫とした。文字太夫は京都寺町の人で初代豊後掾の門人。元文の始め江戸に下り、元文四年(一七三九)九月の豊後節禁令以後、常磐津節の流祖となる(声曲類纂、等)。

二 出典未詳。「人生の半ばを旅客の如き境涯で過してしまった今、つくづくと人生そのものが果てしない旅であることに思い至った」の意。

三 前髪を伸ばした若衆形の頃から。

四 田舎廻りの芝居を勤めて。

五 給金を払って貰えないこと。しらぬ顔をすること。

六 大当りをとること。

七 豊後節は京の都一中の門人国太夫が享保三年(一七一八)大坂竹本座に出演以来、国太夫節としてその艶冶な節廻しが大いに流行し、以後受領して宮古路豊後掾と名乗って、享保末年江戸下りしてからは江戸に豊後節の名で爆発的に流行。豊後掾の弟子文字太夫も大人気でその風俗は文金風と呼ばれ、風俗紊乱のかどで元文四年九月に禁止令が出されるに至る。その有様は声曲類纂、我衣、賤のをだ巻、独語などの諸書に詳しい。

八 御用聞き。小僧。

九 近松作「夕霧阿波鳴渡」上巻「名は立上る夕霧や、秋の末よりぶら〳〵と」。豊後節の文句は近松の作から借用したものが多い。

一〇 同、下巻に「御病気もつての外の

ぬ。[一四]そろべくそろに、やらしやませ」と、返事《(へんじ)》もそこ〳〵。呼《よび》に来た者より、さきへかけ出して、大屋の[一五]日待《まち》に、[一六]竜神ぞろへ語る顔付《つらつき》。[一七]神農《しんのふ》も[一八]薬師も、あきれ果《(はて)》させ給ふらん。

是程に老若貴賤、普《(あまね)》くもてはやせば、いかに沢《たく》山な大夫でも少《ちと》は我も、[一九]内証《しやう》があたゝまる筈《はづ》じやが、よく〳〵金銀に縁遠生《ゑんどほひ》れにや、昨日まで鉦扣《(かねたたい)》て、[二〇]鉢ひらきした、盲坊主《めくらぼうず》が還俗《げんぞく》して、よい[二一]衆附合《つきあい》。小袖着《こそでき》て、[二二]大藤内《(おほとうない)》が、あたまつきして飛上る中に、いかなれば冬も随分涼《ずいぶんすゞ》しい出立《でたち》。人生《じんせい》の禍福《くわふく》は、耳《みゝ》たぶ次第といふもうそなり。おれが耳《みゝ》は、[二三]田《でん》夫《ぶ》な[二四]つみ入レ程あれど、此ざまはと、つく〴〵身をうらみかこちけるが、急度《きつと》おもひ出し、いざさらば江の島《しま》に詣で、[二五]弁才天を祈り、せめて冬の夜《よ》に、[二六]天徳寺被《かぶつ》て寐《ね》ぬ程の身に、ねがわばやと、おもひ立《(たつ)》がいなや、元来旅用意《たびようい》とても、わらじ一足買迄《そくかふまで》也。かふした時は、亦貧乏《びんぼう》も捨《すて》られぬ物と、独咲《ひとりゑみ》して足にまかせ急ぐ程に、はや江の島の[二七]宝前に至りぬ。折から五月半《さつきなかば》、己巳《つちのとみ》も[二八]四五日跡《あと》にて、おびたゝしき参詣の跡は、何所《いづく》もおなじく、打てかわりて[二九]かんこ鳥。しん〳〵として、参詣とては我一人。是は[三〇]気さんじ、此姿《すがた》を見て、笑ふべき[三一]道者《(だうしや)》もなし。珍重〳〵と悦び、拝殿《はいでん》ともいわせず、江戸からの草臥《くたびれ》足《あし》、さし伸《のば》して一眠《ねふり》やつてくれふとおもへど、[三二]客情《かくじやう》は惟《たゞ》、夜《よ》の過《すご》し難《がた》きにあり。濤声半《とうせいはん》夜《や》孤《こ》枕《しん》に喧《かまびす》しく、さりとてはねられず。あたりを見れば、[三三]堂司《どうす》の法師とみへて、仁王をこかしたやうに、神前《しんぜん》に踏《ふみ》はだかり、山もくづるゝ高鼾《たかいびき》に、[三四]小《さ》男《お》鹿《しか》の八ッの御耳《みゝ》もつき

よし」。ここは、病人の使いが医者へ往診をたのむのにも、豊後節の文句を使うさま。

一一 医者の名。「夕霧阿波鳴渡」には「梅庵」という名の医者が出る。

一二 漢方医学の最古の書物で医学五経の一。「素問」は黄帝とその臣の名医岐伯との問答。「霊枢」は鍼術について記す。

一三 「夕霧阿波鳴渡」の登場人物の一人。大坂新町廓の揚屋吉田屋の亭主。

一四 「夕霧阿波鳴渡」上巻「どうなりとも候べく候にやらしやんせ」。適当に、きのむくままにの意。

一五 元来は正・五・九・十月の十五日や吉日の夜、潔斎して日の出を拝する行事だが、江戸期にはそれを口実にする酒宴遊興の会合となる。

一六 「風流竜神揃」(「宮古路月下の梅」所収)。

一七 中国古代の伝説中の皇帝。初めて医薬を作ったといわれ、漢方の薬店には神農の像を祭る。

一八 薬師如来。衆生の病苦を救い、痼疾を治す誓願を発す。

一九 懐具合が良くなる。

二〇 托鉢。 二一 代々つづいた金持。

二二 曾我物の登場人物の一。備前の国吉備津宮の神主で、夜討の折、祐経の宴に侍って共に討たれる臆病者。

二三 野暮ったい。田舎風の。

二四 魚肉などをすりつぶして小さく丸め、汁に落として煮るもの。はんぺんの一種。

ぬくべく、弁才天も、さこそやかましふ思召《おぼしめす》らんと、己《おの》がねられぬ腹《はら》だゝしさに人の鼾迄悋気《いびきまでりんき》心。いで〳〵きやつがねふりを覚《さま》してくれんずと、黄色《きいろ》な声《こゑ》をはりあげ、「名[一]はかたく、人は和《やわ》らぐ石垣《いしがけ》の」と、語りだす声《こへ》の下より、法師むく〳〵と起《おき》て、内陣《ないちん》の格子戸《かうしど》おしあけ、無字太《むじた》が前にずつくと立、「あらけがらわしや。わが清浄《きよくいさぎ》よき広前《ひろまへ》に、さやうな婬楽《いんがく》を。これだまりおらずば、目に物みせん」と、五[二]郎七茶碗程《ちやわんほど》な、目玉をむきだしたるおそろしさ。大夫きもをつぶして、畳《たゝみ》にまき[三]鬢《びん》の乱《みだ》るゝ程、

三五 弁天ともいう。琵琶を抱えた女体の神で、音楽や財福を司り、七福神の一として信仰を集める。己巳の日が縁日。

三六 藁を入れた紙の蒲団。

三七 神前・仏前などの敬称。

三八 四、五日前にすんだの意。

三九 閑古鳥。しずかでガランとした様。

四〇 気散じ。気安いこと。

四一 信者。

四二 出典未詳。「漂泊の身の上は夜のねつかれぬ時に鮮明に感じられることだ。浪音が独り寝の枕に喧しくひびく」の意。

四三 堂守。

四四 「中臣祓」十二段の文句に、「左男鹿乃八乃耳」。「耳」を出すための序詞として用いる。

一 豊後節の一節であろうが、曲名未詳。

二 五郎八茶碗よりはやや小さ目のという洒落か。

三 いわゆる文金風の髪で鬢の毛を巻上げたように結う。

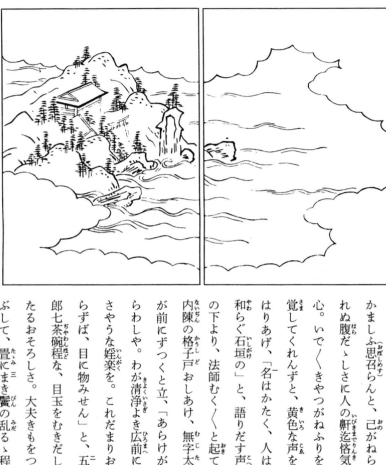

あたまをすり付て、見あげもやらず恐れ入たる風《ふ》情。

「あゝこれ〳〵。つむりをあげい。汝等《なんぢら》が、身につゞれを着《き》ても、あたまに銭[四]を入て、油ずくめの其髪《かみ》のゆいやう。それで身《み》が持《も》たるゝ物か。その鬢《びん》でそのごとく平伏すると、まづこちの畳《たゝみ》がたまらぬ。ひらに起《おき》て、我云《わがいふ》ことを能ゝ聞《(よくよく)きく》べし。鄭衛《ていゑい》[五]の音《おん》は、人間世《にんげんせい》[六]にも、聖賢《せいけん》是をにくみいましむ。まして日の本、神国清浄《しやう〴〵》の地におゐて、人倫《りん》の道を破《やぶ》り、淫奔《いんぽん》不義の媒《なかだち》となる、詠曲《ゑいきよく》をかなで、いかで仏神の内証《ないしやう》[七]に叶わん。汝しらずや、楽《がく》[八]は其声《こへ》淡《たん》にして傷《やぶら》ず、和にして淫《いん》せざるを貴《たつと》む。淡《たん》なる時は、欲心平《よくしんたいらか》なり。和なる時は躁心釈《そうしんとく》[九]。汝が好む所は是に反《はん》せり。其声妖淫愁怨《こへやういんしうゑん》にして、欲《よく》を導《みちび》き愁《かなしみ》を増《ま》し、主《しゆ》をあなどり父母を棄《すて》て、色の為に生命《せいめい》を軽《かろん》じ、倫をみだり家を破《やぶ》る。凡《(およそ)》楽の声正《たゞ》しければ、聴者《きく》の心も正しく、楽《がく》の声淫《こへいん》なれば、聴ものも婬惑《たはれまどふ》。風《ふう》[一〇]を移《うつ》し、俗を易《かゆ》る事、各《(おのおの)》楽の声に依て、善にもすゝみ、悪にもおち入る。したがこんなかたい事では竹馬の耳《みゝ》[一一]に北風、とても聞入るべしともおもはねば、平[一二]がなで見しらすべし。

先《(まづ)》そちが語る豊後ぶしといふもの、世間人民の大毒《どく》。砒《ひ》[一三]霜斑猫《そうはんめう》[一四]百双倍《ばい》。第一風俗をみだり、昨日迄律義如法《りちぎによほう》の男子《むすこ》も、一度此門に入ば、忽鬢《たちまちびん》[一五]の毛《け》逆《さか》だつて、髪《かみ》のまげが頂《てう》上に上り、眉毛《まゆげ》ぬけて業平《なりひら》[一六]に似たり。羽織ながふして地を掃《はら》ひ、見る者驚歎《きやうたん》せずといふことなし。されば浄留理といふものは、仮染《かりそめ》の遊戯《ゆふげ》なれど、是もいわば楽の一端《たん》。狂言

四 金をかけて。
五 礼記・楽記「鄭衛之音、乱世之音也」。鄭・衛は春秋時代の二国の名で、その国の音楽は淫猥であったという。
六 俗な人間の作った世の中。後文の「神国」に対する語。
七 御考え。御心もち。
八 出典あるか。未詳。
九 さわがしい心がとけておだやかになる。
一〇 孝経・広要道「風を移し俗を易ふるは楽より善きは莫し」。
一一 諺「馬耳東風」のもじりか。
一二 ごく平易に説き聞かそう。
一三 砒素を含む有毒の鉱物。
一四 斑猫科の甲虫の一種で、豆斑猫。和漢三才図会五十二「斑猫。本綱此一虫五変。二三月在二芫花上一、呼為二芫青一…皆有二大毒一」。砒霜と斑猫は毒薬の代表的なもの。
一五 いわゆる文金風の風俗。「賤のをだ巻」に「文金風とて、わげの腰を突立、元結多く巻て巻鬢の毛を下より上へかき上げ、月代の際にて巻こみて結ひたり。衣裳対尺の羽織を着、長き紐を先に少さく結びて」。
一六 業平の画像にあるように眉を殆んど剃り落したように細くする。「かったい眉」。

綺語《きぎよ》も、天地自然《しぜん》の相応《さうおふ》ありて、其地に備り《(そなはり)》、京都は万代不易《ふゑき》の王城《わうじやう》、あけ暮公卿殿《くぎやうてん》上人《じやう》の、優美《ゆうび》なるを見習ひ、下〻町人迄も、自然に物和らかにて、人の心、角《かど》とれた風俗に応じ、むつくりとした[一]一中《(いっちう)》が流行《はやり》。また大坂は日本第一の大湊《みなと》、諸国の米穀運送《べいこくうんそう》の津、いわば日本の米櫃《びつ》。それ故[二]義大夫の世話ごと、万《(よろづ)》耳近ひ、勝手向の、味噌塩の沙汰、俗語《ぞくご》がちなが土地相応。其僻《くせ》[三]作者が才智発明の輩にて、文句おもしろく、雅《が》俗相交《(あひ)まじは》り、花実《くわじつ》相対《たい》して、いやはや[四]鬼神《きしん》も、感応《かんおう》して、こちとらも、よだれを流す事あまたたび。東都は、国名を武蔵《むさし》と号《がう》し、日本鎮護《ちんご》の武庫《ぶこ》にして、仮《かり》にも柔弱《にうじやく》なる事を嫌《き》らひ、四角《かく》四面《めん》に、麻《あさ》上下[五]ため付た、武士《ぶし》の風義を見習ひ、朝夕《てうせき》町人の召使《めしつかい》迄、見やう見まねに、万厳《よろづきつ》として、男の詞《ことば》は世界《せかい》第一。上方筋の様に、[六]髭喰《ひげくい》そらして、「はてなんのいな」。「わしや、そふでないわいの」。「よさんせ」「くさんせ」の、弱気《にやけ》た詞《ことば》なく、和《くわ》して流《なが》れず、きりりしやんと[七]土佐ぶしが土地《とち》相応《そうおう》。其外むかしの[八]肥前ぶし、[九]近江吾《あふみご》斎《さい》、[一〇]薩摩《さつま》外記《げき》、[一一]虎《とら》屋永閑《ゑいかん》、いづれも武士《し》の強《つよ》みありて、江戸節《ぶし》と言《いふ》に恥《はづ》かしからず。[一二]古《こ》半大夫、近世の[一三]河東《かとう》は、中にも上品《ぼん》の至り浄留理。和して都の優美《ゆうび》に恥《はぢ》ず、威《い》あつて猛《たけ》からず、凡日本国中、何所《どこ》の浦〻島〻でも、嫌《きら》ふ人なく、門人河丈《もんじんかじやう》・夕丈《せきじやう》、孔《こう》門の[一四]顔子《がんし》・曾《そう》子《し》、[一五]釈氏《しやくし》の阿難《あなん》・迦葉《かしやう》のごとく、各《おの〳〵》祖風《そふう》を恥《はづ》かしめず、正風の一曲《きよく》、天地を動《うご》かし、鬼神を感《かん》ぜしむ。万世《ばんぜい》の末迄も、此一流《りう》は絶《た》えず廃《すた》れず、[一六]常盤《ときは》かきわに、人の心をなぐ

一　一中節。元禄・宝永(一六八八―一七一一)の頃、京都の須賀千朴が土佐節、文弥節等を合せて編み出し、都太夫一中と称えた。その歌詞・節廻しともに上品温雅といわれる。

二　義太夫節。貞享(一六八四―八八)頃、大坂の竹本義太夫が語り出した浄瑠璃の一派。作者に近松門左衛門を得、また人形芝居の語りを受持つ事によって、浄瑠璃の王座を占めるに至る。

三　近松以後も元禄期(一六八八―一七〇四)の紀海音、享保期(一七一六―三六)の竹田出雲、並木宗輔等々の名作者が輩出。

四　古今集・仮名序「目に見えぬ鬼神をもあはれと思はせ」。

五　折目ただしく着用する様。

六　→一六三頁注一〇。

七　江戸に始まる古浄瑠璃の一流。土佐少掾橘正勝の創めた一流。金平浄瑠璃風の武張ったものといわれ、金平衰退後の江戸を風靡した。

八　古浄瑠璃の一。杉山肥前掾の語り風。寛文・延宝(一六六一―八一)頃に盛行し、情味のある柔らかい味といわれる。

九　明暦・万治(一六五五―六一)頃吉原住の近江大掾語斎が語り出したというが、今は伝わらない。

一〇　薩摩外記直政の語り風で明暦から寛文頃、金平節と並んで硬派の語り口という。

一一　虎屋源太夫の門人虎屋永閑。寛文から元禄にかけて金平風を語る。

一二　杉山肥前掾の弟子江戸半太夫。貞享の初代から七代続くが、その初

さむべからむと、いと、頼母《たのも》し。

然《(しかる)》に汝が好む所の、宮古路《みやこじ》は、[一七]享保の始、犬《いぬ》[一八]の病と連立《つれだつ》て来て、世人の骨髄《こつずい》に通り、終《つい》に治《ぢ》し難《がた》き[一九]沈痾《ちんあ》となりぬ。併《しかしな》がら我ゝが油断《だん》なりき。はやく[二〇]広鉾《ひろほこ》を以て、他方千里に追《おい》やらずして、今で残念。さる程に我も〳〵と、まねよき儘《まゝ》に、うなり初《そめ》て、あまねくいたらぬ隈《くま》もなく、浄留理より、身ぶりを第一とまなび、[二一]小したゝるい風俗して、飛あるく輩もおほく、あまつさへ女があられもなひ、[二三]羽織着て脇指《わきざし》迄さした奴《やつ》も、折節見ゆるぞかし。昔《むかし》は、[二二]堀の舟宿の女房斗《(ばかり)》ぞ羽織を着《き》ける。今は大体小《ていこ》家《いへ》の壱軒も、持たる者の子も、女のあるまじき風俗させて、羽織きせたる親の心、おしはかりぬ。皆是愚《ぐ》人のするわざぞや。神仲間でも、氏子の風俗あしかれとは、[二四]風の神さへおもわぬ物から、[二五]寄合《(よりあひ)》の度ゝ、皆ゝ此沙汰《さた》のみなり。

惣じて衣服《いふく》の正《たゞ》しからぬを、服妖《ふくよう》と云《(いひ)》、言葉《ことば》の正しからぬを、言妖《げんよう》といふ。かの羽織着《き》る娘子ども、三十年已《い》前迄、聞《(きき)》もおよばぬ言葉づかい。「[二六]見ない」、「[二七]きない」、「よしな」、なんどゝ舌《した》を[二八]なやしてぬかしおるいやらしさ。忝《(かたじけない)》といふべきを、「おかたじけ」と、[二九]勘略《かんりやく》する心から、[三〇]いらぬ羽織の着《き》事なるべし。たま〳〵心ある、物の道理もわきまへた者が、そばから異見《いけん》すれば、「[三一]おせゝだの」と打込《(うちこむ)》。是はいらざるおせわといふ心にや。然《(しかれ)》ば親兄などの、諫《いさめ》も、うけつけぬ大悪人となる下地。はやく父兄《ふけい》たる者、いま

代を古半太夫という。優美な詞章で謡い物的な傾向といわれ、大薩摩浄雲以来の名人といわれる。享保元年の助六の浄瑠璃は、後世の助六ものの原型を定めた。
一三 江戸半太夫の門人十寸見河東が享保二年に独立してたてた流派。以後は江戸浄瑠璃の代表として明和(一七六四―七二)の四代目辺りまで全盛を極める。門人の内、河丈は二代目河東となり、夕丈は初代河東の本名藤十郎をついで二代藤十郎となり、二派に分裂するが、延享(一七四四―四八)初年、四代目河東の頃に再度まとまったという。　一四 孔子の門弟十哲の一人顔淵と曾参。　一五 釈迦の十大弟子の一人阿難と摩訶迦葉。
一六 永久に。祝詞などの慣用語。
一七 宮古路豊後掾の江戸下りは前述の通り、享保末年で、「夢の跡」頭書には「享保十九年九月」とある。
一八 武江年表・元文元年(一七三六)十二月の項に「所々犬煩ひ多く死す」とあるのを言うか。また同書・享保十五年(一七三〇)十一月「鍋かぶりといふ疾はやる」も或は犬の病気か。
一九 長くなおらない病気。
二〇 刃の幅の広い矛。日本書紀・神代下「国平(む)けし時に杖(つ)けりし広矛」。
二一 べたべたとした甘ったるい風俗。
二二 女性が羽織を着る風俗は諸書一致して、この時から始まるとあり、これが町の女芸者の風俗となって深

しめずんば、次第に手強《てごわ》くなりて、終《つい》に廃《すたり》者《(もの)》となるべし。かゝる言葉を、其儘《まゝ》に聞《きゝ》過して、打捨置《(うちすておく)》故、むかしより、ありふれたる言の葉とおもひて、露ばかりも恥《はじ》とおもはず、いゝもて興《きやう》じ、また羽織着《き》たいと望みもせぬに、物[一]入て仕立て着するは、あさましき親心。手《て》作《づく》りに鉦娘《どらむすめ》[二]と、こしらへ立《(たて)》、其上にまた汝等《なんぢら》ごとき、豊後語りを寵愛《てうあい》して、娘子に婬乱《いんらん》の指南《しなん》。惣じて汝が一党《とう》の浄留理語りを、家の内へ入たてると、辻《つぢ》[三]風を入たるごとく、其家破損《やぶれそん》ぜざるはすくなし。見よ〳〵娘や妹《いもと》が欠落《かけおち》して、行さきのあてがはづれ、絶《たへ》てなかりし心中[四]の、相対死《あいたいじに》を再興《さいこう》して、辻《つじ》中の倒《たおれ》死。骸《かばね》[五]を犬の餌食《ゑじき》として、一家《け》親類《しんるい》迄、恥《はぢ》をさらし、親兄弟《おやはらから》の歎《なげき》となる者、かぞふるにいとまなし。浮世に心中して死ぬる奴《やつ》程、淫《たはけ》たるものはなし。まづよふ[六]積《つも》りても見よ。未来《みらい》でながく添《そい》ましよと、いゝおれども、今生《こんぜう》で親兄弟に難義《なんぎ》をかけ、人倫《りん》の道に違《たがい》て死《しん》だものを、あたゝかに誰《た》がゆるして夫婦《めおと》にして置ものぞ。此世でも、罪人《つみびと》の牢獄《らうごく》に入る時、男女一所に居ることなきを見よ。若《もし》又其親兄弟の、追善《ついぜん》回向が届《とゞい》て、万に一ッも極楽へ生レたりとも、彼地《(かのち)》は元来、女人なきゆへ、女も反成男子《へんじやうなんし》[七]となれば、折角痛《せつかくいたい》目して死でも、互《たがい》に男子とならば、どうもつまらぬ角《つの》[八]つき合ではあるまひか。安養《よう》[九]寺といふ智《ち》識《しき》、此事を歎き、無量《むりやう》寿経《じゆきやう》の『欣厭抄《こんゑんしやう》』[一〇]に「心中とはいふべからず、禽獣《きんじう》といわば可ならん」といわれしは至極の格言。恋慕《れんぼ》愛着《あいじやく》に父母をかへりみず、生を軽じ親の遺《い》[一一]体《たい》を傷《そこな》ひし罪、いかんぞ、

川の羽織芸者を生むという。

二三 山谷堀。吉原通いの舟着き場で舟宿が櫛比し、客の応対は専らその女主人が取りしきった。

二四 風邪を流行らせる疫病神。

二五 神様連中の会合。神集い。

二六 御覧なさい。　二七 いらっしゃい。

二八 疲れさす。　二九 倹約すること。省略語の流行はこの頃から顕著となり、黄表紙などに頻出する。

三〇 言葉は倹約するのに、女の着なくても良い羽織を着るのはいらぬ事。

三一 流行語「大きな御世話だ」。

一 金をかけて。

二 放蕩もの。どら息子の転。

三 つむじ風。

四 「心中」の語は古くは男女の真情のあかしをたてることを言い、その結果死に及ぶものは「相対死」と称したが、享保度には既に「心中」の語に相対死までを含めている。情死事件が多かったのは元禄末から享保までで、享保七年(一七二二)にその禁止令が出、一旦おさまったのが、豊後節と共に再び流行したものである。

五 享保七年の「心中法度」には「死骸取捨」とあるのみだが、元文度(一七三六–四一)の改定の際に屍を晒し者にすると定められ、寛政(一七八九–一八〇一)以降、また晒し者にするのを止めたという。

六 よく考えて見るがよい。

七 変成男子。仏語。仏教に、女子は五障あって仏果を得ないので、変じ

人倫の数なるべき。禽獣といわむは尤《(もっとも)》むべなり。

此《(この)》心中の源は、そちが師とあほぐ、豊後大夫なり。是は[一二]息筋張《いきすじはつ》て、云《(いふ)》におよばず、世人あまねく知るところ。[一三]目前[一四]武士、町ともに娵《よめ》娘女房の欠《かけ》落の沙汰、かずおほし。それ故汝等が流義の浄留理本は、[一五]経書《けいしょ》仏書を商売する店には、一向売買《ばいぐ》する事なし。唯[一六]辻みせの絵《ゑ》草紙《ぞうし》屋にて、商売するのみ。心ある者がどう取あつかわるゝものぞ。すでに[一七]好色本は国法ありて、今売買せず。板行も停止《ちょうじ》せらる。是《(これ)》風俗の為に害《がい》ある故なり。汝が浄留理は、まつたく其好色本に節《ふし》つけたるにおなじ。父母兄弟の前で素読《そよみ》もなるものにあらず。されば過し比《(ころ)》、ある書物屋にて、[一八]己巳待《(つちのとみまち)》とて[一九]紙表具《へうぐ》でこそあれ、我が姿をかけ置、[二〇]渇仰《かつがう》の頂をかたぶけ、念比《(ねんごろ)》に祈りし所に侍四五人。一様の[二一]黒羽織、黒小袖の裾《すそ》ひきずり、黒ぬりの下駄《げた》にくろはなを、白い所は歯《は》ばかりにて、鼻の穴迄真黒《まつくろ》なるが、ぞろ〳〵と来りて、「やい亭主《ていしゅ》、豊後の浄留理本を[二二]買べい」と云ふ。元来亭主は、律義な奴《やつ》にて、好色本や豊後節は一冊もなければ、「豊後はござりませぬ」といへば、侍共眼をいららげ、「豊後ぶしもなふて、本屋じやと思ふて暮すか。肆《みせ》を仕廻へ」と、叱《しか》りちらして帰りしを、われ目前に見たり。世にはかやうな馬鹿《ばか》者もあるぞかし。汝もはやく過《あやまり》を改めて、土佐の古風に立帰るか、さなくば河東が門下となりて、及ずとも、上品なふしをまなべ。あの泣声《なきごへ》でうれひと[二三]さし合と、あへまぜにした、悪《(あく)》浄留理はふつ〳〵やめにせよ。

て男子となるという。法華経・提婆達多品「当時衆会、皆見二竜女忽然之間変成男子一」。
八 互いに反目し合うこと。ここは男同士ゆえという下がかった洒落。
九 築地安養寺住持、唯阿性均。華厳の鳳潭、天台の霊空等と並ぶ真宗の学僧として有名。宝暦七年(一七五七)没、七十九歳。松戸随筆など著書が多い。
一〇 無量寿経欣厭抄。三巻四冊、享保十三年刊。都之錦著「東海道敵討」(元禄十四年刊)にも「今時の心中は…是等は皆犬死なれば、心中ではなうて禽獣じやと、南岳悦山和尚の目利もをかし」とある。
一一 親に与えて貰った身体の意。孝経・開宗明義「身体髪膚受二之父母一。不二敢毀傷一孝之始也」。
一二 勢いこんで。 一三 目の前に見る通り。 一四 武士と町人。
一五 儒教や仏教の教典類を主として扱う店を「物の本屋」とも称し、これを本格的な書物屋として、娯楽的な書物を扱う草子屋とは区別した。
一六 路傍の掛小屋のような店。
一七 「享保七寅年霜月御触」に「唯今迄有来候板行物之内、好色本之類者風俗之為にもよろしからざる儀に候間、段々相改メ絶板可申付事」。また「作者評判千石篩」(宝暦四年刊)に「鉦をすすめる本なら、一日も売らぬが書林の法じやげな。…成程左様で御座ります。好色類はきびしく取あつかいませぬ」。 一八 「巳待」とも。巳

そも〳〵似我蜂《ぢがばち》一といふ虫、己が子にもあらぬ虫を、取来て、巣《す》の中へ入置、其ほとりをはなれず、似我《じが》〳〵と鳴てまわると、巣の中の虫悉《こと〴〵》く蜂となる。見よ〳〵念仏題目、朝夕となへた爺嫗《ぢゞばゞ》が死で、骨《こつ》が舎利二となつたもまゝある事。是もつね〴〵心に染込《しみこみ》、骨《ほね》に通りしるしならずや。唐《から》三の女があけ暮、山水の景《けい》を好み、死しても山水を見て居る形《かた》ちを、骨《ほね》に残せし例《ためし》もあり。何があさから晩《ばん》迄寐《ね》ても覚《さめ》ても、人の女房を盗むの、娘子を四ふづくるのと、不義《ぎ》婬乱《いんらん》の噂《うわさ》を口号《ずさ》めば、是が心のあるじと

の日の夜弁才天の縁日に祭る行事。
一九 掛軸の簡略な表装で、布ではなく紙を用いる。板摺りの神仏の像を紙表具にしたものが売られていた。
二〇 本心から信心礼拝すること。
二一 宝暦(一七五一)から明和(一七六四―七二)にかけて黒仕立と称して、黒の衣裳が大いに流行る。
二二「べし」の音便形で、関東地方の下品な奴詞の代表的なもの。「べいべい言葉がやむべいなら借りても三百つん出すべい」。
二三 人前で言うのをはばかられるような事柄。ここでは特に男女の猥雑な表現。

一 和漢三才図会五十二「蠮螉《じがばち／こしぼそ》」の項に「按、蠮螉無レ雌、取二桑虫一負来入二于窠一為二養子一。祝曰二似レ我似一レ我、則長為レ蜂。故名二似我蜂一。之説甚誤」と。　二 仏舎利。仏の遺骨。
三 寂照堂谷響集続集第三・心化石に「潜渓文集にあり」としてみえる。
四 たぶらかす。だます。
五 武江年表には寛延二年(一七四九)に江の島弁天本社の開帳を記し、「江戸より参詣の輩多し」というが、回向院での開帳の記録はない。
六 両国橋の東詰、本所元町(現墨田区両国一丁目)。両国橋の橋詰は東西共に広小路と呼んで、当時江戸随一の盛り場であった。
七 泡雪豆腐日野屋。江戸惣鹿子新増大全(寛延四年刊)に「〇淡雪豆腐　両

なり、骨に染《(しみ)》、髄《ずい》に通り、徒者《いたづらもの》とならいでかなわず。[五]此比も回向院の、開帳参りに乗うつりて、両国橋の辺を徘徊《はいくわい》して見れば、[六]三ッ口の[七]泡雪《あわゆき》が二階《かい》で、若党《わかとう》ぐらゐの侍が、たつた六文が物喰《くい》ながら、大臣のつらをして、物ほしに出て、[八]「恋《こい》の関札《せきふだ》」とやらん、おのれらが流義の浄留理を、せめて汝程にも語る事か、往来《ゆきき》の者の笑《(わらふ)》もしらず、いやはや、二声ともきかれぬ、[九]すみる茶色の声《こへ》で、うなりおるいやらしさ。

おれもあの辺に、[一〇]仲間《なかま》が二三軒ある故、まづ[一一]わらづとの弁天から[一二]勤《つとめ》て[一三]出世べん天に、[一四]「石原へも心得てたも」と言伝《ことづて》して、[一五]一ッ目でちそうに逢ふて、帰りがけの事であつたが、彼《(かの)》侍が豊後ぶしで、小《こ》胸《むね》がわるふなつて来て、折角《せつかく》ちそうの[一六]江戸りやうりを、皆もどして仕廻ふたぞや。かの輩、あしたゆふべに此婬《いん》風に魂《たましい》をくらまし、御新造《しんぞう》を手に入レばや、娘御をふづくりたやと、忠義の志はけしほどもなし。さればこそ此《(この)》浄留理を禁《いまし》めざる家には、不義放埒《ほうらつ》の沙汰なきはなし。心あらん人は、武士も町も、汝《なんぢ》が輩《ともがら》をば疫病《やくびやう》神同前に払除《はらいのぞく》が家繁昌の基《もとゐ》。さあこれがうそか。己が心に問《とう》て見よ。おのれも去《さ》るしち屋の内義の、成《せい》人の娘、二人まで持た女を[一七]鉦《どら》うたせしは、われよく神通《じんづう》にて、しりぬ。我《(わが)》[一八]けんぞくの大蛇《じや》をつかはし、一口にしてやらす筈《はづ》なれども、此度はゆるして返す。かならず我《(わが)》神託《たく》をうたがわず、急度《(きつと)》心をひるがへし、土佐か河東か義大夫かに、宗旨《しうし》をかへよ。さもなくば、汝が一命をうばはん事、遠かるまじ。われ汝を教戒せん為、

国橋東詰、日野屋東次郎。…日野やは稲荷の神感ありてより、ます〱商はんじやうする事、静観堂がうつぼ猿といふ物語の草紙に委し」と。また平秩東作の莘野茗談には静観坊の素姓をこの日野屋の隣に住む手習屋の山本善五郎である旨の記述あり。

八 駒鳥恋関札。延享元年(一七四四)正月中村座「硴末広源氏」の道行浄瑠璃として文字太夫が語り始める(歌舞伎年代記)。

九 当時流行の染色で黒みがかった薄紫色。何やら濁った声の意か。

一〇 江戸惣鹿子新増大全・四下に「弁財天霊蹟」として一三六社の弁天を例挙する。

一一 回向院境内の弁天。

一二 挨拶をして。

一三 前掲書に「出世弁才天〈弘法大師なた作り、八臂三寸七分〉両国なつめ般若軒」として、その由来を記す。

一四 前掲書に、本所石原には自性院、出山寺、普賢寺、御蔵屋敷等に弁天社あり。

一五 本所一の橋南詰。元禄(一六八八―一七〇四)初年杉山検校がその屋敷内に勧請した。

一六 江戸の都市生活が本格化して、この頃から江戸風の料理といえるようなものが出来はじめたのであろう。

一七 放蕩させること。当時の家庭婦人の身持ちに関する論評は、僧法忍の「続人名」等に詳しい。

一八 弁天の使いは白蛇。

堂司《どうす》が[一]皮肉《ひにく》にわけ入しが、かあいそふに此坊主も、[二]おとがゐがくたびれつらん。もはや内陳《ないぢん》であすまで、一息《ひといき》にねてくれん。さらば〳〵」と、[三]神はあがらせ給ふと見へて、法師は大木《たいぼく》のたほるゝごとく、[四]どうどふして、正体《せうたい》もなく又高鼾《いびき》。

扨も〳〵おそろしい神たく。もはやふつ〳〵鉦《どら》ぶしをやめて、神の教にまかせんと、とかくする間にはやしのゝめの、烏《からす》がさそへば、[五]おつとまかせと尻ひつからげ、ふたゝび江戸へ立かへり、土佐の古風《こふう》をまなびしを、[六]感《かん》ぜぬ者こそなかりけり。

当世下手談義巻五 大尾

当世下手談義 後編

全部五冊
[七]追而出来

[八]宝暦二申正月吉晨

東都書林
大和田安兵衛
[九]大坂屋平三郎 版

一 神仏が人に託宣するために、別人の身体を仮に用いること。
二 あご。しゃべりつかれること。
三 神がかりから覚めること。
四 どうど伏して。どっとばかりに倒れこんで。
五 よしきた。軽く承諾するような時の掛け声。
六 古浄瑠璃のしめくくりの慣用句。
七 後印本では「追而」の二字を削除。
八 一七五二年。
九 後印本では「平三郎」を「又右衛門」と埋木改刻。

当《とう》世《せい》穴《あな》さがし

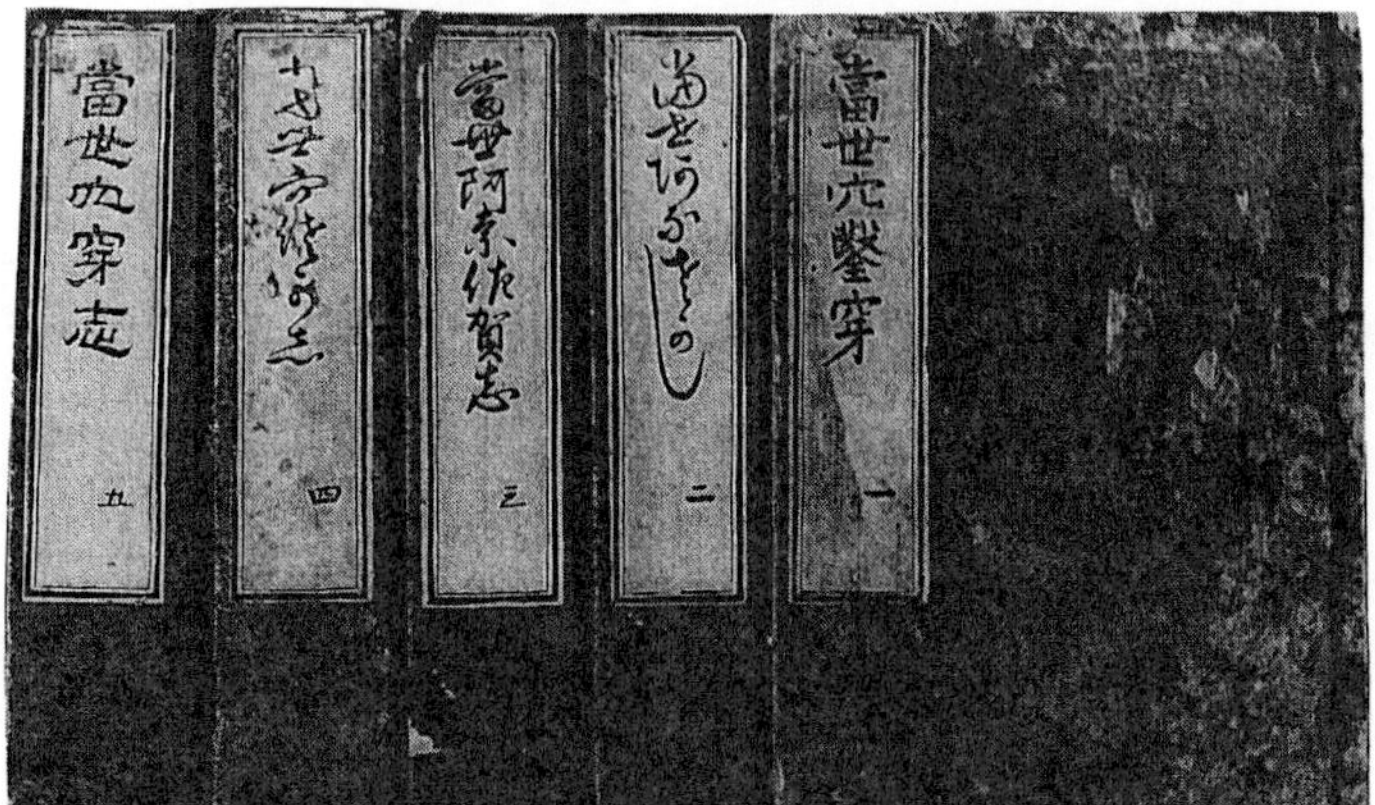

「下手談義」による出版界の雪解けと、狭義の談義本の出発は瞠目すべき展開を示す。特に宝暦期を迎えるころから始まった江戸の都市生活の充実ぶりが、この傾向と相俟って、談義本は一気にその教訓色を薄め、都市生活の風俗描写へと大きく展開していく。「下手談義」刊行の僅か二年後、談義本の評判記「千石篩」が刊行され、そこでは早くも「下手談義」以後が話題となり、今後の見通しが示される。即ちその一は色談義、その一は風俗の穴さがしであった。本書などは、まさにその通りの題名で、穴さがしモノの典型的な姿を示している。

本書は、八文字屋本の好色物の主人公として人気を博し、春信の春画のテーマにもなった豆男を主人公に、業平の霊夢に自由自在の身を得た豆男が、当時市中の流行風俗をとりあげてその行き過ぎや至らぬ所を批判するというもの。占い師、三味線その他の鳴物、神儒仏の三教、活花会、楊弓、俳諧、学問、衣服の物好きなどなど、何れも当時流行の真っ盛りを示して、その当代性の濃さは、この一篇で明和期江戸の市民生活をかなりな細部にわたって十分にのぞき見出来る程である。朱子学・徂徠学といった学問の先端が、他の芸事と並んで立派に流行現象の一として採りあげられる事を見るだけでも、当時の市民生活の爛熟ぶりは十分に察知し得るのではなかろうか。

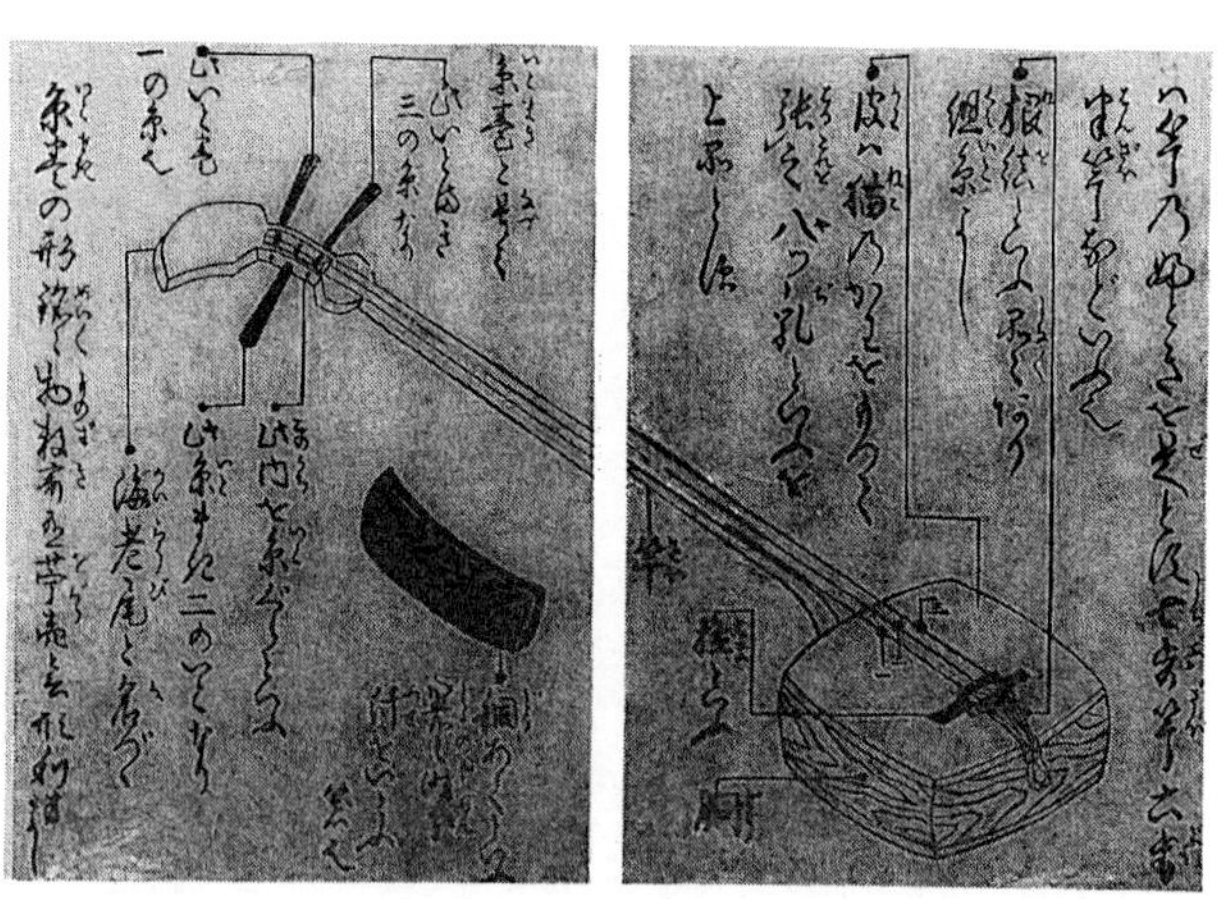

「三味線独稽古」(宝暦年間版)より

当世《とうせい》穴穿《あなさがし》[一]自序《じよ》

[二]昔男《むかしおとこ》[三]袖頭巾《そでづきん》きて、ならの京、幽《かすか》な庵《いほり》[四]にしるよしして、[五]かりに居《い》にけり。かたちいと小《ちい》サくて、印籠《いんろう》にもはいるべければとて、字《あざな》を[六]豆男《まめ(をとこ)》となんいへり。此《この》男[七]不測《ふしき》の行《おこない》をなして、名《な》を[八]横本《よこぼん》の五冊《ごさつ》ものに上《あぐ》るといへども、今《いま》は了簡《りやうけん》かへて[九]徒《いたづら》も止《やみ》ぬ。ある夜《よ》の夢《ゆめ》に、[一〇]忍《しの》ぶ摺《ずり》の狩衣《かりぎぬ》を着《き》、[一一]透額《すきびたい》の冠《かふり》めされたる人来《きた》り給ひ、告《つげ》て曰《いわく》、「汝《なんぢ》、多年邪婬《ねんじやいん》を犯《をか》して、罪《つみ》を天《てん》に得《ゑ》たり。祈《いのる》とも叶べからず。しかはあれど、今より悟道《ごどう》の志《こゝろざし》あらば、[一二]同名《どうみやう》のよしみを以《もつて》罪をまぬかん。けふよりして、豆男の豆を改《あらため》、実目《まめ》の二字《じ》を以《(もつて)》汝が名《な》とせよ。又、汝は人に[一三]乗移《のりうつ》る妙術《みやうじゆつ》を得たれども、問答《もんどう》の術なし。[一四]木性《きしやう》と生《うま》れて不自由《ふじゆう》也」とて、一首《しゆ》の歌《うた》をさづけ給ふ。三拝《はい》して短冊《たんざく》を取上《とりあげ》て見《み》れば、[一五]木九からに火《ひ》三の山に土《つち》ひとつ七ッ金《かね》とは五水《すい》りやうあれ、読人《よみ》しらずと書《かゝ》れたり。豆男は奇異《きい》の思ひをなし、「然《しか》らば、[一六]我魂《わがたましい》九ッながら、自由自在《じゆうじざい》になり侍《はべ》るか」と問《とへ》ば、「云《いふ》にや及《をよ》ぶ。我《われ》は是《これ》、[一七]伊勢《いせ》が家《いへ》の集《しう》に書《かけ》る在原《ありはら》の業平《なりひら》なり」と、告《つげ》給ふとみて、夢《ゆめ》さめぬ。有《あり》がたさいわん方なくて、忽《たちまち》、[一八]道《みち》の心《こゝろ》を生《せう》じ、猶来世《なをらいせ》をも祈《いの》らむと、諸国行脚《しよこくあんぎや》の用意《ようい》し、何国《いづく》を当《あて》ともし[一九]らま弓《ゆみ》、ま弓月《つき》弓年《とし》をへて後《のち》、彼《かれ》が日記《につ》を拾《ひろ》ひたる者《もの》あり。予《よ》、[二〇]虫眼《むしめ》がねにて、是《これ》をみ

一 一般に人の気づかぬ欠陥や世間の裏面などを「穴」といい、それを指摘し論評するのを「穴さがし」と称して宝暦(一七五一―六四)頃から大いに流行した。

二 近世における、在原業平の異名。伊勢物語の各章が「昔、男ありけり」で始まる所から出たもの。以下「かりに居にけり」までは「伊勢」初段冒頭のもじり。

三 四角な布地に紐をつけて頭にかぶり、目だけを出すようにしたもの。

四 「伊勢」本文では「所領の縁があって」の意だが、ここは「わずかな縁をたよりにして」の意にとりなす。

五 一時の仮り住居。「伊勢」本文では「狩り」。

六 豆粒のように小さい男の意と、「伊勢」二段にいう業平の異称としての「まめおとこ」をかけ、更に「伊勢」から派生した「好色な男」の意味をも含める。 七 変幻自在の行動。

八 江島其磧作「魂胆色遊懐男」(正徳二年頃刊)に始まる豆男の好色遍歴を趣向した一連の浮世草子をいう。何れも横綴本五冊を定型として、宝暦・明和(一七五一―七二)頃まで種々の模倣作が出た。本書もその趣向を襲ったもの。 九 とくに、ふしだらな行為、不身持をいう。

一〇 「伊勢」初段に「その男、信夫摺の狩衣をなむ着たりける」とあって夢中に業平自身が登場したもの。

一一 若者の用いる冠で、額ぎわに半

れば、よき初春《はつはる》の友《とも》也。独《ひとり》みんも益《えき》なしと、写《うつし》て世《よ》にひろむる事《こと》にはなりぬ。

明和六丑青陽よき日 穎斎主人撰書

月形の透かしのあるもの。
一三「豆男」のよび名を等しくすること。　一三 前述「魂胆色遊懐男」に用いられた趣向。
一四 陰陽道において、人の生年月日を木火土金水の五行に配当して、生れついた性質をあらわす。「木」に当る人を「木性」というが、木のように柔らかくなくて不自由だの意。
一五 この歌の意、未詳。二四〇頁一一行目に「業平が曲玉の伝じゆにて心を改」とあるのは、このことを指すか。
一六 九は数のきわまりというので、魂のすべての意か。或いは仏教にいう「九識」、すなわち人間の、ものを認識する心の働きのすべてをいうか。
一七 三十六歌仙の一人「伊勢の御」とよばれる女流歌人。その家集を伊勢集といい、現存伝本は三類あるが、その内、正保版歌仙家集に収める伝本のみ、一三番の歌に「業平朝臣也」の注記がある。
一八 信心の志を起すこと。後文に「来世をも祈らむ」とあるから、仏道か。
一九 神楽歌・採物の「梓弓、真弓、槻弓、品ももとめず」のもじりで、前文「何国を当ともしらず」に「しら真弓」とかけ、以下「真弓、槻弓」と続け、「槻」を「月」に転じて「年をへて」「日記」と続ける。
二〇 豆男の懐中日記ゆえ、虫眼がねでなければ読めず。

当世穴さがし目録

一 春の別名。　二 よいしらせ。吉報。

三 京都郊外、嵯峨清涼寺の本尊釈迦如来、栴檀瑞像の名で、建立以来、庶民の信仰をあつめる。

四 武士の遊戯として行われた弓の一種。二尺八寸ほどの小弓を用い、本弓の半分の七間半の距離に置いた的を座った姿勢で射て、的中数を競う。凡て本弓の式例に準じて厳しい作法を持つが、近世中期頃にはきわめて一般化し、賑わう社寺の境内等に「楊弓場」と称する競技場を作り賭弓に興じるようになり、更に下っては、娼婦まがいの矢取りの女等を置いて頽廃的な風俗の場となる。式例は楊弓射礼蓬矢抄(貞享五年刊)や楊弓指南抄(寛延三年板)に詳しいが、明和期(一七六四―七二)の楊弓の実体を窺うには足りぬ所が多い。

五 いわゆる「点取俳諧」で、宗匠と仰がれる指導者格のものに採点して貰って、その点の多少を争うもの。江戸初期から存在するが、芭蕉の頃、都会に流行し始め、享保(一七一六―三六)以降は特に江戸座系の都市派俳壇に大流行し、その弊害も大きかった。

六 未詳。文意から古着屋・古道具屋か、遊里に通う人に替衣裳を提供する商売の家をいうか。

七 神前で中臣の祓の詞を一万度奏する祓を万度祓といい、願主の家に万度祓をした祓串を納めた箱をまつる。

八 「詫宣」は当時の慣用字。神道名目類聚抄、など。

当世穴さがし巻の壱

豆男夢占ひの吉左右《(きつさう)》

「[一]永きよのとをのねふりのみなめざめ波のり舟の音のよきかな」とは、千とせの春の初夢を、どちらからみてもよい[二]回文《くわいぶん》の歌をしいて、豆男が豆そく才なゑがほのねいりばなへ、業平様の御霊夢《れいむ》は、作者が自序に書た通りのわけ故に、弥《(いよいよ)》神仏を頼《(たのみ)》奉り、不老《らう》不死《し》の薬でもいたゞいて、[三]ゑびのひげを杖《つゑ》につかふと、にこ〳〵したくし、さいわい[四]恵方《えほう》の嵯峨《さが》の釈伽《しやか》へと心かけて、いそげども、中〳〵[五]京やあすか川へゆかれそうもなく、[六]行くれて、まづ初どまりの小家の中を覗《のぞ》けば、[七]八卦《け》を丸くかいて、すさまじい書《(かき)》判《はん》をすへ、[八]すみ色の占、願ひ事の吉凶《きつきやう》、まち人の考《かんが》へと云かんばん、是は不思義《しぎ》と悦び、はい上つてかんばんの陰《かげ》にかくれぬ。

夜《よ》更《ふけ》人しづまつて豆男忍びいで、[九]めど木にのり移《(うつり)》て問《とふ》には、「何と貴様は人の吉凶を知る人じやが、わしが夢の吉凶をみて下さらぬか」といへば、「成ほどお安ひ御用。[一〇]お

一　回文歌の一。江戸時代、この歌を記した宝舟の絵を元日、枕の下に敷いて寝ると良い初夢を見るとされた。

二　上から読んでも下から読んでも同じ音になる歌。平安鎌倉期の私家集「隆信朝臣集」等に見え始め、遊戯的気分を好まれて江戸期には狂歌等にも多く作られる。

三　正月の飾り物に使う縁起物の伊勢海老のひげを杖の代りにしようと。縁起の良い気分をあらわす。

四　その年の最もよい方角。江戸からみて京都嵯峨は西の方角であり、本書刊年の明和六年(一七六九)は丑で北東が恵方となるので、ここは別に刊年に即応させたわけではない。

五　「今日や明日」のかけ詞。「あすか川」は大和の明日香地方を流れる川。

六　道の途中で日が暮れること。伊勢物語九段「行き行きて…日も暮ぬ」などによるか。

七　易に陽爻と陰爻を三個組合せて出来る乾(けん)兌(だ)離(り)震(しん)巽(そん)坎(かん)艮(ごん)坤(こん)の八種の形をいい、この世のあらゆる現象を示すものとする。以下占師の看板の描写。

八　墨色占い。占いの一種で、墨で字を書かせて、その墨色の濃淡によって占う。

九　占いの道具の一。筮木。

一〇　お供えとして神仏に奉る米銭等。占師などは見料を神仏への供物とみて、おはつほと称えた。

はつ尾は、廿四銅[11]でも、十二銅でも、お志《こゝろざし》次第。私は銭《ぜに》取るはづの物ではなけれど、主人が商売《しやうばい》にして口[12]をぬらさるゝから、おはつ尾なしには成ませぬ。その上、御きとうでもなさらば、百疋《ひき》[13]から、だん〴〵夫《それ》相応に、天府《てんぷ》[14]を上ます」といわれて、豆男もきもをつぶし、「扨《さて》貴様は、そふ云《いふ》人柄な人とは見受ぬが、思ひの外欲《よく》のふかい人、持[15]やいは一文もない。只占ふて下され」「イヤ其位の御けん[16]しきなら、私は存《ぞんじ》ませぬ。通《つう》[17]れいの辻占ひの様に、仲間《ちうげん》[18]やうばかゝあをだますは、私が代脈《だいみやく》[19]でもすみますが、本《ほ》ンの事は、私も存ませぬ。私は、只数[20]を取るが役《やく》めで、時としては、太極《たいきょく》[21]にのけられ、又は、一本取残されて、乾《けん》のけになる時もある斗《ばかり》の事。人の吉凶は、てい主の存《ぞんじ》[22]よりしだい。高《たか》がしやうばいじやから、鬼神《きじん》[23]らいかくも、心元なふ思召《おぼしめ》せ。多くは、此方から問《とひ》おとし、又、うばかゝあたちは、卦もたてぬ内に、はくじやうされるから、近来は私どもが心づかいがなくて、何の卦が出ても、大かたは古井戸のたゝりや、荒神《かうじん》[24]のとがめを種《たね》にまくと、四五日たゝぬ内に、百疋の金がはへる。供物《くもつ》もろくに買《か》わいで、おはつ尾は不㆑残《のこらず》てい主のはな[25]の下へ治るといふ物。めど木、さん木[26]は、吉凶はしらぬから、亀[27]どのに聞て御らうじろ」といへば、豆男せんかたなく、「扨〳〵こまつた事かな。夷狄《いてき》[28]に居ては、夷狄を行《をこな》ふとやらじや。聖人の工風されためど木も、持主の了簡次第になつて、銭取のか[29]とうどするは、忠臣な事じや」と亀を呼出して聞ば、「さつきから、おはなしを承

一一 二十四文か十二文。一文銭は銅銭ゆえこのように称する。
一二 「口を糊す」。生活の資とする。
一三 銭一千文。尾州米で二斗ほど。
一四 時計の遅速を調節する部分の名から出て、どんどんと調子を速めることの意。
一五 持ち合わせたお金。
一六 ものの考え方の深浅軽重の度合い。
一七 そんじょそこらの。
一八 以下、だまされ易い庶民の例。
一九 代理。医者の代理をいう語。
二〇 数を数える。
二一 五十本の蓍《めどぎ》の内先ず一本のみを除いてこれを「太極」と称する。残りの四十九本を二分し、その左半分から二本ずつ四度四度と段々に数え除いて、あまる数を以て卦をたてる。蓍が一本あまれば乾《けん》☰の卦。
二二 考え次第。
二三 鬼神来格。祭祀や卜占等の場に神霊が降臨すること。
二四 台所のかまどの守り神。
二五 口に入る。生活費になる。
二六 卜占の一つである「算」を行う時の道具。細い角柱形の木片。
二七 亀卜。亀甲を焼いてそこに生じるひび割れの形で吉凶を判断する。
二八 中庸十四「君子素㆓其位㆒而行…素㆓夷狄㆒行㆓乎夷狄㆒」。「郷に入れば郷に従え」。
二九 方人。みかた。ひいき。

ておりました。したが、私も存ませぬ。なぜなれば、古人たち、いかゞの了簡やら、私を霊亀《れいき》[一]といわれて、卜《ぼく》[二]ぜいのつけにいたし、辻[三]八卦のかんばんに成れど、人間《げん》のしらぬ事を、どふして私が手つだいがなる物。人より利口なれば、爰《こゝ》に奉《ほう》公《こう》してはいませぬ。さりながら、よの中をみますに、人ゝ、[四]ふぐは喰《くい》たしいのちはおしいからの思ひ付で、占てもらふの、きとうしてのと、銭を捨たがつて、頼にござると云物。お前のやうな、一文出さずに占のかはかし[五]といふは、釈伽一代ない事。占てもらはずと、身にわるい事さへせねば、樗山[六]どのゝいわれた様に、無事と云物。其上に不意《ふい》がきたら、うたれたがよい。神なりがきらいじやとて、地のそこへもはいられず、地しんがいやじやとて、天上もならぬ物じや。あまり占ひ、加持《じ》きとうが過たら、御ふう取[七]の、[八]夕やく師《し》のと、なだい[九]を出して、お内方《うちかた》やむすこどのゝ、くめんのたね[一〇]が出きましよ。

一 亀を霊能をもつ動物として尊崇するのは、中国古来の風習。易経に「初九 舎㆓爾霊亀㆒」とある。
二 占師が算木や筮竹による占いのほかに、今では殆んど行われなくなっている古式の亀卜などをも看板に掲げていること。 三 街頭の易占師。
四 近世中期頃から頻出する諺の一。本例は比較的早い方か。
五 ただ飲み、ただ見など。
六 佚斎樗山（いっさいちょざん）。享保（一七一六―三六）中頃から江戸で田舎荘子を初めとする新しい型の教訓書を続々発表し、談義本の基礎を作った。総州関宿藩士丹羽十郎右衛門。寛保元年（一七四一）没、八十三歳。田舎荘子・中「蟇之神道」の章に、僧山伏などに頼み立願するなどの行為の愚かさを指摘し、それよりも自身清浄ならん事を心がけよと教える（→一一九頁）。
七 御符取り。災難よけの御札（護符）を戴きに参詣すること。当時堀の内（現東京都杉並区）の日蓮宗妙法寺の貼御符が有名で、ここへ御符取りに行くと称して遊びの口実にする例は洒落本等に多い（甲駅新話など）。
八 薬師如来の縁日、毎月八日と十二日の夕刻に参詣する風習。特に茅場町の薬師は眼病に効くといわれて賑う。 九 名題。わざわざ名目をつけて。 一〇 あいびきの口実。
二 この場限り。他へもらしてくれるなの意。
三 待人などを占うまじない。簪な

貰ふたらしかたがなけれど、銭だしての御府《ふう》取は御無用といふては、親方《をやかた》の口がひるから、是はお座ぎり」一一といへば、豆男とく心《しん》して、「しごく御尤。わしも此《この》とし迄、たゝ一二みざん一ッ置た事もないが、銭のいらぬ事なら、一生に壱度してみるも後学と思ふての事。何といふても、貴様は霊亀の事じやから、わしが夢のやうすは知《しつ》てゞあらふ」「成ほど業平《なりひら》様の方から、此間仲間《なかま》中へ廻状一三が参て、よい夢といふ事は存ております」「サレバその夢から工夫して、「善人《ぜん》一四にかふはなられぬ干鰒《ひふぐ》かな」といふ発句のやふに、くろい物が白くなつて、昔一五のわしではない。是から、しやかへ詣《もう》でゝ、後生《ごしやう》を願ふつもりじやが、さいわい爰《ここ》にとまり合《あはせ》たからの思ひ付」といへば、亀があたまをぶらりしやらりして、「後世の願ひもよけれども、其やうなへんくつな事では、序《じよ》一六びらきがよくないから、梅の木のさがりし小枝を枕にして、泊り〱に面しろい事があらば、乗移《のりうつり》ての慰がよかろ。是もひとつの下学《かがく》一七して上達《ぜうたつ》の工夫になりそふな物」といわれ、豆男も尤《もつとも》と同じて、夜も明たれば、都にいそぎぬ。

三弦《さみせん》の流行《りうこう》

むかし男ありけり。足にまかせて行ども、道にて日は西山に入果《いりはて》たれば、其ほとりの

どを畳の上に投げてその落ちた所までの畳の目を数え、その数の奇偶によって占う。江戸中期頃からは遊里の風習としてしられる。

一三 宛名を連名にして、順次に廻して通知する手紙。

一四 出典未詳。鰒の干物がひからびてしまってふくれた姿が想像出来ないように、そこまで善人に変わりきる事は出来にくいの意。

一五 八文字屋本時代のような、好色一辺倒の私ではない。

一六 発端の意。芝居用語で、狂言芝居の開幕の場をいう。

一七 手近な所から学んで、次第に深い学問に進むの意。論語・憲問に「不レ怨レ天、不レ尤レ人、下学上達」。

一 琴の胴に明けてある櫛形の穴。

二 いろいろな物に乗りうつって問答すること。

三 二重にしつらえた木箱。

挿絵 本章の場である占師の家の入口から中の様子。小家の門口にたたみあげてあるのは、当時の商家によくある蔀門口で、夜間は絵のようにたたんで上りがまちに引きつけ、昼間は延ばして縁台のようになる。たたんだ足が一本見える。中は本文にもある八卦の卦体を丸く書いた下に何やら花押を書いた看板があり、亀の置物の背の筒には蓍がさしてある。左の人物が豆男。

町屋に入てみれば、道具やと見へていろ〳〵の器《き》物《ぶつ》あり。かたはらの琴《こと》の[一]くしがたに入て、かくれいたれば、家内よくねいりぬ。豆男は、琴の内から飛《とび》おり、夜食などくい、寐ようかと思ふたが、夫も無ゑきじや。夜ふけ迄、[二]例の楽しみがよかろふと、そこらを見は《(わ)》たせば、何か永《なが》い[三]二重《ふたへ》ばこあり。ふたを明てみれば、[四]古《こ》わたりの紫《し》たんざほに、[五]べにぐわりんの胴の三弦なり。引出してみれば、[六]銀のよろい蝶の八所がな物。扨《(さて)》も立派《りっぱ》な事かな。外袋はむらさきぢりめん、内のふくろは[七]金もおる。箱の内を[八]欠所《けっしょ》してみれば、ぞうげのばちとべつかうの[九]駒《こま》、[一〇]さい尻《じり》に迄[一一]よろひてふの高まきゑ。みるよりはやく、持主が聞たく成て乗移れば、[一二]三弦がわりひざに成て、「是は豆様、[一三]しやば以来《いらい》お珍《めづ》らしい。お見わすれか存《(ぞんじ)》ませぬが、[一四]彼若《かの》ごけのもたれた三弦で御ざります。扨おいくつか知ぬが、いつ見申てもお[一五]気につれてお若い事」と[一六]つめひらかれ、豆男も少し赤面《せきめん》「[一七]したが、[一八]過《あやまつ》ては改るにはゞかる事なかれ。わしも今は、おとなしく成て、学《がく》者の[一九]すだちじや。シテ又、貴様はどふして、爰にござる」「されば〳〵、私も近年は、世上ふけいきにつれて[二〇]大のふくめん。扨御ぞんじの通り、わたしが胴の内は[二一]あや杉で、さほにも胴にも、[二二]急度《(きっと)》篆書《てんしょ》で、[二三]古近江どのゝやき印もあり、音も、どこへ出しても、一と云て二にはさがらぬ私なれど、高が遊げい道具故に、[二四]折紙と云も、[二五]本あみといふもないから、直段《(ねだん)》は、時ゝの[二六]住《じう》持《じ》どのゝ了簡しだひ。住持の[二七]大屋《だいや》へふり込れた時は、三両か四両が、すふ〳〵質《しち》におか

四 室町時代以前に渡来した物品をさしていう。ここはそのような紫檀材を用いた三味線。「竿は紫檀を上品とす」(三味線独稽古)。
五 紅花櫚。「胴はくわりんを上品とす」(三味線独稽古)。
六 隅飾の金具に銀製で「よろい蝶」と呼ばれる型のものを八か所につける。
七 金モール。和漢三才図会や近代世事談によれば、インドのモゴル地方産の絹織物というが、モゴルはインドのモゴル帝国時代のこと。近世初期からは京都でも織り出した。
八 あらいざらい没収すること。ここは、そのような調子で中を探しまわること。
九 胴と絃の間にたてて絃を支えるもの。水牛製を上質とする。
一〇 三味線のばちの根元の部分。
一一 紋所の一種。→二三九頁注二七。
一二 正座すること。　一三 久しぶりの意。　一四 例の若後家。豆男が八文字屋本時代にわけありだった女性。
一五 気持と同様に、の意。
一六 四角張った応対をすること。
一七 しかし。　一八 論語・学而「過則勿レ憚レ改」。
一九 これから一人前に成ろうという所。巣立ち。
二〇 大の不工面。金廻りが苦しい。
二一 音響効果の為、綾形に刻み目を入れた杉材。鼓や三味線の胴の内側に用いる。
二二 きりりと。しっかりと。
二三 三味線作者、二代目石村近江善兵衛。その作品は三味線の最高品。

れて、流れるときは、なんぼ[二八]ねらいくらいしても、七八両が[二九]とゞしたが、其はづもあるて。何が久しく土蔵《どぞう》へ打込《こん》で置から、[三〇]払ふ時分には、丁度音《(ね)》がとまつて鳴《な》らず。わたしも、[三一]一《いつ》かどなる気に成ても、久しぶりでは、気が鬱《〔うつ〕》してよい声《こへ》が出ませぬ。夫《(それ)》で、此比《(このごろ)》は、爰へはらはれて参たれば、てい主がもふける気になつて、[三二]八ッ乳《(ち)》で張《はる》やら、[三三]かんべりに漆《うるし》を込るやらされて、暫《(しばらく)》とうりういたして居ます。

扨お前方のお若い時とちがふて、[三四]今はうたがきつい時行《はやり》、私が生れた時分は、[三五]河東《かとう》の世の中で、私などは河東で名を上た物だが、其比《(そのころ)》の芸《げい》と今のげいとは、お月様とすつぽんじや。むかし[三六]源四郎などが引たのは、[三七]手もよく廻り、[三八]かん所も髪《かみ》の毛《け》ほども違《ちが》はず、わしらが[三九]ゑての所へゆびが来るから、われしらず、おもしろい音が出ましたが、今時《は》ろくな手も持《(もた)》いで、[四〇]近江よばりをして、そして三弦では[四一]落《おち》がとれぬから、[四二]おどり子を呼て、声をかけたり、足びやうしをふんでまぎらかし、夫のみならず、[四三]下方《したがた》と云ものをこしらへて、[四四]迷《まよ》ひ子よぶやうに、太鞁《たいこ》・ふへ・つゞみ・すりがねを、めつたむしやうにたゝき立るから、誰《たれ》も三弦ができたの、歌がよいのとは云《(いは)》いで、みんなおどり子に、落をとられたもしらず、[四五]茶《ちゃ》めしにさへなれば、[四六]千里《せんり》も一里、アヽ何としよふと、[四七]草ずり引にある様に、雨のふるよも風のよも、内をすてゝかけ出し、第一あきた事には、河東とちがふて、宵《よい》にはじまると、夜があけねばしまはず。[四八]げいしやの方から、[四九]番《ばん》ぐみを書て出して、

二四 書画や道具類の鑑定書。折紙付き、折紙道具などいう。
二五 足利期にはじまる刀剣鑑定の家柄。権威ある鑑定家の意。
二六 持主というのを洒落て言う。
二七 ここは、持主の手元の意と解すべきか。 二八 未詳。「ぬらりくらり」などの意か。
二九 結局の所の意。「とどのつまり」。
三〇 売り払う。 三一 ひとかど。
三二 「皮は猫の皮をもって張レ之。八ッ乳といふを上品とす」(三味線独稽古)。乳首が八個あるものをいう。
三三 未詳。
三四 義太夫などの「節」に対して、歌舞伎の音曲として流行し始めた長唄などをいう。
三五 十寸見河東に始まる江戸浄瑠璃の一派。上品で華麗な音曲として享保(一七一六―)から化政期(―一八三〇)までの江戸を代表する。
三六 山彦源四郎。延享(一七四四―四八)頃まで河東代々の三味線を勤め、名人と称される。 三七 演奏法やその技術。
三八 三味線の絃の押さえ所。
三九 得意な所。
四〇 三味線は古近江でなければなどと、きいた風なことを言う。
四一 ウケが悪い。評判にならぬ。
四二 江戸の市中に住み、踊りなどで宴席の興を助ける娘。宝暦(一七五一―六四)前後から現われ、明和期(一七六四―七二)を最盛期とする。後の町芸者の源となる。 四三 長唄の囃子方の称。

むつかしい物斗《ばかり》やりかけ、その上どふ云《いふ》了簡か、調子《てうし》をやたらに高くして、ひくではなくて扣廻《たゝき》し、うたといへば、[一]三の下《しも》へ行と、[二]ねたりおきたりしてさはぎ、[三]兵四郎や[四]庄五郎が様な、うまひ事はいわいで、猫《ねこ》のいがみ合やうに、ひたいにしはを寄《よせ》て、[五]かぶろ菊などをかけ合、[六]こぢきの大《を》づれで、一寸茶めしに[七]ぐつに一ッするとても、とうふの五丁もかわねば間《ま》に合ず、其くせ楽《がく》屋斗そう〴〵しくて、[八]左洲や藤十郎が来たより、おもしろくもなく、[九]風丁がむまいといへど、鳶《とび》の者の木やりいふやうに、[一〇]はりこみをうたひ、声はねから立《たた》ず、三弦ひきも夫《それ》をがてんで、引《ひき》かたに工夫をこらし、三の下で引ては、[一一]二の上《かみ》で「[一二]思ひかさなるむねのやみ」などゝ、盗人の手引をしてやるは、[一三]君《きみ》を思ふもみを思ふで、[一四]切米との勘《かん》じやうづく。むしやうに[一五]新《しん》手斗でかためても、[一六]けいせい道成寺や[一七]高尾の様な、面白ひ物はあまり出来ず、[一八]れき〳〵は、芝居ものゝまねさへすれば、人が上手の様に思ふと心得て、[一九]武芸《ぶげい》の見分《けんぶん》にでも出るやうな気どりに成て、白昼《はくちう》に三弦ばこをかつがせ、おどりこのかたに取つき、[二〇]横びろなたばこ入を、[二一]あい口のやうに前へさして、大路《をゝち》せばしとあるくも、[二二]きのどく千万。

　夫も何故その様にふうが悪くなつたと思へば、女郎かいには金がつゞかず、[二三]三会めにとこ花やるものをば、やぼと名を付、[二四]吉原中をくいちらかして、むさと大門《おほもん》の内はあるかれぬ様になり、人の前では、金がないとは云れぬから、[二五]たて引《ひき》と名を付て、一年《ねん》中女

四四 太鼓や笛などを吹きならし「迷子の迷子の××やーい」などと呼びあるいて迷子を探す。
四五 ほんの茶飯代ほどの収入にでも欲深く出かけること。
四六 「雨の降る夜も風の夜も、通ひ編笠花扇。逢うて戻れば千里も一里…あゝ何としよ」(長唄「根元草摺引」)。
四七 宝暦九年(一七五九)正月、市村座初演「根元草摺引」。
四八 音曲で宴席を賑わす玄人の芸人。当時は男芸者が多く、職業的な女芸者は漸く出来はじめた頃である。
四九 「…会」と称して、おさらい会を催し、上演番組を作って配る。

一 三味線の音階の一。三本の絃のうち最も高調子が三の糸であり、その三の糸に上(みか)中(かな)下(もし)の三つの壺があって、三の下は最も高い。
二 無理に声を出すので、延びたりかがんだりする有様。
三 坂田兵四郎。享保十五年(一七三〇)上方から江戸へ下る。長唄の名人。寛延二年(一七四九)没。　四 杉島庄五郎。兵四郎と同じ頃の長唄の名人。宝暦(一七五一―六四)頃まで存命。
五 この外題では見当らぬが、宝暦八年七月、中村座「乱菊枕慈童」の長唄に「かぶろきくとはませがきの」の文句があり、その辺りを唄うところか。
六 諺。すぐに群れたがること。
七 豆腐などを鍋で煮こむ料理。手軽な煮物のこと。

郎ときれる工夫に、浮身《うき》をやつし、物日[二六]前には、きみやうに立引《たて》の出来るもおかし。女郎衆も夫を合点して、一しほ物まへにはきげんを取《(とれ)》ば、いかふもてたと心得て、うか〱する内に、茶やにはさがり[二七]とやら云、夜《や》[二八]しよくのかたまりが出来て、手[二九]がへしが仕《し》にくゝなり、人には図人《づじん》[三〇]といわれたいが一ぱいじやから、そこで歌にこりかたまつて、地《ち》[三一]ぎりを出さぬ様に立廻り、人のふところの日[三二]まち月待をねらい、其くらいの事じやから、芝居へは、よく〱すてんぽ[三三]なやつが通ふと、夫ひとりを先生《せんせい》にたのんで、弟子《でし》どもが寄合ての相談《だん》には、「先生、芝居へ行たら、新《しん》[三四]物斗《(ばかり)》取て来給へ。古い物は、こつちで出来るから」などゝ、手[三五]ぶしもきかぬ内に、はか斗[三六][三七]ぐいやりにして、岡《をか》[三八]ざき女郎しゆは引《(ひか)》いで、初から羽衣・うつせみ位に取てかゝり、まだ三弦引《(ひき)》は芝居へも通へど、歌うたいは三弦引をかわかし[三九]、すはやの時は、扇《をゝぎ》一本とズボウトウ[四〇]より

八 河東節の太夫で五代目河東の初名を沙洲、又同じ頃の太夫東佐は後藤十郎と称した。 九 未詳。名人楓江富士田吉次の一門の一人か。
一〇 いきおいこんでうたうこと。
一一 二の糸の上の壺。中音で声が出し易い。 一二 宝暦十二年三月、市村座での長唄「柳雛諸鳥囀」の第一「鷺娘」中の一句。
一三 諺「君思ふは身思ふ」(明暦二年刊・世話焼草)。主君の為を思うのも、つまりは我身がかわいいからの意。
一四 小禄の家臣に知行の代りに給与される米のことで、転じて給金。
一五 新しい演奏法。
一六 江戸長唄の名曲。享保十六年中村座興行「傾城福引名護屋」三番目に出て、江戸における道成寺所作事の始めという。唄・坂田兵四郎、三絃・杵屋喜三郎。
一七 同じく「高尾懺悔」。延享元年(一七四四)市村座「七種蠚曾我」三番目に出す。作曲・杵屋新右衛門。
一八 ここでは武士階級の音曲好き。
一九 表芸である武芸の立ち合い。
二〇 当時流行の「かます」と称する小物入れ。 二一 懐剣。
二二 当惑すること。迷惑すること。
二三 初めての遊びを「初会」、同じ遊女に二度目に会うことを「裏」、三度目からを「馴染」と称し、三度目には「床花」と称する心付をするのがしきたり。それを「野暮」と軽視し、金をつかわずに遊ぶのを「通」と心得る悪

外には物入《(ものいり)》がなく、少し声が出て、まがりなりにもうたはれると、[一]安兵へじやの[二]露友のと、身ぶりやいき込斗まねて、自画自讃《じぐはじさん》に、[三]露蝶《ろてふ》の楓子《ふうし》のと名をつき、[四]杵《きね》やの錦《にしき》やのと名乗て、人がましい顔付をするは、[五]みるとも思ひませぬ。主人有《(ある)》人なら、主人の紋《もん》付がきたい、主人の名字が名乗たいとこそ思ふはづの人が、芝居もの丶名字や紋を貰ひ、あまつさへ、[六]無地《むじ》大夫などは、大夫号《がう》をくれた上に、[七]物を取て、歴ゝ《れき》をばうぬが家来《けらい》か子孫《しそん》のやうに覚へて、[八]改山《かいさん》からのけい図《づ》を引て渡すなど丶は、埒もない事。もふ四五十年もたつたら、どのやうな世の中になる事やら、きのどくで成ませぬ。此様なことをいふたら、[九]かたおしなやうに思ふ人もあろふが、歌斗《(ばかり)》わるいではない。[一〇]一《ひと》にぎりある様なばちで、琴のいとほどある一のいとを、すとん／＼といぢり廻すも、[一一]歌三弦で[一二]た丶くも、匁《め》にかければ同じ事。さほといへば、一か丶へ有やうな[一三]かしざほに、ゆびのまたをひろげて、よふ／＼おさへるも見ぐるしいもの。ぜんたい三弦は、いろめいた物じやから、さほもてうしも中ぐらいにして、かん所のしか／＼と聞ゆるでなければ、おもしろいとはいわれぬ。やたらに[一四]扇拍子をた丶いて、いさかいするやうに[一五]地言《ぢごと》をかたるも、出来た事でもない。そふ云てみたら、何がいつち能《よか》らふか」と、くびをかたげてかんがへ入ぬ。

遊びの連中が増えるのが明和(一七六四―七二)頃からの風潮。
二四 あちらこちらと相手をかえては悪遊びに耽ること。 二五 金銭ずくを離れた意地の張りあい。
二六 紋日ともいう。廓内の主要な年中行事の日で、この日は遊女は客をとる事を義務づけられ、また、客は特別な心付などを必要とする。そのため馴染客などは、この日の予約をさせられる事が多く、そこで、物日前になると客の方は立引きを口実に逃げようとする。
二七 遊興費の未払金。
二八 相手に子供が出来ることの隠語だが、ここでは未払金が溜まって大分の金額になったことをいう。
二九 手のひらを返すような行い。
三〇 人より新しい思いつきを考案するような洒落た遊び人の意か。「図に当る」などの図と同意か。 三一 自切。自腹を切ること(俚言集覧)。
三二 元来は特定の吉日や月齢の夜に、日の出、月の出を拝する習俗だが、近世後期には単に遊興の会合となった。 三三 御調子者。ものずき。
三四 新曲の譜を覚え取って来てくれ。
三五 上手に引きこなす腕まえ。
三六 「はか」は「はかどり」のはか。進み具合。 三七 どんどん進めること。「ぐい」は当時の通言で、物ごとを過重に表現する時に用いる。
三八 三味線の最も初歩の時に習う曲名。「羽衣」「うつ蟬」は中位の難度の

当世穴さがし巻之壱 終

曲。
三九 ただ働きをさせること。
四〇 オランダ伝来と称した痰や咳の妙薬。江戸薬研堀の大坂屋平六の売出し。

一 未詳。
二 荻江露友。明和期(一七六四―七二)、長唄の名手といわれる。
三 露や楓は当時長唄名手の名乗りの一字。
四 杵屋・錦屋も長唄の三味線方の名家。
五 みようとも思わぬ。見たくもない。
六 常磐津の名家「常磐津文字太夫」をもじった架空の名。
七 金銭や礼物。
八 その家の創始者。開山。
九 片押し。一方的な言いぶん。
一〇 浄瑠璃用の太めの撥や三味線をいうか。「細きは歌いと、至て太を床(かゆ)いと称す」(三味線独稽古)。
一一 歌撥。長唄や端唄用の細めのもの。「歌三味線の竿はほそく、上るり三味線は竿のふときを是とす」(三味線独稽古)。
一二 三味線の技法の一で、叩くような単純な拍子で弾くこと。
一三 樫の木で作った棹。
一四 閉じた扇で拍子をとること。
一五 会話や歌以外の叙述の部分。地。

当世あな穿巻の二

琵琶が教訓の弁

豆男はおもしろさに、琴《こと》・びわ・[一]和琴《はごん》を呼出せば、琴がすゝみ出て、「三弦どの、先ほどから御[二]じゆつくわいじやが、至極さやう〳〵。しかし、貴様《きさま》は下品《げひん》に生《うまれ》たから、其やうな[三]手合するも尤なれど、拙者《せつしや》が[四]つまらぬ。[五]琴とも生れて、いやしい交《まじはり》する筈の物ではない。[六]中興《ちうかう》から、しんぐみを引《ひか》るゝさへ心外じやに、貴様達のおかげで、今は河東・[七]めりやす迄ひかれ、めいわく千万」といへば、びわがしかんだ顔《かほ》をして、「若ひ衆、そのやうにいわぬ物じや。[八]蟹《かに》は甲ににせて穴を堀《ほり》、[九]糸竹は形によつて人にしたがふ物じや。[一〇]馬《むま》は馬づれ、武士《ぶし》はぶしづれがよい。琴どのなどは、何といふても、[一一]七尺《しつせき》の屏風《へいふ》などゝ古事でも引るゝは、本望《ほんもう》しごくと云もの。丁度お武家《ぶけ》さま方の弓馬・やり・剣《けん》じゆつに、[一二]御出情《しゆつせい》被成《なさるる》やうな物で、三弦の家に生れたら、親子《をやこ》の中でも、[一三]さし合《あひ》くらずに、[一四]ぶんごぶしでも[一五]儀大夫でも引れたがよい。琴と生れたら、めりやすの時に、三弦より[一六]ばつ座

一 当時の十三絃の箏の琴に対し、日本古来の琴。奈良朝の頃六絃に定まる。 二 述懐。満たされぬ思いを述べる。 三 仲間になる。
四 道理にあわない。納得がいかぬ。
五 琴は三味線と違って、より古い伝統を持つ雅楽の演奏楽器である。
六 箏や三味線の作曲年代による分類用語で、箏は寛永(一六二四―四四)頃の八橋検校による組歌が作られた頃を中興とし、以後元禄(一六八八―一七〇四)頃に新組が作られている。
七 歌舞伎芝居の中に用いられる唄の一種で、長唄ほど纏った唄ではなく、場面の転換に合わせ、長短いかようにも唄いわける。宝暦(一七五一―六四)頃から盛んになり寛政(一七八九―一八〇一)頃には流行唄として用いられることが多かった。 八 諺。毛吹草に出る。
九 楽器の総称。
一〇 諺「牛は牛づれ、馬は馬づれ」(毛吹草)の「牛」を「武士」にもじる。
一一 咸陽宮で荊軻に殺されそうになった始皇帝が飛び越えたという屏風。
一二 熱心に練習すること。 一三 何かと差合いを考えて遠慮せずに。
一四 江戸浄瑠璃の一派。享保(一七一六―三六)前後から流行し、煽情的な内容の為、男女の情死をそそるなどの理由で幕府から禁止されたりした。→当世下手談義五(一七〇頁)。
一五 元禄頃、竹本義太夫によって大成された浄瑠璃の代表的一派。
一六 末座。近世に入っては芝居の伴

に居る位《くらい》の事はかんにんして、箱入の娘子《むすめ》でも、みるだけの徳と思ひ、らうさい[一七]・島ばら・四季《き》のきよくで、気をやしなふてござれ。高が貴様の方では、くもゐの[一八]調子《てうし》が伝《でん》じゆ事で、夫より外に調子ざたはいらぬ。盤渉《(ばんしき)》[一九]調じややら、喜左ヱ門[二〇]じややら、しらぬと云物。是を一生のあんらくとしてござれ。

又三弦どのも、述懐《じゆつくわい》じやが、貴様の方で豊後ぶしと云物がはやり出てから、世の中の風《ふう》がぐつとわるく成、心中《しんぢう》がはやつて来たは、ぶんご殿のきぼ[二一]といふ物なれど、趙良《てうりやう》[二二]が笙《せう》を吹て、敵《てき》の気をひしいだとは、いかふ違《ちがつ》た事と存らるれば、三弦は議論《ぎろん》の外じやから、素人《しろをと》[二三]の手にとられぬやうに立廻るが、治国平天下《ちこくへいてんか》の元《もと》といふ物。わしなどは、うちきなゆへか、士《さふらい》[二四]の三弦の上手なを聞と、わきの下からひやあせが出ます。二本ざしは三弦の下手ながよい。さて又、音《おん》ぎよくといふ物を、なぜ古人《こじん》がこしらへだされたといふに、深《ふか》ひ了簡のある事。一寸つまんでいわふなれば、上古《じやうこ》[二五]せいだいには、人のぎやうぎがよくて、寐《ね》ころんだり、あぐらかいたりする物は、一人もないから、其へんくつおやぢの寄《より》合て、礼義《れいぎ》斗でかたまつた座を、和《くは》せん為《ため》に、金石《きんせき》[二六]・糸《し》竹《ちく》・瓢《はう》土《ど》・革木《かくぼく》とやら云、音のある物をあつめて、うかしかけた物故に、貴様たちの云、源四郎[二七]とやら、きねや喜三郎[二八]とやら位の人の上で、ろんずる事ではない。八音《はちいん》[二九]よく調《とゝのを》り、倫《りん》を相奪《あいうば》ふ事なければ、神人《じんにん》もつて和《くは》すと云斗《(いふばかり)》[三〇]のしやうくわん。今時の博奕《ばくち》打たり、女郎かつたりする人は、八

奏楽器として用いられる時は三絃より下に位置することもあるをいう。
一七 弄斎、朗細など書く。近世初期、隆達節等と並ぶ小歌の一。元来三味線の曲であるが琴曲にも用いる。「島原」は京の遊里島原から流行り出したといわれる投節をいうか。
一八 雲井。箏の秘曲といわれる。
一九 「盤渉」の音階を主音とする調子で、軽い音調をいう。「箏の琴を盤渉調にしらべて」(源氏物語・帚木)。
二〇 未詳。　二一 ほまれ、名誉の意。
二二 漢の張良の誤り。ただし正史類にはこの説話はみえず、漢楚軍談十二にみえる。
二三 素人の手にふれぬように。玄人芸人の手にまかせるように。
二四 当時、幕臣で原武太夫のように三絃の名人といわれる人が実在した。
二五 上古聖代。中国古代の聖人の御代。　二六 中国古代の八種の楽器を指す。八音。書経・舜典に出る。具体的には鐘、磬、絃、管、笙、壎、鼓、柷敔の八種をいう。
二七 享保期、河東節の三絃弾き山彦源四郎。名人の誉高い。↓一九一頁注三六。
二八 長唄の三絃弾き杵屋喜三郎。家元名としては五代目が喜三郎と名のるが、三代、四代も初名は喜三郎で何れも名人と称される。
二九 「八音克諧、無レ相ニ奪倫一、神人以和」(書経・舜典)。
三〇 賞玩。ほめ味わうこと。

音よく調はずとも、麻《あさ》上下[一]のつき合が、聖人《せいじん》[二]のなまゑい位には、和してござる物を、丸ごし[三]で大門《（おほもん）》[四]へふりこむ時は、人間《にんげん》の性《（しやう）》はない。其ところへ、三弦上るりでそゝなかして、生れもつかぬ乱気《らん》[五]ものにして、上句《あげく》のはてには、おり[六]へ入るの、出奔《しゆつぽん》するのと云様な事にも、なるまい物でもない。長歌のもんくはじち[七]がないからまだよいが、子ども[八]をよぶと云おもてむきで、糀町《かうじ》[九]のお組《くみ》がよふな大ぼや[一〇]を引ずりあるき、なま〳〵しいもゝ[一一]たぶらをひらつかせるから、久米《くめ》[一二]の仙人どもが通《つう》をうしなつて、ちく[一三]生道《しやう》へ落ち、三両一分[一四]の火のくるまが、お迎《むかい》に来て、禄《ろく》[一五]をなげさせ、親には借金《しやく》のし[一六]りを預《あづけ》るのみならず、其ついでに、親の物もありだけ着服《（ちやくぷく）》して欠出《かけ》[一七]し、四五日の内は其[一八]あたゝまりで、大雲寺《だいうんじ》[一九]前か中の町[二〇]の茶屋[二一]にでもかくれ、始終《しじう》[二二]は、若い者[二三]か茶やの養子《よふ》にでもなる気で、逃《にげ》まはる内に、ひやうしぬけがして、永尋《ながたづね》[二四]になり、友《とも》だちもくいつぶさ[二五]

一 せめて威儀を正しくした交際。
二 聖人が酔ってやや正体をなくした程度。　三 本来刀をさすべき者が、無刀の状態でいること。
四 吉原へくり込むこと。
五 乱心者。
六 座敷牢。放蕩息子が閉込められる。
七 実が無い。長唄に凝っているだけの間はまだ実際の遊びが伴わぬから良いが。
八 歌舞伎若衆や踊子など。
九 未詳。麹町辺で評判のすれっからしの女芸者であろう。「評判娘名寄草」(明和六年刊)に「かうじ町おくに」、「あづまの花」(同年刊)に「かうじ町都巨娘」など。
一〇 盗人仲間の隠語に掏摸を「ぼや」。
一一 内もも。　一二 美女の素足を見て通力を失い天上から落ちた久米の仙人(今昔物語集十一)のように。
一三 人の道にはずれた行いをするようになる事のたとえ。
一四 いわゆるサンピン侍の扶持、即ち三両一人扶持をいうか。
一五 武士としての知行・俸禄を投げすてることになり。
一六 跡始末をさせること。
一七 出奔する。逐電する。
一八 親の物を盗み出したその金で。
一九 本所押上村大雲寺の門前辺り。辺鄙な土地で、当時駆落ち者などの住居としてふさわしい。
二〇 吉原遊廓内の中央の大通り。茶屋が両側に立ち並ぶ。

れるのみならず、一ぺんどをり無心《むしん》が廻る[二六]と、そろ〳〵名じみ[二七]を返し、よく〳〵芸者[二八]なれば、芝居《しばい》へ出て三弦でも引《（ひき）》、さなければこはいろ[二九]遣ひ、髪結《かみゆひ》[三〇]の類い、ちつとうろたへ[三一]ると乞食《こじき》になり、つみなく[三二]て、屋ねのやぶれから月をみるは、蓼《たで》くふむしもすき〴〵なれど、菊むし[三三]の唐《とう》がらしくふためしもなければ、親たちが友だちを恨《うらみ》るは不了簡千万。馬《むま》[三四]のけいこは物がいる、弓のけいこは新木《あら》をほしがるといふて、何もさせぬは、当分か[三五]んりやくな様だが、ひま[三六]過《すぎ》たばちが、一時にあたつてくると、げんくわ[三七]には、座頭《ざとう》[三八]がねとまりをし、台《だい》どころには、まき屋[三九]・みそやがつめかけ、雨《あめ》[四〇]がふると下駄《げた》がけで家の内あるくやうにも成まい物でもない。他人《た》[四一]のあたまの蠅《はい》おはずと、なむし[四二]にはなのはをあてがい、かいこには桑《くは》のはをあてがふてそだてるがよさそふな物。拙者《せつしや》なども楽器《がくき》の一人なれど、河東[四三]や土佐がうれぬよの中じやものを、楽器よばり[四四]はせぬがよいと、さとり切ています。何と和《は》ごんどの、そふではおりない[四五]か」。

「成ほど〳〵、亀[四六]の甲《かう》よりびわの甲で、御尤な御きやうくん。皆のしゆやわたしども、相応《さうおう》にいろ〳〵な音《ね》をだして、たのしみますれど、お手まへ様は、むかふ[四七]へ引《（ひく）》を琵《び》と云《（いひ）》、手前へ引を琶《は》と云までの事で、べろん[四八]〴〵では、一入《（ひとしほ）》おあい手が少ひはづ。とかく人を和《くは》すためと承れば、当世の人は、一[四九]せつなり物はせぬがよふございましよ。されば〳〵らんぶ[五〇]なども、子どもの内からならはせると、猿楽《さるがく》[五一]のやうなけんしきに成て、武《ぶ》

二一 遊客の諸事万端を世話する所。中以上の客はおおむね自分の行きつけの茶屋があるので、そこに暫く厄介になること。 二二 結局は。
二三 廓内に働く男衆の総称。
二四 長逗留。長々と厄介になる事。
二五 無心されっぱなしになる。
二六 友達皆に行きわたると。
二七 友達づきあいをやめること。
二八 芸達者。ここは三味線の上手。
二九 人気役者のせりふや口ぶりを真似ることを芸とする芸人。又より一般の諸事象を真似る浮世物真似。
三〇 床屋の職人。
三一 やりそこなう。しくじる。
三二 中納言顕基卿の言葉として有名な「罪なくして配所の月をみる」のもじり。 三三 菊につく害虫。本来、菊虫は菊が好きなように、遊び好きはその者の本性。
三四 費用のかかることを惜しんで何もさせぬことのたとえ。馬や弓は武士の習い事の第一。
三五 簡略。倹約で結構なようだが。
三六 子供を暇にさせておいた為、遊び癖がついて。 三七 玄関。
三八 盲人が高利をとって貸す座頭金を借りたために、その催促に。
三九 薪屋、味噌屋。掛買いにした日用品の催促。
四〇 雨漏りがひどくて。
四一 いらぬおせっかいのたとえ。
四二 菜虫には菜の葉。武士の子は武士の子らしく育てよの意。

気がなくなります。急がずとよい事じやから、[一]一けんしき出来てから、三弦でもらんぶでもさつしやるがよい。[二]行余《かうよ》りよくあれば文《ぶん》をまなぶ位の事じやから、若い衆のなり物はほんの隙《ひま》つぶしで、きのどくや」といへば、てい主が寐《ね》がへりするから、各《(おのおの)》かくれぬ。

さがの釈迦《しやか》もんどう

豆男はよのふける迄咄《はな》しを聞、腹《はら》すじをかゝえし所を、咄しの腰をおられて、それより一ねいりして、よも明《あけ》たれば足にまかせて行《(ゆく)》ほどに、都につきにけり。「[三]是は諸国《しよこく》一見のものにて候」などゝ、[四]屋かた物のやうに、[五]口びやうし云つゝ、[六]釈伽堂《どう》につきぬ。そんぞうの前に座て、[七]百はい頓《とん》しゆし、邪婬《じやいん》のつみを消滅《しやうめつ》せんことを願ぬ。されど[八]片便《かただより》にて、しやく尊《そん》の御心おぼつかなければ、日のくるゝ迄、柱《はしら》のふし穴にこもり居けり。[九]子《ね》の刻《こく》斗《(ばかり)》に忍《しの》び出、木像《もくざう》の元に参り、[一〇]戸帳《とちやう》をまくりて、もつたいなくもしやく尊に乗移れば、しやく尊豆男に語《かたり》ていわく、「そも〳〵汝は業平《なりひら》の告《つげ》によつて、本心に立かへり、来《らい》世をもたのみ、じやいんのつみを滅《めつ》せんとの願ひ聞とゞけた。[一一]白圭《はつけい》の詩《し》を三ぷくした人もあれば、口ほど大事な事はない。[一二]最期《さいご》の一ねんにて、生界《しやうがい》のあくをめつせんとは、

四三 江戸浄瑠璃の一種、土佐節。土佐少掾橘正勝を始祖とし、河東より早く延宝・元禄(一六七三―一七〇四)頃流行。
四四 呼ばわり。
四五 陳述の「あり」の丁寧語「おりやる」の否定形。古風な口ぶり。
四六 「亀の甲より年の功」のもじり。
四七 和漢三才図会十八「琵琶」の項に「推二手前一曰レ琵、却二手後一曰レ琶」。
四八 琵琶の音色の形容。
四九 一切。いっさい音曲の練習などはせぬ方がよい。
五〇 乱舞。平安末頃から座興として行われた即興的な歌舞。 五一 能楽。

一 一人前の立派な心持。
二 「行有二余力一則以学レ文」(論語・学而)。徳行に励んで猶余力があれば文芸に親しむのもよかろう。
三 謡曲のワキ僧のきまり文句。
四 武家づとめの者。
五 ふと、口をついて出る口ぐせのような文句。
六 京都嵯峨清涼寺の釈迦堂。
七 百拝頓首。何度も何度も頭を下げ拝礼すること。
八 一方的な願いごと。
九 午後十一時から午前一時頃。
一〇 神仏の前にかけられた垂幕。
一一 「南容三二復白圭一」(論語・先進)。南容という人は詩経・大雅の白圭の詩に感じてこれをくりかえし読んだ。
一三 「一念阿弥陀仏、即滅無量罪」(胎曼陀羅大鈔一)。

愚僧《ぐそう》が云たに違《ちがい》はないが、今でかんがへてみれば、[一三]いな事を云て、おふちやく者がいかくふへる。したが、今と成て、やくそくも変《へん》じがたければ、極楽《ごくらく》おふじやうたがいあるべからず。しかし、日本の内ではならぬ事じやから、天竺へ渡てから死《しに》やれ」と仰《おゝせ》られたれば、豆男もちと[一四]工面《くめん》が違てきたから、おしかへして、「夫はなぜ日本ではなりませぬ」「さればの事よ、世上《せじやう》で地《ぢ》ごく極楽のさたはあれど、日本に地ごく極楽はない。お身《み》はしるまいが、[一五]日本第一の神代《かみよ》の巻《まき》に、もろ〳〵の神あつまり給ひて、六十余《よ》しう山川《さんせん》・草木《そうもく》・鳥獣《てうじう》まで、不レ残《のこらず》神たちのうみ給へども、ついに神の地ごく極楽を生《うま》れた沙汰《さた》は、何の書にもみへぬ。又唐《から》でも、[一六]伏犧《ふつき》・しんのう・黄《かう》てい・尭《ぎやう》・しゆんを初《はじめ》、[一七]孔《かう》子《し》ならびに二程《てい》子・朱《しゆ》子、其外の大賢《けん》たちが寄合《より》て、吟味《ぎんみ》されたれども、唐にも地ごく極楽はないげな。[一八]司馬《しば》をん公も、[一九]家きんの内に地ごく極楽を[二〇]きよくられたこともあれば、唐やまとには、無いに極《きはまつ》た。只天竺《ぢく》に斗《ばかり》は、地ごく極楽のある事を、愚そうが見とゞけた故に、[二一]天竺一国《こく》の乱《らん》世を、急《きう》にしづめん方便《てだて》に云《いひ》ふらしたのみ。かつて以《もつ》て愚僧は、唐日本まではやらせる気ではない。よく了簡してもみやれ。聖《せい》人の前や神国の中へ、其様なぶてうほうなさたを、云出すやうなばかものなれば、[二二]かたから、天竺の急《きう》なんをすくふ了簡《けん》もない筈《はづ》。畢竟《ひつけう》いぬねこ同前なやつらを、[二三]しづめたい斗に、かはゆい女《にやう》ぼうやあいらしい子をすてゝ、深《しん》山に引こもり、天下の為にひとへ物一まいで、雨露《うろ》の中に立

一三 変な事をいってしまって、そのため横着者が増えてこまる。
一四 あてがはずれかけてきた。
一五 日本書紀一・神代巻。「伊奘諾尊・伊奘冉尊、共議曰、吾已生二大八洲国及山川草木一」。
一六 中国古代、伝説上の帝王の名。伏犧は漁猟・牧畜を教え、神農は農作を、黄帝は暦算・文字・医薬などを教えた。尭・舜は理想的な聖天子とされ、その治世を聖代とする。
一七 儒教の代表的思想家たち。孔子は魯国に生れて儒教の始祖と仰がれ、北宋に生れた程明道・程伊川の兄弟は二程子と称されて性理の学を大成し、その後南宋の朱熹は更にそれを深めて朱子学を建てた。
一八 司馬光。温公と称し、北宋の名儒。資治通鑑を著わす。
一九 温公撰「家範」十巻。
二〇 ひやかす。からかう。
二一 天竺国の風土人心の邪悪なること、それを矯正する方便として地獄極楽の説あること、それは日本の風土にはふさわしからざること等は、早く熊沢蕃山の言説に説かれ、増穂残口の八部書には、より卑俗な形で主張される。「夫天竺の邪悪多く、人面獣心なること」（神国増穂草・上）。
二二 肩から。初めから。
二三 釈迦に耶輸陀羅（やしゅだら）夫人あり、子に羅睺羅（らご）あり、十九の年それを棄てて出家し、阿羅邏（あら）仙人のもとに苦行する。

て、多ねん工夫《くふう》をこらした物を、[一]当世のくされ儒《じゆ》者どもが、『論語《ろんご》』の[二]はしの四五まいもよむと、しやかは馬鹿《ばか》だのたわけだのとそしれど、ばかでもよいから、[三]子曰《しの、たふまく》[四]でいてきの乱を治《をさめ》てみたがよい。其期《ご》に成たら、天子が聖人でないと云であろふが、天子がせい人なれば、云事《(いふ)》はない。[五]下《した》から出て治るが愚《ぐ》僧が工夫《くふう》。又当世は、[六]儒《じゆ》道が甚《はなはだ》はやり、太平《たいへい》の御《み》代ゆへに学《がく》もんもくわしくなり、仏法は、愚僧が了簡とちがふて、しろをとの工夫で、[七]末寺《まつじ》から本寺へ直《なを》り、本寺から、[八]ふれ頭《がしら》にすはると云やうに、何の手もなく、[九]世すて人に、世をはつた掟《をきて》を定めた故に、いつとなく坊主《ばうず》どもが[一〇]利欲紛挐《りよくふんじよ》して、[一一]素人《しろと》にはおとりになり、其虚《きよ》に乗《じやう》じて、儒者どもが[一二]一ぱいな理を論《ろん》じ合《(あふ)》から、何かはもつてたまるべき、たちまち釈加のつらに泥《どろ》をぬつて、目もあてられぬ体《てい》。是はまあ、儒者もおとなげないではないか。元来《ぐわんらい》、出家は金銀《きんぎん》でりつしんし、綾羅錦繍《れうらきんしう》をまとひ、大寺を持て、美味《びみ》を喰《くい》、年始暑寒《ねんししよかん》の見廻《(みまひ)》に、素人《しろと》よりさきがけして、俗《ぞく》人のきげんを取、駕《かご》に[一三]のりはしらかして、あるく物ではない。是では、人欲《よく》も出るはづ。愚そうが工夫の[一四]こつじき頭陀《づだ》の行《ぎやう》でさへ、おりふし人欲が芽《〔め〕》を出したがる物じや。もとより[一五]悟道《ごどう》はつめいして出家に成た物は、只のひとりもなければ、渡《わた》りに舟《ふね》とよろこび、びんぼう者をすくいはせいで、[一六]高利《かうり》の金をかし付、[一七]ないもせぬ身のあぶらを吸《すい》とり、[一八]せつなくなると、[一九]志道《しどう》金と号《がう》して、くびの根をおさへて、元利《ぐわんり》を引上て、ふとゞき千万なやつ。[二〇]ふじんふぎの罪《つみ》、

一 今どきのこりかたまった儒者が。
二 最初から四、五枚。
三 論語のような儒学の経書を丸覚えしただけで。 四 夷狄。野蛮人。
五 何の位階も持たずに。
六 享保(一七一六―三六)頃からは、特に徂徠学の大流行があり、その後古注学・折衷学と続く。
七 本寺に付属した寺。僧も位階制となり、末寺の僧から段々位が進んで本寺の住職となる。徳川幕府は仏教に対し干渉統制の方針をとり、慶長十三年(一六〇八)以来諸宗に法度を定め、職制、募財に至るまで規律を施した。
八 触頭は諸宗に定められて執奏統轄を司る高位の僧。
九 本来は世法を脱却した筈の僧が、世法に規制されること。
一〇 「紛挐」の音は「ふんだ」。
一一 俗人にも劣るようになり。
一二 腹一杯に理屈を言いまくる。
一三 乗りちらす。
一四 乞食頭陀。仏語。僧が衣食住の執着をふりすて、食を乞いながら行脚修行すること。
一五 悟道発明。仏語。仏道に悟りを開くこと。
一六 寺院が寄進された金銭を一般に貸付けて利殖を図ることは、鎌倉期以来公認保護されていた。
一七 「ありもせぬ」と同意。
一八 寺側が金繰りに困ってくると。
一九 祠堂金。位牌堂などを建てるために檀家などから寄進せられた金銭。

二一しやう〳〵せゝのがれられぬ。たとへ蝶〻二二が一文、とんぼが一文と云てさへ、一生ひだるいめはせぬものを、うり物に事をかいて、けさ衣《ころも》をかんばんにかけ、弥陀《みだ》や愚《ぐ》そうを売《うつ》ては、遊女・野郎《やらう》二三・大こくに入あげ、近来《きんらい》は、二四かい帳に呼出しては、しゆ〳〵の作物《つくりもの》をこしらへて、開帳をば見せ物しばいの様にしてしまい、むすめ子や若後家《ごけ》は、参《さん》けいしても愚僧をば見付ず、鷲《はし》やそてつの作物に、気をぬかれている内に、尻《しり》二五はあざだらけに成、万一怪我《けが》でもすると、二六片《かた》おしなやつは、「それみたか。釈加もあみだもあてにはならぬ。かい帳まいりに、怪我をさせる様な仏が、何のやくに立ものだ」とそしれど、数《す》百人の参詣《さんけい》に、愚僧一人で手がまはる物ではない。二七真心《しんじん》で来る物は、おれはしらねど、天道がよく御存《(ごぞんじ)》ですくふて下さる。愚僧はもとが人間《にんげん》じやから、人間の死だのは、何のやくにたつ物ではない。死だ物がやくに立《(たつ)》くらいなら、仏法《ぶつぽう》のらちもなく成をみて、しらぬかほしては居ませぬ。孔子《かうし》殿なども、さいわい二八江戸筋《すじ》かい橋《ばし》の外に居やるから、朱《しゆ》子がよいとも、二九古学《こがく》がよいとも、是非をわけてやるゝ筈なれど、生《いき》てはたらく時さへ、三〇孔子も時にあわぬ位の事じやから、死では、猶《なを》やくに立ぬ。釈伽や孔子が死で役《やく》に立ねば、其外の小人の死だのは、今一三一わり役に立ぬ。是で推《すい》りやうしたら、極楽《ごくらく》へ行気《ゆくき》は中《なか》三二橋《ばし》でありそふな物じや。われらが方からこそ、人間に成たいと、再拝《さいはい》とん首《しゆ》三三すれが、わざ〳〵死たい、仏に成たいとは、大《だい》の不了簡じや。日本第一の天照太神《てんしやうだいじん》どのさへ、「人三四

この金は元来「祠堂金」を廻してやったものだなどと勿体をつけて、貸金の利息をつりあげたりすること。
二〇 不仁不義。仁義にはずれた行為。
二一 生々世々。未来永劫に。
二二 蝶やとんぼの玩具売り。紙と竹ひごで作り、「ソリャ止った」の売り声でしたしまれた(盲文画話・付録)。売価は文化(一八〇四―一八)頃には四文(俳諧觿)。
二三 野郎は歌舞伎若衆。大黒は僧の隠し妻。「祠堂の金にて売姫を請出す類」(艶道通鑑 一)。
二四 開帳。社寺の秘宝・秘仏類を一定期間中拝観を許すこと。初めは信仰の助けであったが、後には金儲けの具となり、明和(一七六四―七二)頃からは客寄せのため参詣人の気をひくような種々の作り物を並べる事も流行。
二五 参詣の人ごみの中で尻をつねられ。 二六 一方的な。 二七 信心。
二八 江戸城筋違御門前の橋。現千代田区神田須田町一丁目。橋を渡った左手の高台に孔子廟湯島聖堂がある。
二九 元禄(一六八八―一七〇四)頃から目立ち始める反朱子学の立場をとる儒学の一派。特に徂徠学の出現以来隆盛。
三〇 孔子でさえ、生きている間は不遇であったことのたとえ。「不レ遇レ世者、何独丘(孔子)也哉」(荀子)。徒然草二一一段に「孔子も時にあはず」。 三一 もうひとつ。
三二 「行気は無い」の語呂合せ。
三三 …こそしようが。 三四 未詳。

はあめが下のみたま物也」と仰らるれば、必《かならず》ゝ[一]あなた参りは思ひとまりやれ。又よしや死だ所が、愚案《ぐあん》のごとく、地ごく極楽があるにせよ、地ごくも風《ふう》がちがつて、当世は[二]まいないでもせねば、極楽へやらぬといふ事なら、何ほど云《(いひ)》はけしても、地ごくへ行まい物でもなし。其時は、地ごくの掟《をきて》じやから、[三]かるい分で釜《かま》の中のすまいして、一生《しやう》日のめをみる事もならず。一年に一度[四]やどおりしても、仏法はしやうじんりやうりで、[五]ほねつぎにも成まい。

さて又、是はしごく内ゝの事じやが、極楽といふ所が、ぜんたい夫《それ》ほどうらやましい所でない。よくかんがへてみやれ。[六]西方《さいほう》じやう土《ど》は絵図《ゑづ》でも[七]みやつつらが、仏《ほとけ》をはじめ、みな〳〵金《きん》びかりで、しやばの金ぎんふつていな目からみれば、どふやら結構《けつかう》らしけれど、其中に住でみやれ、半《はん》年もたゝぬにあきはてゝ、やつぱり娑婆《しやば》が恋しく成であらふ。[八]巨燵《こたつずい》水れんなれど、死での先もかんがへてみやれ。ちよつとおむかいに来る雲《くも》も、金色《こんじき》じやによつて、極楽の東門[九]をはいつて、門番にもく礼すると、直にその身も金色になると云《(いふ)》物、草木《さうもく》・鳥獣《てうじう》・山川《さんせん》・砂石《しやせき》が、[一〇]さんご・こはくの光りかゞやく物じやから、天気でもよいと、光が目にはいつて、まぶしさとした事が、遠《とを》めがねで、お月様をみた様な事ではない。夫であみだから[一一]打立て、仏たちは、目をほそく明てござる。又、極楽わうじやうの願《ねが》ひは、大かた死でおもしろいことが見たい、たのしみがしたいと云欲心《よくしん》か

一　あちら参り。極楽へ行くこと。
二　賄い。わいろ。「地獄の沙汰も金次第」。
三　軽い責苦ですんだとしても、釜の中で煮られて。
四　奉公人が暇を貰って親元へ帰ること。盆の七月十六日は「地獄の釜の蓋があく」といわれて、罪人も精霊となって帰る事を許される。
五　久しぶりに美食をする事(俚言集覧)。
六　西方の十万億土にあるという極楽。「従レ是西方、過二十万億仏土一、有二世界一、名曰二極楽一」(阿弥陀経)。
七　見られたであろうが。
八　実際の役にはたたぬ議論のたとえ。
九　極楽は西方に当るゆえ、娑婆に向かう門は東門。四天王寺の西門から真西に向えば行きつくという。
一〇　「珊瑚、琥珀、一切衆宝以為二映飾一」(観無量寿経)。
一一　始めとして。
一二　極楽往生した者は皆蓮の葉を座床とする。蓮の台。心中する者の常套句に「一ッはちすを契る」という。
一三　叶い難いことを望むたとえ。
一四　路考茶。茶染めの一種。明和・安永期(一七六四―八一)の流行色。
一五　藍色がかった鼠色。路考茶と同じく流行色で、渋い好みのもの。
一六　芯に綿を入れて細く丸くぬった帯。通常男帯として用い、女性用は腰帯。

ら願へど、極楽へ行《(ゆく)》と、つね〴〵の長《なが》屋と云が、夫婦ものに、[一二]はすの葉《は》一まいと極《(きまつ)》て、いかふ手ぜまなすまいなれど、凡《ぼん》人は、気のつまる事はしらず、[一三]ないものくはふに極楽へ行たがり、すへながく、一ッはちすに契《ちぎり》かける気で、女《(にょう)》ぼうにもねんぶついわせるけれど、此世《このよ》で、[一四]ろかう茶や[一五]あい鼠《ねずみ》をきせ、金もおるの帯に[一六]丸ぐけのこしおびさせてさへ、女房《ぼう》は見あきる物を、何が極楽へ行て、夫《おっと》も女房も、髪《かみ》といへば[一七]尾上《おのへ》香《かう》のにほひもうせはて、つね〴〵むすびがみにして、衣類《いるい》といへば、いつもかはらぬ金《きん》だみの衣に、よるもひるも、[一八]青《あを》てんじやうの蓮《はす》のはの上に、おし付合て座をくんでゐたら、なんぼ美《うつく》しい女房でも、はたけの跡《あと》や[一九]物きぼくろ迄見出して、[二〇]うざめもつきはて、一所にねても、[二一]金ばくでひやついて、よくあるまい。ひつきやう、人と云ものは、[二二]夜目遠《とを》目笠《かさ》の内で、よいも悪《わる》いもあるで持た物。金も銭《ぜに》も同し光りなら、[二三]二百疋《びき》の所へ、二文でも済《すむ》と云物。しからば光るとて、極楽がよい事もない。又夫《それ》を[二四]引《ひき》べつにしてみれば、乞食の跡から、[二五]おれき〴〵が死で行たら、先輩《せんはい》じやから[二六]這《は》はずば成まい。[二七]初《はつ》とまりの弁当《べんとう》やかつぼぶしのかわりに、[二八]灯心《とうしん》でほつた竹の子の[二九]二れんも、やらずばなるまいし、師匠《しせう》[三〇]ばんにいじめられて、[三一]気がうつしたとても、ついに、東門《とうもん》より外へ、仏たちの花見ゆさんに出たさたもなければ、[三二]しつかい[三三]屋《や》形《かた》者よりは、つき合の仕《し》にくい所。万一りつしんして、[三四]立仏にても成《(なる)》と、しびれが切《きれ》ても、こゞむ事もならず。当分立なれぬ内は、めつたにむねへ

一七 瀬戸物町尾上菊五郎の店で売った鬢付油の名か。当時役者の化粧品店は多い(八文字屋自笑・役者全書)。
一八 屋外。
一九 着る物を得る前兆として喜ばれるほくろ。
二〇 「うざめ」未詳。興がつきての意か。
二一 肌が金箔で。
二二 諺。女性の容貌など、はっきり見えないと、却ってよく思われること。
二三 銭の単位。十文を一匹とし、二百匹は二貫文。
二四 引きくらべること。比較する。
二五 立派な家柄の人。
二六 乞食でも亡者としては先輩に当るから敬意を表して這いつくばう。
二七 嫁にいった娘の最初の里帰りの習俗になぞらえた表現。心づけの手土産が必要。
二八 地獄の責苦の一として、灯心で竹の根を掘らされるというが、そうして掘った竹の子。
二九 竹の子は縄ですだれの様に数本をからげるが、それを一連、二連と数える。
三〇 「番」は交代制で事に当る場合に、その役に当った者をいう。
三一 気が鬱する。気がつまる。
三二 悉皆。全体。結局。
三三 →二〇〇頁注四。
三四 立像の仏。

斗《(ばかり)》つりのぼせて、一古法《こほう》のいしやに見せると、直に二柴《さい》胡《こ》・桂枝《けいし》湯《とう》のまいるお腹《はら》じやと云様《(いふやう)》になり、あだやおろかで、極楽も住《すま》はれる所ではないから、極楽の願はとんと御無用《むやう》〳〵」と、達《たつ》ておとめなされば、豆男も、今はせんかたなく、「しからば気のつまる事故、極楽はやめましやうが、地ごくをのがれる工面《くめん》はござりますまいか」といへば、釈伽《しやか》如来、にこ〳〵と笑《はら》ひ給ひ、「いろ〳〵なぞをかけても、まだとけぬそうな。三人といふ物は、死《しぬ》と、針《はり》をたてゝも、灸《きう》をすへても、火葬《くはそう》にしても、いたくもかゆくもない物を、其様な木石《ぼくせき》同ぜんなからだを、鬼《をに》どもが臼《うす》でつかふと、つるぎの山へ追《おい》上ふと、かまはぬがよい。又地ごくがいかふせつない所なら、死れた両親《りやうしん》たちが、四七月やど下りのついでには、咄しも有そうな物。天ぢくのあみだやしやかを当《あて》にせずと、手ぢかくの両親や先祖《せんぞ》を、つね〴〵大事に御ちそう申《(まうし)》て聞てみやれ。愚僧《ぐそう》も、五はへぬき

一 古医方ともいう。漢方医術で、古い晋・唐代の医術を宗とする流派。徂徠学の流行につれて勢いを見る。
二 柴胡湯や桂枝湯。薬方の一。漢方薬の柴胡や肉桂の枝を煎じた薬湯で、解熱・鎮痛に用いる。
三 死は人の終りであり、天道に輪廻はないというのは儒道の根本認識である。「死は人の終りなり…厚く葬ても煖かにもなし、薦に包みて川へ流しても寒きにもあらず」(樗山著「英雄軍談」五)。
四 七月十六日、盆の藪入り。→二〇四頁注四。
五 生れつきの。

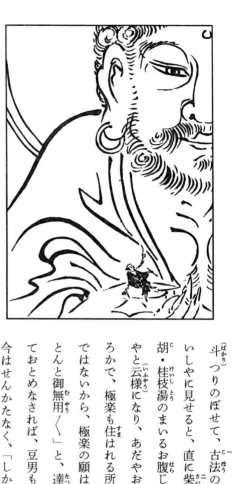

の仏でもない。妄語《もうご》[六]のつみによつて、一たび地ごくへ行たものじやが、あまり、いたくもかゆくも覚へなんだ。なんと地ごく極楽がなくば、仏道しんじんの気はあるまい」。

といわれて、豆男はかんるいを流し、「只今まで、死だ̃さきが片便《かただより》[七]で、しれませぬ故にこそ、珠数《じゆず》でもつまぐりましたが、無《ない》といふに極《きはま》つたら、余り仏道は有がたくもござりませぬ。生《うま》れおちから、地ごく極楽のさたで、目や耳《みゝ》をぬりふさがれましたからの事、然らば、儒《じゆ》仏神の内では、何がよい道でござります」「さればの事、唐《とう》人は儒《じゆ》道、天ぢく人は仏道、日本人は神道《しんとう》があたりまへなれど、日本は儒仏入《いり》こんで、めずき[八]しだいに成から、何成《（なんなり）》とほんとの所を、一いろきわめるがよい。日本人は、神道がよいとても、両部《りやうぶ》[九]の神道では、[一〇]かて飯《めし》をくふ様なもので、五はいくふて、三ばいの役《やく》にもたゝぬ。丁度、当世本地《ほんぢ》[一一]すいしやくと云事《（いふこと）》を初て、稲荷《いなり》[一二]の本地が十一面《めん》じやの、[一三]八まんの本地が弥《み》陀《だ》じやのといへど、愚僧が仏道を工夫《くふう》して建立《こんりう》した時は、日本は、まだ神道といふ名のつかぬ時分の事じや物を、どふして、八まんだか天神だか、天ぢくでは夢にもしらぬ事を、坊主《ばうず》どもが、銭とりにしだして、罪《つみ》を愚僧になすり、儒者《じゆしや》・神道者《しんとうじや》がより合て、何をか述《じゆつ》くわいをいふと思へば、[一四]皆仏道が渡《わたり》て、道がすたつたといふ事斗《（ばか）》り。聞たびに、愚僧は穴へもはいりたくなれど、夫《（それ）》も無理《むり》じや。よく〳〵愚僧が心の中をもさつしてみやれ。正法《しやうぼう》[一五]の仏道が渡《わた》れば、仏じやとて邪魔《じやま》にはならぬ。邪法がわたつたから、神《しん》道・

六 うそ、いつわり。仏法にいう五戒の一に妄語戒あり。

七 一方からだけしか連絡がとれぬ事。

八 何かと目移りがすること。

九 両部神道。仏教と神道を関連づけて説明する神仏調和の神道の一派。平安中期以降盛んになり、江戸期には天海僧正や釈潮音、竜野熙近、依田貞鎮など、独特の人物が輩出する。

一〇 米の中に種々の雑穀や野菜をまぜた粗末な飯。

一一 本地垂跡。両部神道の中心的な説。真言宗にいう胎蔵界・金剛界の諸仏を神道にいう神々の本地に定める。

一二 稲荷の本地は荼吉尼天《（だきにてん）》とされるが十一面観音とする説は未詳。

一三 八幡大菩薩の称号もある通り八幡の本地は阿弥陀菩薩とされる。

一四 熊沢蕃山や増穂残口などの系統をひいた排仏的言説。

一五 正しい仏道。

儒《じゅ》道のじやまになる。然《しか》らば、儒道・神道がよいかと思へば、是《これ》も取ちがへて、神道は両部となり、儒道[一]は古学のとりちがへと成て、詩文《しぶん》斗にまなこをさらし、行《をこな》ひはと思へば、親《をや》[二]の日もおぼへず、吉原へ行たり、ばくち打たり、たわいはなく、これでも孔子《かうし》の思召《おぼしめし》にかなをふか。丁度其様なもので、仏道は邪魔《じやま》はせねど、ぼうず共がじやまをする。あわれ、愚僧も神道者と云合《いひあは》せて、唯《ゆい》[三]一仏道を立《たて》たいは、多年の心《しん》[四]ぐわんなれど、今は貴僧《きそう》から僧に、さかなくわぬは壱人もなく、仏道が第一ばんにすたれたから、中ゝもつて、釈伽《しやか》の手ぎはにも直らず。神道や儒道には、仏法をそしりて、述懐《じゆつくわい》いふ手合もあれど、仏道に述懐いふものは、ひとりもないをみれば、仏道ほどむごくすたれた道はないと思やれ。寺《てら》や坊主《ぼうず》が多《をゝ》ひとて、仏道がはやるとは、大《おほき》なふりやうけんといふもの。色が似《に》たとて、甘草《かんざう》[五]のかわりに、大黄《だいわう》を遣ふと同じ事じや。此以後とても、つね〳〵地ごくをこわい〳〵と思ふ者が、目をまはした跡で、ゑんま王《わう》を見て来たなどゝ、ねつ[六]をふくとも、必《かならず》〳〵あてにしやるな。其様に一寸行てこられる所ではない。夫は丁度、後《かう》[七]せいのいしやが、ほうの木の皮《かは》を厚朴《かうぼく》[八]と覚へ、山しやくじやう[九]を芍薬《しやくやく》[一〇]じやと思ふ様なもの。真《しん》の芍薬でなければ、拘急《かうきう》[一一]は治《ぢ》すまいから、きゝめをせんぎして、執行《しゆぎやう》しやれ。ひよつと初《はじめ》の見こみがちがふと、のめばのむほど、病がおもるものじや。仏法しんかうは、愚僧におゐて大悦なれど、わるくすると、上下《かみしも》きてあるきながら珠数《じゆず》をつまぐるは、

一 特に蘐園と称する徂徠学派の中の詩文尊重的傾向を指す。
二 親の命日。
三 両部神道の批判の上に、室町末期卜部兼倶による唯一神道と称する一派が出来、吉田神道として隆盛したように、仏道にも、そのような純一性を目指す唯一仏道とも称するようなものを作りたい。
四 心願。願いごと。
五 甘草は豆科の植物、大黄は蓼科の植物で、何れも根を漢方薬として用いるが、甘草は鎮咳や腹痛に、大黄は下剤にと用途が違う。
六 勝手な大ぼらをふくこと。
七 後世家。医道の古方家に対する後世家で、中国金・元時代以降の医術を旨とする一派。
八 喬木類の一種。我国の朴の木に似て、皮を漢方薬として用いる。和漢三才図会八十三には「かうぼく ほゝのき」とあって、「和名 保やの木」と記す。
九 和漢三才図会九十二にいう「山神(やまのかみの)錫杖」か。「子形蕃椒に似て、長さ二三寸、生青、熟すれば正紅。一茎十余顆、略錫杖様の如し。故に俗呼んで山神錫杖と名く」という。
一〇 漢方には鎮痛・鎮痙剤として用いる。
一一 漢方の病症の一、ひきつけなど。

二二はんじ物のやうで、出来《でき》ばへのせぬ物じやから、つゝしむがよい。何ゝと、是二三でやぼならしやうことがない」と、永〱しき御せつ法《ぼう》に、烏もかう〱となきぬ。豆男は見つけられじと、ついぢの崩《くづ》れよりかえりけり。

当世あなさがし巻の二 終

二二 一見脈絡の無いように見える絵や文字を見せて、そこに何らかの意味を探らせる遊び。宝暦(一七五一—六四)前後から都会に流行する。
二三 流行語。坂東又八が大当りをとったせりふの一。「こいつは〱。これでやぼならしよう事がねェ」(辰巳之園)。

当世穴穿巻の三

いけばなの立ぎゝ

むかし男ありけり。浅草《あさくさ》[一]へんをとをれば、茶《ちや》[二]やの入口に、活花会《いけばなくはい》[三]といふ札をかけたり。はいりてみれば、二かいを二間《ま》三間とりはなして、出舟[四]・入ふね・かゝり舟・しゝ口・うば口・まきばしら・きぬた・ばだらい・おどり猿《ざる》・つるべは縄《なは》をくる〳〵とまいて、しき板《いた》[五]の二役をつとめ、見事さいわんかたなし。各《(おのおの)》かえり給へば、豆男は花いけのかげよりしのび出て、物ほしの方へ行てみれば、いけのこりの花ども、多《をゝ》く水にさしてあるを呼《よび》出して、花の善悪《よしあし》、かちまけも聞ばやと、牡丹《ぼたん》に乗うつりたれば、豆男に語ていわく、「花の事、御執心とみへてのおたづね故、あらましをお咄し申《(まうし)》ましやう。当世[六]ことの外、いけばなが時行《はやり》ますが、ぜんたい活花《いけばな》[七]と申は、古実にない事なれど、此せつ左様にへんくつを云《(いふ)》はわるいから、万〻にひとつ習《(ならは)》ふと思はゞ、利休《りきう》[八]の茶ばなが古風でよふござります。又ふさ〳〵[九]と御らうじたくは、花桶《をけ》、花がめに、いろ〳〵な花を何とな

一 金竜山浅草寺を中心に栄えた江戸一番の歓楽地。
二 浅草寺境内や、門前並木町辺りの茶みせ。宝暦(一七五一―六四)頃から小綺麗な造作で、趣味的な集会などの場所にも利用された。
三 活花の発表会。源氏流の祖千葉竜トが宝暦十二年、浅草並木の茶屋扇屋で書院活花の会を催した(明和四年刊・活花百瓶図)辺りをその流行の初めとする。本書巻三はこの源氏流花会の穴さがしらしい。
四 「出舟」以下、源氏流活花に用いられた花器名か。源氏活花記(明和二年板)には「出船、入船、泊船、馬盥、真木柱、獅子口」等の名目が見える。
五 花器を置く為の敷板。
六 「近来生花はやり出て、日々の会に酒楼をふさぐ。まことに大都会なるや」(明和三年刊・当世垣のぞき・序)。
七 「活花」は源氏流の呼称で、東山殿義政の命に応じて定められた五十四帖の花論を基とするという。池坊の立花、千家・石州・遠州等の茶席の生花について宝暦末から江戸に発興した書院向、会席向等のもの。
八 千家流の茶席の生花。
九 いろいろと。沢山に。
一〇 枕草子「清涼殿の丑寅の隅の」の段に、簀子の勾欄に置かれた青磁の大瓶に桜の花が沢山挿してある所で中宮から古歌を所望され、古今集・春上・藤原良房の歌の「花」の一字を

くさし入て御らうじまし。清少納言《せいせうなごん》どのも、[一〇]桜《さくら》を多くはながめにさした時、「君をしみれば物思ひもなし」と、やられて[一一]落《をち》をとられたも、花の徳《とく》で、第一の古風《こふう》。ひつきやう、[一二]東山《ひがしやま》どのからして、花をもぎ、葉をむしりて、まげつためつして、[一三]花の式《しき》と云ものが出来て、[一四]簱《はた》ざほかけの折釘《をりくぎ》へ、花いけをかけ初《はじ》めてさはぐさへおかしいに、今は[一五]目録《もくろく》じやの、めんきよじやのと、あられもない事を書ちらかして、わたくしどもをば、切《きり》こまざき物にして、しかも手まへの内に立て置て、はなの[一六]すへになる迄もたのしまるれば、本《ほん》望《もう》なれど、此やうに茶屋会《〔やぐわい〕》にして、半時《はんとき》かそこらに、ぬいてすてられ、めいわく千万。夫《(それ)》も心から出た風雅《ふうが》かと思へば、女郎かいには金がなくなり、博奕《ばくち》打てば[一七]如何《いか》にかけられて、思ふ様な事がならず。内《うち》のしゆびはわるくなり、といふて釣《つり》をする気はまだなし。丁度、花が人がらなたのしみとやら云《(いふ)》不了簡《りやうけん》から、[一八]笹《さゝ》の先へすゞを付た様に、人ぞめきの出情《しゆつせい》で、先生《せんせい》から無心でも廻ると、めだかのにげる様にぞろ〳〵とけいこを引《(ひく)》のが多く、親《をや》たちも、夜あるきよりはあんどな故に、楽《らく》やきの花いけぐらいは、買《かつ》て遣《や》りてだまし、大町人の[一九]腹《はら》ふくれどもは、銀《ぎん》の花いけだの、堆朱《ついしゆ》のしきいたのと拵《こしらへ》て、大分金銀をつかふ様なれども、花いけは竹が[二〇]本途《ほんと》で、一段上《だんうへ》のめからみれば、銀の花いけは、下品《げび》な物ずきと云もの。つぶしにしても、元直《もとね》になるとは、伴頭《ばんとう》のりこう者が、そろばんから出た分別《ふんべつ》で、吉原《よしはら》へのあしどめの法とみへた。

「君」と書きかえてさし出し誉められたという話。 一一 評判になる。
一二 将軍足利義政が京東山の東求堂に隠棲して慈照院と改名して以来の呼び名。茶、花、香などの趣味を専らとしたため、源氏流の活花も東山殿以来と称している。
一三 東山殿の所望によって康正二年(一四五六)に源氏活花の花伝抄が出来たという(源氏活花記・凡例)。
一四 「花器の折釘は古実あり。…戦国の時分居間に軍用に打たる釘なりしを…花尊の釘に直し用ひたるなり」(源氏活花記・上)。
一五 秘伝の名目等を記して与える文書。
一六 散りぎわになる。
一七 いかさまにひっかけられ。
一八 そわそわして落着かぬ様子。
一九 大金持ち。
二〇 本来のもの。

二一 「庖丁用ㇾ刀十九年」(淮南子)に拠るか。上手な料理人は十九年間、一本の庖丁を用いて、刃こぼれ一つしないという荘子・養生主の説話。
二二 未詳。葉白の蔦か。
二三 飯銅。口広の水こぼし。またはその形をした火鉢をいう。 二四 自由に大地へ根をのばすことが出来ず窮屈な様子を、もり切飯にたとえる。
二五 あちこちへつかえて窮屈な様子。
二六 白葉を珍重する。葉が白くなるのは一種の病気。

聖賢《せいけん》[一]は方《ほう》てうおらずとさへいわしやれば、折《をる》ぐらいの事は草木の役じやから、ゆるしもせうが、わしらが様に、よくない枝《えだ》じやのよくない花じやのと、捨《すて》物にさるゝは、難《なん》義千万」といへば、角《すみ》の方から、[二]雪蔦《ゆきづた》が顔を出して、「いや〳〵夫《(それ)》は当世の事じやから、用捨《ようしや》したがよい。わしはどふする物じや。植木《うへき》ずきが、[三]はんどへうへて、[四]思ひもかけぬもり切飯《きりめし》をくい、一生[五]雪隠でぼうつかふ様に、根《ね》をふみ出してみても、つかへ廻り、むまい物はどくじやとてくはせず、いよ〳〵病《びやう》気さしおもつて、[六]無《む》地白になるをしやうくわんされ、夫さへあるに、近来《きんらい》は平家《へいけ》とやら源氏《げんじ》とやら云《(いふ)》新作《しんさく》を初て、われらをば釣《つり》はないけにぶらさげらるゝは、余りに本意《ほんい》をうしなはれた」と、泪《なみだ》をながすを、そばから菊《きく》の花が出て、「されば〳〵、みなの衆の云《(いは)》るゝ通り、せつしやなども、[七]花の陰逸《いんいつ》なる物といわるゝ物が、いつの間にか陰逸をば棚《たな》へあげて、[八]何が実《み》しやうをはじめて、いろ〳〵に花をくるはせ、[九]兼好法師《けんこうほうし》のいわれた様に、曲《まげ》たり[一〇]すじつたりして、[一一]土用《どよう》中なやませ、花がさきかゝると、[一二]油《あぶら》しやうじをかけて、日のめもみせず、四方を張《はり》きつて、[一三]しつかい牢屋《ろうや》の住居をさせ、あげくのはてには、とがもない物を首《くび》を切て、砂《すな》ざしにして、[一四]ごくもんの音進《いんしん》物は、われらもめいわく。夫のみならず、三四年以来《いらい》は、[一五]次第に草花のだまし様が上手になつて、時でもない時やしないをしたり、枝を切たり、のつぴきならぬ様にして、[一六]往生《わうぜう》ずくめに花をさかせ、受とり前の秋をばしらずに、一ねん中、菊

七 周茂叔の「愛蓮説」に「予謂、菊花之隠逸者也」。「立冬をまん中として花咲く事、まことに花の隠逸なるもの也」(正徳五年刊・花壇養菊集・上)。

八 実生から育てるのを初めとして。正徳四、五年(一七一四、一五)頃、観菊大流行し、以来養菊法の進展目ざましかった。

九 徒然草一五四段「植ゑ木を好みて異様に曲折あるを求めて目を悦ばしめつるは、かのかたはを愛するなりけり」。 一〇 よじる。

一一 「梅雨すぎ、六七月までの内、枝を極べし」(花壇養菊集・上)。

一二 「咲揃て皆おゝひすべし。花壇のかまちに敷居、鴨居を入て障子立たるがよし」(花壇養菊集・上)。

一三 悉皆。まるっきり。まるで。

一四 「菊揃の席を見るに、一本〳〵枝撓にもせで、葩《(はなびら)》一つ切生にしたるは、美女の獄門見る心地し侍る」(艶道通鑑四)。

一五 養菊法は正徳五年(一七一五)刊の花壇養菊集以後、宝暦五年(一七五五)には菊経国字解が刊行されて一層精しくなる。猶この頃から野菜等も温熱を利用した促成栽培法が編み出された(伊藤好一「江戸近郊の蔬菜栽培」)。

一六 無理矢理観念させて。

一七 花瓶の詰にする藁くず等をいうが、その代りの木切れを表からも見えるように用いて。「花器にわら込を入て花をさす事は、活花にてはせぬ事なり。活花は水中迄も清らかに

の花のたへるといふ事はござらぬ。何と杜若《かきつばた》どのいかゞ思召す」「さればく、貴様たちはよほどゑだぶりも永ひから、そうでもないが、拙者《せつしゃ》にかぎつて、葉を内ゝでとぢられたり、尻《しり》から棒《ぼう》をつき込《こん》で、丈《せい》を高くされたり、[一七]込《こみ》とやら云棒を、天下はれてつかふて、水ぎわのせんさくもなく、手かせ足かせはめらるゝは、中間《なかま》一どうに難義《なんぎ》に存る。[一八]天地雑化《ぞうくは》の時をたがへて、何が本望《もう》じややら。[一九]小人の徳《とく》は草也と云るゝ拙者式《しき》[二〇]の目にさへ、あまり利発《りはつ》にもみへませぬ。又[二一]さつほう・あだん・きりんかく殿なども、わるくうろたへると、冬は引ぬいて[二二]じざいの上につるされ、[二三]てるての姫《ひめ》と云目に逢るゝげな。とかく[二四]駿河《するが》で生るゝと、江戸の穴ぐらで冬籠《ふゆごもり》をし、日光で生るゝと、江戸の師走《しはす》へ生贄《いけにへ》に来るやうなもの。ちつと[二五]人がらしい花を咲せると、いけ花に切られ、はんどに植《うへ》られ、然らば、やくざものが能《よい》かと思へば、やぶがらしやかなむぐらは、

顕はし見ゆるやうにするをよしとす」（源氏活花記・上）。
一八 天地造化。天地自然。「雑化」は底本のママ。 一九 論語・顔淵に「君子之徳風、小人之徳草」。
二〇 接尾語の「式」は軽視した気分をあらわす語で「我々程度の」の意。
二一 「さつほう」はさぼてん。和漢三才図会八十八に「覇王樹 さゝらさつぽう。按覇王樹、今処々庭園有レ之」。「あだん」はタコノキ科の常緑木。琉球諸島に自生し、パイナップルの木に似てより高い。葉は台湾パナマとしてかごや帽子を作り、枝は筆に作られたりする。「あだん 阿旦とかけり。近年渡来のものなり」（和訓栞・後編）。「きりんかく」は「麒麟角」。トウダイグサ科の低木。カナリア島原産。ソテツに似た円柱状の茎で葉はない。何れも南方産の観賞植物。
二二 自在かぎ。囲炉裏の火で暖めておくことか、いぶして薬用とするか。
二三 相模国の豪族横山氏の娘。小栗判官と契り、横山に責められ、逃る途中武蔵金沢の一漁夫の妻に妬まれ、塩焼き小屋の棚に追いあげられ、燻殺されようとする。説経節「小栗判官」。
二四 暖かい駿河産の花は江戸へ運んで冬場を穴蔵で貯蔵して時期外れに売り出し、逆に日光の寒冷地産の花は冬に強いので、江戸の師走時に生花の料として用いられる。
二五 上品な。

邪魔《じやま》じやとて、ぬいて捨られ、さりとは〳〵、[一]世の中にもあきはてた物。どふで[二]周茂叔《しうもしゆく》の様な人斗《(ばかり)》はない。近年《きん》は、出家《しゆつけ》さへ云合せて庭《には》を作り、しかも素人《しろと》の様に、すみからすみ迄、[三]鳶《とび》の者のひたいをぬいた様に、植木やを呼てかりつめさせ、[四]常盤《ときは》なる松のみどりも春くれば、今一しほに成た所を、[五]わらびなはで、無理むたいに、ゑだを引づり廻して、小枝も一〻とぢつけ、身《み》木のふとい所は、中途《と》から切おとし、一分《ぶ》も身うごかしのならぬやうにこしらへ切て、庵主《あんしゆ》どのは酒《さけ》などをしてやりながら、「扨《(さて)》もよい木ぶりに成た」などゝほめるは、言語《ごんご》同だん、[六]武烈《ぶれつ》天皇と云しうち。只うらやましきは、[七]おらがお頭《かしら》の桜どの斗は、どふした[八]相縁《あいゑん》きゑんやら、但よい[九]引《(ひき)》でもあるかして、[一〇]石台《せきだい》へもうへられず、いけ花にも[一一]伝受とやらいふ評ばんをうけて、ひどいめにもあはず、たま〳〵[一二]なま酔《ゑい》に狼《らう》ぜきさるゝか、又は[一三]雛《ひな》だなへ上らるゝとても、花桶《をけ》などにひろ〳〵とすまい、[一四]腰おれなどゝおごりかけて、短《たん》ざくでもぶらさげらるゝ迄の事。草木とうまれては、実《げに》この上の願ひなし。只同じくは、とこしなへに、[一五]坪《つぼ》せんざいの花のたへぬ様に、うへ込て咲せてもらいたい物じや」といへば、散《ち》りはてたる芥子《けし》坊主が、水の中からおどり出て、「我等《われら》は、むかしから悟道《ごどう》はつめいして、朝《あした》にさいて、夕《ゆふべ》に[一六]遁世《とんせい》の姿《すがた》をあらはせば、手前勝手《がつて》のねがいは少しもない。花の師匠《しせう》で[一七]口過《くちすぎ》がならば、いかほども切て口をぬらすがよし。うへ木やで口過がならば、はんど植や[一八]つくり木もされたがよけれど、おれき

一 人間の都合の良いようにばかり考えられた世間にはあきれ果てた。
二 周濂渓。宋の人。太極図説を著わし、所謂宋学の開祖といわれるが、晩年隠居して蓮花を極愛し「愛蓮説」を作り、「可㆓遠観㆒而、不㆑可㆓褻玩㆒焉」と述べた。
三 町火消の人足などの「競い肌」と称する風俗で、髪の風も額から月代へ綺麗に抜きあげて広く見せる。遊子方言に「すこしあたまのはげた、大本多大びたい」。
四 源宗于「ときはなる松の緑も春くれば今一しほの色まさりけり」(古今集・春上)。
五 蕨の根茎の皮で作った、植木屋用の縄。水湿に強い。
六 第二十五代天皇。日本書紀には様々の蛮勇というべき悪行が伝えられる。
七 「日本以㆑桜為㆓花王㆒」(書言字考六)。
八 不思議な因縁。
九 味方。ひいき。
一〇 箱庭風の盆栽。
一一 源氏活花記・中の巻頭に桜、紅葉、松、竹、蘭、葵蘆の六種の絵を出し「右に図せし六種は生花にては秘伝、常に稽古もせざるものゆへ」とある。
一二 酔っぱらい。
一三 雛の節句の飾り棚。
一四 自詠の歌のへりくだった表現。
一五 建物にかこまれた坪庭の植込。
一六 芥子の実の形は坊主頭に似ている。
一七 生活。世わたり。
一八 植木として枝ぶりをため直して形を作ること。
一九 江戸深川や京都の三十三間堂等

〳〵の茶屋で、花ぐわいされるは、一九日矢《や》数《かず》や二〇馬の大寄《よせ》とちがふて、御先生《せんせい》の二一利《り》運《うん》なかほが、けつくきのどくじや」と大声《どへ》あげてわらへば、豆おとこはきもをつぶして、早《そう》ゝ魂《たましい》を取《とり》もどしてかくれぬ。

楊《よう》弓《きう》の高《かう》慢《まん》

むかし男ありけり。二二五月廿五日、ゆしま天神に参詣《さんけい》せんと、茶屋の前を通れば、何やらはや〳〵。是は何だと、はいりてみれば、楊弓《やうきう》の二三惣《そう》ぐわい。はや二四一のかは二のかわと分《わかり》て、入かはり〳〵真《まつ》さい中の所なり。まづ二五棒《ぼう》がたは、黒《くろ》びろうどのふとん、二六衣《い》桁《かう》はにしき、二七大幕《まく》はひどんす。二八火灯口《くはとうぐち》とおぼしき所に、紫《むらさき》のちりめんに天神の御紋《もん》を付て、しんくのひもにて中をむすび、二九紋《もん》とり二人は麻《あさ》上下。まことにかくのごとくならざれば、三〇道尊《たつと》からずとぞみへし。豆男あたりを見廻し、まだ射《い》ぬ弓《ゆみ》を三一こそと呼出して聞ば、三二花《くは》りんの箱《はこ》から、風竹斎《ふうちくさい》の弓が出て、「扨《(さて)》いづれもへ咄しがある。拙者出生《しゆつせう》は摂州《せつしう》大坂《ざか》に御ざんじの三三銘六《めいろく》、元祖一知伝ヱ門《ぐわんそいつちでんゑもん》と申は、此道での政宗《まさむね》同ぜん。別而《(べつして)》出来のすぐれたは、風竹斎と銘を切《(きる)》。故に似《に》せ物が多《をゝ》けれど、畢竟《ひつけう》われらが高名《かうめい》故と、うぬぼれに成てこらへて居《い》ます」「いか様、御尤《(ごもつとも)》」と平《ひら》うちの弓が出て、「私は御当地《とうち》に名《な》高ひ、三四正継《しやうけい》の三五中《なか》

の廊下を用いて、矢を射通した数を競う「大矢数」の競技を一日と刻限をきめて行うこと。 二〇 馬術の大会。
二一 高慢で勝手にふるまうこと。
二二 天神菅原道真の命日は二月二十五日で、毎月二十五日を縁日として、江戸では特に本郷の湯島と亀戸の天神境内が賑った。五月二十五日は楊弓結改惣会の日(江戸惣鹿子名所大全七)。
二三 大会というに同じ。当時、湯島の楊弓場は江戸惣鹿子名所大全に「湯島天神前 文車」とあり、これは同書楊弓矢師の項に「湯島 文車喜之」とあると同人か。 二四 一の側、二の側。第一組、第二組と同じ。
二五 堋形。楊弓の的をかける道具を「堋(ぼう)」といい、二本足の衝立のような道具の上部に腕木を設け、それに的を懸ける。的の後背部に古くは革、後にはびろうどの布を掛ける。「楊弓ノ的ヲ施スモノヲぼうがたト云」(撈海一得・上)。
二六 堋の後ろに更に幕をかけるための「布衝」と称するものを設けるが、当時はそれを衣桁で代用させたものか。 二七 布衝に懸ける幕。
二八 火灯形に拵えた出入口。
二九 当り矢の数を示す道具を「紋」といい、その当り矢の数を算える役を「紋取り」という。
三〇 本弓になぞらえた細かな式作法があり、それによって重みをつけるが、この頃から民間の射的場同然に

ほこ、[一]跡先《あとさき》は[二]仕《し》だし物。一知丈《じやう》のいわるゝ通、よの中はみな〳〵にせ物。別而正継は一代《だい》故、にせ物をいたす。したが細工《さいく》人斗《(ばかり)》悪《わる》くもいわれぬ。お射手《いて》がたから好《この》まるゝから、似《に》せもする」といへば、[三]大和《やまと》の大掾藤原《だいぜうふちはら》の貫玉《くはんぎよく》が出て、「射人《いて》のわるいは、おれが云て聞《(きか)》しやう」と云側《そば》から、「いや〳〵夫はわしがいわふ」と[四]赤《あか》がね金《かな》物の無銘《むめい》が出て、「わしは、[五]七寸余《よ》引る斗の[六]しやうくわんで、調法《てうほう》さるれど、射人のよいといふは、わしが様な弓に、やくざ矢《や》で、あたりは[七]九十代《だい》に、[八]弦《つる》は元《もと》ゆひでも、三弦《さみせん》いとでもかまわず、仕廻《しま》ふ時は、ぐる〳〵まきにして、[九]扇子《をゝぎ》ばこへ入て歩行《あるく》、是が本の上手ではあるまいか」「イヤそれは御不了簡。わしも貫玉ともいわるゝ[一〇]九寸余引るよは弓じやが、老人《らうじん》の云事を聞給へ。先ッ[一一]結会《けつくわい》は、松竹梅《まつたけむめ》の風流《ふうりう》に組《くみ》合を分《わけ》て、[一二]大弓《だいきう》のくじまと射《い》けしから、割《はり》出した物。[一三]矢《や》わりを付て[一四]甲乙《かうおつ》ない事は、的《まと》のうらに書《(かく)》、鬼といふ字のごとく、[一五]かんばん付を楽《たのし》むが、[一六]真《まつ》くろ上ゝ吉と云もの。[一七]大中《たいちう》のよいはしれた事なれど、風雅《ふうが》がないと、[一八]ぐる〳〵まきが初る。[一九]射《しや》はもつて徳行《とくかう》をみるべしじやから、手前のきれいながよい筈。又大弓合点《がてん》の上でなければ、中《あたり》は持《もつ》[二〇]ていぬ物。さて又、中《あたり》のこまかな物故、[二一]トッカといふ物を拵《こしらへ》、矢じりをのせてねらいを付たは、鉄炮《てつぽう》の[二二]すりはりから工夫《くふう》した物。扨又、中《(あたり)》は漸《やう〳〵》[二三]五十一、[二四]出来矢《できや》六十位の金《かな》がいでも、[二五]地矢《ぢや》が七十の抜《ぬける》といふ事のないといふが上のあたり。旦那《だんな》などは、かけ事はきついきらいで、弓矢を大事にもち、よはい所を

なるので、敢て外見をいかめしくしてとりつくろう体を諷する。

二一 こっそりと。　二二 バラ科の落葉樹で、硬質緻密な材質を生かして高級な箱材などに用いる。

二三 江戸惣鹿子名所大全「楊弓矢師」の項に「両国米沢町　銘六一知」。早引人物故事に「銘六一知は楊弓の名人」。

二四 江戸惣鹿子名所大全「楊弓矢師」の項に「芝　藤原正継」。　二五 継弓で、継手から上の部分を上戈(うわほこ)、継手と握り(弣(とっか)という)までの部分を中戈、握りから下部を下戈という。

一 上戈と下戈の部分。

二 新しい作り。中戈のみを銘柄ものにして、上下の戈の部分は新製とした贋物の意か。

三 未詳。江戸惣鹿子名所大全「楊弓矢師」の項に藤原姓は十二名。

四 赤銅で作った無銘の安物の弓。

五 未詳。　六 賞玩。珍重すること。

七 楊弓は一度に矢四本と定め、五十度射て矢数二〇〇本の内の当り数を競う。ここは九十本台の当り数。

八「弦は琵琶の三、四の絃の間をよしとす」(一時随筆)。　九 御年玉用にする扇を入れる箱で、正月が終ると扇箱買いが廻ってきて、それへ払い下げる安物の箱。　一〇 未詳。

一一 競技に当ってくじで定めた二人ずつの組み合わせを、五度の射技毎に、くじを引き直して改めること。

たすけて、弦《つる》のかけはづしをされるから、幾年《いくねん》立ても、あんばいがかはらぬ。

わしも、元《もと》はれき〳〵の奉公《ほうこう》したれど、女郎かいのくめんにうられて、若輩《じやくはい》な旦那《だんな》を取《（とり）》、[二六]紋場《もんば》をちとあるく内に、[二七]半《はん》めん五六十あたると、わる物に見こまれて、「[二八]内会《ぐはい》に[二九]大坂をするから来《き》給へ、[三〇]割《はり》はかけ的《まと》のとおりで、星《ほし》のない斗。[三一]間《けん》は五間じや。わたしは九[三二]十矢《や》をするから、貴様とは三十もちがふ。[三三]十だんちがいて、[三四]貴様三寸、わたしは二寸。[三五]間《けん》がちかいから、貴様はつねよりあたるはさ」とそやしかけられ、[三六]浮気《うは》どのが、成ほどやくそくして行てみれば、初而《しよて》の内は、近《ちか》ひからあたるに、向ふの功者《こうしや》が[三七]ぐす〳〵ぬいて、「貴様の的《まと》わりはちと大キい」とそやし立、初心《しよしん》どのはあたるに随《したがつ》て、[三八]はやけが出たり、[三九]矢口が明たり、せけばせく程あたらず。向ふは[四〇]徳《とく》矢はぬかず、[四一]めどぐりは上手也。[四二]すはり的で大勝《がち》、こつちは的がちいさくなり、弥《いよ〳〵》まけこけ、是では

くじには花・鳥・風・月、松・竹、鶴・亀等の名がある。　三二 小さい楊弓に対して、七尺五寸の普通の弓。

三三 未詳。楊弓指南抄に「矢割の事、度紋取の役也。結改五度目〳〵に定むる也。但矢割は殊の外むつかしき物なれば、その時々の位を見合せ定むるゆへに、書面には記しがたし」。

三四 「的のうらに鬼といふ字を書こともあり、…甲乙無といふことを一字につづめて鬼如レ此書也。無の字むの声なるゆへにかたかなのムの字をかく也」(楊弓射礼蓬矢抄)。

三五 五十本以上の当り矢の者は、その名前と数を看板に書き示すので、純粋に競技としてその当り矢の数の多少を楽しみにすること。

三六 一番良い事のたとえ。役者評判記の評語で、黒字と白字の「上上吉」の文字を書きわけ、全部黒字の上上吉を最上とする。

三七 嘉定札と称して、札十六枚に「大・中・小・元」の四枚を合せた二十枚の札を用いてする賭け弓のことか。

三八 前出の「仕廻ふ時は、ぐる〳〵まき」のような不作法を諷したものか。

三九 論語・八佾「子曰射不レ主レ皮」の論語集注に「古者射以観レ徳」。

四〇 未詳。

四一 弓の真中よりやや下の所につけた握りの部分。「弭」。楊弓射礼蓬矢抄に細説あり。　四二 磨針。

四三 二〇〇本の中、五十一本以上の当りを「朱書」、一〇一本以上を「泥

ならぬ、大坂はやめやうと思へば、「けふはきのどく千万。しかし、御あたりはよし。畢竟《ひつけう》、初《(しよ)》てゆへ。後会《くわい》[一]は外の段《だん》で四寸でなされ」と、又いかさまにかけられ、四寸[二]に惚《ほれ》て出ても、百[三]で四五本ぬける手合じやから、二寸ぐらいでは、さのみかわる物ではない。折節[四]かけをさげて、的の上ではづされ、徳矢であいしらはれて、其日も大[五]うたれに、懐《くわい》中の持参《じさん》はたらず、弓矢迄てい主《しゆ》に預《あづけ》て、夫でも壱[六]分の借《か》り、漸《やふ〳〵》思切て、看《かん》[七]ばん付に出てみても、大[八]どりやりの跡《あと》じやから、芝居《しばい》みた翌日《あくるひ》に、上下能《かみしものう》[九]みる様で、面白くなし。[一〇]癖《くせ》は射《い》出し、あたりは落《をち》、大弓と違てくせを直《なを》す心はなし。そこで紋場《もんば》も、不景《けい》気になり、射手も上手が出来ず、紋取は下手じやから、かすかなあたりも紋に入、松竹梅もよんでまぎらかし、串《くし》[一一]はむしやうにさし込、錐《きり》[一二]は大ｷくするから、即穴《そつけつ》[一三]がたび〳〵出る。金《かな》がいは弐朱《しゆ》位からひらき、何だかたはいもなくなりました。くれ〴〵おそるべきは、大坂的じや。段ヽかうじると、六角堂《かくどう》[一四]のおはなが方へ、夜弓《やきう》[一五]と号《がう》して行《(ゆく)》やら、しれた物ではない。兎角《とかく》れき〳〵は、惣会《そうぐわい》など御見物《けんぶつ》斗で、遊《(あそば)》さらぬがよい。一[一六]などを取ふと、張《はり》[一七]ひぢに成てなさるは、脇目《はきめ》からみても、あまりは[一八]つめいにもみへませぬ。下手がよいかと思へば、そふではない。上手がよいに極《きはまつ》たものゝ、乍去古語《さりながらこご》にも、世事《せじ》[一九]千変《せんぺん》あり、人生《じんせい》百年《ねん》なしといへば、あまりに上手なも、余《よ》の事が下手そうに思はれる。しかし手前びいきかしらぬが、孔子《かうし》も「博奕《ばくゑき》[二〇]の物あり。猶やむにまさる」と云《(いは)》しやれば、囲碁《いご》まで

書」、一五一本からを「金貝」と称す。二四 未詳。一〇〇本以上の当りをいうか。　二五 未詳。

二六 楊弓の競技場。結改場ともいう。二七 二〇〇本の半分で一〇〇本の内の意か。　二八 仲間内だけの会。

二九 未詳。大坂に始まる賭け的の一種で、当時、江戸でも大坂風として行われたものか。

三〇 未詳。後文に「貴様の的わりはちと大ｷい」とあるから、腕前によって的の大きさを加減することか。

三一 的までの距離を五間とする。普通は七間半が定法。

三二 九十本台の当り矢を出す腕前。

三三 未詳。腕前の差を示す語ならん。

三四 的の寸法。通常は三寸で、前述の「割」によって、上手な者は的を小さくする。　三五 通常七間半の所を五間にしているから。　三六 ほめられてすぐその気になること。

三七 未詳。わざと的を外すことか。

三八 急き込むことか。

三九 未詳。　四〇 未詳。徳になる矢だけはきちんと当てる意か。

四一 未詳。　四二 未詳。的の大きさを変えずにおくことか。

一 今回とは違った段位で、的も四寸の大的でやればいい。

二 四寸の的なら当るに違いないと。

三 未詳。相手は一〇〇本の内四、五本外す程度の腕前だからの意か。

四 未詳。賭け率を下げての意か。

は、二一仲尼《ちうじ》もおゆるしじやに仍而《よつて》、ぶらりと隙過て、二二北国《ほくこく》おはなへこけたるより、かんばん付に遊ぶは、楊弓の名人と思ふが、何とあやまりか」といへば、二三重利《しげとし》・元利《もととし》・忠重《たゞしげ》・幸弘作《ゆきひろさく》にいたる迄、みな御尤〳〵。

当世穴さがし巻の三 終

五 大負け。
六 金一分。一両の四分の一。
七 ↓二一六頁注一五。賭け事ではなくて、当り数だけを競うもの。
八 さんざん賭けのやりとりをした跡。
九 上下を着てかしこまった能楽。
一〇 射技を続ける内に次第に癖が出ること。 一一 射技の度数を示す為に度刺板《どさしいた》があり、それに串をたてて度数を示した。
一二 的の中央に錐穴《きりあな》と称する穴があり、その穴をわざと大きくする事。 一三 矢が錐穴に通るのを「きりや」といい、賭けの場合は通常の当り矢の十本分になる。「きりや」が二本続くと束穴《そつけつ》といい、一〇〇本分に数える。
一四 未詳。 一五 夜の楊弓会。
一六 一番になろうとの意か。
一七 頑張って。臂を張って。
一八 利口そうにも見えぬ。
一九 生きてゆく為には余りに多くの習得すべき事があるのに、その為の時間はといえば人は百年とは生きられない。 二〇 論語・陽貨「不レ有二博奕者一乎、為レ之猶賢二乎已一」。何もしないで終日ねているよりは、まだ勝負事の遊びでもした方がましだ。
二一 孔子の字《あざな》。 二二 吉原遊びか。前出、六角堂のおはな。
二三 当時江戸で著名の弓師。江戸惣鹿子名所大全「楊弓矢師」の項に、近藤元利、藤原董利、藤原忠董、藤原義弘等あり。

当世あなさがし巻の四

聖廟《せいびやう》の神勅《しんちよく》 付《(つけた)》り はいかい点取《てんとり》の弁

むかし男ありけり。一惣会の帰るさに、二聖廟に詣《もふ》で通夜《つや》せんと、散銭箱《さんせんばこ》のすみにかくれ居たり。夜更《(ふけ)》て立出《(たちいで)》、三四方の額《がく》など見物したるに、楊弓の看板《かんばん》、四まへ句《く》はいかいのがくのみ多し。不思議《しぎ》に思ひて、天満宮《まんぐう》の尊《そん》ぞうに乗移奉れば、五お定《さだま》りの「ぜんざい〳〵、我は京の六北野の〔ゝ〕出店にて、けいづたゞしき神故、一しほ社内《しやない》はん栄《えい》也。然るになんぢ、七真心《しんじん》の志《こゝろざし》あつて通夜《つや》するは、八しんびやう〳〵。殊《こと》になんぢは、業《なり》ひらの霊夢《れいむ》を蒙《かふむ》り、九同名《どうめう》をなのれば、ちと系図《けいづ》ちがいではあれど、一〇なりひら天神も、今は此方の仲間《なかま》なれば、のがれぬ中也。問ふことあらば語て聞せん」とのたまへば、豆男平服《へいふく》して、「御こんいの御あいさつ有がたふ存《(ぞんじ)》ます。何もさしたる義も御ざりませぬが、誹諧《はいかい》・楊弓《ようきう》はいかゞの訳《わけ》で、天神のおかゝり合かと存、おたづね申上ます」「成ほど〳〵、ふしん尤千万。一一手跡《しゆせき》の事なら、能書《のうじよ》のきこへもある事故、願ふも尤なれど、楊弓の額《がく》がつまらぬ。けふ

一 →二一五頁注二一・二三。五月二十五日、楊弓の大会。
二 おごそかな堂廟の意。ここは湯島天神の廟。
三 絵馬堂や本堂などに掲げられた種々の掲額。
四 前句付や俳諧の発句・連句の掲額。天神は学問・文学の神として特に連歌・俳諧の席には必ずその画像をかけるのが定りでもあった。
五 決まり文句。
六 京都市上京区馬喰町にあり、菅神を祭る。天暦元年(九四七)村上帝の建立に始まるとされ、天神信仰の中心となる。湯島天神は南北朝の創建を文明十年(一四七八)に太田道灌が再興したという。
七 信心。
八 神妙神妙。
九 「まめ男」の称を同じくするの意。
一〇 江戸、本所中の郷の業平橋西詰にあった南蔵院境内に鎮座。現在は南蔵院の移転により廃社。由来は江戸名所図会にも「伝説紛々として詳らかならず」という。恐らく伊勢物語九段・隅田川の条に付会したものであろう。
一一 書道。書芸。
一二 つけあわせ。さんまに大根おろしの如きもの。「なまのり」は生海苔。
一三 一月に一度の大会。天神縁日の二十五日を以て行う。

も惣会へ行てみたであろふが、幕《まく》に迄此方の紋を付、尤われらが像《ぞう》はどこの紋場《もんば》にもなくて叶はず。丁度、[一二]白魚になまのりと云様な物、ついに此方から、楊弓の事を守《まもら》ふとも、紋《もん》を付ろともいわねど、向ふの物好《ずき》でしやれば、ぜひに及ばず。[一三]月一惣会と云て、矢数をわれらに奉納《ほうのう》するのも、[一四]役者《やくしや》・傾城《けいせい》の絵《ゑ》馬さへ、[一五]銭《ぜに》とりに懸《かけ》させれば、まして邪《じや》魔にもならぬ物故、差置なれ共、いかふ筋違《すじちがひ》と存る。[一六]八幡どのゝ方が、守られそふな物。今時の楊弓好《ようきうずき》の、[一七]ゆらいを云て、天神のかゝりの様に引おとすは、大キな間違ひ。[一八]かたから、われら[一九]存生《ぞんじやう》の比《ころ》は、楊弓と云物はござらぬ。又けふも聞ば、いかふ楊弓どもが古語《こご》を引て、[二〇]猶止《なをやむ》にまされりなどゝいふが、孔子《かうし》の囲碁《いご》を免《ゆる》されたは、大分高上《かうじやう》な理のあること、第一碁《ご》ばんは[二一]河図《かと》を表《ひやう》し、黒白《こくびやく》の石を以《もつて》陰陽《いんよう》を分ち、勝負を付、[二二]七よう・廿八宿《しゆく》・衆《しう》せいの如く、石一坐《ざ》づゝ生《いき》石・死《しに》石とくみ合ふは、星《ほし》の五七星《せい》、又は十星廿星づゝ、[二三]一座して廻るに同じく、是を囲《かこん》で軍《ぐん》じゆつの調練《てうれん》、士卒《しそつ》のかけ引の要《よう》となる壱ッの術《じゆつ》也。又ばん面《めん》に九ッの星を書て、[二四]井田《せいでん》の法を立、よはき物は石を置て、強《つよ》き敵《てき》にむかふ。故に九ッ置事を[二五]井目《せいもく》といふ。[二六]黒白に昼夜をわかつ故に、石数《かず》三百六十一は日の一周《しう》をかたどり、[二七]足《あし》に口なしの実《み》をひやうすは、聖《せい》人助言《じよごん》をいましめたる敬《けい》の工夫《くふう》の第一。大弓《きう》夫を引て楊弓をゆるすは、ひつきやう、[二八]あれらが物をしらぬからの手まへがつて。大弓のかけ的《まと》をゆるしてさせるは、武をはげみ、中《あたり》をしゆ行《ぎやう》させん為《ため》なれば、風流《ふうりう》じやとて

一四 人気役者や全盛の遊女の姿絵などを画いた絵馬。
一五 掲額料欲しさに。
一六 八幡大菩薩。武運を祈る神ゆえ。
一七 未詳。菅神は十一、二歳の頃、都良香邸で射術の妙技を見せたというによるか。「射術も百中文学もつらぬかれ」（万句合・嘉永六年）。
一八 まったく。初めから。
一九 生きていた頃。
二〇 →二一八頁注二〇。
二一 中国古代の世に、黄河から出た竜馬の背に現われたという図形で、易の卦のもととなる。
二二 七曜は日・月と火・水・木・金・土の五星を合わせた七星。二十八宿は天文に関する主要な地点を示す為に二十八の星座を定めて、宿と称したもの。東・西・南・北の四宮を定めてそれを七分し、二十八の数を定める。衆星はその他諸々の星。
二三 星座のこと。
二四 中国古代の租税法。田を井字形に九等分した所からいう。
二五 「聖目」とも書く。「九曜ヲ像リテ九ノ聖リ目アリ」（壒嚢鈔一）。
二六 「一年ヲ表シテ三百六十ノ目ヲ盛リ…昼夜ニ擬シテ黒白各三百六十ノ石アリ」（壒嚢鈔一）。
二七 「碁盤の足の山、梔子形なるは、助言をいましむる所以なり」（橘庵漫筆五）。
二八 あいつら。

も、楊弓の松竹梅が何の役《やく》にたつ物じや。[一]禁中《きんちう》の古礼《これい》に小弓《(こゆみ)》といふ事があれど、是は徳《とつ》行《かう》をみん為の事なれば、楊弓と[二]同《どう》せきの論《ろん》ではない。

扨又、こちらの額《がく》は宗《そう》匠・素人《しろと》こんざつの発句《ほつく》。さだめて是もふしんであらふが、是はわれらを此道の神とするいわれがある。元《(もと)》[三]はいかいは連歌《れんが》から初て、すでに連歌《れんが》のせきには、われらが像《ぞう》をかけて、小便《せうべん》に行《ゆく》にも、食《めし》をくふにも、付句《つけく》をしても、一度〳〵にわれらに告《つげ》て立つが法じや。時にはいかいにも、我等を頼て、江戸中の大茶屋にては、[四]評物《ひやう》を催《もよふ》せども、評物や[五]古句会《ふるくぐはい》は、われらが預らぬ事。今も[六]宗因座《そういんざ》などには、[七]詠《ゑい》草《そう》の上に、誹諧《はいかい》のれん歌《が》と書て、発句《ほつく》から[八]表《おもて》の折端《(をりは)》まで、[九]長句《ながく》短句《みじかく》をあげさげせずに、[一〇]頭字《かしらじ》をならべて書き、或《あるい》は[一一]賦《ふし》ものにして、付合《(つけあひ)》の法式《しき》を糺《たゞ》す者あり。是等の時は慰《なぐさみ》ながら、われらも行てみれど、近比《(ちかごろ)》ははい風《ふう》がわるく成て、[一二]仕ならいから古句《ふるく》をつかひ、夫《(それ)》で一二度[一三]かつと、もふ古句がやめられぬ様にくい込で、きつとしたはい席《せき》へは、[一四]扇《をゝぎ》のほねに書付て、よさそうな所へなげ込、又は雪隠《せつちん》へ行て、[一五]懐剣《くはいけん》をくり出し、雪隠から出ながら、「そこは私がいたしましやう」と声をかけるから、直にお里《さと》がしれる。夫さへあるに、今日《こんにち》はよんどころなき用事《ようじ》有之《これあり》、出席《しゆつせき》不仕候故《(つかまつらずさうらふゆゑ)》、御せわながら此句御入可被下候《(おいれくださるべくそろ)》、以上、とやつて捨《すて》て、紙《かみ》の跡《あと》へ五七句きたへた句を書てやれば、[一六]執筆《しゆひつ》もしゆ筆で、爰《(ここ)》は誰《たれ》が句を入てやろふと、[一七]おつくわい、晴《はれ》て入れ、又は人〻[一八]差合《さしあい》て句がすは

一 中古、貴族の間で翫ばれた小弓の戯。小弓会の行事がある。専らその容儀を正しくする事が肝要とされた。「弓つよく、体拝すぐれたる事を第一、第二にたてたり。あたる事は第三なり」（小弓肝要抄）。 二 席を同じゅうすること。「同日の談」。

三 「俳諧」の語は元来滑稽を意味する。連歌の一体に、滑稽を主とする「俳諧之連歌」が生じ、室町末から近世初期にかけて次第に独立して「俳諧」と称するようになる。 四 宗匠が主催して行う点取りの評会。後にその高点の句を摺り物にして公表する。

五 下手作者ばかりが集って、書物などで覚えて来た他人の句を自作と称して詠み合うような会。

六 西山宗因を流祖に仰ぎ、談林系の都会派の俳風をよしとする一派。当時江戸談林七世を名乗る谷素外を中心とする。

七 詠句を書き留める草稿の懐紙。

八 懐紙は百韻の場合折紙四枚綴じ、歌仙は二枚綴じで、第一紙を初折、最後を名残の折といい、それぞれに表・裏とある。それぞれの折の最後尾を「折端」と称し、百韻は初表に八句、歌仙は六句を書く。

九 五七五の句を長句、七七を短句。

一〇 それぞれの句の句頭の文字。

一一 連句の初めの巻題の所に、その巻に詠み込むべき文字を指定して「賦何人誹諧」等と書くこと。元来連歌に始まるもので、俳諧では宗因座

らぬと、執筆がは[一九]かやりを差《さし》心得て、爰へ誰が入句を入やう、など丶云様な付合でも、前句へ付く事やら。時世《ときよ》〱でかわるから、われらもしらぬ。宗匠《そうせう》もむかしは万句《まんく》[二〇]をして、点者《てんじや》になるが法式じやが、近年は料理《りやうり》を振《ふる》まふて、こそ〱としまふが、法式の様になり、評物《ひやう》といへば番丁《ばんてう》[二一]へ吉原《よしはら》といふ付合でも、しらぬ㒵《(かほ)》で高点をかけ、世捨人《よすてびと》[二二]が牽頭持《たいこ》の行作《ぎやうさ》をして、初春《はつはる》には熨斗目《のしめ》[二三]をきて、年始《ねんし》[二四]の御しうぎを云込む。安否《あんぴ》をとふは、礼じやからゆるしもせふが、官服《くわんぷく》ののしめを世捨人《よすてびと》が着《き》てつまる物か。物をしらぬ者が着たらをかしくもあるまいが、宗匠《そうしやう》ともいわる丶者が、夫ぐらいの事は知て居《い》そうなもの。又誰《だれ》は何がき丶[二五]だといふ事も、銭《ぜに》とりにはゆるしもしやうが、売色《ばいしよく》[二六]が三句ざり[二七]に出たり、病体《びやうてい》が三句去に出ても、しらぬかほで相応《そうおう》[二八]に朱引《しゆびき》をするはにくいやつら。其様な会の時は、病気ぶんにして行ては見申さぬ。ひつきやう、芭蕉《ばせを》・嵐雪《らんせつ》[二九]・許六《きよ》・支考《しかう》が類《るい》では、其様にはならぬけれども、其角《きかく》[三〇]が出《で》そこないから風がわるく成て、時行唄《はやりうた》にも点《てん》をかけるから、下品《げび》なやつのにも勝《かて》るやうに成て、風雅《ふうが》の道はみぢんになり、欠乞《かけこい》[三一]や猪《ちよ》[三二]牙《き》の出た跡《あと》は、付人《つけて》[三三]のないやうな誹諧が、どこの国に有ものだ。成丈《なりたけ》きれいにこそ云《(いふ)》筈の事を、下品な事をゑりにゑつて云くらいなら、まへ句《く》[三四]か五文字《ごもじ》をして、景物《けいぶつ》[三五]でも取がとくと云物。惣じてはいかいは[三六]、木綿《もめん》に錦《にしき》を織《おり》こんだ様に、きたない所にきれいを云が大意《たいい》。じやに仍《(よつ)》て、付合でも「萩《はぎ》[三七]にあとたれ給ふ西行《さいぎやう》」と云句は、面しろひ趣向《しゆかう》と云物。

などがこの古風を守り、蕉風などでは用いない。　一二 初心の内から。
一三 点取りで高点を貰うこと。
一四 他人に見つからぬように扇の骨などに書いていって、適当な所で自作として投句し。
一五 懐剣のように、懐からとり出し。
一六 俳席で、宗匠の指図に従い、出句を懐紙に記す役目。作法に通じている者が受持つ。　一七「おっ加へ」。
一八 付句が式目の禁止の定めに触れるものばかりで、うまく定まらない。
一九 はかがいくように。はやく進むように。
二〇 百韻を百巻重ねたもの。万句興行を主催してはじめて点者として認知されるのは連歌時代からの習慣か。
二一 殆んど無理な付合の意か。番町は幕府御家人の屋敷が多く、吉原とは対照的な場所柄である。
二二 宗匠は法体になり、隠者の気持ちで勤めるのが常態であった。
二三 袖の下部と腰の辺りが縞模様となる織物で五位以下の武家の礼服。
二四 年始廻りの祝言。
二五 利き道具。宗匠の好みの事物や傾向を言い、「俳諧觽」等はそれぞれ各宗匠の利き道具を解説する。
二六 連俳用語。遊里に関する事柄。
二七 連俳用語。類縁の語句が近づくのを嫌って、何々の類は三句以上隔てて使うべしとするきまり。
二八 相応の評点を与えること。
二九 三者共に芭蕉直門の俳人で、蕉

又「一耳《みゝ》洗《あら》ふ事《こと》のみ多《をゝ》き師《し》走《はす》かな」と云発句は、はい人《じん》のしめしにもなり、風雅のひとつともいふべし。此様にすれば一句がきれいでよい。和歌は日本第一の道で、誹《はい》かいといへども和歌を去《さる》こと遠からず。夫を何と了簡して、人の句をもらい、古懐紙《くはいし》を買《かつ》て来て、高点をゑりぬき、焼《やき》直しをしてつかふやら。孟子《もうじ》などに出合せたら、直に二禽獣《きんじう》に近《ちか》しとはぢしめられそうな事。殊に発句は、や、三かな、さへはいればよいと覚て、神前へかけ、四集物《しうもの》に作て、恥《はぢ》のうはぬりをしたがる。先年《せんねん》も「五夕立《だち》や田を見めぐりの神ならば」といふ発句を、雨乞《あまごひ》の時にした物があれど、われらは受取ぬ。せめて上の五文字を六夕だてやとでも置たら、一句がれんぞくしやうもしれぬ。畢竟《ひつきやう》夕立どのが七無学《むがく》でがな有て、ふられた物とみへる。夫に付《（つけ）》て、かみなりとさへいへば、われらが手下か八棒組《ぼうぐみ》のやうに思ふやからがあるが、是は『九田舎荘子《いなかそうじ》』にいわれた通り、ひいきの引

風の風雅の俳諧を遵守しようとした一派。　三〇 芭蕉直門の高弟だが、極めて都会的な遊び心を持味として、江戸座といわれる一派を生み出した。　三一 売掛金を催促して歩く商店の下僕。　三二 吉原通いに用いられる事の多かった細身の小舟。そのような内容の付句。
三三 皆そのような句しか作れないので気分を変えた句作りが出来ない。
三四 前句付か五文字付。雑俳と称する一体で、単純な前句や、更に簡略な三、四字の句を題として示し、それに長短の付句や五字・七字の句を付けさせ、秀逸には賞品を出す。
三五 賞品。
三六 惟中の俳諧蒙求に宗因の言葉を引き「紙衣に錦の襟さしたるやうに、一興あるを俳諧と申とかや」とある。
三七 出典未詳。趣向は西行の立小便か。

一 出典未詳。何かと金のことばかりきかされるので耳が洗いたいの意。
二 孟子・滕文公上「飽食煖衣、逸居而無レ教、則近二於禽獣一」。
三 句中で特別に切れる働きをする字「や」「かな」「けり」などを「切れ字」と称し、発句は句中に必ずこの字を持つべきとする俳諧作法。
四 句集。
五 其角・五元集。三囲神社に雨乞の句として奉納し、翌日雨降るという ので俗間に喧伝された有名句。元禄

だをしで、われらはかたから雷と[一〇]しる人でもない。又傾城《けいせい》・役者《やくしゃ》のがくを、われらが目より高くかけるは、何者のしはざかしらぬが不礼千万。其様な馬鹿《ばか》をして置て、近《ちか》づく神にばちあたると、われらが方へなすりかけるは、[一一]さかにぢといふ物。何とおれがいふのが無理か〳〵。手跡《しゆせき》の事もはなしたけれど、夜も明るから重《かさね》ていつて聞《きか》せん」と、御殿《てん》にいらせ給ひけり。[一二]内陣《ないぢん》にいらせ給ひけり。

乗合《のりあい》ぶねの日記《につき》

むかし男ゆしまにありわびて、[一三]深川辺《ふかがはへん》にゆかんとまどひあるけば、品川《しな》の[一四]廿六夜みんとて、乗合舟を岸《きし》につなぎたるに、是よき慰と打乗り、板子《いたご》の下にかくれて、各《をの》〳〵の物がたりを聞《(きく)》に、舟は岸をはなれ、[一五]土手《どて》の柳《やなぎ》は西へ行《(ゆく)》かとぞ思ふ。人ゝ思ひ〳〵の学問《がくもん》ばなしに、豆男は、夫《(それ)》よ〳〵[一六]聖人《せいじん》の思召を聞つもりの所を、とんとわすれた。又聖堂《せいどう》へ行序而《ついで》もあろふと思ふて居たれば、かたはらから町人のお袋《ふくろ》らしい者が出て、「おまへは[一七]巫《いち》どのかへ。ちと寄《よせ》てもらふ物がある」と、聞《きく》よりはやく、豆男は板子の上に飛《とび》上つてみれば、「お安《やす》ひ御用。どふで品川迄は暫《しばらく》の事。何成《(なんなり)》とよせてあげふ」と、竹《たけ》の子笠《こがさ》をぬぎ、丸ぐけの腰《こし》おびをといて[一八]端《はし》おりをおろし、小ゥなふろしき包《づゝみ》から、何やら道具《どうぐ》を

六年(一六九三)六月二十八日の句という。
六「夕だち」と名詞形にせず、「夕だて」とすれば、願う気持が生じて、下の句「神ならば」に連続するという意か。後に馬琴は燕石雑志二「夕立」の項に、「夕だて」と読むのを願いのテニヲハと称して、これを読則とする旨を説いている。
七 無学ででもあったろうかして。
八 相棒。仲間。
九 佚斎樗山著。解説参照。
一〇 知人。しりあい。
一一 さかねじ。他の人に詰問されるべき人が、逆になじり返すこと。
一二 神社の本殿。この辺り謡曲風の文章。
一三 現在の江東区富岡八幡宮辺り。
一四 二十六夜待ち。略して六夜待ちともいう。正月と七月の二十六日の夜半に月の出を待って拝する俗信で、江戸では芝高輪と品川の海辺が特に賑った。
一五 神田川を下って隅田川に出、それから海へ出るが、浅草御門の西、神田川の南岸を柳原といい、その土手十町ほど柳の並木となる。
一六 湯島聖堂に祀る孔子の霊。
一七 いちこ。「神降ろし」と称して死者の霊を呼び、わが身に乗り移らせて語らせる「口寄せ」を業とする巫女。巫子笠(いちこがさ)という竹の皮の笠をかぶり、風呂敷包みに梓弓などの道具を入れて持ち歩く。
一八 尻ばしょり。

出して目をねぶりぬ。お袋は[一]水むけして何か念《ねん》ずる所へ、豆男手ばやにのり移て、孔子《かうし》神霊《しんれい》あつまり給へと、[二]きねんの名代《めうだい》をすれば、巫《いち》はふるへ声《ごへ》に成て云出して曰《いわく》、「其方は多年《た》仏法《ぶつぽう》しんかうで、何故人柄《がら》に似合《にあは》ぬ[三]不佞《ふねい》を呼出したぞ。今、日本人に物云かわすはめづらしき事なれば、孔子の道といふ事を示《しめ》さん。第一おぬしは先祖《せんぞ》の[四]といとむらいが悪《わる》い。仏法はそふした物ではない」と仰らるれば、おばゞは胆《きも》をつぶし、「[五]とつけもないお方がお出遊《(いであそば)》した。世の中の学問者《がくもんじや》とやらは、いかふ[六]片押《かたをし》な物と承　及《(うけたまはりおよび)》ましたが、仏様をも[七]いぢり廻す物でござりますか」「されば〳〵、われらが道は、仏達《たち》を大事にするが行《をこな》ひの始《はじめ》じや。時に当世の人は一向《いつかう》仏達をそまつにして、[八]忌《いみ》かゝりの高祖父母《かうそふぼ》は名も不レ覚《(おぼえず)》、お持仏《じぶつ》はごみだらけにして鼠《ねずみ》にあてがい、子や孫には念仏でもいふてやれど、親達には屁《へ》もひりかけぬが、[九]水はさかさには流《なが》れ申さぬ。おみ達は釈伽《しやか》の力《ちから》で、至極正《しごくせう》直《ぢき》に何もわるい事はせず。此上は地ごく極楽へ行《(ゆく)》気をやめ、地ごくも極楽も此世に有と思て、[一〇]両親《しん》の日に香《かう》を備《そなへ》て、生《いき》てござる時のやうに、ていねいにくい物ごしらへして上げ、いきている[一一]せなや舎弟《しやてい》にむつましくして、[一二]山事《やまごと》をせぬやうに、あたり前のしやうばいをかせぎ、晦日《みそか》〳〵には店賃《たなちん》をはらい、[一三]町入《(まちいり)》用《よう》は人先に出し、公《をゝやけ》の御法度《はつと》をそむかぬが、[一四]何の手もなく賢女《けんぢよ》といふ物」と聞て、豆男は側《そば》の[一五]とびの者に乗移れば、さらし木《も》綿《めん》の手ぬぐいをかたにかけて、ひよこ〳〵出かけ、「孔子様とやらは、先程からの御説《せつ》

一　死者の霊に水を手向けること。巫子の神降ろしの時は、たのむ者が水向けして祈念することから始める。
二　代って祈念すること。
三　一人称。当時儒学者などの慣用。
四　問い、弔い、何れも死者を弔うこと。
五　とんでもない。途方もない。
六　一方的に物事を運ぶこと。
七　もてあそぶ。
八　一家親族の間で喪に服すべき間柄のものをいう。
九　水が高きから低きに流れるように、人間も先祖あって初めて子孫もある。
一〇　両親の命日。
一一　兄弟。
一二　山師のような一攫千金を狙った商売。
一三　住んでいる町の共益費の類。町費。
一四　何の理屈もいらぬ。
一五　幕府の小普請方で常備の人足や町火消に雇われた鳶人足。いわゆる競い肌の者が多く、はっぴに紺股引、晒し木綿の手拭いという風体が多かった。

法《ばう》でござりますが、左様に思召やうにいげぬ[一六]事がござります。かやう申《(まうす)》はちと延引《えんにん》[一七]でござりますが、第一店《たな》ちんが払《はら》ひたくも、かい出し[一八]が高いに銭《ぜに》がないから買手《かいて》はなし。店ちんより手まへの口へさへぶさたする位のよの中じやから、岡目《おかめ》[一九]八目《はちもく》ではいげませぬ」

「成ほど〳〵尤《(もつとも)》じやが、太平《たいへい》の時は人におごりが付《(つく)》から、そこで銭がたらぬ。上白《じやうはく》[二〇]で壱升五合ぐらいの米を喰《くふ》て過らるゝ物か。上白は君子《くんし》のくふ物じやから、引[二一]わりの中へきらずでも入てくい、ばくちと酒《さけ》をやめれば、何も世間[二二]のつまつた事はない。すべて唐《から》でも、聖人《せいじん》の御代《みよ》じやとて、其様につまり[二三]〴〵迄賢者《けんしや》斗《(ばかり)》ある物ではない。あの婦人《ふじん》にもいふ通り、賢女にも位の有もの。れき〳〵の娘子は、あれら如きで賢女とはいわれぬ。此様な事を云たら、儒者《じゆしや》どもが、夫でも唐人は学問《がくもん》があるといわふが、夫は了簡違《ちがい》といふ物。唐《から》にはいろはがなくて、生れ落《をち》から四角な字で通用《つうよう》するから、拠《よんどころ》なく私用《しよう》のたりる程は書《(かき)》おぼへる。一寸した質《しち》やの書出し[二四]も楷書《かいしよ》[二五]で書て来るし、月付[二六]も丑の正月とは書ぬ国風じやから、淳熙己《じゆんきき》[二七]酉《ゆうち》二月甲子《げつかつし》などゝやりかけ、名も質や六兵へでは済《すま》ぬから、質店利欲山人《しつてんりよくさんじん》などゝ書て来るから、おのづから文字《もじ》を覚《をぼ》へ、女もめでたくかしく[二八]と云《(いふ)》場《ば》へ、頓首再拝《とんしゆさいはい》位で通用する故に、男女ともに四書《ししよ》[二九]位は、枕草紙《まくらそうし》[三〇]や自笑《じせう》[三一]本よむ様によめる筈の事。夫を日本[三二]でやる気に成て儒《じゆ》者共がさはげども、百年生《いき》ても成就《じやうじゆ》せぬ願ひ」と聞て、豆男は惣髪《そうがみ》[三三]のお侍に乗移て罷《まかり》出れば、「其元《(そこ)もと》は朱子《しゆし》学《がく》と見へていかふへんくつじ

一六 いかぬ。「いけぬ」の江戸訛りか。
一七 まわり遠いこと。
一八 品物の仕入れの値段。
一九 当事者ではなく、傍観者としての意見。
二〇 玄米を三割ほども搗き減らした上等の白米。明和八年(一七七一)の大坂で加賀米一石につき六四・二匁(『近世後期における主要物価の動態』)というから、ここは百文当り位の計算か。
二一 臼で荒びきにした米。
二二 世わたりに困ること。
二三 隅々まで。
二四 請求書や受取り書などの書類。
二五 底本「階書」。
二六 書類に付記する月名。
二七 「淳熙」は南宋・孝宗の年号だが、ここは単に中国風の書きぶりの見本。
二八 女用手紙文の最後の極り文句。
二九 大学、中庸、論語、孟子の四書。儒教経典の基本書籍。
三〇 元禄・正徳(一六八八―一七三六)頃から流行した西川派の春画本。大むね枕形の横本仕立であった。
三一 八文字屋本。八文字屋自笑や江島其磧作で、軟派物の代表的著作。
三二 万事に中国風を規範として、それに近づこうと心がけるのが、徂徠派の学者の特徴であった。
三三 月代を剃らずに全体を伸ばしたままの髪風。

や。去《(さり)》ながら[一]我が道を尊ておこなふ志過分《くはぶん》千万。扨《(さて)》当世儒者で口をぬらす物があり、又儒者でもなくて儒者の[二]行作《ぎやうさ》をする物がある。是は了簡の有べき事。時に其元《(そこもと)》は儒者でもなく、[三]一通りの浪人《らうにん》で学者《がくしや》と云ものなれば、第一[四]なでつけが悪《わる》い了簡。いかに浪人で咎《とが》め手《て》がないとて、なぜ公家《くげ》の様なあたまつきをしやる。[五]身体髪膚《しんたいはつぷ》父母に受《うけ》た物故に、一毛《もう》も剃刀《かみそり》をあてぬ気なら、乞食《こじき》の様にはへ次第にして、結《むす》びがみにしたがよさそうな物。はけの先を切くらいでは[六]野郎《やらう》あたまも同じ事。[七]五十歩《ほ》にして百歩《ほ》を笑《わら》ふとは其元の事じや。去ながら惣がみといふは儒者の事で、[八]一朝の咄しにはならぬ事故、儒者の野郎と出家の女房もつはどこ迄もわるひ。此比《(このごろ)》もきけば新米《しんまい》の惣髪は、夏になると[九]中剃《なかぞり》をして風を入るは誰からの伝受やら、先王の道は扨をき、[一〇]楊墨《やうぼく》の道にもない法式。表向ばかり惣がみは孝行《かうく》のかんばんと見へた。又ひげも剃《(そる)》は日本近代の風故よけれど、[一一]毛《け》ぬきでぬくはいかゞ心得られたか[一二]すめぬ事。といふて、当世のくされ儒者の様にひげぼう〳〵はでかさぬ事。[一三]物もいらぬ事じやから、三日に一篇《べん》づゝも剃がよい」といわれて、惣髪も赤《せき》面《めん》すれば、豆男きのどくに思ひ、[一四]名代に乗移たるは、もへぎの小袖に黒《くろ》ひ羽織《はおり》きたおとこ、[一五]ひじを張《はり》出して一礼をのべれば、孔子も[一六]あつやさむやの礼をのべられ、「扨お手前の衣服《いふく》の色はやぼなお物好《(ものずき)》、尤[一七]五色の外は[一八]間色《かんしよく》と申て、わろくするときぬ人がござるは、是も時の勢《いきほい》をしらぬと申もの。夫のみならず、[一九]日本は色の事が大分六ヶ敷て、間色の事

一 孔子の道。
二 行儀作法。
三 当り前の。通常の。
四 全体に伸ばした髪を後ろへなでつけておく髪風。
五 孝経・開宗明義の「身体髪膚受㆓之父母㆒、不㆓敢毀傷㆒、孝之始也」を実践する気持ならばの意。
六 野郎歌舞伎の役者のような髪風。前髪を落し、中剃りはせずに薄く切り揃える。
七 諺。「五十歩百歩」。
八 かりそめのことがら。
九 頭頂部の髪を剃りおとすこと。本来は武家の風習として兜をかぶる時にのぼせをふせぐ為といわれる。
一〇 楊子・墨子の思想。周代末の思想家で儒学者、特に孟子などはこれを邪説として排斥した。
一一 毛抜きでひげを抜くのは近世に入って若衆等の洒落風俗として起るか。
一二 清めぬ。澄めぬ。気に入らぬ。合点がいかぬ。
一三 特別費用がかかるわけでもない故。
一四 代りに。
一五 堅苦しく、しゃちこばった様子。
一六 時候の挨拶。
一七 青・黄・赤・白・黒の五色。五行思想に基き衣服の基本として隋の官制に定められた官服の色目。
一八 正色の配合によって生じる色。礼記には「正色を衣とし、間色を裳

は、拙者などが生れた時分などは、正しい国もござれど、唐も後の世は色のせんぎもござらぬ。いわんや日本に生れて、間色《かんしよく》ざたはいらぬ事と存《(ぞんぜ)》られる。只当世の儒学者の、白ひ臑伴《じゆばん》を喪服《もふく》に似《に》たとて、着《き》ぬように心がける人がござるが、是は親《をや》をもつている人には、よい[二〇]物いまいでござる。惣じては[二一]いだはらをくびつた様に帯《をび》をして、きたない着物を着たが儒者かたぎと世上《せじやう》でいふは、皆貴様達が仕出して、孔子はじゞむさい物のやうに思ふ手合があるが、衣類は分《ぶん》ン相応《そうはう》に、あかづかぬをきたい物でござる。[二二]子路《しろ》がやぶれぬのこを着たを、拙者が誉《ほめ》たは、[二三]気象《きしやう》のよい所の徳をほめました。かつて衣類のきたないをほめはいたさぬ。夫を当世の腐儒《ふじゆ》どもが、気象どころへも行《(ゆか)》いできたないなりをするは、子路《しろ》からの了簡違と存るから、書物《しよもつ》読《よみ》ながらもひげをそり、歯《は》をみがいたらよさそふな事」といわるれば、豆男思ふ様、此人も[二四]大体《たいてい》いじめら

とす」などとある。

一九 奈良朝は唐風の模倣の時代だったが、平安朝になると独特の重ねの色目の風習などが生じている。

二〇 物忌み。縁起かつぎ。

二一 灰を詰めた俵をしばった様に。

二二 論語・子罕「子曰、衣二敝縕袍一与下衣二狐貉一者上立而不レ恥者、其由也与」。破れ衣を着ながら、立派な外套をまとった紳士のそばに立っても平然たる者は子路だろうよ。

二三 気質。持ちまえの性質。気だて。

二四 相当に。かなりに。

れたから、名代《めうだい》を出さずばなるまいと、やぶいしやどのに乗移て出たれば、「私は古法《こはう》[一]をもります[二]医者《い》でござる」と名乗て手をつきぬ。

「貴様は誰《たれ》どのゝ御家臣《かしん》でござる」「イヤ私は町いしやでござります」「夫は気の毒《どく》千万。どふぞよい御主人《しゆじん》をゑらまれたらよさそふな物。定而遊民《さだめてゆふみん》[三]でないと云《(いふ)》、いゝわけとみへました。唐《から》にも朱子学《しゆしがく》の取ちがへ[四]が出来て、やゝもすれば一生浪人《せうらうにん》がござるが、三[五]月《げつ》つかへざれば弔《てうす》と申て、あちらこちらの主人を勤《つとめ》る気に成て聞立[六]て、夫で成《じやう》じゆせずば其内は浪人がよし。故もなくて浪人で引込で居ては、五倫《ごりん》[七]第一の君臣《くんしん》の道がかけるが合点《がてん》参たか。其様な不了簡を手前はして置て、釈伽《しやか》[八]が夫婦《ふうふ》の道を絶《たつ》たのをそしりまはすから、坊主《ばうず》共がそり[九]やお箪司丁《たんす》など、古語《こご》[一〇]を引てきつなんします。一生に一度も奉公《ほうこう》せずには、云訳《はけ》はたちますまい。夫は町人ふぜいの物しらぬ物は、遊民《ゆうみん》でないで云訳《(いひわけ)》の済だ事。書物のはしでもみて、五倫の道と云事を知ながら不埒《らち》をさつしやる。[一一]二本さゝれる格《かく》しきの物は、一生主をゑらむに隙はないはづ。今にも軍《いくさ》がはじまつたら、尻尾《しつぽ》を引込で山林へでも逃《にげ》る工面《くめん》とみへました。儒者どもが、武芸《ぶげい》にうといから、聖人は軍《(いくさ)》をせぬ物のやうに思ふ人もあれども、戦陣《せんぢん》[一二]いさみなきは孝《かう》にあらずとは、どの耳《みゝ》へ聞てござる。拙者がまねをして、軍《ぐん》[一三]りよの事はいまだ不レ学《まなばず》に居たら、おいとしい[一四]目に逢《あい》そふな物。第一国本《くにもと》[一五]などでも、朱子[一六]・程氏《ていし》の意味深長《いみしんてう》にくいこんで、一生を四書《しよ》五経《けう》でしまふ

一　古方家。↓二〇六頁注一。
二　薬をもる。
三　士農工商の何れでもなく、職を持たずに遊んでいる者。
四　朱子学の純粋な思想や学問を、俗世を離れたものの如く思い込んで、世業につかぬのをよしとする風潮。
五　孟子・滕文公下「古之人、三月無レ君則弔」。「弔」は弔慰。古の聖賢は三か月も仕官から離れたら落ちつかず、皆の慰問を受けた。
六　聞いてまわって。
七　人間の最も基本的な道徳。君臣・父子・夫婦・長幼・朋友の義・親・別・序・信の五徳目。
八　仏教が在俗の人間関係を否定するのを、儒教側では最大の難点とする。
九　洒落言葉。「ソリャ御座んすまい」。御箪笥町の地名は小石川と牛込の二か所にある。
一〇　詰難。難くせをつける。
一一　武士の家柄。
一二　礼記・祭義「戦陣無レ勇、非レ孝也」。
一三　論語・衛霊公「孔子対曰…軍旅之事未二之学一也」。「軍旅」は従軍すること。　一四　かわいそうな。散々な。
一五　孔子の国元。中国。
一六　二程子や朱子の道、即ち宋学。
一七　朱子学に対し、朱子以前に遡って経文の解釈につとめる学派。当時江戸では徂徠学がその中心で、詩文を重んじるのが特徴でもあった。
一八　礼・楽・射・御・書・数の六種の芸能。
一九　史記・孔子世家「弟子蓋三千焉。

者が多ふござるが、聖人に成た者もござらぬ。是をみれば、書物に斗《(ばかり)》隙《ひま》を取は無益《むあき》と云もの。拙者などが生《うま》れた比《(ころ)》は、書物といふ物もあまりござらなんだ。只一句《く》一章《せう》を聞ては、直に夫を行《をこな》ふ斗の事。又古学《こがく》[一七]で、詩文《しぶん》をおもにするも能《(よく)》ない事。聖人の道といふは六芸《りくげい》[一八]が手に入て、向ふ所善《ぜん》ならぬ事はないといふ物が先王《せんわう》の道、拙者《せつしや》が道でござる。門[一九]弟三千人の内で七十二人の者どもは、文武《ぶんぶ》兼備《けんび》の男どもでござつた。其外にも今時出すと、一《いつ》[二〇]かど一本づかいに成男どもがござつたれど、折紙《をりがみ》を付るほどにはいかぬから、名もなく、人もしらぬもござる。又今時の朱子学の、理《り》[二一]をきはめるも程《ほど》の有そうな物。聖人と云《(いふ)》は生れが違て、天も感応《かんをう》まし〳〵て、麒《き》麟《りん》[二二]も出る位の事じやから、凡《ぼん》人の目にみへぬ事も、おのづから知《(しれ)》そうな物なれど、腐儒どもが、目にみへぬ事を理をきはめたがるから、論《ろん》がひ[二三]ぬ。まづ入用にもない事じやから、性善《せいぜん》[二四]の論などはやめたがよい。かたから取ひろげて云《いわ》ふならば、性と云物があるか、心といふ物があるか、夫さへ漸《(やうやく)》わしらが名を付て置た上を、い[二五]けもせぬ善悪《ぜんあく》さはぎをしておかしい。ハテ程氏・朱子ともいふほどの物が、て[二六]ん〴〵の見取が違くらいの事じやから、夫より以下《いげ》の論《ろん》はやめたがよい。其様な所の見切《みきり》が出来ぬが、取《とり》も直《なを》さず小人といふもの。宰予《さいよ》[二七]などは性が善なら、拙者がおしへたら、ちつとは身持《もち》もなをりそふな物なれど、公冶《かうや》丁《てう》の四丁めに、ひる寐《ね》迄するくらいの事じやから、朱子もこまつて、性とも心ともいわれぬから、其志気《しき》[二八]が昏《こん》

身通㆓六芸㆒者、七十有二人」。
二〇 ひとかど。
二一 朱子学は「性理学」「窮理学」ともいい、宇宙の本体を「理」、その現象を「気」と定め、凡ての現象にはその本源に「理」があるとして、それを窮めることを目的とした。
二二 中国古代の想像上の獣で、聖人が出て王道が行われると出現するという。
二三 涸ぬ。いつ迄たっても果しがない。
二四 人は生れつきの性質が善か悪かを論じるもの。主に孟子は性善を唱え、荀子は性悪を唱えた。
二五 しようもない。
二六 宋学では性に「本然の性」と「気質の性」を立てて、性の本体は本然の性にあり、それを理、即ち善とする。但し程子は、性を論ずる時は本然と気質の二つに分けるべきではないとする(経学要字箋・下「性」)。
二七 孔子の弟子。宰我ともいい雄弁家としてしられる。論語・公冶長に昼寝をしていて孔子に叱られた説話がある。「宰予昼寝。子曰、朽木不㆑可㆑雕也、糞土之牆不㆑可㆑杇也」。腐った木に彫刻は出来ないし、悪い壁土で出来た垣は幾ら塗り直しても仕方がない。要するに素質の悪い者にはどう教育しても手のほどこしようがない。
二八 朱子の論語の註書「論語集注」の当該箇所に「其志気昏惰、教無㆑所㆑施也」とある。徂徠はこの所を註し

惰《だ》でおしへられなんだと註《ちう》を書たれども、夫もわしに[一]直談《ちきだん》せぬ事じやから、皆の衆あてにさつしやるなよ。余り永咄しじやから、性論《せいろん》はかさねてお咄し申そふ」と口なめずりされるをみて、豆男はあまり残《ざん》ねんさに、血気《けつき》の若ものに乗移て[二]知人《しるひと》にしたれば、孔子どのもにがくしい声をして、「貴様が学者《がくしや》なら[三]古《こ》学であろふ。第一[四]紺《こん》ぎゝやう角袖《かくそで》がわるい。[五]君子《くんし》は紺すうを以[六]もとをしにせぬ位の物を、羽織《はをり》にしてつまる物でござるか。又[七]いしやの駕《かご》かきをみるやうに、袖を前下りにして、何を入てあるくつもりでござる。[八]なつめがしら、細作《ほそづく》り、すかし鍔《つば》もつまらぬ。物好《ものずき》をするも、事に寄た物。大小をなぐさみ物にして、いろくの物好は、今《いま》はの時、逃《にげ》るにかるくて能《よい》といふ、[九]逆《さか》ろの工風《くふう》とみへたが、二本で一本の役にも立ますまい。其体《てい》では吉原へ行たり、大酒呑《のん》だりするであらふ。又古学で詩文《しぶん》をはげみ、人に咎《とが》めらるゝと、是で[一〇]文字《もじ》がはたらくといへど、文字はちとふばたらきでもよいから、四書《しよ》でも読《よん》で、百にひとつも行《をこなつ》てみさしやれ。[一一]『左《さ》伝《でん》』の[一二]会読《くはいどく》、[一三]『文選《もんぜん》』では身の修《をさま》る所へは行まい。文字がはたらいても、[一四]読様《よみ》で一句の理が違ふ。親に隠《かく》れて吉原へ行き、異見《いけん》いわれて腹を立ずにうつむき入て、[一五]めりやすの二番《ばん》もふくすは、[一六]隠す事有て犯《をか》す事なしと云ものではないから、文字にかまはずと、[一七]一句を聞ては一句を行《をこな》やれ。とは云ものゝ、書物《しよもつ》の理をきわめるに隙《ひま》がないと、つい[一八]御《ご》番《ばん》を断《ことはつ》て禄《ろく》を寐《ね》ていてむさぼり、表向《をもてむき》は親へつかへる日が少ひ、などゝ云様になるが、遠《をん》

て、ただ昼寝していてこんなにしかられる筈もないので「蓋有㆓不㆑可㆑言者㆒焉」何か口にするのもはばかるような事があったのだろう、即ち真っ昼間から女といたのだろうとする。

一 朱子は宋代の人。孔子に直談したわけではない。朱子の註を新註といい、古学者はそれ以前の註に遡ること、即ち出来るだけ孔子に近い古註によることを眼目とした。
二 なかま。
三 →前頁注一七。
四 紺桔梗色に染めた角袖の羽織という出立。紺桔梗は当時の流行色。
五 論語・郷党「君子不㆘以㆓紺緅㆒飾㆖、紅紫不㆔以為㆓褻服㆒」。紺色と浅紅色の襟飾りは喪服に用いるものとして、普段の着物には用いない。
六 衣服の襟飾り。
七 当時、町医者は四人肩の駕籠などを乗り廻すのを見栄とした。
八 棗の実の形にした柄頭の金具に細身作りの刀身、鍔はすかし彫りという刀の物ずき。
九 舟の前後にそれぞれ櫓をつけて、自在にあやつれるようにする仕立。
一〇 文字に関する知識や感覚が敏感になって、自由にあやつれること。
一一 春秋左氏伝。六経の一「春秋」を左氏なる人物が注したもの。史書の代表的なるもの。
一二 大勢集まって開く読書会。特に徂徠一派の中では左伝による歴史、

国《ごく》へ勤《つとめ》に行ぐらいの事をいやがつて、軍《いくさ》の時はどふした物であろふ。夫《(それ)》がいかふいやなら、かたから暇《いとま》をもらつて浪人したがよい。禄を取ながら、是はいや、かれはいや、たゞ軍の時の役にさへたてば、常《つね》〳〵寐ていてもよいと云は戦国《せんごく》の時の事。太平《たいへい》の時は番を勤るが武士《ぶし》の役。文武《ぶんぶ》も其通《(そのとほり)》で、太平には武をわすれず、乱世《らんせい》には文を用るが兼備《けんび》といふ物じやから、身を修《をさめ》る了簡《りやうけん》なら、其様なたわけをつくすまいと、初手《しよて》に了簡極《(きはめ)》てかゝるがよし。まだ其上に心元ないは、先祖《せんぞ》を祭《まつ》るに神主《しんしゆ》[一九]をたてる事が朱子学《しゆしがく》のくせなれど、是が悪《わる》[二〇]いの根《ね》と云もの。第一朱子が作の『小学』[二一]の序《じよ》にも、古今[二二]の異《こと》なる事なきものをしらぬと書て置たは、昔から立《たて》た仁義《じんぎ》礼智《れいち》の道さへ違はねば、神主でも位牌《いはい》でも、道具《どうぐ》にとんぢやくはないと云事。何程神主にしたとても、唐のやうに立て礼をする事もなるまいし、又先祖の無学《むがく》なのは、号《がう》も字《あざな》もないものを、神主へ何と書付やう、院《いん》[二三]号《がう》、居士《こじ》号では神主への移りがよくあるまい。又俗名《ぞくめう》の権兵衛、八兵へでは猶すまぬ。神主を聖人《せいじん》の作でうごかぬ物と思ふから、不了簡が出たがるが、唐でも絵像《ゑぞう》[二四]でやつてみたれども、いかふ不べん故に、天地の数を寸法にして、神主を作はじめた物故、儒者はかくべつ、学者はいらぬ物。神主は唐の道具と覚へ、位はいは天竺《ちく》の道具と覚へ、形代《かたしろ》[二五]は日本の道具と覚へてさへ居《い》れば、己《をのれ》の実《まこと》を以《(もつて)》祭るに、位牌《いはい》じやからおれは行まいと云神も仏もある物ではない。又文字がはたらき、詩文《しぶん》が能《よい》とても、詩文斗《(ばかり)》で天下の治《をさま》

文選による文学の習熟が基本的な教養とされる。

一三 梁の蕭統が撰した中国の代表的詩文全集。全三十巻。

一四 読み方次第で。

一五 →一九六頁注七。

一六 礼記・檀弓上「事ㇾ親有ㇾ隠而無ㇾ犯」。

一七 経書の一句一句を実践すること。

一八 幕府御家人などの職務。勤番。

一九 儒家で用いる位牌。死者の官等・姓名を書く。木主ともいう。神主はその寸法などに細かなきまりがあり、その実例は「文公家礼」に詳しい。又、林春斎の母の葬儀の実例が泣血余滴(万治二年刊)に詳しく絵入りで示される。

二〇 流行語「…の根」。悪事の根元。

二一 小学書。六巻。淳熙十四年(一一八七)成。内外二篇。初学者に修身斉家治国平天下の本を示すもの。

二二 「殊不ㇾ知、其無㆓古今之異㆒者、固未㆓始不㆒可ㇾ行也」。古今と時は違えていても行うべきことは行ったがよい。

二三 仏門で死者へ与えるおくり名。

二四 初めは神主ではなくて、死者の姿絵を用いたこと。但し典拠未詳。

二五 神を祭る時に神霊の代りとして用いる紙製の人形。

つた事は、孔子一代承らぬ。拙者が道は何が極意《ごくい》じやと思わるゝかしらぬが、一治国平天《ちこくへいてん》下《か》より上の道は御ざらぬ。夫をば忘《わすれ》て朱子学を笑へども、親の忌《き》日もしらずに肴《さかな》をくふ様な事で、人間の道を学《まな》ぶ人と云《いわ》りやうか。二番を引はわるし。三まいないついしやうして立身《りつしん》かせぐは猶《なを》わるし。四ぬかみそ漬《づけ》で茶《ちや》づけを旨《うま》く喰《くい》覚へねば、学問《がくもん》の的《まと》はみへることではない。五老荘《らうそう》の学はわれらが預らぬ事故、けふの咄しにはならぬ。もはや品川へつくから、又重《かさね》て御意《(ぎよい)》得やう。乍去《さりながら》くれぐ〵も各方《をのく〵がた》、身を修《をさめ》て不埒《らち》をされるな。六只《たゞ》其中《ちう》をとれ」と仰らるゝと、たちまち元の巫子《いちこ》となりぬ。

当世穴さがし巻の四 終

一 大学に儒学の根本原理を説明した三綱領八条目があり、その八条目は「格物、致知、誠意、正心、修身、斉家、治国、平天下」とあって、物の理を窮め、知識を積むことから始めて身を修め、家を斉え、国、天下を平治することを最終目標とする。
二 勤番に当っているのにずる休みをすること。
三 賄賂を贈ったり、ぺこぺこと御機嫌をとったりして。
四 基本的な事をしっかり身につけることのたとえ。
五 道家の学。老子に興り、荘子が大成した超越を説く学問。儒家はこれを異端の学として嫌った。
六 論語・尭曰「允執二其中一」。物事に過不足なく、中正を失わぬようにすること。

当世穴さがし巻の五

筒屋《つゝや》の夜話《やわ》

むかし男ありけり。上野山[七]した辺をぶらつき返るさに、にはかに空かきくもりて、雨しきり也。小男のあさましさは、雨一つぶにびしよぬれと成て、爰《(ここ)》やかしこの軒の下にかくれしが、日もくれたれば、何国《いづく》ともしらぬ町の店《みせ》の角にとまりぬ。例《れい》の慰せんと、人ゝの寐入《(ねいる)》を待て、残りし火入の火にて衣《い》るいをほしながら、目近くにかけたる錦《きん》[八]もをるの丸ぐけの腰《こし》をびに乗移れば、をの〱かまくびを持上て、「扨、豆先《せん》せいには、私どもは近来[九]の物ゆへ、初ておめにかゝりました」「されば〱、よもすがら世の中ばなしを致そう」「イヤ其よの中でござります、何事も一ようにはいかぬ物。尤《(もつとも)》[一〇]天地雑化《ぞうくは》の変《へん》で、かはる筈とは云ながら、第一、人の風俗ほどかわる物はない。女の風などはけしからぬかはり様さ。私などは名さへこし帯《をび》、かゝへ帯と云て、永ひすそをかゝへる役《やく》[一一]者《しや》が、今ははゞのひろい帯の中へたくし込で、上《うは》[一二]前下りに一ぱいに帯をひろげ、其上へ

七 現在の上野駅南口一帯。江戸中期頃から広小路と共に極めて繁華な場所となる。

八 →一九〇頁注七。

九 禁現大福帳(宝暦五年刊)にも「金鈍織(きんもうる)の後帯」とあって、宝暦(一七五一―六四)頃から流行り始めるか。万金産業袋に「毛織(もうる)…これ此近代もてはやすものなり。…中古は見ず」。

一〇 天地造化。

一一 役目を受持つ者の意。

一二 着物を前で合わせて上になる部分。

景気《けいき》斗《(ばかり)》に私共をしめる。しごき、丸ぐけ仲間《なかま》一とうに、左様《さ》わるくすると、私どもより下へ帯が出ます。夫故力《ちから》もいらねばほねもおれませぬ。惣たい女が男のまねをして、羽おりきたり、頭巾かぶつたり、一ッとして呑こめませぬ」とそばから、黒《くろ》ぢりめんの袖《そで》頭巾が出て、「こし帯衆の云るゝ通り、女は髪《かみ》かたちと云て大事にする筈を、いかに伊達《だて》がしたいとて、男の様にびん切《ぎり》をしたり、後《うしろ》を引つめてたぶなしにしたり、たま／＼たぶを出すと、上へ斗かき上てまげと一所になる。夫さへあるに、どこの馬《むま》のほねやらしれぬ髪でつけたぶをこしらへ、まげ斗の所へ下屋《げや》をおろして嬉《うれ》しがるはつまらぬ。私をば夏冬《なつふゆ》なしにかぶり、びくにとまぎれぬ様に、二尺ほどなかうがいでつつぱり、風《かぜ》に向て吹流《ふきなが》しのまねをして楽《たのし》まるゝ。又ある時は鬱《うつ》としくもあるか、ゑりに斗巻《まき》付てあるくも、何の為といふ事をしらぬ。ぬぐ時には赤《あか》がいるのかわをむく様に、よふ気永《きなが》にかけはづしをされる事。さらでだに、女は衣裳《いせう》のいろの取合《(とりあはせ)》でよくも悪《わる》くもみゆる物。源氏《げんじ》よもぎふの巻《まき》の衣配《きぬくばり》にも、其人はみねど、そのくばり給ふ色品にて、人〻のかたち容《よう》ぼうを、紫《むらさき》の上《うへ》は察し給ふ。さすれば頭巾などは、別而《(べつして)》人により、顔によるべき事を、いかにはやればとて、やみくもにかぶるは、文盲野《もんもうや》ひの第一と云もの。唐では芙蓉巾《ふようきん》、八卦巾《はつけ》と云て、人の前でもかぶる為の礼巾なれど、日本では老人の寒気をしのぐが役目。夫を近来駕《かご》ちんの勘りやくから初て、遊女・野郎のしのびあるきに私を頼、夫から引

一　→当世下手談義五(一七五頁注二二)。
二　四角な布に紐をつけて頭からかぶり、目だけを出す。享保(一七一六―三六)頃から流行。おこそ頭巾。
三　伊達風俗。華やかで目立つ風俗。
四　鬢(側頭部、耳の上)の毛を切って耳の後ろに垂らすもの。
五　後頭部の髪を丸みを帯びるように撓めた部分を髱《たぼ》といい、わざとこの髱が出来ないように引っつめにしたのを「髱無し」という。
六　自毛ではなく作り物の髱。かもじ。
七　本屋根の下にふきおろす様に作った屋根。
八　尼姿の私娼。江戸初期からある。
九　角棒状の細長い結髪用具。笄。享保頃から長い角棒状となる。
一〇　袖頭巾が風になびく様子。
一一　赤蛙。疳の虫の薬として、皮をむき、肉を食するが、生きたまま皮をむくので手間取る様子をいう。
一二　「蓬生の巻」は否。正しくは「玉鬘」に正月の衣裳を調えて諸方に贈る源氏に、紫の上が「着たまはん人の御容貌《かたち》に思ひよそへつゝ奉れたまへかし」と助言し、それぞれへの配り衣を見て「上は見ぬやうにて思しあはす」とある。「蓬生」と誤記したのは、この時末摘花への贈衣もあり、末摘花を主人公とした「蓬生」と混同したものであろう。
一三　節約。人目をしのぶ為に駕籠に乗るのを、節約して頭巾をかぶる。

つゞけに成て、何のかけかまひもないおく様やお娘子がかぶらるゝは、何ぞ隠《かく》れる訳でもあるか。又夫ほど内《うち》気で、皃《かほ》をあらはにせぬ人柄ならば、惣たい、品かたちもいたく[一四]古《こ》めきて、しっぽり物なら、首尾相とゝのふと云物なれど、そふでもない証拠《せうこ》には、眉《まゆ》[一五]毛《げ》の有《(ある)》は墨くろ〴〵と入《(いれ)》、まゆのないは節角そり落した跡へあいをさして、丁度病上《やみあが》りか、あざの様なをよい事と覚ても済ませぬ」といへば、腰帯が首を持上て、「貴様は位[一六]のよい人で上に立てござるが、わしどもが様な役人が中に居るから、下の事はすき[一七]と知らしやらぬが、わしらが常ゝ見てき[一八]のどくな事がある。第一女のた[一九]しなむ内もゝが、近年はちら〱みせるを伊達《だて》にされて、衣類をいくつきても一[二〇]ッ前に合せ、下[二一]まへをおく[二二]びから折返して、上まへと一ッにならべ、身[二三]せばな小袖を其様にするから、もゝの付ね迄おしろいせねばならぬ。昔は十歳かぎりの子共より外は、色ものゝふ[二四]んどしはせなんだが、今は白ひのを忌《いむ》事そふで、下品《げび》たやつらの分は大方色物、し[二五]ぼりかの子類をゆもじにして、か[二六]ゝとを打《(うつ)》はむさい事ではないか」。

「サレバ〱」と汗手《あせて》ぬぐいが出て、「わしは女中のくわい中に居て、手を洗た時の用心に斗《(ばかり)》されたが、今は表道具に成て、大かたは桃《もゝ》いろに極て、手[二七]傘《がさ》と一所に持そへられるから、い[二八]けぬみへをすると人がさげすむであろふと思へば、一ばい顔がもゝいろになります。又常ゝ出合て手がさどのに聞ば、「日をよける為ではない。西日のあたるに

一四 古風で、しっとりと落着いた風。
一五 当時未婚の女性は眉毛を存し、結婚すると剃り落す習慣。
一六 頭巾は頭にかぶるものゆえ。
一七 まるで。まったく。
一八 気になる事。迷惑な事。
一九 細心な注意を払ってつつしむ。
二〇 上着・下着を重ねて、前を一つにそろえて着ること。
二一 着物を着て前を打合わせる時、下になる方の身頃。上になる方を「上まへ」。
二二 おくみ。衽。左右の前身頃の前襟から裾までに縫いつける幅のせまい細長い布の部分。
二三 当時の伊達作りとして、小袖の身頃を狭くする仕立が流行する。
二四 近世初期まで男女ともに入浴の際には「ふんどし」を着用した。女性の「ふんどし」は女房言葉でいう「湯文字」。
二五 鹿子絞り染。
二六 日常女性が下着として腰に巻いたものは「脚布(きゃふ)」といい、江戸では「蹴出(けだし)」と呼び、かかと迄あるもので次第に緋縮緬などの派手なものを用いるようになる。
二七 自分で手に持ってさす傘の意。日傘。
二八 つまらない見栄。手傘と桃色の手ぬぐいで生じた卑猥な連想か。

真直《まつすぐ》にさすをみれば、[一]助六が出はのまねじやそふな」といわれた。夫《それ》も美しいのがさせばまだ色めいてよけれど、[二]品川ふぐとのかざしたのは、さながら[三]夏菊《なつぎく》に雨しやうじをかけた様で、見にくい物」とそしりかけたれば、棚《たな》のすみから桐の箱がぐわた〴〵ふたを明るをみれば、[四]笑ひ道具がぬつと顔をもち上て、「是《これ》〳〵皆の衆、時行《はやつ》てうれさへせば、よの中にはかまはぬがよい。貴様達も[五]一とをり江戸中をみたら、捨《すて》られるであらふから、今の内たのしみやれ。おらはそも〳〵[六]広玉天皇《かうぎよく》の御宇に、[七]由解《ゆげ》の道教《どうけう》の工夫《くふう》を以、[八]天《あま》の逆鉾《さかほこ》のかたちを移て由緒たゞしく、又古語《こご》にも、[九]飲食《いんし》男女は大欲《よく》ぞんすといへば、なくてならぬわれら故、多年商《せう》ばい繁《はん》ゑいしたれど、近来は一から売《うれ》ぬ。世上の流行は皆からした物で、わしらなどは人前へ出る事のならぬたわけ物故、昔の人はいらぬ道具とも思はれ、買《かつ》て用る人はいよ〳〵不埒《らち》、不人がらの様にいふ人も有たれど、今からみれば、あつぱれわしを買た人はよい人がら。今一向《かう》うれぬをみれば、わしが様な[一〇]似《に》せ物より、芝居《しばい》へ行たり色《いろ》ごとしたりして、手みぢかに用が弁ずるとみへた。惣じて、わしが万事に気を付てみるに、[一一]鼻紙《はながみ》入なども、[一二]小寺検校《けんぎやう》の工夫されて小寺袋《こでらぶくろ》と云た比《ころ》は、今の様にいろ〳〵入《いれ》る為ではなく、鼻紙と楊枝《やうじ》斗の所を、今は鼻紙は外へまいて、[一三]はしご胴〆《どうじめ》で不自由な目をしたもの。新作とさへいへば[一四]利休《りきう》と名を付るから、此比《このごろ》もきけば、利休流の茶の湯と云事を聞て、「ハア茶の湯にも[一五]仕出しがある」などいふ物もある。と

一 寛延二年(一七四九)初演「助六廓家桜」に於ける助六の出端(最初に登場する場面)の演出に、下駄ばきの助六が蛇の目の傘を真直にさしてみえを切る。
二 江戸品川の海でとれるふぐのような顔の女が。「ふぐと」は「ふぐ」の俗称。 三 →二一二頁注一二。
四 はりかた。 五 一通り流行ったら。
六 女帝孝謙天皇のもじり。道鏡を寵愛したのはその女陰の広き為という俗説あり。玉門の広いの意をかける。
七 弓削の道鏡。奈良時代河内弓削の出身で法相宗の僧侶。天平宝字五年(七六一)孝謙上皇の病気平癒を祈り、以後その寵を得る。俗説では大男根。
八 日本書紀・神代上に諾冉の二尊天浮橋の上にて「天之瓊矛を以て指し下して探る。…其の矛の鋒より滴瀝(しただ)る潮、凝りて一の島に成れり」。
九 礼記・礼運「飲食男女、人之大欲存焉」。食欲と性欲は人間の最も強い欲望である。
一〇 まがい物。代用品。
一一 鼻紙袋ともいう。雍州府志に「革或は絹を以て片囊を縫ひ、其内に丸散の薬を盛、或耳爬、石筆等の物を蔵、鼻紙と合せてこれを懐にす」。また「賤のをだ巻」に「胴じめに真田の広きを廻し、銀の平たき輪かなものをはめ、緒じめの如くしめ」。
一二 政談二「鼻紙囊ト云物モ昔ハ無シ。小寺勾当ト云座頭ノ仕初メテ小寺袋ト云テ世間ニハヤリシニ」。

かく仕なれた三徳《とく》[一六]がいつも丁法《てうほう》でよいに、利休[一七]とやら摂[一八]っ津の国がたとやら、いろ〱いじり廻して何がな銭《ぜに》を取気になるから、風がわるく成る。たばこ入などゝ云ものは、貴人の前へ落した時の用心に、はな紙に包《つゝん》であるく物さへあるに、近来の横《よこ》[一九]びつめはきせる袋と云合《(いひあはせ)》て、印籠《いんらう》より上座したがるは、ふとゞき千万なやつでござる。物好《(ものずき)》といふ事はむかしからあれど、当世の人は馬鹿に成て、自分《じぶん》の物好が出来ぬとみへて、商人《あきんど》[二〇]の方から物好をしてもらふから、百人が百人ながら同じ形《なり》じやから、留守《るす》などへ来て取次《とりつぎ》が名をわすれると、夫はどの様な人じやと聞に、あたま[二一]は本多《ほんだ》、短《みじか》[二二]羽織に角《かく》袖、いろは路考《ろかう》茶、こんぎゝやう、あい鼠《ねずみ》、羽織のひもはあさぎ、小袖の毛《け》いろは千本竹[二三]、山[二四]まい染、木[二五]目ずりに、御納《なん》[二六]戸《ど》茶のうら、紋《もん》はよろひ蝶[二七]、ぎよやう牡丹《ぼたん》、ぎよやう菊、さては追桐《をひぎり》、鶴の丸、大小は細《ほそ》作りになつめ頭いかにも短く、帯はなゝ[二八]こかはか

一三 未詳。前出「賤のをだ巻」の如きをいうか。 一四 利休形の櫛、利休下駄、利休小紋などなど。 一五 新案。新作。新しい思いつき。 一六 鼻紙入れの一種。紙入れの口と反対側にもう一つ口をつけて小物を入れる。「賤のをだ巻」に絵あり。 一七 辰巳之園に「鼻紙袋小菊三ッ折、丸角やが骨折の利休形」。全体に丸みを帯びた形をいう。 一八 未詳。 一九 横櫃形のやつ。横櫃は弁当などのような楕円形のもの。 二〇 作り手や売り手の方で勝手に流行の新型などを作り出し、買い手はそれを鵜呑みにするだけの有様。 二一 本多髷。中剃りを大きくして髷を高く結ぶ流行の髪型。以下すべて当世流行の姿。 二二 嬉遊笑覧に引く「衣食住記」に羽織の丈を「享保頃二尺二三寸、元文には段々長くなり…明和の頃短く享保にかへる。安永の末、天明に又丈長く」とある。チョン羽織。 二三 煤竹色の一種か。宝暦五年(一七五五)頃から男女の衣類に煤竹色が流行る(我衣)。 二四 山繭縞か。山繭糸と絹糸を混ぜ織りにして染めると、山繭は染まり難いので自然に縞模様となる。 二五 木目のような摺り模様。 二六 緑色がかったあさぎ色。 二七 以下、何れも紋所の名称。当時、替紋と称して家紋の他に人気役者の紋などを用いるのが流行した。「よろい蝶」は中村金次、「ぎょよう菊」

た島、足は[一]こんのくつをはき、[二]なく声《こへ》ぬへに似《に》たりけりと聞て、ハテ誰であらふと首をひねれどしれぬ。なんとみんな商人に[三]図《づ》人《じん》にしてもらふといふ物じや」と、大笑ひして其夜は寐ぬ。

万度御はらいの詫宣

むかし男ありけり。[四]ひとひ泊りに着てみれば、[五]御師《をし》[六]若松様予《さまよ》大夫が使者《ししや》、枝茂《えだも》坂《さか》右ヱ門どのゝ旅宿とみへて、[七]たび挟《はさみ》ばこに[八]熨斗《のし》、こよみ、藁《はら》づとを白木の台にのせたり。皆〳〵ねいりたれば、豆男手水をつかい、うがいして身をきよめ、万度御はらいに向ひ、「私多年伊勢参宮《さんぐう》の心がけ御ざ候得ども、御存《(ごぞんじ)》の[九]小足にて、いまだ時を得ず候処に、今《こん》晩《ばん》此所に参合《(まゐりあひ)》候は、誠に[一〇]天照皇《てんせうかう》太神宮の御加ご」と、[一一]忝なさに泪こぼれて、さすがの豆どのも乗移るべき了簡もなく平伏《へいふく》したれば、夢ともなく現《うつつ》ともなく、うや〳〵敷《しき》御姿《すがた》あらはれさせ給ひ、「汝《なんじ》多年爰《(ここ)》かしこのすみにまよひありくと云ども、業平が[一二]曲玉《まがたま》の伝《でん》じゆにて心を改《あらため》、正直に立帰りたるに免《めん》じて神道《しんとう》の大意《い》を伝へん。抑《そもそも》〳〵わが神道と云は、[一三]ゆふだすきをかけ鈴《すゞ》を振て神を[一四]いぢる道ではない。心を修《をさめ》、非《ひ》を知て是《ぜ》を行ふ、是を[一五]非《ひ》じりと云。悪《あく》を去《さつ》て善《ぜん》を取《とる》、去て取を以《もつて》さとりと云。神《しん》は心《しん》也。心を善にするの道を

は佐野川市松、「つるの丸」は市村家橘、など(明和伎鑑)。
二六 魚子織か博多織。共に代表的な帯地。

一 紺色の沓足袋。筒の短い足袋。
二 謡曲「鵺」に「足手は虎の如くにて、鳴く声鵺に似たりけり」。
三 →一九三頁注三〇。
四 一日泊りの安宿。
五 伊勢神宮の下級神職で、参拝者の宿泊や案内などを世話するほか、年末には全国の檀家に御祓や伊勢暦などを配り歩く。
六 祝い歌「目出た〳〵の若松様よ、枝も栄えて葉も茂る」をもじった戯名。 七 旅行用の挟箱。
八 熨斗その他、御師が檀家に配り歩く品物。 九 小人ゆえ。
一〇 伊勢神宮の主祭神。
一一 西行が伊勢にての詠と伝えられる「何事のおはしますかは知らねども忝さに涙こぼるゝ」(醒睡笑四)。また恵心僧都の妹安養尼の詠ともいう。
一二 未詳。序文中の「木九からに…」の歌は、そのもじりか。
一三 木綿(ゆう)で作ったたすき。木綿の糸を四組か八組にした紐を蝶型に結んで用いる。
一四 いじくり廻す。深い信心もなく、形ばかりを整えること。
一五 「非じり」「さとり」の説の出典未詳。或いは、後文によるに、旧事大

号《なづけ》て神道と云。わろくうろたへて神主《かんぬし》禰《(ね)》宜《ぎ》のまねをするに仍而《(よりて)》、儒《じゆ》道から[一六]半畳《はんぜう》を入たがるが、[一七]日本は君子《くんし》国《こく》と唐からも云《(いふ)》位の国じやから、其様な[一八]非列《ひれつ》な事をする国ではない。日月に二ッはなく、日本も唐も天竺《てんぢく》も、皆日月一ッを以《(もつて)》てらすといへども、人間のたねは別《べつ》なれば、日本は唐にまけぬがどこ迄も日本、又唐は日本にまけぬが唐の[一九]きぼなれば、我朝《わがてう》に生れて我が国を非《ひ》と見、他《た》の国を賞《せう》して他の国の道を行《をこな》ひ、[二〇]かたんをするは、我が親を不レ愛《あいせず》して他人を愛し、血《ち》で血を洗《あら》ふ。是を悖徳《はいとく》と云ものなれば、唯《たゞ》此一言に目を付て守るべし。夫《(それ)》を[二一]腐《ふ》儒どもが、日本には書がないの、[二二]姫氏国《(きしこく)》で元は唐人の種《たね》じやのと、見て来たやうな事を云ふらし、毒《どく》を流《なが》して[二三]鰒《ふぐ》仲間へ引落したがれど、親の教《をしへ》がわるいとて他人の子になる法があるなら、[二四]舜《しゆん》は父の瞽瞍《こそう》を捨《すて》て、よい親と取かへる筈。又書物がなくて聖《せい》人になられぬなら、舜が時代には四書も五経もなくて、殊に舜を育《そだて》あげた親達は、[二五]父かたくなに母ひすかしけれども、其子にも舜がごとき大孝の聖人が出来たれば、日本をそしり、神道をそしる腐儒どもは、四書五経がなくば盗人《ぬすびと》にでもなる気か、いぶかしい。神道に書籍《しよじやく》なし。[二六]天地を以書籍とし、日月を以証明《しやうめい》とするとは、[二七]ずんど上古の事で、今は神道に諸書多く、中〳〵人生《じんせい》百年の内に[二八]極覧《きよくらん》する事はならぬ程ある物を、[二九]一犬《いつけん》かたちを吼《ほゆ》れば万《ばん》犬其声《こへ》を吼て、日本に書がないとは、どこの骨《ほね》を押《を》せば其様な音《ね》が出る。手近くは[三〇]三部《ぶ》の本書迄行ずとも、推古《すいこ》天皇勅撰《ちよくせん》の[三一]宗徳《そうとく》経、神教経《しんきやう》をみて、『小

成経などの所説か。
一六 まぜっかえすこと。やじること。
一七 続日本紀三「唐人謂二我使一曰、亟聞、海東有二大倭国一、謂二之君子国一」。
一八 底本のママ。「卑劣」か「非例」。
一九 名誉。面目。
二〇 荷担。味方すること。
二一 自らのたずさわる儒の道にのみ泥んで、それぱかりを尊がる連中。特に誰と名ざしはないが、おおむね徂徠学末流の中国趣味をひにくる。
二二 日本人は呉の泰伯の子孫という説。泰伯は姫氏ゆえ日本を姫氏国と呼ぶ(唐書)。「日本は周の後胤なり。女子は姓を称するゆゑに、日本の女子を姫という。姫は婦人の美称ながら、周の姓なり。故に天照皇は泰伯なりといへり」(三輪物語一)。
二三 きらわれ者仲間。
二四 中国古代の聖王。その父は瞽瞍という。おろかで善悪の判断もつかなかったという(書経・尭典)。
二五 書経・尭典「瞽子父頑母嚚」。「ひすかし」は愚かで口やかましいこと。
二六 唯一神道名法要集に鎌足公の語として「吾唯一神道者、以二天地一為二書籍一、以二日月一為二証明一」という。
二七 うんと。
二八 見尽す。明和七年(一七七〇)成「神道書目集覧」に三百部ほどを著録。
二九 諺。潜夫論・賢難に「一犬吠レ形、百犬吠レ声」。
三〇 卜部兼倶によって神道の根本経

学』、『大学』のかはりとせよ。神[一]代の巻の意《い》深《しん》[二]をしらば、天地陰陽道体《いんやうどうたい》を極め、受用《じゆよう》して余りあるべし。又我が国は三[三]十一文字を以《(もつて)》、たけき武士《ものゝふ》・鬼神《をにがみ》の心を感《かん》じて、五[四]七言《ごん》絶《ぜつ》句、律《りつ》の余意《よい》をふくみ、一統《とう》下つて連歌《れんが》となり、又下て誹諧《はいかい》となる。いづれか実情《じつぜう》を述《のべ》て、神人に通ぜざらんや。法度《はつと》は天子・将軍《しやうぐん》・主人より出て私[五]の作意《さくい》に及ばず。

扨《(さて)》又儒仏神を一向しらぬ物はいふにたらぬが、当世儒家でもなくて、学者どもが、先祖の祭かたを改ると云《(いふ)》は其意得ぬ事。是も日本の[六]かな本では身が修らぬといふ馬鹿《ばか》[七]みから出て、何がな珍らしくして、親の忌日《きにち》を忘《わす》れぬ様にするであろふが、大な不了簡と云もの。すべて唐では四書六《(りく)》経《けい》、皆《みな》此方のかな本をよむ様なものなれど、唐は唐で済でいるに、日本斗《(ばかり)》かな本で役にたゝぬと云は小智《ち》の至り。唐ではちがやに酒をそゝいで、仏達の神[八]を下《くだ》すであらふが、日本は酒にめがくれて持仏堂《ぢぶつどう》へ来る様な神はない。左右陰陽の手のひらを合《がつ》し、天地自然《じぜん》の音を以《(もつて)》神を呼ぶ。是を柏手《かしはで》[九]と云て、打様《(うちやう)》に法が有て、神を下し、神をもどす。是日本神代よりの法度とす。儒者・学者どもにも、ちと此意味をしらせたい。第二に大《たい》儒達が「天子は姫氏《きし》で、元《もと》は毛《け》唐人じや」と云が、幾世《いくせ》程前の世に生れて見やつたやら聞たい。いかふ此[一〇]人は賢者《けんしや》と承たが、夫ほどの人が来て天子と成たら、早ゝ国法を正《たゞ》し、先祖の祭《まつり》にも柏手《かしはで》をやめ、聖人の道で行《をこな》ひそうなものを、なぜ詩《し》をやめて歌を用ひ、言葉づかいもチンプンカンを云ずに日本ことばにしたやらすめ[一一]

典とされた先代旧事本紀(旧事紀)、古事記、日本書紀の三部。

三一　何れも旧事大成経三十九―四十四の「経教本紀」中に収める。延宝四年(一六七六)五月刊。「大成経」は美濃黒滝の禅僧潮音と志摩伊雑宮祠官永野采女によって、聖徳太子撰修と称して偽作された全七十二巻の神書であるが、天和元年(一六八一)禁板処分を受けたのち極めて熱烈な信奉者を生じ、特に仏者側にその信者が多く、神道史上特異な性格を持つ。本書の著者などもその一派とみてもよい。

一　日本書紀・神代巻。

二　深い真の意味。

三　古今集・仮名序「目に見えぬ鬼神をも哀れと思はせ…猛き武人の心をも慰むるは歌なり」。

四　漢詩にも言い洩らされたような所。

五　自分勝手なとりきめはしない。

六　仮名書きの教訓本の類。

七　馬鹿らしさ。

八　「神」は霊魂の意。

九　神道名目類聚抄五「拍手ノ事別ニ習アリ」。

一〇　泰伯。呉国の始祖。→前頁注二一。

一一　落ちつかぬ。納得がいかぬ。

一二　いわゆる「禅譲」。

一三　天照大神より授ける代々天皇のしるしとなる神璽と宝剣と鏡。

一四　論語・先進「鳴レ鼓而攻レ之可也」。

ぬ。天子をも、さほどの賢者なら[一二]廻《まは》り持にしそふな物を、なぜ血脈《けちみやく》を以《(もつて)》相続《そうぞく》し、やぼな[一三]三種《しゆ》の神宝《かんだから》は火にでもくべて仕舞そふなものを、大事に今の代迄も持伝へる様な、ぬかつた礼を建《たて》られたか。是等が儒者・学者の第一の毒《どく》を流すといふもの。誠に[一四]鼓《つゞみ》をならして是をせめて可《か》也と云べし。唐では、何がなあつちへ引込《(ひきこみ)》たがつて[一五]そゝなかせば、狂《きやう》人どもが行《ゆく》気に成て、一里づゝも唐へ近よりたがり、[一六]品川へでも引越《(ひつこす)》了簡は、脇目《はきめ》から見ていかふ馬鹿《ばか》にみゆるもの。又日本の上古、[一七]唐《から》の服《ふく》を付、唐の制度《せいど》をかり用たは、[一八]毛唐人殿の死《しな》れたずんど後の事なれば、証拠《せうこ》にはとられまい。又詩《し》を作り文を書《(かく)》事も、書物が唐から渡てからの事で、儒を用《(もちゐ)》仏を用るも、外国へ通用して事を弁《べん》じ、わが神道の[一九]羽翼《うよく》として、万民安穏《あんをん》の為にこそ儒仏の二教《けう》をわが国へ引入たれ、唐のひいきをしろ、馬鹿になれとて二教をひろめはせぬ。

乍去《(さりながら)》、[二〇]わが預《あづかつ》た職《しよく》分をして身を全《まつた》ふするが神道じやから、儒者は儒を学《(まなん)》で、眼《め》から血の出るほど書を読《よむ》が神道と云《(いふ)》物。出家は欲情《よくじやう》をはなれて仏学を学び、油気《あぶらけ》のぬける程[二一]蛍雪《けいせつ》のまどに戒《かい》をたもつが出家の神道。人間わづか五十年の内を、廿年は[二二]成人《せいじん》に隙をつぶし、残り卅年のわづかの内を、四書五経斗《(ばかり)》にくつたくして、聖人の語《ご》斗用る気だから馬鹿になる。[二三]陽虎《ようこ》が云た事でも、よい事は用るから、人をそしるを止《やめ》て、よい語をば用ひたがよい。「[二四]人のひざ元の貝《かい》斗見て居《いる》内に、わがひざの前の貝をおゝはれたは見苦

一五 そそのかす。
一六 当時の徂徠学者の中国趣味、中華崇拝の雰囲気を揶揄する一つの話柄として、品川へ引越して「これで中国へ近づいた」と喜んだ儒者の話というのがよく用いられる。
一七 奈良朝頃までの日本の衣服の制度は中国隋・唐の服制の模倣である。
一八 先出の呉の泰伯を指す。
一九 神道を中心に、儒仏の二教をその羽翼として用いるという三教調和の思想は、早く神儒仏を根幹、枝葉、花実に譬えたものが中世の旧事本紀玄義にあり、その後、唯一神道名法要集には聖徳太子の説としてひかれ、江戸中期には先出の「大成経」一派によって強く主張せられる。
二〇 自分に天から授かった職能。
二一 努力して学問に励むことの譬え。
二二 大人になるのに時間をかけ。
二三 春秋時代の魯の政治家。三桓を去り、斉に奔り、晋に奔り、謀反人の代表的人物。論語・陽貨に、孔子は陽虎の人となりを知っていてその働きかけを承諾した説話がある。
二四 徒然草一七一段「貝を覆ふ人の、わが前なるをばをきて、よそを見わたし、人の袖の蔭、膝の下まで目を配るまに、前なるをば人に覆はれぬ」。貝合せの遊びに、人の領分の貝にばかり目をつけていて、自分の目の前のものに気がつかず取られてしまう、万事自身の内側を固めよという戒め。

しい」と兼好《けんかう》もいへば、[一]遠国波道《はどう》をへて、向ふの事はまづやめて、職分をおもに勤よ。又詩文もよい程があらふ。古来戦場打死《せんじやううちじに》などに望でも、和歌を詠じて名を万天に上たものはあれど、急な時に詩《し》を作て答へた物もなければ、日本で詩の修行《しゆぎやう》は出来にくいと見へた。[二]安部《あべ》の貞任《さだとう》が、[三]年を経し糸の乱れのくるしさにと云たは、三ッ子も知て居る風流じやから、ちと歌はよませたひ物。何事もわが心のやうにしたく成は誰《たれ》〳〵も同じ事なれば、わが儒道にはまると、家内はいふに及ばず、主人も傍輩《ほうばい》も儒道に引込たく成は尤の事なれど、夫は場所《ばしよ》を見はからつてするが聖人の道と云もの。故に、くれ〴〵も聖人はそこを心元なく思はれて、[四]中庸《ちうよう》はよくすべからずと云れたから、日本に生れたが因《いん》果《ぐわ》と思ふて、日本の書も読《よん》で見たがよい。又[五]行《をこな》ひがしたくば「[六]目《め》に諸《もろ〳〵》の不祥《じやう》を見て、心にもろ〳〵の不祥を見ず、耳《み》ゝに諸の不祥を聞て、心に諸の不祥をきかず」と云《いふ》、六根《こん》の清祥《せうぐ》を行てみたがよい。四書五経にまなこをさらす手間で、たゞ[七]三四下《くだ》りある神語《ご》を丸く勤て見たがよい。是が無疵《むきず》に出来たら[八]かけだ。近来は伊勢のおはらいを請《うけ》ず、稲荷宮《いなりみや》を人にやり、位牌をやめて[九]神主にするやつもあれど、其様に[一〇]身が世話《せは》になるなら、早ゝ朝鮮《てうせん》へでも引越《こし》てからしたがよい。[一一]三年たつて父の道を改るといふは、いかふ家《か》法の害《がい》になる事故、改る迄の事で、人の目ををどろかす為《ため》ではない。

惣体《そうたい》孔子にも聞たであろふが、主人の法度《はつと》や[一二]大老《らう》、[一三]役がゝりの者の事がわるく云たく

一　海の向うの遠い国。
二　平安後期、後に源氏が東国に勢力を持つきっかけとなる前九年の役に源頼義・義家父子に鎮圧された陸奥の豪族。
三　逃げる貞任の後ろから、義家が「衣のたては綻びにけり」と呼びかけたのに対し、貞任「年を経し糸の乱れの悲しさに」と返し、義家の矢をまぬかれる(前太平記)。
四　礼記・中庸に「中庸其至矣乎。民鮮レ能久矣」。
五　日常の修行。
六　吉田家の神道宣伝の文章として三社託宣と共に有名な六根清浄祓詞。「不祥」は「不浄(けがれ)」。
七　三行か四行ほどの。三社託宣は天照皇大神と八幡大菩薩と春日明神の三社によるそれぞれ二行ずつの託宣の文から成る。八幡「雖レ為レ食二鉄丸一不レ受二心汚人之物一、雖レ為レ座二銅焰一不レ到二心穢人之処一」、天照「謀計雖レ為二眼前利潤一必当二神明罰一、正直雖レ非二一旦依怙一終蒙二日月憐一」、春日「雖レ曳二千日注連一不レ到二邪見之家一、雖レ為二重服深厚一可レ趣二慈悲之家一」。
八　賭けごと。…が出来たら、賭け金を支払ってやろうの意か。
九　→二三三頁注一九。
一〇　自分(大神宮)のことを厄介に思うのなら。
一一　論語・学而「三年無レ改二於父之道一可レ謂レ孝矣」。三年間は父の喪に服

ば、暇《いとま》を取ての後にいふがよし。禄《ろく》を取て居て主人などをそしるは、聖《せい》人をかんばんにかけて似《に》せがねをつかふ様な物じやから、聖人の道を学ぶが不肖《ふせう》じやから、「一四道不合《あはざれ》ば則《(すなはち)》去《さる》」と云て片《かた》はじ暇を取がよし。取たとて浪人は無用、早ゝ主人を尋《たづね》るがよい。孔子も此通りいわれたであらふが、今時浪人して山林へ引込で、迎《むか》ひが来たら行てつかへ様と云て、果報《くはほう》を寐《ね》て待《まつ》て居たとて、誰が呼《よび》出してつかふ物だ。夫は聖人の事。畢竟《ひつけう》おのれが小人《せうじん》たる事をしらぬから、めつたに賢《けん》者の気取に成て浪人している故に、一五閑居《かんきよ》して不善《ぜん》をなし、天子に政務《せいむ》をかへさんなどゝ云て、一六国《こく》法に行はるゝ者も有まい物でもない。と云て、一七無理往生《おうぜう》に神道をせよと引込《(ひきこむ)》ではなけれど、日本の国の内に住で、日本の米を喰《く》ひ、日本の父母に育《そだて》られて人と成たる者は、神道に指《ゆび》でもさす事はならぬ。左の手に箸《はし》をもてとは親《をや》もおしえぬ。右の手に箸を持が則《(すなはち)》神道、一八めし

して父の道を改めないものを孝子とする。

一二 老臣達の中の上位の者。

一三 諸役の責任者の地位にある者。

一四 論語・里仁「富与貴、是人之所レ欲也、不下以二其道一得上之、不レ処也。貧与賤、是人之所レ悪也、不下以二其道一得上之、不レ去也」によるか。富貴は人の欲する所だが、道に合った方法でそれを得たのでなければ、そこに安住してはならない。又貧賤は人のいやがるものだが、もしそうであるべからざるものがそうなったとしても、その場合は貧賤をきらってはならない。

一五 大学六「小人間居為二不善一」。

一六 宝暦八年(一七五八)の竹内式部事件や明和四年(一七六七)の山県大弐事件に見られる王政復古運動を指す。式部は追放、大弐は斬罪に処せられた。

一七 無理矢理に。

一八 一日三食の食習慣は、近世に入って庶民の間では元禄(一六八八―一七〇四)頃からのものか。

は一日に三度くふが則神道なれば、親の道を改め日本の家法を悖乱《はいらん》する者は、[一]五刑《けい》の属《ぞく》三千にして罪《つみ》不孝《かう》より大なるはなしといわるれば、唐へ行ても罪人なり。をがまぬとて罰《ばち》もあてず、置たとて食《めし》をくわふともいわねば、稲荷《いなり》とおはらいは家にひとつづゝあるが国風の神道。町人はかけ直《ね》を云てもふけるが神道、かいてはねぎつて安くかふが神道。武士は武をはげみて、今に軍《(いくさ)》が初《(はじまつ)》ても質屋《しちや》へかけて行《(ゆか)》ぬ様に具足《ぐそく》の用意《い》をして、武芸の余力《よりよく》あらば、和歌を詠じ書物を読《よん》で、五倫《りん》の道を全《まつた》ふし、豆男は諸国をあるいて穴をさがすが其方が神道。先祖の仏達を大切《せつ》にして、忌《き》日には[二]生《いき》てござる時のやうにつかへ申は、上《か》み天子より下庶人《しよじん》にいたる迄、せねばならぬ第一の家事なれば、此外は心にかけて修行《しゆぎやう》したら、心清《きよ》らかになりて、[三]唯《ゆい》一神道が成就《じやうじゆ》しそふなもの。必《(かならず)》ゝ[四]神いじりをして神道じやと思ふな。

[五]心は則《(すなはち)》神の舎《みあらか》なり。内外《ないげ》清祥《しやう〳〵》にして後、必《(かならず)》神其《(その)》所にあり。伊勢迄来るに及ばず。此《(この)》以後とても其方が術《じゆつ》を捨《すて》ずに万人のしめしとなれ。心清祥ならば必遠からぬ内に[六]貨《くは》福をあたへん。是を則[七]神乗冥加《しんすいめうが》の人と云ぞ」と仰らるゝに感《かん》じ入て、豆男はうつむき入て、御姿もろくに不㆑覚《(おぼえず)》、只有がたきとのみ身にこたへて、いよ〳〵諸国を廻りし事どもは、猶[八]後編《こうへん》に追《をひ》〳〵あらはし侍る。

一 孝経・五刑「五刑之属三千、而罪莫㆑大㆓於不孝㆒」。五刑を適用する罪は三千を数えるが、最大の罪は不孝の罪である。「五刑」は中国古代の五種の刑法で、時代によって違うが、隋以後は、死・流・徒・杖・笞の五刑。
二 論語・八佾「祭如㆑在、祭㆑神如㆓神在㆒」。
三 室町末に吉田神社祠官卜部兼倶が大成した吉田神道のこと。当時の神道流派の代表的存在としてあげたものか。
四 →二四〇頁注一四。
五 前出の六根清浄祓詞に「心は則ち神明の本主たり」とある。
六 財産。貨財。
七 「神垂冥加」か。神が冥加を垂れたまう人の意であろう。
八 「後編穴さがし」半紙本五巻五冊、明和八年(一七七一)刊。

当世穴さがし五の大尾

後編追〻出ス

明和六己丑正月吉旦

東武書林　小石川伝通院前　雁金屋儀助

成《じょう》仙《せん》玉《だま》一《ひと》口《くち》玄《げん》談《だん》

三保の浦の漁師良助は、実はやたらと女好きの遊び人で、天上の遊廓の全盛三五大夫をまんまと女房にしたのも束の間、雷の五郎助にみつかって奪いかえされ、忘れていった羽衣を着て三五を追いかけた良助は東風に吹きとばされ、遥か南アメリカはハラシリア（ブラジル）へ。そこで和荘兵衛に出会い、白銀の流れる大河（ラプラタ河）を見物する……。

本書の著者文坡は初め「勧化モノ」と呼ばれる長篇仏教説話の作者として登場し、やがて神仙教の教祖然とした姿を示して、その宣揚手段の一つとして公刊したのが本書である。従って内容は極めて傾向性の強いものなのだが、叙述のたくみさ、趣向だての奇抜さで読者を強引に引きずり込む筆力が、文坡の文坡らしさであり、本書の面白さでもあるだろう。

巻末に批判の対象として登場させる竜雷神人も、当時大坂に実在の神仙家であり、こうした道教信者は当時決して珍しい存在ではなかったらしく、直接的には俗神道の一流派とみなす事が出来る。文坡の著述活動は中でも特に活発であり、結構多くの読者をひきつけていたようで、秋成・馬琴なども明らかに読者の一人に数えられる。

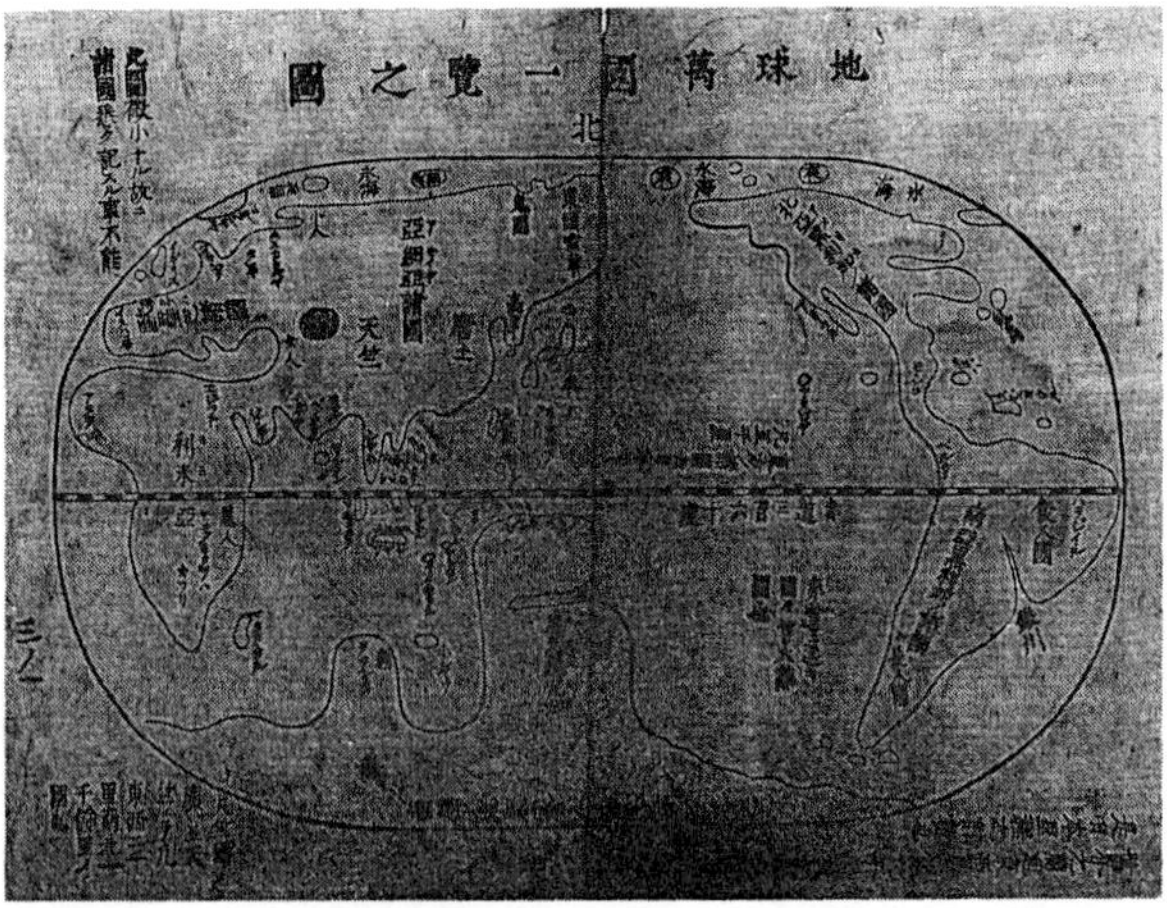

「増補華夷通商考」（宝永５年刊）より

自叙

諸人見《ミルヤ》麼、這箇《シヤコ》是《コレ》成仙玉。人人固有底《コユウテイ》、会二得《シ》這箇《ヲ》一去《ラバ》、頓《ニ》掀二翻《シ》花甲子《ヲ》一、忽《チ》得《ン》二無量《ノ》長寿《ヲ》一。且《ツ》神通自在、逍遥自適《ニシテ》、朝《ニ》遊《ビ》二三島十洲《ニ》一、暮《ニ》戯《ス》二瑤池崑崙《ニ》一。或《ハ》於《テ》二一毫端《ニ》一、現《シ》二蘂珠宮《ヲ》一、於《テ》二微塵裏《ニ》一、湛《ン》二碧海水《ヲ》一。如或《モシアルヒハ》未《ダ》レ然《ラ》、向《テ》二山人《ガ》一口《ノ》玄談《ニ》一、直下承当《シ》去《レ》。忽然《トシテ》有《ラン》乙徹下見《スルノ》這箇《ノ》成仙玉、放《テ》二大宝光《ヲ》一、光《リ》照《シ》二破蓬萊宮裏《ヲ》一、於十方無量《ノ》天仙等《ヲ》上之時節甲。其《ソレ》或《ハ》未《ダ》レ然《ラ》、切《ニ》不《ズ》レ可《カラ》下為《メニ》二混沌《ノ》一画《キ》レ眉《ヲ》去《ル》上。

天明乙巳孟春初三　菊丘臥山人江匡弼文坡書二於天賜観裏南牖下一

（諸人見るや、這箇《しやこ》[1]これ成仙玉。人々固有底《こいうてい》[2]、這箇を会得し去らば、とみに花甲子《くわかふし》[3]を掀翻《きんぽん》し、たちまち無量の長寿を得ん。かつ神通自在、逍遥自適にして、朝に三島十洲[4]に遊び、暮に瑤池《えうち》[5]崑崙《こんろん》に戯す。或は一毫端[6]に於て蘂珠宮《ずゐしゆきゆう》[7]を現し、微塵裏《みぢんり》に於て碧海水[8]を湛へん。もし或はいまだ然らずんば、山人が一口[9]の玄談に向ひて、直下[10]承当[11]し去れ。忽然として這箇

一　これ、このものの意。前文の「見麼」などと同じく、主として語録類に用いられる俗語。
二　「底」は俗語の助辞で、「…の」「…ところ」の意。「人々がそれぞれに本来所有するところの」の意。
三　「花甲子」は暦の一めぐりをいい、「掀翻」はあがりひるがえること。即ち暦を幾たびもくりかえすが如くの長寿をいう。
四　「三島」は仙人の住む蓬萊・方丈・瀛州の三島。「十洲」も仙人の住むという十の島々。
五　中国の西方にあるとされた霊山、崑崙山にある西王母の住む池の名。
六　一本の毛すじの先端。
七　仙境。花蕊や珠玉で飾られた宮殿。
八　青々とした海水を満々と湛える。
九　一口にかいつまんで語る玄妙な談話。
一〇　一気に。一息に。
一一　引きうける。担当する。

の成仙玉、大宝光を放ちて、光[一]蓬莱宮裏《ほうらいきゅうり》を[二]照破し、[三]十方無量の天仙等を[四]徹見するの時節あらん。それ或はいまだ然らずんば、切に[五]混沌のために眉を画き去るべからず。

[六]天明乙巳孟春初三　　[七]菊丘臥山人、江匡弼文坡、[八]天賜観裏[九]南牖の下に書す）

一 仙人の住む蓬莱山の宮殿。
二 智恵の光によって凡夫の愚闇を打破り照らし出すように、くまなく照らし出すこと。
三 あらゆる場所に無数に存在する仙人。
四 ありありと見せる。
五 「混沌」は荘子・応帝王に見える「渾沌、七竅に死す」の説話の主人公。中央の帝渾沌に歓待された南海の帝儵(しゅ)と、北海の帝忽(こつ)は渾沌の好意に報いるべく、目耳口鼻を持たぬ渾沌のために、その身体に七つの竅(あな)を作ってやろうと思い立ち実行した結果、渾沌は死んでしまったという。人智のさかしらが却って自然の生々溌剌たる営みを殺してしまう愚かさを諷刺した説話。
「眉を画く」は漢書・張敞伝に見える「為レ婦画レ眉」の故事で、夫が妻にへつらう事の甚だしさを諷したもの。
渾沌のために目をほるのさえ甚だしい愚行であるのに、更にその目の上に眉を画くような愚行をせず、一心にその身に固有の成仙玉を会得することを心がけよの意。
六 天明五年(一七八五)正月三日。
七 文坡の字号。解説参照。
八 文坡の居室号。「観」は道教寺院をいう。
九 南の窓。

成仙玉一口玄談《じやうせんだまひとくちげんだん》巻之一目録

巻之一

巻之二

巻之三

成仙玉一口玄談

黄檗禅師呵ニ羅漢一之談《わうばくぜんじらかんをかするのだん》

巻之四

長生不死無量寿之談《てうせいふしむりやうじゆのだん》

守一仙人看ニ戯場一之談《しゆいちせんにんしばいをみるのだん》

観ニ芝居狂言一離レ我之談《しばいのけうげんをみてわれをはなるゝのだん》

士農工商渡世意得談《しのうこうしやうとせいこゝろへのだん》

以ニ眼鏡一取ニ日輪火一之談《めがねをもつてにちりんのひをとるのだん》

巻之五

呂洞賓仙張紫陽之談《りよとうひんせんてうしやうのだん》

日月古字形象真一談《じつげつのこじきやうしやうしんいつのだん》

守一仙示ニ成仙玉一之談《しゆいつせんじやうせんだまをしめすのだん》

成仙玉発ニ五色光一之談《じやうせんだまごしきのひかりをはなつのだん》

目録大尾

兼勝作本目録[一]

[二]珍曲《ちんぎよく》たはふれぐさ　全二冊

此本は日待《ひまち》、月待《つきまち》、夜咄《よばな》し、参会等《さんくはいとう》の慰《なぐさみ》、座興《ざきやう》に気《き》をかへて、浮世手妻《うきよてずま》の品ゝ、奇妙《きめう》ふしぎの秘術《ひじゆつ》、当理即妙《とうりそくめう》に其座《そのざ》にてなることをあらはす、誠《まこと》に面白遊興伝《おもしろきゆうきやうでん》受《じゆ》の本なり。

[三]仙術続《せんじつぞく》戯草《たはふれぐさ》　全二冊

此本は右になき品ゝの秘密《ひみつ》を出す、諸人の気を取面白《とるおもしろき》こと奇妙《きめう》の本なり。御求御覧被成可被下候。

▽この部分は、本書の板元菱屋が、天明初年に求板した手品の伝授書二部の広告である。

一「兼勝」は「珍曲たはふれ草」と「仙術続戯草」の作者。但し伝未詳。享保十三年(一七二八)には源兼勝の名で「初製目付字」を京のめど木屋勘兵衛板で出しており、この頃書屋の専属で専ら謎・手品・目付絵などの雑書を編纂していたようである。

二「珍曲戯草」半二冊。享保十四年板「書籍目録」の「仮名物草紙類」の末に「続戯草」と並記されるので、享保十四年以前の刊行だが、現存本は寛政七年(一七九五)の再刻本しか管見に入らない。二冊の内、上巻一冊を絵図、下巻を解説に当てる。再刻本は「天明元辛酉年求板/寛政七乙卯年再刻」とある菱屋治兵衛板で、恐らくこの天明元年(一七八一)に正続二編共に菱屋が求板したもの。

三「仙曲続たはふれ草」半二冊。享保十四年八月、京四条通寺町西へ入町、めど木屋勘兵衛板。序に「前に珍曲戯草二巻物(ちんぎよくたはむれぐさにさつもの)世にひろめ、猶求人多き故又新趣向あつめよと老若詞にすがり、盃のうかむにまかせ、仙術続戯草(せんじゆつぞくたわむれぐさ)と題して世にもて遊びなす而已」とある。

成仙玉一口玄談《じやうせんだまひとくちげんだん》巻之一

三保箒良得二羽衣一之談《みほのはくりやうはごろもをうるのだん》

皇京　菊丘臥山人江文坡戯著

嘗《かつ》て『捜神記《そうじんき》』[一]といふ書《しよ》を閲《けみ》するに、唐土《もろこし》の予章《よしやう》[二]の新喩県《しんゆけん》といへる所《ところ》に、何鳥《なにとり》かは知《し》らねども、化《け》して美《うつく》しき女《おんな》となり、林《はやし》の下《もと》にあそび居《ゐ》たるに、或男《あるおとこ》その鳥《とり》の脱置《ぬぎおけ》る羽衣《はごろも》を見《み》て取蔵《とりかく》し、其傍《そのかたはら》に窺《うかゞ》ひ居《ゐ》たりしに、彼鳥《かのとり》しばらくして空《そら》に帰《かへら》むと、彼羽衣《かのはごろも》を尋《たづぬ》るに見《み》へず、大《おほき》に驚《おどろ》き悲《かなし》めども為方《せんかた》なく、女《おんな》に化《ばけ》しを幸《さいわ》ひと、彼男《かのおとこ》を頼《たの》み夫婦《ふうふ》となりて、遂《つゐ》に子《こ》三人《さんにん》を産《うみ》たるよしを記《しる》せり。此事奇怪《このこときくわい》にして実説《じつせつ》となし難《がた》し。恐《おそら》くは虚談《きよだん》なるべしと思《おも》ふに、我日《わがひ》[三]の本《もと》にも又《また》かゝる例《ためし》あり。

[四]昔《むかし》は今《いま》、駿河国《するがのくに》[五]有《う》度郡《どごほり》の平林村《ひらばやしむら》に、良助《りやうすけ》といへる男《おとこ》あり。生質《うまれつき》柔和《にうは》にして容貌《すがた》艶美《うつくし》く、且小《かつこ》学文《がくもん》あり。算勘《さんかん》[六]に達《たつ》し、和歌《うた》、連歌《れんが》、誹《はい》、茶《ちや》の湯《ゆ》、碁《ご》、将棋《しやうぎ》、何《なに》かに至《いた》るまで達《たつ》せずといふ事《こと》なし。然《しか》るに此良助《このりやうすけ》を人異名《ひとゐめう》して箒良《はくりやう》と称《せう》せしは、此《この》男数多《あまた》の女《おんな》を掛想《けそう》[七]

一 中国志怪小説の一。作者は晋の干宝。四世紀半ばの成立で原三十巻本といわれるが、現存本は明万暦年間(一五七三―一六一九)に刊行された二十巻本(四六四話)と八巻本(四十話)とがある。和刻本は元禄十二年(一六九九)刊の二十巻九冊本が最も早い。

以下の引話は同書巻十四にある。「予章新喩県男子見二田中一有二六七女一。皆衣二毛衣一。不レ知二是鳥一。匍匐往得二其一女所レ解毛衣一。取蔵レ之即往就二諸鳥一。諸鳥各飛去。一鳥独不レ得レ去。男子取以為レ婦。生二三女一」。

尚、和漢三才図会六十九「駿河」の三穂・羽衣社の項に「按ずるに捜神記に云く」として、右の説話を引き「和漢故事相似たり」という。或は文坡はここから「捜神記」を引用したか。

二 現、江西省吉安県。

三 日本の羽衣伝説は常陸から豊後、琉球まで十余の地方に分布するというが、著名なものは謡曲「羽衣」と「本朝神社考」にいう駿河三保松原のものであり、以下文坡も主として謡曲による。

四 「昔の咄を今様にものがたれば」の意か。

五 和漢三才図会六十九「駿河」に「三穂社 在二有度(どう)郡平林中一。社領百石。羽衣明神、在二同沙陵下一」と見える。　六 算術。

七 懸想。想いをかける、恋い慕う。

八 当時、次々と相手を変える客を

し、密情《みつじやう》を通《つう》ずといへども、其《その》女と久《ひさ》しく相遇《あいあふ》ことを嫌《きら》ひ、両三度《りやうさんど》にして塵埃《ちりあくた》を箒棄《はきすつ》るがごとくす。依《よつ》て人良助《ひとりやうすけ》を称《せう》して[八]箒良《はくりやう》とするものなり。良助もいつとなく有《あ》る名《な》をいわで箒良《はくりやう》と自呼《みづからよべ》ば、人《ひと》はなを箒良《はくりやう》〳〵と[九]夕暮《ゆうぐれ》の、海《うみ》の景色《けしき》も和暖《うらゝか》なる小船《せうせん》に棹《さほ》さして、浪《なみ》のまに〳〵漕《こが》れ行《ゆく》、[一〇]風早《かざはや》の三保《みほ》の浦端《うらは》を漕舟《こぐふね》の、浦人《うらびと》さはぐ浪路《なみぢ》かな。是《これ》は三保《みほ》の松原《まつばら》に箒良《はくりやう》と号《もふ》す男《おとこ》にて候、我《われ》この三保《みほ》の松原《まつばら》に登《あが》り、浦《うら》の景色《けしき》を詠《なが》むる所《ところ》に、[一一]虚空《こくう》に金銀《はな》をうち三味線《さみせん》ひかせ、無上《むしやう》に踊躍《おどり》さはぐ有様《ありさま》、是《これ》たゞ事《こと》と思《おも》はぬ所《ところ》に、ヤア是《これ》なる松《まつ》に美艶《うつくし》き衣裳掛《いしやうかゝれ》り。寄《より》て見《み》れば色香《いろか》妙《たへ》にして常《つね》の衣裳《いしやう》にあらず、[一二]何様《なにさま》[一三]花洛《みやこ》の島原《しまばら》か、浪華《おほさか》の新街《しんまち》か、江都《えど》の吉原《よしはら》の[一四]名妓等《たゆふたち》の裲襠《うちかけ》か、扨《さて》は[一五]素女《はくじん》の[一六]揚衣裳《あげいしやう》か、何《なに》にも為《せ》よ取《とり》て帰《かへ》り、在所《ざいしよ》の女人達《によにんたち》に見《み》せ比挍《ひけらか》し、[一七]太平楽《たいへいらく》を奏《そう》せばやと存《ぞん》じ候と、彼松《かのまつ》に掛《かゝり》し衣裳《いしやう》を取《とつ》て肩《かた》に打掛《うちかけ》、[一八]安倍《あべ》の保名《やすな》が物狂《ものぐる》ひの[一九]出端《では》見《み》る様《やう》な顔色《かほつき》にて、推乱離《すらり》〳〵と行後《ゆくうしろ》より、「モウシ〳〵其衣裳《そのいしやう》は私《わたくし》がのでござんす。[二〇]悪洒落《わるじやれ》な、何処《どこ》へ持《もち》て行《ゆき》給ふ」と呼止《よびと》められ、惘《びつく》りながら箒良首《はくりやうかうべ》を回《めぐら》して能看《よくみ》れば、是《こは》いかに駿河《するが》一国《いつこく》は愚《おろか》なこと、凡広《およそひろ》き三都《さんと》にも、又二人《ふたり》と有《ある》まじき美婦人《びふじん》、桜色《さくらいろ》の容顔《かほばせ》に[二一]未開紅《みかいこう》のごとき唇《くちびる》、白光綾子《しろぬめ》の袷《あはせ》に[二二]縹色縐紗《はないろちりめん》の[二三]引仕扱帯《ひきしごきおび》にて立《たつ》たる姿《すがた》は、楊貴妃《やうきひ》が湯上《ゆあが》り、小野小町《をのゝこまち》が化粧《みじま》ひ姿《すがた》も是《これ》ほどには有《あ》るまじと、[二四]目離《めかれ》もせず茫然《ばうぜん》として暫時《しばらく》あきれ居《ゐ》たりしが、流石名《さすがな》を得《え》し箒良《はくりやう》なれば、莞爾《につこ》と笑《わら》ふて、「此衣裳《このいしやう》のことにて候か。是《これ》は今彼処《いまかしこ》にて拾《ひろ》ひし衣裳《いしやう》なれば某《それがし》が物《もの》、持帰《もちかへ》るに誰《たが》

「箒客（はうきぎやく）」という廓の通言があり、それを利かせて、謡曲「羽衣」の主人公白竜に通じさせた命名。

九「言う」と「夕」を掛ける。

一〇 以下、謡曲「羽衣」の文句をかすめて、当世風に奪胎する。「風早の」以下は万葉集七・読人知らず「風早の三穂の浦廻を漕ぐ舟の舟人さわぐ波立つらしも」に拠る。原歌の「三穂」は和歌山県美浜町の三尾だが、ここは静岡県清水市の三保に転じる。

一一「羽衣」の「虚空に花降り音楽聞え」のもじり。「虚空に」は滅多矢鱈にの意の俗語。「金銀」を「はな」と読ませたのは、当時遊里などの慣行として遊客が心づけの金品を手渡すのを「はなをうつ」ということから。

一二 何にしても、何れにせよ。

一三 京の島原、大坂の新町、江戸の吉原は何れも公許の遊里であり、それを廓と称して、私的な遊里や遊女と区別し、格式の高いものとする。

一四「太夫」は公娼としての遊女の最高位の称だが、既に江戸ではこの位に相当する遊女は存在せず、単に名称だけが残って、ともかく高級な遊女をさす時の称となった。

一五「白人」とも書き、上方で、公娼に対する私娼の通称として用いる。

一六 晴れ着。

一七 好き勝手な大口を叩くこと。

一八 浄瑠璃「蘆屋道満大内鑑」(竹田出雲作・享保十九年初演)の主人公、阿倍保名。師の息女榊の前に恋慕し、

[一]点《てん》を打者《うつもの》はなき筈《はづ》なり」と、行《ゆか》むとするを袂《たもと》に取携《とりすが》り、「如何《いか》にも拾《ひろ》ひしとあれば、持帰《もちかへ》り給《たも》ふは道理《だうり》なれども、其衣裳《そのいしやう》ばかり持帰《もちかへ》りたもふて、何《なに》の益《ゑき》なき物《もの》なり。夫《それ》は天人《てんにん》の羽衣《はごろも》とて、人間《にんげん》の着《き》る衣裳《いしやう》にあらず。早ゝ《はや〳〵》此《この》方《はう》へ返《かへ》したび給《たま》へ」と乞《こ》ひければ、箒良《はくりやう》は大《おほき》に驚《おどろ》き、「扨《さて》は聞及《きゝおよ》ぶ是《これ》が天《あま》の羽衣《はごろも》にて候か。[二]道理《だうり》こそ、始《はじ》めより見馴《みなれ》ぬ衣裳《いしやう》と思《おも》ひしが、扨《さて》は是《これ》が天人《てんにん》の羽衣《はごろも》といふものなりけるか」と不思儀《ふしぎ》の顔色《がんしよく》、天人《てんにん》は箒良《はくりやう》に取携《とりすが》

榊の前の自害に発狂し、第二段信太の森の館の場で、狂乱の保名が榊の前の小袖を肩にしてさまよう小袖物狂の条を指す。

一九 舞台に登場してくる場面。

二〇 悪ふざけ。

二一 紅色大輪の花を持つ紅梅の一種。

二二 はなだ色。薄い藍色をいう。

二三 「しごき」ともいう。芯や裏地を用いない布地をそのまましごいて用いる。

二四 じっと見つめたまま。

一 注意をすること。文句を言うこと。

二 道理で。「こそ」は単純な強調の助詞。

り、「はや〱此方《このほう》へ返《かへ》してたべ[三]」と、羽衣《はごろも》に手《て》をかくるを払《はら》ひ退《のけ》、「是《これ》が正真《せうじん》の羽衣《はごろも》なれば、いよ〱返《かへ》す事叶《ことかな》ふまじ。檀那寺《だんなでら》の開帳《かいてう》[四]に借《かし》ても、若干《そくばく》の損料《そんりやう》[五]が取《とれ》るなり。先何《まづなに》がなしに古今希《こ こんめづら》しき此天衣《このてんゑ》、末代《まつだい》の新話《はなし》の種《たね》、我家《わがいへ》の宝物《たからもの》と為《なさ》む」と、箒良《はくりやう》いよ〱衣《ころも》を返《かへ》さねば、今《いま》[六]はさながら天人《てんにん》も、羽《はね》なき鳥《とり》のごとくにて、上《あが》らんとすれば衣《ころも》なし、地《ち》にまた住《すめ》ば下界《げかい》なり、兎《と》やあらん斯《かく》やあらんと悲《かな》しめども、箒良羽衣《はくりやうころも》を返《かへ》さねば、力《ちから》及《およ》ばず為方《せんかた》も、涙《なみだ》[七]の露《つゆ》の玉葛《たまかづら》、かざしの花《はな》の鈿《かんざし》[八]も、しほ〱として天人《てんにん》の、五衰《ごすい》[九]の姿《すがた》も眼《め》の前《まへ》に見《み》へて浅《あさ》ましや。天《あま》の原仰面顧《はらふりさけみ》れば霞立《かすみたち》、雲路《くもぢ》まどひて、行衛《ゆくゑ》知《し》らずも、住《すみ》なれし空《そら》にいつしか行雲《ゆくくも》の、悕《うらめ》[一〇]しき景色《けしき》や。伽陵頻伽《かりやうびんが》[一一]のなれ〱し、声今更《こへいまさら》にわづかなる、雁金《かりがね》の帰《かへ》り行《ゆく》、天路《あまぢ》を聞《きけ》ばなつかしや。千鳥鷗《ちどりかもめ》の沖津浪《おきつなみ》、行《ゆく》か帰《かへ》るか春風《はるかぜ》の、空《そら》に吹《ふく》まで愛婺《なつかし》[一二]やと、彼処《かしこ》にかつぱと打臥《うちふ》して、涙《なみだ》のかぎり声《こへ》かぎり、泣悲《なきかな》しみければ箒良《はくりやう》も、そゞろ涙《なみだ》に袖《そで》をしぼりしが、暫《しばら》くありて天人《てんにん》にむかひもふしけるは、「扨《さて》〱なげきの体《てい》を見《み》て、余《あま》り痛《いたは》しく存《ぞん》ずれば、返《かへ》し難《がた》き此羽衣《このはごろも》なれども、只今《たゞいま》そなたへ返《かへ》しもふそふ、ともふしたら悦《よろこ》び給《たま》ふべきが、返《かへ》すともふして此処《このところ》にては返《かへ》し難《がた》し。まづ〱某《それがし》が敝[一三]《へい》宅《たく》へ御出《おんいで》あれ。何《なに》[一四]かの事は我宿《わがやど》にて申聞《きけ》[一五]む」と、泣《なき》しほれたる天人《てんにん》の手《て》を携《ひき》、我宿《わがや》へ帰《かへ》りける。

三 「賜へ」の転語。…して下さい。

四 寺院で日限をきめて厨子の戸を開き、中の仏像や秘宝を拝ませること。江戸期には寺院の金もうけにしばしば行われ、その寺院で行う居開帳と、繁華な都会の寺院を借りて行う出開帳とがある。例えば安永二年(一七七三)度の京都では二十二か所で行われており(「開帳花くらべ」)、宝物類も随分いかがわしい見世物風のものも多い。

五 賃貸料。

六 「今はさながら」以下六行ほどは殆んど謡曲「羽衣」そのままの文句取り。

七 「せん方無し」と「涙」を掛ける。以下「涙の露」「露の玉」「玉葛」と縁語をつらねる。

八 「鈿」の一語は謡曲「羽衣」になし。

九 天人が死ぬ時にあらわす衰弱の様子を五段階に表現するもの。往生要集・上にあり。

一〇 「羽衣」は「うらやましき」とある。「悕」は「かなしむ」「願う」。

一一 極楽に住むという美声の鳥。

一二 増補下学集・下に「愛婺 ナツカシ」。

一三 あばらや。謙譲語。

一四 いろいろの事。何やかや。

一五 申上げる。謙譲表現。

五郎助奪㆓還三五㆒之談《ごろすけさんごをうばひかへすのだん》

[一]春霞《はるかすみ》たなびきにけり久方《ひさかた》の、月《つき》の桂《かつら》の花《はな》や咲《さ》く、げに花蔓色《はなかづらいろ》めくは、春《はる》のしるしかや面白《おもしろ》や。天《あめ》ならでこゝも妙《たへ》なり[二]天津《あまつ》風《かぜ》、雲《くも》の通路《かよひぢ》ふきとぢよ、乙女《おとめ》の姿《すがた》とゞまりて、此《この》松原《まつばら》に仮住居《かりすまひ》、天津《あまつ》御空《みそら》の天人《てんにん》も、今《いま》はいつしか箒良《はくりやう》に、馴染《なじみ》かさねて[三]おかもじの、名《な》をも乙女《おとめ》と[四]夕浪《ゆふなみ》の、田子《たご》の浦風《うらかぜ》三保《ほ》の松《まつ》、[五]月清見潟《つききよみがた》富士《ふじ》の雪《ゆき》、いづれや春《はる》の明《あけ》ぼのと、詠《なが》めしも早五月雨頃《はやさみだれごろ》、乙女《おとめ》は元《もと》より天人《てんにん》の、手馴《てなれ》し業《わざ》もなければや、舞楽《ぶがく》の曲《きよく》の琴琵琶《ことびは》を、今《いま》は[六]三筋《みすじ》の色糸《いろいと》に、[七]転《てん》じかへたる世《よ》の身《み》すぎ、近所隣家《きんじよとなり》の小娘《こむすめ》や、小むすこ手代《てだい》に舞《まい》を教《おし》へ、三味線琴《さみせんこと》を教《おしゆ》れば、箒良《はくりやう》は又茶《またちや》の湯《ゆ》、連歌《れんが》、和歌《うた》、誹諧《はいかい》を教《おし》へつゝ、夫婦楽《ふうふらく》〳〵と暮《くら》しける。

されば乙女《おとめ》が教《おしゆ》る舞《まい》は、天上《てんじやう》にて[八]げいしやう羽衣《うゐ》の曲《きよく》と名《な》づくる妙曲《めうきよく》なるを、今《いま》これをやつして[九]駿河《するが》舞《まい》とぞもて時行《はやし》ける。芸古《けいこ》に来《きた》りし小娘小《こむすめこ》むすこ手代《てだい》まで、芸古《けいこ》しもふて「お師匠様《しせうさま》、お暇《いとま》もふしませふ」といふもそこ〳〵、雪駄《せった》草履《ぞうり》とり〳〵[一〇]探《さが》やて、就《はく》や就《はか》ずに己《おの》が家路《いへぢ》に立帰《たちかへ》れば、乙女《おとめ》はその儘箒《まゝはうき》とり〳〵、「是《これ》[一一]こちの人《ひと》、いつぞは尋《たづね》ふと思《おも》ふていたが、此箒《このはうき》で今《いま》おもひ出《だ》した。マアおまへを皆人《みなひと》さんが良助《りやうすけ》とはいわずに、箒《はく》

一 「春霞」以下三行目の「松原」まで、謡曲「羽衣」の文句取り。また後撰集・春上・紀貫之「春霞たなびきにけり久方の月の桂も花やさくらむ」に拠る。
二 古今集・雑上・良岑宗貞「天つ風雲の通ひ路吹きとぢよ乙女の姿しばしとゞめむ」。
三 「女房」「妻」の意の女房言葉。
四 「言ふ」と「夕」を掛ける。
五 「月清き」と「清見潟」を掛ける。以下「春の明ぼの」まで「羽衣」の文句取り。
六 三味線。
七 「転じ」は三味線の縁語。棹の端にさし込んで糸を巻きつけた横棒を「転手」「天柱」と書き、これを締めゆるめる事で音階を調節する。
八 「霓裳羽衣曲」。唐楽の「玉樹後庭花」の別名。道士に伴われた玄宗皇帝が月宮殿で見た天女の舞をうつすという。「羽衣」に「乙女は衣を着しつゝ、霓裳羽衣の曲をなし」。
九 上代歌謡「東遊歌」に「一歌・二歌・駿河舞・求子歌(もとめごうた)・片降(かたおろし)」の五部ある中の一。安閑帝の御代に駿河有度浜に天人が降りて舞ったのを伝えた(続教訓抄十一)といわれ、近世に入っては、元禄七年(一六九四)賀茂祭再興に当って古曲が再興された。「羽衣」に「東遊の駿河舞、〳〵、この時や初めなるらん」。
一〇 底本のママ。「探して」の誤刻か。
一一 妻が夫をよぶ時に用いる称呼。

良《りやう》〳〵といわしやんすは、マアどふいふ訳《わけ》でおまへを、箒良《はくりやう》とはいふぞいな」と問れて箒良《はくりやう》、「サアそれはの」と、訳《わけ》いひかねし口《くち》の内《うち》、ごろ〴〵ごろと鳴《なる》か電光《ひかる》か時《とき》の間《ま》に、一天忽《いつてんたちま》ちかき曇《くも》り、雷雨《らいう》しきりに降《ふ》り[一二]車軸《しやじく》し、ぱち〳〵ぱちの音《おと》と共《とも》に、落《おち》たはたしかに此方《こち》の近所《きんじよ》と、胸《むね》なでさする門口《かどぐち》より、入来《いりきた》る者《もの》を能見《よくみ》れば、[一三]絵草紙《ゑぞうし》にて見覚《みおぼへ》のたしかに鬼《おに》。「コリヤたまらぬ怖《おそろ》しや」と、奥《おく》の方《かた》へ逃入《にげいる》を、「是隠《これかく》れまい見《み》つけた〳〵。マア三五《さんご》どのも逃《にげ》まい〳〵。コウ見《み》つけた上《うへ》は一寸《すん》も動《うごか》しはせぬ」と、揚《あが》り口《くち》に片脚《かたあし》あげ、「是《これ》、おれは聞《きゝ》も及《およ》ばれん、転〻屋《ごろ〴〵や》の五郎助といふて、[一四]有頂天《うてうてん》では[一五]小口《こぐち》も余程聞者《よほどきくもの》じや。時《とき》に爰《こゝ》に居《ゐ》らるゝ三五《さんご》どのは、有頂天《うてうてん》の都《みやこ》の遊廓《いろざと》で、[一六]月宮屋《げつきうや》の三五といふ[一七]全盛《ぜんせい》の太夫殿《たゆふどの》じや。[一八]所《ところ》に当春《とうはる》おらが旦那衆《だんなしう》が、此(この)三五どのを[一九]揚詰《あげづめ》にして、有頂天中《うてうてんちう》の名所旧跡《めいしよきうせき》を残《のこ》らず連《つれ》て巡《まは》り、あげくの果《はて》に此下界《このげかい》へ連《つれ》て下《くだ》り、名《な》にしおふ駿河《するが》の富士清見寺《ふじせいけんじ》、三保《みほ》の松原田子《まつばらたご》の浦《うら》の景色《けしき》を見《み》せふと、おらを始《はじ》め[二〇]太鼓末社《たいこまつしや》を引連《ひきつれ》て、彼三保《かのみほ》の松原《まつばら》に[二一]幕《まく》打《うち》まはし、[二二]何《なに》が富士《ふじ》の山田子《やまたご》の浦《うら》を肴《さかな》にして酒宴《しゆえん》を始《はじ》め、旦那《だんな》をはじめ皆《みな》の者《もの》までも、大《おほき》に酔《よふ》て前後《ぜんご》も知《し》らず、ツイ一寐《いとね》入《いり》やつてのけた。扨日暮《さてひぐれ》まへになつて皆《みな》が目《め》を覚《さま》し、起《おき》て見《み》れば三五が見《み》へぬはと、何《なに》か尋《たづね》まいか探《さが》すまいか、上《うへ》を下《した》へかへして尋《たづね》ても、居《ゐ》られぬこそ道理《どうり》、貴様《きさま》がつれて戻《もど》り、爰《こゝ》に[二三]埋《うづ》めて置《おい》たもの、知《し》れなんだ筈《はづ》。三五どのに貴様《きさま》といふ虫《むし》がついて居《ゐ》る事《こと》は、[二四]生《いき》た釈迦《しやか》も知《し》られまい、ホンニ[二五]瀬戸門《せとかど》に天人《てんにん》もうつか

浄瑠璃などに頻出する。

一二 大粒の雨が激しく降る様子。「車軸を流す」。

一三 安ものの絵本類、草双紙。一般に高級な内容や高価なものを「書物」「物の本」と称し、婦女童蒙向けの慰みに作る安価なものを「草子」と称する。

一四 仏語に天上界に九天あり、その最上位の天を有頂天という。

一五 ちょっとした口きき。

一六 月宮殿のもじり。「三五」は十五夜の異称「三五夜」による。

一七 よくはやる遊女。

一八 所が。

一九 幾日も続けて買い占めること。

二〇 「太鼓」「末社」共に同意。遊里で客の遊興をたすけて座を賑わすもの。江戸では「神(みか)」ともいう。

二一 幔幕を張りめぐらすこと。花見や酒宴の折に、場所を囲みまわす。

二二 強意の副詞。何はともあれ。何はさておき。「何がさて」とも。

二三 「隠しておいた」の意。

二四 「御釈迦様でも」を更に強めた表現。

二五 家の前後の出入口。「背戸」と「門」。諺に「背戸門に男も置かれぬ」。

りと出《だ》しては置《おか》れぬわいの。夫故《そこ》で其日《そのひ》の遊山《ゆさん》の興《けう》[一]も翌日《あす》も醒果《さめはて》て、皆《みな》有頂天《うてうてん》へ月夜《つきよ》[二]に釜《かま》ぬかれた様《やう》な顔《かほ》で逝《いむ》[三]で見ても、扨済《さてすま》ぬは三五どのゝ事《こと》。親方《おやかた》[四]が聞《きか》ぬか揚屋《あげや》[五]の亭主《ていしゆ》が寐徒《ねだる》[六]か、上《うへ》を下《した》へコウ〳〵まぜ返《か》へした。夫故《そこ》で為方《せうこと》なさに、旦那《だんな》が三五の身請《みうけ》せられて、廓《くるは》の諸分《しよはけ》[七]は立《たつ》たれど、ホンノ是《これ》が代物《しろもの》取《とら》ずに代銀《だいぎん》払《はら》ふといふもの、此方《こち》の旦那《だんな》一人《ひとり》の壺《つぼ》[八]。モウ出入《でいり》する此方等《こちとら》まで、笑止《せうし》[九]に思《おも》ふまいか腹《はら》が立《たつ》まいか。兎角《とかく》はない、三五どのさへ尋《たづ》ね出《いだ》して、旦那《だんな》へ進《しん》ぜりや此方等《こちとら》が忠義《ちうぎ》と、諸所方ゝ《しよしよはう〳〵》尋《たづ》ね廻《まは》る。

今日只今《こんにちたゞいま》フト此所《このところ》へ落《おち》て、此家《このや》の内《うち》を見《み》れば三五どの。一目《ひとめ》見《み》るよりヤレ嬉《うれ》しやと、落《おち》た時《とき》アノ桑《くは》[一〇]の木《き》で打《うつ》た腰骨《こしぼね》の痛《いた》さも忘《わす》れて爰《こゝ》ゑ来《き》た。ヱヽ貴様《きさま》は仕合《しやは》せ者《もの》じや。同《おな》じ有頂天《うてうてん》に住人《すむひと》なりや、ぐつと云分《いひぶん》のある人《ひと》なれど、たかゞ貴様《きさま》下界《げかい》の者《わろ》[一一]じやに依《よつ》て何《なん》にもいわぬ。サア三五どの何《なに》をうぢ〳〵、是故郷《これこきやう》へは錦《にしき》をかざれじやと思《おも》ふて、着替《きがへ》もおらが持《もつ》て来《き》た。是着《これき》て早《はや》ふ戻《もど》らつしやれ」と、風呂舗包《ふろしきづゝみ》の中《うち》よりも、あたりも輝《かゝや》く天《あま》の羽衣《はごろも》、取出《とりいだ》して打着《うちき》すれば、三五はとかふないじやくり[一二]、「節角馴染《せつかくなじみ》[一三]し箒良《はくりやう》さんに、今《いま》更別《さらわか》れてそもやそも、アノ有頂天《うてうてん》へいなれふか。私《わし》ややつぱり爰《こゝ》に居《ゐ》たい。慈悲《じひ》じや情《なさけ》じや五郎助どの。見退《みのが》しにして下《くだ》さんせ。頼《たの》むわいの五郎助どの」と泣《なき》かこてば、五郎助はせゝら笑《わら》ひ、「なんぼ拝《おが》まれても泣《なか》しやつても、爰《こゝ》に置事《おくこと》はならぬ。マア思《おも》ふても見《み》やしやれ。有頂天《うてうてん》の花街《くるわ》では、其名《そのな》[一四]も月《つき》[一五]の色人《いろびと》は、三五夜中《やちう》の空《そら》にまた、今一人《まひとり》とな

一 「興」と「今日」を掛ける。
二 諺。不注意で思わぬ出来事にあった状態をいう。
三 帰って。去って。
四 遊女の抱え主が納得せぬこと。
五 高級な遊女遊びの折、遊女屋から遊女を招いて客が遊興するための家。
六 金品をゆすり取ろうとすること。
七 遊里における作法・慣習に叶った結末をつけること。
八 損害。
九 気の毒に思う。
一〇 雷除けの呪文に「桑原、桑原」ということから、桑を雷の苦手としたものか。
一一 男子を罵っていう語。「奴等」。
一二 「と角も無く」と「泣きじやくり」を掛ける。
一三 この辺り浄瑠璃風の文句。
一四 以下「空にまた」まで「羽衣」の文句取り。
一五 月世界の美しい人の意。

き全盛《ぜんせい》と呼《よば》れたる身《み》を以《もつ》て、此下界《このげかい》の男《おとこ》に外聞《ぐはいぶん》わるひ、此様《このやう》な男《おとこ》は有頂天《うてうてん》には幾人《いくたり》もある。サア立《たゝ》つしやれ戻《もど》らつしやれ」と、なきしづみたる三五をむりに引起《ひきおこ》し、「サア此《この》羽衣《はごろ》もをちや〳〵[一六]と着《き》た」と、打着《うちき》せ〳〵引立出《ひきたていづ》るを、箒良《はくりやう》は三五が裳《もすそ》に取《とり》すがり、「今《いま》まで馴染《なじみ》て妻《つま》よ夫《おつと》と朝夕《あさゆふ》に、あきもあかれもせぬ中《なか》を、引分《ひきわけ》てもぎどふに[一七]、有頂天《うてうてん》とやらへ連《つれ》ていぬとはどふよく[一八]じや。慈悲《じひ》じや情《なさけ》じや五郎助どの、どふぞ三五《さんご》を爰《こゝ》に置《おい》て、こなた一人《ひとり》いんで下《くだ》され。コレ五郎助殿《どの》、鬼《おに》は情《なさけ》はないものか、三五を是非《ぜひ》とも連《つれ》ていないで叶《かな》はずば、私《わし》も一所《いつしよ》に連《つれ》ていて下《くだ》され、頼《たの》む〳〵」と取《とり》すがるを突退《つきのけ》て、五郎助は雷声《かみなりごへ》。「[一九]けち泥坊《どろぼう》め、ふとゐ事《こと》ぬかせ。[二〇]常住七宝充満《じやうぢうしつぼうじうまん》の宝《たから》を降《ふら》した此大夫《このたゆふ》を、一文《もん》[二一]なしで女房《にようぼう》にせうとは、おらが背負《せおふ》て居《ゐ》る大鞁《たいこ》の筒《どう》より太《ふと》ゐやつ」と踏飛《ふみとば》せば、箒《はく》良《りやう》は其儘《そのまゝ》五郎助が虎《とら》の皮《かは》の褌《したおび》にすがりつき、「サア尤《もつとも》じや道理《どうり》じや皆私《みなわし》が悪《わる》ひ。全盛《ぜんせい》の太夫《たゆふ》どのを此《この》[二二]うすひ箒良《はくりやう》が女房《にようぼう》にせうといふは私《わし》が無理《むり》じや。なるほど三五どのゝ事《こと》はトントおもひ切《きつ》て、是《これ》からは邪魔《じやま》はせぬほどに、其《その》かはりにどふぞ私《わし》も、有頂天《うてうてん》へ連《つれ》て上《あが》つて下《くだ》され。ヤアそれもならぬか、アヽ悲《かな》しや。そんならどふぞアノ鳶《とんび》や烏《からす》の飛《とん》で居《ゐ》る所《とこ》までなりと連《つれ》てたべ。情《なさけ》を知《し》らぬ五郎助どの」と取付《とりつけ》ば踏飛《ふみとば》し、「ヤア詞甘《ことばあま》けりや付上《つきあが》り、色〻《いろ〳〵》の事《こと》ぬかす。鳶烏《とんびからす》はおろか雀《すゞめ》の飛《とん》で居《ゐ》る所《ところ》までも、ならぬ〳〵。そこ退《の》け、のかずば此太鼓《このたいこ》の桴《ばち》[二三]で打殺《うちころ》す」と振上《ふりあげ》れば、箒良《はくりやう》はさすが命《いのち》の悲《かな》しさに又立帰《たちかへ》り、

一六 さっさと。早く。
一七 没義道。むごい仕打ちをいう。
一八 胴欲。無慈悲なこと。
一九 接頭語。いまいましい気分を表す。
二〇 「羽衣」に「御願円満、国土成就、七宝充満の、宝を降らし」のもじり。「成就」をいつもの意の「常住」に代え「七宝充満の宝」を全盛の太夫による遊興の金品にとりなす。
二一 底本「一文なで」。今「し」を補う。
二二 貧乏なこと。
二三 底本は「捊(ちぶ)」とあるが「桴(ちば)」の誤刻とみて改める。

褌《したおび》の下《さが》りの端《はし》に取《とり》すがりて引《ひき》とむれば、五郎助は褌《ふんどし》の下《さが》り押切《おしきつ》て、三五を引立立出《ひきたてたちいづ》れば、待《まち》もふけたる[一]雲駕《くもかご》は、三五を乗《のせ》てエイサツサ、[二]天《あま》の羽衣浦風《はごろもうらかぜ》に、たなびき靉靆《たなびく》三《み》保《ほ》の松原《まつばら》、浮島《うきしま》が雲《くも》の[三]足高山《あしたかやま》や富士《ふじ》の高根《たかね》、幽《かす》かになりて天津《あまつ》みそらの、霞《かすみ》にまぎれて失《うせ》にけり。

箒良《はくりやう》は為方《せんかた》も[四]泪《なみだ》にくれて手《て》をあはせ、「三五よのふ、乙女《おとめ》〳〵」と、呼《よべ》ど答《こたへ》も松吹風《まつふくかぜ》、浦《うら》の浪風声《なみかぜこへ》そへて、泣音《なくね》友《とも》よぶ浜千鳥《はまちどり》。コハ情《なさけ》なき身《み》の上《うへ》や、三五に離《はな》れて片時《かたとき》も、是《これ》が生《いき》ていられふか、返《かへ》せ〳〵と泣倒《なきたを》れ、蹉跎《あしずり》したる有様《ありさま》は、[五]鬼界《きかい》が島《しま》に止《とゞ》まりし俊寛《しゆんくわん》僧都《そうづ》を若《わか》やがし、元服《げんぷく》さしたるごとくなり。ヤヤあつて箒良《はくりやう》は、なに思《おも》ひけんむつくと起《おき》て、「ヲ、それよ、[六]女《おんな》ゆへには乞食《こじき》となりし男《おとこ》もあり。我《われ》はいやしき下界《げかい》の者《もの》なれども、三五ゆへなりて[七]譬天狗《たとへてんぐ》ともなれ、雷《かみなり》ともなれ、[八]だんない〳〵。一念《ねん》は誰《たれ》にかおとらん。可愛《かわい》とおもふ三五を、いで追付《おつつき》て、取返《とりかへ》さでおこふか。是《これ》より有頂天《うてうてん》まで遥《はるか》に程《ほど》はへだつとも、爰《こゝ》に幸《さいは》ひ三五が残《のこ》し置《おい》たる羽衣《はごろも》あり。此羽衣《このはごろも》を着《き》るときは、飛行自《ひぎやうじ》在《ざい》は心《こゝろ》の儘《まゝ》、たとへ天《てん》は高《たか》くとも、有頂天《うてうてん》まで追付追《おつつきおつ》かけ、可愛《かはゆひ》とおもふ三五を取《とり》かへさでおこふか。南無鳶鴉大明神《なむとんびからすだいめうじん》、我《われ》に力《ちから》を合《あわせ》てたび給へ」と、羽衣取《はごろもとつ》て打掛《うちかく》れば、面色《めんしよく》たちまち[九]阿愚《あほう》のごとく、髪《かみ》は[一〇]ぼつとせ眼尻《まじり》もさがり、思《おも》はず其身《そのみ》は浮波《ふうわ》〳〵と、飛《とぶ》ぞともなく中空《なかぞら》へ、上《あが》る雲雀《ひばり》のごとくにて、故郷《こきやう》は何処《いづく》と見下《みおろ》せば、霧《きり》や霞《かすみ》にへだゝりて、富《ふ》

一 自家用ではなく、街道宿駅などの駕籠かき人足のかく駕籠をいうが、それを天人を運ぶ雲と言いかけた。
二 以下「失にけり」まで「羽衣」末尾の文句取り。
三 「雲の足」と「愛鷹山」を掛ける。
四 「為方なく」と「涙」を掛ける。
五 平家に対する謀反の罪で鬼界が島(今の硫黄島をいう)に流された僧俊寛は、大赦の選に一人だけ洩れて島へ残され、足摺りしてその舟返せと絶叫する。「僧都せん方なさに…足ずりをして、是乗せてゆけ、具してゆけと、をめきさけべども」(平家物語三・足摺)。
六 江戸初期、大坂の豪商椀屋久右衛門(椀久)は新町の遊女松山に迷い、零落して鉢たたきの物乞いとなる。西鶴に「椀久一世の物語」(貞享二年)があり、海音の浄瑠璃「椀久末松山」(宝永五年初演)でもしられる。
七 「なりて」は「なりや」の誤刻か。
八 差支えない。「大事ない」の転。
九 前引の「椀久」物狂いの姿によるか。
一〇 「ぼっとせ鬠」のような髪。愚直な田舎者などの役に用いる鬠で、両鬠の上へ毛を出して逆立たせたもの。
一一 まるで一里塚のようにちんまりと見えるの意。
一二 江戸期の世界地図の版図は、古い万国物図(正保二年刊)や万国惣界図(石川流舟・宝永五年刊)も一応利瑪竇(りまとう)系卵型世界図となるが、天明期(一七八一—八九)は更にその展開期に

士《じ》の高根《たかね》は[一一]一里塚《いちりづか》、三保《みほ》の松原浮島《まつばらうきしま》が原《はら》も、何《なん》にも分明《わかた》ねど、我日《わがひ》の本《もと》は目《め》の下《した》に、実《げに》も[一二]世界《せかい》の図《づ》のとふり、周回《ぐるり》は海《うみ》か、西《にし》は[一三]大唐天竺国《だいとうてんぢくこく》、北《きた》は[一四]蝦夷《えぞ》より韃靼国《だつたんごく》、[一五]東《ひがし》に見《み》ゆる大国《たいこく》は、何《なに》と名《な》づくる国《くに》やらむと、詠《なが》むる中《うち》に颯《さつ》と吹来《ふきく》る暴風《はやちかぜ》、どう〳〵どうの音諸《おともろ》ともに、箒良《はくりやう》は吹《ふき》まくられて閃ゝ《ひら〳〵》と、蹈止《ふみとゞ》まるにも雲《くも》の上《うへ》、何《なに》と為方風《せんかたかぜ》に連《つれ》、糸《いと》の截《きれ》たる[一六]紙鳶《いか》のごとく、東方《ひがし》〳〵と、夜昼《よるひる》の分《わけ》もさかいも[一七]白雲《しらくも》の、行衛《ゆくゑ》も知《し》らずなりにけり。

箒良到㆓伯西児㆒之談《はくりやうはらじりやにいたるのだん》[一八]

[一九]地球万国《ちきうばんこく》の図《づ》を閲《けみ》するに、[二〇]大日本国《だいにつぽんごく》を去《さ》ること凡《およそ》五千里の東《ひがし》に国《くに》あり、其国南北《そのくになんぼく》に分《わかつ》て二大洲《にだいしう》とす。所謂《いわゆる》[二一]南亜墨利加《そいであめりか》、北亜墨利加《のをるあめりか》なり。此二《このふたつ》の大洲《たいしう》の中《うち》に、[二二]長人国《てうじんこく》あり、食人国《しよくじんこく》あり、又[二三]伯西児《はらじりや》、巴大温《はたごらす》、孛露《ぺいる》、新伊斯把爾亜《いすばにやのをば》、莫可沙《もごさ》、古巴《くは》島なんどいへる諸国《しよこく》あり。

[二四]却説《さても》駿河国有度郡《するがのくにうどごほり》平林村《ひらばやしむら》の箒良《はくりやう》は、三五が残《のこ》せし羽衣《はごろも》を被《き》て、遂《すで》に中空《なかぞら》まで上《のぼ》りし所《ところ》に、一陣《いつちん》の暴風吹来《ぼうふうふききた》りて、東方《ひがし》〳〵と吹送《ふきおく》られ、已《すで》に東方《とうぼう》に往《ゆく》こと何《なん》千万里といふ事《こと》を知《し》らず、昼夜《ちうや》の分《わかち》なく吹風《ふくかぜ》の、漸《やうや》く[二五]少止《おやみ》けるにや、忽《たちまち》に一《ひと》つの海辺《はまべ》に落立《おちたつ》たりければ、箒良《はくりやう》は茫然《ぼうぜん》と夢《ゆめ》の覚《さめ》たる意地《こゝち》にて漸《やうや》く正気《せうき》づき、四方《あたり》をきつと見渡《みわた》せど人里《ひとざと》も見《み》へず、

当り、より正確さを増した地求一覧図(三橋釣客作・天明三年刊)や地球万国全図(長久保赤水作・天明五年頃刊)が刊行され、やがて寛政四年(一七九二)には司馬江漢の記念すべき銅版地球図を生む。

一三 中国からインド。

一四 北海道から蒙古。

一五 南北アメリカ大陸を指す。

一六 「いか」は上方語。

一七 「さかいも知らず」と「白雲」を掛ける。

一八 現ブラジルを指す。以下諸国名については新井白石著「釆覧異言」巻四・五を参照した模様。

一九 ここに言う「地球万国の図」はその記述からみて西川如見著「増補華夷通商考」(宝永五年刊)巻三に載る「地球万国一覧之図」に拠るか。

二〇 右「地球万国一覧之図」の中央赤道の上に「東方之諸国、去㆓日本㆒コト凡五千里」とある。

二一 釆覧異言に「ソイデアメリカ 南亜墨利加。蕃語ソイデ南也、訳語取㆓音与㆑義耳」。同じく「ノオルトアメリカ 北亜墨利加」。

二二 「一覧之図」の「南亜墨利加」に「食人国」「長人国」あり、釆覧異言には「其至南又有㆓巴大温地方㆒、其人長八尺、故謂㆓長人国㆒」(ソイデアメリカ)、「好食㆓人肉㆒。但食㆑男不㆑食㆑女」(ハラシリヤ)。

二三 地名。何れも釆覧異言・巻四「南亜墨利加」、巻五「北亜墨利加」に出

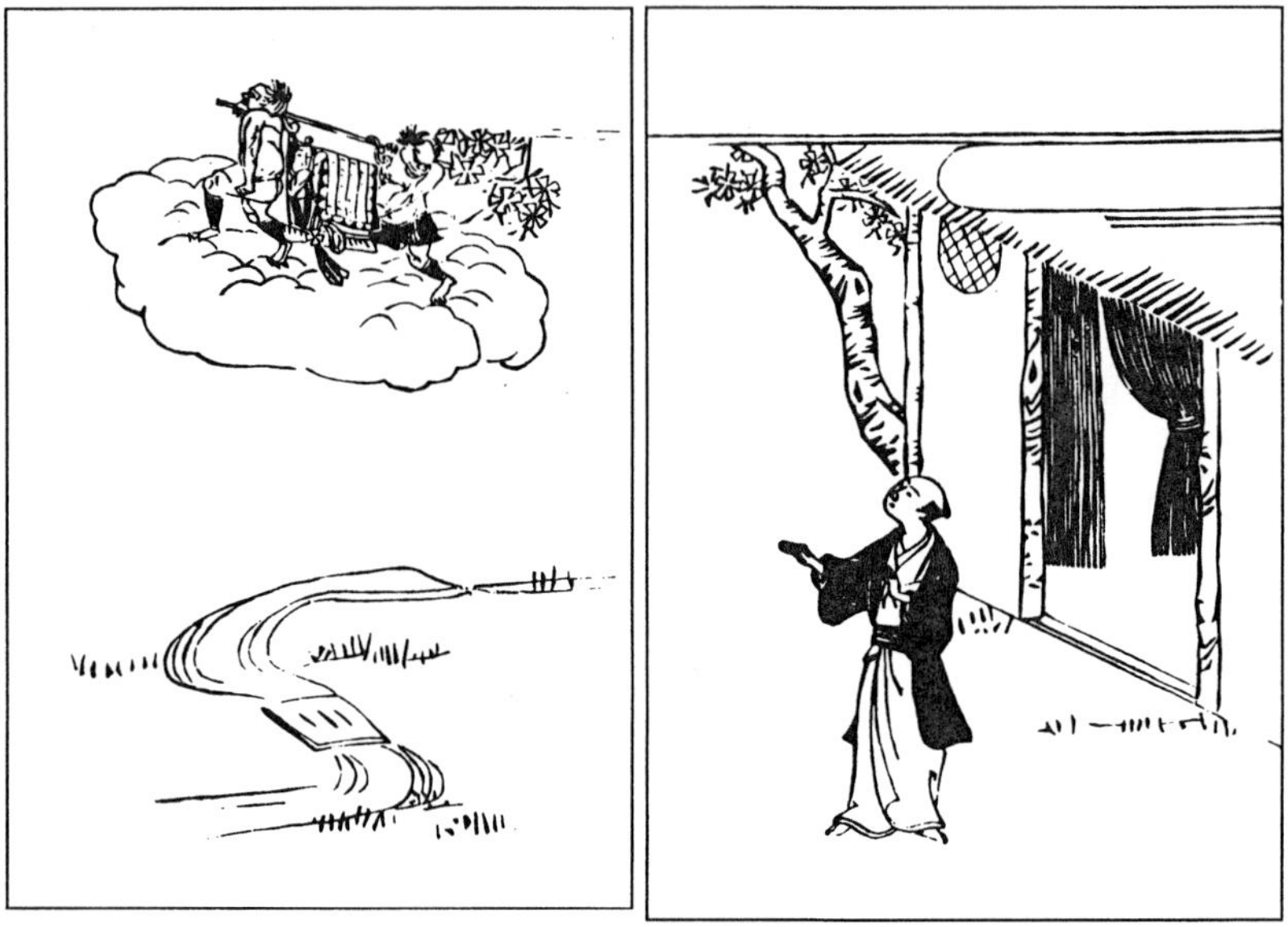

爰《こゝ》は何国《いづく》と問《とふ》べき便《たより》もなければ、意《こゝろ》ぼそくも只一人《たゞいちにん》、途方《とほう》に暮《くれ》て立《たつ》たる所《ところ》に、遥《はる》か向《むか》ふより来《く》る人《ひと》あり。熟《よく》[一]く見《み》れば日本《につぽん》の人《ひと》なりければ、箒良《はくりやう》大《おほき》に悦《よろこ》び、扨《さて》は此《この》地《ち》も日本《につぽん》の中《うち》にてありけるか。アヽ有難《ありがた》や、是《これ》も日《ひ》頃《ごろ》信《しん》ずる神仏《かみほとけ》の御影《おんかげ》なりと、彼人《かのひと》の前《まへ》に走《はし》り寄《よれ》ば、彼人《かのひと》箒良《はくりやう》を見《み》て大《おほき》に驚《おどろ》き問《とい》けるは、「貴様《きさま》は此国《このくに》にては遂《つゐ》に見《み》ぬ人《ひと》なり。殊《まこと》に姿《すがた》は日《につ》本人《ぽんじん》、かた〴〵[二]以《もつ》て不審《ふしん》なり。名《な》は何《なに》といひ所《ところ》は何国《いづく》」と尋《たづぬ》れば、箒良答《はくりやうこたへ》て、

る。「伯西児」(ブラジル)、「巴大温」(アルゼンチン)、「孛露」(ペルー)は巻四にあり、「新伊斯把你亜」(メキシコ)、「莫可沙」は巻五に出るが、「莫可沙」は「地在㆓諸竜伯耳瓦(ノフワンペイガン)之西㆒、与㆓亜伯耳耕(アバルカン)、亜八加爾(アバカル)等国㆒相接」とあるので、オルテリウスの「アメリカ図」(一五七〇)に拠れば現北米のオハイオ州かインディアナ州に当る場所をさす。「古巴島」はキューバ。

三四「却説」は中国俗語小説の段首に用いられる用語で、日本ではこの頃から次第に「読本」などに頻用されるようになる。

三五 ちょっと途絶えること。

一 底本は「熟ゝ」とあるも誤刻か。

二 謡曲「松風」に「かた〴〵不審に候へば、二人ともに名を御名告り候へ」。

「私《わたくし》は駿州《すんしう》有度郡《うどごほり》平林村《ひらばやしむら》の者《もの》、名《な》は良助ともふせども、所《ところ》の者《もの》が私《わたくし》に異名《いみやう》して、箒良《はくりやう》ともふす者《もの》なり」といへば、彼人《かのひと》いよ〳〵不審顔《ふしんがほ》にて、「駿河国《するがのくに》の者《もの》が何《なに》として此国《このくに》へは来《きた》られし、此所《このところ》を何国《いづく》とおもはるゝぞ。此国《このくに》は日本国《につぽんごく》を去《さる》こと凡《およそ》一万里《まんり》にして、南亜墨利加大洲《そいであめりかたいしう》の内《うち》の伯西児《はらじりや》[三]といふ国《くに》なり。此国《このくに》の南《みなみ》に巴大温《はだごらす》といふ国《くに》あり。此国《このくに》の人《ひと》長壱丈《たけいちじやう》あるを以《もつ》て、世《よ》に是国《このくに》を長人国《てうじんこく》と称《なつ》けたり。いづれ日本国《につぽんごく》とは通路《つうろ》を絶《ぜつ》したる異《い》域《いき》なるに、マア貴様《きさま》はいかゞして此国《このくに》へは来《きた》られし」といへば、箒良《はくりやう》もあきれた顔付《かほつき》にて、「扨《さて》は承《うけたま》はり及《およ》ぶ長人国《てうじんこく》の近国《きんごく》にて候か。私《わたくし》はまづかやう〳〵の訳《わけ》にて、其天人《そのてんにん》の跡《あと》を慕《した》ひ有頂天《うてうてん》へ上《のぼ》る所《ところ》に、中空《なかぞら》にて大風《おほかぜ》に遇《あ》ひ、吹飛《ふきとば》されて思《おも》はずも、此国《このくに》へ参《まい》りたるが、シテ貴公《きこう》には此国《このくに》の人《ひと》にて候か。御詞《おんことば》つき御姿《おんすがた》は、やはり日本人《につぽんじん》のやうに御座《ござ》候」といへば、「なるほど〳〵不審《ふしん》尤《もつと》もなり。私《われら》も貴様《きさま》と同《おな》じ日本国肥前《につぽんごくひぜん》の長崎《ながさき》の者《もの》にて、[四]四海屋和荘兵衛《しかいやわそうべい》といふ者《もの》なるが、十二三年も前長崎《まへながさき》の沖《おき》から難風《なんぷう》に吹流《ふきなが》され、唐土《から》天竺阿蘭陀国《てんぢくおらんだこく》は云《いふ》に及《およ》ばず、不死国自在国矯飾国好古国自暴国大人国《ふしこくじざいこくきやうしやこくこうこごくじぼうこくたいじんごく》なんどいふ諸国《しよこく》を見巡《みめぐ》り、遂《つい》に日本《につぽん》へ帰《かへ》らんと、鶴《つる》に乗《のり》て長《なが》の雲路《くもぢ》をしのぎて、早長崎近《はやながさきちか》くなりし折《おり》から、俄《にはか》に西風大《にしかぜおほき》に吹来《ふききた》りて、鶴諸共《つるもろとも》に一トまくりに此国《このくに》へ吹飛《ふきとば》され、今此国《いまこのくに》に仮住居《かりすまゐ》、貴様《きさま》の身《み》の上《うへ》も同《おな》じ事《こと》、定《さだ》めて難義《なんぎ》めされたであらふ。ヲヽ貴様定《きさまさだ》めて空腹《くうふく》にもあらふ。我等《われら》が所《ところ》は是《これ》より十二三町東《てうひがし》の方《かた》じや。サアマア此方《このほう》へござれ、何《なに》かの事《こと》は内《うち》で噺《はな》そふ。

三 采覧異言四「南亜墨利加。…図説云…今分為㆓五邦㆒…五曰㆓伯西児㆒。即中国所㆑謂蘇木也。其至南又有㆓巴大温地方㆒。其人長八尺。故謂㆓長人国㆒。…地勢頗異、諸国彊城、亦自殊絶」を摘録するか。

四 安永三年(一七七四)刊・幽谷子編「異国奇談和荘兵衛」四巻四冊の主人公。その発端に「爰に肥前の国長崎に四海屋和荘兵衛といふものあり、代々唐物商ひ仕合せよく」とあって、以下或る年中秋の名月に、一人小舟に乗り沖に出てそのまま風に吹き流され、不死国(巻一)について二百年程も逗留し、そこにもあきて鶴を盗んで飛び立ち自在国(巻二)、自暴国・大人国(巻三)、矯飾国・好古国(巻四)と経廻り、また日本へ帰る。その趣向は風来山人の「風流志道軒伝」を意識したものである事は間違いなかろうが、より教訓的な所が、むしろ「志道軒伝」を上まわる好評だったようで、安永八年には沢井某作の後編四巻が出来、更に嘉永七年(一八五四)には続編も刊行され、「絵本和荘兵衛」もあり、京伝・馬琴なども、これを粉本とした黄表紙・読本を作っている。本書も以下箒良と和荘兵衛の二人連れの諸国道中を趣向する。

扨ゝ不思議《ふしぎ》の縁《ゑん》で、長崎《ながさき》の私《わし》が駿河《するが》の人《ひと》とかわつた所《ところ》で知音《ちかづき》になる事《こと》じや」「イヤ貴公《きこう》様《さま》にお目《め》にかゝりまして安堵《あんど》いたしました」「イヤ我等《われら》も能友達《よきともだち》が出来《でき》て嬉《うれ》しい。ヤア何《なに》かといふ内是《うちこれ》が即《すなはち》和荘兵衛《わそうべい》が宅《たく》じや。サア〳〵這入《はいら》しやれ」「イヤ貴公《きこう》から」「然《しか》らば先《さき》へ案内《あんない》いたそふ」と、箒良《はくりやう》を携《ともな》ひ内《うち》に這入《はい》れば、家《いへ》の建様《たてやう》も格別日本《かくべつにつぽん》にかわらず、奥座舗《おくざしき》もあり、台所《だいどころ》には[一]囲炉《ゐろ》あつて茶釜《ちやがま》を掛《かけ》たり。和荘兵衛《わそうべい》こて〳〵と、棚《たな》より何《なに》か菓《くは》子盆《しぼん》のごとき器《うつは》に、餅《もち》のやうな物《もの》を盛《もり》て箒良《はくりやう》にあてがひ、「サアそれを食《しよく》し給《たま》へ」といふに、箒良《はくりやう》も腹《はら》はへつたり、一ッ二ッ彼餅《かのもち》のごとき物《もの》を取《とつ》て喫見《くひみ》るに、其味何《そのあぢなに》にたとへん、甚《はなは》だ甘《あま》き餅《もち》なれば、「是《これ》は珍《めづ》らしき御菓子《おくはし》なり」といへば、和荘兵衛《わそうべい》がいはく、「イヤそれは菓子《くはし》ではない、此国《このくに》の朝夕《てうせき》の食物《しよくもつ》なり。[二]此国《このくに》には五穀《ごこく》の類《るい》なければ、山《やま》へ入《いつ》て草《くさ》の根《ね》を掘《ほり》て、其根《そのね》を晒《さら》し乾《かは》かし粉《こ》にして、それを餅《もち》に作《つく》り、朝夕《あさゆふ》の食物《しよくもつ》とするなり。其甘《そのあま》きは此国《このくに》には白砂糖《しろさとう》が沢山《たくさん》なゆへ、多《おほ》く餅《もち》に舂《つき》まぜたれば甘《あま》きなり。扨食物《さてしよくもつ》は少不自由《ちとふじゆう》なるかわりに、[三]此国《このくに》に住《す》む者《もの》は病《やまひ》といふ事《こと》を知《し》らず、寿命《じゆめう》は五六百年《ねん》はたしかにして、三百歳《さい》にて死《し》ぬる人《ひと》を若死《わかじに》といふ。此国《このくに》には国王《こくわう》もなく、[四]守護地頭《しゆごぢとう》といふ者《もの》もなし。但《たゞ》し[五]能弓射《よくゆみゐ》る者《もの》を貴人《きにん》と為《な》すことなり。[六]扨此国《さてこのくに》の南《みなみ》に銀河《ぎんが》といふて、幅《はゞ》十六七里の広《ひろ》さに長《なが》さ七八十里が間《あいだ》、真白《まつしろ》に白銀《しろかね》が流《なが》れる大河《たいが》あり。此和荘兵衛《このわそうべい》も今《いま》まで諸ゝ方《しよ〳〵ほう》ゝを巡《まはり》て、種ゝ《しゆ〳〵》の珍《めづ》らしき事《こと》も見《み》たが、此国《このくに》のやうな白銀《しろかね》の沢山《たくさん》に流《なが》れる大河《たいが》は見《み》ませ

一 囲炉裏（いろり）の略語。

二 華夷通商考五「ハラジイル」に「国、米麦ナシ、草ノ根ヲ晒シ乾シ、粉ニシテ餅ニ作リテ朝夕ノ食トス。…土産…白砂糖アリ」。

三 同書「ハラジイル」に「此国ハ人ノ寿命長キ国ニテ、疾病無シト云。他国ノ病気アル者此ノ国ニ来レバ必愈ルトゾ」。

四 鎌倉・室町期の地方官の官職名だが、江戸期にも地方の大名や代官の別名として一般に用いられた。

五 華夷通商考の「ハラジイル」の項に「奇異ノ鳥獣多ク、人能ク弓ヲ射ル」。

六 同書、同項に「此ノ国ノ南ニ銀河アリ。時有テ河水湧出テ平地ニ溢ル。後ニ水退テ其跡ヲ見レバ、皆銀砂、銀粒有テ地ニ敷リト云。此河ノ広サ、海ニ入ノ処ニテ幅十六七里也。其水海中ニ流レ入テ七八十里程ノ間ハ、銀水一派浮ンデ潮水ニ不レ交シテ分明也トゾ」。又同書巻三付載の「地球万国一覧之図」や、和漢三才図会五十五の「山海輿地全図」に拠れば、右の銀河は現ラプラタ河を指す。又、文坡作「和漢古今角偉談」（天明四年刊）の巻三に「ハラシリヤの大河に銀の沙ある話」あり、釆覧異言と「万国坤輿図説」なる書を引いて述べる。

ぬ。コレ茶《ちや》を進《しん》ぜう、マア今夜《こんや》はゆるりと寐《ね》やしやれ。明日《あす》は彼銀河《かのぎんが》から、其外此国《そのほかこのくに》の名所旧跡《めいしよきうせき》を案内《あんない》して見《み》せませふ。ヤア箒良《はくりやう》どの、何《なに》をいふても[七]白川夜《しらかはよ》舟《ふね》、労倦《くたびれ》も尤《もつと》も」と押《おし》入より蒲団《ふとん》取出《とりだ》し打被《うちき》せて、我等《われら》もさらば御相伴《おしやうばん》と、ころりと枕《まくら》ひきよせて、共《とも》に夢《ゆめ》をや結《むす》ぶらん。

成仙玉一口玄談巻之一　終

七 熟睡して何もわからぬ様子をいふ。前文の「銀河」との縁語。

成仙玉《じやうせんだま》一口《ひとくち》玄談《げんだん》巻《くわん》之二

皇京　菊丘臥山人江文坡戯著

箒良《はくりやう》遇二和荘兵衛《わそうべいにあふ》一之談《のだん》

却説《さても》三保《みほ》の箒良《はくりやう》は、おもひも寄《よ》らず和荘兵衛《わそうべい》に遇《あ》ひ、親切成介抱《しんせつなるかいほう》に、此頃《このころ》の風難《ふうなん》[一]の労倦《つかれ》を一睡《いつすい》の枕《まくら》に休《やす》め、暁《あかつき》の鐘《かね》[二]もろともに起《おき》て、囲炉《ゐろ》のもとに円居《まどゐ》し、茶呑噺《ちやのみばなし》にいよ〳〵意解合《こゝろとけあ》ふて、身《み》の異邦外国《ゐほうぐはいこく》に在《あ》ることを忘《わす》れたり。朝飯《あさはん》は彼砂糖餅《かのさとふもち》十四五程食《ほどくら》ふて、茶《ちや》四五杯呑《はいの》み了《おはつ》て、「さらば是《これ》から彼夜《かのや》[三]前嘶《ぜんはなし》た銀河《ぎんが》を見《み》せふ。貴様《きさま》は羽衣《はごろも》を被《き》てござれ、我等《われら》は鶴《つる》に乗《のり》て参《まい》るべし」と、裏《うら》の小屋《こや》に行《ゆき》て鶴《つる》に乗《のり》て出《いづ》れば、箒良《はくりやう》は羽衣《はごろも》を打《うち》被《き》て家《いへ》を出《いづ》ると、其儘南《そのまゝみなみ》の方《かた》へ飛行《とびゆく》こと凡《およそ》百四五十里にして、和荘兵衛《わそうべい》指《ゆび》さし教《おしへ》て曰《いはく》、「アレ〳〵あの向《むか》ふに見《み》ゆる海《うみ》のやうなが即《すなは》ち銀河《ぎんが》なり。何《なに》と広大《くわうだい》な河《かは》ではないか。アノ河幅《かははゞ》[四]が十七里、又源《またみなもと》から海《うみ》へ流《なが》れ込《こ》む間《あいだ》が凡《およそ》八十余里といへり。其間《そのあいだ》に外《ほか》の物《もの》は小《こ》石一《いしひと》つなくて皆白銀《みなしろかね》なり。此白銀《このしろかね》の流《なが》れが海《うみ》の中《なか》へ流《なが》れ入《いつ》ても、又《また》七八十里が間《あいだ》は、銀《ぎん》

一 風による難儀。
二 底本「鏡」とあるが誤刻とみて改める。
三 「よべ」「よんべ」に当る和製漢語。漢文体の記録に用いられはじめ、庶民の口語として広まったという。
四 →二六八頁注六。

水《すい》一派《ぱ》浮《うか》むで潮水《うしほ》に混《まじ》らず、分明《ぶんめう》[五]に雪《ゆき》の流《なが》る丶がごとくに見《み》ゆるは、皆是世界《みなこれせかい》で重宝《ちやうほう》する白銀《しろかね》なり。

我日本国《わがにつぽんごく》にて金持《かねもち》といわる丶者《もの》、金銀山《きんぐやま》のごとくといふてからが、纔《わづか》に十万両二十万両そこらの事《こと》なり。せめて一二万両の身上《しんしやう》なれば、マア金持《かねもち》といふても尤《もつと》もなれども、纔《わづか》に十貫目か二拾貫目の銀子《ぎんす》[六]を所持《しよじ》すると、世界《せかい》に我《われ》より外《ほか》に金持《かねもち》はないと、自慢《じまん》の顔《つら》に高慢《かうまん》の鼻《はな》を高《たか》ふし、文盲短才《もんもうたんさい》にて何《なに》の徳《とく》もなき者《もの》が、智者《ちしや》、学者《がくしや》、高位《かうゐ》、高官《かうくわん》の人《ひと》を見下《みくだ》し、無礼過言《ぶれいくわごん》[七]を吐《はき》て得《ゑ》[八]たりとする愚者世《うつけものよ》に多《おほ》し。高位《かうゐ》、貴人《きにん》、知者《ちしや》、学者《がくしや》は、是《これ》を見《み》て不便《ふびん》[九]と思《おも》へども、彼《かの》わづかでも金銀《きんぐ》がさすはざ[一〇]には為方《せんかた》なく、其不礼《そのぶれい》、失礼《しつれい》、過言《くわごん》、広言《くわうげん》を聞《きゝ》のがし見《み》のがす事《こと》ぞかし。此町家《このてうか》の愚者《うつけもの》と肩《かた》を比《なら》ぶる愚者《うつけもの》は、無学無道心《むがくむどうしん》[一一]の沙門出家《しやもんしゆつけ》なり。内証《ないしやう》[一二]に妻子《さいし》を養育《よういく》し魚鳥《ぎよてう》を喫《くら》ひて、凡俗《ぼんぞく》より意《こゝろ》は劣《おと》りながら、人前《にんぜん》にては知識高僧《ちしきかうそう》[一三]の顔《つら》をし、俗人《ぞくにん》を見下《みくだ》す高慢我慢《かうまんがまん》は、是《これ》かの富家《ふうか》の愚者《うつけもの》に勝《まさ》りて不便《ふびん》なり」といへば、箒良《はくりやう》が曰《いはく》、「出家《しゆつけ》の知識高僧顔《ちしきかうそうつら》をして、三筋《みすじ》[一四]でも髪《かみ》の毛《け》ある者《もの》は、たとへ学者《がくしや》道徳《どうとく》ある者《もの》にても、是《これ》を見下《みくだ》すこと奴僕《ぬぼく》の如《ごと》くするは、此僧三衣《このそうさんゑ》[一五]を着《ちやく》する身《み》なれば、仏《ほとけ》の教誡《おしへ》に随《したが》ふて、是《かく》のごとく高振《たかぶる》ならん」。和荘兵衛が曰《いはく》、「いかにも沙門《しやもん》は釈迦《しやか》の教誡《おしへ》に随《したが》ひ、たとへ国王宰官《こくわうさいくはん》たりといへども拝《はい》すべからざる事《こと》は、梵網経《ぼんもうきやう》[一六]を始《はじ》め仏経《ぶつきやう》に説《とく》所《ところ》なれば左《さ》もあらんが、彼女房妾《かのにやうぼうてかけ》を持《もち》、魚鳥《ぎよてう》の肉《にく》を喫《くら》ひ、酒《さけ》を呑《のみ》、五辛《ごしん》[一七]を食《しよく》する事《こと》は、

五　明らかに。はっきりと。
六　銀貨。「子」は道具や小さい物を表わす名詞につける接尾辞。銀貨は秤量貨幣で、重さをそのまま貨幣の価値単位とするので、貫、匁、分、厘と数える。銀六十匁をおおむね金貨一両に換算するので、銀十貫目は金一七〇両ほどになる。
七　失言。言いすぎ。底本は「遇」とあるが、誤刻とみて「過」に改める。
八　自慢顔をすること。
九　気の毒に思うこと。
一〇　わざ。仕業。
一一　仏道に関する学力も信仰心も無い坊主ども。
一二　こっそりと。
一三　仏道における指導者、高徳の僧。
一四　有髪の者。在家の俗人。
一五　僧侶が着る三種の衣服。外出や儀式のための大衣、礼拝・聴講のための上衣、作業衣としての内衣の三種で、いわば僧としての象徴をいう。
一六　二巻。「梵網経盧舎那仏説菩薩心地戒品第十」の略称。専ら菩薩の行地を説き明かす経という。
一七　仏語。五種の辛臭味のある野菜をいい、「梵網経」の四十八軽戒には「第四軽戒、食五辛戒」とあって、即ち僧の守るべき戒の一に五辛を食べぬことがあげられる。

釈迦《しやか》は戒《いまし》め置《おか》ざるや。飲酒戒《おんしゆかい》[一]、殺生戒《せつせうかい》、食肉戒等《しよくにくかいとう》は、仏《ほとけ》ことさらに是《これ》を戒《いま》しむ。是等《これら》の戒《かい》は破《やぶ》りて、己《おの》が勝手《かつて》にまかせ、「三衣《さんゑ》を着《ちやく》する僧《そう》が、俗《ぞく》[二]より座《ざ》は下《さが》らず」といふて不《ぶ》礼《れい》なるは何《なに》といふ事《こと》ぞ。是仏《これほとけ》の説所《とくところ》の自《みづから》[三]欺誑《おう》し、他人《たにん》を欺《アザムク》誑《ごおう》するといふ物《もの》なり。此等《これら》の僧《そう》は三衣《さんゑ》を着《ちやく》する犬狼《いぬおほかみ》といふべし。

扨右《さてみぎ》の二十万両、三十万両の金銀《きんぎん》は其限《そのかぎり》あり。此銀河《このぎんが》はあのごとく、昼夜間断《ちうやかんだん》なく海《かい》中《ちう》へ入る所《ところ》の銀子《ぎんす》は、何億万《なんおくまん》といふ員数《いんすう》は知《しる》べからず、実《じつ》に無量無《むりやうむ》数《すう》恒河《ごうが》砂数《しやすう》[四]といふ物《もの》なり。是《かく》のごとき白銀《はくぎん》の大河《たいが》ありと、世《よ》の人《ひと》に話《かた》るとも実説《まこと》とはなすべからず。貴様《きさま》と我等《われら》は此処《このところ》に来《きた》りて、今眼前《いまがんぜん》に見《み》るを以《もつ》て、実《じつ》に世界《せかひ》に是《かく》のごとき銀河《ぎんが》ある事《こと》を知《し》る。我等前年諸国《われらぜんねんしよこく》を巡《めぐ》りし時《とき》、大人国《たいじんこく》[五]といふ国《くに》へ行《ゆき》て見《み》るに、麦畠《むぎばたけ》は日本《につぽん》の竹林《たけばやし》のごとく、松《まつ》、杉《すぎ》、檜等《ひのきとう》を始《はじ》め一切《いつさい》の樹木《じゆもく》が、すべて其周囲半町《そのまわりはんてう》巡り壱町廻《まは》りほどあるなり。商《あきんど》家《や》の家《いへ》といふが、大概大仏《たいがいだいぶつ》の堂程《どうほど》あり。山《やま》といふほどの山《やま》は、皆富士山《みなふじさん》ほどありて、軒《のき》下《した》のしよろ〱流《なが》れといふが、安倍川《あべかは》[六]、淀河《よどがは》、天竜川程《てんりやうがはほど》ありし。其国《そのくに》の男《おとこ》も女《おなご》も、長《たけ》が[七]五丈《でう》四五尺から六丈有余《ゆうよ》もあり。大男《おほおとこ》といふは七八丈ほどもあり、九歳《さい》拾歳の子供《こども》でも、二丈《でう》三丈《でう》より少《ちい》さきはなし。然《しか》る大国《たいこく》へ我等《われら》ふと参《まい》りたれば、大勢寄集《おほぜいよりあつま》り、此和荘兵衛《このわそうべい》を見《み》て皆〻《みな〱》不思議《ふしぎ》がり、「虫《むし》かとおもへば面体手足《めんていしゆそく》は人間《にんげん》に似《に》たり。扨〻《さて〱》珍敷物《めづらしきもの》かな」と引撮《ひつつま》みて、掌《て》の内《うち》に置《おい》ていろ〱と評議《へうぎ》しほる、其無念《そのむねん》さ口惜《くちおし》さ。何《なに》と為《なし》たらよかろふ

一 仏語。僧の守るべき五戒として「殺生・偸盗・邪淫・妄語・飲酒」の戒は「倶舎論・十四」等に見えるが、「食肉戒」は特に戒本には見えず、「僧尼令」に「凡僧尼、飲レ酒、食レ肉、服二五辛一者、卅日苦使」等と見え、又「梵網経」四十八軽戒に「第三軽戒、食肉戒」とある。

二 俗人より下座に座らない。

三 「欺誑」は「ギキョウ」。あざむきだますこと。「欺罔」。出典未詳。

四 仏語。極めて多い数をいう。恒河の砂の数ほどの意。

五 「和荘兵衛」巻四、最終章にあり。以下「麦畠は」より次章「守一仙人降銀河之談」の二行目「其内を解る」までの和荘兵衛と宏智先生の談話の部分は、すべて「和荘兵衛」の文章を適宜引用する。例えば「最前まで竹藪と思ひし所をよく〱見れば麦畠なり」「杉松檜はいふに及ず、かりそめの樹木の大さ、一町まはり半町まはり」等々。

六 安倍川は静岡、天竜川は浜松で東海道に関る大河。淀川は琵琶湖に発して大坂に至る京坂人に最も密接な大河。

七 一丈は約三メートル。

と掌《て》の内《うち》に跰跹《ふんばたがり》て、大音声《だいおんじやう》にて呼《よば》はりけるは、「抑《そもく》某《それがし》を誰《たれ》とか思《おも》ふ。大日本《だいにつぽん》国肥前国長崎《ごくひぜんのくにながさき》の住人《ぢうにん》、[八]長崎《ながさき》太郎助《たらすけ》左衛門　楠　正成《くすのきまさしげ》ではない、武蔵坊弁慶《むさしぼうべんけい》が悴《せがれ》、九郎判官源《はうぐわんみなもと》の義経《よしつね》九代の後《こう》胤《いん》、[九]坂田《さかた》の金時《きんとき》が弟《おとを》と、[一〇]谷《たに》風梶之助《かぜかぢのすけ》小野川《おのかは》といふ者《もの》なり。わるく嬲《なぶ》るに於《おい》ては、汝等《なんじら》に目《め》に物見《ものみ》せん」と[一一]義《ぎ》勢《せい》ばつたれば、彼大人《かのたいじん》どもが是《これ》を聞《きい》て、「何《なに》やら面白《おもしろ》く囀《さへづ》るじやござらぬか。成《なる》程《ほど》〳〵形《なり》よりは声《こへ》の大《おほ》きな者《もの》でござる。是《これ》は能《よき》なぐさ

八　未詳。太平記には長崎悪四郎左衛門尉高貞など長崎姓の武将が多いのでその名をかすめるか。

九　平安中期、源頼光の四天王の一人。足柄山の山姥の子金太郎が成人して豪勇な武将となっての名乗りで、義経云々は口から出まかせのつわものぞろえを述べたてたもの。

一〇　谷風は仙台藩抱えの力士で第四代横綱。寛政七年(一七九五)歿。小野川は第五代横綱、文化三年(一八〇六)歿。天明期(一七八一―八九)の大相撲に谷風・小野川は好敵手として名声をはせた。

一一　相手に対して自分の力を誇示するようなそぶりをいう。歌舞伎芝居などで、大力の勇士がみえを切るような姿。

み、鳥籠《とりかご》にでも入《い》れて置《おか》つしやれ」「いかにも左様《さやう》いたして置《おき》ませう」と、評議《へうぎ》まち〳〵なる所《ところ》へ、宏智《こうち》先生《せんせい》といふ[一]人品《じんぴん》らしき大男出来《おほおとこいでき》たりて、諸人《しよにん》に告《つげ》て曰《いはく》、「是虫《これむし》にあらず鳥《とり》にもあらず。是《これ》は此国《このくに》を去《さ》ること八万九千里東方《とうほう》に、日本国《につぽんごく》といへる国《くに》あり。是其《これその》国《くに》の人《ひと》なりと見《み》ゆ。某《それがし》彼《かれ》に諭《さと》し示《しめ》さん」と、取《とつ》て掌中《たなごゝろのうち》に置《おい》て我《われ》等に説《とい》て曰《いはく》、「[二]夫大《それだい》を以《もつ》て小《せう》を見《み》る事《こと》は易《やす》く、小《しやう》を以《もつ》て大《だい》を見《み》る事《こと》は難《かた》し。汝《なんぢ》が国《くに》の者《もの》この大人国《たいじんこく》の爰《こゝ》に在《あ》る事《こと》を知《し》らず、然《しか》ふして此大人国《このたいじんこく》の人《ひと》の意《こゝろ》を知《し》るべからず。又我大人国《わがたいじんこく》の者《もの》は、汝等《なんぢら》が意《こゝろ》の中《うち》を知《し》る事《こと》、掌《たなごゝろ》の中《うち》を見《み》るがごとし。又小智《しやうち》の眼《まなこ》を以《もつ》て大智《たいち》の人《ひと》の為所《するところ》を見《み》れば、甚《はなは》だ愚《おろか》なる様《やう》に見《み》ゆるものなり。汝《なんぢ》が形《かたち》は五尺に[三]過《すぎ》ず、然《しか》ふして[四]地方《ちほう》やうやく九万里の内《うち》にうろたへ、[五]纔《わづか》三千世界を[六]虚露《きよろ》つき巡《まは》りて、是《これ》より広《ひろ》き事《こと》はなしと会得《がてん》し、聖人賢人《せいじんけんじん》の教《おしへ》より外《ほか》、尊《たつと》き事《こと》はなきと思《おも》ふ、甚《はなは》だ少《ちいさ》き心《こゝろ》ゆへ、大《おほい》なる事《こと》は会得《がてん》ゆくまじ。人《ひと》の智《ち》広大《おほい》なる者《もの》は、始《はじ》めより終《おはり》を覚《さと》る。始《はじ》めより終《おは》りを知《し》る者《もの》は迷《まよ》はず。迷《まよ》はぬ者《もの》は悪《あし》き事《こと》はせぬものなり。智《ち》些少者《ちいさきもの》は、始《はじ》めを知《し》りて終《おは》りを知《し》らず、夏暑《なつあつ》き時《とき》は冬《ふゆ》の寒《さむ》さを忘《わす》れ、冬《ふゆ》さむき時《とき》は夏《なつ》の暑《あつさ》を忘《わす》る。近《ちか》きを知《しり》て遠《とふ》きを知《し》らざる者《もの》は、狼狽迷《うろたへまよ》ふて悪事《あくじ》を為《な》すものなり。汝《なんじ》が世界《せかい》は小《ちひ》さきに応《おふ》じて、人《ひと》の才智《さいち》も些少《ちいさ》し。故《ゆへ》に学《まな》ばざれば知《し》らず。[七]古人《こじん》の糟粕《そうはく》にあらざれば甘《あま》むぜず、法《ほう》にあらざれば治《おさ》まらず、善《ぜん》に進《すゝ》み難《がた》く悪《あく》に進易《すゝみやす》し。故《ゆへ》に天《てん》より聖人《せいじん》といふ世話《せわ》やきを産出《うみいだ》して、狼狽者《うろたへもの》を善所《よきところ》へ導《みちび》くなり。其世話《そのせわ》やきにも[八]思《おも》

一　人柄のよい。立派な風采の。

二　諺。大人物が小事を解決するのはやさしいが、小人が大事を処理するのは難しい。譬喩尽三。また荘子・逍遥遊に「小知不ㇾ及二大知一」。

三　底本「遇」。誤刻とみて「過」に訂正。

四　その土地。土地の四方。

五　仏語。「三千大千世界」の略。仏教的世界観による一仏の仙境となるべき世界の広さ。須弥山を中心にした七山八海を一小世界とし、これを一千合せたのを小千世界、その小千世界を一千合せた中千世界、更にそれを一千合せたのを大千世界と称す。

六　うろつきまわる。「邇言便蒙抄」世話字には「虚労ゝゝ　キヨロ〳〵」。

七　先人の明らめたものを墨守するだけで満足していること。荘子・天道「君之所ㇾ読者、古人之糟魄已夫」。

八　以下、儒・釈・老荘の三教それぞれの教理の特色を云々するが、このような態度は宝暦(一七五一―六四)頃からの三教一致思想の解説に共通して見られる所で、教え方は三教それぞれに異なるが、その目指す所は一致するという。

ひく〳〵の得処《ゑて》[九]あつて、老子《らうし》、荘子《さうじ》は空《くう》[一〇]にたとへて、生《うま》[一一]れた儘《まゝ》で有体《ありてい》の能所《よきところ》を教《おし》へ、孔子《こうし》は五常《ごじやう》[一二]の大綱《おほあみ》を引周廻《ひきまはし》て、人《ひと》に我儘《わがまゝ》をさせず、実《まこと》を以《もつ》て善道《よきみち》へ引出《ひきいだ》し、釈迦《しやか》は世間《せけん》の人《じん》気《き》の欲深《よくふか》ひ事《こと》を能《よく》のみ込《こみ》て、さま〴〵の甘《うま》[一三]ひ事《こと》や恐懼事《こわいこと》いふて、欺《だま》しすかして善道《ぜんどう》へ牽《ひき》込《こむ》ことなり。是《これ》みな小児《こども》を教化諭《おしへさと》す同格《どうかく》のおしへなり。

守一仙人降㆓銀河㆒之談《しゆいつせんにんぎんがにくだるのだん》

されば教《おしへ》は小人《しやうにん》に益《ゑき》あるのみ、又法《ほう》は小人を入置《いれおく》の箱《はこ》なり。すべて小人《しやうじん》は此箱《このはこ》の内《うち》に遊《あそ》びて外《ほか》を知《し》らず、大人《たいじん》は箱《はこ》の外《ほか》を知《し》りて其内《そのうち》を解《さと》る」と、和荘兵衛《わそうべい》が話《はなし》の中《なか》へ、忽《こつ》然《ねん》として一異人白雲《いちゐじんはくうん》に乗《じやう》じて、筹良《はくりやう》と和荘兵衛が前《まへ》に舞下《まいくだ》りければ、二人は思《おも》ひがけなく大に驚《おどろ》き逃去《にげさら》むと欲《ほつ》するを、彼異人《かのゐじん》二人を呼《よ》び止《とゞ》め曰《いわく》、「汝《なんぢ》等恐《おそ》るゝ事《こと》なかれ、驚《おどろ》くことなかれ。己《おれ》も人《ひと》なり」といふに、二人首《かうべ》を回《めぐら》し見《み》れば、白髪《はくはつ》の老人《らうじん》なれば、立返《たちかへ》りて胸《むね》をなでおろし、「扨《さて》は人《ひと》にてまし〳〵けるか。我等《われら》は音《おと》のせぬ雷公《かみなり》かと存《ぞん》じて、びつくりいたした」といへば、彼老翁腰《かのおきなこし》より小《ちい》さき壺盧《ひやうたん》を取出《とりいだ》し、玉盞《たまのさかづき》を以《もつ》て彼壺蘆《かのひやうたん》より酒《さけ》とおぼしき物《もの》をつぎて、和荘平《わそうべい》に与《あた》へて曰《いはく》、「是《これ》を一《ひと》つ飲《のん》で、まづ恟《びつく》[一四]り虫《むし》をしづむべし」と、筹良《はくりやう》にも飲《のま》しむるに、其味何《そのあじなに》に比《たぐ》ひすべき。是《これ》ぞ天《てん》[一五]の甘露《かんろ》といふ物《もの》ならんと、

九 例えば三教主人と号した服部蘇門が「三教之別」を論じて「儒為㆓経世㆒、仏為㆓出世㆒、道為㆓応世㆒」(蘇門文鈔・明和六年刊)というのが、以下の宏智先生の説にもよく対応しよう。
一〇 老荘思想には「空」の語は余り用いられないが「無」「虚」「冲」などの語でその根本思想を述べる。
一一 敢えて学問や知識に頼らず、世間に即応して身を完うする教え。
一二 仁・義・礼・智・信の五行を人間の実行すべき五つの徳目と定めて、それに外れぬように努力すべしとする教え。
一三 いわゆる「方便」。
一四 人の体内にあって、その人をびっくりし易い性質にすると信じられていた虫。疳の虫、疝気の虫など。
一五 天下太平の時に天から降らすという甘い露。老子三十二「天地相合、以降㆓甘露㆒」。

二人舌打《したうち》すれば、彼老人《かのろうじん》が曰《いはく》、「是《これ》甘露にもあらず酒《さけ》にもあらず、是《これ》は我住庵《わがすむいほ》の渓水《たにみづ》なり。そも〳〵我住山《わがすむやま》は、是《これ》より東方《とうほう》[一]一万三千里《り》去《さつ》て、長寿山《てうじゆさん》[二]といへる仙山《せんざん》なるが、此《この》長寿山には一山《いつさん》ことごとく黄菊《くはうきく》のみ生《しやう》じて、四季《しき》ともに花開《はなさき》、其色《そのいろ》香芬芳艶ゝ《ふんぽうゑい〱》として、誠《まこと》に黄金世界《はうごんせかい》[三]とも称《せう》すべし。其渓《そのたに》の流《なが》れを汲《くん》で呑者《のむもの》は、皆《みな》[四]八千年の寿命《じゆめう》を保《たもつ》なり。我此山《われこのやま》に住《す》むこと凡《およそ》三千余《よ》年、我名《わがな》を守一仙人《しゆいつせんにん》[五]といふなり。然《しか》るに今《いま》和荘兵衛と箒良《はくりやう》が此処《このところ》に在《あつ》て、大人国《たいじんこく》の宏智先生《くわうちせんせい》めが広言嘶《くはうげんばなし》[六]を聞《きい》て片腹《かたはら》いたく、草庵《そうあん》の中《うち》に胎息《たいそく》[七]して居《ゐ》るに居られず、思《おも》はず此処へ来《きた》りし」といへば、箒良不思議《はくりやうふしぎ》の顔色《がんしよく》にて、「扨《さて》はあなたは守一仙人《しゆいつせんにん》と申御方《おんかた》にて増《まし》ますか。只今承《たゞいまうけたまは》りますれば、仙人の住《すみ》給ふ長寿山《てうじゆさん》とやらへ、是《これ》より一万《まん》三千里とやらの道程《みちのり》、六町[八]壱里にいたしても余程《よほど》の遠方《ゑんぽう》なるに、其所《そのところ》にござつて、我〳〵《われ〳〵》が只今話《たゞいまはな》し致《いた》した大人国の宏智先生が事《こと》、御聞《おんきゝ》なされたとは合点《がつてん》のまいらぬ義《ぎ》」といへば、守一仙人が曰《いはく》、「我《われ》は六神通《ろくじんづう》[九]を得《ゑ》たれば、一万三千里はおろか、百万里のむかふにて耳語《さゝやく》ことを聞《きゝ》、又蟻《またあり》の這《は》ひ蚤《のみ》の飛《とぶ》を見《み》ること、掌《たなごゝろ》の裡《うち》の物《もの》を看《み》るがごとし。

扨今和荘兵衛《さてはいまわそうべい》が嘶《はな》すを聞《きけ》ば、彼大人国《かのたいじんこく》の宏智先生《くわうちせんせい》めがいふには、「[一〇]和荘兵衛汝《なんぢ》は纔《わづか》三千世界の箱《はこ》の内《うち》に遊《あそ》びて外《ほか》を知《し》らず、此間《このあいだ》から其方《そのほう》がいろ〳〵学問《がくもん》らしき理屈《りくつ》な嘶《はな》しをして、さま〴〵と口《くち》を叩《たゝけ》ども、此《この》大人国の者《もの》は、小児《こども》のわんぱくいふ様におかしく聞《きゝ》流《なが》したり。汝《なんぢ》が世界《せかい》は才智《さいち》[一一]些少《ちいさく》して悪《あく》をなすゆへに、教《おしへ》の法《ほう》のといふ六ヶしき事《こと》あり。

一 華夷通商考四「阿蘭陀」の説明に「海上日本ヨリ一万二千九百里」とある如く、当時具体的には日本からオランダまでの里程をあらわし、転じて遠い外国をさす。

二 謡曲「菊慈童」で有名な、酈県山の菊のしたたりが谷川の水となって飲む者の齢を延ばすという伝説などを踏まえる。

三 極楽世界の異称。

四 菊慈童は七百歳、同じく枕慈童は八百歳、彭祖は七百余歳、西王母の園中の桃は三千年に一度花咲き、荘子・逍遥遊には八千歳を以て春とし、又八千歳を以て秋とする大椿ありという。

五 以下に説かれる文坡仙道の中心理念である「清浄無為真一」の教えを守る仙人の意。

六 横柄な調子の自慢話。

七 道家の行う長生の術の一。腹の中に徹るように深く呼吸して気を養い心を落着ける安息法。

八 中国の里程を日本のそれと比べていう語。日本の一里は三十六町をいうのに対し、中国は六町を以て一里とする。

九 仏語。六種の超人的な通力。天眼・天耳・他心・宿命・神足・漏尽の六通。

一〇 以下、次頁四行目「安楽に暮せ」まで、前章の宏智先生の教訓の続きで、即ち「和荘兵衛」巻四「大人国」の章の終りの文句を殆んどそのまま引

我《わが》世界は智《ち》大《おほき》くして悪事《あくじ》をせぬゆへ、仁《じん》も義《ぎ》も法《はう》も用《もち》ゆる所《ところ》なければ教《おしへ》もいらず、此《この》大人国の意合点《こゝろがてん》がいたか。和荘兵衛かならず〳〵汝《なんち》この微少《ちいさ》き形《なり》で、ゑもしれぬ鼻《はな》のさきの些少《(ちひさ)》ひ智恵自慢《ちゑじまん》して、悪《わる》あがき悪工《わるだく》みせずとも、釈迦《しやか》や孔子《こうし》のいふとふり行《おこな》ふて、一《いつ》生意《しやうこゝろ》よく安楽《あんらく》に暮《くら》せ」といふたるよし。扨ゝ《さて〳〵》口賢《くちかしこ》くも宏智《くわうち》めがぬかしたり。汝等《なんじら》は宏智先生《せんせい》が云事《いふこと》を聞《きい》て、さぞ彼《かの》宏智めは[一二]すさまじき者《もの》と思《おも》ふべし。又《また》その大人国の者《もの》ども茂《も》、皆己《みなおの》が広大《くわうだい》なる身《み》を以《もつ》て、其智《そのち》も又広大なりと思《おも》ひ、他《た》の小身《しやうしん》なるを見《み》て小智《しやうち》なりとす。故《ゆへ》に彼《かの》大人国の者どもは、皆智《みなち》大《おほ》きくして悪《あく》を為《な》さず、彼《かの》[一三]三千世界の箱《はこ》の内《うち》を知《し》りて、外《ほか》に遊《あそ》ぶ者《もの》なりと高上《かうじやう》に見識《けんしき》をかまへ、汝《なんち》和荘兵衛と世界《せかい》の者《もの》とを見《み》ること、蚤《のみ》や蚊《か》のごとく見《み》て、高慢自《かうまんじ》讃《さん》の鼻《はな》を高《たか》ふす。噫《あゝ》[一四]不便《びん》なるかな大人国の者ども。[一五]噫《いひ》また世《せ》間《けん》にも是《かく》のごとき見識の者多《ものおほ》し。誠《まこと》に憐《あはれ》むべし。世《せ》人皆己《じんみなおの》れより下《した》を見《み》て上《かみ》を知《し》らず。我《われ》を広大なりとして、他《た》の広大《くわうだい》なる事《こと》を知《し》らず、誠《まこと》に憐《あはれ》むべし。[一六]坐《おれ》、我汝等《われなんぢら》に説示《ときしめ》さん。夫《そ》れ人は智《ち》となく愚《ぐ》となく、[一七]只広大《たゞくわうだい》なる事《こと》を見《み》、或《あるひ》は聞《きけ》ば、夫《それ》を広大《くわうだい》なる事《こと》とおもふて、又《また》その上《うへ》に広大《くわうだい》なる者有《ものある》ことを悟《さと》らず、惟見聞所《たゞみきくところ》の広大《くわうだい》なる事《こと》を止《とゞ》めて自讃《じさん》し自慢《じまん》す。其《その》また自讃《さんじ》自慢《まん》を買《かふ》て悦《よろこ》び、或《あるひ》は其《その》自讃《じさん》自慢《まん》を売《う》る者《もの》あり。譬《たとへ》ば[一八]市立《いちたち》、[一九]法会《はうゑ》、町小路《まちこうじ》に於《おい》て、[二〇]諸色《しよしき》を売者《うるもの》を見《み》るに、大音声《だいおんじやう》にて「大《おほき》な蜜柑《みかん》が十《とう》が六文、橙《だい〳〵》の様《やう》な蜜柑《みかん》がたゞの四文じや三文じや」と呼《よば》はり、或《あるひ》は「[二一]丈夫《でうぶ》なが下直《やすい》」と売《うる》ものあり。或《あるひ》は「[二二]歯《は》もろふ

く。

一一 この辺り老子十八の「大道廃有㆓仁義㆒、智恵出有㆓大偽㆒」に基づくか。

一二 人智を超えた偉大な人物。

一三 世界万物の理法を知り尽して、それに捕われず、その外に自由に遊び廻る事の出来る精神を持つ者。

一四 かわいそうな。気の毒な。

一五 「噫」は音イ、アイ。訓「ああ」。

一六 そこへ座れ。

一七 文坡には巨大な物の話ばかりを集めた「和漢古今角偉談」五巻五冊・天明四年(一七八四)刊(後、「古今奇談万国山海経」「通俗和漢雑話」等の改題本あり)があり、以下の文章とも重なり合う部分が多い。→二八三頁注七。

一八 市に出て物を売ること。

一九 仏事・法要。多くの僧俗を集めて行う。

二〇 諸々の品物。

二一 丈夫な物だが値は安い。

二二 歯当りが柔らかで味が良い。

甘味《うまい》」とわめく一文菓子屋《いちもんくわしや》あり。又は「門《かど》[一]ちがへせまい、毎年《まいねん》の安売屋《やすうりや》。何《なん》[二]でも只《たゞ》の六文と九文」と罵《のゝし》れば、皆人《みなひと》その大《おほき》なと下直《やすい》と丈夫《でうぶ》などいふて売《うる》その自慢《じまん》と自讃《じさん》する所《ところ》へ寄集《よりあつま》りて、必《かな》らず其物《そのもの》を買《かふ》ことなり。又正直《しやうじき》な商人《あきんど》ありて、「小《ちいさ》くて高直《たかい》」「金柑《きんかん》の様《やう》な蜜柑《みかん》が拾《とう》枚で三十じや五十じや」「堅固《じやうぶ》にはない不堅固《やぐい》[三]。価相応《あたいそうおう》な代物《しろもの》じや」「厚味《うまい》ことは少《すこ》しもない、たかゞ一文菓子《くわし》じや」と呼《よん》で売《う》る其店《そのみせ》へは、一人《ひとり》も寄集《よりあつま》りて買《か》ふ者《もの》はない。今《いま》の虚《うそ》八百を積《つみ》まぜて広大堅固《おほきなぢやうぶ》な厚味《うまい》と自讃《じさん》と自慢《じまん》を高声《たかごへ》で、他所《ほか》に今《ま》一人《ひとり》も売人《うりて》のなき様《やう》に呼《よば》はらねば、其店《そのみせ》へは人《ひと》が寄《よら》ぬなり。扨人《さてひと》が此広大堅固《このおほきなじやうぶ》な厚味《うまい》に寄《よ》れば我《われ》も寄《より》て、遂《つゐ》には群集《くんじう》をなすなり。すりや世間《せけん》の人《ひと》は聡明《かしこ》そふで、さりとは愚痴《おろか》なものじやないか。なんぢらいかゞ思《おも》ふぞ」。

釈迦如来[四]説ニ大身一之談《しやかにょらいたいしんをとくのだん》

和荘兵衛《わそうべい》も箒良《はくりやう》も何《なに》と答《こたへ》む詞《ことば》もなければ、唯黙然《たゞもくねん》として聞居《きゝゐ》たり。其時守一仙人払子《そのときしゆいつせんにんほつす》[五]を打振《うちふ》りて曰、「今《いま》いふがごとく広大堅固《おほきなじやうぶ》な厚味《うまい》といふ事《こと》は、豈《あに》たゞ市立法会《いちたちはうゑ》の商人《あきんど》のみにあらず、店棚《みせたな》をかざりし歴〻《れき〲》の商人《あきんど》もいふ事《こと》なり。豈《あに》その商家《あきんど》のみならんや、今日《こんにち》聖賢《せいけん》の道《みち》を学《まな》ぶ儒者《じゆしや》、又は釈迦《しやか》のおしへを学《まな》ぶ出家沙門等《しゆつけしやもんとう》に及《およ》ぶまで、皆《みな》この広大堅固《おほきなじやうぶ》

一 店を間違えること。
二 当時、「何でも十九文屋」などと称して安売りの店があった。「刻煙草、小間物店…何でも彼でも択取て十九文の安売店」(文化八年刊・狂言田舎操)。
三 「やぐい」。弱いの意。静岡から京都辺りの方言。
四 「大身」。仏語。仏の法身をいう。
五 仏具の一。禅僧が説法などの時用いるもの。毛・麻などを束ねて柄をつけ、振り払うようにする。
六 「丈六」。浄土三部経音義五「仏則丈六。…丈六者一丈六尺。当レ用ニ周尺一。準ニ唐代尺一当ニ八寸一也」。
七 インドの数量名。千億を以て那由他となす。
八 無数の意。→二七二頁注四。
九 インドの里程の名。八拘盧舎を以て一由旬としたり、四拘盧舎を以て

な厚味《うまい》の自讃《じさん》自慢《じまん》はする事《こと》なり。先今《まづいま》世間《せけん》の諸人《しよにん》が信仰帰依《しんかうきゑ》する仏法《ぶつぽう》にて、広大堅固《おほきなじやうぶ》な厚味《うまい》といふ事《こと》を説《とく》ときには、先《まづ》釈迦《しやか》といふ親父《おやぢ》が売《う》る仏法《ぶつぽう》といふ代物《しろもの》に、釈迦如来《しやかによらい》の身《み》の長《たけ》が[六]一丈六尺、この一丈《でう》六尺でも買《かは》ぬ者《もの》には、広大《くはうだい》とてつもなひ六十万億《まんおく》[七]那由佗《なゆた》[八]恒河《ごうが》[九]沙由旬《しやゆじゆん》の仏身《ぶつしん》じやのと説《とき》かけ、何事《なにごと》も諸人《しよにん》の気《き》に応《おふ》やうに説《とい》て売《うり》つける事《こと》を見《み》よ。凡仏《およそぶつ》道《どう》に入《いれ》ば[一〇]戒定恵《かいでうゑ》の三《み》つを第一《だいいち》に修行《しゆぎやう》せねばならぬ。先第《まづだい》一の戒《かい》といふものは、[一一]五戒《ごかい》、十《じつ》戒《かい》、百戒《かい》、二百戒《かい》、五百戒と、だん〳〵[一二]色品《いろしな》のある事《こと》にて、今時《いまどき》の坊主《ばうず》どもは、此五戒《このごかい》さへやつかいらしく難義《なんぎ》におもふ故《ゆへ》、[一三]梵網経《ぼんもうきやう》には何《なん》と説《とい》てあるやら、知《し》らぬ坊主《ばうず》が甚《はなは》だ多《おほ》し。

此梵網経《このぼんもうきやう》といふ経《きやう》は、右《みぎ》の戒法《かいほう》のあらましを説《とい》た経《きやう》じや。其経《そのきやう》に曰《いはく》、「爾時《そのとき》に盧舎那《るしやな》仏《ぶつ》、この[一四]大衆《だいしゆ》の為《ため》に略《りやく》して、百千恒河《ひやくせんごうが》沙《しやふ》[一五]不可《か》説《せつ》の法門中《はうもんちう》の[一六]心地《しんち》を開《ひら》き給ふ」と、マアちよつと[一七]序《じよ》びらきに説《とく》ことでも、百千恒河《ひやくせんごうが》[一八]沙《しやふ》不可《か》説《せつ》の法門《はうもん》と、是《かく》のごとく広大《くわうだい》に説《とき》かけて、扨《さて》その次《つぎ》に説《とく》には、「爾時《そのとき》に[一九]千華上《せんげじやう》の仏《ほとけ》、[二〇]千百億《おく》の釈迦《しやか》、[二一]蓮華蔵世界《れんげぞうせかい》の赫〻《かく〳〵》たる[二二]獅子座《しゝのざ》より起《たつ》て」と、かやうに事広大《ことくわうだい》に説《とい》たるを見《み》るべし。誰《たれ》でも釈迦如来《しやかによらい》は唯一人《たゞひとり》とおもふて居《ゐ》やふが、右《みぎ》のごとく一仏《いちぶつ》でない、千百億の釈迦《しやか》あると見《み》へて、其《その》千百億の釈迦《しやか》が、「おの〳〵其身《そのみ》より不可思議《ふかしぎ》の光明《くわうめう》を放《はな》ちて、[二三]我本原《わがほんげん》の蓮華蔵世界《れんげぞうせかい》の盧舎那仏所説《るしやなぶつしよせつ》の心《しん》地法門品《ちはうもんほん》を説《とき》たまへば、其余《そのよ》の千百億《おく》の釈迦《しやか》も復〻《また〳〵》是《かく》の如《ごと》し。[二四]無《む》二無《む》別《べつ》なり、賢劫品《けんごうほん》の

一由旬としたりで、定まらない。「古今角偉談」に「仏身の高さ六十万億那由他恒河沙由旬にして」。

一〇 仏語。合せて「三学」といい、悟りを開くためには必修の実践実行すべきもの。「戒」は規範、「定」は心の安定、「恵」は事理を簡択する精神作用。

一一 「五戒」は在家男女の受持すべき五つの制戒で殺生・偸盗・邪淫・妄語・飲酒の五。「十戒」は沙弥の受持すべき十の制戒。「五百戒」は比丘尼の受持すべき戒の大数という。

一二 さまざまの品数。

一三 →二七一頁注一六。

一四 仏語。多数の衆の意。以下「梵網経」の経文を日常語を交えて引用しながら(「 」の部分)話を進める。

一五 言説を以ては説き示すことの出来ないような説。

一六 心。心境。

一七 発端。口きり。

一八 底本「河」字を欠くので補入。

一九 千本の蓮華。蓮華は仏座。

二〇 千を一つの単位として、その百億倍。

二一 「梵網経」にいう蓮華台蔵世界海のこと。千葉の大蓮華中に含蔵される世界。一つ一つの葉が一世界で、その中に各百億の須弥、百億の四天下、百億の南閻浮提があると説く。

二二 仏語。仏又は大徳の僧の牀座。

二三 根源。

二四 不二。唯一。

中《なか》に説《とく》がごとし」と売《うり》かけ、又は「[一]周匝《しうそう》せる千華《げ》の上《うへ》に、復千《またせん》の釈迦《しやか》を現《げん》ず、一華《け》に百《ひやく》億《おく》の国《くに》ありて、一国《いつこく》に一釈迦《いつしやか》あり。各《おの〳〵》 菩提樹《ぼだいじゆ》に坐《ざ》して、一時《いちじ》に仏道《ぶつどう》を成《じやう》ぜり。是《かく》のごとくの千と百億《ひやくおく》とは盧舎那《るしやな》の[二]本《ほん》身なり。千百億《おく》の釈迦《しやか》も各ゝ《おの〳〵》[三]微塵《みぢん》の衆《しゆ》を接《せつ》して、倶《とも》に我《わが》前《まへ》に来《きた》る」と説《とき》て、広大《くわうだい》の至極《しごく》を演《のべ》たり。又堅固《じやうぶ》な事は、釈迦《しやか》一代《だい》の諸経《しよきやう》にて説《とか》ずといふ事《こと》なし。譬《たとへ》ば此経《このきやう》を書写《しよしや》し読誦《どくじゆ》する者《もの》は、[四]百千万劫《まんこう》が間其功徳《あいだそのくどく》に依《よつ》て、かやう〳〵の福徳自在《ふくとくじざい》を得《ゑ》、かやう〳〵の善所或《ぜんしよある》ひは果報《くわほう》を得《う》る事の、此功徳《このくどく》は[五]鉄囲山《てつゐせん》は砕破《くだけやぶ》るとも、天《てん》は地《ち》となり地は天と為《なる》とも、此功徳《このくどく》は尽《つく》ることなく滅《めつ》する事《こと》なし、なんども其説所《そのとくところ》一《ひと》ッとして不堅固《ふじやうぶ》なる事《こと》はなし。夫天竺《それてんぢく》にて[六]跋闍羅《ばしやら》といふは、爰《こゝ》にて金剛《こんがう》といふものなり。此金剛《このこんがう》といふ物《もの》が仏法店《ぶつぽうみせ》の堅固《ぢやうぶ》な事の[七]総看板《そうかんばん》にて、凡何《およそなに》ごとにても堅固《ぢやうぶ》なことには、[八]金剛座《こんがうざ》じやの[九]金剛経《こんがうきやう》じや[一〇]金剛神《こんがうしん》じや、何金剛《なにこんがう》か彼金剛《こんがう》と名《な》づけて堅固《ぢやうぶ》な事《こと》をいひ、扨又厚味《うまい》ことは、仏法店中《ぶつぽうみせぢう》の代物《しろもの》が、皆《みな》こと〴〵く厚味物《うまいもの》だらけ。

[一一]先耳近《まづみゝちか》ひ事《こと》でいふて聞《きか》そふ。[一二]阿弥陀経《あみだきやう》に云《いはく》、「是《これ》より西方《さいはう》十万億《おく》の仏土《ぶつど》を過《すぎ》て世界《せかい》あり。名《な》づけて極楽《ごくらく》といふ。其所《そのところ》に仏《ほとけ》あり、阿弥陀《あみだ》と名《な》づく。今現在《いまげんざい》に説法《せつぽう》して居《ゐ》らるゝ」、「コレ舎利弗《しやりほつ》、彼土《かのど》を何《なに》ゆへ極楽《ごくらく》といふぞなれば、彼国《かのくに》に生《うま》るゝ衆生《しゆじやう》は諸《もろ〳〵》の苦《くるし》みある事《こと》なく、諸《もろ〳〵》の楽《たのし》みを受《うく》るゆへに極楽《ごくらく》と名《な》づく」。扨《さて》その極楽《ごくらく》の結構《けつかう》さは、「[一三]七宝《ほう》の[一四]欄《らん》楯《じゆん》、七宝《ほう》の池《いけ》には[一五]八功徳水《くどくすい》を湛《たゝ》へ、池《いけ》の底《そこ》には金《こがね》の砂《すな》をしき、金銀《きんぎん》七宝《ほう》を沢山《たくさん》につかふ

一 まわりをとりまく。
二 本来の姿。
三 最小の量をいい、且つその数の甚だ多いことをいう。
四 劫を経ること百千万。未来永劫の意。
五 仏法にいう、世界の外海を囲む鉄の山。
六 仏語。硬くてどんな物でも砕くという鉱物。
七 代表。色々な看板の中の代表となるような看板の意。
八 釈迦の成道の時に座した菩提樹下の座所。
九 「金剛般若波羅蜜経」の略。般若の智用が堅利であることを喩えていう。
一〇 「金剛手」ともいい、手に金剛杵や金剛杖などを持つ菩薩の総称。
一一 わかり易い、身近な例。
一二 浄土三部経の一。阿弥陀仏の依正二報の功徳を称え、念仏の徳を説いた経。以下「阿弥陀経」の経文を日常語を交えて引用しながら(「」の部分)話を進める。→三〇三頁注一。
一三 世間に貴ぶ七種の宝玉。金、銀、瑠璃、頗梨、車渠、赤珠、瑪瑙。
一四 手摺りや欄干。
一五 八種の功徳のある水。

た楼閣《ろうかく》」、座舗《ざしき》から庭《には》まはりは、なか〳〵語葉《ことば》を以《もつ》て説尽《ときつく》されず。扨常《さてつね》の食物《しよくもの》には、一六百味《み》の飲食《おんじき》といふものを喫《くら》ふ、此世界《このせかい》の一七二汁《じう》五菜《さい》でさへ過分《くわぶん》の馳走《ちそう》じやに、百味《ひやくみ》の飲食《おんじき》は一八七五三の料理《りやうり》の様《やう》なことではない。五拾汁《じう》五拾菜《さい》を合《あは》せて是《これ》を百味《み》の飲食《おんじき》といふなり。扨此様《さてこのやう》に馳走《ちそう》し此様《このやう》な座舗《ざしき》ならば、定《さだ》めて座舗代飯代《ざしきだいはんだい》ともに一九高《かう》直《じき》にあらふと思《おも》ふ所《ところ》に、存《ぞん》じの外下直《ほかげじき》なものじや、此《この》座舗《ざしき》へ往《ゆき》てかやうな馳走《ちそう》を、平生幾日《へいぜいいつか》でも幾万年《いくまんねん》が間喫《あいだくふ》

一六 百種の好味のある飲食物。
一七 本膳料理の標準とする膳立て。本膳と二の膳にそれぞれ汁と菜を二品ずつ置き、別の膳に焼物を置く。
一八 本膳に七菜、二の膳に五菜、三の膳に三菜を出す祝儀の馳走。なお大草流の式正の膳立の事は貞丈雑記六にある。
一九 高価。

て居《ゐ》る人《ひと》でも、此所《このところ》へ往《ゆき》たい人《ひと》は、金銀銭《きんぐぜに》などは入《い》らぬ、[一]唯南無阿弥陀仏《たゞなむあみだぶつ》の六字《ろくじ》を唱《とな》へさへすりや、爰《こゝ》へ往生《わうじやう》が出来《でき》るとは、何《なん》と下直物《やすいもの》の最上《さいじやう》。こんな下直《げじき》な代物《しろもの》は、儒教店《じゆきやうみせ》にも神道店《しんとうみせ》にも、其外《そのほか》の市立法会《いちたちはうゑ》にもまたと類《るい》はない。さるに依《よつ》て今《いま》もむかしも此念仏《このねんぶつ》店《みせ》には、諸人群集《しよにんくんじゆ》することなり。同《おな》じ極楽浄土《ごくらくじやうど》でも売様《うりやう》が下手《へた》なれば、其店《そのみせ》へは人が寄《より》ぬ。[二]観経《くわんぎやう》で考《かんが》へて見《み》やれ。

阿修羅王握二日月一之談《あしゆらわうじつげつをにぎるのだん》

扨神道《さてしんとう》といふものは、大日本国《だいにつぽんごく》の大道《たいどう》にて、其厚味《そのうまい》ことは、唐土《から》天竺《てんぢく》其外《そのほか》の諸国《しよこく》にても、類《るい》のない代物《しろもの》なれども、むかしより売様《うりやう》が下手《へた》ゆへに、今《いま》とんと買人《かいて》がない。儒道《じゆどう》も同《おな》じ事《こと》なり。

汝和荘兵衛《なんぢわそうべい》、其方《そのほう》しばらく[三]諸人《しよにん》に和荘兵衛《わそうべい》〳〵ともてはやされたるは、彼諸国《かのしよこく》を見《み》巡《めぐ》り、不死国《ふしこく》から大人国《たいじんこく》まで行《ゆき》て、彼宏智先生《かのくわうちせんせい》が弁舌《べんぜつ》が少新《ちとあた》らしく、荘子《そうじ》の糟粕《かす》をねぶりしやうな所《ところ》あるを以《もつ》てなり。然《しか》ふして其極意《そのごくゐ》とする所《ところ》は、大人国の宏智先生《くわうちせんせい》が見識《けんしき》なり。其見識《そのけんしき》を見《み》るに、己《おの》が大身《たいしん》を自慢《じまん》し自負《じふ》して、汝《なんぢ》が五尺の形《かたち》を侮《あなど》り見下《みくだ》して、汝《なんぢ》は纔《わづか》三千世界の箱《はこ》の内《うち》に遊《あそ》びて外《ほか》を知《し》らず、汝《なんぢ》さま〴〵口をたゝけども、此大人国の者《もの》

一「阿弥陀経」に説く所。浄土宗や一向宗等、他力信仰の最要所。

二 浄土三部経の一、「観無量寿経」の略。阿弥陀仏の身相及び浄土の相を十六観に分けて観想することを説く。

三 板本「和荘兵衛」が好評を以て世間に迎えられたことは、二六七頁注四参照。

は、小児《こども》のわんばくいふ様《やう》に可咲《おかし》く聞《きゝ》ながしたり。汝《なんぢ》が世界《せかい》は才智《さいち》些少《ちいさく》して悪《あく》をする故《ゆへ》に、教《おしへ》の法《はう》のといふ六ヶ《むつか》敷《しき》ことあり。我世界《わがせかい》は智《ち》巨大《おほき》くして悪《あく》をせぬ故《ゆへ》に、仁義《じんぎ》もいらず教《おしへ》もいらぬとの語《こと》。この守一仙人《しゆいつせんにん》が若彼宏智先生《もしかのくわうちせんせい》に逢《あは》ば、彼《かれ》に[四]三千棒《ぼう》を与《あた》ゆべきに、今《いま》に彼《かれ》に遇《あは》ず。彼纔《かれわづか》に七八丈の身《み》を、大身《たいしん》なりと自慢《じまん》する意《こゝろ》の中《うち》の些少《ちいさ》き事《こと》、譬《たとへ》ば芥子《けし》粒《つぶ》のごとし。彼世界《かれせかい》を三千世界と限《かぎ》り、己《おの》が身《み》の七八丈を大身《たいしん》の至極《しごく》とおもへども、先《まづ》世界《せかい》は百億《おく》大千世界といふ。又《また》その大身の人《ひと》といふも、七八丈はおろか二十余丈《よでう》三十丈《でう》乃至百丈《ないしひやくでう》の大身《たいしん》あり。[五]彼羅睺阿修羅王《かのらごうあしゆらわう》の身《み》の長《たけ》は、八万四千由旬《ゆじゆん》あり。一由旬《ゆじゆん》といふに諸説《しよせつ》あれども、先《まづ》[六]日本道《にっぽんみち》の四十町と六十町の説《せつ》あり。此《この》六十町を八万四千つんだ高《たか》さじやが、何《なに》ほどの高《たか》さであらふと思《おも》ふ。此《この》八万四千由旬《ゆじゆん》の身《み》が大身《たいしん》かと思《おも》へば、極楽《ごくらく》の阿《あ》弥陀仏《みだぶつ》の身《み》は、又《また》六十万億那由他恒河沙由旬《まんおくなゆたごうがしやゆじゆん》あり。此阿弥陀《このあみだ》が六十万億那由他恒河沙由《まんおくなゆだごうがしやゆ》旬《じゆん》の身《み》を以《もつ》て、宏智先生《くわうちせんせい》を見《み》るときは、汝《なんぢ》を宏智《くわうち》が見《み》るより又些少《またちいさい》〳〵。すればまづ宏《くわう》智先生《ちせんせい》は、阿修羅王《あしゆらわう》も知《し》らねば元《もと》より阿弥陀《あみだ》はなを知《し》らぬと見《み》へたり。又阿修羅王斗《あしゆらわうばか》りにあらず、かやうなる大身《たいしん》の者世界《ものせかい》に多《おほ》くあり。すれば大身《たいしん》といふに限《かぎ》りなし。『[七]和漢《わかん》角偉談《かくゐだん》』を見《み》て知るべし。然《しか》れども其大身《そのたいしん》の者《もの》は、大智《たいち》ありて悪《あく》を為《な》さず、故《ゆへ》に法《はう》も教《おしへ》もいらず、仁義《じんぎ》もいらぬとは云《いふ》べからず。羅睺阿修羅王《らごうあしゆらわう》は、其長《そのたけ》八万四千由旬《ゆじゆん》の大人《たいじん》なれども、[八]帝釈天《たいしやくてん》と合戦《かつせん》をしたり、日月《じつげつ》を両手《りやうて》で握《にぎり》て、日蝕月蝕《につしよくぐわつしよく》をなさしむと仏経《ぶつきやう》に説《とき》

四 禅家で僧侶を警醒するためにいう「三十棒」を更に誇張して表現したもの。

五 四種阿修羅の一。天と戦う時に、手を以て日月をとり、光をさえぎったという(長阿含経、起世経)。

六 日本の里程。

七 文坡作、天明四年(一七八四)、京吉田善五郎・大坂柏原屋庄兵衛刊。半紙本五巻五冊。内題「和漢古今角偉談」。寛政四年(一七九二)十一月に大坂柏原屋勘兵衛・京銭屋善兵衛の求板本あり。書名を「古今奇談 万国山海経」と改題、目次を改める。更に寛政七年、銭屋と河内屋八兵衛に求板され「通俗和漢雑話」と改題したものあり。これは巻二ノ三を削除し、代りに巻一ノ五と巻四ノ七の二章を増補する。また、二七七頁注一七参照。

八 法華嘉祥疏二に「婆沙云く、月はこれ帝釈軍の前鋒。故に手をもってこれを障りて、月を食んと欲す」。また法華玄賛二に「羅睺は此を執日といふ。非天と天と闘ひし時、日月天子盛光明を放ちて非天の眼を射たり。此は非天の前鋒たり。手をもって日を執りその光を障蔽す。故に執日と云ふ」。日食月食を羅睺のしわざとする説は未詳。

たれば、悪事《あくじ》を大人《たいじん》は為《な》さぬともいふべからず。善悪《ぜんあく》は形《かたち》には依《よる》べからず。彼宏智先生《かのくわうちせんせい》が、我大人国《わがたいじんこく》は智《ち》が広大《おほき》くして悪《あく》をせぬゆへ、仁義《じんぎ》も法《はう》も教《おしへ》もいらぬといふは、誠《まこと》に彼《かれ》は法《はう》も教《おしへ》も仁義《じんぎ》といふものは、如何様《いかやう》なる物《もの》といふ事《こと》を知《し》らぬ[一]無眼子《むがんす》なり。其法《そのはう》も教《おしへ》も仁義《じんぎ》もいらぬといふ大人国《こく》の風俗《ふうぞく》を察《さつ》し見《み》るに、一国《いっこく》の諸人《しよにん》がこと〴〵く法《はう》と教《おしへ》と仁義《じんぎ》五常《ごじやう》の中《なか》に在《あ》りて、其中《そのうち》に在《あ》ることを知《し》らざるなり。譬《たとへ》ば諸《もろ〳〵》の魚《うを》の水中《すいちう》に游泳《およぎあそ》びて、水《みづ》に在《あ》る事《こと》を知《し》らざるがごとし。

夫《それ》天地の間《あいだ》に住《す》む一切《いっさい》の者《もの》は、法《はう》と教《おしへ》と仁義《じんぎ》五常《ごじやう》とを離《はな》れて、[二]片時《へんし》も立《たつ》ものにあらず。善人《ぜんにん》は勿論《もちろん》、今日盗賊《こんにちとうぞく》たる大悪人《だいあくにん》といふ者《もの》は、法《はう》も教《おしへ》も仁義《じんぎ》もなく、惟我儘《たゞわがまゝ》に為《な》したい事《こと》をなし、仕《し》たひ事《こと》して、人家《じんか》に押入《おしい》り人《ひと》の財宝《ざいほう》を奪《うば》ひ、其仲間《そのなかま》の者同士《ものどうし》のつき合《あ》ひも、至極自堕落《しごくじだらく》な者《もの》かと思《おも》へば、此盗賊《このとうぞく》の仲間《なかま》にさへ、法《はう》あり教《おしへ》あり。仁義《じんぎ》五常《ごじやう》を胸《むね》と為《な》さゞれば、盗賊《とうぞく》もならぬよし。[三]『五雑組《ござつそ》』といふ書《しよ》にも見《み》へ、又[四]荘子《そうじ》にも此事《このこと》あり。然《しか》れば[五]人外《にんぐわい》の盗賊《とうぞく》すら、法《はう》あり教《おしへ》あり仁義《じんぎ》五常《ごじやう》あり。況《いはん》や人中《にんちう》に住《す》む善人《ぜんにん》おや。彼《かの》大人国は、法《はう》と教《おしへ》と仁義《じんぎ》五常自然《ごじやうしぜん》と善行《よくおこな》はれて、其法《そのはう》と教《おしへ》と仁義《じんぎ》五常《ごじやう》を知《し》らず、所謂[六]上天《いはゆるしやうてん》の載《こと》は無声無臭《ぶせいぶしう》にして、然も[七]教教《きやうげ》の至極《しごく》なり。[八]天何《てんなん》をかいふや、四時《しいじ》行《おこな》はれ百物《はくぶつ》生《な》るといふ義《ぎ》を会得《ゑとく》して見《み》よ。教《おしへ》も法《はう》も仁義《じんぎ》もいらぬといふ事《こと》はない。其《その》大人国《こく》には、然《しか》も法《はう》も教《おしへ》も仁義《じんぎ》もいはずして、善行《よくおこ》なはるゝといふ者《もの》なり。アヽ、宏智先生《くわうちせんせい》は此中《このうち》に住《す》むで、此中《このうち》

一 「無眼人」と同じ。正道を知らぬ人の意。「驢鞍橋」下に「普化の眼より見ては、皆無眼子なるべし」。

二 一瞬も、かたときも。

三 十六巻。明の謝肇淛の撰になる雑録随筆。天・地・人・物・事の五類にわける所からの命名。寛文元年(一六六一)の和刻本があり、日本でも大いに読まれ、小説類にも典拠として利用された。

四 荘子・胠篋に「故に跖の徒、跖に問ひて曰く、盗にもまた道あるか、と。跖曰く、いづくに適(ゆ)くとして道あること無からんや。…五者備らずしてよく大盗を成す者、天下に未だこれ有らざるなり、と。これによってこれを観れば、善人も聖人の道を得ざれば立たず、跖も聖人の道を得ざれば行はれず」。跖は大泥棒。その子分が「泥棒にも守るべき道徳がありましょうか」と質問したのに対し、跖が答えて「どんな稼業にだって道徳がないことがあろうか、聖・勇・義・知・仁の五つの徳を身につけずに大盗になろうとしてもそれは出来ない」といったという。

五 人の道に外れた者。

六 中庸・最終章(三十三章)「詩に曰く、徳の輶(かる)きこと毛の如し。毛はなほ倫(たぐひ)有り。上天の載(こと)は声も無く臭も無し。至れるかな」。「上天の載」云々は詩経・大雅・文王詩の引用。明徳というものは無声無臭、即ち最も微妙な存在であって、それに

に在《あ》ることを知《し》らず、誠《まこと》に笑《わら》ふべし」。

成仙玉一口玄談巻之二終

よってはじめて形容しうる。

七 底本「教教《きやうげ》」は「教化」の誤刻か。

八 論語・陽貨「子曰、天何言哉、四時行焉、百物生焉、天何言哉」。天は何も言わないが、その天の運行によって四季が生じ、もろもろの生物が生育する。

成仙玉《じやうせんだま》一口《ひとくち》玄談《げんだん》 巻《くわん》之三

菊丘臥山人江文坡戯著

[一]忍辱仙人《にんにくせんにん》離㆓[二]諸相㆒之談《しよそうをはなるゝのだん》

守一仙人《しゆいつせんにん》なを説《とい》て曰《いはく》、「汝等《なんぢら》必《かなら》ず其身《そのみ》の大小《だいしやう》を以《もつ》て、一心《いつしん》を論《ろん》ずる事《こと》なかれ。男女《なんによ》の相《そう》を以《もつ》て、一心《いつしん》を論《ろん》ずる事《こと》なかれ。[三]一心性《いつしんしやう》は形体《からだ》の大小《だいしやう》に依《より》て大小《だいしやう》あるに非《あら》ず、譬《たとへ》ば形体《かたち》は小人島《こびとじま》の[四]庄官《しやうくはん》ほど些少《ちいさ》くても、一心性《こゝろ》は大人国《たいじんこく》の大王《だいわう》のごとき者《もの》もあり。姿《すがた》は大《だい》仏殿《ぶつでん》の[五]二王《にわう》の様《やう》でも、心《こゝろ》は餓鬼《がき》の頭取《とうどり》の様《やう》な者《もの》あり。夫《それ》和荘兵衛《わそうべい》に宏智先生《くわうちせんせい》が大人国の人《ひと》を以《もつ》て、聖人君子《せいじんくんし》大人《たいじん》の心《こゝろ》はかやうなり、教化《きやうけ》の至極《しごく》はかやうなものと諭《さと》し示《しめ》すにてぞあらんが、此守一《しゆいつ》仙人が気《き》に入《い》らぬは、彼《かれ》が大人国《たいじんこく》を以《もつ》て聖人君子《せいじんくんし》に譬《たとへ》、その大身《たいしん》を以《もつ》て大人《たいじん》の意《こゝろ》を説所《とくところ》、我《われ》これを非《ひ》とす。夫人《それひと》は形骸《かたち》を以《もつ》て其人《そのひと》を論《ろん》ずべからず。故《ゆへ》に孔子《こうし》の曰《いはく》、「[六]貌《かたち》を以《もつ》て人《ひと》を取《と》る、吾《われ》これを子羽《しう》に失《しつ》す」といへるは、子羽《しう》といふは[七]澹台滅明《たんだいべつめい》の事《こと》にて、甚《はなは》だ姿貌《すがたかたち》の悪《あし》き人《ひと》にてあれども、其行《そのおこな》ふ所《ところ》は甚《はなは》だ宜敷人《よろしきひと》なるゆへに、孔子《こうし》

一 釈迦の別名。その過去世において忍辱行を修行していた時の名。
二 「諸相」。仏語。事物の外にあらわれる姿や形を「相」という。
三 仏語。心性。そのまま「こころ」と訓じても良いが、本来の心、生れつき等の意。 四 庄屋。名主。
五 仏寺の山門の両脇に置かれて仏法護持する金剛力士像。
六 孔子家語五「澹台子羽、君子の容ありて、行その貌に勝(た)へず。宰我、文雅の辞ありて、智その弁に充たず。孔子曰く、里語に云ふ、馬を相するに輿を以てし、士を相するに居を以てすと。廃すべからず。容を以て人を取れば、則ち之を子羽に失す。辞を以て人を取れば、則ち之を宰予に失すと」。
　澹台子羽は大変なぶおとこだったので、孔子に入門を申出た時、孔子は余り注意していなかったが後年立派な人物になった。そこで弁舌のたちすぎるくせに実践力の無い宰我の例と合わせて、孔子が嘆息したこと。史記・弟子伝に出る。
七 澹台は姓、滅明は名、子羽は字。
八 中国上古の理想的帝王、三皇五帝の一人。史記・三皇本紀に「伏羲氏…蛇身人首…有㆓聖徳㆒」、「神農氏…人身牛首…蓋聖人徳沢広大」。
九 史記・滑稽伝「馬を相するに之を痩に失し、士を相するに之を貧に失す」。 一〇 味わいに於て、また品格に於いて。

かやうにもふされたり。又[八]伏羲《ふつき》といへる王《わう》は、蛇《じや》の身《からだ》にて首《かしら》は人《ひと》なり。神農《しんのう》といへる王《わう》は、体《かたち》は人《ひと》にて首《かしら》は牛《うし》なれども、皆大聖人《みなだいせいじん》にてありしなり。『史記《しき》』に曰《いはく》、「[九]馬《むま》を相《そう》するには痩《やせ》たるに失《しつ》し、人《ひと》を相《そう》するには貧《まづし》きに失《しつ》す」といひしは、其容貌《そのかたち》を以《もつ》て人《ひと》を失《うしな》ふべからざるの誡《いまし》めなり。夫鯨《それくじら》は海中《かいちう》の大魚《たいぎよ》なれども、鯛《たい》の小魚《しやうぎよ》なるに[一〇]及《およ》ばず。容貌《すがた》は醜《みにく》き章魚《たこ》や鮊《こち》は[一一]金魚銀魚《きんぎよぎんぎよ》に勝《まさ》り、[一二]板銀《いたがね》より片金《いちぶ》に位《くらい》あり、大銭《たいせん》より小銀《こだま》が貴《たつと》く、[一三]三囲四囲《みだかへよだかへ》の松柏《まつかしは》より、一寸の[一四]赤栴檀《しやくせんだん》が価高《あたいたか》く、何《なに》に依《よ》らず其形《そのかたち》を以《もつ》て論《ろん》ずべからず。[一五]金剛経《こんがうきやう》に釈迦《しやか》の説《とか》れしを見《み》ざるや、「[一六]三十二相《そう》八十随好《ずいぎやう》紫金《しこん》の相《そう》を以《もつ》て如来《によらい》とせば、[一七]転輪聖王《てんりんぜうわう》も是如《これによ》来《らい》なるべしや。[一八]須菩提仏《しゆぼだいほとけ》に白《もふ》して言《もふさ》く、[一九]世尊我仏《せそんわれほとけ》の説給《とき》ふ義《ぎ》を解《さと》りたり。然《しか》れば如来《によらい》は三十二相《そう》を以《もつ》て如来《によらい》とは為《な》すべからずと。爾時釈迦《そのときしやか》偈《げ》を説《とい》て曰《いはく》、[二〇]若色相《もししきそう》を以《もつ》て我《われ》を見《み》、音声《おんじやう》を以《もつ》て我《われ》を求《もと》めば、此人《このひと》は仏道《ぶつどう》を行《ぎやう》ずるではない、邪道《じやどう》を行《ぎやう》ずるなり。如来を見《み》る事能《ことあた》はじ」と。此如来《このによらい》を見《み》る事《こと》あたはじと釈迦《しやか》のもふさるゝは、如来《によらい》は色相音声《しきそうおんじやう》などの外相《ぐはいそう》を見《み》て、是《これ》が仏《ほとけ》じやとおもふな、仏《ほとけ》といふは一心性《いつしんしやう》の事《こと》なりといふの義《ぎ》なり。

又釈迦《しやか》のもふさるゝは、我過去《われくわこ》の事《こと》を念《おも》ひめぐらすに、[二一]過去《くわこ》五百世に於《おい》て、我忍辱仙《われにんにくせん》人《にん》といひし時《とき》、[二二]我相《がそう》もなく人相《にんそう》もなく、衆生相《しゆじやうそう》もなく寿者相《じゆしやそう》も無《な》しと。[二三]時《とき》に其頃天竺《そのころてんぢく》に[二四]歌利王《かりわう》といへる極悪王《ごくあくわう》ありしが、彼王皇妃《かのわうきさき》と同《おな》じく山中《さんちう》へ猟《かり》に出《いで》られて、彼王猟疲倦《かのわうかりくたびれ》て暫《しばら》く寝《いね》られたる間《あいだ》に、皇妃山中《きさきさんちう》をあちこちと遊《あそ》び歩行《あるき》て、彼忍辱仙人《かのにんにくせんにん》の禅坐《ぜんざ》して居《ゐ》ら

一一 鑑賞用の金魚嗜好は江戸中期頃から盛んになり「金魚養玩草」(寛延元年刊)などの手引書もある。銀魚は金魚の変種で紅色が白色に変じたものをいう。「或変レ白者名二銀魚一」(和漢三才図会四十八)。

一二 「板銀」は「豆板銀」の略で一匁から五匁前後の円形指頭大の小額銀貨。「片金」は長方形の小額金貨で一片が一歩、則ち四分の一両で銀十五匁程に通用する。「大銭」は大ぶりな銭貨で、一枚が一文通用の「寛永通宝」に対し、十文通用の「宝永通宝」をいう。「小銀」は豆板銀と同じ。

一三 大人三人か四人が手を延ばしてやっと囲めるような大きさ。

一四 東南アジア産の香木の一種。その色によって「白檀」「紫檀」「黄檀」等の名があり、「紫檀」の新しいものを赤栴檀というと和漢三才図会八十二「檀香」にいう。

一五 「金剛般若波羅蜜教」の略。金剛のように堅固な仏智の依るべきを説く。

一六 「金剛経」の文「もし三十二相を以て如来と観れば、転輪聖王は則ちこれ如来なり。須菩提仏にまうして言く、世尊、我仏所説の義を解するが如し。まさに三十二相を以て如来と観るべからずと。その時世尊偈を説いて言く、もし色を以て我を見、音声を以て我を求むれば、この人邪道を行ふ。如来を見ること能はずと」。「三十二相」は仏や転輪聖王などが具

る丶を見《み》て、礼拝《らいはい》して居《ゐ》られしが、彼王忽《かのわうたちま》ち目《め》を覚《さま》し、皇妃《きさき》を尋《たづね》て山中《さんちう》には《(わ)》け入《い》り、彼《かの》ていを見《み》て大《おほ》きに気《き》をまはし、怒《いか》りながら仙人《せんにん》に問《とふ》て曰《いはく》、「汝《なんぢ》[一]四果《しくは》を得《う》るや否《いな》や」と。仙人答《こたへ》て曰《いはく》、「四果《しくは》は未《いま》だ得《え》ず」と。彼王大《かのわうおほき》に怒《いか》りて剣《けん》をぬき持《もち》、彼仙人《かのせんにん》を[二]寸段《ずた》〳〵に割截《きり》たり。其時《そのとき》に天帝《てんてい》これを怒《いか》りて、空《そら》より大盤石《だいばんじやく》を降《ふら》すこと雨《あめ》のごとし。爰《こゝ》に於《おい》て歌《か》利王大《りわうおほひ》に懼《おそ》れて懺悔《さんげ》して、仙人《せんにん》に罪《つみ》を許《ゆる》し給へと乞《こ》ひければ、忍辱仙人《にんにくせんにん》の曰《いはく》、「我はたとへ身命《しんめう》を失《うしな》ふとも、少《すこ》しも怒《いか》る意《こゝろ》なし」と。彼王《かのわう》の曰《いはく》、「何《なに》ゆへ身体《からだ》を寸段《ずた》〳〵にせられても怒《いか》ることなき」。仙人《せんにん》の曰《いはく》、「我少《われすこ》しも嗔《いか》り腹立《はらたつ》ることなし。其証拠《そのしやうこ》には今截《いまきら》れし我瘡《わがきず》、即《すなはち》平愈《へいゆう》せん」と答《こた》へける中《うち》に、忽然《こつぜん》として其瘡悉《そのきずこと〳〵》く平愈《へいゆ》したり。是人相《これにんそう》、我《が》相《そう》、衆生相《しゆじやうそう》、寿者相《じゆしやそう》なきを以《もつ》てなり。

夫道《それみち》は元来一致《ぐわんらいひとつ》にして、相《そう》を離《はな》れ名《な》を離《はな》れて見《み》る則《とき》は、儒道《じゆどう》も仏道《ぶつどう》も[三]仙道《せんどう》も神道《しんとう》も皆《みな》ひとつの理《り》なり。我仙教《わがせんきやう》に於《おい》ては、[四]清浄無為真一《しやう〳〵ぶゐしんいつ》と号《なづ》け、禅宗《ぜんしう》にては、[五]本来《ほんらい》の面目《めんぼく》とも無位真人《むゐしんじん》とも主人公《しゆじんこう》とも号《なづ》けたるは、皆《みな》たゞ一心《しん》の悟《さと》りを開《ひら》き[六]見性成仏《けんしやうじやうぶつ》し、或《あるひ》は神仙《しんせん》真人《しんじん》となる[七]当体《とうたい》を指《さし》て、真一《しんいつ》とも面目《めんぼく》とも無位真人《むゐしんじん》、主人公《しゆじんこう》とも称《せう》す。仏経《ぶつきやう》にては[八]如来《によらい》とも仏《ほとけ》とも仏心《ぶつしん》とも仏性《ぶつしやう》ともいふは、皆仙教《みなせんきやう》の真一《しんいつ》の事《こと》なり。故《ゆへ》に儒教《じゆきやう》にも真一《しんいつ》あり、[九]我道一以《わがどういつもつ》てこれを貫《くはん》すといひ、[一〇]周濂渓先生《しうれんけいせんせい》も[一一]聖《せい》の要《よう》は一《いつ》と答《こた》へられ、[一二]大公望周《たいこうぼうしう》の武王《ぶわう》に、[一三]兵道《へいどう》の大事《だいじ》は一《いつ》と答《こた》へし類《たぐひ》、悉《こと〳〵》く説尽《ときつく》し難《がた》し。抑《そも〳〵》孔子《こうし》は此真一《このしんいつ》の当体《とうたい》を只一口《たゞひとくち》に説《とい》て、

える三十二種の勝れた特質。「八十随好」は仏・菩薩のみが具える八十種の好ましい相。

一七 正法をもって世界を統治する理想的な王。七宝と三十二相を具える。但し仏教では金・銀・銅・鉄輪の四王があるという。

一八 釈迦の十大弟子の一人。

一九 仏の十号の一。釈迦の説法場に於ける衆生からの釈迦の尊称。

二〇 仏語。外形にあらわれた肉身の姿。

二一 仏語。人間は過去・現在・未来の三世に於いて生死をくり返すが、その過去に於ける五百回前の在世の時。

二二 此の部分、出典未詳。我相・人相・衆生相・寿者相の何れも無しとするのは、それを以て仏の相とするものか。

二三 以下、二八八頁八行目まで、「賢愚経」三の説話による。 二四 「賢愚経」に「当時国王名為二迦梨一」。

一 仏語。小乗仏教にいう声聞の四種の悟り。

二 名義抄に「寸 ツダツダ」。

三 神・儒・仏の三教に対して、更に仙教・仙道を主張しようとするのが文坡の新しい試みである。

四 文坡の主張する仙教の中心的理念。天明四年(一七八四)刊「荘子絵抄」に「神仙の至道は、唯清浄無為真一の霊旨を大悟する事を要とす」。同六年刊「丙午運気考」に「神仙の至教は修煉

門人《もんじん》をして悟《さと》らしめんと、[一四]吾爾《われなんぢ》に隠《かく》すことなしともふされしは、人〻《にん〱》具足《ぐそく》[一五]し各〻《かく〱》円成《ゑんじやう》する体《てい》の真一《しんいつ》を悟《さと》らしめんとなり。然《しか》るに[一六]儒者《じゆしや》たる者《もの》、かやうな禅宗《ぜんしう》にいふがごとき、悟《さと》りの何《なに》のと心《しん》性《しやう》にかゝはりし事《こと》は、孔《こう》子の門《もん》に説所《とくところ》にあらずと、偏《ひとへ》に[一七]外相《ぐはいそう》の威儀《いぎ》をのみ論《ろん》じ、五常《ごじやう》の義《ぎ》を弁《べん》ずれども、本《ほん》来《らい》が真一《しんいつ》の大事《だいじ》なるを以《もつ》て、[一八]朱子《しゆし》も動《やゝも》すれば聖経《せいけい》を論註《ろんちう》するに、[一九]復初《ふくしよ》本心《ほんしん》[二〇]本然《ほんぜん》の性《せい》なんどゝ説《とい》て其事《そのこと》を弁《べん》ず。爰《こゝ》に於《おい》て後世《こうせい》の腐儒《ふじゆ》の輩《ともがら》、

服食長生不死等を以て極要とするに非ず。唯清浄無為真一の霊旨を大悟に有」等とあり、文坡はこの主張を中国明末の道家の一派で許遜の説く「浄明派仙教」の所説にならったものの如くである。

五 禅の公案の一。悟りの極致をいう。

六 禅語。自己の本性に具わる仏性を徹見し、覚知すること。

七 仏語。ありのままの本性。

八 仏語。仏の十号の一。一切諸法の根本を悟り、三世の因果に到達した者の意。

九 論語・里仁「子曰、参乎、吾道一以貫レ之哉」。私の方法はただ一つの事で貫かれているの意。

一〇 周茂叔。「通書」「太極図説」等の著者として朱子に多大の影響を与え、朱子学の母胎となる。

一一 通書・聖学「聖可レ学。曰、可。曰、有レ要乎。曰、有。請問焉。曰、一為レ要、一者無欲也」。

一二 中国周代の賢人。名は呂尚。周の文王の師であり、文王の子武王を助けて殷の紂王を討つ。後世兵法の始祖として尊ばれる。

一三 六韜・文韜「武王問二太公一曰、兵道如何。太公曰、凡兵道之道、莫レ過二乎一一」。

一四 論語・述而「子曰く、二三子我を以て隠せりと為す。吾爾(なんぢ)に隠すこと無し」。但し「乎爾」を徂徠は助字として「吾れ隠すこと無きのみ」と訓む。

大《おほき》に是《これ》を怪《あや》しみ怒《いか》りて、[一]宋儒《そうじゅ》を非《そし》りて区《まち》〻《〳〵》に批評《ひひやう》していふには、夫《それ》[二]異《い》端《たん》の二字《じ》は、宋儒《そうじゅ》これを取《とつ》て邪説《じゃせつ》の義《ぎ》とす。[三]程子《ていし》が曰《いはく》、「道《みち》の明《あきら》かならざる、異端これを害《がい》す」と。[四]理学《りがく》者《しゃ》の曰《いはく》、「[五]異《ゐ》端《たん》とは仏《ほとけ》と老子《らうし》とをいへども、其中《そのうち》に仏者《ぶつしゃ》の聖人《せいじん》の道《みち》を害《がい》する事甚《ことはなは》だし」と。又曰《またいはく》、「聖人《せいじん》の道《みち》に非《あら》ずして、別《べつ》に一端《いったん》を設《もふ》くるを異端《いたん》といふなり。然れば聖人孔《せいじんこう》子《し》は一《いつ》といふ事《こと》を説給《とき》ふ事なきに、周濂渓《しうれんけい》は聖《せい》の要《やう》は一《いつ》と説《と》き、又は[六]無極《ぶきよく》を説《とく》。孔子《こうし》聖人は終《つゐ》に本心《ほんしん》の本然《ほんぜん》の復初《ふくしよ》のといふ事を説給《とき》はざりしに、宋儒《そうじゅ》はこれを設《もふ》けて聖《せい》の道《みち》を説《とけ》り。是別《これべつ》に一端《いったん》を設《もふ》くるに非《あら》ずや。蓋《けだ》し仏《ほとけ》や老子《らうし》の教《おしへ》も、善《ぜん》は善と為《な》し悪《あく》は悪と為すなれば、我儒《わがじゅ》に異《こと》なる事なし。唯其説様《たゞそのときやう》が同《おな》じからざるなり。其説やうが同じからぬを以《もつ》て異端《いたん》と為《な》さば、宋儒朱子《そうじゅしゅし》を始《はじ》め、其外本心《そのほかほんしん》、本然《ほんぜん》、復初《ふくしよ》なんどゝ、孔子《こうし》の説給《とき》はぬ事《こと》を設《もふ》けて学者《がくしゃ》を導《みちび》くは、是皆異《これみないい》端《たん》にして儒者《じゅしゃ》に非《あら》ず」と罵《のゝし》り誹謗《そしる》は、彼孔子《かのこうし》聖人《せいじん》が真《しん》一《いつ》の旨《むね》を説示《ときしめ》されたる事《こと》を知《し》らず悟《さと》らぬゆへなり。周濂渓《しうれんけい》、程子《ていし》、朱子《しゅし》のごとき人《ひと》〻《〴〵》は、是を解《さと》り是を知《し》りて、其真一《そのしんいつ》の旨《むね》を弁《べん》ずるに、彼本心《かのほんしん》、本然《ほんぜん》などの語《ご》を以《もつ》て説示《ときしめ》すものなり。

神仙之教先㆓仏法㆒之談《しんせんのおしへはぶつぽうよりさきなるのだん》

一五 仏語。十分に具えていること。
一六 ここにいう儒者の主張は徂徠学者のそれを指している。「総ジテ聖人ノ道ハ元来治国平天下ノ道ナル故…何ノ用ニモ立ヌ心法ノ詮議、理非ノ争ヒ等無用ノ学文ト言フ可シ」(政談四)。
一七 外側のふるまい。これは太宰春台の「聖学問答」などに詳説される。
一八 朱熹。宋代の代表的思想家。朱子学の体系をうちたてる。
一九 「復初」は人々が本来具有している善に復すること。「本心」は人間本来のまごころ。「復初」の語は荘子に出、「本心」は孟子に出て、朱子学の術語となる。 二〇 朱子学用語。人間の性質に「本然」と「気質」の二つがあり、「本然の性」とは理そのものであって絶対的な善であるとする。

一 宋代の儒者、即ち朱子学派を指す。
二 論語・為政に見える語。通常は正しくない学問、邪説の義に解する。
三 程明道・程伊川兄弟。宋学の創始者として朱子に大きな影響を与える。
四 性理学者。宋学・朱子学者の別称。
五 朱子「論語集注」為政に「程子曰く、仏氏の言は、これを楊墨に比すにもつとも理に近きと為す。ゆゑにその害もつとも甚しと為す」。
六 宇宙の本体を無声・無臭・無形として、それを無極・太極と呼び「太極図説」を作る。
七 抱朴子・内篇十「或る人、儒、道の

夫神仙《それしんせん》の教《おしへ》は、仏道《ぶつどう》、儒道《じゆどう》、神道《しんとう》より以前《いぜん》に、[七]早其道行《はやそのみちおこな》はれて、天竺国《てんぢくこく》にては、釈迦《しやか》牟尼《むに》仏《ぶつ》の仏法《ぶつぽう》をひろめられぬ以前《いぜん》より仙教《せんきやう》はあり。其証拠《そのしやうこ》は釈迦《しやか》如来のいまだ悉達太子《しつたたいし》といひし時《とき》、王城《わうじやう》を忍《しの》び出《いで》て[八]檀特山《だんどくせん》へ往《ゆき》て、始《はじ》めて[九]阿《あ》藍迦《らんか》藍仙人《らんせんにん》の処《ところ》に於《お》ひて、三年が[一〇]間不《あいだふ》用処定《ようしよでう》といふことを学《まな》ばれしが、又爰《またこゝ》を去《さつ》て[一一]復鬱頭藍仙人《またうつづらんせんにん》の処《ところ》へ行《ゆき》て、三年が間《あいだ》[一二]悲想非非想定《ひそうひひそうでう》を学《まな》ばれ、夫《それ》より[一三]雪山《せつせん》へ行《ゆき》て、六年が間坐禅工夫《あいだざぜんくふう》ありて、二月八日菩提樹《ぼだいじゆ》下《げ》に在《あつ》て、頭《かしら》を挙《あげ》て明星《めうぜう》を見《み》て、悟《さとり》を開《ひら》き成仏《じやうぶつ》しられたりと、[一四]普耀経《ふようきやう》に説《とけ》りなむど、釈《しや》迦《か》いまだ悉達太子《しつたたいし》たりし時発心《ときほつしん》して、[一五]浄飯大王《じやうぼんだいわう》が諸門《しよもん》に番《ばん》に番をつけて、太子《たいし》を王城《わうじやう》より出《いだ》すまじと、用心厳密《ようじんげんみつ》にせられたる其王城《そのわうじやう》を夜《よ》ぬけにして、発心出家《ほつしんしゆつけ》せらるゝ事《こと》なれば、直《じき》に其頃名《そのころな》の高《たか》ひ知《ち》識高僧《しきかうそう》の所《ところ》へ往《ゆき》て、頭《かしら》を円《まろ》め衣《ころも》を着《ちやく》して、其仏道《そのぶつどう》を修行《しゆぎやう》せられそふなものじや、父浄飯王《ちゝじやうぼんわう》は[一六]野良《のら》な息子《むすこ》を外《そと》へ出《だ》すまい〳〵と、意《こゝろ》をつかふがごとくせらるゝ。悉達太子《しつたたいし》は親《おや》の目顔《めかほ》を忍《しの》びて出《で》やう〳〵とする息子《むすこ》のごとく、心労《しんらう》してどふやらこうやら抜出《ぬけいで》たりや、[一七]傍《わき》ひら見《み》ずに野良息子《のらむすこ》なら遊廓《くるは》へさして宙《ちう》を飛《と》び、[一八]思《おも》ふお敵《てき》が方《かた》へ行《ゆく》なれど、此悉達太子《このしつたたいし》は[一九]四門《しもん》に遊《あそ》びて無常《むじやう》を観《くわん》じ、美貌《うつくし》き耶輸陀羅《やしゆだら》といふ妻《さい》も棄《すて》、いとし可愛《かはい》の羅睺羅《らごら》といふ子《こ》を捨《すて》て、結構《けつかう》な宮殿楼閣《くうでんらうかく》の裡《うち》をぬけ出《いで》るに、四方《しほう》の城門《じやうもん》には厳《きび》しく番人《ばんにん》がついて居《ゐ》る、すればなみや大抵《たいてい》の事《こと》では、此王城《このわうじやう》は抜出《ぬけで》られぬ所《ところ》を、[二〇]犍《こん》陟駒《でいこま》に打乗《うちの》りて、[二一]車匿童子《しやのくどうじ》を一人召連《めしつれ》て、なんなく厳重《きびしき》かの王城《わうじやう》を出《で》られたが、サア爰

先後を問ふ。抱朴子答へて曰く、道は儒の本にして、儒は道の末なり」。

八 インド、ガンダーラ地方にあったという山の名。

九 阿羅邏仙人、また「阿羅邏伽藍」とも言い、一人の名とも、阿蘭と伽蘭の二仙人の名ともいう。仏が出家の始めに就いて学んだという。過去現在因果経三「爾時太子即便前、至阿羅邏仙人之処」。この辺り、「過去現在因果経」「仏本行集経」「中阿含経」(巻五十六)、「四分律」(巻三十一)等の仏伝では、それぞれ師とする仙人名や定名が違っていて、文坡が何れに基づくかは定めがたい。

一〇 自身の執着をすべて離れた境地を体得するための行。「無所有処」とも。

一一 「鬱頭藍弗」、「鬱陀羅伽仙人」とも言い、やはり仏が出家後、道を問うた仙人の名。仏本行集経二十二。

一二 「非想定」と「非非想定」。「非想」は思わないこと、「非非想」は思わないと思う事を更に否定することで、有想・無想を共に離れて有無に偏しない境地を得るための修行。この辺り普耀経五や、仏本行集経二十六・二十七に詳しい。

一三 釈迦が過去世に於て雪山童子の名で修行した土地(涅槃経十四)。以下の釈迦伝は「普耀経」(巻五)、「過去現在因果経」などにあり。また釈迦成道の地は雪山修行の後、ガンジス下流のガヤという地とされる。

じやて。

其時分《そのじぶん》には未《いま》だ仏法《ぶつぽう》といふものが、天竺《てんぢく》に弘《ひろ》まらぬに依《よつ》て、元《もと》より仏道《ぶつどう》を得《ゑ》たる仏といふ者《もの》も、僧《そう》といふ者《もの》も、智識長老《ちしきてうらう》といふ者《もの》もたゞの一人《ひとり》もなく、此時天竺国《このときてんぢくこく》には、仙《せん》教《きやう》のみ上古《むかし》より流通《るつう》して、彼処《かしこ》の深山此所《しんざんこゝ》の幽谷《ゆうこく》に、何仙人彼仙人《なにせんにんかせんにん》と種〻《しゆぐ》の名を呼《よ》ぶ仙《せん》人《にん》のみ有《あり》て、其仙法《そのせんぽう》といふ者《もの》は、皆此心性《みなこのしんしやう》を悟《さと》りて昇天《しやうてん》を期《ご》す故《ゆへ》に、其修行皆《そのしゆぎやうみな》禅定《ぜんぢやう》[一]にして、所謂不用処定《いはゆるふようちやう》の、非《ひ》想《そう》非《ひ》非《ひ》想《そう》定などいへる名《な》目あり、都《すべ》て此一大事《このいちだいじ》を契悟《さとら》む事《こと》を要《よう》とせり。其趣《そのおもむ》きは今《いま》の仏法《ぶつぽう》に異《こと》なる事《こと》なし。然《しか》りといへども其頃上古《そのころむかし》よりの仙教《せんきやう》の正《しやう》法早廃《ほうはやすたれ》て、諸《もろ〳〵》の仙法《せんぽう》を学《まな》ぶ者邪路《ものじやろ》に趣《おもむ》き、其正法《そのしやうほう》を取失《とりうしな》ふて、彼唐土《かのもろこし》の老子《らうし》を元祖《ぐわんそ》として学《まな》ぶといへる術士《じゆつし》[二]、方士《ほうし》、道士等《どうしら》が、煉養《れんやう》[三]じや金丹《きんたん》[四]じや服食《ふくしよく》[五]じやなんどゝ造作《ぞうさ》[六]に渡《わた》り、種〻《しゆぐ》の奇術幻術《きじゆつげんじゆつ》を以《もつ》て、諸人《しよにん》の眼《まなこ》をくらますの仙法《せんぽう》と同《おな》じ様《さま》になりしを、釈迦牟尼仏《しやかむにぶつ》は痛《いたま》しく悲《かな》しくおぼして、別《べつ》に仏教《ぶつきやう》といへる法《ほう》を開基《かいき》して、是等《これら》の邪仙人《じやせんにん》どもを非《(そし)》り玉《たま》へるなり。夫僊《それせん》[七]は遷《せん》なり。此真一《このしんいつ》の霊旨《れいし》を大悟《たいご》して、凡《ぼん》を転《てん》じて聖《せい》となる。義聖《ぎせい》[八]とは仏《ほとけ》も聖《せい》と号《なづ》け、真人神仙《しんじんしんせん》[九]をも聖《せい》と称《しやう》す。黄帝《くわうてい》[一〇]、尭王《ぎやうわう》、舜帝《しゆんてい》、孔子《こうし》のごときも聖《せい》といへり。我《わが》日本《につぽん》の神祇《じんぎ》[一一]も神聖《しんせい》《カミ》と称《しやう》せり。然《しか》れども仏《ほとけ》と神仙《しんせん》とは、此真一《このしんいつ》を大悟《たいご》したる人《ひと》をいふ故《ゆへ》に、其趣《そのおもむ》き大《おほい》に他《た》の聖《せい》とは異《こと》なり。扨神仙《さてしんせん》の道《みち》と仏法《ぶつぽう》と元来一致《ぐわんらいひとつ》にて、扨仏法《さてぶつぽう》にて八宗《しう》[一二]九宗《しう》、其名《そのな》は其家〻《そのいへ〳〵》宗旨《しうし》宗旨《しうし》にて異《かは》れども、其極意《そのごくゐ》は唯《たゞ》この清浄無為真一《しやうぐぶゐしんいつ》の霊旨《れいし》を大悟事《さとること》にて、

一四 八巻。釈迦本生より成道第六年の帰郷までを記す仏伝の経。

一五 迦毘羅国城主で、釈迦の父。普耀経三「父王…これが出家せんことを畏れ宿夜将護す。その牆壁を高くし、深く諸塹を掘り、更に城門を立て、門の開閉する声四十里に聞こゆ。諸の宿衛を立て、勇猛の士…」。

一六 道楽息子。どらむすこ。

一七 脇目もふらずに。

一八 惚れた相手。

一九 太子が出家する前、王城の四方の門から遊びに出て、人身に生老病死の四苦がある事を知ったその門。仏本行集経に詳しい。

二〇 太子出家の時の乗馬の名。もと「犍陟(けんたか)」(梵語「カンタカ」)の訛り。我国では「金泥駒」とも書くようになる。底本「捷陟駒」とあるが誤刻と見て改めた。

二一 太子が城を出る時の馭者の名。「闡鐸迦(せんだか)」ともいう。

一 仏語。開悟のための方法の一で、精神を静め統一して、真理を考える為に坐禅すること。

二 何れも道教の神仙の術、いわゆる方術を修めたという人。

三 精神や身体を修練して自在を得ること。

四 金石や水銀等を用いて練成する不老不死の薬。　五 仙薬を飲むこと。

六 何やかやと手数をかけること。

七 「僊」は「仙」と同字。「遷」はうつる。

真一《しんいつ》を仏心《ぶつしん》とも本来《ほんらい》の面目《めんもく》ともいへり。譬《たとへ》ば一握《ひとにぎり》の土《つち》を以《もつ》て種〻《いろ〳〵》の人形《にんぎやう》を作《つく》りて、是《これ》は[一三]朝比奈《あさひな》義秀《よしひで》なり、是《これ》は源《みなもと》の義経《よしつね》なり、是は[一四]雁金文七《かりがねぶんしち》なり、是は[一五]谷風梶《たにかぜかぢ》之助なり、是は達磨《だるま》大師《だいし》なり、是は傾城《おやま》なり、是は座《ざ》頭《とう》の坊《ぼん》なり、是は[一六]猿遣《さるつかい》、是《これ》は[一七]鹿《か》島《しま》の事触《ことふれ》なり、武蔵坊弁慶《むさしぼうべんけい》なり、[一八]中村《なかむら》富十郎、[一九]市川《いちかは》海老蔵なんど〻、一〻《いち〳〵》に其姿《そのすがた》かはれば名《な》も又かわるといへども元来《ぐわんらい》は一握《ひとにぎり》の土《つち》なるがごとし。故《ゆへ》に我《われ》これを皆〻《みな〳〵》土《つち》なりといふと、人《ひと》は又その姿形《すがたかたち》に依《より》て、いや〳〵是《これ》は土《つち》にあらず市川《いちかは》海老蔵なり、イヤ朝比奈《あさひな》三郎じや、イヤ傾城《けいせい》じや座頭《ざとふ》じやといふがごとく、我《われ》その真一《しんいつ》を悟《さと》れば、仏《ほとけ》とも如来《にょらい》とも聖人《せいじん》とも神明《しんめい》とも神仙《しんせん》とも、其家〻《そのいへ〳〵》其宗旨《そのしうし》〳〵で名《な》は替《かは》れども、元来一致《もとよりひとつ》の真一《しんいつ》を悟《さとり》たると、真一《しんいつ》の霊旨《むね》に契《かな》ふたる者《もの》とにて、別《べつ》の者《もの》にあらざる事《こと》を知《し》るは、彼諸〻《かのもろ〳〵》の人形《にんぎやう》をみな土《つち》じやといふと同《おな》じ」。

転輪王三十二相之談《てんりんわうさんじうにそうのだん》

篳良進出《はくりやうすゝみいで》て問《とふ》て曰《いはく》、「今《いま》の仰《おふ》せにて、真一《しんいつ》の旨《むね》はあらかた会得《がてん》がまいりしが、今仙人《いませんにん》の仰《おふ》せには、真一《しんいつ》の霊旨《むね》を大悟《さとれ》ば、此凡身《このぼんしん》の其《その》まゝに、真人《しんじん》とも仙人《せんにん》とも神人《しんじん》とも称《なつ》くるとの義《ぎ》に不審《ふしん》あり。夫仙人《それせんにん》はすべて[二〇]神通自在《じんづうじざい》を得《ゑ》て、雲《くも》に乗《の》り波《なみ》の上《うへ》を走《はし》り巌石《がんせき》に入《い》

釈名に「仙、遷也。遷二入山一也。故其制レ字、人傍作レ山也」。
八「義」はすぐれるの意。「義人」「義士」等。
九 道家の説く理想的人物。説文に「真とは仙人形を変じて天に登る也」。日本書紀には「真人」「神仙」にともに「ひじり」の訓をあてる。
一〇「伏羲・神農・黄帝もまた聖人なり」（「弁道」）、「夫れ尭・舜・禹は天下の大聖なり」（朱熹・中庸章句序）。
一一「我国神聖ノ教モ次第〳〵ニ其人有テ」（浅見絅斎・劄録）、「イハンヤ日本ハ神聖ノ開カセ玉フ御国ニテ」（宣長・答問録）。
一二 奈良朝の倶舎・成実・律・法相・三論・華厳の六宗に、平安の天台・真言を加えた八宗、それに浄土又は禅を加えた九宗。
一三 曾我物語に登場して有名な関東の武将。大力武勇に聞こえる。
一四 元禄（一六八八―一七〇四）頃大坂で有名な侠客「雁金五人男」の筆頭。元禄十五年処刑されたが、以後浄瑠璃・歌舞伎に作られて有名な存在となる。
一五 仙台藩抱えの名力士。第四代横綱。寛政七年（一七九五）没、四十五歳。
一六 猿まわし。
一七 常陸国鹿島神社の下級神官で、正月三が日、その年の吉凶を諸国に触れ歩く。後にはその風俗を似せた乞食物乞いの業となる。
一八 歌舞伎役者、初代富十郎。俳名慶子。天明六年（一七八六）八月没、六十

り、或《あるひ》は千万里の所《ところ》を一時《いつとき》の間《あいだ》に往来《ゆきゝ》をいたし、其寿命《そのじゆめう》千年万年にして、凡人《ぼんにん》とは大《おほき》にかわりし神変自在《じんぺんじざい》[一]、神通遊戯《じんづうゆげ》[二]するを以《もつ》て、仙人真人《せんにんしんじん》とも称《なづ》くるとこそ存《ぞん》ずるに、今《いま》この凡身《ぼんしん》にて、忽《たちま》ち真一《しんいつ》の旨《むね》を大悟《さとり》ましたらば、其神通自在《じんづうじざい》と不老不死《ふらうふし》の妙《めう》はあるまじきかと疑ひが起《おこ》りました。但《たゞ》し又真一《しんいつ》を大悟《さとり》ますれば、右《みぎ》の神通自在が自然《じねん》[三]とできまする事《こと》か、承《うけたまは》りたし」といへば、守一《しゆいつ》仙人の曰、「汝実《なんじまこと》の神仙《しんせん》といふ者《もの》になりたくば、強《しゐ》て神通《じんづう》を求《もと》めざれ。神通自在《じんづうじざい》は仏法《ぶつぽう》に於《おひ》ても仙家《せんか》に於《おひ》ても、第二義《だいにぎ》にして至要《しゐよう》[四]にあらず。故《ゆへ》に阿羅漢《あらかん》[五]は神通自在《じんづうじざい》をなせども、釈迦如来《しやかにょらい》これを仏《ほとけ》とも如来《にょらい》ともふされず、是《これ》を声聞《しやうもん》[六]と称《なづ》けられたり。仙家《せんか》に於《おい》ても又ゝ是《かく》のごとし。たとへ神通自在《じんづうじざい》、神変不測《じんぺんふしき》を為《な》すとも、此真一《このしんいつ》を悟《さと》らざれば、誠《まこと》の神仙真人《しんせんしんじん》とは称《せう》すべからず。皆《みな》これ輪廻妄想《りんゑもうぞう》[七]にして、必究《ひつきやう》[八]は無益《むやく》の事《こと》なり。故《ゆへ》に釈迦牟尼仏《しやかむにぶつ》は、阿藍伽藍仙人《あらんからんせんにん》の処《ところ》を辞《じ》し去《さ》り、又鬱頭藍弗《うつづらんほつ》仙人《せんにん》の所《ところ》も辞《じ》し去《さつ》て、遂《つゐ》に雪山《せつせん》に到《いた》り坐禅《ざぜん》六年し、此真一《このしんいつ》を大悟《たいご》して、忽《たちま》ち仏《ほとけ》となる事《こと》を得《ゑ》たり。仏《ほとけ》となるといつて、必《かなら》ず別《べつ》に変《かは》りし者《もの》に成《な》りしには非《あら》ず。仏《ほとけ》とは略《りやく》していふ事《こと》にて、詳《つまびらか》にいへば、仏陀《ぶつだ》といふなり。仏陀《ぶつだ》とは『大論《たいろん》』[九]に云《いわく》、「秦《しんに》は仏陀《ぶつだ》を知者《ちしや》と翻《ほん》ず」と。翻《ほん》ずといふは、天竺《てんぢく》にて仏陀といふを此方《このほう》の詞《ことば》にていふ則《とき》は、知者《ちしや》といふ事《こと》なりといふを翻《ほん》ずといふ。天竺国《てんぢくこく》にて仏陀《ぶつだ》といふは、唐土《もろこし》や日本《につぽん》でいふ則《とき》は知者《ちしや》といふ。知者《ちしや》とは何《なん》でいふなれば、悉達太子《しつたたいし》が雪山《せつせん》の菩提樹《ぼだいじゆ》といふ木《き》の下《した》に、六年が間座《あいだざ》禅《ぜん》を

八歳。三都の芝居を勤め、若女方を本領として「古今無類之妙大至極上上吉」と評される。

一九 歌舞伎役者。江戸荒事芸の第一人者。二代目団十郎。宝暦八年(一七五八)没、七十一歳。享保二十年(一七三五)より海老蔵を名のる。

二〇 超人的な能力を持ち、それを思うままに駆使すること。

一 仏・菩薩が衆生教化のために自由に種々の姿や動作を現わすこと。

二 仏・菩薩が自由自在に人を導き、それを自らも楽しむこと。

三 「ジネン」はおのずからにの意。「シゼン」は、若しかして、万一の意に用いる場合が多い。

四 肝心の所。要になる部分。

五 小乗仏教における最上の聖者だが、大乗仏教では仏弟子の到達する最高とされて、仏とは区別される。

六 仏の教えの声を聞いてはじめて修行し得る人の意で、自己の完成だけに努める者の意。

七 悟りを得ず、迷いの境地の中で生まれ変り死に変りさまようこと。

八 つまるところは。結局は。文坡著「春秋社日醮儀」に「真一を大悟せざる仙人は神仙真人とはいふべからず。皆術士方士といふ者にて偽仙なり。誠の仙人にはあらず」。

九 大智度論の略。一〇〇巻。竜樹菩薩つくる。その巻二に「また仏陀と

して、此真一《このしんいつ》の霊旨《むね》を工夫《くふう》し居《ゐ》られたが、六年目《め》の二月八日に、ふと頭《かふべ》を挙《あげ》て空《そら》を見《み》られたれば、明星《めうじやう》が出《で》て居《ゐ》られたを見《み》て、始《はじめ》て真一《しんいつ》を大悟《さとり》て、始《はじめ》て過去《くはこ》、未来《みらい》、現在《げんざい》の衆生《しゆじやう》、非衆生《ひしゆじやう》の数《すう》、有常無常等《うじやうむじやうとう》の一切《いつさい》の諸法《しよほう》を知《し》り、菩提樹下《ぼだいじゆげ》にて了々《りやう〳〵》[一〇]と覚知《さとりしら》れたる故《ゆへ》に、知者《しや》と名《な》づけたり。是知者《このちしや》を天竺《てんぢく》にては仏陀《ぶつだ》といふと、是《これ》は『大智度論《だいちどろん》』の説《せつ》なり。

[一一]又後漢《ごかん》の『郊祀志《かうしし》』[一二]にいはく、天竺《てんぢく》にも仏陀《ぶつだ》といふは、漢土《もろこし》でいへば覚《かく》《サトリ》といふ事《こと》なりと。此覚《このがく》といふに三《みつ》の義《ぎ》を具《ぐ》せり。一ッには自覚《みづからさとる》をいふ、何《なに》をか自《みづか》ら覚《さと》るぞならば、[一三]性《しやう》の真常《しんじやう》を悟《さと》るなり。性《しやう》の真常《しんじやう》とは、人々《にん〳〵》の心性《しんしやう》は真一《しんいつ》にして、真実《しんじつ》に生滅《しやうめつ》なく常住不《じやうじうふ》変《へん》なる事《こと》をいふ。扨《さて》心性《こゝろ》の真常《しんじやう》を悟《さと》りて、惑《まどひ》の虚妄《こもう》を了《さと》るなり。惑《まどい》の虚妄《こもう》とは、一切《いつさい》の迷《まよ》ひ煩悩《ぼんのう》といふ者《もの》は、元《もと》より空《そら》に浮雲《うきくも》の在《あ》るが如《ごと》く、空《そら》に浮雲《うきくも》ある中《うち》は、日月《じつげつ》の光《ひか》りも見《み》へず、世界《せかい》も闇《やみ》の夜《よ》のごとく、人々《にん〳〵》の煩悩迷《ぼんのうまよ》ひもそのごとく、迷《まよ》ひ生《しやう》じ煩悩《ぼんのう》の起《おこ》るときには、種々《しゆ〴〵》の悪念《あくねん》が起《おこ》り悪事《あくじ》をなして、誠《まこと》に我意《わがこゝろ》ながらも浅間敷《あさましく》おもふほどの凡心《ぼんしん》なれども、忽《たちま》ち悟《さと》りの風《かぜ》に連《つれ》て、今《いま》まで虚空一面《こくういちめん》に在《あ》る所《ところ》の迷《まよ》ひ煩悩《ぼんのう》の雲《くも》は、何処《いづく》ともなく吹晴《ふきは》れて、清浄無為真一《しやう〴〵ぶゐしんいつ》の日輪赫々《にちりんかく〳〵》とかゝやくを、是《これ》を自覚《みづからさと》るといふなり。二《ふたつ》には覚他《がくた》、三《みつ》には覚行《がくぎやう》、この覚他《がくた》も覚行《がくぎやう》も、倶《とも》に自覚《みづからさと》りし上《うへ》にて、他人《たにん》をも覚《さと》らしめて仏《ほとけ》となす事《こと》にて、外《ほか》の事《こと》にはあらず。

名づく。秦には知者と言ふ。何等の法を知る。過去現在未来の衆生数、非衆生数、有常無常一切の諸法を知る。菩提樹下に了々覚知したまふ。故に名づけて仏陀となす」。この部分は翻訳名義集一の「仏陀」の項にも引かれ、そこには「衆生非衆生数」とあって、文坡は後文と共に、この部分は明らかに翻訳名義集に拠って引用する。

一〇 はっきりと。明瞭に。

一一 以下の文は翻訳名義集の前引の文に続けて「漢には覚と言ふ。覚に三義を具せり。一は自覚。性の真常を悟り、惑の虚妄を了る。二は覚他。無縁の慈を運んで有情界を度す。三は覚行。円満にして原を窮め底を極めて、行満し果円なり」とあるのによる。

一二 漢書・郊祀志。班固撰。帝王が自ら天をまつる郊祀のことを記す。

一三 自己の心性が本来真如常住であること。

是《これ》を以《もつ》て能工夫《よくくふう》して見《み》よ。仏《ほとけ》に悉達太子《しつたたいし》がなられたといふて、格別人相《かくべつにんそう》の変《かは》りしにもあらず、只悟《たゞさと》りを開《ひら》きて、真一《しんいつ》の根本《こんぽん》へ行当《ゆきあた》りしなり。是《かく》のごとくいふても、いや〳〵守一仙人《しゆいつせんにん》は、自分《てまへ》の真一《しんいつ》の事《こと》を説《とい》て、むりに仏《ほとけ》の覚《さと》りと一致《ひとつ》にせんと、種〻《しゆぐ》に弁舌《べんぜつ》を振《ふる》ふでこそあれ。仏釈迦《ほとけしやか》如来は小児婦人《こどもおなご》も知《し》りしとふり、其身《そのみ》は紫《し》[一]磨黄金《まわうごん》の御容《おんすがた》にて、三[二]十二相《そう》とやら八十随好《ずいぎやう》とやらを具足《ぐそく》し給ひ、光明《くわうめう》を放《はな》ちて蓮華《れんげ》の上《うへ》に座《ざ》し給ふ所《ところ》、な

一「閻浮檀金」ともいう。紫色を帯びた黄金で、仏身のこと。
二 →二八七頁注一六。

かく〳〵大悟《さとり》ばかりでは、かやうな結構《けつかう》な金色《こんじき》の仏《ほとけ》にはなられまい。[三]すりや心易《こゝろやす》くなられる仏《ほとけ》ではない。自覚《さとり》ばかりではないといふべし。[四]汝《なんぢ》先にも金剛経《こんがうきやう》の説《せつ》を以《もつ》て、いひ聞《きか》した事《こと》をおもひ出《いだ》してみよ。仏《ほとけ》は容貌《すがたかたち》を以《もつ》て仏《ほとけ》とはいわず。三十二相金色《さうこんじき》の姿《すがた》が仏《ほとけ》ならば、[五]転輪聖王《てんりんじやうわう》も是仏《これほとけ》なるべきか。仏《ほとけ》は色相《しきさう》を以《もつ》て求《もと》むべからず。

イヤ序《つい》でに転輪聖王《てんりんぜうわう》のことをいふて聞《きか》そふ。転輪王《てんりんわう》は天竺語《てんぢくことば》にては[六]遮迦越羅《しやかおつら》といふなり。此国《このくに》の人寿命無量歳《じゆめうむりやうさい》より乃《すなは》ち八万歳《まんさい》に至《いた》るまでには、必《かなら》ず転輪王《てんりんわう》あり。[七]此王《このわう》は仏《ほとけ》のごとく三十二相《さう》を具《ぐ》して、容貌《かたち》の色黄金《いろわうごん》の色《いろ》なれば、釈迦《しやか》とは髪《かみ》が有《あ》るか無《なき》かまでの違《ちがひ》にて、身相《しんさう》に於《おい》ては少《すこ》しも異《かは》りし事《こと》なし。然《しか》れども転輪聖王《てんりんぜうわう》は、容貌《すがた》ばかりは釈迦《しやか》にて、心《こゝろ》に悟《さとり》を開《ひらか》ざれば、一切《いつさい》の凡夫《ぼんぶ》と異《こと》なる事《こと》なし。釈迦《しやか》は容貌《すがた》は転輪王《てんりんわう》のごとくなれども、心《こゝろ》に悟《さとり》を開《ひらき》たれば、是《これ》を如来《によらい》とも仏陀《ぶつだ》とも号《なづ》けたり。故《ゆへ》に仏《ほとけ》といふは、容貌《すがた》は鍛冶屋《かぢや》の[八]二《に》蔵《ぞう》の様《やう》でも、又は御寺《おてら》の[九]味噌《みそ》すり坊主《ばうず》の様《やう》でも、真一《しんいつ》を大悟《さとり》たる者《もの》をいふなり。今時《いまどき》の坊主《ばうず》のごとき、譬《たとへ》ば[一〇]金襴蜀江《きんらんしよくこう》の錦《にしき》の袈裟《けさ》を掛《かけ》て、身《み》に[一一]紫衣《しゑ》緋袍《ひほう》を着《ちやく》したりとも、大悟《さとり》を開《ひらか》ぬ坊主《ばうず》は、坊主《ばうず》にて[一二]若黄衣《もしくはうゑ》を被《き》たら、夫《それ》こそ大豆《まめ》の粉《こ》にぬり坊主《ばうず》、赤《あか》ひ衣《ころもき》被た坊主《ばうず》は、是《これ》赤小豆《あづき》の粉《こ》にぬり坊主《ばうず》じや。

三 …とすれば。
四 →二八七頁注一六。
五 →二八七頁注一七。
六 翻訳名義集三「斫迦羅伐辣底曷羅闍」の注文に「或遮迦越羅、此云㆓転輪王㆒。倶舎云、従㆓此洲人寿無量歳㆒、乃至㆓八万歳㆒、有㆓転輪王生㆒」。
七 大智度論四「転輪聖王有㆓三十二相㆒。菩薩亦有二三十二相一、有㆓何差別㆒。答曰、菩薩相者有㆓七事㆒勝㆓転輪聖王相㆒」。同書巻八十八「転輪聖王雖㆑有㆓三十二㆒、無㆓威徳㆒。不㆓具足㆒不㆑得㆑処与㆓愛等煩悩㆒倶。八十随形好具足、唯仏菩薩有㆑之」。
八 鍛冶屋の徒弟の通称。
九 寺で炊事などの雑務をする下級僧。
一〇 金襴や、明代舶来の蜀江錦で作ったような高価な袈裟。
一一 僧侶の法衣と袈裟の位階で、法印は紫、僧正は緋と定められた。
一二 黄色い法衣。

[一]黄檗禅師《わうばくぜんじ》呵二[二]羅漢《らかん》一之談《をかするのだん》

是《これ》はしたり、最前箒良《さいぜんはくりやう》が神通自在《じんづうじざい》の事《こと》を問《とひ》かけた故《ゆへ》、其返答《そのへんとう》をせんと欲《おも》ふて、遂《つい》うか〳〵仏《ほとけ》の講尺《かうしやく》で、神通自在《じんづうじざい》を余所《よそ》へやつてのけふとした。扨是《さてこれ》から彼神通自在《かのじんづうじざい》の返答《へんとう》をいたそふか。夫仏道《それぶつどう》でも仙道《せんどう》でも、修行《しゆぎやう》して神通自在《じんづうじざい》を得《う》るは、其道《そのみち》を得《う》るの験《しるし》なる事《こと》あれば、是《これ》を棄《すて》る事《こと》にはあらねども、神通自在《じんづうじざい》を得《ゑ》む為《ため》に、仏道《ぶつどう》でも仙道《せんどう》でも学《まな》ぶは是《これ》[三]魔法《まはう》なり。仏道《ぶつどう》でも仙道《せんどう》でもない。実《まこと》の仙仏《せんぶつ》の道《みち》は、本来《ほんらい》の面目《めんもく》を大悟《さとる》ことを専要《せんよう》とす。本来《ほんらい》の面目真一《めんもくしんいつ》を悟《さと》り得《う》れば、たとへ神通自在《じんづうじざい》を得《ゑ》ずとも何《なに》を得《ゑ》ずとも、是《これ》こそ実《まこと》の神《しん》仙《せん》とも仏陀《ぶつだ》とも称《せう》するなり。昔唐土《むかしもろこし》に黄檗禅師《わうばくぜんじ》といへる禅宗《ぜんしう》の[四]大善智識《だいぜんちしき》ありしが、[五]或時《あるとき》大河《だいが》の辺《ほとり》へ往《ゆき》かゝりしに、折節洪水出《おりふしこうずいいで》て渡《わた》る事《こと》を得《ゑ》ず、黄檗禅師《わうばくぜんじ》河辺《かはべ》に立《たつ》て、いかゞせんと欲《おも》ひ居《ゐ》らるゝ所《ところ》へ、一人《いちにん》の僧来《そうきた》りて、彼大河《かのだいが》の逆巻浪《さかまくなみ》の上《うへ》を何《なに》の苦《く》もなく、波《なみ》を蹈《ふむ》こと平地《へいち》のごとくにして、向《むか》ふ川岸《かわぎし》へ上《あが》り行《ゆく》を、黄檗禅師《わうばくぜんじ》是《これ》を罵《のゝし》りて曰《いはく》、「[六]自了《じりやう》の漢《かん》、汝《なんち》が是神通《かくじんづう》ある事《こと》を早《はや》く知《し》らば、汝《なんち》が脛《はぎ》を斫棄《きりすて》むものを」といはれたれば、彼僧大《かのそうおほき》に歎《たん》じて曰《いはく》、「貴僧《きそう》は真《しん》の[七]大乗《だいじやう》の法器《ほつき》なり。我及《わがおよ》ぶ所《ところ》に非《あら》ず」といえり。真《しん》の大乗《だいじやう》の法器《ほつき》とは、実《まこと》の善知識《ぜんちしき》といふに同《おな》じ。又[八]羅漢《らかん》ありて、雲《くも》に乗《のり》て空《そら》より下《くだ》り、[九]仰山和尚《ぎやうざんわしやう》といへる

一 名は希運。福建省福州の人。江西省鍾陵に黄檗山を開き、以後黄檗の宗風が大いにふるったという。

二 「羅漢」。仏語。「阿羅漢」の略。小乗仏教の悟りを極めた位の名。

三 仏道・仙道の本来の姿を外れたもの。

四 仏語。善法・正法を説き、人を仏道に入らせる人。

五 碧巌録二・第十一則に見える説話「師昔遊二天台一、路逢二一僧一。与レ之談笑如二故相識一…属二渓水暴漲一、乃植レ杖捐レ笠而止。其僧率レ師同渡。師曰、請渡。彼即褰レ衣躡レ波如レ履二平地一。回顧云、渡来渡来。師咄云、這自了漢、吾早知二捏怪一、当レ斫二汝脛一。其僧歎曰、真大乗法器。言訖不レ見」による。

六 仏語。他人を導こうとする化他の願を持たぬ人。

七 大乗仏教の真髄を受けるに足る能力を具えた人。

八 以下の説話は断橋禅師の「禅林口実混名集」の「小釈迦」と題する話に略述されるが、その原話は未詳。文坡は原話の方を引くか。「仰山慧寂禅師…有二梵僧一、従レ空而至曰、特来二東土一礼二文殊一、却遇二小釈迦一。遂出二梵書貝多葉一、与レ師作礼乗レ空而去。自レ此諸方、号二小釈迦一」。

九 名慧寂。広東省懐化県の人。江西省の仰山に住して禅宗を広め、中和三年（八八三）寂。七十七歳。

禅僧《ぜんそう》の所《ところ》に到《いた》りければ、仰山和尚問《ぎやうざんわしやうとふ》て曰《いはく》、「近頃何《ちかごろいづ》れの所《ところ》より来《きた》るぞ」と。彼羅漢答《かのらかんこたへ》て曰《いはく》、「[一〇]西天竺《さいてんぢく》より来《きた》る」と。仰山和尚《ぎやうざんわしやう》の曰《いはく》、「何時《いつごろ》かの西天竺《さいてんぢく》を出来《いできた》るぞ」と。羅漢曰《らかんいはく》、「今朝西天竺《こんてうさいてんぢく》を出来《いできた》る」。見《み》るべし漢土《もろこし》より西天竺《さいてんぢく》までは、十万里の行程《みちのり》なるに、今朝《けさ》天竺《てんぢく》を立《たつ》て、昼飯時分《ひるめしじぶん》に漢土《もろこし》へ来《きた》るとは、何《なん》と神通自在《じむづうじざい》なる者《もの》に非《あら》ずや。何《なん》と十万里の行程《みちのり》を三時《みとき》ほどに来《きた》るとは、早《はや》き事箭《ことや》を射《ゐ》るより速《すみや》かなるに非《あら》ずや。所《ところ》に仰山和尚《ぎやうざんわしやう》は早《はや》ひといはぬわい。「十万里の道《みち》を今朝《けさ》から今迄《いままで》かゝりしは太《はなは》だ遅《おそ》ひ〳〵。何《なに》を為《な》して居《い》たるぞ」と。羅漢《らかん》が曰《いはく》、「遅《おそ》ひ筈《はづ》じや、彼処《かしこ》の名所《めいしよ》此処旧跡《こゝのきうせき》を見《み》あるひて居《ゐ》た」といふたれば、仰山和尚《ぎやうざんわしやう》の曰《いはく》、「神通自在《じんづうじざい》は其方《そのほう》が得《ゑ》たであらふが、仏法《ぶつぼう》は此仰山老僧《このぎやうざんらうそう》が所《ところ》へ、机《つくえ》を持《もつ》て習《なら》ひに来《き》たら、始《はじ》めて知《し》らふ」といはれしに、彼羅漢《かのらかん》あきれた顔《かほ》をして曰《いはく》、「[一一]はざ〳〵漢土《もろこし》へ来《きた》りて、[一二]五台山《ごだいさん》の文殊菩薩《もんじゆぼさつ》を拝《はい》せふと思《おも》ふたに、却《かへつ》て小釈迦如来《しやうしやかによらい》に遇《あ》ふたり」とて、[一三]貝多羅葉《ばいたらやう》に何《なに》やら梵字《ぼんじ》で書《かい》たのを仰山和尚《ぎやうざんわしやう》に与《あた》へて、又雲《くも》に乗《のり》て天《てん》へ上《あが》り帰《かへ》りしといふ事あり。是《こゝ》を以《もつ》て見《み》るべし。誠《まこと》の仏法《ぶつぼう》といふものは、神通自在《じんづうじざい》を得《ゑ》た得《ゑ》ぬでない。皆心性《みなしんしやう》の悟《さと》りにある事《こと》なり。大悟《さとり》さへ開《ひら》けば、神通《じんづう》も神変《じんぺん》もいらぬ、実《まこと》の仏道仙道《ぶつどうせんどう》を得《ゑ》し仏《ほとけ》とも祖師《そし》とも仙人《せんにん》とも真人《しんじん》とも是《これ》をいふなり。大悟《さとり》をひらかず、神通《じんづう》自在《じざい》を得《ゑ》たり長生久寿《てうせいきうじゆ》を得《ゑ》たる仙人《せんにん》は、仙人《せんにん》ながらも誠《まこと》の神仙《しんせん》とはいわぬ。釈迦如来《しやかによらい》も是等《これら》を皆[一四]輪廻《みなりんゑ》妄想《もうぞう》の因《いん》にて、遂《つゐ》には悪道《あくどう》に堕在《だざい》すと、[一五]楞厳経《りやうごんきやう》に説《とき》めされたり。その訳《わけ》を

一〇 天竺国、即ちインドのこと。インドは中国から見て西方にあるので西天、又は西天竺と称する。

一一 わざわざ。

一二 中国山西省五台県の霊山。仏教三大霊場の一とされる。

一三 インド産多羅樹の葉。幅七、八《センチ》長さ六〇《センチ》程で、古代インドでは紙の代りに用い、針で経文を彫りつけ、綴じて書物とする。

一四 首楞厳経に「阿難。復有従レ人不下依二正覚一修中三摩地上、別修二妄念一、存レ想固レ形、遊二於山林人不レ及処一、有二十種仙一……是等皆於二人中一錬レ心。不レ修二正覚一、別得二生理一、寿千万歳、休下止深山或大海島絶二於人一境上、斯亦輪廻妄想流転」。

一五 首楞厳経、十巻。

説聞《ときききか》さんと欲《おも》へども、イヤ是事《このこと》は逐《おつ》て説聞《ときききか》そふ。扨仙家《さてせんか》に於《おい》て誠の真人仙人《しんじんせんにん》になるには、清浄無為真一《しやう〳〵ぶゐしんいつ》の霊旨《れいし》といふ事《こと》がある。此真一《このしんいつ》の旨《むね》を悟《さと》れば、直《ちき》に誠《まこと》の仙人《せんにん》じや。然《しか》も此真一《このしんいつ》の大悟《さとり》の大事《だいじ》は、格別六ケ敷事《かくべつむつかしきこと》でない、只禅坊主《たゞぜんばうず》の坐禅《ざぜん》をして、古則《こそく》[一]を工夫《くふう》すると同《おな》じ事《こと》で、仙家《せんか》では此坐禅《このざぜん》を胎息《たいそく》[二]といふなり。胎息《たいそく》と座禅《ざぜん》とすこしも異《かは》りし事《こと》なし。扨《さて》この真一《しんいつ》を悟《さと》る工夫《くふう》の仕様《しやう》があるが、汝等此工夫《なんぢらこのくふう》の仕様《しやう》を聞《きゝ》たいか。聞《きゝ》たくば守一《しゆいつ》仙人が住《す》む草蘆《いおり》へおじやれ、教《おし》ゆべし」。

成仙玉一口玄談巻之三 終

一 古人の儀則の意。禅宗にいう「公案」と同じ。仏祖の言動は修行者の模範となるので則という。

二 道教の修行法の一で、静座して行う腹式呼吸法の類。抱朴子・内篇八に「胎息を得る者は能く鼻口を以て嘘吸せざること、胞胎の中に在るが如くなれば、則ち道成るなり。初めて気を行ることを学ぶには鼻中に気を引いてこれを閉ぢ、陰に心を以て数へて一百二十に至らばすなはち口を以て微しくこれを吐き、これを吐いてこれを引くに及び皆己が耳をして其気の出入の声を聞かしむることを欲せず、常に入るること多く出すこと少からしめ、鴻毛を以て鼻口の上に著けて、気を吐くも鴻毛の動かざるをば候と為すなり」。

成仙玉一口玄談巻《じやうせんだまひとくちげんだんくわん》之四

長生不死無量寿之《てうせいふしむりやうじゆの》談

菊丘臥山人江文坡戯著

守一《しゆいつ》仙人の曰《いわく》、「汝等《なんぢら》それ仙教仏法《せんきやうぶつぽう》の中《うち》、いづれにても学《まな》ばむと欲《おも》はゞ、[三]先我《まづわれ》といふ者《もの》を離《はな》れよ。離《はな》れて執着《しうじやく》の念《ねん》なく、一切《いつさい》の事《こと》に於《おい》て皆無常《みなむじやう》を観《くわん》ぜよ。[四]一切《いつさい》の法皆生滅《ほうみなしやうめつ》ありと知《し》るべし。無常《むじやう》とは、世《よ》の人《ひと》の只人《たゞひと》の身《み》の上《うへ》に於《おい》て、昨日《きのふ》まで存命《ぞんめい》の人《ひと》が、今日《こんにち》は[五]鳥辺野《とりべの》の煙《けふり》となり、朝《あした》には容顔美艶《ようがんびゑん》なること、楊貴妃《やうきひ》、小野小町《おのゝこまち》のごとき婦人《おんな》も、夕《ゆふ》べには[六]白骨髑髏《はつこつどくろ》となりて、青草原上《せいそうげんじやう》に棄《すて》らるゝ、人間《にんげん》の境界《きやうがい》のみを観《くわん》じて、無常《むじやう》なりと為《す》るには非《あら》ず。天地《てんち》の間《あいだ》に在《あ》りとあらゆる一切《いつさい》の物《もの》、皆《みな》これ無常《むじやう》の物《もの》なり。無常《むじやう》とは常《つね》なしといふ字《じ》にて、常《つね》とは常住《ぢやうぢう》いつまでもありと、人《ひと》のいふ常《じやう》の字《じ》なり。無常《むじやう》とは常住定《じやうぢうさだ》まりて無《な》きことにて、[七]昨日《きのふ》の淵《ふち》は今日《けふ》の瀬《せ》と変《かは》るがごとく、世界《せかい》にあらゆる物皆無常《ものみなむじやう》にして、剛強《つよき》ことも頼《たの》むべからず、官位《くわんゐ》あるも頼《たの》むべからず、威勢《いせい》あるも頼《たの》むべからず、

三 この辺り、すべて当時仏法修行を説くものと共通する考えで、特異なものではない。例えば鈴木正三の「万民徳用」には「仏法修行は慮知分別の心を去て、著相の念に離れ、無我の心に至て私なく、物に任て自由なり」云々。

四 諸法。仏語では有形無形、虚も実も万物を指して諸法とする。

五 京都市東山区今熊野辺の地名。古くから火葬場として著名である。

六 小町の髑髏伝承は、江家次第十四に奥州八十島において業平と「あなめ〳〵」の歌をかわすものに初まり、古事談、袋草子など数多い。又人の屍の次第に変形するのを見て観想を行う「九想」の第八想に「骨想」がある。

七 古今集・雑「世中はなにか常なるあすか河きのふの淵ぞけふは瀬になる」による。世態の転変をいう時の慣用句。

若年《わかき》も頼むべからず、富貴《ふうき》なるも頼《たの》むべからず、一切《いつさい》の事《こと》皆《みな》頼《たの》むべからず。皆是常住《みなこれじやうぢう》かはらずして有《ある》ものにあらず、皆無常《みなむじやう》の者《もの》なりと観《くわん》ずべし。又生滅《しやうめつ》といふも無常《むじやう》に同《おな》じ。生《しやう》あれば滅《めつ》あり、是《これ》もたゞ人間《にんげん》の身《み》の上《うへ》のみとおもふべからず。一切万事《いつさいばんじ》皆生《みなしやう》ずれば滅《めつ》す。花開《はなひら》くれば必《かなら》ず散《ちる》がごとし。爰《こゝ》に於《おい》て人皆無常《ひとみなむじやう》と生滅《しやうめつ》ある事《こと》を知《し》りて、此無常《このむじやう》と生《せう》滅《めつ》なき事《こと》は、何《いづ》れの法《はう》を修《しゆ》し何《なに》の教《おしへ》を聞《きい》て、此生滅《このしやうめつ》もなく無常《むじやう》もなき事《こと》を得《ゑ》むやと、いろ〳〵の法《はう》を尋《たづ》ぬるに、一切世間《いつさいせけん》にありとあらゆる法《はう》に、無常《むじやう》と生滅《しやうめつ》のなき法《はう》はなし。皆常《みなつね》なき浅《あさ》はかなる法《はう》にて、頼《たのみ》と為《な》すべき事《こと》は一《ひと》つもなき所《ところ》に、神仙《しんせん》の法《はう》は是《これ》を修行《しゆぎやう》すれば、千年《ねん》万年の長寿《てうじゆ》を得《ゑ》、神通自在《じんづうじざい》の身《み》となりて、往《ゆき》たひ所《ところ》へ行《ゆき》、喫《くひ》たひと思《おも》ふ物《もの》は忽《たちま》ちに眼前《がんぜん》に至《いた》り、其余《そのよ》一切万事《いつさいばんじ》自由自在《じゆうじざい》なる事《こと》、仙人《せんにん》に比《くら》ぶべき者《もの》なく、無常《むじやう》もなく生滅《せうめつ》もなきは、仙教《せんきやう》に勝《まさ》りし教《おしへ》はない。修行《しゆぎやう》の功満《こうみつ》れば、此下界《このげかい》を去《さつ》て天《てん》に往《ゆき》て、意《こゝろ》のまゝに歓楽《くわんらく》し、世《よ》の憂無常《うきむじやう》を見《み》る事《こと》なき、何《なん》と仙教《せんきやう》に勝《まさ》りし法《はう》は又《また》外《ほか》にあるまじ。

故《ゆへ》に釈迦牟尼仏《しやかむにぶつ》、この仙教《せんきやう》の不老不死《ふらうふし》神通自在《じんづうじざい》にして、歓楽《くわんらく》を極《きは》むるの境界《きやうがい》をば、仏《ぶつ》法《ぼう》にも是《これ》ありと説《とか》れた所《ところ》が極楽世界《ごくらくせかい》なり。仙教《せんきやう》では不老不死《ふらうふし》、あるひは千年《ねん》万歳《さい》の又は長生不死《てうせいふし》といふ所《ところ》を、阿弥陀仏《あみだぶつ》一体《いつたい》で、其長生不死《そのてうせいふし》の所《ところ》を衆生《しゆじやう》に会得《がてん》さしたものじや。夫《それ》は何《なに》ゆへぞならば、[一]阿弥陀《あみだ》は天竺語《てんぢくことば》にて、漢土《もろこし》や日本《につぽん》でいふときは、無量寿《むりやうじゆ》といふ義《ぎ》なり。無量寿《むりやうじゆ》とは何万何億何千年《なんまんなにおくなんぜんねん》と、限《かぎ》り量《かぎ》りも無《な》き寿《いのち》といふぎにて、仙家《せんか》でいふ長生《てうせい》

一 梵語「アーミタ」の漢訳は無量寿・無量光などで、寿命がはかりしれない仏の意。密教では胎蔵界の仏としては無量寿、金剛界の仏としては阿弥陀仏という区別がある。今日では中国では一般に阿弥陀仏は仏教の神、無量寿仏は道教の神と説明されるという。

不死《ふし》より限量《かぎり》の無《な》い寿命《じゆめう》といふは一段上《いつだんうへ》を説《とい》て、扨《さて》その国《くに》をば極楽《ごくらく》と名《な》づけて、世間《せけん》の楽《たの》しみを極《きは》むるといふは、まだ何《なに》やら不レ足所《たらぬところ》があるが、阿弥陀《あみだ》の国《くに》の極楽《ごくらく》といふは、かやう〳〵に結構《けつかう》な所《ところ》じやと、[二]阿弥陀経《あみだきやう》に説《とか》れたごとく、誠《まこと》に此上《このうへ》もなき聞《きい》た所《ところ》が結構《けつかう》な国《くに》なり。扨《さて》この極楽弥陀如来《ごくらくみだにようい》の浄土《じやうど》へ往《ゆき》たい者《もの》は、何《なん》にも六ヶ敷修行《しゆぎやう》は入《い》らぬ。[三]只南《たゞな》無阿弥陀仏《むあみだぶつ》と唱《とな》へさへすりや、其儘《そのまゝ》に往生《わうじやう》するぞと、至極心易《しごくこゝろやす》く説《とか》れたが、我仙教《わがせんきやう》も是《これ》に同《おな》じ。彼唐土《かのもろこし》の道士《どうし》方士等《ほうしら》が、いろ〳〵と仙人《せんにん》になり様《やう》の修法《しゆほう》をこしらへて、金丹《きんたん》じや服食《ふくしよく》じや錬形《れんぎやう》じやのと、種〻《しゆ〴〵》ざつたの事《こと》を教《おしゆ》れども、皆是生滅無常《みなこれしやうめつむじやう》の法《はう》にて、遂《つゐ》には又悪道《あくどう》に堕落《だらく》すと釈迦《しやか》がいはれた通《とふ》り、皆是妄想輪廻《みなこれもうぞうりんゑ》の因《たね》なり。誠《まこと》の神仙《しんせん》の果《このみ》は得《う》る事難《ことかた》し。真実《しんじつ》の神仙《しんせん》になり、生滅《しやうめつ》もなく長生不死《てうせいふし》を得《ゑ》て、極楽《ごくらく》よりまだ好楽《よきたの》しみを得《ゑ》たくば、最前《さいぜん》もいふて聞《きか》す所《ところ》の、真一《しんいつ》の霊旨《れいし》を工夫《くふう》し大悟《さとり》たらば、即時《そくじ》に真実不生《しんじつふしやう》、不滅《ふめつ》長生《てうせい》、不死《ふし》無量寿《むりやうじゆ》の神仙《しんせん》となる事《こと》、この守一仙人《しゆいつせんにん》が[四]受合《うけやい》なり。

守一仙人看二戯場一之談《しゆいつせんにんしばいをみるのだん》

扨《さて》まづ仙教《せんきやう》を修行《しゆぎやう》する者《もの》は、深山幽谷《しんざんゆうこく》に入《いつ》て修行《しゆぎやう》するは、定《さだま》りし事《こと》のやうに古今思《ここんおも》へども、夫修行《それしゆぎやう》といふには、心《しん》の修行《しゆぎやう》あり身《み》の修行《しゆぎやう》あり。此二種《このにしゆ》の修行《しゆぎやう》は、あながち深山《しんざん》

二 仏説阿弥陀経、一巻。浄土三部経の一。その極楽を説く条に「極楽国土、七重欄楯、七重羅網、七重行樹、皆是四宝周帀囲繞。是故、彼国名曰極楽。又舎利弗、極楽国土、有七宝池、八功徳水、充満其中、池底純以金沙布地。四辺階道、金銀瑠璃玻瓈合成。上有楼閣、亦以金銀瑠璃玻瓈硨磲赤珠碼碯」。

三 法然「一枚起請文」に「たゞ往生極楽のためには、南無阿弥陀仏と申て、疑なく往生するぞと思ひとりて申外には、別の子細候はず」。

四 保証する。

幽谷《ゆうこく》に於《おい》て為《な》さずとも、人々《にん〳〵》[一]の意得《こゝろゑ》にて、たとへ市町《いちまち》[二]の諫《さはが》しき中《なか》に於《おい》ても出来《でき》る事《こと》なり。たとへ又深山幽谷《しんざんゆうこく》の中《なか》に在《あつ》ても、人々《にん〳〵》の意得《こゝろゑ》あしければ、一向《いつかう》に修行《しゆぎやう》は出来《でき》ぬなり。

扨《さて》まづ市中《しちう》に於《おい》ての修行《しゆぎやう》の仕様《しやう》は、別《べつ》に口伝《くでん》あるに非《あら》ず。たとへば我仙法《わがせんぼう》の真一《しんいつ》の大《だい》事《じ》を工夫《くふう》せんと思《おも》ふ一心徹骨徹髄《いつしんてつこつてつずい》ならば、坐《ざ》するにも行《ゆく》にも臥《ふ》すにも住《とゞ》まるにも、唯此《たゞこの》事《こと》の修行工夫《しゆぎやうくふう》を忘《わす》れず、他念妄念《たねんもうねん》なければ、自然《じねん》と市中《しちう》も山中《さんちう》もかはりし事《こと》なく、遂《つゐ》には大悟徹底《たいごてつてい》の場《ば》に至《いた》るなり。扨《さて》又市町《いちまち》に在《あ》りて、諸人《しよにん》の為《な》す事《こと》する事《こと》に意《こゝろ》をつけて見《み》る則《とき》は、何事《なにごと》に依《よ》らず我修行《わがしゆぎやう》の会得《こゝろへ》となる事《こと》なり。其会得《そのこゝろへ》になる事《こと》を一《ひと》つといふて聞《きか》すべし。彼今三ヶ津《かのいまさんがつ》[三]を始《はじ》め、諸所《しよ〳〵》にて時行芝居《はやるしばい》を往《い》て見《み》やれ。戯場《しばい》の役者《やくしや》が舞台《ぶたい》にて狂言《けうげん》[四]をする意持《こゝろもち》が、すぐに仙法仏法《せんぼうぶつぼう》を修行《しゆぎやう》する人《ひと》の会得《こゝろへ》になる事《こと》なり。最前《さいぜん》もいふごとく修行底《しゆぎやうてい》[五]の人《ひと》は、我《われ》を離《はな》れ執着心《しうちやくしん》を離《はな》るべし。一切世間《いつさいせけん》の事《こと》は、皆仮《みなかり》の浮世《うきよ》に仮《かり》の身《み》にて、何《なに》を為《な》す事《こと》も皆仮《みなかり》の事《こと》なれば、意《こゝろ》を止《とゞ》むべき事《こと》もなく、何事《なにごと》も頼《たの》むべき常住不変《じやうぢうふへん》の事《こと》もなく、皆生滅《みなせうめつ》の法《はう》なりと意得《こゝろへ》るが修行底《しゆぎやうてい》の第一《だいいち》なり。然《しか》るに彼芝居《かのしばい》にて、役者《やくしや》が舞台《ぶたい》にて狂言《けうげん》をする意持《こゝろもち》が、直《じき》に我《われ》を離《はな》れ執着《しうじやく》を離《はな》るゝの意得《こゝろへ》になるといふは、如何《いか》にと不審《ふしん》におもふべし。さらば其修行底《そのしゆぎやうてい》の人《ひと》、我《われ》と執着《しうちやく》を離《はな》るゝ意得《こゝろへ》を語《かた》り聞《きか》そふ。二人ともに能聞《よくきく》べし。

夫芝居《それしばゐ》は、漢土《もろこし》にては梨園《りゑん》[六]とも戯場《げぢやう》ともいえり。今《いま》まづ日本《につぽん》の芝居《しばい》に往《ゆき》て、三番叟《さんばそう》[七]か

一　その人その人の。
二　店を構えて物を売る場所の総称。
三　京・江戸・大坂のこと。江戸期の大都会。「三都」ともいう。
四　歌舞伎狂言、歌舞伎芝居のこと。
五　修行中の。「底」は名詞の接尾辞で、進行中の様子、様態を表す。
六　唐の玄宗皇帝が長安の禁苑中の梨園に、子弟三百人を選んで俗楽を学ばせた故事による。
七　歌舞伎芝居や人形浄瑠璃で、序幕が始まる前に祝儀として舞う翁舞。戯場楽屋図会一に「役者の家々は正月元日のごとくに粧ひ、ことごとく芝居にあつまり舞台につらなり。此とき本式の三番叟をまひおさめ」。

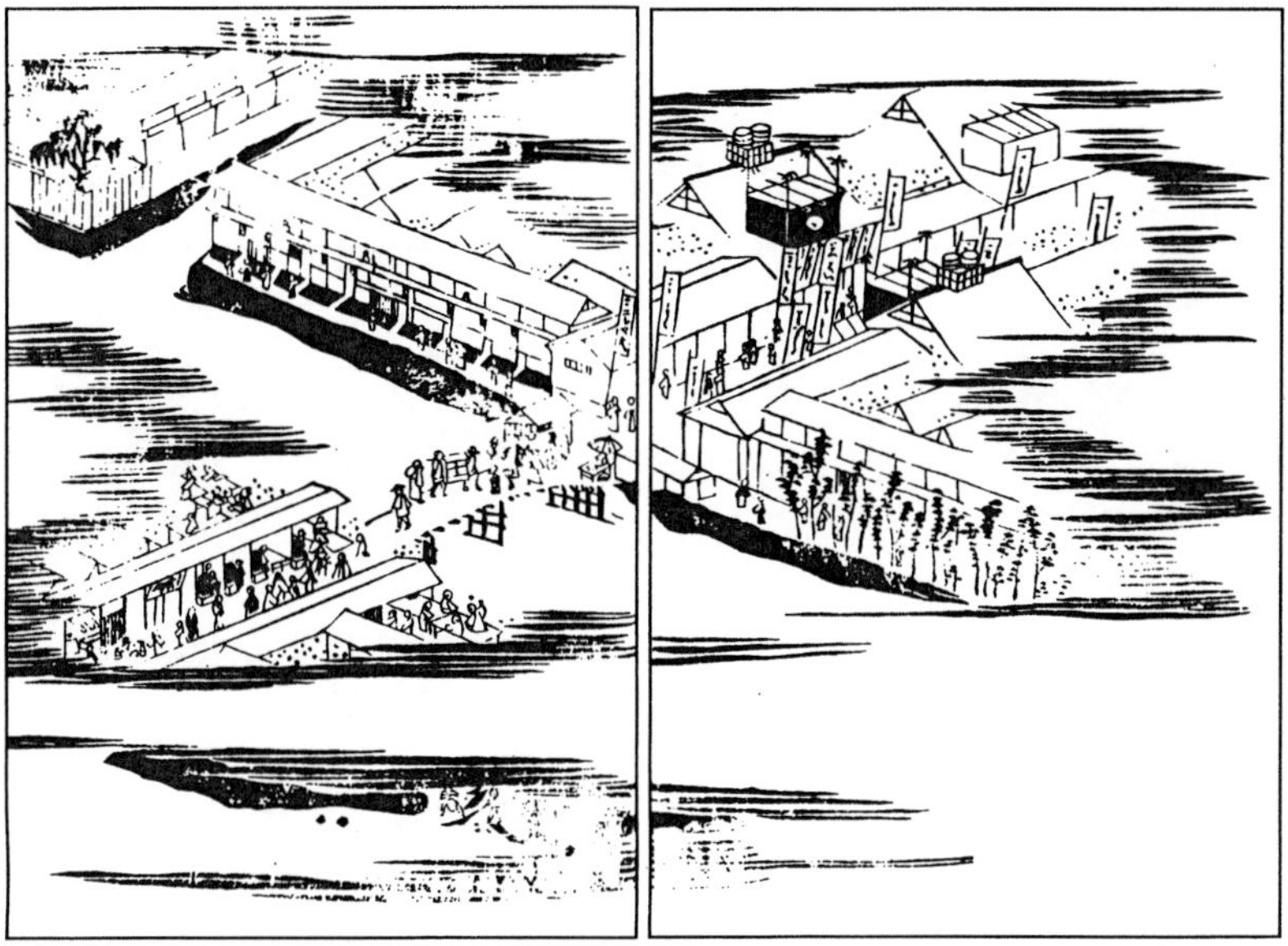

ら看《み》て居《ゐ》るに、扨狂言《さてけうげん》は[八]大《おほ》時代事《じだいごと》にて、初段《しよだん》の幕《まく》が明《あく》と、見渡《みわた》す所《ところ》の舞台《ぶたい》の体《てい》、[九]御殿《ごてん》がゝりにて、中央《ちうわう》に御《み》簾《す》が掛りて、金襖《きんぶすま》に黒塗《くろぬり》の[一〇]高欄《かうらん》、金銀《きんぐ》の金物《かなもの》きらめき渡《わた》り、寔《まこと》に是《これ》ぞ[一一]清涼殿《せいりやうでん》か[一二]南《なん》殿《でん》かとおもふ斗《ばか》りの[一三]結構《けつかう》、さて中央《ちうわう》の御簾《みす》の中《うち》、[一四]褥《しとね》の上《うへ》に座《ざ》したるは、何天皇《なにてんわう》とやらいへる王様《わうさま》なり。其左《そのさ》右《ゆう》には左大臣《さだいじんう》右大臣《だいじん》なりと、玉座近《ぎよくざちか》く伺候《しこう》あれば、百《ひやく》官《くわん》百司《し》に至《いた》るまで、威義《いぎ》を正《たゞ》して[一五]予参《よさん》ある。其初段《そのしよだん》の[一六]三重《さんぢう》までは、其何天皇《そのなにてんわう》と

八 芝居の時代物の内、源平時代以前を脚色した芝居。王代物。
九 御殿の風をうつした道具だて。例えば「菅原伝授手習鑑」大内山の場に「本舞台三間の間、高足塗高欄階段、翠簾を巻上げある。向う正面の翠簾上げおろしあり。左右狐格子。都て内裏の道具。真中二畳台に斎世の君」。
一〇 殿舎の廻りや廊下、階段の両側に設けた欄干。黒漆で塗り、金具の錨や飾り物がある。
一一 内裏の中の天皇常住の御殿。
一二 内裏の南面に位置する最も大きな正殿で、紫宸殿のこと。その前庭で重要な式事が行われる。
一三 構え。造作。
一四 畳を芯として布の縁をつけた、四角な敷き物。
一五 参列すること。
一六 三味線の節付けの一つで、一曲の最初や最後、場面の変り目などに用いる。やや高音で効果的な場面を作り出す。

やらになりし役者《やくしや》の威勢《いせい》、その勿体《もつたい》[一]その恭ゝ《うや〳〵し》さ、見物《けんぶつ》に往《い》た我等《われら》[二]まで、思《おも》はず頭《かうべ》を低《さげ》るぐらひ。所《ところ》に次《つぎ》の段《だん》にて、其天皇《そのてんわう》になりし役者《やくしや》が舞台《ぶたい》へ出《いで》たるを見《み》れば、始《はじ》めの姿引替《すがたひきかへ》て変《かは》りも変《かは》りし御姿《おんすがた》、見《み》るも痛《いた》はし薦《こも》かぶりの乞食《こじき》なり。コレハ如何《いか》に浅間敷御姿《あさましきおんすがた》や、如何《いか》なる仕落《しおち》[三]をなされけん。親《おや》の目《め》[四]をぬき大金《おほがね》を遣《つか》はれしか、新地通《しんちかよ》[五]ひの過《すぎ》たのか小路《こうぢ》[六]隠《がく》れか、但《たゞ》[七]し又簺《さい》[八]なぶりでもなさるゝか、十善万乗《じうぜんばんじやう》[九]の御身《おんみ》にて、薦《こも》かぶりになられしは能ゝ《よく〳〵》の事《こと》であらふ。意《こゝろ》[一〇]がらとはいふ者《もの》の、さぞ御無念《ごむねん》にあらふ口惜《くちおし》からふと、思《おも》はず涙《なんだ》を流《なが》しながら、其一段《そのいちだん》の幕《まく》になるやならぬに、此守一仙人《このしゆいつせんにん》その儘楽屋《まゝがくや》へ飛《とん》で往《ゆ》き方ゝ《ほう〴〵》と尋《たづね》て、今《いま》の天皇《てんわう》さまに御目《おめ》にかゝり、涙《なみだ》ながらに申上るには、「最前《さいぜん》あなたのかはりし御姿《おんすがた》を拝《はい》し奉《たてまつ》る、何《なに》ゆへかくまでは落給《おちたも》ふぞ。十善《ぜん》万乗《じやう》の御身《おんみ》にて、薦《こも》かぶり非人乞食《ひにんこつじき》とならせらるゝと申事《こと》は、能ゝ《よく〳〵》の御仕落《おんしおち》。親御《おやご》[一一]の御目《おめ》にはづれ給ふといふは、一通《ひととふ》りや二通《ふたとふ》りの事《こと》では御座《ござ》るまい。世間《せけん》に可愛子《かあいこ》を勘当《かんどう》いたすは、何程《なにほど》もある事《こと》なれども、皆《みな》外《ほか》の事《こと》から勘当《かんどう》はせぬ。博奕打《ばくちうち》か遊女狂《ゆうじよぐる》ひか、野良《のら》か放埒《ほうらつ》なか、但《たゞ》し手《て》[一二]が長《なが》ひか、此五《このいつ》品《しな》より多《おほ》くは勘当《かんどう》せらるゝものなり。御身《おんみ》は御人体《ごじんたい》[一三]にも似合給《にやいたま》はぬ、如何《いか》なる仕落《しおち》まし〳〵て、かゝる薦《こも》をば被《き》給ふぞ。御意《おんこゝろ》がらとは申ながら、嘸口惜《さぞくちおし》くも御無念《ごむねん》にも思召《おぼしめさ》む。しかし親御《おやご》の意《こゝろ》は慈悲《じひ》の御勘当《ごかんどう》、かならず〳〵御心《おんこゝろ》を持《もち》なをし、早《はや》く勘気《かんき》の許《ゆり》る様《やう》にし給へ」と、いろ〳〵と御慰《おんなぐさ》め申せば、彼天皇《かのてんわう》あきれ果《はて》たる竜顔《りやうがん》[一四]にて、我等《われら》を穴《あな》のあくほ

一 ものものしい様子。
二 一人称、「我」と同意。卑下の気持で用いる。
三 手おち。失敗。
四 目を盗み。
五 「新地」は新開地のことで、大きな都会では、このような新地を開発した私娼窟などの遊所が多い。
六 子供遊びの「かくれんぼ」を言うが、ここはそうではなく、何か人目を忍ぶ悪遊びの類であろう。
七 または。あるいは。
八 賽ころ博奕。
九 前世の十善の果報で、現世で王位に生れること。十善の王。「万乗」は一万の兵車を出すことの出来る土地の所有者の意で、やはり天子をいう。
一〇 もって生れた性質。
一一 親の期待に背く、気に入られぬ。
一二 盗癖があること。
一三 御人柄。
一四 天子の顔の尊称。

ど詠《なが》め給へば、傍《かたはら》より「コリヤ[一五]おやつじや気違《きちがひ》じや」と耳語《さゝやき》ぬ。

観二芝居狂言一離レ我之談《しばいのけうげんをみてわれをはなるゝのだん》

暫《しばら》くありて天皇我等《てんわうわれら》にのたもふには、「扨〻《さて〳〵》貴様《きさま》は田舎人《いなかびと》そふな。[一六]昔《むかし》もかゝるためしあり。大坂《おほさか》にての事《こと》にやありけん、芝居《しばゐ》にて[一七]桂川《かつらがは》の心中《しんぢう》をせしに、お半《はん》と長右ヱ門の道《みち》行半《ゆきなかば》へ、貴様《きさま》のやうな正直律義《せうじきりちぎ》な親父《おやぢ》どのがあつて、其儘舞台《そのまゝぶたい》へ上《あが》り、お半と長右ヱ門になりし二人の役者《やくしや》の袖《そで》をひかへて申されけるは、『若気《わかげ》のいたりとはいひながら、心《しん》中《ぢう》して死《しぬ》るといふは無分別《むふんべつ》じや。死《しん》で先《さき》の世《よ》でそはるゝ事《こと》やら添《そは》れぬ事《こと》やら、しれもせぬ事に命《いのち》を捨《すつ》るとは。[一八]見《み》れば娘御《むすめご》は花《はな》の莟《つぼみ》、こなたはりつぱな男盛《おとこざか》り、アヽ無分別《むふんべつ》〳〵、死《しん》で花実《はなみ》は咲《さか》ぬぞや。おらが悪《わる》ひ事《こと》はいわぬ。了簡《りやうけん》をしなをして、爰《こゝ》から直《すぐ》に[一九]いなつしやれ』と、道行《みちゆき》のさなかを、出《で》て異見《いけん》した親父《おやぢ》があつたとの噺《はな》し。貴様《きさま》もその[二〇]格《かく》じや。さりとは律義《りちぎ》な親父《おやじ》さまじや。私《わし》が最前天皇《さいぜんてんわう》になつたは役《やく》にてなつた。今又鳶《いままたこも》かぶりとなりしも役《やく》。役者《やくしや》といふ者《もの》の身《み》の上《うへ》は、役《やく》まはりによつて王《わう》にもなり乞食《こじき》にもなり、女《おなご》にも男《おとこ》にもなつて、いろ〳〵と役《やく》をつとめるが役者《やくしや》の[二一]境界《きやうがい》。さるに依《よつ》て天皇《てんわう》から乞食鳶《こじきこも》かぶりになつても、無念《むねん》なとも口惜《くちおし》いともおもひませぬ。必《かなら》ず心遣《こゝろづか》ひして下《くだ》さるな」と、

一五 気違いの上方俗語。「気違を大坂にてはお八といへり」(譬喩尽六)。

一六 謡曲によく用いられる慣用句。「田村」に「いかに鬼神もたしかに聞け、昔もさるためしあり」等。

一七 菅専助作・浄瑠璃「桂川連理柵」、二巻。安永五年(一七七六)十月初演。帯屋長右衛門と信濃屋の娘お半が桂川で心中した事件を脚色、天明元年(一七八一)に江戸歌舞伎で上演された際に富本節「道行瀬川の仇浪」が演じられ、以後お半長右衛門の道行として有名になる。

一八 実説では長右衛門は三十八歳、お半は十四歳といわれ、この年齢差のある男女の心中事件が世評を高めた。

一九 去ぬ。立ち去る。

二〇 その流儀。程度。

二一 境遇。身の上のつとめ。

何《なん》の苦《く》もなふ語《かた》るを聞《きい》て大《おほき》に驚《おどろ》き、扨《さて》はさやうとは知《し》らずして、余程気《よほどき》[一]の毒《どく》に存《ぞん》じたと、夫《それ》から役者《やくしや》の役《やく》をつとむる心得《こゝろへ》の噺《はなし》を段〻《だん〴〵》と聞《きく》に、我等《われら》仙仏《せんぶつ》の道《みち》を修行《しゆぎやう》する者《もの》も、役者《やくしや》の舞台《ぶたい》で役《やく》を勤《つと》むる意持《こゝろもち》になりて、我《われ》と執着《しうじやく》との二《ふた》つを離《はな》るべき修行《しゆぎやう》の意得《こゝろへ》にすべきことなり。

抑《そも〳〵》役者《やくしや》の芸《げい》を為《な》す意持《こゝろもち》、直《じき》に今日《こんにち》仙仏《せんぶつ》の道《みち》を修行《しゆぎやう》する底《てい》の人《ひと》の意得《こゝろへ》になるとは、彼《か》の役者《やくしや》、芝居《しばゐ》の狂言《けうげん》に依《よつ》て、種〻《しゆ〴〵》の役《やく》を勤《つと》むるを見《み》るに、彼天子《かれてんし》[二]となる是役《これやく》にて、仮《かり》に天子《てんし》と為《な》ると欲《おも》ふに依《よつ》て、其身《そのみ》九五《きうご》[三]の位《くらゐ》に昇《のぼ》り、一天万乗《いつてんばんじやう》の君《きみ》と仰《あほ》がれても喜《よろこ》ぶ意《こゝろ》もなく、元《もと》より其位《そのくらい》に執着《しうぢやく》せず、天子《てんし》は我《われ》なりと慢心《まんしん》も起《おこ》らず、忽《たちま》ち其衮竜《そのこんりやう》[四]の袍《はう》を脱《ぬぎ》すて、裸形《はだか》に薦《こも》をかぶりても、是仮《これかり》の乞食非人《こつじきひにん》なりと欲《おも》ふ意《こゝろ》もなく、又実《じつ》に非人乞食《ひにんこつじき》なりとも欲《おも》はず、愁《うれ》ひず悲《かな》しまず、又家老執権《からうしつけん》[五]となり或《あるい》は武将将帥《ぶしやうしやうすい》[六]となり、又は女《おんな》となり男《おとこ》となり、種〻《しゆ〴〵》の功名権威《こうめうけんい》歓楽栄耀《くわんらくゑいよう》の身《み》となりても、是役《これやく》にて仮《かり》の功名権威《こうめうけんゐ》歓楽栄耀《くわんらくゑいよう》なり、武将将帥家老執権也《ぶしやうしやうしからうしつけんなり》と執着《しうぢやく》せず、我《が》もなく無我《むが》もなし。忽《たちま》ち女《おんな》となりて、姫君女御《ひめぎみにやうご》[七]御台《みだい》[八]などゝなりても、是皆仮《これみなかり》の役《やく》なりと、悦《よろこ》びもなく我《が》もなく執着《しうじやく》もなく、或《あるい》は困窮貧乏《こんきうびんぼう》の身《み》となりても、又は重病難病《ぢうびやうなんびやう》五体不具《ごたいふぐ》の身《み》となりても、是皆仮《これみなかり》の役《やく》なり芸《げい》なりと、悲《かな》しみもなく痛《いたむ》こともなく、愁《うれ》ひ苦《くるし》む意《こゝろ》もなし。或《あるひ》は蹂躙《ふみにじら》れ或《あるひ》は打《うち》[九]ちやうちやくに逢《あい》、悪《あつ》口雑言《こうぞうごん》せられても、是皆仮《これみなかり》のことなりと、怒《いか》り腹立《はらたつ》こともなく、無念口惜《むねんくちおし》と其相手《そのあいて》を恨《うら》

一 自分の心を痛めること。
二 彼が天子となるのは、即ち是が役というもので。
三 天子の位。易に「九」を陽の数とし、「五」を君位に配する所からいう。
四 赤地に竜の模様を刺繡した天子の祭服。日本では聖武帝から孝明帝まで、即位の式服として用いたという。
五 鎌倉幕府の職名の一だが、単に政治上の権力者の意にも用いる。
六 全軍をひきいる将軍。
七 天皇の寝所に侍する女官。
八 「御台所」の略。将軍・大臣などの妻の尊称。
九 散々に打ちたたかれること。

み瞋《いかり》[一〇]て、其仇《そのあた》を復《かへ》さんと欲《おも》ふ事《こと》もなく、又美《うつく》しき女若衆《おんなわかしゅ》[一一]に恋慕《れんぼ》して、可愛《かあい》いとしき二世[一二]三世と千話言《ちはごと》[一三]をいひ、或《あるひ》は抱《いだ》き又は二人枕《まくら》をならべ臥《ふし》て、人目《ひとめ》には誠《まこと》に海老同穴《かいらうどうけつ》[一四]のちぎりを結《むす》びし中《なか》と見《み》ゆれども、皆是狂言《みなこれけうげん》、仮《かり》の恋慕《れんぼ》れゝつ[一五]なりと、欲《おも》ふ事《こと》もなく欲《おも》はぬ事《こと》もなく、唯是《たゞかく》のごとく役《やく》をつとめて、一点《いってん》の執心《しうしん》もなければ何《なに》ともなし。忽《たちま》ち綾羅錦繍《りやうらきんしう》[一六]を身《み》にまとひ、忽《たちま》ち襤褸《つゞれ》[一七]鶉衣《わんぼう》を被《き》ても、皆是仮《みなこれかり》の衣裳《いしやう》にして、悦《よろこ》びもなく悲《かな》しみもなく、或《あるひ》は太刀《たち》刀《かたな》を以《もつ》て首《くび》[一八]に臨《のぞ》まし、鎗長刀《やりなぎなた》を以《もつ》て身《み》をつかれ、其身《そのみ》段ゝ《だん〴〵》[一九]にせらるゝ事《こと》あれども、皆《みな》これ仮《かり》の狂言《けうげん》なりと、思《おも》ふともなく思《おも》はぬともなく何《なに》ともなし。痛《いた》くもなく恐《おそ》れもなく、悲《かなし》みも患《うれ》ひもなし。一切皆仮《いっさいみなかり》の狂言《けうげん》、一切《いっさい》の作《なす》こと皆仮《みなかり》なりと、我《が》もなく執着《しうぢやく》もなく、唯舞《たゞぶ》台《たい》を勤《つとめ》て、見物《けんぶつ》に褒美《ほめられ》たり笑《わら》はれたりするのみ。晩《ばん》の果大鼓《はてだいこ》[二〇]に、見物《けんぶつ》の後《あと》や前《さき》に我家《わがや》に立帰《たちかへ》りて見《み》れば、一日の歓楽《くわんらく》、愁歎《しうたん》、恋慕《れんぼ》、修羅《しゅら》、闘争《とうじやう》、捨身立身《しやしんりっしん》[二一]は、皆《みな》夢《ゆめ》の世《よ》の境界《きやうがい》、是《これ》を以《もつ》て修行底《しゆぎやうてい》の用心《ようじん》といふなり。

士農工商渡世意得談《しのうこうしやうとせいこゝろへのだん》[二二]

然《しか》も是《かく》のごとくなりと雖《いへ》ども、爰《こゝ》に於《おい》て修行底《しゆぎやうてい》の人会得《ひとこゝろへ》べき大事《だいじ》あり。譬《たとへ》ば彼芝居《かのしばゐ》の役者《やくしや》の芸《げい》をするに、皆是仮《みなこれかり》の事《こと》なりと、其役《そのやく》と芸《げい》とに意《こゝろ》をとめずば、其《その》一日の狂言面白《けうげんおもしろ》

一〇 底本「慎」。誤刻とみて訂正。
一一 女や若衆。「若衆」は男色の対象としての美少年。
一二 二世までも三世までも。
一三 痴話ごと。むつごと。
一四 「偕老同穴」。夫婦が最後まで添いとげること
一五 「恋慕れゝつ」は本来は尺八の「恋慕流」の曲節をいうが、その口調の良さから、単に「恋慕」の意でも用いる。
一六 綾衣とうすぎぬと、錦織と刺繡のある布との意で、美しい着物を言う。
一七 「襤褸」はつぎだらけの衣服。「鶉衣」もつぎはぎだらけの衣服の意。「わんぼう」は木綿の綿入れで粗末な衣服をいう。
一八 今にも切られそうな状態。
一九 ずたずた。
二〇 芝居興行の終わりを報らせる太鼓。
二一 身を捨てることと、出世すること。
二二 「士・農・工・商」はすべて「民」の中の身分の差を表わすものであり、「士」もまた「民」の中の上位にある者をいうので、「武士」には大名などの如くに「民」の上にある者と、「民」の中の上位者としての「士」とがあるとみるべきである。

からず、元《もと》より役者《やくしや》は大下手《だいへた》なりと、人皆罵《ひとみなのゝし》り笑《わら》ひて、[一]一生大極上々吉《いつしやうだいごくじやう〱きち》にはなられまい。然《しか》れども其仮《そのかり》の役《やく》を大切《たいせつ》にして、意《こゝろ》をつくし[二]思《おも》ひれを尽《つく》して為《な》すゆへ、其《その》一日の狂言面《けうげんおも》白《しろ》く、役者《やくしや》も次第《しだい》に芸道昇進《げいどうせうしん》して、[三]極《ごく》上々吉、至極《しごく》の位《くらひ》に昇《のぼ》る事《こと》なり。其仙仏修行底《そのせんぶつしゆぎやうてい》の者《もの》も亦《また》また是《かく》のごとし。豈修行底《あにしゆぎやうてい》の人《ひと》のみならんや。若人《もしひと》ありて、[四]此世《このよ》は夢幻泡影《むげんほうよう》のごとく、露《つゆ》のごとく電光《いなびかり》のごとしと観《くわん》ずる人《ひと》も、此浮世《このうきよ》に住間《すむあいだ》は、彼役者《かのやくしや》の舞台《ぶたい》にて芸《げい》を為《す》る意得《こゝろへ》にて、意《こゝろ》は浮世《うきよ》を仮《かり》の世《よ》と覚悟《かくご》し、一切《いつさい》の所作《しよさ》に[五]身《み》を入《い》れて、渡世産業《とせいすぎはひ》に意《こゝろ》を尽《つく》し、武士《ぶし》は武士《ぶし》の[六]仕打《しうち》を上手《じやうず》にし、農人《ひやくしやう》は農人《ひやくしやう》の仕打《しうち》を上手《じやうず》にし、工人《しよくにん》は工人《しよくにん》の仕打上手《しうちじやうず》にし、商人《あきんど》は商人《あきんど》の仕打《しうち》を上手《じやうず》にし、女《おなご》は武家《ぶけ》の女《おなご》、農人《ひやくしやう》の女《おなご》、工人《しよくにん》の女《おなご》、商人《あきんど》の女《おなご》と、それ〴〵に仕打《しうち》あり。但《たゞ》し女《おなご》といふは総名《そうめう》にて、妻《さい》、妾《てかけ》、[七]後室《こうしつ》、後家《ごけ》、娘《むすめ》、下女《げじよ》と、それ〴〵に仕打《しうち》あり。是《これ》をそれ〴〵に上手《じやうず》に仕分《しわけ》るをいふなり。扨此士農工《さてこのしのうこう》商《しやう》の男女《なんによ》、それ〴〵の役《やく》がらにて、衣裳《いしやう》より万事《ばんじ》に至《いた》り気《き》をつけて、着《き》たり仕《し》たりする事《こと》は、役者《やくしや》の舞台《ぶたい》を勤《つと》むる意《こゝろ》と同《おな》じ。諸人《しよにん》に褒《ほめ》らるゝ様《やう》に、それ〴〵に仕墾《しこなす》を浮世渡《うきよわたり》の上手《じやうず》と称《なつ》け、諸人《しよにん》に笑《わら》はれ譏《そしら》れ、一生頭《いつしやうかうべ》の挙《あがら》ぬを下手《へた》といふなり。[八]夫此世界《それこのせかい》は一大戯場《おほしばい》にて、によつと此世《このよ》に生《うま》れ出《いづ》るは舞台《ぶたい》へ出《いづ》るなり。舞台《ぶたい》へ出《いで》て初段《しよだん》の浮世交《うきよまじは》りの芸《げい》を勤《つとむ》るより、二段《にだん》、三段目《め》、四段目と、それ〴〵に渡世産業《とせいすぎわい》の己《おの》が役《やく》を上手《じやうず》に勤《つと》め、人ゝ《にん〱》その仕打《しうち》をはげみ、思《おも》ひいれに[九]亡破《ぼは》なく、遂《つゐ》に五段目《だんめ》の[一〇]切狂言《きりけうげん》、臨終《りんじう》の果大鞁《はてだいこ》まで、[一一]味噌《みそ》

一 当時の役者評判記の評判の位付の一で、極めて高い評判のものに与えられる。
二 思いいれ。深く心をつくすこと。
三 「極上々吉」「至極」ともに評判記の位付の一。
四 一さいの事柄がすべて虚仮不実であるということ。金剛経に「一切有為法、如二夢幻泡影一、如レ露亦如レ電。応レ作二如レ是観一」。
五 本気になって。真心を尽して。
六 行い。ふるまい。
七 身分のある人の未亡人。
八 清の康熙帝作という聯対に「日月灯、江海油、風雷鼓板、天地人一大戯場、尭舜旦、湯武末、操莽丑浄、古今来許多脚色」というのがあり、宝暦(一七五一―六四)前後、我が国の文人達の間でも盛んにもてはやされたので、それから生れた金言であろう。
九 仕損じ、しくじりの意の俗語。元は中国俗語の「不好」に拠る。
一〇 一日に上演されるうち最終の狂言。
一一 しくじることを「味噌をつける」。

つけぬ様《やう》に相勤《あいつとむ》るを、是《これ》を至極上〻吉《しごくじやう〴〵きち》の人間《にんげん》といふべし。然《しか》るに爰《こゝ》に於《おい》て彼役者《かのやくしや》の舞台《ぶたい》を勤《つとむ》る意《こゝろ》と、人〻浮世渡《うきよわた》りの意《こゝろ》と同《おな》じ意《こゝろ》にて、浮世《うきよ》を相勤《あいつと》むべしといふは、最前《さいぜん》いふた役者《やくしや》の芸《げい》に依《よつ》て、天子《てんし》将軍《しやうぐん》より下庶人《しもしよじん》に至《いた》るまでの役《やく》を勤《つとむ》る意《こゝろ》に於《おい》て、実《じつ》に我《が》もなく執《しう》着《ちやく》もなし、是《これ》を清浄無為真一《しやう〴〵ぶゐしんいつ》の心《こゝろ》といふなり。

仙仏道《せんぶつどう》を修行底《しゆぎやうてい》の人《ひと》は、[一二]色《しき》に於《おい》ても[一三]心《こゝろ》を生《しやう》ずべからず。[一四]声香味触法《しやうかうみぞくはう》に住《ぢう》しても心《こゝろ》を生《しやう》ずべからず。色声香味触《しきしやうかうみぞく》を五欲《ごよく》といふ。色《いろ》は目《め》を以《もつ》て見《み》、声《こへ》は耳《みゝ》を以《もつ》て聞《きゝ》、香《かう》は鼻《はな》を以《もつ》てかぎ、味《あぢ》は舌口《したくち》を以《もつ》て味《あぢ》はふ。触《ぞく》とはふるゝをいふ。俗《ぞく》に肌触《はだふる》るといふ是《これ》なり。此五《このいつゝ》の者《もの》に執着深《しうじやくふか》からざれば、是《これ》を五欲《ごよく》を離《はな》るゝといふべし。今《いま》の役者《やくしや》の舞台《ぶたい》にて芸《げい》をする意《こゝろ》にて、此五《いつゝ》の欲《よく》を仕《し》こなさば、是即《これすなわち》清浄無為《しやう〴〵ぶい》の心《しん》といふべし。然《しか》りといへども此五《このいつゝ》の者《もの》に対《たい》して、是《これ》を余所《よそ》にして、[一五]猫《ねこ》の湯火《おき》いらふ様《やう》にすれば、其芸淡味《そのげいみづくさ》く味《うま》みなし。味《うま》みなければ面白気《おもしろげ》なきなり。一切《いつさい》の事《こと》を爰《こゝ》に於《おい》て[一六]工夫《くふう》し、[一七]応《まさ》に住《とゞ》まる所《ところ》なふして、而《しか》も其心《そのこゝろ》を生《しやう》ずべしとの金剛経《こんがうきやう》の仏説《ぶつせつ》あり。是修行者《これしゆぎやうじや》の深《ふか》く心《こゝろ》を用《もち》ゆべき所《ところ》なり。是《これ》を[一八]六塵《ろくぢん》の境《きやう》に住《ぢう》して心《こゝろ》を生《しやう》ずべからず、宜《よろ》しく住《とゞむ》る心《こゝろ》なふして而《しか》も心《こゝろ》を住《とゞ》め、渡世産《とせいさん》業《げう》の芸《げい》を勤《つと》むるを、世界《せかい》の舞台《ぶたい》を蹈《ふ》む功者上手《こうしやじやうず》の人間《にんげん》といふなり。何《なん》と両人《りやうにん》とも会得《がてん》がいたか。

扨《さて》和荘兵衛、汝《なんぢ》に最前《さいぜん》もいひ聞《きか》した大人国《たいじんこく》の事《こと》は、今金剛経《いまこんがうきやう》でおもひ出《いだ》せし事《こと》あり。

一二 仏語。五欲の一。五欲は「色・声・香・味・触」の五で、何れも人の欲心を起し、真理にむかう事をさまたげるものとされる。色欲。この条りは注一七に引く金剛経の文句に拠る。
一三 欲心を生じてはいけない。
一四 「色声香味触」の五欲に「法」を加えた時は「六塵」という。これは「眼耳鼻舌身意」の六根に応じて生じ、浄心をけがす塵となる。
一五 諺。猫が熾(おき)にちょっちょと手を出してみるように、物事にちょっかいを出すこと。
一六 禅語。修行に努力すること。
一七 金剛経に「不㆑応㆓住㆑色生㆒㆑心、不㆑応㆘住㆓声香味触法㆒生㆖心、応㆘無㆑所㆑住而生㆓其心㆒㆖」。
一八 →注一四。

金剛経《こんがうきやう》に曰《いはく》、[一]須菩提《しゆぼだい》に釈迦仏《しやかぶつ》が問《とは》るゝは、「譬《たとへ》ば人《ひと》ありて其身《そのみ》[二]須弥山王《しゆみせんわう》のごとくならんをば、汝《なんぢ》は何《なん》と思《おも》ふ。此人《このひと》は大人《たいじん》なりと思《おも》ふか」。須菩提《しゆぼだい》が答《こたへ》て申には、「須弥山王《しゆみせんわう》の身《み》の高《たか》さ八万由旬《まんゆじゆん》なるは、甚《はなは》だ高《たか》く大身《たいしん》ともふすべし。然《しか》れども是《これ》を大身大人《たいしんたいじん》とはいふべからず。何《なに》を以《もつ》てなれば、仏《ほとけ》の[三]法身《ほつしん》と説《とき》給ふ、是《これ》こそ大身《たいしん》ともふすものなり」と答《こたへ》しが、須菩提《しゆぼだい》が須弥山王《しゆみせんわう》を大身《たいしん》と答《こたへ》しは、[四]是俗諦《これぞくたい》に依《よつ》て大身《たいしん》と答《こた》へたれども、[五]若真諦《もししんたい》に[六]約《やく》すれば、是実《これまこと》の大身《たいしん》に非《あら》ず。実《まこと》の大身《たいしん》といふは、[七]無相無身《むそうむしん》をいふなり。其無相無身《そのむさうむしん》とは何者《なにもの》ぞ。無相無身《むそうむしん》の大身《たいしん》、寿《じゆ》もなく亦量《またりやう》もなき、是清浄無為真一《これしやう〲ぶゐしんいつ》なり。是神仙《これしんせん》の尊《たつと》ぶ所《ところ》、仏法《ぶつぽう》にては是が実《まこと》の阿弥陀仏《あみだぶつ》なり。

以㆓眼鏡㆒取㆓日輪火㆒之談《めがねをもつてにちりんのひをとるのだん》

夫我仙家《それわがせんか》に於《おい》ては、此清浄本然無為無相無身《このしやう〲ほんぜんぶゐむそうむしん》の真一《しんいつ》を大悟《さとり》ぬれば、自然《じねん》と神通自在《じんづうじざい》、長生不死《てうせいふし》の神仙《しんせん》となる。此真一《このしんいつ》は有《う》に非《あら》ず無《む》にあらず。無《む》なり有《う》なり、不生不滅《ふしやうふめつ》にして[八]無障無礙也《むしやうむげなり》。[九]猶《なを》し虚空《こくう》のごとしといはんと欲《ほつ》すれば、[一〇]歴然《れきぜん》として体《たい》あり。汝等《なんぢら》あれ見《み》よ、今中空《いまなかぞら》にまします日輪《にちりん》の、百億《ひやくおく》三千大千世界《せかい》を一時《いちじ》に照臨《せうりん》して、一切万物有情非情《いつさいばんぶつうじやうひじやう》を照《てら》し、山河国土森羅万象《せんがこくどしんらまんぞう》を照《てら》し給ふがごとき、彼日輪《かのにちりん》は有《あり》とやせん無《な》しとやせん。実《じつ》に有《あり》

一 金剛経、前頁注一七の文に続けて「須菩提、譬如有㆑人身如㆓須弥山王㆒、於㆑意云何。是身為㆑大不。須菩提言、甚大、世尊。何以故。仏説㆔非㆑身是名㆓大身㆒」とあるに拠る。「須菩提」は釈迦十大弟子の一人。
二 仏教世界の中央にある高山で、その高さは八万四千由旬という。
三 仏語。仏の真身。
四 仏語。世間一般の立場でいう真理。
五 仏語。俗諦に対して、仏法による真理。
六 仏語。…の立場からみていえばの意。
七 仏語。特別の形相を持たず、また無我であること。
八 仏語。「無障礙」。そのものを認識するのに何の障りもないこと。
九 「し」は強意。
一〇 はっきりとした姿・形がある。

とすれば、已《すで》に黄昏《くはうこん》[二]の時至《ときいた》れば、忽《たちま》ち西山《せいざん》に入《い》り西海《さいかい》に没《ぼつ》す。無《な》しとすれば、暁《あかつき》に至《いた》り東方《とうほう》に出現《しゆつげん》す。此日輪《このにちりん》の本体《ほんたい》はいかなる物《もの》ぞ、汝等是《なんぢらこれ》を大陽《たいやう》の真火《しんくは》と為《な》すか。大陽《たいやう》の真火《しんくは》ならば是非情《これひじやう》[三]の物《もの》なり。心性《こゝろ》ある者《もの》に非《あら》ず。已《すで》に心無《こゝろなき》ものならば、是木石《これぼくせき》と同《おな》じ。然《しか》るに朝〻《あさ〱》東方《ひんがし》より出《いで》て夜〻《よる〱》西《にし》に入《い》り、其時刻《そのじこく》三千年来《ねんらい》すこしも違《たが》はず。人《ひと》の道《みち》を歩行《あるき》て休足《きうそく》なきがごとく、道《みち》にとゞこほる事《こと》もなく、速《すみや》かならず遅《おそ》からず、偏《かた》よ

二 たそがれ時。

三 精神を持たない自然界の物体。

らず中《ちう》ならず、古今《ここん》に其形《そのすがた》変《へん》ずる事、大《だい》ならず小《しやう》ならず、角《かく》ならず円《ゑん》ならず、長《てう》ならず短《たん》ならずして、人間《にんげん》の仰《あを》ぎ看《み》る所《ところ》は、唯円形《たゞまんまる》にして常住不変《ぢやうぢうふへん》なり。是《これ》を非情《ひじやう》にして心《こゝろ》なき者《もの》とやせん、実に思議《しぎ》[一]すべからず。和漢古今《わかんこゝん》に於《おい》て儒者仏者天文者《じゆしやぶつしやてんもんじや》が、いろ〳〵と此日輪《このにちりん》の本体《ほんたい》を議論《ぎろん》し説《とけ》ども、皆《みな》これ推量沙汰《すいりやうざた》にて、誰《たれ》か一人実《じつ》に天に昇《のぼ》りて、此日輪《このにちりん》の正体《せうたい》を見極《みきは》め来《きた》る者《もの》なし。然《しか》れども儒《じゆ》にては日《ひ》を耀霊《ようれい》[二]と名《な》づけ、又は朱明《しゆめい》、大明《たいめい》、陽《やう》[三]烏《う》など〻名《な》づけ、『説文《せつもん》』[四]には日《ひ》は実《じつ》なり、大陽の精《せい》、君《くん》の象《しやう》なりといひ、又大陽《たいやう》の真《しん》火《くは》と号《なづ》く。天竺《てんぢく》にては日神《ひのかみ》を蘇利耶《そりや》とも修利《しゆり》ともいふと。[五]仏説起世経《ぶつせつきせきやう》に云《いわく》、日天《にちてん》の宮殿《くうでん》は縦広《たてひろ》さ正等《せうとう》五十一由旬《ゆじゆん》、上下も又〻しかりと。是説皆推量沙汰《このせつみなすいりやうざた》にして誠《まこと》なる事《こと》なし。

然《しか》るに彼日輪《かのにちりん》を大陽《たいやう》の真火《しんくは》と云《いひ》、月輪《ぐはつりん》[六]を大陰《たいいん》の水精《すいせい》といふの説《せつ》は、拠《よんどころ》あるに似《に》たり。何《なに》ゆへなれば今人《いまひと》ありて、水晶《すいしやう》の眼鏡《めがね》を以《もつ》て日輪《にちりん》の火《ひ》を取る者《もの》あり。『本草綱目《ほんぞうかうもく》』[七]の火《ひ》の部《ぶ》の艾火《がいくわ》[八]の条《でう》に、李時珍《りじちん》が曰《いはく》、凡艾火《およそがいくわ》[九]を灸《きう》する者《もの》は、宜《よろ》しく陽燧火珠《やうすいくはしゆ》[一〇]を用《もつ》て、日《ひ》に承《うけ》て大陽《たいやう》の真火《しんくわ》を取《とる》べしとあるは、今《いま》の眼鏡《めがね》を以て日の真火《しんくわ》を取《とつ》て、灸《きう》をすべき事《こと》なり。眼鏡《めがね》を以《もつ》て日輪《にちりん》の火《ひ》を取るに、人《ひと》は実《まこと》の水精《すいしやう》[一一]の玉《たま》ならでは、火《ひ》の取《とれ》ぬ様《やう》にいへども、今《いま》作《つく》る仮水精玉《びいどろだま》[一二]の眼鏡《めがね》にても取《と》れるなり。又大陰《またたいいん》の水精月《すいせいつき》[一三]の水《みづ》を取《とる》ことも左《さ》のごとし。然《しか》れば日《ひ》は火《ひ》、月《つき》は水《みづ》といふの説《せつ》、まづ目前《もくぜん》に其証《そのしるし》あり。

誠《まこと》に是日月《これじつげつ》は天地《てんち》の内《うち》の陽魂陰魄《たましいたましい》にして、人間《にんげん》の五体《ごたい》[一四]の内《うち》にある魂魄《こんばく》も又水火《すいくは》にして、

一 不可思議。
二 広雅・釈天に「朱明、曜霊、東君、日也」。和爾雅一・天文に「曜霊、日也。出二楚辞一」。又、礼記・礼器に「大明生二於東一、月生二於西一」。
三 倭名類聚抄一・景宿「陽烏。歴天記云、日中有二三足烏一、赤色。今按、文選謂二之陽烏一」。
四 説文に「日、実也。大陽之精不レ虧」。淮南子に「日者太陽之精、人君象也」。但しこの所、文坡は翻訳名義集二一・八部篇「蘇利耶」の注に「或蘇梨耶。或修利。此云二日神一。日者、説文云、実也。太陽之精。起世経云、日天宮殿、縦広正等、五十一由旬、上下亦爾」とあるに拠ることは、後文の「仏説起世経に云く」云々の部分も含めて明らかである。
五 十巻。隋の闍那崛多訳。
六 春秋元命苞「太陰水精為レ月」。
七 五十二巻。明の李時珍撰。万暦十八年(一五九〇)成。薬物千八百余種を十六綱六十目に分けて解説したもの。江戸初期舶載され、我が国本草学を主導した。
八 「灸の火」「もぐさのひ」の意で、灸に用いる艾を説明する。
九 同書「艾火」発明の条に「凡灸二艾火一者、宜下用二陽燧火珠一承レ日、取中太陽真火上」。この部分は和漢三才図会五十八「灸」の項にもそのまま引かれる。
一〇 同書「艾火」の付録に「陽燧。時珍曰、火鏡也。以レ銅鋳成。其面凹、

人間の活《いき》て働《はたら》き、目《め》では一切《いつさい》の物《もの》を見分《みはけ》、口《くち》では一切《いつさい》の味《あぢ》を食分《くいはけ》、耳《みゝ》にては一切の物《もの》を聞分《きゝはけ》、鼻《はな》にては一切の物を嗅分《かぎはけ》、手《て》にては一切の物を取捨《とりすて》あるひは万事《ばんじ》を作《な》し、足《あし》にては歩行《あるき》又は蹈分《ふみはけ》[一五]なんどすること、天地の間に於て森羅万象を生じ、それぐ〜の働きあるは皆同《みなおな》じ理《ことはり》にて、扨是《さてこれ》を為《なさ》すものは何物《なにもの》ぞ、何者なりと工夫観念《くふうくわんねん》[一六]して見《み》るに、人《ひと》は皆《みな》心《こゝろ》がなさすの、魂魄《たましい》がさす事の、何《なに》のかのと理《り》をつけていへど、実《じつ》に是何者が為《さ》するといふ事《こと》を知《し》りし者《もの》は一人《いちにん》もなし。然《しか》れども何者《なにもの》か五体《ごたい》の中《うち》にありて、是《これ》を為《さ》する者《もの》なくては、是《かく》のごとく行住坐臥一切万事《ぎやうぢうざぐわいつさいばんじ》の働《はたら》きは出来《でき》ぬ義《ぎ》なり。若人体《もしにんたい》[一七]を得《ゑ》たれば、自然《じねん》に此働《このはたら》きが出来るといはゞ、今日死《こんにちし》して魂魄離去《こんぱくはなれさ》りし人《ひと》も、やはり活《いき》て居《い》る時《とき》のごとく働《はたら》くべきに、彼死《かのし》せるといふ人《ひと》は木石《ぼくせき》にも劣《おと》りて、実《まこと》に土人形《つちにんぎやう》のごとくになりて働《はたら》かざるは如何《いかに》。これを以《もつ》て考《かんが》へ見《み》よ。五体《ごたい》の中《うち》には何者《なにもの》ぞか居《ゐ》て彼人《かのひと》を働かし、死《し》する時《とき》は必《かなら》ず其何者《そのなにもの》か五体を出去《いでさ》り行《ゆく》ことを。実《じつ》に是何者ぞ。是何者《これなにもの》なりや。今《いま》の天《てん》に於《おい》ては日月《じつげつ》、人間に於《おい》ては魂魄《こんぱく》、これが天地《てんち》の間《あいだ》の働きを為《さ》し、是《これ》が人間《にんげん》の生涯《せうがい》の内《うち》には働《はたら》きをさすか、如何《いかに》〳〵。

今《いま》しばらく、天地《ち》の間《あいだ》の働《はたら》きを為《な》さし、人間《にんげん》の働きを為《な》さす者《もの》をいふ時《とき》は、天《てん》に在《あ》るの日月《じつげつ》、人《ひと》にあるの魂魄《こんぱく》として、我是《われこれ》を説示《ときしめ》さん。夫天地《それてんち》の魂魄《たましい》は日月《じつげつ》にして、山河大《せんがだい》地《ち》を照《てら》し、其光明《そのくわうめう》の及《およ》ぶ所《ところ》、一切清浄不浄《いつさいしやう〴〵ふじやう》を撰《あら》ばず、普《あまね》く照《てら》して残《のこ》す事《こと》なし。人間《にんげん》の

摩熱向レ日、以レ艾承レ之、則得レ火」「火珠。見三石部水精下二」とあり、その「石部水精」の条には唐書を引き「東南の海中に羅利国あり。火斎珠を出す。大なる者は鶏卵の如く、状水精に類す」という。又和漢三才図会六十「火珠」の項にはやはり本草綱目の右の文を引き、更に「按ずるに、火珠は即ち水精を碾(す)り成す者也」という。

一一 和漢三才図会六十「水精」の按文に「指をならべたるが如くして稜あり。或は五角六角、その頭頭巾の如し。これを碾り磨き玉と為す。…或は碾りひらたくして眼鏡を作る。硝子(ビイドロ)を以て贋(に)せる者は微青白にして脆く、気眼あり」。

一二 同じく「硝子 ビイドロ」の按文に「もと南蛮より出し、肥州長崎の人これを伝へ習ひて制す…眼鏡と為すに水精に劣らず。又よく陽火を取る」。

一三 夜間、水精の玉の表面に生じる露を言うか。周礼十・秋官司寇第五下に「司烜氏、掌三…以レ鑒取二明水於月一」とあり、鄭玄注に「鑒、鏡属」とある。

一四 筋・脈・肉・骨・毛皮をいう。

一五 足で踏んで道をひらくこと。

一六 仏語。心をくだいて観察思念する。

一七 人間と生れて、その体さえあれば。

身《み》の上《うへ》に於《おい》ても、其魂魄《そのこんぱく》の見《み》る所《ところ》、一切万物《いつさいばんぶつ》に至《いた》り、清浄不浄《しやう〴〵ふじやう》を撰《えら》ばず、普《あまね》く見《み》て残《のこ》す事《こと》なし。天《てん》の日輪大陽《にちりんたいやう》の真火《しんくわ》は、三千大千世界に充満《じうまん》し、人間《にんげん》の魂《こん》の陽火《やうくわ》は、一切万物《いつさいばんぶつ》に充満《じうまん》す。然《しか》れども人《ひと》これを知《し》る事《こと》なし。何《なに》を以《もつ》て知《し》る事《こと》なき、是神仙清浄不為本然《これしんせんしやう〴〵ぶゐほんぜん》の真一《しんいつ》を大悟《さとら》ざるを以《もつ》て知《し》らざるなり。憐《あはれ》むべし〳〵。汝等両眼《なんぢらりやうがん》ありて盲目《めくら》なり。我今《われいま》日輪大陽《にちりんたいやう》の真火《しんくは》三千大千世界に充満《じうまん》して、汝等《なんぢら》が眼前《がんぜん》はいふに及《およ》ばず、汝等《なんぢら》が五体《ごたい》もこと〴〵く此大陽《このたいやう》の真火《ひ》の中《なか》に在《あ》る事《こと》を説示《ときしめ》さん。夫日輪大陽《それにちりんたいやう》の真火《しんくわ》を、人《ひと》の眼鏡《めがね》を以《もつ》て取《と》るを汝等見《なんぢらみ》るや。彼水晶《かのすいしやう》の眼鏡《めがね》を用《もつ》て日《ひ》にむかへ、下《した》にほくち[一]又《また》は艾等《もぐさとう》を置《おく》ときは、暫《しばら》くして彼日輪《かのにちりん》の火《ひ》、ほくちにても艾《もぐさ》にても火移《ひうつ》りて燃《もゆ》るなり。なんと汝等此火《なんぢらこのひ》は日輪《にちりん》より来《きた》りて、ほくちに付《つき》て燃《もへ》るのか、又眼鏡《またためがね》より火《ひ》出《いで》てほくちの燃《もへ》るのか、又はほくち又は艾《もぐさ》より火出て燃《もゆ》るのなりや。汝等若此火《もしこのひ》は日輪《にちりん》より来《きた》るといはゞ、眼鏡《めがね》を用《もち》ひずとも火《ひ》ほくちに燃《もゆ》べし。乃至《ないし》此火《このひ》、世界《せかい》の山林草木《さんりんそうもく》及《およ》び家屋宮殿《かおくきうでん》も皆〻《みな〳〵》燃焼《もへやく》べし。若又《もしまた》眼鏡《めがね》より火《ひ》出《いづ》るといはゞ、常《つね》に眼鏡《めがね》をかくる老若男女《らうにやくなんによ》の両眼《りやうがん》を焼《やく》べし。イヤ眼鏡《めがね》にあらず、ほくち又は艾《もぐさ》より火《ひ》出《いづ》るといはゞ、ほくち艾常《もぐさつね》に燃《もへ》て、打金《うちかね》[二]や石《いし》を用《もち》ひずとも常《つね》に火《ひ》あるべし。元《もと》より日輪《にちりん》の火《ひ》を借《かる》ことを用《もち》ひんや。汝等《なんぢら》よく〳〵工夫《くふう》して観《み》よ。眼鏡《めがね》は手《て》にあり、日輪《にちりん》は天《てん》にあり、ほくち艾等《もぐさとう》は地《ち》に在《あ》りて、此三《このみつ》の品《しな》の内何《うちいづ》れの方《かた》より此《この》ほくちに火燃《ひもへ》るや。日輪《にちりん》と眼鏡《めがね》と相去《あいさ》ること幾《いく》万里とか思《おも》ふ。此眼鏡《めがね》を以《もつ》て天《てん》の火《ひ》を取《と》る

一 火口。火打石で切り出した火を移しとるもの。イチビの幹殻やツバナなどを乾したものを用いる。

二 火打金と火打石。この両者を打ち合わせて火を生じる。

に、容易《たやすく》火《ひ》の取《とれ》る道理《どうり》はいかに。汝等《なんちら》能《よく》〻工夫《くふう》して見《み》よ、工夫《くふう》して見よ。

成仙玉一口玄談巻之四 終

成仙玉一口玄談《じやうせんだまひとくちげんだん》巻《くわん》之五

菊丘臥山人江文坡戯著

[一]呂洞賓仙《りよとうひんせん》[二]張紫陽之談《ちやうしやうのだん》

[三]『周礼《しゆらい》』に、司烜氏《しくはんし》陽燧《やうすい》を以《もつ》て明火《めいくは》を日《ひ》に於《おい》て取《と》ると。陽燧《やうすい》[四]は火鏡《くわきやう》なり。銅《あかゞね》を以《もつ》て鋳《ゐ》成《な》す。其面《そのおもて》凹《くぼく》して、是《これ》を摩熱《すりねつ》して日《ひ》に向《むか》ひ、艾《もぐさ》を以《もつ》て是《これ》を承《うけ》て火《ひ》を取《と》ると。李時珍《りじちん》がいへる此火鏡《このくわきやう》の日《ひ》の火《ひ》を取《と》るの法《はう》は蓋《けだ》し詳《つまびらか》ならず。唯水精《たゞすいしやう》の眼鏡《めがね》を以《もつ》て取《と》るの速《すみやか》なるには若《しか》ず。汝等此水精《なんぢらこのすいしやう》の眼鏡《めがね》にて、大陽《たいやう》の真火《しんくは》を取《と》るの道理《どうり》を会得《がてん》せば、此守一仙人《このしゆいつせんにん》が常《つね》に汝等《なんぢら》に説示《ときしめ》す神仙清浄本然真一《しんせんしやうじやうほんぜんしんいつ》の霊旨《れいし》を会得《がてん》すべし。日輪《にちりん》の神体《しんたい》は、猶人々《なをにん〳〵》[五]具足《ぐそく》する本有《ほんう》の真一《しんいつ》のごとし。真一《しんいつ》の如《ごと》しといふも猶隔《なをへだて》あるに似《に》たり。直《じき》に是天地《これてんち》の真一《しんいつ》なり。此日輪真一《このにちりんしんいつ》の霊火《れいくは》は、百億《ひやくおく》三千大千世界《せかい》に充満《じうまん》して到《いた》らざる所《ところ》なし。汝等諸人《なんぢらしよにん》の本有《ほんう》の真一《しんいつ》の霊光《れいくはう》も亦復是《またまたかく》の如《ごと》し。世界《せかい》に充満《じうまん》して到《いた》らざる所《ところ》なし。夫日輪真一《それにちりんしんいつ》の霊火《れいくは》は、百億三千大千世界に充満《じうまん》して、到《いた》らぬ所《ところ》なきを以《もつ》て、百億三千大千世界の諸人悉《しよにんこと〴〵》く手《て》

一 道教八仙の中心的存在で、唐代の人といわれるが、多分に伝説的である。呂氏、字は洞賓、号を純陽子、回道人。呂祖と称される。宋史・陳摶伝にその名が見え、以後道教信者の信仰をあつめる。その著に「呂祖全書」があり、巻一「呂祖本伝」にその詳伝をのせる。

二 「張紫陽」。名は初め伯端、後に用成、号は紫陽。宋代の人。元豊五年(一〇八二)没、九十九歳(古今図書集成・神仙部列伝二十九)。道教神仙の一人として有名。

三 周公旦撰。天地春夏秋冬の六等に分って官制をたて、その職掌を定めたもの。中国歴代の官制は多くこれによる。その巻十・秋官司寇第五下に「司烜氏、掌下以二夫遂一取中明火於日上」。その鄭玄注に「夫遂、陽燧也」。

四 →三一四頁注一〇。

五 凡ての人が、それぞれに具えている本来固有の真実。

に眼鏡《めがね》を持《もち》、ほくち或《あるひ》は艾《もぐさ》を以《もつ》て、彼霊火《かのれいくは》を一時《いつとき》に取《と》るに、此《（この）》百億三千大千世界の人一《ひといち》時《じ》に火《ひ》を得《う》るに、彼日輪《かのにちりん》の本体真一《ほんたいしんいつ》は、依然《いぜん》としてかくる事《こと》もなく盈《みつ》る事《こと》なし。汝等諸《なんぢらしよ》人《にん》の真一《しんいつ》の霊火《れいくは》も亦復《また〱》是《かく》のごとし。此真一《このしんいつ》、人間《にんげん》のみに在《あ》るに非《あら》ず、一切《いつさい》の禽獣魚虫《とりけだものうをむし》の類《たぐひ》に到《いた》るまで悉《こと〲》く是《これ》あり。故釈迦仏《ゆへしやかぶつ》は是《これ》を知《しつ》て、[六]草木国土《そうもくこくど》悉《こと〲》く仏性《ぶつしやう》ありと説《と》き、一《いつ》切《さい》衆生《しゆじやう》に悉《こと〲》く仏性《ぶつしやう》を具《ぐ》すといふ。是此仏性《これこのぶつしやう》といふは、是我説所《これわがとくところ》の真一《しんいつ》なり。汝等《なんぢら》が本《ほん》有《う》の真一《しんいつ》は、元来《もとより》清浄《しやう〲》無為《むゐ》にして、本来無垢無浄不生不滅《ほんらいむくむじやうふしやうふめつ》なれば、[七]彼阿弥陀仏《かのあみだぶつ》の寿量《じゆかぎり》なきを以《もつ》て、無量寿仏《むりやうじゆぶつ》と号《がう》するが如《ごと》く、此西方浄土《このさいほうじやうど》の阿弥陀《あみだ》といふも、[八]己心《こしん》の真一《しんいつ》を指《さし》ていふ也《なり》。此己心《このこしん》の阿弥陀《あみだ》が、此方《このほう》にいふ真一《しんいつ》なり。此真一《このしんいつ》を大悟《たいご》したる者《もの》を、長生不《てうせいふ》死《し》の神仙《しんせん》とも真人《しんじん》とも是《これ》を名《な》づく。其神通自在《そのじんづうじざい》、神変自在《じんぺんじざい》を為《な》す事《こと》は、是《これ》又真一《しんいつ》の妙用《めうやう》にして、今日仙道修行《こんにちせんどうしゆぎやう》する者是《ものこれ》を自然《じねん》に感得《かんとく》す。

然《しか》るを[九]中古《なかむかし》より唐土《もろこし》にて仙人《せんにん》といふ者《もの》、この真一《しんいつ》を大悟《たいご》する事《こと》を第一《だいいち》と為《せ》ざるのみにあらず、其神通自在《そのじんづうじざい》も実《じつ》に為《な》さず、唯種ゝ《たゞしゆ〲》の薬《くすり》を服《ぶく》し、或《あるひ》は[一〇]丹《たん》を煉《ね》り又は魔術《まじゆつ》を仮《かり》て、彼神通自在《かのじんづうじざい》の似《に》せ者《もの》にて、日本《につぽん》の[一一]飯綱遣《いづなつか》ひ、狐《きつ》つかひと同《おな》じく、種ゝ《しゆ〲》の幻術《げんじゆつ》をなして諸《しよ》人《にん》の眼《まなこ》をくらます。然《しか》るを[一二]無眼漢《むがんのもの》は奇妙不測《きめうふしき》なりとして、是《これ》を仙人《せんにん》なりとす。大《おほき》に誤《あやま》りなり。是等《これら》は皆仙家《みなせんか》の罪人《つみびと》にして、是《これ》を道士《どうし》と称《せう》するも当《あた》らず。夫仙道《それせんどう》に於《おい》て真一《しんいつ》を大《たい》悟《ご》する事《こと》を知《し》らずして、唯精《たゞせい》を煉《ね》り気《き》を化《け》し、気《き》を煉《ねり》、神《しん》を化《け》し、神《しん》を煉《ねり》て虚《きよ》に還《かへ》る。

六「草木国土悉皆成仏」や「一切衆生悉有仏性」の考えは涅槃経・師子吼菩薩品の「衆生仏性為悉共有為各各有若共有者一人得阿耨多羅三藐三菩提時一切衆生亦応同得」の文句に由来し、天台・真言に強調されて流布した。生きとし生けるもの、更には草木国土のような非情のものもすべて仏となる可能性を持つという意。
七 →三〇二頁注一。
八 仏語。自己の一心。「己身弥陀、唯心浄土」。
九 特に時代を限定せず、大昔と今の間という漠然とした表現。
一〇 不老不死の薬物。特に道家神仙に関するものには「丹」字を用いるものが多い。
一一 管狐と称ぶ狐をつかって幻術を行う人。平家物語などには「荼枳尼天」の法としてあらわれるが、近世末までも、例えば平戸藩儒朝川善庵などもこの管狐の術者として甲子夜話に書かれている。
一二 盲目同然の無知無識の者。

此《この》ごとくに次第《しだい》に修行《しゆぎやう》する底《てい》の人《ひと》は、先仙家《まづせんか》の至道《しいどう》[一]に近《ちか》し、然《しか》れども唯静処《たゞしやうしよ》に胎息《たいそく》[二]して、真一《しんいつ》を工夫《くふう》し大悟《たいご》する底《てい》の人《ひと》に及《およ》ばず。夫《それ》を如何《いかに》といふに、釈迦仏《しやかぶつ》[三]は雪山《せつせん》に六年坐禅《ぜん》して単《ひとへ》に一性《いつしやう》[四]を了《さと》り、便《すなは》ち自《みづから》成仏《じやうぶつ》す。仙家《せんか》に於《おい》ても真一《しんいつ》を工夫《くふう》し一性《いつしやう》を覚《さと》れば、便《すなは》ち自《みづから》神仙《しんせん》なり真人《しんじん》なり。是《かく》のごとき大悟《さとり》を開《ひら》く事能《ことあた》はずば、右《みぎ》のごとく精《せい》を煉《ね》り気《き》を化《くは》し、気《き》を煉《ね》り神《しん》の化《くは》し、神《しん》を煉《ねり》て虚《きよ》に還《かへ》るの修行《しゆぎやう》をなすべし。然《しか》るときは自然《じねん》に心身《しんく》清浄《しやうぐ》にして虚霊《きよれい》[五]なり。心身《しんく》虚霊《きよれい》なれば、真一《しんいつ》悟《さと》り易《やす》く仏智《ぶつち》暁《さと》しやすし。是《かく》のごとき者《もの》忽《たちま》ち豁然《くはくねん》[六]として真一《しんいつ》を大悟《たいご》し、是《かく》のごとき者忽《ものたちま》ち仏心《ぶつしん》を了《さと》れば、掌《たなごゝろ》を翻《ひるがへ》すごとくに神《しん》仙真人《せんしんじん》なり仏菩薩《ぶつぼさつ》なり。故《ゆへ》に仙道《せんどう》の修行《しゆぎやう》は、仏《ほとけ》にもなり仙《せん》にもなる。是真《これしん》の神仙《しんせん》の至道《しいどう》を修行《しゆぎやう》する者《もの》の妙処《めうしよ》にして、彼飯綱《かのいづな》つかひ野干《やかん》[七]をつかふて、種々《しゆぐ》の幻術《げんじゆつ》をなす者《もの》の及《およ》ばざる所《ところ》、真《しん》の仙道修行底《せんどうしゆぎやうてい》の人《ひと》は、是《かく》のごとき妙処《めうしよ》あり。彼呂洞賓《かのりよとうひん》[八]仙人《せんにん》は、黄竜《わうりやう》の晦機《かいき》[九]禅《ぜん》師《じ》に参《さん》じて頓《とん》に仏法《ぶつぽう》を悟《さと》り、張紫陽仙人《てうしやうせんにん》は化《け》[一〇]して舎利《しやり》となる事《こと》を看《み》るべし。夫仙家《それせんか》には性命《せいめい》[一一]双《ふたつ》ともに修《しゆ》[一二]し、形神《きやうしん》[一三]倶《とも》に妙《めう》にして、長生不《てうせいふ》死《し》天《てん》と与《とも》に極《きはま》りなし。然《しか》るに仏氏《ぶつし》に及《およ》ばざる事多《ことおほ》きは、是真一《これしんいつ》を大悟《たいご》するの工夫《くふう》をなさず、其性命双修《そのせいめいそうしゆ》といふは唯是妄想分別《たゞこれもうぞうふんべつ》[一四]にして真実《しんじつ》の修《しゆ》にあらず。故《ゆへ》に修《しゆ》すればいよ〳〵遠《とふ》く、行《ぎやう》ずればいよ〳〵背《そむ》く。故《ゆへ》を以《もつ》て、其真一《そのしんいつ》を契悟《かいご》[一五]する時節《じせつ》なし。故《ゆへ》に其修行《そのしゆぎやう》は仏道《ぶつどう》に斉《ひとし》くして、其至《そのいた》る所仏道《ところぶつどう》と的《まと》をことにす。是仏《これぶつ》氏に及《およ》ばざるの所《ところ》なり。若《もし》此真一《しんいつ》を大悟《たいご》せば、何《なん》ぞ仏氏《ぶつし》に及《およ》ばざる事《こと》あら

一 極意。極致。
二 →三〇〇頁注二。
三 →二九一頁注一三。
四 前出の「本有の真一」「己心の阿弥陀」と同じ。
五 心霊・明徳と同じ。私心のない霊妙な状態。朱子「大学章句」註に「明徳者、人之所㆑得㆓乎天㆒、而虚霊不昧」。
六 「かつぜん」。ひろびろと開けているさま。大学に「一旦豁然貫通焉」。からりとさとる事。
七 狐の異名。
八 呂祖全書一「参黄竜記」に「乙酉六十八才、咸通七年、呂祖金丹已成、不覚洋洋自喜。乃復縦遊廬阜、至黄竜山値誨機禅師…呂祖言争奈囊儲不死薬安知与仏有参差。師指鉄禅杖云、饒経千万劫経是落空亡。呂祖豁然大悟」。
九 唐代の人。湖北省鄂州の黄竜山に住し超慧大師の号を受ける(伝灯録二十三)。
一〇 未詳。「舎利」は仏舎利、即ち仏骨をいう。張紫陽は生存中は仙人となり、死んで仏となったの意か。
一一 「性」は生まれながらの素質、「命」は天から授った運命。
一二 修練によって自らの思い通りにすること。
一三 姿形と精神。
一四 仏語。外的な事物にとらわれた迷妄の心による判断。
一五 悟りにかなう。

ん。釈迦達磨《しやかだるま》と肩《かた》を比《なら》べむ。故《ゆへ》に[一六]白玉蟾仙人《はくぎよくせんせんにん》の曰《いはく》、[一七]丹経仙書を数万巻読《すまんくわんよ》み修行せんより、唯《たゞ》一を守《まも》るに若《しか》ずと。一とは真《しん》一をいふ。一《いつ》を守るとは、一《いつ》を工夫《くふう》する事をいふなり。

日月古字形象真一談《じつげつのこじきやうしやうしんいつのだん》

されば日輪の一時《いちじ》に百億《ひやくおく》三千大千世界《せかい》を照《てら》すは、是日輪《これにちりん》の真一妙用《しんいつめうやう》なり。人間《にんげん》の一切《いつさい》万事《ばんじ》に於《おい》て、それ〴〵に働《はたら》きあるは、人〻の真一の妙用なり。故に老子《らうし》も其真一《そのしんいつ》の妙処《めうしよ》を指《さし》ていはく、[一八]天は一《いつ》を得《ゑ》て以て清《すめ》り。地《ち》は一を得て以て寧《やす》し。神《しん》は一を得《ゑ》て以て霊《れい》なり。[一九]谷は一を得て以て盈《(み)》ち、万物《ばんぶつ》は一を得て以て生《な》る。王侯《わうこう》は一を得て以て天下《てんか》の貞《てい》を為《な》す。其《それ》これを致《いた》す事一《いつ》なりといへり。故《ゆへ》に仙教《せんきやう》に貞一守一真一《ていいつしゆいつしんいつ》などゝいふの名を設《も》ふけて其要《そのよう》をとく。然れども皆心性《しやう》の[二〇]仮名《けめう》にして、其家〻《そのいへ〳〵》其宗旨〳〵《そのしうし》に於て、名《な》は種〻《しゆ〴〵》にかはるなり。儒教《じゆきやう》にては是《これ》を仁《じん》と名《な》づくる様《やう》に見《み》ゆ。『[二一]性理大全《せいりたいぜん》』に上蔡《じやうさい》の[二二]謝良佐《しやりやうさ》が曰《いはく》、[二三]心《しん》は何《なん》ぞ仁《じん》これのみと。今桃《いまもゝ》や梅《むめ》や杏《あんず》の類《たぐい》の核《さね》を皆仁《みなじん》といふ。桃仁梅仁杏仁《とうにんばいにんきやうにん》といふがごとし。此桃梅杏《このとうばいきやう》に限《かぎ》らず、一切《いつさい》の菓《このみ》に皆此仁《みなこのじん》あり。此仁《このじん》といふ者《もの》は、一切《いつさい》の菓《このみ》の真一《しんいつ》の舎《やど》る所《ところ》にして、此仁《このじん》を舎《やど》す核《さね》を以《もつ》て儒《じゆ》の仁《じん》に譬《たとへ》たる説《せつ》あり。是《これ》を以《もつ》て仁《じん》といふは、仙教《せんきやう》

一六 道教の南宗五祖の一。宋代、閩清の人。初め葛長庚、後に白氏をつぎ玉蟾と改名、武夷散人とも称す。書画にも長じた。
一七 出典未詳。「丹経」は道教仙道の経書。
一八 老子三十九「昔之得レ一者天得レ一以清、地得レ一以寧、神得レ一以霊、谷得レ一以盈、万物得レ一以生、侯王得レ一以為二天下貞一。其致レ之一也」。「一」は即ち「道」。
一九 老子六に「谷神不レ死、是謂二玄牝一」とある。谷神は谷間の凹地に宿る神霊の意とされ、女性の陰部に譬えて万物生成の営みを表現する。
二〇 仮りの名称。
二一 七十巻。明の永楽十三年(一四一五)勅撰。宋代の道学者百二十家の説を採集した朱子学派の代表的書物。
二二 宋代、河南省上蔡の人。程門四先生の一人。
二三 性理大全三十五「仁」の部に謝氏の言として「心者何也、仁是已。仁者何也、活者為レ仁、死者為二不仁一…桃杏之核可二種而生一者、謂二之桃仁杏仁一、言二有生之意一。推レ此仁可レ見矣」。

の真一《しんいつ》なりといふ義《ぎ》を覚《さと》るべし。仏道にては仏性《ぶつしやう》、仏心《ぶつしん》、真如《しんによ》、或《ある》ひは本来《ほんらい》の面目《めんもく》、無《む》位の真人《しんじん》[一]、主人公《しゆじんこう》[二]なんどゝ、其宗旨《そのしうし》〳〵にて名はかはれども、我仙教《せんきやう》にいふ真一《しんいつ》の事なり。最前《さいぜん》も説《とき》示《しめ》す日輪《にちりん》の百億《ひやくおく》三千大千世界を一時《いちじ》に照臨《せうりん》する、其日輪《にちりん》の本体《ほんたい》は真一《しんいつ》なりといふ、其真一《そのしんいつ》を表《ひやう》して古文《こぶん》[三]に日《ひ》といふ字《じ》は㊀[四]是《かく》のごとく書《かき》、月《つき》といふ字《じ》を㊁[五]是《かく》のごとく書也《かくなり》。日《ひ》の㊀一文字を書《かく》は真一《しんいつ》を象《かたど》り、月《つき》の㊁是《かく》のごとく書《かく》は陰《いん》の象を表《あら》

一 超俗解脱した真実の人（臨済録）。
二 禅語。自己本来の面目と同じ。
三 中国古代の象形文字。秦代に始まる篆書以前の文字を総称する。
四 説文解字七「日」に「日 古文象形」。
五 同書「月」に「月 闕也、太陰之精、象形」。

はす。[六]通論《つうろん》に云《いわく》、天《てん》に二ッの日なきを以《もつ》て、◯の字《じ》の内《うち》に一を書《かく》とは誤《あやま》りなり。何《なに》ゆへなれば天《てん》に日《ひ》のみ二ッなきには非《あら》ず、月《つき》も又天《てん》に二ッの月《つき》はなきに、月《つき》を㊁是《かく》のごとく書《かく》は如何《いかん》。是《これ》を以《もつ》て知《し》るべし、日《ひ》の字《じ》を㊀是《かく》のごとく書《かく》は、真一《しんいつ》の象《かたち》を表する事を。汝等将《なんぢらまさ》に知《し》るべし、老子《らうし》の説《せつ》に天《てん》は一《いつ》を得《ゑ》て清《すめ》り、地《ち》は一を得《ゑ》て寧《やす》く、神《しん》は一を得て霊《れい》に、万物《ばんぶつ》は一を得て以《もつ》て生《な》る等《とう》の語《ご》ある事《こと》を。是《かく》のごとく皆《みな》一を得《ゑ》て霊妙《れいめう》なれば、日輪《にちりん》月輪《ぐはちりん》も又此一《このいつ》を得《ゑ》て光明《くわうめう》ある事《こと》を。通論《つうろん》の説《せつ》は只《たゞ》その形象《けいしやう》につきて義《ぎ》を記《しる》すのみ、真一《しんいつ》を象《かたど》る事《こと》を知《し》らず。是《これ》を以《もつ》て見《み》れば月《つき》の字《じ》も、亦復《また〱》㊀のごとく書《かく》べきに、㊁のごとく書《かき》しは、日《ひ》と月《つき》と分《わかち》がたきを以てなり。陰《いん》の象《かたち》を表《ひやう》するとはいへど、是日《これひ》の字《じ》と同《おな》じからざる様《やう》に、一をまた一つ加《くは》へたるものなり。故《ゆへ》に☽かくのごとくも書《かく》なり。『周礼《しゆらい》』に[七]六書《りくしよ》を分《わか》つ。是《これ》その中《なか》の象形《しやうけい》といふものにて、[八]陳氏《ちんし》が曰《いはく》、[九]凡形《およそかたち》あるものは皆象《みなかたど》るべし。日月《じつげつ》の字《じ》のごとき、是象形《これしやうけい》の類《るい》なりといへり。象形《しやうけい》とは其形《そのかたち》を象《かたど》るをいふ。汝等《なんぢら》諸人《しよにん》この日輪《にちりん》の真一《しんいつ》は、天地《てんち》開闢《かいびやく》せざる已前《いぜん》より有《あり》て、生《しやう》ぜず滅《めつ》せず、一切《いつさい》国土《こくど》山林《さんりん》田畠河《でんばくか》海《かい》は変改《へんがい》すれども、此真一《しんいつ》は変改《へんがい》する事《こと》なく、此真一《しんいつ》は天地《てんち》滅《めつ》すれども滅《めつ》する事《こと》なく、円《まどか》なるにあらず方《かく》なるにあらず、長《なが》きに非《あら》ず短《みじか》きに非《あら》ず、内もなく外《ほか》もなく、増《ます》こともなく減《へる》こともなく、形質《かたち》あるに非《あら》ず、無《なき》にあらず、動《うご》かず静《しづか》なるに非《あら》ず、一切《いつさい》国土《こくど》を照臨《せうりん》して、光明《くわうめう》十方《ばう》に円満《ゑんまん》し、変《へん》ぜず異《こと》なる事《こと》なき、其色青黄赤 白黒《そのいろせうわうしやくびやくこく》を離《はな》れ、

六 通常の概説書の類の意か。

七 漢字の構成法を言い、中国における造字の基本を定めたもの。象形・指(象)事・会(象)意・形(象)声・転注・仮借の六体で、転注と仮借は造字構成法ではなく文字の活用法を指すとする説もある。
　周礼正義・地官保民に「而養国子以道乃教之六芸。一曰五礼、二曰六楽、三曰五射、四曰五馭、五曰六書、六曰九数」とあり、注に「六書、象形、会意、転注、処事、仮借、諧声也」とある。

八 陳仁錫か。明代長州の人。「周礼五官考」「重訂古周礼」等の著がある。

九 出典未詳。

又此五色《ごしき》を離《はな》るゝに非《あら》ず、有《う》に非《あら》ず無《む》にあらず、常に天《てん》を運行《めぐりゆき》て、暫時《ざんじ》も間断《かんだん》ある事《こと》なし。是即《これすなはち》天地《てんち》の魂魄《こんばく》とも心性《しんしやう》とも真一《しんいつ》とも称《せう》すれども、其《その》名の名《な》づくべきなく、其《その》形《かたち》の象《かたど》るべきなし。今暫《いましばら》く是《これ》をなづけて清浄本然真一《しやう〴〵ほんぜんしんいつ》の霊性《れいしやう》と称《なづ》けたり。当《まさ》に知《し》るべし、人〻《にん〳〵》の本有《ほんう》清浄《しやう〴〵》の真一《しんいつ》も、亦復是《また〳〵かく》のごときことを。故《ゆへ》に此真一《このしんいつ》を悟《さと》り得《う》れば、凡身《ぼんしん》を其《その》儘《まゝ》に神仙《しんせん》とも成《な》り神明《しんめい》ともなり、仏菩薩《ぶつぼさつ》ともなり聖人《せいじん》ともなるなり。汝等《なんぢら》あきらかに我《わが》説示《ときしめ》す事《こと》を聞《きい》て、世《よ》の偽仙《ぎせん》の為《ため》に惑《まど》はさるゝ事《こと》なかれ。世《よ》には神仙《しんせん》の至教《しいきやう》は、真一《しんいつ》を大《たい》悟《ご》し、凡《ぼん》を転《てん》じて神仙《しんせん》となる事《こと》を知《し》らず、仙教《せんきやう》は唯奇《たゞき》妙《めう》不思議《ふしぎ》をなし、種〻《しゆ〴〵》の幻術《げんじゆつ》をなす者《もの》を仙人《せんにん》なりと誤《あやま》り、[一]一盲衆盲《いちもうしゆもう》を導《みちび》き、大《おほい》に邪路《じやろ》に入《いつ》て一生《いつしやう》をあやまる。

前年浪華《ぜんねんなには》より[二]岡田《おかだ》直輔《なをすけ》といへる者《もの》、予《よ》が[三]天賜観《てんしくはん》に尋来《たづねきた》り、予に[四]相見《しやうけん》せんといふ。予《よ》出《いで》て問《とふ》て曰《いはく》、「汝《なんぢ》は何処《いづれのところ》の人《ひと》ぞ」。直輔《なをすけ》が曰《いはく》、「某《それがし》は浪華《なには》の者《もの》にて岡田《おかだ》直輔《なをすけ》と称《せう》す。即《すなは》ち[五]竜雷神人大神貫道《りやうらいしんじんおほがくはんどう》が門人《もんじん》なり」と。予《よ》が曰《いはく》、「竜雷神人《りやうらいしんじん》とは何人《なんひと》なりや」。直輔《なをすけ》が曰《いはく》、「竜雷神人《りやうらいしんじん》は[六]浪華上宮《ろうくはかみのみや》の社主《しやしゆ》にて、嘗《かつ》て神仙《しんせん》の至教《しいきやう》に達《たつ》し、大《おほい》に仙教《せんきやう》を説《とい》て浪華《ろうくは》に其名《そのな》を轟《とゞろ》かす者なり、仙翁《せんわう》これを知《し》らずや」。予《よ》が曰《いはく》、「未《いま》だ知《し》らず。願《ねがは》くは神人《しんじん》の仙教《せんきやう》に於《おい》て説《せつ》あらば聞《きか》む」。直輔《なをすけ》が曰《いはく》、「某《それがし》が先生竜雷神人《せんせいりやうらいしんじん》の曰《いはく》、神《しん》と仙《せん》とは一致《いつち》にして二《ふたつ》ある事《こと》なし、其修煉《そのしゆれん》の法《はう》は是《かく》のごとく是《かく》のごとし。其奥儀《そのおうぎ》に到《いた》りては、是深秘《これじんひ》にして説難《ときがた》し。先生《せんせい》の修煉《しゆれん》は其[七]玄奥測《そのげんおうはかり》がたし。能水《よくみづ》に入《いつ》ても溺《おぼ》れず、火に入《いつ》ても焼《やけ》ず、実《まこと》に是神人《これしんじん》と称《せう》

一　一人の愚者が他の多くの愚人を指導して、皆を破滅させることの喩え。無門関・竿頭進歩「拚レ身能捨レ命、一盲引ニ衆盲一」。
二　未詳。
三　文坡の室号。本書巻頭の文坡自叙の署名参照。「観」は道教寺院を指すが、当時我国でも「…観」を名乗る者もたまにあり、何れも修験道もしくは卜筮者か神道関係者の場合が多い。すぐ上文に「予が」とあって、ここでは守一仙人と文坡とが同一化している。
四　会見。
五　日向延岡の人。若年出京して某宮家に出仕するが、宝暦(一七五一—六四)初年、夢中に仙道を感得して修業し、摂津国東成郡上之宮の神職となり山口日向守と名のる。「浪速人傑談」にその略伝を載せる。明和(一七六四—七二)頃、雨乞の秘法に成功したことで有名。著書も詩集「南遊集」(宝暦九年刊)二冊を初め、「神国女訓抄」(明和二年成、未刊)、「幸神秘訣」(明和五年刊)一冊、「磤馭盧島日記」(明和八年刊)一冊、「養神延命録」(明和九年刊)三冊、等数種の刊本もあって、当代の神仙家として有名人である。
六　現大阪市南区天王寺夕陽丘町の村社。大江神社に合祀され、天王寺七宮の一。
七　極めて奥深いこと。

する者なり」と。予《よ》が曰《いはく》、「実《まこと》に神人《しんじん》たり。其火《そのひ》に入《いつ》て焼《やけ》ざるとは、汝何《なんぢなに》を以《もつ》てか知《し》るや」。直輔《なをすけ》が曰、「神人嘗《しんじんかつ》て上宮《かみのみや》の神前《しんぜん》に於《おゐ》て、[八]無戸《うつ》室《むろ》の神事《じんじ》を修行《しゆぎやう》するを見《み》れば、熱《にゆ》る湯《ゆ》の釜《かま》の中《なか》に入《いつ》て、其沸湯《そのにへるゆ》を総身《そうしん》に浴《あび》て、其身《そのみ》少《すこ》しも痛《いたむ》ことなく糜爛《たゞるゝ》ことなし。是《これ》を以《もつ》て見《み》るべし、能仙道《よくせんどう》に達《たつ》して、古《いにし》への仙人《せんにん》にも劣《おとら》ざる事《こと》を。若仙《もしせん》の道《みち》を得《ゑ》ずんば、是《かく》のごとく汯《たぎ》り沸《たぎ》るの熱湯《ねつゆ》の中《なか》に入《いる》ことを得《ゑ》むや。是即《これすなはち》火《ひ》に入《いつ》ても焼《やけ》ざるに非《あら》ずや」と。予《よ》が曰、「然《しか》り、更《さら》に神人説示《しんじんときしめ》す事《こと》ありや」。直輔《なをすけ》が曰、「神人嘗《しんじんかつ》て門人《もんじん》に説《とい》て曰、仙家《せんか》に[九]白日昇天《はくじつしやうてん》あり。是即《これすなは》ち我説示《わがときしめ》す所《ところ》の[一〇]高天原《たかまがはら》へ昇《のぼ》るの義《ぎ》なり。我神明《われしんめい》と神仙《しんせん》とは一致《いつち》と説《とく》、こゝを以《もつ》て知《し》るべし。汝等我教《なんぢらわがおしへ》に随《したが》ひ、法《はう》のごとく修《しゆ》せば、遂《つゐ》に白日昇天《はくじつしやうてん》して高天《たかまが》原《はら》へ昇《のぼ》り、諸《もろ〳〵》の天神《あまつかみ》を拝《はい》して、其身《そのみ》も又神《しん》に列《つらな》り坐《ざ》すべし。神《しん》これ仙《せん》、仙《せん》これ神《しん》にして、[一一]上帝《じやうてい》、玉帝《ぎよくてい》とは豈他《あにた》の者《もの》ならんや。[一二]我国常立尊《わがくにとこたちみこと》を指《さし》ていふなり。爰《こゝ》を以《もつ》て神仙一致《しんせんいつち》の旨《むね》を悟《さと》るべしと説示《ときしめ》さる。故《ゆへ》に某等《それがしらつゝしん》謹で師《し》の教《おしへ》に順《したが》ひ、[一三]朝霞《てうか》を食《くら》ひ陽光《やうくはう》を吸《す》ひ、修煉《しゆれん》して高天原《たかまがはら》に昇天《しやうてん》せん事《こと》を期《ご》す」と。

守一仙示㆓成仙玉㆒之談《しゆいつせんぜうせんだまをしめすのだん》

守一仙人《しゆいつせんにん》、直輔《なをすけ》が語《ことば》いまだ了《おはら》ざるに大《おほき》に喝《かつ》して曰《いわく》、「止《やみ》ね〳〵、聞《きく》に及《およ》ばず。今汝《いまなんぢ》が

八 出入り口を密閉した室の中での行。竜雷は度々この修法を行なったとみえ、磤馭盧島日記に明石で雨乞を行じた折「宇津室修行せしに、熱湯の釜に飛入し時」云々という。日本書紀には産屋として建てた旨がみえる。

九 真昼間、天に昇ること。仙人となること。

一〇 日本神話中の天上界、即ち神道世界の天上。竜雷著「養神延命録」巻一「修真大要」に「逍㆓遥乎常世郷㆒、飛㆓昇乎高天原㆒、而朝㆓天祖㆒、任㆓天職㆒、輔㆓天政㆒、守㆓天約㆒。是我神道修練之本志也」という。

一一 中国でいう天帝。

一二 日本書紀に万物にさきがけて出現した原初神。古事記では六番目の所生とする。

一三 養神延命録ニ「日拝餐霞篇」に「餐霞トハ日中ノ精華ヲ服食シ陽精ヲ煆煉スルノ妙術ナリ。其法大神秘口訣ノ旨アレバ、筆墨ニ命ジ難シ」と。

説所《とくところ》は、皆是《みなこれ》煩悩妄想地獄《ぼんのうもうざうぢごく》の造業《ざうごう》[一]なり。是皆外道法《これみなげどうのほう》にして、神《しん》にもあらず仙《せん》にもあらず」。直輔大《なをすけおほき》に怒《いかつ》て曰《いはく》、「我神人《わがしんじん》の仙法《せんぽう》を是《かく》のごとく蔑《さみ》[二]し、外道《げどう》の法《はう》なりと罵《のゝし》るは如何《いかん》」。予《よ》が曰《いはく》、「汝神仙《なんぢしんせん》を知《し》らず、錯《あやまつ》て邪師《じやし》に瞞《まん》せらる。坐《ざ》せ、譟《さはがし》[三]き事《こと》なかれ。汝神仙《なんぢしんせん》とは何《いか》なる者《もの》とか思《おも》ふ。神仙《しんせん》は清浄無為《しやうぐぶゐ》なる者《もの》なり。夫煉養服食《それれんやうふくしよく》[四]は、赤松子《せきせうし》[五]、魏《ぎ》[六]伯陽《はくやう》始《はじめ》て是《これ》を説《とき》て、其余《そのよ》の奇術幻法《きじゆつげんぽう》は、後世《こうせい》の方士等《ほうしら》が設《も》ふくる所《ところ》にして、神仙《しんせん》の道《みち》に非《あら》ず。仮令火《たとへくわ》中《ちう》に端坐《たんざ》する事呉《ことご》の姚光《ようくはう》[七]が如《ごと》く、猛火《もうくわ》これを焚《やけ》ども焚《やけ》ざる底《てい》の漢《かん》たりと雖《いへ》ども、真一《しんいつ》を大悟《たいご》せざる者《もの》は神仙《しんせん》には非《あら》ず。仮令波濤《たとへはとう》の上《うへ》を走《はし》り、天上《てんじやう》の月宮《げつきう》に入《い》り、身《み》を千万《せんまん》に分《わか》つて、同時《どうじ》に東西南北《とうざいなんぼく》に到《いた》るとも、此真一《このしんいつ》を契悟《かいご》せざる底《てい》は、真人至人《しんじんしいじん》にあらず。況《いはん》や白日《はくじつ》に高天原《たかまがはら》へ昇天《しやうてん》するを、神仙《しんせん》の至要至極《しいようしごく》となす瞎睡漢《かつすいのかん》[八]、何《なん》ぞ我至道《わがしいどう》を知《し》らん。汝等《なんぢら》直輔《なをすけ》『神代巻《じんだいのまき》』[九]を看《み》たるべし。竜雷《りやうらい》が説《とく》がごとく、高天原《たかまがはら》がさほど結構《けつかう》なる所《ところ》にて、神道仙教《しんとうせんきやう》を修行底《しゆぎやうてい》の者《もの》、こゝに昇上《のぼりのぼ》る事《こと》を極位《ごくゐ》とする所《ところ》ならば、天照大神《てんしやうだいじん》は何《なに》として皇孫瓊ゝ《すめみまごにゝ》[一〇]杵尊《ぎのみこと》を、此下界《このげかい》の日本国《やまとのくに》には下《くだ》し給ふ。然《しか》も皇孫高天原《くはうそんたかまがはら》より此日本《このにつぽん》がよろしき国《くに》なればこそ、其皇孫今《そのくはうそんいま》の世《よ》まで連綿《れんめん》として、此大日本国《このおほやまとのくに》を統御《しろしめ》す。若彼竜雷神人《もしかのりやうらいしんじん》貫道《くわんどう》が説《せつ》の如《ごと》くんば、何《なん》ぞ是《かく》のごとき事《こと》あらん。汝直輔《なんぢなをすけ》、予《よ》が云所《いふところ》は其大抵《そのたいてい》を説《とく》。汝《なんぢ》まづ『日本紀神代巻《にほんぎじんだいのまき》』を繙《ひぼと》きて能ゝ《よく〳〵》見《み》て、予《よ》に対《たい》して其臂《そのひぢ》[一一]を張《は》れ」ともふしたれば、彼《かの》直輔大《なをすけおほい》に感悟《かんご》して、遂《つゐ》に予《よ》に対《たい》して弟子《でし》の礼《れい》をなす。

一 仏語。成道の障りとなる業を作ること。 二 あなどる。軽んずる。
三 さわぐな。
四 道教において、仙人となるための具体的な修練や食物・薬物のこと。
五 上古の仙人の名。神農氏の代の雨師で、神農に不濡不焼の術を教えたといわれる。崑崙山に入って仙人となる(博物彙編・神異典)。
六 漢代、呉の人という。神薬の錬成に長じ、その著「周易参同契」二巻は、易の爻象を借りて丹薬を作ることを述べる。
七 道家、神仙中の人。博物彙編・神異典に「呉主身臨試レ之、積ニ荻数千束一、令ヨレ光坐ニ千束中裹一。十余重火焚レ之、烟焰翳レ日、観者盈レ都、咸謂ヨ光為ニ煨燼一矣。火息後見ヨ光従ニ灰中一撮レ衣而起」。
八 「瞎」はめしいの意。「瞌睡」にいねむりの意あり。「瞎睡」はいねむりしているようなわからずやの意か。
九 日本書紀一・二の二巻で「神代」上下となる。
一〇 天忍穂耳命の子。父神に代って葦原中国(日本)に降臨し、地上の主となる(神代巻・下)。
一一 威張った様子。我を張ること。
一二 諺。譬喩尽三。
一三 平仮名まじりで書かれた通俗書。
一四 洛西乞士編。初篇一冊、安永七年(一七七八)刊。二篇一冊、安永九年刊。堪忍について問答体を以て記し、一節ごとにそれに因んだ道歌を添える。

箒良《はくりやう》、和荘兵衛《わそうべい》汝等《なんぢら》も誤《あやま》る事《こと》なかれ。[一二]其語《そのこと》を聞《きか》むより面《おもて》を見《み》むには若《しか》じ。予《よ》前年《ぜんねん》一書《いつしよ》の[一三]国書《かなぼん》を閲《み》るに、題《だい》して『[一四]闇夜《やみのよ》の提挑灯《さげてうちん》』といふ。一度《ひとたび》是《これ》を閲《み》て大《おほい》に歎《たん》じて曰《いはく》、是《かく》のごとき和歌《うた》は何人《なにひと》か詠《よめ》る。実《まこと》に[一五]禅機《ぜんき》ある底《てい》ならではと、其作者《そのさくしや》を見《み》れば洛西《らくせい》の乞士《こつし》とあり。其乞士《そのこつし》こそ慕《したは》しけれと、悉《くはし》く其人《そのひと》を探《さぐ》り尋《たづね》るに、[一六]大俗《たいぞく》にして是《かく》のごとき[一七]見解《けんげ》ある者《もの》にあらずといへり。然《しか》りといへども時《とき》あらば相見《しやうけん》して、其道《そのみち》を聞《きか》むと思《おも》ふ所《ところ》に、一日《あるひ》[一八]反古《ほうご》堆《たい》の中《うち》より一書《いつしよ》を得《え》たり。題《だい》して『堪忍《かんにん》の弁《べん》』といふ。此書《このしよ》と『提挑灯《さげてうちん》』と同書《どうしよ》なり。撰《せん》者《じや》は洛西《らくせい》[一九]川勝村《せんせうじむら》西来寺《さいらいじ》[二〇]古山和尚《こさんおしやう》とあり、是《こゝ》に於《おい》て始《はじ》めて彼洛西乞士《かのらくせいこつし》が作《さく》にあらざる事《こと》を知《し》りて、歎息《たんそく》数声《すせい》して休《やみ》ぬ。[二一]昔《むかし》湖州《こじう》の鉄観音院《てつくわんおんいん》の[二二]僧拱辰《そうこうしん》『[二三]景徳伝灯録《けいとくでんとうろく》』を作《つく》り、書成《しよなり》て京《きやう》に持上《のぼ》るに、途中《とちう》にて或僧《あるそう》此書《このしよ》を負《おゐ》て去《さ》れり。拱辰《こうしん》京《みやこ》に上《のぼ》りて見《み》れば、彼《かの》『景徳伝《けいとくでん》灯録《とうろく》』京《みやこ》に盛《さかん》に行《おこな》はる。其撰者《そのせんじや》の名《な》を見《み》れば[二四]道原《どうげん》とせり。然《しか》れども拱辰《こうしん》これを憤《いきどふ》らずして曰《いはく》、「吾意《わがこゝろ》仏祖《ぶつそ》の道《どう》を明《あきらか》にせんとおもふのみ。然《しか》るに已《すで》に行《おこな》はる。彼《かれ》に在《あり》ても此《これ》に在《あ》りても同《おな》じ。吾名利《われめうり》の為《ため》にせんや」と。絶《たへ》て復《また》いはずと。今古《いまこ》山禅師《さんぜんじ》出来《いできた》る共亦復然《ともまた〳〵しか》らん。然《しか》りといへども邪人正法《じやじんせうはう》を説《とく》ときは正《せう》も亦邪《またじや》、正人邪法《せうにんじやはう》を説《とく》ときは、邪《じや》も亦正《またせう》といふ事《こと》あり。依《よつ》て我守一仙人《われしゆいつせんにん》は[二五]旦夕《たんせき》これを恐《おそ》れて、我仙道《わがせんどう》の至要《しいよう》を説《とか》ずといへども、今古《いまこ》来《らい》よりの仙人《せんにん》といふ者《もの》を見《み》れば、皆《みな》この清浄無為《しやう〳〵ぶゐ》真一《しんいつ》の大道《たいどう》たる事《こと》を会得《ゑとく》せず、唯修煉《たゞしゆれん》服食《ふくしよく》、飛行自在《ひぎやうじざい》、長生不死《てうせいふし》なんどの事《こと》のみを仙《せん》として、[二六]一大事《いちだいじ》の因縁《いんゑん》ある事《こと》を知《し》らず。

同一著者の「見聞独歩行」（初篇一冊、安永七年刊。二篇一冊、安永九年刊）も同様。その他「迷中足休」（一冊、安永八年刊）、「常なしの記」（二冊、天明元年序刊）等の著がある。

一五 禅を体得した人独特の心の働き。

一六 全くの俗人。

一七 仏語。仏教の教理に関する確固たる意見。

一八 反古の山。

一九 葛野郡川勝寺村（現右京区西京極）の臨済宗大徳寺派の寺。

二〇 未詳。

二一 以下の説話は「景徳伝灯録」巻末の跋に「右景徳伝灯録本、住二湖州鉄観音院一僧拱辰所レ撰。書成将レ游二京師一投進。途中与二一僧一同舟、因出示レ之。一夕其僧負レ之而走。及レ至レ都則道原者已進而被レ賞矣。此事与三郭象窃二向秀荘子註一同。拱辰謂、吾之意欲レ明二仏祖之道一耳。夫既已行矣。在レ彼在レ此同。吾其為二名利一乎。絶不二復言一」とあるによる。

二二 僧伝排韻十一「宋拱辰。居二安吉州西余山一。著二祖源通要三十巻一行二于世一」。

二三 三十巻。宋の永安道原の著、景徳元年（一〇〇四）に朝廷に撰進したので書名となる。過去七仏以来宋に至る仏教通史として名高い。

二四 法眼宗の僧。江蘇省承天永安院に住し、「伝灯録」を奉進する。

二五 つねづね。平生。

二六 仏語。仏がこの世にあらわれた最も大切な因縁である衆生済度の因縁。

依《よつ》て此真一《このしんいつ》の霊旨《れいし》ある事《こと》を知《し》らざる人《ひと》に説示《ときしめ》さんと欲《ほつ》すれども、予《よ》がごとき不徳《ふとく》短才《たんさい》、何《なに》を以《もつ》て諸人《しよにん》を教導《けうどう》せんや。間《まゝ》[一]その事《こと》を仮名書《かなしよ》に撰《せん》して、世《よ》に弘《ひろ》むるといへども、其文《そのぶん》すこしにても向上《かうじやう》[二]なれば、世《よ》の人棄《ひとすて》て是《これ》を読《よま》ず。至《いた》りて向上《かうじやう》なるは、世《よ》の知識《ちしき》[三]の知《し》る所《ところ》、なんぞ予《よ》が説《せつ》をまたん。此書《このしよ》の撰《せん》や、今《いま》の世《よ》の浮世《うきよ》[四]仮名《かな》草紙《そうし》見て旦夕《たんせき》を送《おく》る人《ひと》の、草紙《そうし》仮名本《かなぼん》を看《み》るの序《つゐで》[五]に、此書《このしよ》をも読《よむ》ことを得《ゑ》ば、予《よ》が説《とき》示《しめ》す神仙《しんせん》の至道《しいどう》、真一《しんいつ》を大《たい》

一 たまたま。

二 仏語。上に向かうこと。より高い内容を持つこと。

三 仏法の立派な指導者。

四 通俗的・娯楽的な読物。

五 底本「席」とあるも誤刻と見て「序」に訂正する。

悟《ご》するにある事《こと》を知《し》らん。真一《しんいつ》を大悟《たいご》すれば、実《まこと》の神仙《しんせん》といふ者《もの》なりと[六]一旦意《いつたんこゝろ》に会得《ゑとく》せば、時来《とききた》りて其人神仙《そのひとしんせん》にもせよ禅法《ぜんぽう》にもせよ、神道《しんとう》にもせよ儒道《じゆどう》にもせよ、学《まなば》むと欲《おも》ふ志《こゝろざ》し発《おこ》るとき、予が今説所《いまとくところ》の[七]一口《ひとくち》の玄談《げんだん》を以《もつ》て、其志《そのこゝろざ》す所《ところ》の道《みち》に向《むか》はゞ、其一歩《そのいつぽ》を進《すゝむ》るの所《ところ》に所得《しよとく》あらんと、予《よ》が愚蒙《ぐもう》を以《もつ》て諸人《しよにん》を教導《みちびく》にはあらねど、老婆心《らうばしん》やむ事《こと》を得《ゑ》ず、故《ゆへ》に[八]俗耳《ぞくに》に早《はや》く通《つう》じ易《やす》からしめんと、俗《ぞく》ゝ《ぐ》杜撰《づざん》の口《くち》を開《ひら》ひて、一口《いつく》の玄談《げんだん》を説《とく》。これ仙《せん》道《どう》を成就《じやうじゆ》するの[九]初入《しよにう》の門《もん》まではいかぬ小門《くゞり》なれども、成仙玉《じやうせんだま》と号《なづ》けて、[一〇]小児《しやうに》の啼《なき》を止《とむ》る一口《ひとくち》の玄談《げんだん》は聞《きこ》へたか。今《いま》の成仙玉《じやうせんだま》は何処《いづく》にある」。

成仙玉発二五色光一之談《じやうせんだまごしきのひかりをはなつのだん》

其時守一仙人諸人《そのときしゆいつせんにんしよにん》に示《しめ》して曰《いわく》、「かの成仙玉《じやうせんだま》は汝等諸人《なんぢらしよにん》の[一一]赤肉団上《しやくにくだんじやう》にありて、是《これ》を清《しやう》浄本然真一《ぐほんぜんしんいつ》と号《なづ》く。常《つね》に汝等諸人《なんぢらしよにん》の[一二]面門《めんもん》より出入《しゆつにう》す。看《み》るや。未《いま》だ看ざる底《てい》の者《もの》も又得《またゑ》たり。已《すで》に看《み》る者《もの》も又得《ゑ》たり。或《あるひ》は看《み》る者《もの》にも[一三]三十棒《ぼう》、未《いま》だ見《み》ざると云者《いふもの》も三十棒《ぼう》、両《りやう》方合《はうあは》せて六十棒《ぼう》、これを一所《いつしよ》にひきくゝりて、唐土《から》と日本《にほん》の国界《くにざかい》[一四]ちくらが洋《おき》にさらり、[一五]鶏《こつけこう》の鳴《なか》ぬ中《うち》に彼成仙玉《かのじやうせんだま》を説聞《ときゝか》そふ。随分前《ずいぶんまへ》へ寄《より》て[一六]諦聴《たいてう》せよ。夫摩《それま》[一七]尼宝珠《にほうじゆ》は、仮水精玉《びいどろだま》より価《ね》の高《たか》ひ水精玉《すいしやうだま》の様《やう》な玉《たま》なり。此玉《このたま》はすき通《とふ》りて、中《なか》を見《み》れば何《なん》にもなく、只今《たゞいま》の水《すい》

六 一度でも心中に会得したならば。
七 奥深く深遠な話。
八 俗人の理解。
九 はじめて師の門に入って、学問の入口を窺うこと。大学章句・小引に「大学は孔子の遺書にして、初学徳に入るの門なり」。
一〇 子供だましの飴玉のような。
一一 仏語。赤い肉のかたまり、即ち心臓をいうが、更に広義には肉体の意に用いる。臨済録・上堂に「赤肉団上に一無位の真人あり。常に汝等諸人の面門より出入す」云々。
一二 仏語。眉間、広義には顔、口など。
一三 ↓二八三頁注四。
一四 日本の海の果ての意。朝鮮と日本との潮境に当る所というような意味で用いるが、ともかく遠い所の意。「さらり」は、さらりと流しての意。風の神を送る時の慣用句。
一五 この辺り浄瑠璃等の慣用句になぞらえる。並木宗輔「軍法富士見西行」に「そんな咄は西の海へさらり、こつかこうの鳴かぬ内、ちやつと寝やうじやあるまいか」。
一六 心をかたむけて聴くこと。
一七 仏語。「摩尼珠」ともいう。清浄不穢の珠玉の意。翻訳名義集三「摩尼」に「即ち珠の惣名也。此れを離垢と云ふ。此の宝光浄にして、垢穢のために染せられず」。

精玉《しやうだま》を見《み》るが如《ごと》く、光浄《ひかりきよ》くして垢穢《あかけが》れの為《ため》に染《そめ》られず。仮使《たとへ》青色《あをいろ》の水《みづ》の中《なか》へ入れても、又《また》は赤色《あかいろ》の水《みづ》の中《なか》、白色黄色黒色《しろいろきいろくろいろ》の泥《どろ》の中《なか》へ、百日千夜《ひやくにちせんや》つけ置《おき》ても、取出《とりいだ》して見《み》よ、其《その》色《いろ》に染《そま》りしかと思へば、水《みづ》を以《もつ》て洗《あら》へば忽《たちま》ちに元《もと》の清浄潔白《しやう〴〵けつぱく》なる摩尼宝珠《まにほうじゆ》となりて、一《いつ》点《てん》の穢《けが》れある事《こと》なし。是《かく》のごとくいろ〳〵となしても、此珠《このたま》の染《そま》ると云事《いふこと》はさら〳〵なし。扨《さて》此宝珠《ほうじゆ》を以《もつ》て、仮《かり》に汝等諸人《なんぢらしよにん》の本然《ほんぜん》の真一《しんいつ》の心性《こゝろ》として見《み》よ。譬《たとへ》ば此真一《このしんいつ》の水《すい》精玉《しやうだま》をまづ赤色絹《あかいろきぬ》の上《うへ》に置《おけ》ば、此玉全《このたままつた》く赤色《あかいろ》の玉《たま》のごとし、此赤色《このあかいろ》を汝等《なんぢら》が怒腹立時《いかりはらたつとき》の意《こゝろ》と見《み》よ。怒《いか》り腹立《はらたつ》ときは、心身《しんしん》ともに怒《いか》り腹立《はらたつ》て、更《さら》に喜《よろこ》び楽《たのし》むの意《こゝろ》なきに似《に》たり。扨《さて》この水精玉《すいしやうだま》を又黒色絹《くろいろきぬ》の上《うへ》に移《うつ》せば、忽《たちま》ち此玉黒色《このたまくろいろ》の玉《たま》と見《み》ゆ。又是《これ》を白色絹《しろいろきぬ》や黄色《きいろ》絹《きぬ》の上《うへ》に置《おく》に、悉《こと〴〵》く其絹《そのきぬ》の色《いろ》を映《ゑい》じて、此玉或《このたまある》ひは黄玉《きだま》、白《しろ》玉、黒《くろ》玉、赤《あか》玉、青玉《あをだま》と、それ〴〵の色《いろ》になるところ、是《これ》を人ゝ《にん〴〵》の身《み》の上《うへ》の煩悩妄想《ぼんのうもうぞう》の起《おこ》りし意《こゝろ》、或は楽《たのし》み悦《よろこ》びさゞめくの心《こゝろ》、又は愁歎《しうたん》し泣哭《なきない》て悲《かな》しみ愁《うれ》ふる心《こゝろ》とし、或《あるい》は迷《まよ》ひ惑《まど》ふて愚痴《ぐち》となる、又は発明《はつめい》し省悟《さとり》たりと思ふ心《こゝろ》として見《み》よ。皆是此水精玉《みなこれこのすいしやうだま》へ移《うつ》る五色《ごしき》の絹《きぬ》のごとく、其絹《そのきぬ》を取《と》り捨《すつ》れば、元来清浄潔白《ぐわんらいしやう〴〵けつぱく》なる真一《しんいつ》の水精玉《すいしやうだま》なれども、今日《こんにち》の凡夫《ぼんぶ》其真一《そのしんいつ》の水精玉《すいしやうだま》を知《し》らず、愚痴蒙昧《ぐちもうまい》にして[一]知見解会《ちけんげゑ》をなし、種ゝ《しゆ〴〵》に迷惑《まよひ》て其根元《そのこんぽん》に達《たつ》する事《こと》あたはず。或《あるい》は種ゝ《しゆ〴〵》の修行《しゆぎやう》をして得《ゑ》たりとし、又は種ゝ《しゆ〴〵》の妄想分別《もうぞうふんべつ》を起《おこ》して是《これ》を是《ぜ》なりとす。皆《みな》これ実《まこと》の事《こと》にあらず。皆是五色《みなこれごしき》の絹《きぬ》の上《うへ》に置《おい》て、[二]其色《そのいろ》をとめて是《これ》なりとする者《もの》なり。故《ゆへ》に我《わが》

一 仏語。俗人の不透明な思考をこらして、理解したつもりになる事。正法眼蔵随聞記三に「心ヲモテ仏法ヲ計校スル間ハ、万劫千生ニモ不レ可レ得。放ニ下心一、捨ニ知見解会一時キ、得ル也」。
二 絹の色を残留させて。

神仙真人《しんせんしんじん》此事《このこと》を憐《あは》れみ、其迷《そのまよ》ひを去《さつ》て仙《せん》たらしめんと欲し、今真一《いましんいつ》を工夫《くふう》し、大悟《たいご》せよと説《とく》ものなり。真一《しんいつ》の水精玉《すいしやうだま》を見《み》つけ了《おは》れば、是《これ》を実《まこと》の仙人《せんにん》といふ。此玉《このたま》を見《み》る者《もの》は、仙道《せんどう》を成就《じやうじゆ》するを以《もつ》て、仮《かり》に名《な》づけて成仙玉《じやうせんだま》といふ。汝等諸人《なんぢらしよにん》よく〳〵予《よ》が説示《ときしめ》す所《ところ》を聞《きい》て、早《はや》く仙道《せんどう》を成就《じやうじゆ》し、長生不死《てうせいふし》の神仙《しんせん》となり、神通自在《じんづうじざい》に飛行《ひぎやう》して、三蓬莱玄圃《ほうらいげんぼ》の仙《せん》境《きやう》に遊《あそ》び、或《あるい》は四九天《きうてん》に昇《のぼ》り、五上清天上《せいてんじやう》の六歓楽《くわんらく》をなせ」と説了《ときおはり》て、彼守一仙人《かのしゆいつせんにん》は七紫雲《しうん》に乗《じやう》じて飛去《とびさ》れば、和荘兵衛《わそうべい》、箒良《はくりやう》は、神仙至道《しんせんしいどう》の悟《さと》りを開《ひら》き、天《あま》の羽衣打《はごろもうち》かづき、和荘兵衛《わそうべい》は白鶴《はくくわく》に打《うち》のりて、八行衛《ゆくへ》は何処蓬萊《いづくほうらい》の島《しま》また島に分入《わけいつ》て、実《まこと》の神仙《しんせん》となるぞ楽《たの》しき。

成仙玉一口玄談巻之五　大尾

天明五年
乙巳正月吉日

書林

京寺町通松原上ル町
菱屋治兵衛

同祇園新橋町
伏見屋伊三郎

三 蓬萊山や崑崙山。
四 高い高い天上の意。
五 「上清」は天の意。玉清、太清と並べて、道家に三清という。
六 底本「歎楽」とあるが、誤刻とみて「歓楽」に訂正。
七 得道の人の臨終の際に阿弥陀仏が乗って来迎する雲を言う。また紫色は道家では最も高貴な色とされる。
八 巻頭に呼応させて、謡曲ふうの文句をもってしめくくる。「山姥」の末句「山又山に山めぐりして行方も知らずなりにけり」など。

付録

風俗文集 昔の反古

風俗文集序

名山大沢、必有二神物一生二乎其中一也。通邑大都、必有二名士一出二乎其中一也。茲東都神門有二北華者一焉。自称二自堕落先生一也。放蕩不羈、不レ携二妻子一。壮年罷レ仕、晦二跡市中一。安二於鷦鷯之一枝一、而不レ羨二瑶台瓊室一也。足二於偃鼠之満腹一、而不レ慕二炊金饌玉一也。唯酒之嗜、忘レ貧自適。不レ諂二乎富貴一也。不レ屈二乎権勢一也。大言自負、旁若レ無レ人。生平只下レ帷謝レ客、甕頭鼾眠而已。嗜レ酒之外、好レ茶、好レ俳、又善二俳文一。意之所レ趣、操レ觚一揮、千言立成。人疑レ為二腹稿一。而視二其文一、此奇也、聯珠綴玉、驚レ神泣レ鬼。若二他人一或刻意数日、而作二出一編一、比二之於彼卒成文一、相去之遠、霄壌不レ啻。一日北華与レ客相讙、痛飲数斗、大酔而臥。鼾雷一声、欻然尸解。元文四年十二月晦日也。葬二于城北日暮里養福寺垂糸海棠下一。後北華建レ石勒レ銘。近又集二其遺文一。有二若干巻一、名曰二自堕落先生風俗文集一。而欲レ梓レ之、請二序於予一。ゝ(予)与二後北華一相識、亦同二於前北華一也。因不レ得レ已、乃遂道二其所一レ知以塞レ需云。

延享改元年中秋前一日

朝隠　貞宇於二江東倚松堂一題ス

（名山大沢、必ず神物ありてその中に生ず。通邑大都、必ず名士ありてその中に出づ。

ここに、東都神門に北華といふ者あり。自ら自堕落《じだらく》先生と称す。放蕩不羈《ふき》、妻子を携へず。壮年、仕《つかへ》を罷《や》め、跡を市中にくらます。鷦鷯《せうれう》の一枝に安んじて瑶台瓊室《えうだいけいしつ》を羨まず。偃鼠《えんそ》の満腹に足つて炊《すい》金饌玉《きんさんぎよく》を慕はず。ただ酒を嗜《たしな》み、貧を忘れて自適す。富貴にへつらはず、権勢に屈せず、大言自負、旁《かたは》らに人無きがごとし。生平ただに帷《とばり》を下し客を謝し、甕頭《をうとう》に鼾眠《かんみん》するのみ。酒を嗜むのほか、茶を好み、俳を好み、また俳文を善くす。意の趣くところ觚《ふで》を操つて一たび揮《ふる》へば、千言たちどころに成る。人、腹稿たるかと疑ふ。しかしてその文を視れば、この奇なる、連珠綴玉、神を驚かし鬼を泣かしむ。他人のごとき、或いは刻意数日にして一編を作出するも、これを彼が卒《にはか》に成すの文に比するに、相去るの遠き霄《せう》壌《じやう》ただならず。

一日、北華客と相讙《くわん》し、痛飲数斗、大いに酔ひて臥す。鼾雷一声、欻然《こつ》として尸解《しかい》す。元文四年十二月晦日なり。城北日暮里養福寺、垂糸海棠の下に葬る。後の北華、石を建て銘を勒《ろく》す。近ごろまたその遺文を集す。若干の巻あり、名づけて自堕落先生風俗文集といふ。しかして、これを梓にせんと欲し、序を予に請ふ。予、後の北華と相識ること、また前の北華に同じ。よつて已《や》むことを得ず、すなはちつひにその知る所をいひて、もつて需《もと》めを塞ぐと云ふ）

先生既《すで》に休《きう》して後《のち》、無思庵《ぶしあん》をさがすに、稿《かう》なるもの数百篇《すひやくへん》有り。虫鼠《ちうそ》して難 分《わけがたき》又多《またおほ》し。故《ゆへ》に十が一の存《そん》せるを撰出《ゑらみいだし》、則《すなはち》昔《むかし》の反《ほ》古《ぐ》と題《だい》し、奇蹶氏《きけつし》にさづく。其筆《そのふで》の鼓舞《くぶ》を見て其《その》人を知《し》るべきのみと、不理窟洞中《ふりくつどうちう》の大愚簾《だいぐれん》を捲《かゝげ》て、不忍窓下《ぶにんそうか》に、後《のち》の北華書《ほくわしよす》。

延享元年甲子の秋

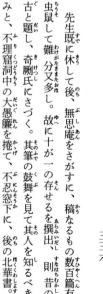

自《じ》堕《だ》落《らく》先《せん》生《せい》無《ぶ》思《し》庵《あん》の遺《い》稿《かう》風《ふう》俗《ぞく》文《ぶん》集《しう》

昔《むかし》の反古《ほぐ》巻の一目録

先生の略系

本国出羽、生国武蔵、本名山崎、家の紋、山形の下に上羽の蝶。

人皇五十代
桓武帝六代平貞盛七代
○平忠盛——教盛従二位門脇中納言——教経従五位上能登守——武則二郎 平氏落去の後、山城国山崎に生れ隠れ住、是より山崎を名乗——則吉清次——吉正次郎——則勝二郎兵衛——則道兵太貞和五年四条縄手合戦討死——則里三郎兵衛——則速兵太——吉勝刑部——勝正兵太夫
——政年三郎兵衛——則政二良兵衛——政武権三郎——政安勘解由 毛利家に仕、後福島正則に仕——安行権三郎 是より出羽国山形に住す——安則清右衛門——則成清右衛門——則之仁左衛門 武江に出、小笠原佐君に仕ふ。享歳宝永六年己丑十月死——相如三左衛門 仁左衛門五男

元禄十三年庚辰の五月三日甲未の日午の上刻、武江金城西御丸下、和田倉御門の内に生る。九歳の時父にをくる、夫より兄政揉の育によつて成長す。十六歳の夏、永井播君に従て大坂に行、翌年父兄の主、小笠原の家に帰り仕ふ。十九歳の秋、母にをくる。廿二歳の春、小笠原の家を出て浪す。廿三歳の夏、兄政揉にをくる。其年朽木の家に養れて、朽木近治といふ。その後に故有て朽木を離れて、米津羽君に従て京都に行く。時に廿六歳也。二条に春秋を詠て帰り、廿八歳の冬、米津家を出て市中に遊ぶ事五年、卅二歳の秋、秋元但君に仕官し、卅八歳の春、病あるを以て辞し去り、

形をかえ名を改て、武江の市中に隠れ、夫より諸国を遊行《こう》し、四十歳の十二月晦日亥中刻大に休す。

先生終焉《しうえん》の記

後北華

元文四歳己未十二月晦日無思庵《ぶしあん》の主人身まかりぬ。其終《をは》れる時病《やめ》る事なく、其《(その)》日、けふは年の名残《なごり》になん有《(ある)》とて、父母の墓《はか》に詣ふで帰るさ、猪肉《ちよにく》《いのしゝ》を求《もと》めあつものとし、平生《へいぜい》の好物《すきもの》、鯛《たい》の潮煮《うしほに》、肴《さかな》は鯔《ぼら》の差味《さしみ》、鮎《あゆ》の粕漬《かすづけ》など取ちらし、例《れい》の酒常《つね》より快《こゝろよ》く飲《の》み、友に語《かた》りていふ。我れ生《せい》をうけて四十年、日の数《かず》壱万四千弐百七十余日、此内官《くはん》に在る日六千百日、弓矢を捨《すて》ほだしを脱《ぬけ》て千八十日、酒を飲《の》む日今日に到《いたり》て壱万日に満《みち》ぬ。我れ若年より死前《しぜん》に至《いた》らん日、一日たり共我が身を我が身になし、我命を我命となして、儘《まゝ》ならん時死せば可也。此《(この)》外さらに願ふ事あらじと思しに、今既《すで》に、千日の余光《よくはう》、心を神仙《しんせん》に会《くわい》し、体《からだ》を櫜鹿《びろく》とともにしたり。我命今日に限《かぎ》るべしとて硯《すゞり》取りて、

我年も四十でてふど暮にけり
名斗《(ばかり)》や月雪花のしぼり糟《かす》

と書終り、又酒をくむ事数盃にして其後ものいはず。

先生の伝

先生は武江の産也。其性、幼《いとけなき》より衆児と同じからず。群童風車《ぐんどうかざぐるま》を翫《もてあそ》べば、先生は木石《ぼくせき》を愛《あい》す。他児《たじ》雀《すゞめ》の子を飼《か》へば、先生は金平本《きんぴらぼん》を好《この》む。漸《やゝ》ひとゝなるに及《をよび》て、衣類器物《いるいきぶつ》衆人《しゆじん》に異《こと》なり。諸《しよ》芸学《げいまな》べども、自《みづか》ら心によしと思ふ程にして足《た》りぬとして奥《おう》を極《きは》めず。書《しよ》をよめども解《かい》する事を欲《ほつ》せず。十六歳にて始《はじめ》て仕官《しくはん》し、卅八歳まで諸君《しよくん》に仕ふ。皆《みな》不レ被レ用《もちひられず》。こゝにをゐて隠《かく》れ去《さつ》て自《みづか》ら名《な》を堕落《だらく》先生と呼《よ》ぶ。又自多楽《じだらく》とも任他楽《じだらく》とも書《かけ》り。只気随《たゞきずい》を以《(もつて)》性《せい》を養《やしな》ふ。故《ゆへ》に無学《むがく》にして無能《むのう》也。眼《まなこ》は阮籍《げんせき》に同じければ人馴《な》れず。人に追従阿諂《つゐしやうあてん》するを嫌《きら》へば人よろこびず。不レ馴不レ悦《なれずよろこばざれ》ば世と移《うつ》らず。移らざれば眼《まなこ》いよ〳〵白《しろ》し。眼白ければ人益〳〵《ますます》不容《いれず》。又加《くは》ふるに大言《たいげん》を以《(もつて)》す。是世上に合《あは》ざるを自ら知て行《をとな》ふ。是性《これせい》のまゝにすれば也。是人に薦達《せんだつ》せられざる所以《ゆへん》也。人の薦達なければ君も不用《もちひず》。先生人に薦達を求《もと》めざるは、僥倖《げうかう》の名利《みやうり》をこのまざれば也。是則《すなは》ち自《みづか》ら堕落《だらく》する所以《ゆへん》也。

後隠《のちかく》れてより、其《(その)》平生只寝《たゞね》る事を業《わざ》とす。月にも寝《ね》花にも鼾《いびき》し、時鳥《ほとゝぎす》にも枕取《まくらとり》、雪《ゆき》の日は夜着《よぎ》をかぶる。朝《あさ》は巳《み》に至《いた》らざればをきず。起《をき》て茶飯《ちやはん》終《をは》れば、又横《よこ》になり、寝草臥《ねくたびれ》て首《くび》をもく、骨痛《ほねいため》ば起

てたばこのみ、又反則《いねかへる》。風雅《ふうが》を好《このめ》共詩文《しぶん》の作《さく》なし。他《た》の詩文もよめざればよまず。歌《うた》も不好《このまず》、俳諧《はいかい》は蕉門《せをもん》の花実《くはじつ》に遊《あそ》ぶ。音曲《をんぎよく》は不器用《ぶきよう》也。平家弐三句覚《をぼえ》て、折《をり》ふしはうなる。碁将棋不好《ごしやうぎこのまず》、書《しよ》をも見ず、医《い》の名《な》に隠《かくる》れ共療治《りやうぢ》をうるさがり、神仏《しんぶつ》を知《しつ》て不レ尊《たつとまず》、先王《せんわう》の道《みち》を見れ共知らず、笛不吹鼓《ふゑふかずつゞみ》うたず、尺八《しやくはち》ならさず物かゝず、黄昏《たそがれ》には必盃《かならずさかづき》を取《と》り、酔至《ゑいいた》れば則伏《ふ》す。宵《よひ》まどひして昼寝《ひるね》し、朝《あさ》寝はいふに及《をよ》ばず、喰《くつ》ては寝、飲《のん》では寝る。しかも鳥獣魚《ちやうじうぎよ》鼈《べつ》の肉《にく》を好《このん》で、一年三百六十日鮮《なまぐさ》けなければ物喰《くは》ず、茶好《ちやずき》酒好たばこ好、肴《さかな》好遊《あそび》好の寝好、一ッとしてかけたる事なく、明《あ》けても暮《くれ》てもうか〳〵とくらしてさらになす事なし。よからぬ事と自ら知て自ら行《をこな》ふ。又是自ら堕落する也。先生出る時は杖《つゑ》つく。杖つかざれば腰刀《こしがたな》を帯《たい》す。其故《ゆへ》を問《と》へば、酔狂者《すいけうじや》の道《みち》にあらん時、ふせぐべき杖なりと。故《ゆへ》に杖のかはりに刀《かたな》をもしつ、刀の代《かは》りに杖をもしつといふ。或《ある》人先生に問ふ。平生の形《かたち》と言行《げんこう》、ともに衆人に異《こと》なり。他人は先生を狂気《けうき》といふといへば、先生の曰《（いはく）》、まことに我は狂気成《（なる）》べし。又其我れを狂気といふ人も、又狂気成べしといひて、又枕《まくら》をとつて臥《ふ》す。

自《じ》堕《だ》落《らく》先《せん》生《せい》之《の》墓碑《はかひ》之文 幷銘

先生ハ武江ノ産《さん》ナリ。元禄十三庚辰年五月三日生ル。幼名《ようめう》伊三郎、成長シテ山崎三左衛門平相如《たいらのすけゆき》ト云《（いふ）》。十六歳ニテ始《はじめ》テ仕宦《しくはん》シ、卅八歳マデ五君ニ仕フ。其質不羈《そのしつふき》《ウマレツキホダサレズ》ニシテ気随《きずい》ヲ以テ性《せい》ヲ養《やしなふ》。若《じやく》年ニテ諸芸学《げいまなぶ》ト雖《いへども》奥《をう》ヲ不極《きはめず》、心ニ欲《ほつ》スルホド修《しゆし》テ足《た》リヌトシテヤム。書《しよ》ヲ読《よめ》ドモ解《かい》スルコトヲセズ、是故《このゆへ》ニ無学《むがく》ニテ無能《むのう》ナリ。人ニ追従阿諂《つゐしやうあてん》《ヲモネリヘツラウ》スルヲ嫌《きらひ》ヨク大言《たいげん》ヲ吐《はく》。故《ゆへ》ニ人ノ薦達《せんだつ》ナシ。コヽヲ以《（もつて）》君不用《もちいず》。於此《こゝにおゐて》去《さつ》テ隠《かく》レ、名《な》ヲ山浚明《さんしゆんめい》、字《あざな》ハ桓《くはん》ト改《あらため》、其軒《（その）のき》ヲ不量軒《ふりやうけん》ト号シ、庵《いほ》ヲ無思《ぶし》《ヲモフコトナキイホ》庵《あん》ト名ヅケ、斎《さい》ヲ捨楽《しやらく》《タノシミヲスツル》斎《さい》ト額《がく》シ、坊《ねや》ヲ確蓮坊《かくれんぼう》ト云、自《みづか》ラ堕落《だらく》先生トヨブ。又臍《さい》人トモ北華《ほくくは》トモ云。常寝《つねね》ルコトヲ業《わざ》トシ、鳥獣魚鼈《てうじうぎよべつ》ノ肉《にく》ヲ好《この》ミ、酒ハ李陶《りとう》ガ未知《いまだしらぬ》味《あぢはひ》ヲ知リ、酔《よつ》テハ眠醒《ねむりさめ》テハ臥《ふ》ス。ウカヽヽト日《ひ》ヲ送《をくり》テ無為《ぶゐ》ナリ。風雅《ふうが》ハ俳諧《はいかい》ヲ好《このみ》テ蕉門《せをもん》ノ虚実《きよじつ》ニアソビ、其姿《（その）すがた》ハ、髪《かみ》ハカラ輪《わ》ニ結髭《むすびひげ》又長《なが》シ。歯《は》ハ鉄漿《かね》ニテ染《そめ》タリ。足《あし》ヲ八荒《はつくはう》ニ縦《ほしゐまゝ》ニシ、志《こゝろざ》ストキハ笈肩《をひかた》ニシ、難波《なには》ノ曙都《あけぼのみやこ》ノ春《はる》、松島《まつしま》ノ夕更科《ゆふべさらしな》ノ秋《あき》、見《み》ズト云コトナシ。先生常ニ云コトアリ。体存《かたちそんし》テ心死《こゝろしゝ》タルハ長《なが》ク、心存《こゝろそんし》テ体死《かたちしゝ》タルハ短《みぢか》シ。月花ニ鼾《いびき》シテハ雅《が》ノ雅《が》タリ。生前《しやうぜん》ニ心ヲ殺《ころし》テハ隠《いん》ノ隠タリ。宦《くはん》ヲヤメ銭《ぜに》ツキテ富貴《ふつき》ト成《なり》、酒ヲ飲《のん》デ浮世《うきよ》ノ酔覚《ゑいさめ》タリト。是皆《これみな》自ラ堕落《だらく》スルナリ。今年今日四十歳ニシテ大《おほい》ニ休《きう》シ眠《ねむ》レリ。ヨッテ碑《ひ》ヲ建其行《たてそのこう》ヲ記《き》シ、銘《めい》ヲ書《かい》テ其霊《そのれい》ヲ慰ス。

銘ニ曰《(いはく)》、

髭《ひげ》は土《つち》にも朽《くち》ぬといへば
　雪白《ゆきしろ》からば月《つき》よ明《あか》かれ
神《しん》は石《いし》にも可在《あるべき》なれば
　花匂《はなにほ》はゞ鳥《とり》よ鳴《な》け
心《こゝろ》も体《たい》も存《そん》するはいやし
　心も体も死《し》するは清《きよ》し

元文四己未歳十二月晦日　後《のち》の北華《ほくくは》謹《つゝしんで》書《しよす》

養《よう》気《き》台《たい》の序《じよ》

世《よ》に住《すめ》る事水車《みづぐるま》の如《ごと》く、心に望終《のぞみたゆ》る間《ま》なく、手足《てあし》に用《よう》のなき時《とき》なし。百《もゝ》の憂百《うれひもゝ》の世話《せは》、替《かは》る〴〵来《きた》りて静《しづか》なるいとまなし。今是を除《のぞき》て、しばらく無為《ぶゐ》の境《さかい》に遊《あそば》んと思ふに、爰《こゝ》に一物《いちもつ》有《(あり)》、其《(その)》名を枕《まくら》といふ。是を取《とつ》て天窓《あたま》を架《か》する時は、神鎮《しんしづま》り体伸《かたちのび》て、思ふ事もなく慮《おもんぱか》る事もなし。しかはあれど、枕といへるにも品多《しなおほ》く、くゝり枕のやはらか成には、深閨《しんけい》の恨尽《うらみつき》ず。長枕の油垢《あぶらあか》は、偕老《かいらう》の思《(おもひ)》ふかし。文《ふみ》枕は傾城買《けいせいかい》の挙句《あげく》、引出し枕は藪医者《やぶいしや》の物ずき、旅籠《はたご》屋の挽切《ひききり》枕には、旅人《りよ(じん)》の草臥《くたびれ》を直《なを》し、出女《(でをんな)》の手枕にはいかなる契《ちぎり》をやこむる。肱《ひぢ》枕の楽《たのしみ》は物知《し》りの上《うへ》、邯鄲《かんたん》の枕には盧生《ろせい》が忘相《まうざう》を尽《つく》す。豹《ひやう》枕は邪《じや》を辟《さ》け夜明《やめい》は灯《ともしび》の代《かは》り、遊仙《ゆふせん》はからくり枕、重明《ちやうめい》は見物《けんぶつ》の器《き》。これらは予が枕にくらぶるにあらず。枕よ〳〵、九夏《きうか》の昼寝《ひるね》には籠《かご》枕の涼《すゞし》き、或《ある》ははり枕、やぐら枕、つゞみの胴《どう》、夢相《むさう》枕、ぎち〳〵枕、指《さし》枕、其《(その)》品《しな》其形《かたち》は替《かは》れ共、用《よう》をなす所は一《いつ》也。枕よ〳〵、汝《なんぢ》は寝《いぬ》るの器《うつは》にして、人の情《じやう》をば知るべからず。然れ共、待宵《まつよひ》の遅《をそ》きにはたゝかれ、逢《あ》はぬ恋《こい》には涙《なみだ》にぬれたり。汝があづかる処にあらずして、汝罪《つみ》を蒙《かふむ》れり。汝が不仕合《ふしあはせ》いはむかたなし。然れ共しめやかなる雨《あめ》の夜《よ》、鴛鴦《ゑんわう》のふすまの内《うち》、比翼《ひよく》の床《とこ》の上《うへ》、親子《をやこ》にも隠《かく》せる事、汝斗《ばかり》はよく聞《きく》らん。をかしき折《をり》も有り、うら山しき時もあらん歟。是《これ》を以罪《もつてつみ》をかうぶるのさし引とすべし。予《よ》は汝に損徳《そんとく》なし。只寝《たゞね》る事の役者《やくしや》とす。下司《げす》の楽《らく》は寝《ね》楽《らく》、半時《はんとき》の鼾《いびき》は大名《だいめやう》も替《かは》らざりけり。孟子《もうし》浩然《かうぜん》の気《き》を養《やしな》ふといふも、たしかに一睡《いつすい》の内なるべし。是《これ》を以《(もつて)》汝を名づけて、養気台《ようきたい》といふ。且《かつ》汝にいましめをしゆる事あり。面白《をもしろ》き夢《ゆめ》、嬉《うれ》しき夢、うまき夢はさます事なかれ。をそろしく、かなしき夢は見する事なかれ。火事盗賊《とうぞく》あらば早《はや》くつげよ。寝言《ねごと》はおかしく共笑《わら》ふ事なく、人に語《かた》るべからず。

奴《やつ》子《こ》の伝《でん》

唐《もろこし》に増《まさ》りし物は何〳〵ぞ、京羽二重と大名の、御道具持《おどうぐもち》の作《つく》り髭《ひげ》と誉《ほめ》しは、近松《ちかまつ》が筆《ふで》也。抑《そも〳〵》此奴子《このやつこ》といふもの、いづれの聖《せい》代《だい》より始《はじま》りぬらん。其始《(そのはじめ)》は知らず、武江西南《ぶこうせいなん》に赤坂《あかさか》といふ所《ところ》有、此所に巣《す》有りて、涌出《わきいで》しにや、赤坂奴子《あかさかやつこ》と称《しよう》ず。其形《そのかたち》や、額《ひたい》には盃《さかづき》をふせてぬき上げ、天窓半分《あたまはんぶん》は面《つら》の新地《しんち》となし、後《うしろ》あたまは坊主《ばうず》瘤《こぶ》を顕《あらは》し、鬢《びん》は糸《いと》を以《(もつて)》名《な》とし、耳《みゝ》の上には虱渡《しらみわた》りの号有《がうあり》。髭《ひげ》はかま髭、つり髭、もみ上げ。ちやりといふは油墨《あぶらずみ》にて、面《つら》に折釘《をりくぎ》の絵《ゑ》を書《かき》たり。鼻《はな》の下には三味線《しやみせん》の駒《こま》にもなすべき髭有り。衣服《いふく》の色《いろ》は紺《こん》を尊《たつと》ぶ、是を紺《こん》の代《だい》なしといふ。代なしとは物《もの》一ッにして代《かは》りなきにや。紋所《もんどころ》は釘貫《くぎぬき》を好《この》み、帯《おび》は紀伊国格子《きのくにがうし》とて、花色《はないろ》に白《しろ》き小じまを、末《すへ》ほそくしてをほく畳《たゝみ》て結《むす》べり。寒天《かんてん》にも十四の灸《きう》までまくりあげて、尻《しり》には寒《かん》ざらしの名代《なだい》を取《と》れり。名は大かた角《かく》内、角助、角平、角蔵、角兵衛、角右衛門、関《せき》内、関助、関平、関蔵、関兵衛、関右衛門、これら通り名とす。其さまや、手を広《ひろ》げ足《あし》をはだかり、いきほひ猛《もふ》にのゝしり、小路《こほぢ》一ぱい広がりあるく。晏御《あんぎよ》が揚《よう》ゝたるも並《なら》ぶ事あたはず、孟賁《もうほん》の強《つよ》きも退《のい》て通《とほ》す。しんちうの角鍔《つば》には、目に見えぬ化物《ばけもの》をこはがらせ、帯にはさむ百文《ころり》には、八貫町《くわんてう》の米嚙《こめかみ》をなつく。茶碗《ちやわん》酒の朝《あした》、ちよぼ一の夕べ、唐辛子《とうがらし》のからみ、けんどんのうまみ、銭湯《せんとう》の序《つゐで》には、いせや三文字に走《はしり》てこんにやく田楽《でんがく》を楽《たのし》み、非番《ひばん》の戻《もど》りには煮売《にうり》屋に入て泥亀汁《すつぽんじる》に飽《あき》たり。年中《ねんぢう》の奉公《ほうこう》は皆《みな》酒屋にしてやられぬ。かゝる勇者《ゆうしや》には有けれ共、夏冬《なつふゆ》の移《うつ》り替《かは》りに、質《しち》屋のやらうに手をつき、鬼《をに》の目《め》より涙《なみだ》を流《なが》し、利銭《りせん》をまけて貰《もらふ》ぞ哀《あは》れの随一《ずいいち》なれ。

旅《たび》の論《ろん》

曾《かつ》て聞《き》く、旅は風雅《ふうが》のやつれにしてさび也と。風雅の実《じつ》を顕《あらは》すもの旅にしかず。花にうかれ月に遊《あそ》ぶも、其《(その)》実に目出たきを知りて後《のち》、たれこめて春《はる》の行末《ゆくへ》知《し》らず、雨《あめ》の中《うち》に月を思ふこそよからめ。幼《いと》けなきより目しゐたらん人の智《ち》すぐれたらんは、ひとゝなりて詩歌《しか》をも人によませて聞覚《きゝおぼ》え、もろこしの文《ふみ》のわけまでも知りて、歌など詠出《よみいで》んに、月は丸《まろ》く光《ひか》りて空《そら》に照《て》り、夜を明《あき》らかにするものと聞覚えたる也。丸き形《かたち》は手してもさぐり知らめ、光明《くはうめう》の程《ほど》はいかで。花は形《かたち》と匂《にほひ》とは知るらめ、其色《いろ》はいかゞ。旅又しかり。旅は物うきと聞習《なら》ふ共《(とも)》、旅せぬ人其実にうき事は知らじ。旅は面白き物と聞居《い》たり共、実面白き事は知らじ。旅をしても旅の情《じやう》を知らざれば、物うき事もなく面白き事もあらじ。ものゝふの旅するを見るに、駅《えき》〳〵にて己《をの》がまゝにいひたき事いかつにのゝしり、問屋《とい》なんどいふもの呵《しか》り、馬士《まご》などをば、あまさえをそろしき物にてたゝきのり、はづかしめなど、面白《をもしろみ》もおかしみもなく、まして物うき事露《つゆ》だになからめ。世のたつきして旅するやから又同じ。銭多《ぜにおほ》く遣《つか》ひ、馬にまたがり駕籠《かご》に睡《ねむ》り、清見《きよみ》が関《せき》は伊豆《いづ》やら駿河《するが》にや知らず、浮島《うきしま》が原《はら》は椛焼喰《かばやきくゐ》たりし所《ところ》にやなど笑《わら》ひ戯《たはぶ》れ、泊宿求《とまりやどもと》むるにも、眉黒《まゆくろ》く袖長《そでなが》き類多《たぐひおほ》く、家居《いゑゐ》しめやかに奥床《をくゆか》しき所に入て、笠取《かさとる》よりはや唄《うた》うたひ、湯遣《ゆつか》ひ飯《いゐ》したゝめぬれば、配膳《はいぜん》する女《をふな》に何事かはつぶ〳〵さゝやき、酒求《もとめ》、家に有限《あるかぎ》りの女呼集《よびあつ》め酒くみ、臥《ふ》す時《とき》かの女茶持来《ちやもちきた》るを、終日《ひねもそ》駕籠《かご》に踞《うづくま》りていと足腰《あしこし》いたし、さすりてよなどくりごといふ程も過て、物音絶《をとたえ》て寝《いね》ぬ。朝《あさ》は出立《いでたゝ》ん用意《ようい》し、かの女呼《よび》て足《あし》さすりし引出物とて、にくからぬ物紙《かみ》に包《つゝみ》やりつゝ、又いつ〳〵の比《ころ》には下《くだ》るべし、必泊《かならずとま》らんなどいひて旅立ぬ。女は椽《ゑん》のはしに出て柱《はしら》にもたれ、前髪《まへがみ》かき合せ、必《かならず》よ、其折《をり》なたがへ給《たま》ひそと、くり返《かへ》し〳〵云見送《いひみをくり》立《(たち)》たるを、はるかに行延《ゆきのび》てうしろねたくやふり返《かへ》り見《み》、友《とも》どちあと先《さき》に成《なり》て、よもすがらの物語《ものがたり》し、女の噂《うはさ》あしざまにのゝしるも有、又哀《あわ》れに覚《おぼ》ゆるなどいふも有て、道《みち》〳〵の笑種《わらひぐさ》としもて行《ゆ》けば、草臥《くたび》るゝけしきだにあらで見ゆ。此旅人の類《たぐひ》いづれか風雅有とやいはむ。旅して旅の情《じやう》を知らぬにやとはからるれ共、元《もと》より此《(この)》類の旅は、雲水風月《うんすいふうげつ》の為《ため》にするにあらず、己《をの》がいとなみ口腹《こうふく》の為《ため》にする旅なれば、かく有らめと覚ゆ。

旅の面白きは、山に登《のぼ》れば宇宙《うちう》を見る事寸《すん》の内《うち》に極《きは》め、万国《ばんこく》直下《ちよくか》に見をろし、林《はやし》有り森《もり》あり、梢《こずゑ》は棲鳥《せいてう》の集《あつま》るを見《み》、葉《は》は晩風《ばんふう》の秋《あき》を待粧《まつよそほ》ひ有り、田畑《たはた》に出《いづ》れば、農業《のうげう》の労《らう》をも見、其折節《そのをりふし》の五《ご》穀《こく》のよしあしも知《し》る。里《さと》に入《い》れば、市人《いちびと》の世渡《よわた》るさま、己《をの》が取《とり》〳〵に飾立《かざりたて》て、売《う》る有り買《か》ふ有り、徳《とく》つきて悦《よろこ》ぶ有れば損《そん》となりてうれふる有、いかる有れば笑《わら》ふ有。家居《いゑゐ》は棟高《むねたか》く目出度《(めでたく)》建《たて》ならべたる中に、屋根《やね》朽柱《くちはしら》かたぶき、壁落《かべをち》て仏《ほとけ》の棚《たな》有程まで外《そと》より見すかすなるを、莚《むしろ》こもなどにて引覆《ひきをほひ》たる、いと哀《あわ》れになんあらずや。泊求《とまりもとめ》て休《やすら》ふにも、きのふはいみじく大《おほ》いなる家《いゑ》に有て、何事もまめやかに自由《じゆう》し侍《はべ》りしに、けふは又すの子だになき一ッ家のいろりのあたり、ねこだといふもの土《つち》の上《うへ》に敷《しき》たる斗《ばかり》にて、夜に至《いた》れ共灯《ともし》火さえとぼさず、いろりに麦《むぎ》わらなどさしくべ、其《その》光《ひかり》にて臥所《ふしど》もふくるなど、まことに旅は死《し》人床《にんしやう(じやう)》上に臥《ふ》し、癩《らい》椀《わん》を喰《くら》ふといふ事まのあたりなるぞ興《けう》有れ。朝昼夕《あさひるゆふ》、一里一道《ひとさとひとみち》にて事〳〵の改《あらたま》り、飛鳥川渡《あすかがはわた》るにも渡《わた》し舟こがれ待侘《まちわび》、河原の石《いし》にて尻《しり》いたくしつゝ、或《ある》は歩行《かち》渡りなるには、胸腹《むねはら》までも打入《いり》て、瀬《せ》も知らぬにあやしう渡る心細《こゝろぼそ》さ、さはあれど、水《みづ》すみ底《そこ》の見ゆる程は心安《やす》けれ、雨《あめ》の後《のち》など、にごりて黒《くろ》きうづの巻《まき》かへるには、もしや穴《あな》などの有らんにはなどかよからめ、落入《をち(いり)》て爰《こゝ》に命終《いのちをは》るべきも知らず、かくまでかなしき目見るかとすれば、又海辺《かいへん》の晴《はれ》〳〵しき所《ところ》に出《いづ》れば、かの労《らう》をも忘《わす》れ、浪《なみ》のすゑ雲《くも》をひたし、遠《とを》き島《しま》山なんどの、薄墨《うすずみ》してくまどれるが如《ごと》く、沖《おき》には大《おほ》いなる舟に帆《ほ》懸《かけ》て、島隠《しまがく》れゆく有さま、これらの舟いづちへか風にまかする、只走《たゞはし》りに走るなめり、八十島《やそしま》かけてこぎ出《いで》ぬと、釣《つり》する舟にことづてけんも、此《この》舟のやうにこそと思やらるれ。磯近《いそちか》き方《かた》には、網引《あまびき》する輩《ともがら》、ゑならぬ形《かたち》して、かひ〴〵しく走《はしり》めぐり、己《をの》が業《わざ》のいとまなき、藻《も》塩焼浦《しほやくうら》には煙立《けぶりたち》のぼり、こぬ人をまつほの浦《うら》に身をこがしけん夕《ゆふ》べの程も今見る心地《こゝち》ぞすれ。目とゞかぬ程は、唐《もろこし》までも心はゆくやうにて、くらき事なく面白き限《かぎり》なし。又渓《けい》谷《こく》に入れば、落《をち》くる滝《たき》のいさぎよく、万斛《ばんこく》の明珠峭壁《めいしゆしやうへき》に飛《と》び、一《いち》条《でう》の白練《はくれん》危岑《きぎん》にかゝるといふに違《たが》はず、耳《みゝ》を洗《あらひ》つべく、峰《みね》に猿《さる》なきて腸《はらわた》たえ、岩洞《がんとう》に風鳴《かぜな》つて楽《がく》を奏《そう》するに似《に》たり。又名所《めいしよ》に出れば、古歌《こか》を観《くわん》じて其《(その)》風景《ふうけい》を古《こ》人と共《とも》に眺望《てうぼう》す。或《ある》は旧跡《きうせき》に至れば、古人の跡《あと》を吊《とぶら》ひ、其時《とき》を感《かん》ず。又古戦場《せんじやう》にしては、其将《しやう》の智《ち》愚《ぐ》、兵《へい》の剛弱《かうじやく》も猶《なを》見るが如し。かくの如く、風景《ふうけい》風色《しよく》、夕《ゆふ》べと朝《あさ》と異《こと》にし、水《みづ》の流《なが》るゝが如く矢《や》の飛《とぶ》に似《に》たり。国《くに》〻里《さと》〻の人には、其所《ところ》の質《しつ》、風俗《ふうぞく》有り。賢《かしこ》き有り、にぶき有り、こわき有、いさめる有、慈《じ》ある有り、つれなき有、をこなる有り、邪《じや》なる有、正《せい》なる有、惰《だ》なる有。其人を見其言《こと》を聞《きゝ》、或はかなしく或は嬉《うれ》し、或は面白く或は哀《あわ》れに、其時其折にふるゝまゝにして、暫《しばら》くも止《とゞま》らず。かくの如くの情《じやう》を知て、旅に遊《あそ》ぶを、旅を好《この》み旅を楽《たのし》む者なりといふべし。

正月始《はじめ》て飯《めし》を焼《たく》の序《じよ》

大路《おほぢ》松たて渡し、万歳《ばんぜい》の声《こゑ》門《かど》〻に聞《きこ》え、隣家《りんか》には新年《しんねん》の雑煮《ざうに》出《で》来《き》れ共、我庵《わがいほ》には旧冬《きうとう》の冷飯《ひやめし》いまだ残《のこ》れり。元日と過《すぎ》、二日と遊《あそ》び、三日四日と暮《く》れて、五六七も他《た》に在《あり》、八九又家にあらず。十日は前夜《ぜんや》の酒にいたみて、日たくるまで起《をき》もやらず、漸《やうや》く日西に斜《なゝめ》なる比《ころ》生気《しやうき》つきて、日を数《かぞ》ふるに、指屈《ゆびくつ》して皆起《みなお》きぬ。思ふに此《(この)》春《はる》いまだ飯《めし》をたかず、飯櫃《いゐびつ》ひすろぎ竈《かまど》つめたし。こゝにをゐてつら〳〵物の情《じやう》を勘《かんが》ふるに、非情《ひじやう》の器《うつは》たりといへ共、幸不《かうふ》幸《かう》有べし。其《(その)》器《き》と成《(なり)》て其用《よう》しげからんこそ、其器の本意《ほゐ》ともいはめ。不《ふ》仕合《しあわせ》なる器共哉《かな》。我庵の具《ぐ》と成て捨《すて》たるが如しと、独言《ひとりごと》いひて又臥《ふ》しぬ。かゝりし時、鍋《なべ》、釜《かま》、飯櫃《いゐびつ》其外の食器《しよくき》、何《いづ》れも座中《ざちう》に踊《をど》り出《いで》、我前《わがまへ》に並居《なみゐ》て、「君《きみ》ののたまふ処《ところ》しかなりといへ共、又しからず。我輩《わがともがら》の其用《そのよう》をなさで隙《ひま》なる、是我等《これわれら》が幸《さいわい》也。あながち鈍鋭《どんぜい》の寿夭《じゆよう》を論《ろん》ずるにはあらねど、閑《かん》なる日多《をほ》き時《とき》は自《をのづか》ら命《いのち》長《なが》し。我輩君《きみ》の器《うつは》と成《な》れ共、一向《いつこう》用を用《もち》ひられざるにはあらず。用《よう》有る時は用《もち》ひ、用なき時はやむ。用の繁多《はんた》ならざるは、我輩の悦《よろこび》也。君必《かならず》いたむ事なかれ。しかりといへど、年改《としあらたま》り日移《うつ》れ共、初春《しよしゆん》いまだ用をなさず、家に有《ある》下人は、必《(かならず)》主君《しゆくん》へ改年《かいねん》の慶《けい》賀《が》をのぶ。是家従年始目見《これかじうねんし(め)みえ》の礼《れい》也。我輩いまだ初陽《しよよう》の用をなさず。君今日幸《さいわい》に庵《あん》に在《あり》。我輩初春の用を願《ねが》ふ」といふかと思《をも》へば夢《ゆめ》さめたり。予《よ》驚起《をどろきをき》て、非情《ひじやう》の器《き》といふ共さも有べし。さらばかの器《き》共の望《のぞみ》に応《おう》ぜんと、水《みつ》くみ米《こめ》かしき、竈《かまど》に火《ひ》灶《たき》たり。又是よりして、かの器《き》共の閑《かん》にして、いづれの日か此竈のあたゝかならん。

憐ㇾ猫《ねこをあはれむ》の辞《ことば》

あゝ一ッの痩猫子《そうめうし》、大鼠《たいそ》を伏《ふく》するの力《ちから》はなしといへ共、爪牙《さうげ》は且全《かつまつた》く、廿日《はつか》の小ねらは捕得《とりう》べきを、首玉《くびたま》に縄《なは》を付《つけ》て、柱《はしら》の元《もと》につながれ、桁梁《けたうつばり》に上《のぼ》る事あたはず、終日小児《ひねもそせうに》の翫《もてあそび》となるのみ。臥《ふ》すに蒲団《ふとん》なく食《しよく》に鮮魚《なまぐさ》なし。只階子《たゞはしご》の下に踞《うづくま》りて啼《な》く、人得《ゑ》て知る事なし。汝《なんぢ》が耳《みゝ》は小《ちいさ》きにはあらねど、只耴《たゞたぶ》の薄《うすき》を以自《もつてみづか》ら悟《ご》道《どう》すべし。

火燵《こたつ》へも入らで痩《やせ》たる小ねこかな

吞《のん》太《た》郎《らう》が伝《でん》

吞《のん》太郎は何《いつ》れの所《ところ》の産《さん》といふを知らず。其母夢《(その)はゝゆめ》に、酒星懐《しゆせいふところ》に入る、其影酒泉《かげしゆせん》に移《うつ》ると見て孕《はらめ》りとぞ。生《うま》れてより其母乳《ちゝ》すくなし。酒を以乳に替《かへ》て育《いく》す。漸《やゝ》ひとゝなるに及《をよび》、益《ます〳〵》酒を好《この》む。明《あく》ればのみ暮《くる》れば飲《の》む。人称《しやう》じてのむ太郎と云《いふ》。甚過《はなはだすぎ》たる時は目すはり、色青《いろあを》く、鼻《はな》つまり、舌《した》まわらず、同《おな》じ事をくり返《かへ》しいふ事幾百返《いくひやくへん》。あゆむ時は道幾筋《みちいくすじ》にも見えて、片乱《へろ》ゝゝ《〳〵》然《ぜん》たり。座《ざせ》る時は家《いゑ》まわりて転《ころ》ゝ《〳〵》然《ぜん》たり。甚《はなはだ》しき時はむさき事折〳〵有り、犬《いぬ》有て是《これ》を悦《よろこ》ぶ。又二日酔《ふつかゑい》の朝《あした》は、日たくれ共起《をき》もやらず、頭《かしら》をかゝえ胸《むね》をさすり、或《ある》は豆腐糟湯《きらずゆ》、水雑吸《みづざうすい》に生気《しやうき》つけ共、いまだぶら〳〵〳〵としてをくび出《いで》、心《こゝろ》すぐれず。此《(この)》時に至《いたつ》て弐度《ふたゝび》盃《さかづき》を手に取《とる》まじと誓《ちか》ふ事数度《あまたゝび》、しかする時に宿酒《しゆくしゆ》の気《(け)》少《すこし》うすらげば、又迎酒《むかへさけ》にいざなはれて、元《もと》の生酔《なまゑひ》とは成けり。或《ある》人吞太郎に問《と》ふ。「過酒《くわしゆ》すれば必病《かならずやまひ》を生《しやうず》るにあらずや。其病《やまひ》の生《しやうず》るを知て、何《なん》ぞ過酒をいましめざる」。のむ太郎が曰《いはく》、「しからず。酒を過《すご》す病元来《ぐわんらい》有り。病発《はつ》して過酒《くはしゆ》す。過酒して病生るにはあらず。只我が病は酒を過す事を好むのみ」といひて、又七盃。

多《た》葉《ば》粉《こ》の頌《しやう》

万《よろづ》に愛敬《あいけう》有て、物言《ものいひ》しと〳〵しく共、煙草呑《たばこのま》ぬ人はいと淋《さび》し。げにつきなき心地《こゝち》ぞする。貧家《ひんか》の竈《かまど》煙絶《けぶりたえ》て茶《ちや》なき折《おり》も多《おほ》し。されど煙草の火はいけたり。客人入来《(いりきた)》りて一言二言の物語にも、一吹の煙に咄《(はなし)》のてにはを合せ、亭主の隙入《(ひまいる)》にも煙草盆罷出《(まかりいで)》たり。其功や飽く時は減らし、飢《(うゑ)》る時は飽《(あか)》しむ。待宵《(まつよひ)》のうさにも煙筒《(きせる)》を友とし、遊女の吸付《(すひつけ)》には情《(なさけ)》の橋を懸たり。又旅の朝、横雲の引はなるゝ比《(ころ)》、山仄《(ほのか)》に海近く、松原つゞく宿《(しゆく)》はづれ、茶店に火を乞《(こひ)》、火縄くゆらせたる、又なき楽《(たのしみ)》也。職人の休息も、煙草隙と名付、いか程せわしなき主人も、煙草吸ふ間《(ま)》はゆるされたる、此ものゝ手柄成《(なり)》けり。

番煙草の解

客人来りて煙草盆先出《(まづいで)》、茶是に次《(つぐ)》。酒餅尤《(もつとも)》遅し。其《(その)》饗応する品、其家其人に随て美味を撰む。たとへ貧家たりといへ共、相応に吟味する事常也。しかるに此《(この)》番煙草といふのみ下品を常とす。たま〳〵たくはえを忘れたる客、是を捻るに、刻《(きざみ)》をろそかに香味あしく、却て迷惑する事多し。是いかなるゆへぞや。世間に請合《(うけあひ)》辻番《(つじばん)》といふ有、町ゝに番太郎といふ有、又屋敷ゝゝ不明《(あけず)》の門の常《(じやう)》番《(ばん)》、かしこの常番といふを見るに、大かた本卦《(ほんけ)》過たる年寄の、物の用に立べしとは見えず。かりそめにも番といふは、非常を禁《(いましむ)》るの要なれば、人を撰用《(えらみもちふ)》べきを、これらの常番は、人の撰り屑を用ゆると見えたり。世間了簡違《(れうけんちがひ)》如《(かくのごとし)》此。番煙草の滅らぬも道理なりけり。

鉢坊主の賦 幷序

天窓《(あたま)》を剃《(そり)》、身に緇衣《(しえ)》を着し、首には布の袋を懸《(かけ)》、市中に米銭を乞ふ。是を道心者《(だうしんじや)》又鉢坊主といふ。無常を観《(くわんじ)》て様を替え、止観の窓に入て三密の心をすますにもあらず、又阿吽《(あうん)》にまかせて、雲水に身を捨《(すつ)》るにもあらず。足下の悟道に愛着のきづなを切て、親族に離れたるにもあらず、又一念の弥陀号に、罪障を滅し、己心《(こしん)》の浄土を楽《(たのしむ)》にもあらず。或は一季者《(いつきもの)》のあげく年寄《(としより)》老さらぼひ、宿屋請人《(うけにん)》に見放《(みはなさ)》れ者、又百姓の作り倒れ、或は工商の不仕合者《(ふしあはせもの)》、長煩《(ながわづらひ)》に元手を失ひ、とう〳〵此道に入て、鉢の子一ッに百年の命を養ふ。是全く遁世者《(とんせいじや)》といふにはあらず、世に捨られ人也。或は夫婦《めをと》道心といふて、夫のめくらを妻の尼が手を引、息子《むすこ》の不仁を母が助け、朝霧いまだ深く、諸鳥ねぐらを出る比《ころ》、鳥の如くむれ蟻の如くつれ、軒下に立、朝露に裾をぬらし、古釘に足を損《そ》ず。足腰のよろつきをば杖に助かりしといへ共、猶《なほ》番太郎に制せられたり。はては道路に斃死して、市中の厄介とは成《なり》けり。此《この》名をもし字に書《かか》ば、道死無者《だうしむじや》が可なるべし。今賦して曰、

一文の銭一つまみの米、貰ためて袋に有り。人は其《その》欲を悪《にく》み、彼れは其志をあらためず。衣破れては肩不断《ふだん》の肌を顕《あらは》し、草鞋《わらぢ》切れては足常住の垢切《あかぎれ》を痛む。

昔の反古壱の巻終

自堕落先生無思庵《じだらくせんせいぶしあん》の遺稿風俗文集《いかうふうぞくぶんしう》

昔《むかし》の反古《ほぐ》巻の二目録

飲食四季《いんしよくし》の文《ぶん》 并序

人生《うま》れて乳味《にうみ》す。百日めを喰初《くひぞめ》とし、朝夕《あさゆふ》の弍度、宵《よひ》〳〵の夜食《やしよく》、甚《はなはだ》しき者は昼飯《ひるめし》をもはづさず。むべなるかな命《めい》は食《しよく》に有《(あり)》と。食絶《たえ》て一日も生《いき》ず、食にうとまるゝ時《とき》は忽黄泉《たちまちくはうせん》の客《かく》たり。黄泉《くはうせん》の客《かく》すらなを食を求《もと》むと見えたり。鳥獣《てうじう》の山沢《さんたく》に求食《あさる》、十王《わう》の勧進《くはんじん》も喰《くは》ふが為《ため》、たとへ仙《せん》人と成たり共、松子《せうし》、茯苓《ふくりやう》、丹薬《たんやく》の竈《かまど》有《(あり)》と。神儒仏落《しんじゆぶつをつ》る所《ところ》は喰物《くひ》也。祭《まつ》りといふもくふ事、礼《れい》といふも喰ふ事。年中の祝日《いはひ(び)》、もろ〳〵の悦《よろこび》、七夜《しちや》、髪置《かみをき》、帯解《おびとき》、袴着《はかまぎ》、元服《げんぶく》、わたまし、娵入《よめいり》、聟取《むこどり》、強飯《こはめし》のやり取り、料理《りやうり》を元《もと》とす。又人死《し》して七日《なぬか》〳〵の追善《つゐぜん》、百か日、一周忌《しうき》、三年、七年の法事《ほうじ》にも、おはぎが出来《でき》て親《しん》の泣寄《なきより》、一夜《いちや》別時《べつじ》の奈良茶《ならちや》には、豆腐《とうふ》のぐつ煮《に》有り。入れ仏事《ぶつじ》のお寺《てら》に同宿《どうしゆく》の経《けやう》よめるも、はては斎非時《ときひじ》の調菜《てうさい》、油揚《あぶらあげ》の匂《にほひ》に落《をち》たり。色里《いろざと》の遊《あそび》も料理《りやうり》の位《くらい》を以妓家《ぎか》のよしあしを評《ひやう》ず。歌舞妓《かぶき》の面白《をもしろ》きも弁当《べんとう》が先《さき》に立《たち》、葬礼《さうれい》の哀《あわ》れなるも酒樽《だる》をかつぐ。むまきを常《つね》に喰《く》ふ、是《これ》を貴人《きにん》といひ、まづきを不断《ふだん》喰ふ、是を卑賤《ひせん》といふ。人は只喰ふ事、昨日《きのふ》も喰ひ今日《けふ》も喰、喰ふては垂《た》れ垂れては喰ふ。

あら玉《たま》の春《はる》の朝《あした》、雑煮《ざうに》より始《はじま》り、折《をり》ふしの食物替《しよくもつかは》り行《ゆく》こそ哀《あわ》れにも又めづらし。七種《なゝくさ》の粥《かゆ》には柱《はしら》といふ餅《もち》を入れたり。なづなの匂《にほひ》めで度《たく》て、青《あを》みは春を顕《あらは》し、十五日の赤小豆《あづき》粥《がゆ》も過《すぎ》て、霞引《かすみひき》はえ、一重《ひとゑ》なる梅《むめ》は散《ちり》がちに匂《にほひ》まだ残《のこ》り、未開紅《みかいこう》のほのめかしきに、三か月のさし出たる夕暮《ゆふぐれ》、白魚《しらうを》に海苔《のり》のあんばい、ふるけれどいとよし。よめがはぎ、たんぽゝはひたし物に宜《よろし》く、初鮒《はつふな》、飯蛸《いゐだこ》、蟶《まて》、蜆《しゞみ》、田螺《たにし》、うど、土筆《つくゞし》、わらび、ちさ、三葉芹《みつばぜり》、折《をり》にふれ時に随《したがつ》てうまみすくなからず。弥生《やよい》と移《うつ》り桃《もゝ》の節句《せつく》に成、雛《ひな》の馳走《ちそう》には艾餅《よもぎもち》、あさつき鱠《なます》の名にしをへる、此《(この)》日は上臈《じやうらう》にも息《いき》のくさきをゆるされたり。陽炎《かげろふ》やゝ燃渡《もえわた》りてより、桜鯛《さくらだい》は潮煮《うしほに》にいさぎよく、若鮎《わかあゆ》の煮《に》びたしいと可愛《かあゆら》し。三月びらめも半《なかば》に、花《はな》は四方《よも》に咲乱《さきみだ》れ、袖《そで》をつらぬる貴賤《きせん》、氈敷《せんしき》ならべ幕《まく》打かこみ、小唄《こうた》、浄瑠理《じやうるり》、琴《こと》、三味線《さみせん》、或は物まねなんどいとらうがはしきも、弁当《べんとう》の蓋取《ふたとる》より物音《をと》もなく、隠居《いんきよ》らしきぢゞばゞは、歯《は》ぐきのみにて蛸鮑《たこあわび》のまゝならぬ世を恨《うら》み、嫁前《よめいりまへ》の小娘《こむすめ》は、切飯《きりめし》に口紅《くちべに》の兀《はぐ》るを恥《はつ》かしむ、ともに春の興《けう》也。鯖《さば》の青《あを》ぬた、若和布《わかめ》の差味《さしみ》、枸杞《くこ》、うこぎの切《きり》あえ、三月菜《な》もにがく、卯《う》月となり、卯の花垣《かき》に咲《さき》て、新茶《しんちや》の飪《にばな》かんばしく、時鳥声哀《ほとゝぎすこゑあわ》れに、松魚《かつほ》はからし酢《ず》に貴《たつと》し。筍《たけのこ》は羹《あつもの》によろしく、蕗《ふき》は汁《しる》にめでたし。蓼《たで》は鮓《すし》に誉《ほめ》られ、花柚《ゆ》は鱠《なます》に交《まじは》る。粽《ちまき》も出来て柏餅《かしはもち》と移《うつ》り、夏《なつ》も半《なかば》に新麦《しんむぎ》は出てとろゝ汁《じる》をすらせ、早《さ》松茸《まつだけ》のかほり昔《むかし》ゆかしゝ。藜莧《あかざひゆ》のあえ物、白瓜《うり》はもまれて名をあげ、茄子《なすび》は鴫焼《しぎやき》に誉《ほまれ》有り。車《くるま》屋の心太《ところてん》は白雨宿《ゆふだちやど》の序《つゐで》、夕河岸《ゆふがし》の小《こ》鰺《あぢ》は蚊遣過《かやりすぎ》の夜食《やしよく》なり。極暑《ごくしよ》の絶《たえ》がたきは、葛水《くづみづ》、道明寺《どうめうじ》の力《ちから》を頼《たの》み、三伏《さんぷく》の昼飯《ひるめし》には煮冷《にびやし》を好《このむ》。小梅《こむめ》は紫蘇《しそ》に染《そめ》られ、熱瓜《まくはうり》は井戸にさがる。

漸秋風《やゝあきかぜ》もそよぎ、七夕《たなばた》にも成りぬ。此日は素麪《そうめん》の定日《ぢやうじつ》、けふは七度喰《なゝたびくつ》て七度水《みづ》を浴《あび》ると、水は覚束《をぼつか》なけれど食《しよく》はのがすまじ。盆《ぼん》といへば蓮《はす》の飯《めし》、さし鯖《さば》、生見霊《いきみたま》の祝《いわゐ》は猶《なを》くふ事也。冷麦《ひやむぎ》の秋《あき》も半《なかば》に、月見《つきみ》といふも喰《くふ》事。雲打覆《くもうちをほ》ひ雨《あめ》ふるにも、団子《だんご》は月の如《ごと》く丸《まろ》く、芋《いも》の子《こ》もうまし。荻《おぎ》の葉《は》の露《つゆ》ふかく、初雁《はつかり》の声《こゑ》を聞《きゝ》ては、いつかは彼《かれ》も汁《しる》にや成らんと哀《あわ》れも催《もよほ》されけり。此比鮭《このころさけ》といふ物《もの》の世間《せけん》にうまがらるれ共、価《あたひ》のむづかしきには心置《こゝろをか》るれ。鱸《すゞき》といふ物も又よき物也。鰯《いわし》といふ物こそ脂《あぶら》ものりてしかも心安《やす》く、下《しも》ざまの人の口《くち》へも入安《いりやす》く、家毎《いゑごと》に愛《あい》せられたる、いと手柄《てがら》なり。葉《は》月も過《すぎ》て重陽《ちやうよう》といふ、又飲喰《のみくひ》成べし。菊《きく》酒に酔《ゑい》てはくだを巻《まき》、栗強飯《くりこはめし》に飽《あき》ては腹《はら》をなづ。十三夜《や》も豆《まめ》と栗《くり》とに名《な》を呼《よば》れ、芋《いも》は衣《きぬ》かつぎを悦《よろこ》ぶ。柿《かき》も渋《しぶ》ぬけ橙柑《みかん》も赤《あか》く、亥《い》の子《こ》御影講《みゑいこう》も餅《もち》事《(ごと)》也。此《(この)》月廿日《はつか》は商家《しやうか》には夷講《ゑびすこう》とて飯《めし》をしゆるを本意《ほゐ》とす。霜柱《しもばしら》いたく立《たち》、北風《きたかぜ》はげしく、納豆汁《なつとうじる》の朝《あさ》、薬喰《くすりぐひ》の夜《よ》、いづれもうまき折《をり》也。初雪《はつゆき》の寒《さむ》さをば大根《だいこん》のふろふきにしのぎ、俳諧師《はいかいし》の夜食《やしよく》には湯豆腐《ゆどうふ》に埒明《らちあき》たり。鰤《ぶり》も時《とき》とうまく、蕪《かぶ》も又よし。それより歳末《さいまつ》のいそがしさと成て、煤掃《すゝはき》、餅《もち》つき、節分《せつぶん》と喰《くひ》、年忘《としわす》れの大寄《をほよ》せは、あんばいの仕《し》納《をさ》め、大《をほ》きに飲《の》み大きに喰、大晦《をほつごも》日まで喰つめて、とう〳〵年は暮《くれ》にけり。

安《あ》方《ほう》の頌《しやう》

それ人のうけたる気質《きしつ》、賢《かしと》き有り愚《をろか》なる有り。愚《をろか》とは惣名《そうめう》にして其品数《そのしなかず》〳〵也。或《ある》は鈍《どん》といひ破家《ばか》といひ、戯気《たはけ》と分《わか》れ腑《ふ》ぬけと号《どう》し、又《また》足らぬともいひ、ぬつぽり、べらぼう、あほう共いふ。先鈍《まづどん》といふは、則《すなはち》にぶきの字《じ》、物のさえぬの名《な》。破家《ばか》とは、其愚《そのぐ》の家《いゑ》を破《やぶ》り失《うしな》ふに至《いた》る。戯気《たはけ》は小児《せうに》のたはむれをなすが如し。腑《ふ》ぬけは六腑《ろつぷ》の内《うち》、抜《ぬ》けて其用欠《ようかけ》たる成べし。足《た》らぬといふは智恵《ちゑ》の不足《ふそく》、ぬつぽりとは偶然《ぐうぜん》たるのいひ、べらぼうとは、弁乱忘《べんらんぼう》の字にて、わきまゆる事もみだれわするゝの事、弁乱《べんらん》の二字《じ》下略《かりやく》してべらぼうといふとぞ。安方《あほう》の字は東西南北《とうざいなんぼく》の方角《ほうがく》をも知らず、只安《たゞやす》らかなる也。則方《すなはちほう》を安《やすん》ず。

抑此《そも(この)》安《あ》方程《ほうほど》羨《うらやまし》き物はなし。人哢《ろう》すれ共知らず、知らざれば憤《いきどほ》らず。いかるべき事《こと》もなく、楽《たのし》むべき業《わざ》もなし。今日《けふ》を暮《くら》して明日《あす》の苦《く》もなく、遠慮《ゑんりよ》もなく会釈《ゑしやく》もなし。貴介公子《きかいこうし》も蜾蠃《くわら》と螟《めい》蛉《れい》との如《ごと》く、云《いひ》たい事いひ、したい事して、不礼《ぶれい》有ても貴人《きにん》もゆるし、生《いき》るまで生《いき》て、死《し》ぬ時《とき》死ぬ。天《てん》をもうらみず人をもとがめず。末世《まつせ》の真人是《しんじんこれ》なるべし。不生不滅《ふしやうふめつ》の弥陀《みだ》も、衆生《しゆじやう》を救《すく》ふの苦《く》労《らう》有、巣父《そうふ》許由《きよゆう》が賢《けん》たるも、此《（この）》安方にはしかず。大福長者《だいふくちやうじや》も彼《か》れが富《とみ》にはまけたり。智《ち》ある者は智に倒《たを》され、芸有者《げい(ある)もの》は芸《げい》に倒《たを》さる。世《よ》の諺《ことわざ》に、ばか果報《くはほう》といひて、業《げう》なけれ共天是《てんこれ》を助《たす》け、飢死《うゑし》ぬ事はなし。

近来《きんらい》江戸に名《な》を得《ゑ》たるばかの三人《さんじん》といふ有し。飯田町《いゐだまち》の髪長《はけなが》、堺町《さかいてう》の長太郎、芝《しば》の権《ごん》兵衛、是ら尤《もつとも》俊秀《しゆんしう》たり。世の中の人、賢《けん》者《しや》は格別《かくべつ》、尋常《よのつね》の人、ぬつぽり、破家《ばか》、戯気《たはけ》、べらぼう、腑《ふ》ぬけの類《るい》、いづれか少〻づゝの持料《もちりやう》は有といへども、上品上生《じやうぼんじやうしやう》の安《あ》方《ほう》の位《くらゐ》に至《いた》らざれば、少〻の学文理非《がくもんりひ》のせんさく、三綱五常《さんがうごじやう》の訳《わけ》を知《し》り、利害得失皆己《りがいとくしつみなをの》が得手《ゑて》勝《かつ》手に流《なが》れて、他をそしり人をあなどり、己《をの》れを是《ぜ》とし人を非《ひ》とし、我儘《わがまゝ》のたはけを尽《つく》し、人のいふ事は理《り》有ても用《もちひ》ず、世間《せけん》の事めんどうに成行《なりゆき》、はては己《をの》れが慢心《まんしん》増長《ざうちやう》して、身をほろぼすに至《いた》る、是《これ》ぞまことの破家者《ばかもの》成べし。あゝなま物知《じ》り川《かは》へはまるとは天下《てんか》の金言《きんげん》也。

舟《ふな》幽《ゆう》霊《れい》の説《ぜい》

朧月《をぼろづき》のさし出《いで》、梅《むめ》が香を吹送《ふきをく》る風《かぜ》の其《（その）》かたなつかしく、うかれ出《いで》て水《みつ》ある辺《ほとり》に至《いた》る。折《をり》から小舟《こぶね》に棹《さほ》さす有り。海士《あま》の仕業《しわざ》の釣《つり》する舟の帰《かへ》れるにやと、汀《みぎは》に寄《よ》するを見るに、それにはあらで、苫打覆《とまうちをほひ》たる内《うち》に、いとなまめける女《をふな》の、年《とし》の程《ほど》二八斗《（ばかり）》とも見ゆるが、粉白《ふんしろ》く黛緑《まゆずみみどり》にして、炭火《すみび》をこしたる火鉢《ひばち》によれば、其姿《そのすがた》其面《そのかほ》いとまばゆきまでに見ゆ。同《をな》じ如《ごと》き舟、又あとより数多《かずおほ》くこぎ来《きた》り、皆《みな》〳〵汀《みぎは》に寄《よ》れば、かの女陸行《くがゆく》人に何《なに》事かはいふ。行《ゆく》人たゝずみ見て、やがて舟に乗移《のりうつ》りぬ。棹《さほ》さす翁《をきな》の心得《こゝろへ》たるさまにて、汀《みぎは》をはなれ沖《をき》の方《かた》に舟を出《いだ》す。暫《しばら》くして汀によすれば、其人は陸《くが》へ上《あが》りぬ。又あとより乗移《のりうつ》る人有れば、沖《をき》に出《いづ》る事前《まへ》の如し。かくする事数度《あまたたび》にして、夜《よ》更《ふく》る時《とき》は浪《なみ》にゆられて夢《ゆめ》をむすび、暁《あかつき》の比《ころ》にはいづちへか漕行《こぎゆき》て見る事なしと。或《ある》人に是《これ》を問《と》へば、唐《もろこし》にて西施《せいし》が范蠡《はんれい》にともなはれて五湖《ごこ》に出《いで》し、我朝《わがてう》にては東屋《あづまや》の君《きみ》の、橘《たちばな》の小島《こじま》が崎《さき》に棹《さほ》さし給《たま》ひし、又江口《ゑぐち》の君などの霊魂《れいこん》、いまだ消《せう》ぜず、罪障深川《ざいしやうふかがわ》といふ所《ところ》にとゞまりて、夜《よ》な〳〵かくの如しといふ。

猫児《めやうに》を送《をく》るの書《しよ》

任㆓御懇望㆒《ごこんもうにまかせ》猫子《ねこ》進《しんじ》申候。此《（この）》猫子必《かならず》逸物《いちもつ》にて御座《ござ》候。随分《ずいぶん》御愛《あい》し可被成《なさるべく》候。先有増逸物《まづあらましいちもつ》の相《さう》申《（まうし）》進《しんじ》候。毛色《けいろ》は純黒《じゆんこく》にして熊《くま》の如く、墨子《ぼくし》が心《こゝろ》に叶《かなひ》、鼻大《はなをほ》いに、眼《まなこ》は鏡《かゞみ》の日に向《むか》ふが如く、耳《みゝ》は玉巻芭蕉《たままくばせを》の始《はじめ》て解《とけ》たるに似《に》、長《なが》き尾《を》はよく頭《かしら》に届《とゞ》き、常山《じやうざん》の蛇《じや》のかへり見るが如し。曲《まが》れる爪尖《つめするど》にて、銀《しろかね》にて作《つく》れる釣針《つりばり》の如く、出《いだ》す時《とき》は伸《のび》て鉄《てつ》の楯《たて》をも破《やぶ》りつべく、隠《かく》す時はいさゝか綿《わた》にもかゝらず。頭《かしら》ちいさく胴延《どうのび》、前足《まへあし》ふとく、穏《をだやか》なる時は桃林《とうりん》に睡《ねむ》れる牛《うし》に似《に》、いかれる時は山谷《さんこく》を走《はし》る獅子《しし》に似《に》、耳鼠《みゝねづみ》の音《をと》を聞《き》けば、枚《ばい》を含《ふくめ》る兵《つはもの》の、忍《しのび》て敵城《てきじやう》に入《いる》が如し。眼《まなこ》に是《これ》を見る時はにらみて是《これ》を落《をと》す。若老鼠《もしらうそ》の走《はし》り逃《にぐ》るをば、棟梁必高《とうりやうかならずたか》しとせず、眼《まなこ》をする身《み》をちゞめ、背《せ》を立尾《たてを》を延足《のべあし》を屈《くつ》し、忽飛付《たちまちとびつき》て其咽《そののど》を噛《かむ》事、実《まこと》に蕭妃《じやうひ》が言《こと》の如し、如此《かくのごとき》の逸物《いちもつ》にて候。

然共公《しかれどもこう》の飼《かひ》やうあしく候へば、其能必出《のうかならずいで》不申候。或《あるひ》は首玉《くびたま》に縄《なは》を付《つけ》、柱《はしら》にほだし、小児《せうに》の手遊《てあそび》となし、其食物《しよくもつ》も折《をり》を以《（もつて）》あたえず、ごまめ鰹節《かつほぶし》なき時は気力《きりよく》をとろへ、夏《なつ》はとろけ、冬《ふゆ》はこゞえ、竈下《そうか》にかゞまり惣身灰《そうしんはい》にまびれ、毛長《けなが》く痩《やせ》、眼疎《まなこうとく》、食《しよく》のたらざる故《ゆへ》を以、膳棚《ぜんだな》をさがし肴《さかな》を盗《ぬす》む。人を使《つか》ふも又同《をな》じきか。其才智《さいち》を知らず、其器《き》を用《もち》ひざる時は、百里奚《はくりけい》が虞《ぐ》に有る時、韓《かん》信《しん》が楚《そ》に在《あ》るまた同《をな》じ時也。退之《たいし》が雑《ざつ》の説《ぜい》に曰《いはく》、千里《せんり》の馬《むま》は常《つね》に有れ共伯楽《はくらく》は常《つね》にあらずと。臣《しん》として君《きみ》の財《ざい》を盗《ぬす》む、則飢《すなはちうへ》たる猫《ねこ》の如し。君子《くんし》窮《きう》する時は爰《こゝ》に安《やすん》じ、小人貧《せうじんひん》する時は必盗《かならずぬす》む。其能《のう》に堪《たえ》ざる人をして、其行《こう》をなさしむる時は必損《（かならず）そん》ず。腰《こし》ないらの猫《ねこ》を以、鼠《ねずみ》を狩《から》しむるが如し。又才《さい》有るを用《もち》ひざる時は、かの首玉《くびたま》にてほだす也。禄足《ろくた》らざれば必ず去《さ》る、是逸物《これいちもつ》に魚肉《ぎよにく》をあたえざる也。是その飼《か》ふ人の賢愚《けんぐ》にあるべし。公必《こうかならず》是を思《をもつ》て忘《わす》るゝ事なからむ事を希《こひねが》ふのみ。穴賢《あなかしこ》。

摺鉢摺小木《すりばちすりこぎ》の弁《べん》

摺鉢は備前《びぜん》の土《つち》を最上《さいじやう》とす。其形《かたち》、口《くち》ひらき底《そこ》すぼみ、肌《はだ》は竪《たて》さまに刻《きざ》み有り。ひつくりかへせば富士山《ふじさん》に似《に》たり。富士山汝《なんぢ》に似たるか、汝富士《ふじ》に似たるか。汝富士に似ん事を欲《ほつ》せず、富士又汝に似ん事を欲《ほつ》せざれ共、天然《てんねん》と形《かたち》を同《をな》じうする物か。其用《よう》をなす事物を摺《すり》こなすの器《き》也。其《（その）》こなすに摺鉢のみにては能《よく》せず。摺小木《すりこぎ》といふ物有。其性木《せいき》を以て作《つく》る。山椒《さんしやう》の木を上品《じやうぼん》とす。其形先丸《かたちさきまろ》く、ふとく長《なが》く大《をほ》いなる松茸《まつたけ》に類《るい》せり。是《これ》を以かの摺鉢に入れて物を摺こなす。左右《さゆう》へめぐる事天地《てんち》の如く、こねかへす事逆鉾《さかほこ》に似《に》たり。其音《をと》どろ〳〵ぐわら〳〵として、地《ち》を出《いつ》る雷《らい》の如し。それ雷《らい》の百里《はくり》に震《ふる》ふ、陰陽相《いんようあい》せまりて鳴《な》る。其音陽《をとよう》の音にもあらず、又陰《いん》の音にもあらず、水火相合《すいくわあいあふ》て其間《(その)あいだ》に音有り。摺鉢のぐわら〳〵する、摺鉢の音にもあらず、又摺小木の音にもなし。摺小木摺鉢相摺て其間に音有。能《よく》こね能《よく》まわりて、其間よく和《やわ》らぎ、能《(よく)》其物をこなし其用《よう》を調《とゝの》ふ。君臣父子夫婦兄弟朋友《くんしんふしふうふけいていほうゆう》の上《じやう》下和《げくわ》しむつましく、事調《とゝの》ひ用をなすも又かくの如し。君父夫兄《きみちゝをつとあに》朋《とも》是を以《(もつて)》摺小木とす、臣子婦弟我《しんしふていわれ》是を以《(もつて)》摺鉢とす。摺鉢先《まづ》物を受《うけ》て摺小木是に交《まじわ》り、其間能和《あいだよくくわ》し能廻《まわ》り、能こねて其用をなす。あゝ天地《てんち》の心陰陽和合《こゝろいんようわごう》の道《みち》、摺鉢摺小木の間にも又明《あき》らか也。是を不測《ふしき》の妙《みやう》とやいはむ。

匕首《ひしゆ》の論《ろん》 匕首は懐剣《くわいけん》也

世《よ》に匕首《ひしゆ》といふ物有り。長《なが》さ尺《しやく》にみたず、懐《ふところ》に蔵《かくし》て不意《ふ》に人を害《がいす》るの剣《けん》也。世間《せけん》に腕《うで》を張《は》り眼《まなこ》をいからし、我《われ》と大丈夫顔《だいじやうぶがほ》する輩《ともがら》、多《をほ》く是《これ》を貴《たつと》ぶ。今《いま》是を論《ろん》ずるに、士《し》たる者《もの》は常《つね》に両刀《りやうとう》を帯《たい》す。もし貴人《き(にん)》の前或《まへある》は茶《ちや》の湯《ゆ》の席《せき》、たま〳〵是を解《とく》事有、此時《(この)》専《もつぱら》是を頼《たの》むにや。此席《せき》に至《いた》りては、人も無刀《むとう》、我《われ》も無刀、人いかで我に讎《あた》せん。もし彼《か》れ我をたばかり害《がい》するのたくみあらば、たとへ匕首《ひしゆ》有とても十寸《じつすん》の剣《けん》、何ぞ青竜《せいりやう》に敵《てき》せん。もしは組《くん》で事をなす者あり共、彼《か》れは謀《はか》りて後《のち》になす、我《われ》は不意《ふゐ》を組《く》まる。彼《か》れもし微力《びりよく》ならば始《はじめ》より組《く》まじ。彼《かれ》又剛《かう》ならば我何ぞ匕首《ひしゆ》を用《もちゆ》るにいとま有らんや。しかする時は、何の益《ゑき》か有。しかじ讎《あた》を衆《しゆう》に受《うけ》ざらむには。もし又我平生《へいぜい》の宿意《しゆくゐ》を以、無刀《むとう》の席《せき》をはかり人を害《がい》せんとならば、臆病是《をくびやうこれ》より過《すぎ》たるはなし。もし又無刀の席にして、人《ひと》我を恥《はづ》かしむ共、其席を退《しりぞき》て事をなさむに、何《なに》のかたき事かあらん。匆《そう》〳〵として事をあやまたんにはいづれ。少《すこし》く忍《しの》びず大いにいかる、量《りやう》のせまき事笑《わら》ふに絶《たえ》たり。古《いにしへ》の言《こと》に曰《いはく》、隠《かく》れたるより顕《あらは》るゝはなしとこそ。匕首全《まつた》く身《み》の固《かため》には成《なる》べからず。もしは貴人《き(にん)》の席《せき》に望《のぞ》み、あやまつて落《をと》す事有らば、不敬《ふけい》の罪《つみ》是より甚《はなはだ》しきはなし。もし又紐《ひぼ》とけ鞘《さや》くつろぎ、懐《ふところ》に抜《ぬ》けて腹《はら》を指《さゝ》ば、怪我《けが》を望《のぞ》むとやすべき。此刃全《やいばまつた》く大丈夫の持《もつ》べき物にあらず、児女《じじよ》の翫《もてあそび》とすべし。損《そん》有て徳《とく》なき物、此匕首なるべし。あゝ壱本の耳掻《みゝかき》にはしかじ。

市《し》中《ちう》の弁《べん》

夫《そ》れ市中《しちう》の住家《すみか》と山谷《さんこく》の幽居《ゆうきよ》と、取捨《しゆしや》いづれか是《し》なるや。世《よ》のうきよりも住《すみ》よかりけりとも聞《きこ》え、又山《やま》の奥《をく》にも鹿《しか》ぞ鳴《なく》なるともよみ、或《ある》は猶《なを》うき時はいづち行《ゆく》らむともあざけりたり。世に小隠《しやういん》は山《やま》に隠《かく》れ、大隠《たいいん》は市《いち》に隠《かく》るゝといへど、山居《さんきよ》せぬ人のいふ事は、よしあし定《さだ》めがたからむ。我《われ》も山居《さんきよ》せねば山居のあんばいは知《し》らず、知らざれば山はあしく里《さと》がよしとも、山がよく里《さと》はあしき共沙汰《さた》しがたし。先《ま》づは目《め》の役《やく》なれば、見にくき事をも見《み》、耳持《みゝもち》たれば聞《きゝ》にくき事をも聞《きゝ》、口《くち》有れば人のあいさつもしつ、鼻《はな》きけば追風《をいかぜ》のあつかましきをも嗅《かぐ》なれ。是は我国津神《わがくにつかみ》の道守《みちまも》る鈴《すゞ》ならしの心に、もろ／＼の穢《けがれ》を見ずといふを覚《をぼ》えて、さのみくるしきにもあらず。物来《きた》れば受《うけ》て、去《さ》れば則《すなはち》捨つ。隣家《りんか》の児女《じじよ》の騒《さう》／＼しきは松風《まつかぜ》の音《をと》も同《をな》じく、往還《わうくはん》の雑人《ざうにん》の喧嘩《けんくわ》なるは、麋鹿《びろく》の遊《あそ》べるが如し。読売祭文《よみうりさいもん》のふし有るは、諸鳥《しよてう》の囀《さえづり》ともなぐさめ、千里《せんり》の労《らう》なくて松江《ずんごう》の鱸《すゞき》を味《あぢは》ひ、紡績《ぼうせき》の功《こう》なくて西陣《にしぢん》の錦《にしき》を求《もと》む。口《くち》のまづき朝《あした》は生肴《なまざかな》の声《こゑ》有り、腹《はら》のふくるゝ夕《ゆふべ》は刻《きざみ》たばこの箱来《はこきた》る。病《やめ》る時は医師《いし》多《をほ》く、よごるゝ時は湯屋近《ゆやちか》し。店賃《たなちん》の滞《とゞこほ》りなければ地主《ぢぬし》に恐《をそ》れなく、冷飯《ひやめし》に余《あま》り有れば、痩犬《やせいぬ》に悦《よろこび》有。烆灯出《あんどういだ》さんとすれば油《あぶら》／＼と呼《よぶ》、煎茶入《せんじちやい》れむとすれば薪《まき》／＼と売《う》る。味噌塩《みそしほ》にも小売《こうり》有り、酢醤油《すせうゆ》は壱銭《いつせん》づゝも買《かは》れ、酒は烏《からす》の鳴《な》くしのゝめより、後夜過《ごやすぐ》るまで御用《ごよう》／＼の小でつち有。春《はる》の日の長《なが》けれど、寝《ね》て居《ゐ》て用《よう》を弁《べん》じ、秋《あき》の月《つき》の明《あき》らかなるにも、団子《だんご》、鴫焼《しぎやき》有り。

かゝる所《ところ》に住《すみ》なれて、いづれの所にか行《ゆく》べき。自由《じゆう》と不《ふ》自由とはいづれか人の好《この》む処《ところ》なるや。物にかゝはれば月花《つきはな》もむづかしく松《まつ》風《かぜ》もやかまし。かゝはらざる時は、泣子《なくこ》も耳《みゝ》にとまらず。市中何《しちうなに》かはくるしかるべき。

百《ひやつ》　鬼《き》　行《かう》

凡《をよそ》物其《（その）》時有て化《ばく》る事有り。腐草《ふさう》の情《じやう》なきも蛍《ほたる》と化《ばけ》、人間《げん》の仕《し》舞《まひ》は石塔《せきとう》に化《（ばく）》る。芋虫《いもむし》は蝶《てう》に化、田鼠《でんそ》は鶉《うづら》と化、楠《くすのき》は石《いし》に化、雀《すゞめ》海底《かいてい》に入て蛤《はまぐり》と化、山《やま》の芋《いも》は鱣《うなぎ》に化、鷹《たか》は化けて鳩《はと》となる。古足《ふるた》袋《び》古袴《ふるばかま》は茶椀鉢《ちやわんはち》に化《ばけ》たり。昨日《きのふ》の若衆《わかしゆ》は今日《けふ》の糸鬢《いとびん》と化、当年《たうねん》の美女《びじよ》は来年《らいねん》の婆ゝ《ばゞ》と化、娵《よめ》は姑《しうと》と化けむす子《こ》は親仁《をやぢ》と化く。悪性《あくしやう》の出家《しゆつけ》は医者《いしや》に化、綿入《わたいれ》四月に成て袷《あはせ》と化、下駄売《げたうり》の雪駄売《せきだうり》と化るは天気次第《てんきしだい》也。朝《あさ》の塩売夕《しほうりゆふべ》に油売《あぶらうり》と化る。歌舞妓《かぶき》の役者《やくしや》は女と化、若衆と化、あほうと化、智者《ちしや》と化、悪《あく》と化、実《じつ》と化る。是《これ》らは常《つね》に人の見る化物にして、人不思義《ふしぎ》ともせず。又大樹《たいじゆ》の精《せい》も化、石地蔵《いしぢざう》も化ると、天地《てんち》の間いづれか化けざらんや。狐《きつね》、狸《たぬき》、赤猫《あかねこ》、河獺《かわをそ》、河童《かわつぱ》の類《たぐひ》、尤《もつとも》よく化る事の上手《じやうず》なるもの也。或《ある》は美女《びじよ》と化若衆《わかしゆ》と化、小僧《こぞう》と化出家《しゆつ(け)》と化、其品《そのしな》其化其時《とき》其人によつて化け、能《よく》人の魂《たましゐ》をとらかすといへ共、極上《ごくじやう》の化が古風《こふう》の大入道《をほにうどう》、見《み》越入道《こしにうどう》を随分《ずいぶん》の限《かぎ》りと見えたり。これらは人をして恐《をそ》れしむといへ共、世《よ》の中《なか》の害《がい》までは至《いた》るべからず。只姦佞《たゞかんねい》の賢《けん》に化たる、能《よ》く人をなづけ能《（よく）》人を損《そん》ざす。世《よ》の中《なか》の害《がい》此化者《ばけもの》よりをそろしきはなし。

生《なま》酔《ゑい》の説《ぜい》

或《ある》人俳諧《はいかい》の連歌《れんが》に、春《はる》の生酔《なまゑい》といふ句《く》をして、或判者《あるはんじや》に点《てん》を求《もとむ》。判者《はんじや》加筆《ひつ》して、春の生酔いかゞ、生酔に四季《しき》有べしやとて、点《てん》を除《のぞけ》りとぞ。今我思《いまわれをも》ふに、判者の未練成《みれんなる》べし。季《き》なき物にも季を付《つけ》面白《をもしろ》く取《とり》なし、死物《しぶつ》も活物《くはつぶつ》とし、火《ひ》をもあつからずと云《いひ》なしたらん、俳諧《はいかい》のあたらしみ成べし。今《いま》生酔の四季を分《わ》けむに、先霞《まづかすみ》引《ひき》はえ、陽炎燃《ようゑんもゆ》る空《そら》、道行《みちゆく》人も数多《あまた》なるに、老《をい》たるも肩《かた》ぬぎ、一《ひと》重《ゑ》なる頭巾面白《づきんをもしろ》く引《ひき》かぶり、手《て》など引合《ひきあひ》ゑも知れぬ小唄《こうた》うたひ行《ゆく》など、花《はな》により香《か》にめでゝ、今一ッなどゝ強《しゐ》たる成べし。春《はる》の手《て》柄《がら》いと興《けう》なきにあらず。春の生酔は面白きもの也。又暑《あつさ》も絶《たえ》がたく、綿《わた》など引散《ひきちら》したるやうの雲《くも》むら〳〵と立《たち》て、冷水売声《ひやみづうるこゑ》もいとゞ暑《あつさ》を添《そへ》たるに、顔打赤《かほうちあか》め目《め》すはり、汗《あせ》に帷子《かたびら》も引《ひき》ちらし、とろけたる姿《すがた》、外《ほか》の見る目もいと鬱陶《うつとう》しくにくさげ也。又秋《あき》の生酔は哀《あわ》れも催《もよほ》されけり。萩《はぎ》の下露置《したつゆをき》まどひ、荻《をぎ》の上風身《うはかぜみ》にしみて、虫《むし》の音《ね》幽《かすか》なる夕暮《ゆふぐれ》、うさをなぐさむるとて過《すご》したるか、又秋の哀《あわ》れも知らず、ひたのみに飲《のみ》たるか、いづれに哀《あわれ》なる生酔なりけり。冬《ふゆ》の生酔はいやし。霜雪《しもゆき》の降《ふ》り、河水氷《かはみづこほり》がちにて、風《かぜ》すさまじきに寒《さむ》さ絶《たえ》がたく、是《これ》をふせがん為《ため》に、引《ひき》かけ〳〵飲過《のみすご》したらんは、いとつたなく見ゆ。生酔に四季なしといふ判者、物の情《じやう》を知らず、俳諧覚束《はいかいをぼつか》なし。今生酔に習《ならつ》て達磨《だるま》に四季を付《つ》けたらんに、春の達《だる》磨《ま》はうつとうしく愚痴《ぐち》也。夏《なつ》の達磨《だるま》はあつくるしくいやし。秋《あき》の達磨は静《しづか》にして風流《ふうりう》也。冬の達磨は奇麗《きれい》にして健《すくやか》なりといふべし。

療《りやう》病《びやう》の論《ろん》

山桓既《さんくはんすで》に官《くわん》を辞《じし》て去る。道《みち》に病《やめ》る犬《いぬ》に逢《あ》へり。毛長《けなが》く頭腫《かしらは》れ、口涎《くちよだれ》を流《なが》し路傍《ろばう》にあゑぐ事、呉牛《ごぎう》の日《ひ》に向《むか》ふが如し。桓《くはん》見て薬《くすり》をあたゑむとす。病犬《びやうけん》が曰《いはく》、「吾子《ごし》は是《これ》いかなる人ぞ」。桓が曰、「隠士《いんじ》也」。病犬《びやうけん》が曰、「隠士《いんじ》にして我病《わがやまひ》の薬《くすり》をたくはふる事いかん」。桓が曰、「吾医《われい》を好《このみ》嚢中《のうちう》薬《くすり》多《をほ》し、よつて汝《なんぢ》を救《すくは》んとす」。病犬が曰、「吾子《ごし》名《な》はいかん。隠《かく》るゝ事久《ひさ》しきや」。桓が曰、「名《な》は山相如《さんしやうじよ》、字《あざな》は桓《くはん》といふ。隠《かく》るゝ事久《ひさ》しからず。官《くはん》に在《あ》る事数《す》年、然《しか》れ共多病《たびやう》也、よつて辞《じ》し去《さ》る」。病犬が曰、「昔《むかし》司馬《しば》相如《しやうじよ》筆《ふで》を橋《はし》にとゞめて出《いで》て仕《つか》ふ。後《のち》駟《し》馬《め》に乗《の》れり、かれしかも多病なりき、しかりといへ共大丈夫《だいじやうぶ》志《こゝろざし》をとぐる事かくの如し、今吾子司馬氏《いまごしばし》と名《な》を同《をな》じうして行同《かうをな》じからず、黄金用尽《わうどんもちひつく》していづれの所《ところ》に隠《かく》るゝ事をするや、才長門《さいちやうもん》を売《う》るに足《た》らず、勇又藺氏《ゆうまたりんし》が秦王《しんわう》に対《たい》せしに及《およ》ばず、名のみ藺《りん》、司馬《しば》と同《をな》じうして、身僅《みわづか》に三千の下《した》に居《ゐ》、食《しよく》に魚《うを》なく出《いづ》るに駕《が》なし。然《しかふ》して身《み》病《やまひ》有て、自《みづか》ら医《い》を好《この》め共《(ども)》、しかも自《みづか》らの病《やまひ》を治《ぢ》する事を得《え》ずして、他《た》の病《やまひ》を療《りやう》せんとす、我うけがはざる処《ところ》也。実《まこと》に世《よ》にいふ陰陽師《おんようし》身《み》の上《うへ》知《し》らずとは吾子《ごし》也。吾子かくの如きがゆへに時《とき》と人とを知らず、時と人とを知らざるゆへに志《こゝろざし》をとぐる事なし。是《これ》を戯気《たはけ》といふ」といふ。桓が曰、「汝《なんぢ》が言《こと》むべ也。しかあれ共又我が医《い》を聞《きく》べし。怔忡倚息《せいちうきそく》し、加《くは》ふるに眼疾《がんしつ》を以《(もつて)》す。尤《もつとも》いまだ此病《やまひ》を治《ぢ》する事なしといへ共、我能《われよく》我が大病《たいびやう》を療《りやう》し得《ゑ》たり。夫《そ》れ身体《しんたい》の病は軽《かろ》くして治《ぢ》すべし。心神《しんじん》の病は重《をも》くして難《かた》し。怔忡眼疾《せいちうがんしつ》の如きは身体《しんたい》の病也。名利仕官《みやうりしくはん》は心神の病也。今是を治して無為自然《ぶ(ゐ)しぜん》にまかせ、羇《ほだし》を脱《ぬけ》て足《あし》を八荒《はつくはう》にほしゐまゝにし、心を無何有《ぶかゆう》の郷《さと》に逍遥《せうよう》せば、自《をのづ(か)》ら身体の病は治すべし」といへば、病犬が曰、「よし〳〵吾子《ごし》実《まこと》に自《みづ(か)》ら心神の病を療《りやう》し得《ゑ》たり、しかれ共猶《なを》病有べし。我吾子《われごし》に薬《くすり》を受《うく》べしといへ共、我《わが》病已《すで》に瘉《いゆ》べからざるを我《われ》知れり、造化《ざうくは》の尽《つく》る処《ところ》、我《わが》病則《すなはち》いゆるなり」といひて、河中《かちう》へ身《み》を投《とう》じぬ。

好悪《かうを》の弁《べん》

世《よ》に好悪《すききらひ》といふ事有《(あり)》。皆己《みなをの》れが心の偏《へん》なる故《ゆへ》なるべし。其好《すき》といふにも害《がい》有、きらひといふにも又害《がい》有り。或《ある》は下戸《げこ》は酒好《さけずき》を宜《よろ》しからずと罵《のゝし》り、上戸《じやうこ》は餅《もち》好をいやしとす。酒好にして餅喰《もちく》らひは沙汰《さた》の限《かぎり》にあらず。多葉粉《たばこ》悪《ぎらひ》は煙筒《きせる》をもうるさがり、宵寝《よひね》好は夜鷹《よたか》をしかり、夜咄《よばなし》好は宵《よひ》まどひを笑《わら》ふ。是らは互《たがい》に争《あらそ》ふの害《がい》あり。又きらふ者《もの》よりはかまはね共、好《すく》者より悪《きら》ふ者をうとむ有り。学文《がくもん》好入湯《いりゆ》好仏道《ぶつどう》好の類《るい》也。又好《すく》者はかまはね共、きらふ者よりいかる有。昼寝《ひるね》好手練《てれん》好僭上《せんしやう》好遊《あそび》好河豚《ふぐ》好栄耀《ゑよう》好釣《つり》好殺生《せつしやう》好碁将棋《ごしやうぎ》好博奕《ばくゑき》好の類《るい》也。又好悪《すききらひ》共に手《て》のつかぬ物有り。茶《ちや》好茶《ちや》ぎらひ、旅《たび》好旅悪《たびぎらひ》、船《ふね》好船悪の類也。女若《じよじやく》の両道《りやうどう》は好悪共に善悪《ぜんあく》不二《ふに》邪正一如《じやしやういちによ》、同《をな》じ穴《あな》の狐《きつね》成べし。人皆財宝《みなざいほう》は好なれど、たま〳〵には玉《たま》を山《やま》へ捨《すて》、こがねは淵《ふち》へなどゝいふたはけも有。死《し》はにくみ生《せい》は愛《あい》せども、又死《しに》好も有て、身投《みなげ》くびくゝり、自害心中《じがいしんぢう》有れば、一概《がい》には定《さだめ》がたし。其外虫類《ほかむしるい》を見て悪《きら》ふも有り、朝夕《あさゆふ》の野菜魚鳥《やさいぎよてう》にもきらひといふ有れ共、畢竟自由《ひつけやうじゆう》の足《た》るによつて、我《わが》儘《まゝ》の偏《へん》より起《をこ》る成べし。其ゆへは、百姓《ひやくしやう》に麦悪《むぎぎらひ》なく、湯屋《ゆや》のむす子《こ》に湯《ゆ》ぎらひなし。只馴《たゞな》るゝと馴《なれ》ざるとによるか。極楽悪《ごくらくぎらひ》の仏《ほとけ》もきかず、地獄《ぢごく》ずきの死人も有まじ。人は天地《てんち》の霊《れい》也。天地と人と替《かは》る事なし。天地何《なに》をか悪《きらひ》何をか好《このむ》。天下の人米《こめ》の飯《めし》の嫌《きらひ》なきにて此論《ろん》は済《す》みたり。

横《わう》行《ぎやう》の弁《べん》

一日沢畔《いちにちたくはん》に遊《あそ》ぶ。一ッの虫《むし》有、穴《あな》を出《いで》て草中《さうちう》に行《ゆく》を見る。両目《りやうもく》天《てん》をさし、二ッのはさみ有て食《しよく》をはさみ取《と》り、物《もの》を制《せい》し其用《そのよう》をなす。八ッの足左右《あしさゆう》に分《わか》りて其行《ゆく》事横《よこ》さま也。予《よ》童子《どうし》に問《と》ふ、「是《こ》れ何《なに》の虫《むし》ぞ」。童子《どうし》が曰《いわく》、「此名《(この)な》を蟹《かに》といふ。此虫や目《め》を上《うへ》にし横《よこ》に行《ゆく》を以《(もつて)》、世《よ》のそしりを得《ゑ》たり。或歌《あるうた》に、世の中《なか》は上《うへ》に目《め》がつく横《よこ》に行《ゆ》く芦間《あしま》のかにのあわれはかなき。是則《これすなはち》是也」。予《よ》が曰、「汝《なんぢ》此事を知れり、我《われ》又かれが性《せい》を論《ろん》ぜん。此虫の足左右《あしさゆう》に分《わか》りて、其全身平《ぜんしんひら》く、足《あし》のつがひ又横さま也。よつて横に行《ゆく》事宜《むべ》也。此虫の直《す》ぐにゆかざるを憂《うれひ》て、向《むかふ》へ歩《あゆま》むとしても得《う》べからず。然れば此虫の横に行は則直ぐに行也。横に行とはいふべからず。若蟹向《もしかにむか》ふさまに行《ゆく》時は、是を横に行といふべし。上に目のつきたるも天也。下《しも》に付んとする共得べからず。物各《をの〱》 其性《せい》の受《うけ》たる処《ところ》有、性《せい》をまげて行《をこな》ふべからず。気濶達《きくはつだつ》にして性《せい》さはがしき人を以、縫箔師《ぬいはくし》とはなすべからず、多病《たびやう》にして非力《ひりき》なる人を以、米搗《こめつき》にはすべからず。まげて是をなす時は、其業《げう》のならざるのみにあらず、かへつて性を害《がい》しあらぬ煩出来《わづらひでき》て、はては命《いのち》をちゞめ一生《いつしやう》をあやまつに至《いた》れり。其性の受《うけ》たる処《ところ》を能《よく》さつし、身《み》を全《まつた》うするの工夫専要《ふうせんよう》成べし。色《いろ》の白《しろ》きを以、鉛《なまり》は銀《ぎん》と成べからず。飯櫃《めしびつ》の古《ふるき》を以、便器《をかは》には用ひまじけれ。

読《よむ》二帰《き》去来《きよらい》の辞《ことばを》一

淵明《ゑんめい》よく五斗《ごと》の米《べい》につながれず、故郷《こきやう》に帰《かへ》り天命《てんめい》を楽《たのし》むと。淵明元来金持《ゑんめいぐはんらいかねもち》成べし。ふる里《さと》に田地《でんち》有りて食《しよく》に足《た》り、僮僕妻子《どうぼくさいし》を養《やしな》ひ、酒《さけ》も樽《たる》に満《みち》たりと。如此《かくのごとく》ならば誰《た》れか仕官《しくはん》を望《のぞま》ん。今《いま》の士淵明にまさる 志《こゝろざし》有とも、官《くはん》を捨《すて》ては食《しよく》すべき田地《でんち》もなく、口過《くちすぎ》の芸能《げいのう》なし。いやな事も世渡《よわた》り、戯気《たはけ》に手《て》をつき腑《ふ》ぬけにつくばふ、誰《たれ》かこゝろよしとせん。たとへ宰相《さいしやう》たりといふ共、体《からだ》は我《わが》からだに非《あら》ず、命《いのち》は我命にあらず。刻切《こくぎり》の門《もん》の出入《でいり》、色《いろ》ゝの法度《はつと》、罪《つみ》のなき囚人同然《めしうどどうぜん》也。寒《さむ》からずひだるからずは、我命我身《わがいのちわがみ》を我心《こゝろ》にまかせんこそ、人間《にんげん》に生《うま》れたる甲斐《かひ》ともいはめ。それがならぬに極《きはま》りたらば閉口《だまる》にしくはなし。淵明昔《むかし》より田園《でんゑん》あらば、暫《しばら》く五斗米《ごとべい》に名《な》を穢《よご》したるといはむ。をそまきの分別《ふんべつ》、まだ仕合《しあわせ》に田地《でんち》を質《しち》に入《い》れて流《なが》さず、入《い》れ作《さく》の荒地《あれち》有て口をきくこそにくけれ。

豆《とう》腐《ふ》の賦《ふ》

爰《こゝ》に豆腐《とうふ》といふ物有り、其味淡《あじあは》くして濃《こまやか》也。其功《こう》や、春《はる》は花《はな》の宴《あん》に酔《あい》を催《もよほ》しては、朧《をぼろ》豆腐にしく物もなく、夏《なつ》は三伏《さんぷく》の暑《あつさ》、一《いつ》盃《ぱい》の冷酒奴《ひやざけやつこ》豆腐に暑《しよ》を忘《わす》る。秋《あき》の月《つき》も紅葉《もみぢ》どうふに色《いろ》を添《そえ》、冬《ふゆ》の雪《ゆき》には湯《ゆ》豆腐に寒《かん》を凌《しの》ぐ。又菜飯《なめし》の夕《ゆふべ》には田楽《でんがく》の風味《ふうみ》、奈良茶《ならちゃ》の夜《よる》はこくせうのうまみ有。或《ある》は古人《こじん》の翫《もてあそび》にしては、敷島《しきしま》の道《みち》に色紙《しきし》どうふと呼《よば》れて、定家卿《ていかきやう》の小倉山《をぐらやま》に名《な》を残《のこ》し、鎌倉《かまくら》の高時《たかとき》は田楽《でんがく》の好者《すきしや》と聞《きこ》えたり。我国《わがくに》にあらぬ唐《もろこし》には、孔明《こうめい》といふ人は八陣《はちぢん》を張《はつ》て八盃《はちはい》どうふの趣向《しゆこう》となしぬ。琴《こと》の名《な》にも豆腐連《れん》といふも有《あり》とぞ。千早振神《ちはやふるかみ》には、祇園《ぎをん》どうふとをがみ、後世《ごせ》願《ねが》ふべき仏《ほとけ》の道《みち》には、南禅寺《なんぜんじ》どうふに詣《ま》ふづ。其外揚《ほかあげ》豆腐は小僧《こぞう》が鼻《はな》をひこつかせ、すべて人の心《こゝろ》を寄《よ》せどうふのうれひは、散《ち》らしどうふ又崩《くづ》しどうふにして、賽《さい》の目《め》どうふは博痴《ばくち》打《うち》の好物《こうぶつ》、干《ほし》てろくぜうと成れば、花鰹《はながつほ》に代《かは》りて精進《しやうじん》の薬味《やくみ》を賑《にぎは》す。只徳多《たゞとくをほ》く賞《しやう》ずべきものゝ第一《だいいち》也。

自《みづから》呼《よぶ》㆓膾人《さいじん》と㆒の説《ぜい》

夫《そ》れ陰陽分《いんようわか》れてより、物各《をの〳〵》対《たい》する有り。天《てん》は地《ち》に対《たい》し、上《じやう》と云下《いひげ》と名《な》づけ、日《ひ》は月《つき》に対し、星《ほし》には辰《しん》有、善《ぜん》は悪《あく》に対し、山《やま》有れば川《かは》有、海《うみ》と見れば陸《くが》と顕《あらは》る。小《せう》は大《だい》に対し、角《かく》には丸《まる》有り。老《らう》といへば少《しやう》と云《いひ》、男《をとこ》は女《をんな》に対し、直《ちよく》なれば曲《きよく》有り、昏《くら》ければ明《あき》らか也。生《うまる》れば死《しに》、賢者《けんしや》には愚者《ぐしや》有、裏《うら》かと見れば表《をもて》といふ。神《しん》は仏《ぶつ》に対し、木《き》は草《くさ》に対す。金《かね》は石《いし》に並《なら》び、頭《あたま》は尻《しり》に対し、手《て》は足《あし》に対す。腹《はら》有れば背《せ》有、目《め》は耳《みゝ》に対し、口《くち》は鼻《はな》に対す。只膾《たゞへそ》のみ対する物なし。しかのみならず、一身《いつしん》にをける眼耳鼻舌唇《げんにびぜつしん》手足《てあし》毛爪《もうさう》、みな心主《しんしゆ》の奴《やつこ》にして、暫《しばら》くも安《やす》き間《ま》なし。其中《うち》に居《ゐ》て、其形《かたち》は有ながら、其用《よう》なし。心主《しんしゆ》も使《つか》ふべきに其能《のう》なし。其能《のう》なきがゆへに自《をのづか》ら安《やす》し。彼《か》れが用を若《もし》いはゞ、灸点《きうてん》に目当《めあて》となる斗《ばかり》也。それさへかの物の業《わざ》を働《はたらか》し、能を用《もちゆ》るにもあらず。只寐《たゞね》ても覚《さめ》ても依然《いぜん》として、一身《いつしん》の内《うち》に有ながら、心主《しんしゆ》の為《ため》に馳走《ちそう》せず。働《はたら》かざれば静《しづか》也。静なれば安《やす》し。安ければ病《やまひ》なく、懐《ふところ》に隠《かく》るゝがゆへに美悪《びあく》の沙汰《さた》をものがる。心主若後悔《もしこうくわい》の事有時《とき》、噛《かま》んと欲《ほつす》れ共、汝《なんぢ》が居所《ゐどころ》の宜《よろ》しく歯《は》さへ届《とゞか》ず、はからざるの刑《けい》をまぬかる。是いかなる徳《とく》有てや、いかなる報《ほう》有てや。実《まこと》に対する物のなきも断《ことはり》也。我汝《われなんぢ》を羨《うらやみ》、自《みづか》ら名を膾人《さいじん》と呼《よ》ぶ。しかし雷《かみなり》の好物《こうぶつ》にて、つかみたがるはいかなる故《ゆへ》にや有けん、是斗《こればかり》は羨処《うらやむところ》にあらずとしかいふ。

吉《よし》原《はら》の賦《ふ》

夫《そ》れ吉原《よしはら》の里《さと》は、武江金城《ぶこうきんじやう》の艮《うしとら》に有り、客《きやく》の遊《あそ》ぶ所《ところ》也。客《きやく》を導事《みちびくこと》下谷《したや》三谷《さんや》よりす。囲《かこむ》に堀《ほり》を以《（もつて）》し、めぐらすに田《た》有《（あり）》。東《ひがし》は三《さん》谷《や》砂利場《じやりば》に隣《となり》て真土山《まつちやま》につゞき、庵崎《いほさき》遠《とを》く連《つらなり》て隅田川《すみだがは》流《なが》れたり。西《にし》は簑輪《みのわ》金杉《かなすぎ》に並《ならび》て日除《ひよけ》につゞき、坂本《さかもと》はるかにして東叡山《とうゑいざん》幽《かすか》也。前《まへ》は大門《おほもん》蕩《とう》ゝとして北《きた》に向《むか》ひ、衣紋坂《ゑもんざか》に登《のぼ》りては端場《はしば》を見をろし、日本堤《にほんづゝみ》長《ちやう》ゝとして直《たゞち》に千住《せんじゆ》に趣《をもむ》けり。後《うしろ》には浅草《あさくさ》を受《うけ》て観音堂《くはんをんどう》に背《そむ》けり。廓《くるわ》の内縦横《うちじうわう》に道《みち》を開《ひらき》て、大廈《たいか》軒《のき》を並《なら》ぶ。此里《このさと》の神《かみ》は稲荷九郎助《いなりくろすけ》と云《いひ》、仏《ほとけ》は如来朝日《によらいあさひ》と云。いづれも霊験《れいげん》尤《もつとも》あらた也。つらなれる家《いゑ》、高梁《かうりやう》を以し、飾《かざ》るに間垣《まがき》を以す。是此里《これこのさと》は遊女《ゆふじよ》を置所《をくところ》也。遊女を称《しやう》て女郎《じようろう》と云《いふ》。女郎に位階《いかい》有、其家に又品《しな》有。揚屋《あげや》有、茶屋《ちやや》有、太夫格子《たゆふがうし》は揚《あげ》屋に遊《あそ》び、呼出《よびだ》しさん茶《ちや》は茶屋に出《い》づ。太夫格子《たゆふがうし》の道中《どうちう》、さん茶の見せつき、紅白《こうはく》の裾《すそ》を飜《ひるがへし》、ゆるく立遠《たちとを》く見る。間垣《まがき》には貴賤老若《きせんらうにやく》立尽《たちつく》し、目《め》を細《ほそ》くし涎《よだれ》を流《なが》す。其《（その）》家に其風《ふう》有、其女郎に其座敷《ざしき》有。其結構《けつかう》をいふに、遥《よう》〳〵たる廊下《らうか》有れば、広《くはう》〳〵たる座敷有り。煙斜《けむりなゝめ》に霧横《きりよこたは》るは燗鍋《かんなべ》の湯気《ゆげ》也。下水《げすい》に脂《あぶら》を漲《みなぎら》すは吸物《すいもの》を捨《すつ》る也。雷霆《らいてい》して忽《たちまち》に驚《をどろ》くは客《きやく》の鳴《な》り込《こむ》也。客《きやく》に謡《うた》ふ有舞《ま》ふ有、女郎にもまた糸竹《しちく》に熟《じゆく》せる有、是《これ》を調《しら》べ是をかなづ。或《ある》は囲碁《いご》双六《すごろく》将棋《しやうぎ》うた骨牌《かるた》茶《ちや》の湯《ゆ》俳諧歌《はいかいうた》連歌《れんが》、其客《きやく》其女郎によつて翫《もてあそ》ぶ。二上《にあが》りの三味《さみ》は枕《まくら》を欹《そばだて》て聞《き》き、端《はし》女郎の顔《かほ》は暖簾《のれん》を挑《かゝげ》て見る。客に上戸《じやうご》有下戸《げこ》有、女郎又しかり。盃《さかづき》入乱《いりみだ》れていさかふが如く狂《くる》ふが如し。肴《さかな》こも〴〵出《いで》て飲人《のみて》をはげまし、牽頭《たいこ》文作《もんさく》を尽《つくし》て一座興《けう》に入る。上戸の座敷は騒《さは》がしく、下戸の座敷は静《しづか》也。初会《しよくわい》の宴《ゑん》はしまらず、馴染《なじみ》の所《ところ》はしめやか也。興闌《けうたけなは》にして深閨《しんけい》に入る。呉郡《ごぐん》の綾《あや》、蜀江《しよくこう》の錦《にしき》、茵《しとね》うづ高《たか》くして須弥《しゆみ》にも競《くらぶ》べし。しめやかなる物語《ものがたり》に思《をもひ》を延《のぶ》るも有れば、恨《うらみ》の数《かず》を云募《いひつの》りて泣《な》く床《とこ》も有。或は何《なに》事かは言葉《ことば》をはげまし喧嘩《けんくわ》なる有。浅草《あさくさ》の鐘暁《かねあかつき》を告《つげ》てより、衣《きぬ》〳〵に又の逢瀬《あふせ》を約《やく》し、別《わか》れの酒に焼味噌《やきみそ》を味《あぢわひ》、茶《ちや》屋船宿《ふなやど》にいざなはれて、各《をの〳〵》爰《こゝ》を去《さ》れり。其楽《そのたのしみ》を知《し》らずして、其楽《たのしみ》を甘《あま》むずる時《とき》は、親《しん》に疎《うと》まれ家《いゑ》を亡《ほろぼ》す。其楽《たのしみ》を知て、其楽《たのしみ》に遊《あそ》ぶ時は、欝《うつ》を散《さん》じ心《しん》を補《をぎぬ》ふ。生《せい》を害《がい》し生《せい》を養《やしな》ふの仙境《せんきやう》、まことに此里《さと》。

延享元年 京都書林 堀川錦上ル町 西村市郎右衛門
甲子の秋 武江書肆 本町三丁目 西村源六 蔵板

昔の反古二の巻終

解説

談義本略史

談義本略史

一　都市生活の活況と江戸文壇の出発

談義本史を綴る上で、その背景として是非指摘しておかねばならぬ事が二つある。その一は、十八世紀に入った江戸における都市生活の爛熟ぶりであり、その二は、それを可能にした享保の改革政治のことである。

これまでの、いわば教科書的歴史叙述に拠る限り、いわゆる三大改革の名でよばれる江戸の改革政治は甚だ評判が悪いのは致し方もないが、そのような極めて楽天的な近代主義的江戸解釈の枠を脱して、より江戸に即した見方をとった場合、三大改革は何れもそれなりに当路の為政者の真摯な政治姿勢のたまものと解釈し得る部分が多々あることは言うまでもなかろう。但しここは吉宗の政治を論ずる場ではないので、当面の問題に関わる部分で言えば、開明的な諸学問の振興と都市生活を活性化する諸法令の整備であり、その中でも庶民教化の奨励と出版機構の整備の二点を見逃すわけにはいかぬ。

これまで享保の改革における庶民教化の推進を、単純に封建道徳の押しつけと批判する向きが多かったのだが、封建の制度を執る社会において、封建道徳が説かれるのは当然という以外言い様はないので、それを近代の側から怪しからぬと力む方が余程怪しからぬことであるのは言うまでもない。享保度の庶民教化は要するに社会を組織するすべての階層の者に、人間としての倫理観なり道徳観なりをきちんと植えつけようとする試みであった。根本の人間観が身分に固定されたものであったのは勿論だが、享保度の施策に、その身分観の脱却を求めてみてもこれは無いものねだりにすぎまい。そしてその限りにおいて、享保の改革政治が明らかな成功をおさめた事は、以後一世紀ほどにもわたる十八世紀江戸の文化の爛熟ぶりが、それを見事に証明しているといえる。その端的なあらわれは、まず江戸という都市の都市生活の安定と発展の様相の中に明示される。たとえば次の一文、

千里の労なくて松江《ずんごう》の鱸を味ひ、紡績の功なくて西陣の錦を求む。口のまづき朝は生肴の声有り、腹のふくる丶夕は刻《きざみ》たばこの箱来る。病る時は医師多く、よごる丶時は湯屋近し。店賃の滞りなければ地主に恐れなく、冷飯に余り有れば、痩犬に悦有。炘灯出さんとすれば油〳〵と呼、煎茶《せんじちゃ》入れむとすれば薪〳〵と売る。味噌塩にも小売有り、酢醤油は壱銭づ丶も買れ、酒は鳥の鳴くしの丶めより、後夜《ごや》過るまで御用〳〵の小でつち有。春の日の長けれど、寝て居て用を弁じ、秋の月の明らかなるにも、団子、鳴焼有り。か丶る所に住なれて、いづれの所にか行べき。自由と不自由とはいづれか人の好む処なるや。

右は本巻付録として収めた自堕落先生の「風俗文集昔の反古」中「市中の弁」と題する一篇の一節(本書三五二頁)である。或いは同書中「飲食四季の文」の一篇を引くのも良い。何れも延享元年(一七四四)という時点での、江戸における都市生活の自由さが正面からうたいあげられている。味噌・塩・酢・醤油の小売り、或いは米・麦の量り売りは宝暦以後というのが、三田村鳶魚説く所(「江戸っ子」等)であったが、実際には右の文章の如くもう少し早くに定着していた。

市民生活の自由さは、更に次の如くに発展して行く。

夫《をつと》の職により他国づとめ留守の内、又は在所逗留の留守を考へ、召仕《めしつかひ》のうち心おきなき女子をかたらひ、日《ひ》

比心《ごろ》に懸《かけ》し男を引込《ひきこみ》、又夫の朋友などゝ馴染《なじみ》、或は色々の手管《てくだ》を廻し、芝居役者又は大神楽《だいかぐら》の笛吹男などを引《ひき》込《こみ》、芝居をかこ付に野郎かげまと茶屋にて出会《であひ》、或は家の男又は手代等になじみ、(中略)手前の夫のものを盗み出し、手前の身の皮を剥いでも密夫《まぶ》に是を与へ、内にて逢《あひ》がたきは寺参りよ、物詣《ものまうで》よとかこつけ、茶屋を拵《こしら》へ、下女に物をとらせ抱込《だきこみ》、下辺《しもべ》を賺《すか》して芝居などへ遣《つかは》し、爰《こゝ》にてゆる〳〵とあひ、又兄娵《あによめ》の身として夫の弟と不義をし、姑の身として娘にとりし聟を寝取りて実の娘を憎むなど、わけて憎《にく》ましく見へしは、夫は卑《いや》しき身なりをして、肩に棒をかづけ、わづかの商《あきな》ひに朝とく出て夕《ゆふべ》に帰り、一日辛労して少しづゝの利分をもうけ、女房を養ふに、女房は髪化粧しやんとして、手白く足白く身拵へ、すこしの縫物仕事をするを鼻にかけ、立《たつ》たものを横にもせず、烟草《たばこ》くゆらせ、例の密夫《まぶ》をむかへ、酒肴を催し、楽しみを尽し、夫の帰らん頃は何喰はぬ顔つきにて縫物を抱え、雨などの日は、夫は濡れしよぼたれて泥だらけになり、くたびれ足を引づりて帰るを、湯にても沸《わか》し置《おき》早々遣《つか》はせんともせず、足つゐでにそこな水汲《くん》でと、却《かへつ》て夫をつかふ心ざし、さりとては男もならぬ行跡《かうせき》なり。

(法忍「続人名」巻八。宝暦頃成)

右は宝暦期、江戸市中における婦人の行跡の堕落を嘆いて、その矯正に志した法忍という僧侶のものした文章の一節であるが、当面は作者の意図とはうらはらに、ここまで徹底して来た都市生活の爛熟ぶりを読みとる文章として提示しておきたい。言うまでもあるまいが、右の文章に表現された宝暦期江戸の市中婦人の生活ぶりは、文体と固有名詞さえ代えれば、まさに現代の都市風俗に寸分変らぬとさえ言えるものである。

かかる自由な都市風俗は既に西鶴・近松を始めとする元禄前後の草子・芝居にも何がしか描写される所ではあった。しかしそれらはやはり豪奢な経済生活を可能とするある限られた特定の階層の話であって、自堕落のような隠者や、法忍をして嚬蹙させたような長屋住いの内儀・嚊の話ではなかった。これはまさしく元禄以降、享保を経て、延享・宝暦を迎えた江戸なればこその風俗だったのである。

このような、いわば四民の底辺に至るまでに行きわたった都市生活の自由さが何に由来するものかは、頗る多岐にわたる究明を必要としようが、根本には四民それぞれが、自らの都市生活者としての存在理由を明確に認識し得る安定感を感じとり得たこと、それはとりもなおさず施政者がそれを保証する政治をしいたことに起因するものとみて誤るまい。その事は、更に根本的には享保の改革の理念であった、四民それぞれに自らの人格を確認し得る倫理観を植えつけようという施策が功を奏したものとみるべきである。

そして、まさにその一端を担うべき存在としてあらわれたのが、享保期における談義本の初発の姿でもあった。倫理観の覚醒が次の瞬間には法忍が嘆いたような風俗の頽廃を招いてしまう辺りは、なお倫理観の質を問われるべき部分もあるには違いないが、それはまた、一方で頽廃現象の質の検討をも必要としよう。法忍が嘆いた頽廃と現代のそれとは、現象的には同じようでもその内実には極めて異質なものがある筈である。

享保の改革政治で今一つ取り上げるべきは出版機構の整備にある事、前述した通りである。享保七年十一月、町奉行大岡越前守によって触れ出された五条から成る出版条令がその根幹となるもので、この条令そのものについては江戸の出版について書かれた書物類の殆んどすべてに引用されるといってもよい有名なものではあるが、若干通説に対する再検討も提示したいのでここに改めて引用する。

享保七寅十一月

一、自今新板書物之儀、儒書、仏書、神書、医書、歌書都て書物類其筋一通之事は格別、猥成儀異説等を取交作り出し候儀、堅可レ為二無用一事

一、只今迄有来候板行物之内、好色本之類ハ風俗之為にもよろしからざる儀に候間、段々相改、絶板可レ仕候事

一、人々家筋先祖之事などを、彼是相違之義ども新作之書物ニ書顕し、世上致二流布一候儀有レ之候。右之段自今御停止に候。若右之類有レ之、其子孫より訴出候においては、急度御吟味可レ有レ之筈ニ候事

一、何書物によらず此以後新板之物、作者幷板元実名、奥書ニ為レ致可レ申候事

一、権現様之御儀は勿論、惣て御当家之御事板行書本、自今無用ニ可レ仕候。無レ拠子細も有レ之ば、奉行所え訴出、指図受可レ申事

右之趣を以、自今新作之書物出候共、遂二吟味一可レ致二商売一候。若右定に背候者有レ之ば、奉行所え可二訴出一候。経二数年一相知候共、其板元、問屋共に急度可二申付一候。仲間致二吟味一、違犯無レ之様ニ可二相心得一候

右五ヶ条、要約すれば

第一条は娯楽的な草子類以外の道々しい書物については、勝手な推論・異説を慎しむべきこと

第二条は風俗壊乱に関る好色本の禁止

第三条は祖先家系のことなどの勝手な憶説を公刊することを慎しむべきこと

第四条はすべての出版物に著作者・発行者名を明記するべきこと

第五条は将軍家に関する記述は遠慮すべきこと

以上のようになろう。そして従来、右の条令に言及する場合、まず殆んどが「出版統制」という表現を用いて、自

由な出版活動に対する官権による強力な弾圧の始まりと解説されるのが常であった。しかし何時の時代にも法令というものには当然何がしかの統制の性格が存することは言うまでもあるまいし、まして封建制度を施いた時代の法令であれば、統制と見做されるような働きをもつのは寧ろ当然のことでもあろう。ここはやはりその統制の内容を問題にすべきである。

そこで改めて右の五条を逐一見ていくと、まず第一条は道徳・倫理・学芸の書物において、余りに勝手な憶説を慎しむことの要請であり、これは確かに自由な学問の進展をはばむものになりかねない所ではあろうが、実情は寧ろ逆というべく、一方で為政者吉宗の示した学芸に対する開明的な姿勢は極めて顕著なものがあり、その最も特徴的な事柄としては洋学の本格的な摂取・究明を始めたのがまさにこの時期からであった事を指摘するだけでも十分であろう。所謂百科全書的といわれる百家争鳴ともいうべき学問諸分野の華々しい進展も、享保期学芸界のきわだった特徴である。このような情勢を併せ見るとき、右の第一条をそのまま学問への弾圧と解説してしまうのは余りにも短絡的な発想ではなかろうか。第二条の風俗取締りは都市生活の体面を保つためにはいかなる時代、いかなる国家においても、施政者としては避けて通れない事柄であり、これを以て自由の弾圧とするのはいかにも稚ない考えであろう。またこの第二条は、第一条にいう道々しい書物以外の娯楽的な読み物類は、概ねこの風俗矯正の対象物として扱うということの表明でもあるらしい。第三条はいわばプライバシーの問題で、しかも勝手な中立てではなく、明確な親権者の提訴が必要な事を明示している辺り、極めて進んだ考えであり、当今の法律にも通じるものともいえよう。第四条は最も重要な部分と思えるので、後に廻し、第五条は徳川家の名誉を守るという意図である事は明瞭で、いかにも江戸時代らしい発想だが、江戸における徳川家の地位を客観的に認識した上で、翻って現今の天皇家に対する報道の自己規制などをみれば、これもそれほど常識はずれの法令とは思えない。寧ろ自己規制などによる陰湿な手段よりも、明文化されているだけ市民にとってはやりやすい点もあったろうと思われる。右四ヶ条は以上の如く、これまでいわれている程の極端な出版弾圧とは到底理解出来ず、従来の解釈は要するに、全く社会体制の違う過去の時代の施策について、近代の市民意識をふりかざして断罪するという愚を敢えて行っていたに過ぎぬことがお分り戴けたことと思う。

そして残していた第四条である。これこそが享保の出版条令のいわば眼玉とも称すべきものであることを以下に説明する。すべての出版物に作者名・板元名を入れるべしとするのを、それによって作者・板元の責任を追求し弾圧を強化するためと解釈してみせるのがかつての通例であったが、さすがにこれは近年見えなくなり、著作権、板権の確立とする見方が一般的になっている。これは誠にその通りで、著作権まではさて置き、板元の版権を明確にして勝手な重板・類板を防ぐ法令として極めて有効に機能するものであった事は確かである。出版を営業とする者にとって、これまで最大の問題は自家の板権の確立にあったろう事は言うまでもない。出版の先進地上方では、既に元禄十一年には町触れによる重板類板禁止令を出させる所まで板元連中も努力し、やがて幕府も対応して正徳六年(享保元年)には京、享保六年には江戸、同八年には大坂と三都に本屋仲間を結成させ、仲間内の自己規制による板権の確立を促した。これら一連の本屋仲間結成の動きが、やはり享保の改革政治の一環であることは時期的にいっても疑う可くもなく、右の出版条令は当然その動きと連動するものであり、第四条はまさしく板権の所在を明確にさせるための不可欠の措置だったのであり、その意味で右の条令は本屋に対する弾圧どころか、本屋の営業を保証し、より一層の発展を約束する極めて開明的な条令というべきであった。条令以後の本屋仲間の活動ぶりを如実にみることの出来る資料は、まとまったものとしては大坂本屋仲間の記録のみしか残されていないが、幸い近年続々と翻印されている(大阪府立中之島図書館編、清文堂版）中の「差定帳」や「裁配帳」によって眺めると、仲間寄合いの主たる仕事はこの重板・類板をめぐる裁定が殆んどであり、従って、右の条令の内、第四条を除いた他の四条目に関る裁定は殆んど無い。即ち右条令に於いては、如何に第四条の占める意味合いが大きかったかは瞭然たる所である。

ともあれ右条令によって確実に板権が守られることになった出版界は格段の安定度を増し、飛躍的な活況を呈することになった。板権は不確定の状態でも、京都の大板元の場合は、大寺院や大宗派と密接に結びつくことによって商売の安定を図る等の方策も可能であったが、江戸や大坂の様な場合は、より一般の市民を相手とする小板元が多いのは容易に推測出来る。江戸でも享保以前の板元は大率京板元の出店の形をとるものが多いが、次第に地元の零細な板元が増え、いわゆる地本屋が擡頭して来る。これらの本屋は、流石に初めの内は確実に人気のある商品の類似品を出板する、いわゆる類板物を出すことによって何とか息をつけるというので、類板重板の禁止を緩めて欲しいという意向もあったようだが、結局は真面目な営業努力を支えるものとして、確立された板権が有利に働き、享保も末年には、既に江戸板元の出板点数は完全に京を抜き去る所まで急成長し、更に宝暦中頃には江戸板の数は京・坂を合せた上方板よりも多くなって、以後その差は開くばかりとなる。かかる江戸板の急成長を将来した要因の最大の物は、まさに改革政治の一環としての出版政策そのものにあった事は、以上の説明によって最早明白であろう。出版の好況はまた、当然のこと江戸の文壇の出現・擡頭を助長する。今や江戸文壇の最初の成果ともいうべき談義本の幕は切って落とされようとしている。

二　主知的戯作の誕生――老荘と陽明心学・徂徠学

仮名草子に始まる江戸の俗文芸は、基本的には教訓の主意を滑稽な表現で伝えるという構図によって成り立っていると言えば、大方は御賛同いただけるのではなかろうか。これは仮名草子のみならず、西鶴も、また八文字屋の浮世草子も、更に後世の江戸戯作の種々も基本的には同じことと思う。西鶴作品の主意が教訓だといえば奇異に思われる向きも多かろうが、好色が全面的に反倫理的と思われるのは漸く明治に入ってからのこととすれば、西鶴本に教訓を読みとることはさして奇異なこととは思われない。武家物や町人物ともなると猶更である。何れにせよ教訓の主意と滑稽の表現とは、どちらに力点を置くかの違いによって種々の様相を呈しながらも、ともかく江戸俗文芸の中心理念であり続けたのは確かである。教訓にかたよれば仮名草子の一部や教訓本が生じ、滑稽にかたよれば、滑稽本や黄表紙が生じた。黄表紙などは寧ろ滑稽が表現のみにとどまらず、主意となってしまったものといえようし、その中にもやはり「教訓の通笑」と呼ばれるような存在を抱えている。当面問題とすべき談義本も、その初発は享保の改革理念の宣揚という明らかに教訓の主意を肥大させた所から出発する。

教訓といい滑稽という、先には主意と表現にわけて述べたが、何れにせよ極めて主知的な産物である事は間違いない。とすればその背景として当時の思想界・学芸界の様相を踏まえておくべきことは言うまでもなかろう。

享保の江戸の思想状況を言う時、誰しも第一に挙げるのは徂徠学であるだろう。いわゆる蘐園の学はまさに享保の初年「弁名」「論語徴」更には「太平策」等々相ついで成稿する所から興って一世を風靡するに至る。但し徂徠の場合、その主著の執筆が享保初年からであったという事は、その主張が世間に理解され瀰漫するのは無論更に後の事となり、正確にはその没する享保十三年より更に後の享保末頃からとみてよい。当面問題とすべき、私に談義本の初発と見る「田舎荘子」の刊行が享保十二年、今一つの「艶道通鑑」は更に遡る正徳五年の京板である以上、その内容には正反何れにせよ徂徠学の直接の影響を云々するわけにいかぬのは当然である。但し徂徠学の存在はまさに享保の学芸界・思想界を象徴するようなものであり、このような学統を生み出した所が即ち享保という時勢であったという事は言い得る筈である。それは第一に当時既に一つの信仰にも近かった朱子学もなお一つの学派に過ぎず、その超克を志す学問があり得るということ。更に大切なことは徂徠学はそれを為しとげていると初学者に信じさせるに充分な腕力を発揮し得たという所にあり、第二にそのような学問、即ち古学は、既に京の伊藤仁斎によってうちたてられていたとはいえ、江戸の徂徠によってよりきらびやかに発現されたという事実が、文化万般に上方絶対優位の当時にあって、江戸の学界を大いに奮い立たせ、江戸派とも称すべき学派の存在を顕在化させ、ひいては文化の江戸定着を江戸人士に確認させるという効果を発揮した所にあった。即ち文運東漸である。朱子学も一学派に過ぎぬという発想は、一方で開明的な吉宗の好学の姿勢に裏打ちされて学問万般に百家争鳴の活況を産み、江戸文化の定着の意識は、これ又既述した都市生活の爛熟と出版業の活況により相乗作用を興し、一層の文運東漸に拍車がかかる事になる。特に朱子以前という古学派の掛け声は、仁斎辺りに既に明示された所であれば、徂徠をも含めて儒学者のすべてに老荘や楊墨、更には兵家に至るまでの諸子百家の学に対する関心をそそり立て、当然の事、仏学・神道・医学・兵学に至るまでの学問がそのまま一種の流行現象を呈するような風潮を産み出すに至る。また朱子学の相対化は、当然朱子以前のみならず、朱子以後の宋明学の自由な摂取をも促進し、徂徠の独創的に見える学問も実際には明儒の学問に触発されたものであったこと、自ら「天の寵霊」として述べる所でもある。明儒といえばやはり陽明学が中心となり、我国では既に藤樹の修心、蕃山の事功の学統が出来ていた上に、更に新らしい思潮として狂激的な左派の思想まで受入れる素地が出来上る。

されば種々の学派あり。まづ朱子学と称するは、人に善言善行ありても、朱子程子の言にもるれば一事もとりあげず、程朱の注解語録に明白なるあやまりありても、それをばいひかくしまぎらかし、いかなることにても程朱の筆にもれたる事をば見もせず聞もいれず、程朱の評せぬ書をば手にもとらず、人の見出し発明したる事も、程朱の説にたがへば異説と称して耳にもさらに聞入ず、程朱は孔孟の統をつがれしなどゝのゝしる。

また陽明派と称するは、朱子の学はもとにしたがはず、それは支離の学とて、皆ゑだ葉の末にてとるにたらず、心学とてこゝろをもつはらに執行するは其根本なり、陽明の心学こそ聖学の道統なれ、とあざける。

又発明家ありて諸儒の説を批判し、其非をあげてをのれが説をたてゝ其家を起さんとするが故に、他の説に元来これなき意味をいひくわへ、それにとり付てそしるといへども、をのれが立る説も聖賢の本意にたがふ所あれば、聖賢の語ををのれが説に合せて異議を云くわへ、とかく己れが説に引入むとす。

これらはみな学問のとがにはあらで、学問する人のとがなり。

(享保十四年刊「従好談」巻一)

右は古稀翁なる者の記す教訓本の中の「学派学術」と題する章の一節である。古稀翁の素姓はよくわからぬが、跋文を記した市南逸民は、「田舎荘子」に跋を寄せた水国老漁と同一人なることを、その印記によって知りうる。仙鶴堂鶴屋喜右衛門編の「書籍目録作者寄」には本書を「田舎荘子」作者樗山の作として明記し、享保十四年に七十一歳であった樗山であれば「古稀翁」の称はまさに適合する。しかし一方「割印帳」(『享保以後江戸出版書目』の名で翻印され、近年は『江戸本屋出版記録』の名で影印本も刊行されているが、本稿では以下も「割印帳」の名で引用する)には本書を記録して「古稀翁俗名岩田彦助」と記しており、その限りでは別人とせざるを得ない。しかし何れにせよ古稀翁と樗山とは極く近縁の人物であろう事は疑いなく、その人物による、享保初年の思想界の様相に関する述懐は、いま談義本初発時の思想界の状況を見るに当っては傾聴に値しよう。朱子学派は完全に相対化されて、しかもその固牢ぶりを笑われ、陽明学派は「心学」をその通称と認識されて、朱子学に対峙する。一方発明家と称されるのはまさに徂徠学などの新興学派で、勢い余ってかなり胡乱な説も多いことを注意される。ただし、この古稀翁の分析が単に恣意的な物ではないならば、この時期何等かの新らしい思想的立場を表明しようとする者はすべて、この発明家に属することになるわけで、古稀翁自身も、また樗山なども当然その一人に数えられるべく、享保の新思潮とはまさにこのような発明家を輩出した所にあったといえる。

本書と時を同じくする享保十四年、此方は京の車屋町御池上ル所に講席を開いたのが、これ又その発明家の一人石田梅岩であり、その学統を石門心学と称する以上、後世はともあれ出発点にあっては、陽明心学に触発された心学の一派として出発したものであった事は疑えない。その意図する所は「三千里ヲ隔テ三千年前ヲセンギ」(「石田先生語録」)するような古学派と違って、より卑近な自己の「性ヲ知ル」ことを要諦とする。この時梅岩は京の一商家の番頭という身分であり、その梅岩の説く己の性とは、まさに町人の心性であり被治者の心法であった。しかもこの頃彼が用いた講義のテキストには、老・荘から「田舎荘子」も入っていたと報じられる(思想大系本『石門心学』解説)。かくして享保の新思潮は、伝統的には朱子学・陽明学から老荘を始めとする諸子の学に、仏学・神学、そしてそのそれぞれに或いは批判的であり、或いは援用しながらも、自説の興張にやっきとなる発明家の諸家、それは古学を代表する徂徠学であり、よりへり下って四民の心法を云々する樗山や梅岩まで、その主たる舞台を京から次第に江戸へ移しつつ、活況を呈し始めた出版というメディアを十二分に活用しながら、ともかく百家争鳴の状況を醸し出していたのである。

三 「艶道通鑑」と「田舎荘子」

享保の新思潮を彩るのが、当時「発明家」とよばれた新興の思想家達であったことを述べた。発明はまた述志と相重なる。古今未発の新知見を発き明らめ、世道人心に益する志を述べようというのが、当時の知識人たる者の本分と理解されていたといえばよかろう。

志を対自的なものと対他的なものとにわけて、前者を内省的「心法」、後者を批判的「諷諫」と規定すれば、前者は朱子学の性理、陽明学の心即理、老荘の分度論を内容としながら、その伝達方法はより具体的な対話や効果的な「荘子」の寓言等を模索したと言うべく、後者は諷諫する主体の「憤り」を儒者として当然の社会参加から発するものとして、その極端な例を孟子のいわゆる「狂者」や陽明心学の狂撃の心地に求め、その方法は、より柔軟な西鶴・其磧等の俗文体に習ったといえようが、この把握の当否に関しては、より細かく述べた「談義本――その精神と場」(中央公論社『戯作研究』所収)と題する拙稿を御参照願いたい。ともかく享保前後の発明家による内省的「心法」の書としては樗山の「田舎荘子」が、批判的「諷諫」の書としては残口の「艶道通鑑」が、その口火を切り、それがそのまま談義本の出発点となった。

「艶道通鑑」は増穂残口著、正徳五年、京、加登屋長右衛門の刊で、大本五巻六冊。享保四年には大坂で再板が出来、更に残口の八部の著作を一まとめにした叢書八部二十四冊揃いのものも出て、初板に三類、再板に四類、それに叢書にも二類と、極めて板種が多いのは、それだけよく読まれた証拠でもあろう。既に翻印も数種あり、私自身、先年、思想大系本『近世色道論』の中で全巻に注釈を施し解題も記しておいたので、今回、本書には敢えて収めなかったが、併読して戴きたく思う。残口は豊後松岡(現大分市)の産と伝えられるが確証は見出せない。本姓は竹中、明暦元年の生れである事は動かぬことと思う。若年時出家して初め浄土門、後日蓮門徒となり、江戸にいて元禄十一年、不受不施派の弾圧の際京へ逃れ、その後各地を流浪したらしく、元禄十六年には奥州八戸に足跡を残して、安藤昌益への思想の流れの可能性を生じさせたりもしている。正徳五年、六十一歳の年還俗して「艶道通鑑」を作る。この時から似切斎残口と名乗り、更に享保四年までに本書の他七部十五巻に及ぶ著述を続刊し、所謂「残口八部書」と称して、それを種に、京を始め三都にわたる市町において神道興隆のための講釈に専心する。その間、享保三年頃には神祇伯代行吉田家の門人となって名を十寸穂(増穂)最仲(或は大和、耶馬台)と改め京都五条橋そば朝日神明宮の社主となり、以後も残口流神道の鼓吹につとめ、身辺に賛否囂々の論をまといながら、寛保二年八十八歳の生涯を終える。なお、その伝の詳細は拙稿「増穂残口伝」上・下(上は笠間書院刊『近世中期文学の研究』、下は九州大学『文学研究』第七十三輯所収)を参照願いたい。

残口の残口たる所以は、良くも悪しくもすべて「艶道通鑑」一篇の中に籠められているといってもよい。それは昭和初年度には恋愛至上主義の主張という、例によって近代主義的観点からの聊かピント外れの所で評価されたりした事もあるが、要するに男女親和を根本とした古道再帰、神道復興の論といえば良かろう。そしてその神道興隆の志は、即、排仏棄儒の論説となって展開され、その小気味よさが大方の聴衆読者の人気を集めた。その時残口が排仏の為の立論の拠り所としたのが熊沢蕃山の時・処・位の説による排仏論であった事は疑い様もない。しかも更に残口のしたたかな所は、排仏の挙句の神道教化の手段としては、還俗以前の自らの経験を生かして仏教的偶像崇拝の手段を平気でとり込み、大きな成果を挙げている。

ともかく、この頃の神道界は、まさしく百家争鳴の時代である。一例としてあげれば延享元年成の「神道異流弁」と題する写本は出雲の社人かと思われる勝部方房なる者の稿本で、当時の神道諸流を論評するが、その説の当否はさて置き、採りあげられた流派は、度会延佳に発する「大中臣流」(伊勢流)を初め、大成経の「磯部神道」、闇斎の「垂加流」、白川伯家、吉田卜部家、幕府神道方吉川惟足、橘三喜の橘流、石崎豊麿の「石州流」、臼井接伝・得宗兄弟の「臼井流」と、既にこれだけでも九家に及ぶ。他にも多田義俊の引用する当世神道者には京の残口、同じく平田内匠、壺井鶴翁、江戸に浅利太賢、神田図書、大坂に青木主計、喜早因幡、岡崎に玉木正英等々、まことに数多い。その中での「発明家」たらんと志した場合、並はずれた手腕を必要とすることは言うまでもなかった。しかし残口の最も残口らしい所は、「艶道通鑑」の文章に溢れる、歯に衣着せぬ痛烈な「仏法叱り」の書きぶりにある。それは恐らくは不受不施派体験により培われたであろう不屈の勇猛心と、自ら「一向《ヒタスラ》狂人《クルイヒトト》名乗《ナノルハ》世《ヨノ》所《シル》レ知《トコロ》也《ナリ》」(享保十六年板、残口校、「神代巻」序)といい、また「通鑑」の序者をして「狂者無双残口翁」といわしめた、これも蕃山流陽明心学の一端であろう「狂」の心地の獲得によって発現することを得た発憤攻撃諷諫の文章である。しかも残口はこの心地を西鶴・其磧の自在柔軟な文体を借りて表現した。それは言わば以前においては都の錦の文章をよりなめらかに受けつぎ、以後は志道軒の狂講、平賀源内の「憤激《じれ》と自棄《わざくれ》ないまぜの文章」を産み出す基として働いたといえる。即ち談義本史に前述した如く「心法」と「諷諫」の二本の大筋を敷くことが許されるとするならば、間違いなくその「諷諫」の文章の一筋はこの残口の文章に発するものである事を明言する。

「田舎荘子」は本書冒頭に収める所。佚斎樗山作、享保十二年、江戸、和泉屋茂兵衛板というのが「割印帳」に拠ると初板本らしいが、所見本では本書の底本とした和泉屋儀兵衛板が板面最も初印に近いと認め得るものである。半紙本四巻四冊。本書を内篇とし、更に「田舎荘子」外篇六巻六冊が同十二年十月、翌十三年夏に「河伯井蛙文談」(田舎荘子・附録)三巻三冊、同年八月に「再来田舎一休」四巻四冊、同十四年三月に「天狗芸術論」四巻四冊、同年九月に「六道士会録」五巻五冊、同二十年十月に「英雄軍談」五巻五冊、寛保二年七月に「地蔵清談漆刷毛」(雑篇田舎荘子)六巻六冊と、僅々十五、六年の間にたてつづけに八部三十七巻三十七冊が刊行されたのは、その筆力もさることながら、上方の浮世草子作者はさて置き、江戸作者に拠る江戸板の読物としては誠に破天荒な現象というべきであろう。いま読めばいかにも堅苦しい生硬な作品ではあるが、当時の時好に適った作品であった事は、何よりその順調な出版がそれを証明しているし、それはまた既述した通り、享保以来の江戸出版界の活況に支えられた現象であったことも確かである。中でも「田舎荘子」は内・外・雑・附録の四篇揃い本や、二篇、三篇を一纏めにしたものなど、後印本の種類は極めて多く、大坂の書肆に求板されて幕末に至るまで摺り出され、現在も坊間その姿を見る事頻繁なのは、その人気の程がうかがえる。因みに「田舎荘子」初板時の売出し値段は三匁六分と、河内の豪農森家の当主の日録に見えており、当時の米価では六升程の値段に当る。また後世、その伝来の途中において本文の誤写に気づいたものが、「田舎荘子伝写正誤」と題する正誤表を作製して「河伯井蛙文談」の後印本に付刻したものがあるので、本書所収の本文は、それによって補訂を行なった。

著者樗山はその後裔丹羽家に現存する「家譜」に拠れば、本姓丹羽十郎右衛門忠明、下総関宿藩主久世家の三代にわたって仕えた老臣で、寛保元年四月、八十三歳で没しているので、「田舎荘子」刊行はその六十九歳に当る。その後、享保十六年七十三歳の冬に致仕するというから、その著述の大半はなお致仕前に刊行されたことになり、自ずからその内容にも関わってこよう。しかもこれらの著作は、その大半が刊行前かなり遡る時点での執筆らしく、内篇の水国老漁跋には「余妙年時曾見㆓此書㆒」と言い、外篇の得水序には「樗山其書を秘して出さゞること久し。しかるに近年、旧知の内より漏て、内篇は世に見る人多し。是ゆへに書林頻に是を乞、樗山止ことを得ずして内外篇を分て両家に授く」という。両家云々は、内篇が和泉屋、外篇は西村と板元を別にする所からも事実を述べていることがわかる。樗山自身も「我はじめは多言の譏りを恐れて、秘して出さゞる事十余年」と「地蔵清談漆刷毛」の本文中に記しており、恐らくは大方の稿が享保初年、樗山の六十歳前後、享保の改革がその緒についたばかりの頃に執筆されたものとみるべきであろう。但し刊行に際しての改稿や追加と思われる部分も何がしか指摘することも出来、その中には見逃せない部分もある事は後述する。

ところで、樗山自ら自作の内容を略述してくれた文章がある。その最後の刊本「地蔵清談」の末尾の文である。

> 予が記する所七部の書、外題異なりといへども始終みな一意にして、全体田舎荘子なり。其語る所、逍遥遊・斉物論・人間世に過ず。その物に托するは寓言なり。神仏を藉るものは重言なり。その戯談は巵言なり。衆口に調和して他の情を慰するといへども皆大宗師をはなれず。

この「七部の書」という表現は恐らく前記残口の八部の書の顰に効ったものと思う。そして「田舎荘子」が全体の主意を示すものであり、それは「荘子」の主意にそのまま倣うものという。また表現方法は明瞭に荘子の寓言・重言・巵言、いわゆる三言の方法を意識したという。即ち主意・表現の両面にわたる「荘子」利用というのが樗山作品の特徴であった。

ここで当然、享保期思想界における老荘思想受用の様態について述べるべきであろうが、それについては既に拙稿「近世中期に於ける老荘思想の流行」(『戯作研究』所収)に纏めた所でもあり、詳しくは御参照願いたい。約言すれば本稿第二章にも述べた通り、古学派による朱子学の相対化が、朱子以前の学芸思想に対する眼を開かしめ、老荘研究の口火がきられ、学界・文芸界の両面に老荘思想の流行現象が生ずるというにあり、しかもその口火を切る役割を果たしたのが、単純に時間的に見てもまさに本書にあったといえる。それは、本書以後の談義本の書名に何等かの形で「老子」「荘子」をかすめた命名が続出することを指摘するだけで十分であろうし、また、本書下巻の「荘子は聖門の別派なり」という言葉に示される荘子の儒教的解釈がきっかけとなって、或いは治術の一つとして、或いは新らしい世界観として、或いは三教一致的にと、さまざまの老荘解釈・受用を生み出していった事実をも指摘出来よう。本書は以上のような意味で一つの画期的な著作であったといえる。

本書の主意は要するに被治者の「心法」というにある。それを「一心の明悟」と言い「死生禍福は命なり」と言い、「只造物者に身を任せて此間に私意を容るゝ事なき者、是を道の大意を知るといふ」という。即ち自らの分度を確認する事によって天命に安んじ、心の安定を得るという、極めて老荘的な心の持ち方の教えであり、それがそのまま儒に言う聖人自性の天徳というものであると説く。そして樗山が「心法」という時、その先蹤として熊沢蕃山による陽明心学の理解が採用されている事も明らかであるが、これについてはやはり拙稿「蕃山と樗山」(『戯作研究』所収)に詳述したので御参照願いたい。樗山は、恐らく蕃山が関宿の隣国古河に禁錮せられた折に、直接ついて教えを受けた可能性も甚だ大きい。それほどに樗山にとって蕃山の思想は殆んど血肉化しているとさえいえ、荘子を聖門の別派と規定するその聖門とは、即ち陽明心学を通してのそれと考えてほぼ誤るまい。「田舎荘子」巻一には「四書六経…皆我が心の註解云々」の語がみえ、「地蔵清談」には王陽明・良知・王竜谿など陸王学に直接かかわる文言が散見し、当時の御書物奉行近藤芦隠の言う「近頃虚無自然に陽明、竜谿が良知の説を附会して、老荘など取さばく者聞へ候」(元文五年「芦隠先生答問書」)という言及は、即ち樗山著述をさしたものだったことが知られる。但し若干注意を要するのは右の「地蔵清談」に見える陸王学にふれた文言の箇所は、先述した通り、その初稿と覚しき「斉物論」と題する写本(この書については叢書江戸文庫十二『佚斎樗山集』所収月報の拙稿「『斉物論』解題略」に述べた)には全く見えないものであり、あるいはこの言及はそれが刊本となる時に書き加えられた可能性もある。とすれば「田舎荘子」における「六経は我が心の註解」云々の語も或いは同じ事かもしれぬ。とすれば樗山自身には、先にも触れた通り、その七部の書の初稿から刊行までの十数年の間に、次第に陽明心学への傾斜を深めていったものか、或いは、初稿時には直接的に陽明学に触れることに何がしかの遠慮があったものが、次第にその遠慮を解く方向へ世情が移っていったというような事情もあるやもしれぬ。蕃山がその思想ゆえに禁錮刑を受けていたことは目前の事実だったのだから。

ところで蕃山受用は既に残口において顕著であったことを述べた。しかしその受けついだ部分は両者歴然たる径庭があったようで、残口は蕃山のいう時・処・位の説に基いて排仏棄儒の理論的根拠を固め、更には「狂者」の心地を得るという、極めて躍動的な部分を受けついだが、一方樗山にはそうした所は見られない。慎独・自反、知命・安分等々、樗山心法の重要な語彙はすべて、蕃山の解釈と軌を一にしながらも、また孟子のいわゆる狂者にふれる所もありながらも、樗山の心法はあくまで静的であり超越的である。そこに実務派としての蕃山を継承する残口と、書斎派としての樗山の違いは歴然としてこよう。無論、樗山のこの超越的・静的な特徴は老荘の援用に由来するものであろうことも言うまでもない。

樗山は自らその七部の書について、前引の通り「始終みな一意にして、全体田舎荘子なり」と概括してみせたが、そうはいうものの、その叙述内容は作を追う毎に対読者意識を明確にしてゆき、「田舎荘子」の稚拙ともいうべき生硬な寓話形式から始めて、宗論・地獄咄・通夜物語といった先行形式を積極的に用いて、いわば戯作性を強くしてゆき、その延長線は明らかに「下手談義」へとつながる。従ってそのとりあげる話柄も、坊主の堕落の批判、神道の妥当性、守屋大臣の弁護、両部神道の批判、山師・追従者の批判、押し成り成仏の批判等々、以後の談義本類に極めて普通に見られるものが殆んど出揃った感さえある。かくして談義本は江戸の地に着実に根づいていく。ちなみに、樗山八部の書は、「天狗芸術論」を除いた七部をまとめて、近年飯倉洋一氏により叢書江戸文庫『佚斎樗山集』に翻印されている。

四　樗山から静観房まで——自堕落先生のこと

「艶道通鑑」、「田舎荘子」から出発するのを広義の談義本、「下手談義」以後を狭義の談義本とすることを提唱して以来、既に十五年以上になるが、井上啓治氏の「談義本というジャンル設定は可能か」(『近世文芸・研究と評論』第20号)という論で「前期滑稽本」とでもしてはどうかという御指摘にあずかったのみであり、それも大むね考えている範囲は同じことのようなので、敢えて代えるまでもないものとして論を進める。

「田舎荘子」から宝暦初年「下手談義」の出現に至るまでの過程においてはなお述べるべき事柄は多いが、大略は「静観坊まで」と題した拙稿(『戯作研究』所収)に纏めたので、以下そのあらましを述べる。

その間約二十五年、その内に右の主題にそった作品として採りあげるべきと思われるものは二十六部。但し、従来から、刊行確実な江戸板本類を検索する時の最も有効な書物として存在する「割印帳」は、残念ながら丁度この時期の内の寛保元年から延享四年までの七年間にわたる記録が欠落しているため、実際には猶数部の書物を見落している可能性も大きいが、概数は大して変るまい。その書目の一々に関しては前記拙稿を御参照願うとして、ここには適宜主要なものについて記す。

従来これらの作品を実際に拾いとって解題を施したものに水谷不倒氏の『選択古書解題』がある。そこから当面問題とすべき書物類について記された分類を抜記すれば、「談義もの・奇談・弁惑もの・お伽もの・教訓・諷刺・随筆」とまことに目まぐるしい。右の内から「奇談」に分類されたものだけを除いて、他をすべて一括したものが、これから私に述べる「談義本」に該当するものなので、この一事からも、当期の談義本の中味が如何なるものか推測していただけよう。

まず、全体を通じていえることとは、「田舎荘子」における半紙本四冊、紺表紙、平仮名まじり文という様式が強く意識されたらしく、「下手談義」以前においては、概ねこの型が定着してしまっている。一体に江戸の文化というものは、封建制度の反映と思われて、すべてに型の意識が極めて著しい。書物においてもそれは同様で、まず外側からみたその書物の形によって、内容も大まかに規定されるように出来上っている。即ち右の「田舎荘子」の外型はそのまま、この時期における教訓的内容の諷刺・弁惑・談義といった読物類における型として定着したものの如くである。

従って同じ半紙本型・紺表紙ものでも、五冊本となると、よりストーリー性を重視した奇談類となり、初期読本へとつながっていくが、三冊本はやはりこの時期から勃興する狂俳文か、または教訓本・談義本系に属するという大まかな型の意識が出来上ったようである。一方でまた全く同じ時期に、これは「下手談義」などの書名の直接の祖本となったとも言うべき仏教長篇説話類が隆盛を極めるが、こちらはまた殆んど例外なく、大本の五冊から八冊本で、片カナ交り文という型が出来上って、その限りではまぎれ様もない。以上総合して、

一に大本五―八冊、片カナ交りの仏教長篇説話

二に半紙本五冊、紺表紙・平がな交りの奇談読本類

三に半紙本三―四冊、紺表紙・平がな交りの教訓・談義本

以上の如き、外型による分類可能な意識が定着したのがこの時期であったといえる。以下専ら右の第三類に当るものを中心にその内容の推移を略述する。

一に、内容には菅公や弘法大師の俗伝の惑を弁じ、聖徳太子の仏法泥みを批判して守屋の忠節を賞する等の、蕃山に発して残口・樗山に受けつがれた話柄を踏襲しながらも、その文章に於いて格段にこなれ、くだけた表現をとるものが増えていくことがあげられよう。例えば、享保十四年刊「蛙の物真似」の序に言う、

黒羊子克斎に過る。…意《イ》烏《ウ》於《ヲ》邑《イウ》し、愚若狸《グンニャリ》として如《ク》二神離者《ノ》一、如《ク》二心疾人《ノ》一、浪人の袴の如く、河漏《ソバキリ》の軟《ノビタル》が如し。賓々然《ヒンヒンゼン》として蝨《シラミ》を捫《ヒネツ》つて呼曰《ヨバツテ》、于嗟《アヽ》黒羊、来前《キタリスヽメ》、汝雀の蛤と為《ナル》を知るや

また享保十六年成、元文五年刊の「潜蔵子」に言う、

終《はて》は眠蔵《めんぞう》にいざなひ、いろ／＼の饗応《ごちそう》、それから段々あのゝものゝと、想のほだしをときかゝるに、ぼつと

りはさすがに僧の不㆓似合㆒言をうとましとはぢらひ

等々、そのこなれ具合の如何は、本文の「田舎荘子」の文章と比較していただきたい。

二に、端的にその書名に「都荘子」（信更生著、享保十七年、京版）、「夢中一休」（田中友水子著、寛保二年、大坂版）、「面影荘子」（友水子著、寛保三年、大坂版）、「夢中老子」（燕志堂著、延享四年、江戸版。実は安居斎著、享保十九年、江戸版「造化問答」の改題版）、「都老子」（名張湖鏡著、寛延四年成、宝暦二年刊、江戸版）等々の如く、「老子・荘子・一休」などと題して、樗山ものの跡追いであることを明示したもの。これらは何れも内容はそのまま樗山風に老荘や禅を中心にした三教一致的心法談ではあるものの、やはり文章表現面においては、安居斎の遊仙窟訓みを頻用した角張ったものから、友水子の実にこなれた文章まで数段の度合いを踏んでいる事を指摘せねばなるまい。

但し、右の「造化問答」の著者安居斎に即しては述べねばならぬことがある。それはその文章の角張り様にも拘らず、その造本にはすこぶる凝った趣向が用意してあり、文中に様々な形で参加している面々を見れば、来爾・曼羨・収月等々、明らかに実在の江戸座、若しくは雑俳の点者達であることからみて、その師匠格の安居斎宗伯と名乗る人物もまた、江戸座に遊ぶ遊俳の一人であろうことは容易に類推し得るところである。そう思ってみれば、歴とした俳人の常盤潭北には、享保から元文にかけて三種ほども篤実な教訓本の著述があり、後に静観坊と並んで狭義の談義本の草分け的存在となった伊藤単朴も、元来は山洞の俳名で江戸座に遊ぶ人であった。より有名な宗匠慶紀逸も当時奇談読本の作があり、菊岡沾涼も潭北と並ぶ教訓本作者でもある。即ち、当時の教訓・談義本作者の素姓を洗えば、意外なほど江戸座俳人と目される人が多く、この事は従来俳諧の都市化・遊戯化の元凶と蕉門中心俳諧史家の目から指弾されつづけて来た江戸座俳人の中に、むしろこうした真面目な教化活動を志す人物が多かった事を示していて、面白い現象といえよう。蕉門の支考の教導家ぶりも、この線に連なるものかとも思われる。

三に、右にも触れた田中友水子や、寛延二年、京版の「児戯笑談」の著者中村三近子のような、いわば職業的な教導家と称すべき人が上方では目立ち始めるという事がある。右の二人については従来全くその伝が明らかにされていなかったので、前述の拙稿「静観坊まで」に、その知り得るすべての事績を述べておいたので参照されたい。友水子は大坂、三近子は京都に住んで、何れも二十部から三十部に近い俗間教訓の書物を刊行した、極めて似通った経歴の持主であり、それだけに文章力も、生涯に一、二部の教訓本を公にした他の作者達とは比べものにならぬ筆力を持つ。前項の江戸座俳人に加えるに、こうした職業的であってしかも真摯な庶民教訓を志す作者といった人々が参入して、ようやく教訓・談義本の世界も純粋な素人作者の域を離れかけたという事が出来る。

四に、この時期の問題作の一として、延享二年、虎洞振岡なる作者の手になる「壁訴訟」と題する写本の一冊ものがある。本書は実は題簽に誰とも知れぬ後人の手によって「平賀源内風来山人作」と書き込まれた、成立年代を欠く別の伝本が一部存在し、それを、そのつもりでみれば、全く源内風の内容であるとして、安永期、源内の死後何者かによって源内の筆癖を模した作品であろうとする紹介(浜田義一郎「平賀源内の有馬紀行」、『文学』昭和四十一年七月号)が極く近年になって行なわれた作品である。その内容は、京祇園の北詰に和歌の道を好む大層偏屈な男がいて、岩本の業平社に参詣し、諸道残らず停止して歌道のみ残るようにと立願する。途中近年の新浄瑠璃の流行を苦々しく思う嘉太夫節語りの幽霊に逢い、共に祈念すると、業平神あらわれ「長キハ長キ、短ハ短キ、各ソレ〴〵ノ性ニ随テ用ヒテ、一物ヲモ捨ズシテ楽ムモノヲ君子ト云」との御告から始まって、当世神道の批判から、色道遊興の論に及ぶ長談義に終始するというもの。全く「下手談義」以降の談義本調を具備していることは右の要約にも歴然としていようが、その文章も格段に当世化しており、偏屈な片意地をさとして従吾所好を説く辺りは、むしろ「下手談義」を一足飛びに飛びこしてしまった内容ともいい得るものがあり、安永期の作品と間違われたのもいかにももっともである。

そして問題なのは、この書がこの内容を持って、しかも未刊の写本のままで流布しているという事実である。そのつもりで当時の実状を探ってみると、元文三年頃成の白話体の「平安花柳録」、寛保四年成の「白増譜言経」、寛延二年成の「阿房枕言葉」等々の花柳風俗を談義調に記した写本類にすぐ思い至るし、やはりその類で、刊行は宝暦三年であるが実際の成立は寛延二年の「跖婦伝」(半紙本三冊、紺表紙)や、宝暦八年刊の「水月ものはなし」(半紙本三冊、紺表紙)も成立はより遡って宝暦以前であろう事が容易に推測し得るなど〳〵、ともかく「下手談義」刊行の宝暦二年を境にして、それ以前の極く近い期間に、こうした花柳風俗を記した談義調の写本類が多数存在している事に気づく。そしてそれらの幾つかは写本のままにおかれ、またその内の幾つかは宝暦二年を過ぎた時点で初めて板本として刊行されるに至っているという事実がある。即ち「下手談義」刊行直前の談義本界の様相は右の如くであることをここでは指摘するにとどめて、その意味については後述する。

五に、この時期のやや特異な、しかし以後の江戸戯作と密接な関わりを持つ談義本の歴史には、欠かすことの出来ない人物と作品について述べておく。

その作品は延享四年、江戸版の「労四狂」であり、作者は自堕落先生、即ち本書第二番目に収める作品である。

この江戸期を通じても稀有のと称しても良い、精神の陰翳を持った人物については、やはり拙稿「自堕落先生」(『近世新畸人伝』所収)に、その知り得る限りの伝を述べておいた。その特異な思想と行動に関しては書くべき事が余りに多すぎて、紙幅に限りある本項では到底収めきれないので、右拙稿を是非とも御参照願いたい。

近代の人間と違って、古人は自らの敬愛する先人に関しては極めて雄弁であるが、翻って自らに関しては殆んど寡黙であるのが普通である。ところが自堕落の場合は例外的に自分を語ること極めて多い。いや寧ろその語る所すべて自らを語ると評して良い。その意味でも自堕落先生は江戸人としては極めつきの奇人である。

「労四狂」は半紙本二巻二冊、朱色の模様入り表紙というその外型を見ただけでも、先述した談義本の定型とは明らかに違って、瞬ち本書をこの巻に収める理由を問い正されることは必定であろう。内容的にも謂わば擬徒然草ものともいうべき随想風の作品であって、決して純然たる談義本とはいえない。しかし前述した通り、この時期はいわば広義の談義本から狭義の談義本へと、次第に形式・内容共に絞られて来る過度期に位置しており、その意味で厳密な形式にこだわる必要は見当らないとも言える。寧ろ内容や文体に即して諸々の可能性を丹念に探り求めておくべきであろう。その意味で自堕落先生の特異な思想や文体は、談義本を通して更に江戸戯作という極めて主知的な文芸を形作る上に極めて大きな意味を持つものと考え、ここに収録した。特にその文体は、いわゆる狂俳文といわれるジャンルの創始者として、後の戯作類に大きく影響する所ゆえ、付録としてその文集「風俗文集昔の反古」も併せ収録しておいた。もっとも、その養福寺墓碑図や挿絵類は省いた。またその巻一の末には自堕落の全著作目録が付されているが、これも付録には省いたので、本稿末の所収本書誌の項に翻字しておいた。自堕落の著作の全容はそれで知ることが出来る。

自堕落の文章が江戸戯作の祖として、風来山人に先駆けたものである事は、現に江戸後期の戯作者達自身が確かに認めるところであった。前述した拙稿にも、奇々羅金雞、烏亭焉馬、そして馬琴、春水といった面々の証言を引いて示したところである。またそれ以前、自堕落の並外れた足跡を心から欽慕し、現世において顔を合わせることに僅かにおくれたその時間の差を心から悔んだものに大田南畝があった。現在、自堕落の行跡をうかがい知るには、自堕落自身が書き残した遺文類以外は、「花鳥確蓮坊」と題する、自堕落伝を趣向した誰の作ともしれぬ片々たる黄表紙の一冊と、そしてこれ又自堕落自身が、その佯死の証しとして日暮里養福寺に残したところの、人を喰った馬鹿でかい墓碑一基と、そして南畝が折にふれて書きとめて呉れたその生前の噂とがすべてである。そして右の元文四年の佯死事件を最後に、自堕落は見事に韜晦をはたして、その足跡を消してしまう事に成功する。あれほどに跡を慕った南畝にしても、その書留には、実の墓は本郷三念寺にあったが文化六年の暮に見に行ったら既に廃棄されて無かった旨を記すのみ(「金曾木」)。先述の拙稿にも、結局自堕落の実際の没年は不明である旨を記さざるを得なかった。ところが、つい近年やはり南畝がらみでその不明が解けた。即ち南畝研究に生涯をかけられた玉林晴朗氏の南畝研究ノート(無窮会図書館蔵)を見る機会があり、その一頁に三念寺の過去帳の写しが記され「延享三丙寅歳／昭林院転明全徳居士

四月廿五日　皆　山俊明」とあったのである。自堕落は本姓山崎氏、三左衛門浚明と名乗った。因みに三念寺過去帳は先時の戦災に焼け亡びて今は無い。玉林氏のノートはその焼失前の貴重な記録で、昭和十五年十月十日に記されていた。

「労四狂」において見るべきは、まず何よりもその生と死について語った文章であろう。よりよき生を生きるために死を望むというその死生観は、後の佯死事件と重なって、ある種の重苦しさを禁じ得ない。また老荘風の隠者の生活を希求するかと見えて、その実、真の仙人になるにも一年一万八千文の費用がいると数えたてる所にはその並はずれたリアリストぶりを認める。そして又「風俗文集」では冒頭に収める終焉の記や自伝にその文章の自在さと生涯の活計を味わうべきか。この自伝の文章は、スケールの違いはあるものの、私には明末の張岱の「自為墓誌銘」(入矢義

高「明代詩文」所収）と極めて似たものを感じる。そしてその末に

まことに我れは狂気成るべし。また其の我れを狂気といふ人も亦狂気なるべしといひて、
又枕をとって臥す

と言い放つところには、希に見る覚めた自意識を見るべきであろう。「飲食四季の文」や「市中の弁」は既に本稿第一章にも引用したところ。「自呼二贋人一説」は狂俳文の典型と称すべき出来栄えであり、「読二帰去来辞一」は南畝をして絶賛せしめた奇文であった。しかし、「風俗文集」中の圧巻はやはり「療病の論」と題する自堕落と病犬の対話にあると思う。隠遁の生活によく心身の病を療し得たと自負する自堕落に対し、病犬は「しかれ共猶病ひ有るべし」と一口に説破して「造化の尽くる処、我が病ひ則ちいゆるなり」と自ら河中に身を投じる。この自殺する病犬の心境は、先述した伴死事件や、その徹底したリアリストぶりと重ねる時、観念的老荘受用など瞬時にけしとんでしまう、殆んど虚無的とも称し得るような暗澹たる心境をチラリとのぞかせて、凄みのある文章と評すべきかとさえ思う。江戸戯作の文章は、その前身たる談義本の時代に、既にこのような文章主体を獲得していたのである。

五　「下手談義」と静観房——出版界の雪解け・写本から板本へ

宝暦二年正月江戸に刊行された「下手談義」がひきおこした波紋は、相当強烈なものがあったようだが、ひとまず例によって「割印帳」によりその刊行のいきさつを覗いてみる。

㈠　寛延四年九月の割印

下手談義　写本留メ 墨付八十四丁　静観房好談述（ママ）　全五冊　板元売出し　大和屋（ママ）安兵衛

(二)　宝暦元年十一月割印

当世下手談義　宝暦二年壬申正月　墨付八十四丁　作者　好阿　全五冊　板元売出し　大和田安兵衛

(三)　宝暦二年十一月廿五日割印

教訓下手談義　宝暦三癸酉正月吉日　墨付八十七丁　作者　静観房　全五冊　江戸板元大坂や平三郎　大和田安兵衛

右の如く三度にわたって割印が行なわれている。これを現存板本を勘案しながら眺めてみると、第一回目は「写本留メ」とあって、板行には至らず、第二回目の「宝暦二年壬申正月」が現存初板本の奥付の年記と合致するので、これが即ち初板と知れる。また第三回目の「宝暦三癸酉正月吉日」は「続下手談義」の板本奥付年記と合致し、しかも「続下手談義」の奥付には「教訓下手談義前編五冊　右之書去申ノ正月より本売出し申候」という広告がみえるので、即ち続編刊行と合わせて前編をも「教訓下手談義」の名で売出すための割印であったと推察し得る。

即ち本書はまず寛延四年九月に一旦割印の手続をとりながら、その折は写本留めという処分にあって刊行されず、二ヶ月後の宝暦元年十一月(寛延四年は十月二十七日に改元されて宝暦元年となる)に再度割印の手続をとり、今度は許可されて「当世下手談義」として翌宝暦二年正月の奥付で刊行され、更に宝暦二年十一月の割印時に続編と合わせて再度刊行を許可されるが、この時は「教訓下手談義」と改題したものが提出されたと理解すればよかろう。但し現存板本は初板と覚しきものが、墨付はまさしく八十四丁だが、既に奥付は大坂屋平三郎・大和田安兵衛の相板であり、また外題・目録題・内題・尾題共に「当世下手談義」だが、柱題のみは既に「教訓下手談義」であるなど、「割印帳」の記載内容とは微妙なズレが見え、また序末署名部分のやや不自然な空白、巻による本文丁数の不揃いなどなど、書誌的にも不審な点がみえていて、尚、遡る初板本の存在が推定できる所もあるが、何れにせよ、その出版刊行のいきさつはかなりこみ入ったものがあって、特に一回目と二回目の割印の間、僅か二ヶ月の内に、写本留めから刊行許可へと進展した、その間に何等かの劇的な要因を考えたい誘惑に駆られることしきりである。はたしてこの寛延四年(宝暦元年)には、六月に吉宗が没し、続いて十二月に大岡忠相が没している。吉宗と大岡が例の享保の改革政治の立て役者であったことは言うまでもない。特にその中でも本稿第一章に述べた享保七年の出版条令の直接の発令者が大岡であり、本屋仲間の結成も、割印の実施も、奥付制度の制定も、すべてはこの吉宗と大岡によって定められた事柄であった。その当事者二人が揃って没したのがまさにこの年であれば、それが割印の実施者に与えた心理的波紋がどれほど大きかったかは、容易に推測出来よう。そしてその心理的波紋とは、とりも直さず解放的な方向性をもったそれであったこともまた言うまでもあるまい。かくして当世風俗描写を満載し、外題にも「当世」を謳った「下手談義」はめでたく刊行の運びとなった。但しいくら当世風とはいえ、やはりその主意は歴然として教訓にあり、矯正にあることを以ての故の刊行許可であったろうこともまた容易に推測し得る。従って続篇刊行時には外題も尚「当世」を遠慮して「教訓」を冠することになったのでもあろう。しかし、この「下手談義」刊行の波紋は極めて大きかった。それは明らかな出版界の雪解け現象として作用したと断定出来る。既に前章でも指摘しておいた通り、「下手談義」直前の文芸界には花柳風俗を談義調に記したたぐいの読物類が多く出まわり、しかもそれらが皆写本のままで流布していた。そして「下手談義」刊行以後、これら写本類のあれこれが、次第に陽の目をみて刊行され始めるという現象があらわれる。寛保四年の「白増譜言経」は、宝暦四年に「当世花街談義」五冊となって刊行され、寛延二年成の「跖婦伝」は宝暦三年に三冊本で刊行されるといった事例を挙げれば十分だろう。

一旦解放の方向性を手探りで示した出版界にとって、更にその勢いに拍車をかけたのは、第一章に示したような江戸の都市生活の爛熟ぶりである。それは一方が他方に拍車をかけるというべきではなく、両々相俟って互いに拍車をかけあったというべきものだろう。以後の展開に関しては、また章を改めて述べることにして、ここは再度「下手談義」に戻る。

「下手談義」が狭義の談義本の出発点であることについては既に何度か述べた。書名の「…談義」が即ち談義本のジャンル名の由来でもある。談義の語は元来仏教談義に興る。日蓮の説法、浄土の談義といわれて、宗派によって専門の談義僧が存在し、折々の法会や春秋の彼岸等には諸国諸寺院で盛んな仏法談義が開かれた。「下手談義」本文にもふれる武州滝山大善寺の牛秀上人による「説法式要」十二巻等、その談義の作法を教えた書物まで編まれてもいる。静観房と名乗る「下手談義」著者も、真偽は知らず、まさに洛陽沙弥好阿と自ら名乗る。その談義僧の談義の種本として大いに流行ったのが、前章にも少しふれた長篇仏教説話の数々で、本来の談義本と称すべきは当然此方が本筋であったろう。これらは皆大本の五冊から八冊、しかも片カナ混り文というのが、そのきまった型であったのだが、洛陽沙弥静観房は、自分のあやしげな談義本を半紙本五冊、ひら仮名混りで示した所に、一応のけじめはつけていたわけであろう。そして本書の予期せぬ成功は、瞬ち狭義の談義本の中心的形式を決定し、それまでの「田舎荘子」以来の半紙本三―四冊という型を従属的なものにしてしまう。内容は無論当世風俗の批判。そしてとりあげる風俗は都市生活の爛熟ぶりにそのまま比例して、その範囲を広げ、色道遊興の種々相から学芸界・思想界の評判まで、あらゆる世相をとりあげて乾いた笑いのうちに論評を行うというのが、本書によって樹立された狭義の談義本の姿である。

ところで洛陽沙弥静観房好阿とは如何なる人物なのか。これが意外と難物で、未だにその素姓をあらわにしてくれない。早くは水谷不倒、三田村鳶魚等の諸氏が「莘野茗談」「当風辻談義」「返答下手談義」等の諸書に記される噂を引用して、その実像を模索され、戦後はまず野田寿雄氏の纏めがあり、更に浜田義一郎氏によって「千石篩」の記事が紹介され、浅野三平氏の「静観房好阿」(『近世中期小説の研究』所収)にそれまでの諸説・諸論の総纏めが試みられている。それによれば、初め静観堂、摩志田好話と名乗り、「下手談義」の前後から静観房好阿を名乗り、西向庵の号も用いるが、生没年は全く未詳で、若年時、律宗から浄土僧となるも、還俗して大坂薩摩堀で積慶堂徳孤子と称して医者となり、更に諸国を経歴した後、元文頃からは主として江戸にあって著述刊行を専らとし、宝暦半ば頃には再び京都へ帰るというのが知り得るすべてである。但し右の略歴も諸書において若干齟齬するところがあり、特にその経歴において最も信頼すべき情報提供者と思われる平秩東作の「莘野茗談」の説では、江戸両国の淡雪豆腐屋日野屋の隣で手習師匠をしていた山本善五郎という男と、意外に詳しい紹介があるが、これが却って諸書と全く喰違い、しかもこの淡雪豆腐屋のことは静観房の第一作「御伽空穂猿」(元文五年刊)にも出て、恐らくはこれを東作が静観房その人の事蹟と勘違いした形跡もある。しかし又一方で、静観房が自らの由緒をそれとなく自作にすべり込ませ、それを事情通の東作がどこからか聞き出して書き留めたかという推測も出来て、何れにしろ定説を見得ない。著述は従来指摘されたものに私見のものを加えても、その存在を確認し得るものは左の八部。

㈠ 元文五年刊「御伽空穂猿」半紙本五冊、江戸板、摩志田好話
㈡ 延享五年刊「華鳥百談」半紙本五冊、京板、静観堂好話
㈢ 寛延三年刊「諸州奇事談」半紙本五冊、江戸板、静観房好阿(宝暦十年「豊年珍話談」と改題)
㈣ 寛延三年序刊「疱瘡禁厭秘伝集」横本一冊、江戸板、牛島散人静観翁
㈤ 宝暦二年刊「当世下手談義」半紙本五冊、江戸板、静観房好阿

㈥　宝暦三年刊「教訓続下手談義」半紙本五冊、江戸板、静観房好阿(西向菴とも)
㈦　明和四年刊「怪談楸笊」、半紙本五冊、江戸板、静観房
㈧　明和九年刊「怪談御伽童」半紙本五冊、京板、静観房好阿(「華鳥百談」続編)

以上であり、この内㈤㈥の正続「下手談義」の二部のみがいわゆる談義本で、㈣を除いた他の五部は何れも、よりストーリー性の濃い五冊ものの怪談・奇談に属する。㈣はその実在をここに初めて紹介し得たものだが、実用書で一応医者の横顔をのぞかせた物とも言えば言えるが、内容は医学書というよりはまじないの書物というべく、ただその署名に「牛島散人」とあって、この頃江戸郊外向島牛島辺りに住んだらしい事、また諸家の疱瘡のまじないを聞き書きしたその中の一に「伊藤半右衛門伝(武州多摩郡青柳村の人)」と題する一項があって、この伊藤氏は、「下手談義」と同年の宝暦二年に刊行されて共に狭義の談義本の開祖と称される「教訓雑長持」五冊の作者伊藤単朴の実名であることが明らかなので、これら談義本の作者達がこの時点ですでに互いに関わりを持った存在であることが知られるのは面白い。

ところで右の作品リストでも明らかな如く、静観房は処女作からしてその著作の多くが奇談・怪談の作であり、署名も摩志田好話などと、書名「御伽猿」に因んだらしい「摩志田」の姓などはおよそ談義僧らしくない。しかし一方でまた、延享元年刊の綾足の著といわれる「秩父縁起霊験円通伝」に校閲者として名を出す「江府信士静観」は、以下に述べるところからこの静観房である可能性もある。即ち寛延頃に前記「疱瘡禁厭秘伝集」にも見える通り、向島牛島辺りに住んだ静観房と、浅草の吸露菴綾足とは何がしかの地縁が感じられること、右「円通伝」も「秘伝集」も共に浅草の辻村五兵衛板であることなど、根拠はかなり薄弱ではあるが棄てきれない。また寛延四年に春帳子遺稿として刊行された仏教長篇説話「隅田川鏡池伝」五冊の著者西向庵春帳子は、当時江戸で活動した唯一の仏教長篇説話

作者であるが、その西向庵を静観房自身も名乗っており(「続下手談義」跋)、また恐らく未刊に終ったと思われる静観房の作品の一つに「春帳沙門行脚袋」なる書名が見えている(「諸州奇事談」巻末予告)のは、或いは静観房は春帳子の弟子として談義僧となり、西向庵を継いだかとも思われ、とすれば元文期に著作活動を始めた頃は奇談作者好話であったものが、延享頃から仏門に入り、信士静観、また静観房好阿となり、綾足等とも交り、また春帳子の弟子の談義僧ともなったものかとも推測する。

ともあれ前章にも述べた通り、「田舎荘子」以後の広義の談義本界には、大坂の友水子や京の三近子の如き、職業的教導家が進んで参加し、いわば文筆の玄人ともいうべき人が増えた。そのような時勢をふまえて、奇談・怪談に筆を揮い、また仏教長篇説話類にも親しんで、立派に玄人としての腕をみがいた静観房が、自ら本筋の仏教長篇説話とは一味違って、大きくくだけた談義本を世に問うた、それが「当世下手談義」であったとするのはそれほど見当外れの推測とも思えないが如何であろうか。

六　「下手談義」以後――「千石篩」の展望、色談義・穴さがし

「下手談義」によって定まった談義本の勢いは、衰えることなく、以後、宝暦・明和・安永といった頃まで、江戸を中心として専ら半紙本五冊ものの世界の一方に君臨したといえる。そしてそれは急速に笑いを中心とする方向に成長する。五冊ものの世界のもう一方には直接的には奇談・怪談から続く前期読本の世界が広がり始め、こちらは特に上方への広がりが目立つ。また、上方ではやはり前代からの八文字屋本の余勢も続いて、こちらは半紙本よりは一廻り大きいが大本というにはやや小さいという特殊な型を保持して、宝暦には其笑・瑞笑・白露・自笑、明和・安永に

は亀友・蛙井・大梁・奥路・其鳳等々、結構健筆家と称すべき人材が輩出し、和訳太郎こと秋成のような変り種もまたその中に顔を出していた。更には江戸・上方を通じて、小本・中本型の新らしい世界も広がり始めるが、すべては第一章に述べた享保の改革の余慶とも言うべき出版の活況を基盤とした出来事であった事は疑い様もない。当面、「下手談義」以後の談義本の諸作の具体的な内容その他については、古くは水谷不倒氏の『草双紙と読本の研究』や『選択古書解題』、戦後は野田寿雄氏の『近世小説史論考』に詳述される所で、特に野田氏の著述は談義本研究の第一歩として大きな意義を持つものであった。以下、それらの諸作を参考にしながらも、出来るだけそれらと接触しない部分についての私見を述べることを中心に叙述を進めてみる。

「下手談義」を追いかけるように続いたのは伊藤単朴の「教訓雑長持」を初めとする作品で、こちらは「下手談義」に更に輪をかけたような老実な内容を示した(「雑長持」は日本思想大系『近世町人思想』に中村幸彦氏の注釈が収められている)。単朴の素姓については既に三田村鳶魚の調査が備わり、近年には浜田氏による「千石篩」の新らしい情報も紹介されて、これ又浅野三平氏の「伊藤単朴」に纏められているが、先述した通り「疱瘡禁厭秘伝集」によって、既に静観房と単朴とが寛延三年の時点で旧知の間柄であった事がしれたのが面白い。とすれば、宝暦二年の首尾に位置する二人の作は互いに影響し合い、或いは相談し合って共に狭義の談義本の内容を切り拓いていったものといえるかもしれない。ともあれ「下手談義」正続篇の刊行は、瞬ちその周辺に賛否両論をまき起した。素直にその跡をつぐ単朴の如きもあれば、「当風辻談義」の如く序文は反論めかして、本文では助け船を出したり、或いは「下手談義聴聞集」や「返答下手談義」のように真っ向から反対したり、「当世花街談義」のようにもう一段その上をいったりなど、ともかくその反響はかまびすしく、それが、以後の談義本隆盛を決定づけてしまったのは明らかである。

「下手談義」の二年後、宝暦四年の江戸の戯作界は未曾有の活況を呈した。即ち当春新板の仮名本と称される、今いう所の談義本の類が、前年の暮から一度に十三部も刊行されるという事態が出現したのである。早速その年の二月には右の十三部をそっくり取り上げて評判しようという「作者評判千石篩」三冊が作られ、その年の内に刊行された。この書物は役者評判記のもじりとして存在するいわゆる「名物評判記」の最初の作品であると同時に、我国において新刊の小説類を批評するという試みにおいても最初に位置する記念すべき作品でもあった。既に本書の名前は、前章静観房の素姓を云々する辺りでも、数々の新しい知識を提供する作品であることに触れておいたところだが、そしてまた、本書は、既に筆者自身、先年『江戸名物評判記集成』(岩波書店刊)を編んだ際、その巻頭に収め、解説を施したので、詳細はそちらを御参照いただくとして、その内容はいま談義本の流れを見る上で極めて示唆に富むものが盛られているので、若干その点を抜書してみる。

一　竜宮船　四冊、後藤梨春作、宝暦四年正月刊
二　非人敵討実録　五冊、多田一芳作、正月刊
三　諺種初庚申　五冊、慶紀逸作、正月刊
四　水灌論　四冊、服陳貞作、宝暦三年初夏序刊
五　教訓不弁舌　五冊、一応亭染子作、正月刊
六　無而七癖　三冊、車尋・桴遊作、正月刊
七　当風辻談義　五冊、嫌阿作、宝暦三年九月刊
八　銭湯新話　五冊、伊藤単朴作、正月刊

九　当世花街談義　五冊、孤舟作、正月刊
十　風姿紀文　三冊、竹径蜷局作、宝暦三年十二月刊
十一　下手談義聴聞集　五冊、臥竹軒猪十作、正月刊
十二　返答下手談義　五冊、自他楽庵儲酔作、正月刊
十三　花間笑語　四冊、如意庵大進作、宝暦三年九月刊

以上がとりあげられた十三部だが、三冊ものから五冊ものまである中でも、明らかに五冊ものが主流となりかけて、内容的にも「非人敵討」が実録風、「初庚申」が奇談ものといった外はすべて紛れもなく「下手談義」に触発された談義物である。

巻頭、開口には「今年は取わけ江戸作の仮名本、何程出たやら数も限りもないげな…去年迄は下手談義をさへ、江戸作には珍しともてはやせしに、静観房に百倍増の名人達、此所を先途と筆をふるひ、難きを和らげ、偏屈を破し、おかしい中に教の言葉の巧の妙なる」とあって、冒頭から「下手談義」以降の急激な展開ぶりを予測させる言葉を載せ、更に本文の評判には果たして「殊に此席では只面白く可笑を楽み、珍しい話を専にいたせば…一向彼《かの》下手談義がゝりの書は取上ませぬ」(竜宮船)といい、「最早教訓むきの書は、去年から余り沢山で胸につかへますれば、来春などは此書のやうなすら〳〵といたした本の湛《たん》と出るやうにいたしたい」(諺種初庚申)、「仰のごとく此書で下手談義はぴっしゃりぽん…此以後は御亭主様もあまり物固く異見がましい義は御無用」(返答下手談義)、「何さま世間は広イ事、此やうな上手もあるに下手談義のやうな不粋な陰屈者もあり」(当世花街談義)等々、明らかに「下手談義」や「雑長持」の教訓臭を流行遅れと指摘して、より面白く、おかしく、そして軟らかな方向への展開を期待しているのである。

そして以後の談義本はまさしくこの言葉通りの展開を見せることになった。即ち、「奇談物」と「色談義」と「穴さがし」という三方向への展開である。この内「奇談物」は前述した通り「下手談義」以前からやや別筋としてあるもので、むしろ静観房などもこの畠からの出発であり、以後直接的には前期読本の流れを形作っていく。それに対し「色談義」と「穴さがし」の二方向はまさしく談義物の直接的な展開として把えるべきものであろう。そしてこの二つは「千石篩」に予測された通り、まさにすばやい教訓離れの姿勢の反映にほかならない。

色談義ものは「千石篩」に「殊の外博学で器用な、人に勝た大粋の作」と評された「当世花街談義」から出発したといえる。但し本書は、既に述べた通り、元来は十年前、寛保四年成の写本「白増譜言経」を母体としており、その板本化に際して、首尾に当時流行の志道軒や下手談義の噂を適当に切り混ぜて、宝暦四年の時勢に合わせ刊行したものである。恐らくは写本で流布する間に評判となっていたものの、時勢を睨んで刊行は遠慮していたのが、「下手談義」の刊行許可を機に敏感に時勢の変化を察知し、上手に「下手談義」風の書物になぞらへて刊行に踏みきったものであろう。構成は軍書講釈師止蔵軒と草上本無なる坊主の問答という設定で、本無が近年の講釈の淫猥下品さをなじると止蔵軒はそれを偏屈と笑いとばし、和らぎの道を説くと称して「迷客女良意芳原境《めうきやくによらいほうげんきやう》」等七品の経文に擬した吉原遊びの狂文を説法するというもの。即ち巻二から四までの擬経文の部分が本来の「白増譜言経」であり、巻一と巻五の止蔵軒と本無のやりとりは板行に際して付加された部分である。著者名は「譜言経」には仲夷治郎とあり、「花街談義」では洛陽孤舟と記すが、同一人物かどうかはわからない。孤舟が洛陽を称したのは恐らく静観房のひそみにならったものであろう。本書の眼目というべき経文もじりの遊興論は極めて秀抜な出来栄えであり、「千石篩」に「弁舌流るゝ如く面白く言廻さるゝ」といい、「此書などから引合て見れば、下手談義なんどはいかふとろい」という評語は誠にもっともと思われる。作者孤舟はその序に「止蔵が言辞は残泥が流を学び、本無が実義も亦静青が忠臣なるかな」と打明ける。即ち静青は静観房と青柳老人単朴をさし、残泥は「艶道通鑑」の和らぎ講釈に名をうった残口と泥郎子なる人物をさす。この「花街談義」がそっくりこれまで述べた談義本の流れの中で構成された作品であることは、この言にも明らかである。そしてこの泥郎子とは実は「花街談義」刊行の前年、宝暦三年に既に刊行されて評判をとっていた「跖婦伝」の著者泥郎子のことで、実は幕臣で後の国学の大家山岡浚明の若年時のいたずらとされている。そしてまた、この「跖婦伝」も既に指摘しておいた通り、成稿は「下手談義」以前の寛延二年であり、以来写本のまま流布して、「下手談義」刊行直後の宝暦三年にすぐさま半紙本三冊の形で刊行されたものに他ならない。即ち「花街談義」と軌を一にして、僅にその先輩に当るものなのである。本作は又「荘子」中の有名な説話で、大泥棒の盗跖が孔子をへこます話をそのまま用いて、盗跖を夜鷹のお跖に、孔子を吉原の太夫高尾にとりなし、盗跖の弟で孔門の弟子柳下恵を、お跖の妹で吉原に身を沈めて高尾の妹女郎になった青柳と設定して、外見の華やかさとは裏腹な、吉原の世界の窮屈さ、汚なさを、最下級の遊女夜鷹のお跖の口をかりて存分にえぐり出し、批判して見せたもの。文章といい、内容の奇抜さ、面白さといい、江戸期を通じて第一級の作品と称して何等はばかる所のない出来栄えである。「花街談義」の作者が残口と並べ称したのももっともな次第であった。

ともかく宝暦三年を皮切りに「跖婦伝」「花街談義」と役者が揃って、江戸の談義本界は色談義物の盛行を見る。そしてこの色談義物に関して見落してはならぬことは、これらが皆半紙本型をとっているという所である。

第一章において享保の出版条令を云々したとき、三都共に書物屋仲間が結成された事に触れた。その仲間の活動は、まず、月行事を選出して仲間内で板権確保のための談合を行い、法に触れない範囲での板行の許可を願うのが主な仕事で、その許可を記した帳面が、これまでにも何度も記した「割印帳」である。従って、それ以後は江戸で刊行される主だった書物はすべて「割印帳」に記載されるのが筋ではあるが、実際には出版物のすべてが記録されているわけでないことはすぐにわかる。外されているものを大まかに言えば、いわゆる地本と称する類で、極く片々たる娯楽的・通俗的な絵本や芝居関係のパンフレット風のものを主とする出版物である。これはもともとこうした書物の版元である地本屋が正統な本屋仲間から外されていた事にもよるが、何れにせよ、書物と見做すまでもない雑多な出版物という認識から出た例外措置で、身分制度を堅持する江戸時代らしい、書物に関する身分認定のしからしむる所でもあったろう。そして概ねかかる記載外の地本類の書型は、半紙本の薄冊か、或いはそれより一廻り小さい小本・中本という型式のものが多く、従って、書型の面でも半紙本まではれっきとした書物扱いだが、小本・中本は恐らく内容によってかなりの例外措置がとられ得るものとして、特に本屋仲間外の零細な板元による小本・中本類の出版は、思いの外自由な領域が生じていたかと思わせるものがある。恐らくこの辺りに目をつけて発興した出版物の一つに、これ又享保半ばから目立ち始める洒落本というジャンルがあった。概ね小本もしくは中本の一冊もので、以後五百種をこすその殆んどは「割印帳」には記載されない。そしてその内容とするところはまさしく遊興案内、花柳風俗の描写に終始するものであり、これまでに述べた色談義ものと殆んど重なる内容と称しても良い。その初発は享保十二年の江戸版で、吉原細見と遊里戯文を合体させたような「両巴巵言」と題する小本の一冊ものであったが、享保をすぎるころから上方に移って、専ら大坂・京都に大流行する。ことがらは従来から洒落本史として述べられている所なので、詳しくはその専書によられたいが、宝暦・明和年間まではこの小本型洒落本の主たる生産地はまぎれもなく上方であった。

先述した江戸の色談義に視線を戻してみるなら、それはまさしく上方では小本・中本型で書林仲間の埒外に刊行されて来た洒落本に当るものだったのであり、雪解け期の宝暦初年から明和期まで江戸に小本・中本型の洒落本が余り姿を見せないのは、要するに半紙本型の色談義がそれに代る存在として、れっきとした割印も受けて刊行され続けていたからに他ならないのである。明和末年、それ以前に江戸に移住して来ていた大坂の書肆丹波屋の手によって「遊子方言」なる小本一冊の洒落本が刊行されるや、以来小本一冊の洒落本の流行は殆んど江戸へ移ってしまう。と同時に江戸では半紙本型の色談義の刊行が殆んど見られなくなるのは、内容の類似性の面からみてもまことに当然というべき状況であった。一方で明和末期には洒落本の流行が江戸へ移ってしまった上方で、かえって半紙本型の色談義物が復活して、以来天保期に至る頃まで上方洒落本の主流はむしろ半紙本型色談義となるが、これ又理の当然でもあろう。かくして宝暦の江戸に始まった色談義ものの流行は、一方で洒落本史としっかり嚙みあった形で江戸・上方にその足跡を残す。なお色談義ものの現存する殆んどすべての作品は、右のようなわけで洒落本の一種としても認定され、先日完成したばかりの『洒落本大成』全三十巻(中央公論社版)の中に翻印されていることを付記しておく。

いま一つの「穴さがし」ものの流れを述べる。これ又、その初発は「千石篩」にも採りあげられた「水灌論《みづかけろん》」と「教訓不弁舌」に発するとみて誤るまい。もっとも、「穴さがし」とはいわば世俗批判をいいかえただけのことと見れば、これは広義の談義本の時点から、その中心を流れるモチーフでもあるわけで、ここに来て、全く新らしく興ったものというわけではない。ただし世俗批判の度合いの如何において、やや目新らしい傾向を示し初めたということになろう。世俗の習慣の中の、特にかたよりひずんだ部分で、一般にはあまり気づかれていない部分を「穴」と称し、そこを敏感に又意地悪に見つけ、探り出し、批判するというのがこの謂いであり、それは「教訓」といった度合いを超えて、批判であり、諷刺であり、しかも大半の場合、作者は一回限りの戯名に隠れての批判ゆえに、下手をするとかなり無責任な悪口となるといった底のものでもあった。

「水灌論」は刊年が明記されないが、宝暦三年初夏の序を持つゆえに、刊行も宝暦三年中の事であろう。章題に「花洛の論」「婦人の論」「茶人の論」「遊里の論」「釈氏の論」「誹師の論」「占卜の論」とあり、これだけでも十分にその内容は推察し得る。何れも真向からそれぞれのなずみを批判する論を展開して、切れの良い爽快な口調を持ち、押しつけがましい教訓からは離れきって、一読、乾いた笑いをさそう。しかも題名は「水灌論」と題して論者自体の存在を客観化してしまう辺り、知識人好みのやや高踏的な滑稽本になり切っている。「千石篩」中で、本年の世評では一番の大出来と何度も称揚されているのも首肯される出来栄えだが、服陳貞と署名する作者については皆目知り得ない。一頃、大田南畝の作と誤認された事もあったが、これは年齢からいっても無理な推定である。

今一つの「教訓不弁舌」は、これ又作者一応亭染子の何者なるかは不明ながら、やはり全十話、何れも当世風俗の穴をうがって訓誡の意を寓する。特に発端の章に高田穴八幡の御告げとして「穴　今世間之時花《ハヤリ》詞、以ㇾ是可ㇾ為㆓趣意㆒」と記しており、「水灌論」と合わせて皮切りの位置を保持している。と共に、世間の風潮の向う所を如実に示している。

右の二作に始まる「穴さがし」ものは、その構成や趣意、文体、すべての面で狭義の談義本の主流を占めると称すべく、即ち談義本をもって前期滑稽本と規定すべしとする論に妥当性を与えるところでもある。そしてその流れの中で培われる、穴さがし・うがち・茶化し・偏知奇論等々の戯作表現は、ひいては江戸戯作全体を特徴づける表現として機能してゆくこと、これは中村幸彦氏の名著『戯作論』にあますところなく説かれている。

さて、右の「穴さがし」ものの中から、本巻に収めたのは、明和六年刊のその名も「当世穴さがし」の一篇である。作者は序に「穎斎主人」と署名し、その印文は「安佳之印」「君水」と読める。他には本書の後編「当世穴さがし後編」が全く同体裁で明和八年に刊行され、その署名には「礫川牛繭山下人穎斎」とあって、印文は「世皆上戸」「吾独下戸」と読めるのみ。その他の穎斎主人に関する情報は皆無に近い。但し唯一つ、明和七年板の鈴木隣松模画「一蝶画譜」にこの人の漢文の序があり、それには「東都礫川処士穎斎安佳謹題」とあって、やはり「安佳之印」と「穎斎」の二印を用いる。またその序中に「今予昆、有二鈴木氏隣松者一、児而好レ画、及二年壮一而筆力益盛也」という見逃せない一節がある。即ち著者穎斎主人は、当時極めて著名な狩野派の画師鈴木隣松の弟と知れる。さすれば「穴さがし後編」の挿絵を隣松が描いているのはもっともなことでもあった。隣松、名は茂銀、号は素絢斎。幕府小十人組から与力をつとめたという。享和二年没。加藤文麗、高田円乗、そしてこの隣松の三人を、時人は称して専門家外の三巨手と称した。隣松はまた「一蝶画譜」の編刊に知れる通り、一蝶の画風を慕うこと厚く、他にも「英筆百画」(安永二年刊)、「群蝶画英」(安永七年刊)等の一蝶模画を刊行している。洒落本中にもその噂話が見え、歌麿の「青楼十二時」の「卯の刻」の絵に書かれた遊女が隣松画く裏絵のある羽織を持っている等の描写もある。当代の有名人であり、本人も中々にさばけた人物でもあったろう。その弟の穎斎主人はやはり鈴木姓か。隣松はまた加藤の姓もあるらしく、どちらが本姓か。穎斎は礫川処士とあれば小石川住で官途にはつかなかったものらしい。「牛繭」は小石川竜門寺門前の牛天神社のことで、現在の北野神社。即ち文京区春日一丁目辺りの住となる。嘉永の切絵図で見れば、天神裏門の有名な牛石のそばに「鈴木半之亟」とあるのがその後裔か。但し当時の与力は幕臣中でも知識人を輩出する割合が大きく、丁度同じ時期だと吉田雨岡のように、洒落本の主人公のモデルに擬せられるような人も多い。隣松の友人には前述の「跖婦伝」の著者山岡浚明や、書家沢田東江、歌人揖取魚彦等があり、何れも当時の談義本、洒落本等の世界に遊ぶ。そのような雰囲気の中で育った穎斎主人であった。与力の家の次男坊とあれば、その人柄も大かた見当はつく。下戸とはいえ、いや下戸なればこそ穴さがし物の談義本作家には打ってつけともいえよう。本書にとりあげられた話柄は、何れも当時江戸市中で流行の真っただ中というべく、もって都市生活の爛熟ぶりをみるべきである。

七　風来山人の影響——「和荘兵衛」と大江文坡

やや話が前後するが、宝暦も末年になって、談義本界に新風を吹き込むものがあらわれる。御存知の風来山人平賀源内である。源内の人となりや生涯に関しては既に余りにも有名であり、専書も多数出ているので、ここには贅言を避ける。その新風と称する作品は宝暦十三年の「根無草」前編と「風流志道軒伝」の二部で、何れも半紙本五巻五冊、前者は時事諷刺、後者は異国遍歴をかりた当世のうがちを主意としており、その限りでは「穴さがし」物談義本の筋を引くが、何といっても新鮮なのはその文章力である。自堕落先生に出て後年「平賀ばり」と称され、「じれとわざくれないまぜの文章」と評される底の文章は、まだそれほどあからさまではないが、やはり基礎的な文章力が抜群であったとみえ、特に前者に見える両国橋近辺の賑いを描いた部分などは、近世の文芸全般からみても出色のものであること、既に識者の等しく認める所でもあり、やや後になって戯作者喜三二に「下手談義下手にあらず、根無草根なきにあらず、共に根のある上手の作にして、亦宝暦始終の華なり」(「古朽木」序)ともちあげられたのも決してゆえなしとしない。かかる「根無草」の追随作も数多いが、特にこの時点での新風というべきものは、後者の異国遍歴という新趣向である。既に仮名草子以来、国内の遍歴ものは決して珍らしいものではないが、源内御得意の西洋の新知識めかして主人公をあやしげな外国の旅に出したのは大いに人の耳目をひいた。志道軒を用いたのは宝暦年中の談義本、特に色談義系統にはさんざん使い古された所ではあるが、更にその指導者として風来仙人を持ち出して、腹一杯に自分の思想を述べたてる辺りも、これから談義本の一つも書いてみようとする不平家にとっての魅力でもあったろう。

ただしその影響は何故かそれほどたち所にあらわれたわけではない。しかも源内の膝元江戸には見られず、かえってやや時間をおいた上方にその芽が生じた。即ち安永三年、京板の、「異国奇談和荘兵衛」である。まず前編四冊が出て、安永八年には後編四冊が出た。前編著者は遊谷子、後編は沢井某とあり、内容筆致からも別々の作者の手になる事は間違いあるまい。天保十五年には前後編をまとめたものが出、更に後年の嘉永七年には胡蝶散人作「和荘兵衛続編」四冊というのもあるが、これは前二作の盛名を利用したのみ。初編刊行後まもなくと思われる頃には「絵本渡海物語」と題して子供絵本風にまとめたダイジェスト版もあり、京伝の黄表紙や馬琴の読本にも、この名にすがった追随作がある。前・後二編は現在でも坊間よく見かけること、あたかも「田舎荘子」の内・外編の場合とよく似て、しかも何れもかなり粗末な後印本が極めて多いのは、それだけよく読まれ、摺り出されたものである事がわかる。その内容は「風流志道軒伝」と比べる時、寧ろその教訓臭においては「和荘兵衛」の方が格段に強く、何やら逆戻りしてしまった感が強い。しかもなお「和荘兵衛」の人気の程を考えると、恐らくそれはその教訓性の強さゆえのことと思われる。つまり江戸の談義本の、宝暦以来の教訓離れと滑稽本化は、極めて順調にしかも急速に行なわれた結果、その読者層は極く一部の知識人層に限定されてしまい、しかも、一たび滑稽の文芸性にめざめた知識人戯作者は、もはや明らさまな思想性や談義の姿勢を野暮として棄て去り、寧ろ片々たる小本一冊の洒落本や滑稽本に熱中して、その故にまた戯作の精髄ともいうべき成果もあったが、やはりより厚い層の庶民に迎えられるためには、この「和荘兵衛」のような明らさまな教訓性を持つものの方が良かったのであり、そしてこのような寧ろ野暮ったい作品の土壌は、この時期になると上方に移っていたものであろう。

そのような上方の土壌の中で、さすがに終熄に向かいかけていた談義本の流れの中に、「和荘兵衛」によりかかってはいるものの一きわ異色の作品が現われる。それが本巻の最後に収める大江文坡作、天明五年、京板の「成仙玉一口玄談」五冊である。「風流志道軒伝」と「和荘兵衛」をつきまぜて、更に強烈な宣伝臭をまとったこの作品は、儒でもなく仏でもなく、神道と老荘を一つにした神仙教の教理解説宣伝の書といえばよかろうか。その異国遍歴も、「志道軒伝」に見えるような「和漢三才図会」程度ではなく、更に新知識の南アメリカ、ブラジルへと伸びて壮大な広がりを見せたようでありながら、実際は新井白石や西川如見辺りの、当時としてもやや古くさい程度のもので胡魔化しているにもかかわらず、その畳みかけるような筆力で、読者を強引に自らの仙教の主張に引っぱり込んでしまう。この辺り、源内ともまた一味違う筆力の持主といえよう。巻一の軽妙な羽衣伝説のパロディが、巻二の和荘兵衛の登場からはガラリと変り、以下、風来仙人ならぬ守一仙人の長広舌は一気に巻末まで続いて、最後は作者文坡その人になってしまう辺り、筋立ても何も無視した強引としか評しようのない主張の展開であるが、そのひたむきさ故の熱気は、当時の穴さがしものの落入っていた意地悪さと狭量さに辟易しかけていた目には、かえって新鮮にも好ましくも思えてくる。その筆力を培かったのは、文坡の場合中年まで従事していた長編仏教説話ものの筆法であった事は間違いない。

著者文坡については、これまで浅野三平氏の「大江文坡の生涯と思想」(『近世中期小説の研究』所収)が最も詳細にその伝をたてている。中でも京の蛸薬師西光寺にその墓碑を探し当てられ、寛政三年八月、六十余歳で没したことを確かめられたのは特筆すべきであろう。筆者も以前「大江文坡のこと」と題したその伝と思想に関する考察を発表した事がある(『経済往来』、昭和四十年七月号)。以下それらを摘録しながら、浅野氏の論考と重ならぬ部分を主に、しばらくその横顔を描いてみる。

文坡は大江氏、名は匡弼、字は文坡。菊丘臥山人、臥仙子、臥道人、等の号を用い、居室を臥仙室、天賜観等と名のる。初め明和初年には長編仏教説話の作者として登場し、明和中頃には奇談・怪談の作者となり、更には通俗字書類にも手を染めてかなり職業的な売文に従事するが、明和末には一転して神儒仏三教の内の神道優位を説く神道者となり、更に安永期に入ると民間信仰に大きく傾いて、我国では珍らしい道教の紹介やその教典の和解等に従事するようになり、やがて、生涯をかけた神仙教の説教者としての姿勢を強めていく。その口火を切ったのは安永二年刊の「天真坤元霊符伝」で、当時民間に流行し、田沼意次も信仰したという庚申信仰の第七支の霊符の解説書でもあった。その中の一章「通俗許真君遜仙人略伝」と題する文は、道教神仙の一人許遜仙人の伝の和訳で、先年彼が得意とした仏教説話の筆致をそのまま用いたようなものである。そしてこの晋代の仙人許遜の始めた仙教が、明末に至って「浄明派仙教」と呼ばれるもので、浄明・忠孝といった徳目中心の仙教であり、いわゆる仙術・方術などの幻術的なものを嫌う一派である。文坡の説く神仙教はまさしくこの浄明派仙教を基礎とするものであり、それを更に和らげて神儒仙の三教一致風に説くのが、文坡流神仙教の教理であり、「一口玄談」はその神仙教勧化説話の一つとして書かれたものであることは間違いない。「青牛東海を渡らず」などといわれて、結局宗教としての道教は我国には伝わらなかったとされているが、民間信仰のレベルでは古く「竹取物語」、あるいは聖徳太子の事績などにも既にその影響の濃さが指摘されている。江戸中期ともなると文坡が天賜観を名のったように、道教寺院の「観」を名乗るものも散見し、庚申部の一冊だけではあるが「道蔵」の和刻も明和元年の京板が刊行されてもいる。即ち道教の我国への伸張は僅かではあるが確実に見えてくる。文坡はその機運を機敏に察知し、それを和風にやわらげた、神道の一派としての神仙教の教主たらんと志したものらしい。「田舎荘子」に始まり、「和荘兵衛」「一口玄談」まで流れる江戸中期文芸における老荘・道教の影は、決して軽々に見逃すべきではあるまい。文坡の著述活動は極めて目ざましく、浅野氏の数えあげられたもの既見三十五部、未見二十六部、合わせて六十一部にも上っている。なお浅野氏未見の二十六部の内、十七部はその後筆者自身にその所在を確かめ得たので、右の六十一部は全部文坡著と認定出来よう。更に浅野氏の挙げられなかった文坡著書も別に七部みつけることが出来た。即ち六十八部にわたる著作であり、この数は更に増えるものと思う。まことにその筆力を思うべきである。

以上、談義本史を記して「成仙玉一口玄談」に至れば、もはや、これからの更なる進展はのぞむべくもない。享保に始まって寛政に至る殆んど一世紀、丁度江戸時代の中期、その江戸が最も江戸らしくなった一世紀を、江戸の地の俗間教訓に発して、極めて主知的な江戸戯作の母胎となり、洒落本や滑稽本の流れとも途中しばしば寄りそってその成長を助けながらも、その傾向性、知識性は一方で新らしい読本に吸収されるとともに、一方では既に滑稽表現を専らにする方向のみに独立した小本型の滑稽本・洒落本とも別れて、江戸の地からは次第に姿を消し、やがて上方に最後の光芒を残して消え去るに至る。それが談義本の命運であり、足跡であった。

本書付注に際し、西田耕三(熊本大学)内山美樹子(早稲田大学)両氏から適切な御指教を得たことをここに付記し、謝意を表する。

また九州大学大学院の演習においては「田舎荘子」と「成仙玉一口玄談」の二書をとりあげ、当時の院生諸君に、いわば本書の礎稿を作製して貰うことになった。その内、近世専攻生は久保田啓一、宮崎修多、安永美恵、高橋昌彦、田中葉子、相本正吾、入口敦志の諸君である。これまた付記して謝辞に代える。

所収本書誌

一、田舎荘子　半紙本上中下三巻附録一巻四冊

底本　中野三敏蔵本
表紙　縹色。二二・六×一六・一センチ
題簽　左肩、子持枠、中巻と附録にのみ残存。「田舎荘子　舎」「田舎荘子附録子」。一五・三×二・九センチ。欠損巻の巻立てはそれぞれ「田」「荘」となるものであろう
構成　序(二丁)、巻上目録(半丁)、白紙(半丁)、巻上本文(二十四丁)、巻中目録(半丁)、白紙(半丁)、巻中本文(二十三丁)、巻下目録(半丁)、白紙(半丁)、巻下本文(十五丁)、荘子大意(六丁)、附録目録(半丁)、白紙(半丁)、附録本文(十八丁)、跋(一丁)、以上全九十三丁
序末に　「享保丁未年九月日／劉山郭　印(山郭)／田百川書　印(飯田氏)」
内題　「田舎荘子巻上(中・下・之附録)、東住士佚斎樗山妄選」。但し附録巻には署名の部分無し
柱記　「田荘(魚尾)上(中・下・大意・附)＝(丁付)」
丁付　上巻は序に「一」「二」、以下本文は全丁通しで「一」―「廿五」。中巻は全丁通しで「一」―「廿四」。下巻は本文まで「一」―「十六」、荘子大意は「一」―「六終」、附録は全丁通しで「一」―「廿尾」

匡郭　一八・四×一二・三センチ

跋末に　「丁未夏／水国老漁書／印（八廸之印）印（蒙斎）」

刊記　「享保十二年丁未季夏穀旦／江戸京橋南四町目　和泉屋儀兵衛蔵板」

諸本　皆同板、但し二冊に合綴して刊記の書肆名を「日本橋品河町松寿堂／出店四日市／中村多兵衛板」と埋木改刻するもの、内編・外編・附録（井蛙文談）の三編揃い十三冊本にて、文政九年秋大坂河内屋喜兵衛の求板本などあり

備考　樗山七部書の内「河伯井蛙文談」の後印本巻上の序と目録の間に「田舎荘子伝写正誤」と題する、内外二篇分の正誤表三丁分を付すものあり

二、労四狂　半紙本上下二巻二冊

底本　中野三敏蔵本

表紙　朱色亀甲紋雲母摺り表紙。二二・七×一六・〇センチ

題簽　左肩、角取り単枠、「無思庵　労四狂　初篇上（下）」。一六・五×三・〇センチ

構成　序（一丁半）、白紙（半丁）、上巻本文（十八丁）、下巻本文（二十丁）、跋（一丁）、奥付（半丁）、以上全四十一丁半

序末に　「十無居士北華序／延享弐年／乙丑の夏／印（饕幸）印（桓印）」

内題　「労四狂《らうしけやう》初篇《しよへん》上（下）　自堕落先生述《じだらくせんせいじゆつ》」

柱記　序に「労四序　〇（丁付）（魚尾）」、上巻に「労四上　〇一（丁付）（魚尾）」、下巻・跋に「労四下　〇一（丁付）

（魚尾）」

丁付　序に「一」「弐」、巻上本文に「一」―「十八」、巻下本文・跋に「一」―「廿一」

匡郭　一七・六×一三・六センチ

跋末に「延享《えんきやう》三年丙寅《ひのへとら》八月自堕落先生《ちだらくせんせい》／北華《ほつくは》兄子《このかみのこ》《ヲイ》山崎氏《やまざきうぢ》舞蝶峯《ぶてふほう》咥花《てつくは》書／印(咥花)印(山崎氏)」

奥付「延享四年丁卯孟春／京都書林 堀川錦上ル町 西村市郎右衛門／武江書肆 本町三丁目 西村源六蔵板」

諸本　皆同板、但し巻末に文刻堂蔵板目録を付すものあり

三、当世下手談義　半紙本五巻五冊

底本　東京国立博物館蔵本

表紙　紺表紙。二二・五×一六・一センチ

題簽　左肩、子持枠「当世下手談義　一(―五)」。各巻書体を変える

構成　序(二丁)、総目録(一丁)、巻一本文(十一丁)、巻二本文(二十二丁)、巻三本文(二十三丁)、巻四本文(十二丁)、巻五本文(十二丁半)、奥付(半丁)、以上全八十四丁

序末に　「洛陽沙弥　静観房好阿書」

内題「当世《いまやう》下手《へた》談義《だんぎ》巻一(―五)　洛陽沙弥 静観房好阿述」。但し巻五のみ「当」字の振仮名無し

柱記「教訓下手談義(魚尾)巻一(―五)　○(丁付)」

丁付　巻一は全巻通しで「一」―「十四終」。以下同じく巻二は「一」―「廿二終」、巻三は「一」―「廿三終」、巻

四は「一」―「十二終」、巻五は「一」―「十三終」

匡郭　一八・〇×一三・〇センチ

奥付　「当世下手談義後編全部五冊／追而出来／宝暦二申正月吉晨／東都書林／大和田安兵衛／大坂屋平三郎／版」

諸本　皆同板。但し奥付記載の内「平三郎」を「又右衛門」に埋木改刻し、「追而出来」の「追而」の二字を削除した後印本あり

四、当世穴さがし　半紙本五巻五冊

底本　中野三敏蔵本

表紙　縹色表紙。二三・五×一六・一センチ

題簽　左肩、子持枠、各巻用字を違え「当世穴鑿穿　一」「当世あなさかし　二」「当世阿奈佐賀志　三」「当世穴さかし　四」「当世穴穿志　五」。一四・九×三・〇センチ

構成　自序(二丁)、目録(一丁)、巻一本文(十一丁)、巻二本文(十六丁)、巻三本文(十一丁)、巻四本文(十八丁)、巻五本文(十六丁)、奥付(半丁)、以上全七十五丁半

自序末に　「明和六丑青陽よき日穎斎主人撰書／印(安佳之印)印(君水)」

内題　「当世穴さがし巻の壱」「当世あな穿巻の二」「当世穴穿巻の三」「当世阿奈佐賀志巻の四」「当世穴さかし巻の五」

柱記　「(魚尾)穴汸一(―五)　(丁付)(魚尾)」

丁付　巻一序から目録まで「一」—「三」、巻一本文「一」—「十一」、巻二「一」—「十六」、巻三「一」—「十二」、
巻四「一」—「十八」、巻五「一」—「十六」

匡郭　一七・七×一三・六センチ

奥付　「後編追〻出ス／明和六己丑正月吉旦／東武書林 小石川伝通院前 鴈金屋儀助」

諸本　皆同板

五、成仙玉一口玄談　半紙本五巻五冊

底本　国立国会図書館蔵本　半紙本一冊に合綴。

表紙　改装。但し東京国立博物館蔵初板本(以下東博本としるす)は縹色表紙。二三・一×一五・六センチ

題簽　巻五の分のみ存。左肩、単枠、「成仙玉一口玄談　五」。一四・二×二・七センチ
東博本は全巻存、巻毎に書体を変える。但し巻一と巻五、また巻二・巻三・巻四の書体は同じ

構成　自叙(一丁)、目録(一丁半)、広告(半丁)、巻一本文(十四丁)、巻二本文(十六丁)、巻三本文(十五丁)、巻四本文(十七丁)、巻五本文(十四丁)、以上全七十九丁。但し東博本には更に奥付(半丁)あり

叙末に　「天明乙巳孟春初三菊丘臥山人江匡弼／文坡書於天賜観裏南牖下／印(菊丘臥道人字文坡印)印(江氏匡弼)」

内題　「成仙玉《じやうせんだま》一口《ひとくち》玄談《げんだん》巻之一(—五)／皇京　菊丘臥山人江文坡戯著」

柱記　「成仙玉(魚尾)一(—五)(丁付)」

丁付　序に「序一」、目録に「目一(二)」、巻一本文「一」—「十四」、以下各巻「一」—「十六」、「一」—「十五」、

「一」—「十七」、「一」—「十四」

匡郭　一八・六×一三・一センチ

奥付　なし。但し東博本には「天明五年／乙巳正月吉日／書林／京寺町通松原上ル町／菱屋治兵衛／同祇園新橋町／伏見屋伊三郎」

諸本　皆同板

付録　風俗文集昔の反古　半紙本二巻二冊

底本　中野三敏蔵本

表紙　紺表紙。二二・五×十五・九センチ

題簽　左肩、角取り単枠「風俗文集昔之反古　巻之一（二）」。一六・〇×二・八センチ

構成　漢序（一丁半）、和序（半丁）、上巻目録（半丁）、画像（半丁）、略系及び終焉の記（二丁）、伝（二丁）、墓碑図（半丁）、墓碑文（一丁半）、上巻本文（十二丁）、自堕落先生遺稿目録（半丁）、下巻目録（一丁）、下巻本文（二十丁）、文刻堂蔵板目録（二丁半）、以上全四十五丁

漢序末に　「延享改元ノ年中秋前一日／朝隠　貞宇於テ二江東一ノ／倚松堂ニ題ス／印（字曰沢民）印（蘆中散人）」

和序末に　「後《のち》の北華《ほくくわ》書《しよす》／延享元年／甲子の秋／印（饔幸）印（桓印）」

内題　なし

目録題　「自堕落先生無思庵《じだらくせんせいぶしあん》の遺稿風俗文集《いかうふうぞくぶんしう》」／昔の反古《むかしほぐ》巻の一目録」

柱記　序に「序之一（二）　○一（魚尾）」。上巻目録に「昔の一目録　○一（魚尾）」、上巻本文に「昔の一　○一（丁付）（魚尾）」、下巻目録に「昔の二目録　○一（魚尾）」、下巻本文に「昔の二　○一（丁付）（魚尾）」

丁付　上巻本文のみ「一」—「十八」、下巻本文のみ「一」—「二十」

匡郭　一七・六×一三・七センチ

刊記　「延享元年／甲子の秋／京都書林 堀川錦上ル町 西村市郎右衛門／武江書肆 本町三丁目 西村源六蔵板」

遺稿目録　上巻巻末にあり、「自堕落先生無思庵の遺稿　文刻堂／風俗文集昔の反古 二巻出来残未刻／続奥の細道蝶の遊 松島紀行　近刻／我身の楽 武相紀行　同断／雨夜の月 更科紀行　同断／浮世草　近刻　労四狂　近刻／南北談笑同断　節分夜話　同断／俳諧正伝　同断　俳諧品の文字　同断／磯まくら 常陸紀行 後北華　同断」。書名皆振り仮名付

諸本　皆同板。初板本は朱色亀甲紋表紙で見返しを持つ。見返しは、中央に枠囲いをして「自堕落先生／風俗文集／無思庵遺稿」と大題。右枠外に「後北華篇輯」、左枠外に「文刻堂梓行印（文刻堂）」。

後印本の一に、見返しを欠き、刊記を「書林 芝神明前 和泉屋吉兵衛板」と改め、文刻堂目録を省き、柱記の魚尾を削除し、下巻目録を上巻目録の次に綴じたものあり。

後印本の二に、右一の板と同じく、更に題簽を単枠で「風俗文選拾遺　上（下）」と改め、見返しに「自堕落先生著／風俗文選拾遺／東都書肆　青雲堂梓」と新刻し、序題・目録題・尾題を共に「風俗文選拾遺」と改刻し、刊記を「江戸下谷御成道／英文蔵梓」と埋木したものあり、幕末の改題本で、この板が現在最も流布する。

後印本の三に、右二の板を用いて、題簽のみ一に復し、巻二の本文を「横行の弁」まで残して以下の四章分を

削り去り、それに合わせて目録も「横行の弁」までを残して以下を削除し、巻末に「天保八年丁酉六月求板／浪華中村三吏堂／心斎橋通本町北へ入／塩屋弥七」の奥付を付すものあり。

備考　付録翻印に際して「墓碑図」「遺稿目録」「文刻堂蔵板目録」及び各巻の挿画は凡て省略した。

新 日本古典文学大系 81
田舎荘子 当世下手談義 当世穴さがし

1990年 5月30日 第1刷発行
2005年 7月25日 第3刷発行
2017年 7月11日 オンデマンド版発行

校注者 中野《なかの》三敏《みつとし》

発行者 岡本 厚

発行所 株式会社 岩波書店
〒101-8002 東京都千代田区一ツ橋 2-5-5
電話案内 03-5210-4000
http://www.iwanami.co.jp/

印刷/製本・法令印刷

ISBN 978-4-00-730631-0 Printed in Japan